Francisco Casavella
Lo que sé de los vampiros

Francisco Casavella

Lo que sé
de los vampiros

Premio Nadal 2008

Ediciones Destino
Colección
Áncora y Delfín
Volumen 1115

© Francisco Casavella, 2008
© Ediciones Destino, 2008
Diagonal, 662-664. 08034 Barcelona
www.edestino.es
Primera edición: febrero de 2008
ISBN: 978-84-233-4020-0
Depósito legal: B. 5.707-2008
Impreso por Cayfosa-Quebecor, S.A.
Impreso en España - Printed in Spain

A la memoria de Gisleno, mi padre:
único como su nombre.

¿Es posible que haya vampiros en este nuestro siglo XVIII, tras el reinado de Locke, de Shaftesbury, de Trenchard y de Collins? ¿Y en el reinado de D'Alembert, de Diderot, de Saint-Lambert y de Duclos se cree en la existencia de vampiros? [...] El resultado de todo es que una gran parte de Europa estuvo infestada de vampiros, y que hoy ya no existen; que hubo jansenistas en Francia durante más de veinte años, y que hoy ya no los hay; que resucitaron muertos durante algunos siglos, y que hoy ya no resucitan; que tuvimos jesuitas en España, en Portugal, en Francia y en las Dos Sicilias, y que ya no los tendremos más.

VOLTAIRE, *Diccionario filosófico*, voz «Vampiros»

Tuve miedo porque estaba desnudo, y me escondí...

Génesis, 3, 10

POR EL REY DE PRUSIA

1

Aún no ha empezado la batalla y la nieve huele a sangre. Al frente de su caballería, muy derecho en la montura, el rey admira lo que en breve será campo de fuego. Desenvaina el sable, vira grupa hacia sus filas para ordenar una carga y sólo entonces descubre lo imperdonable más allá de tricornios, banderas y capotes relucientes. El monarca pica espuela y cabalga entre el vapor de cien alientos hasta alcanzar al oficial que recula y tiembla. La mirada del rey es Desdén Luminoso; su voz, la Voz del Destino; sus palabras, el Martillo del Tiempo:

—¿Te crees que vas a vivir eternamente, soperro?

El rey es Federico de Prusia. El oficial, uno de tantos. La batalla, Leuthen. «¿Te crees que vas a vivir eternamente, soperro?» El joven oficial sabe inútil cualquier respuesta; domina el miedo, acepta la vergüenza y se lanza contra las filas austriacas para jugar los albures del plomo y del acero. El regimiento sigue con ímpetu y alarido al cobarde transfigurado, y los jinetes pasan ante Federico con estrépito de ventisca. Cuando ya sólo le rodea su guardia y a lo lejos retumba el primer choque, Federico observa los cien caminos de huellas que se unen y deslindan hasta una trémula visión de caballos volcados, humo y súbitas erupciones de escarcha rojiza. No hay imprevistos esta vez; todo fluye según la estrategia. Y la nieve huele mucho a sangre. Y la sangre huele a esturión. A esturión podrido. O a estiércol. O a savia de pino tronchado. O a la espuma enjabonada que, cuando era niño, flotaba en la bañera con curvas de cisne.

No hay duda: los fervores de la guerra alteran el olfato. Su médico tendrá que verle. Hará llamar a su médico…

2

Para asimilar la grandeza de esa gloriosa jornada del 5 de diciembre del año del Señor de 1757 es necesario retroceder unas horas.

En las afueras de Leuthen, una pequeña ciudad al oeste de Breslau, está acampado y espera órdenes el ejército austriaco. Si la información que los espías han facilitado a los generales de María Teresa es concisa y fiable, y lo es, el ejército imperial supera al prusiano en número, armas y vitualla. En cuanto reciban la orden, los austriacos emplearán la estrategia de los accesorios para golpear una vez y otra la intendencia del adversario hasta destruir o agotar sus recursos. Pero aún no ha amanecido cuando Federico desborda las posiciones austriacas.

Como suele decir el monarca: «Si se gana algo siendo honrado, seremos honrados. Si es necesario engañar, engañaremos».

Y se engaña; porque la estratagema de Leuthen rompe los tácitos acuerdos del antiguo decoro militar. Tras una carga de caballería por el flanco derecho («¿Te crees que vas a vivir eternamente, soperro?»), las huestes de Federico se sirven de la niebla para golpear el flanco izquierdo de los austriacos mediante orden de combate oblicuo. De acuerdo con esa táctica, la infantería avanza escalonada en una suerte de trampantojo; así el enemigo ve lejos la tormenta cuando la tiene encima. Con una velocidad para reagruparse que esa mañana se volverá legendaria, los prusianos ya están matando austriacos cuando éstos aún se hallan en tiras y aflojas con las cantineras.

Porque el lento sistema militar de Austria es calcado a su protocolo imperial: formaciones inacabables, lenta administración de convoyes de abastecimiento, minuciosa distribución de las órdenes del alto mando... Debido al malicioso ataque por sorpresa, los austriacos no han hecho más que tropezar unos con otros y las consecuencias han sido el caos, el exterminio y la desbandada. Esa misma noche, sobre el campo de romerías de Leuthen yacen diez mil hombres del ejército imperial. Once mil son apresados. Las tropas de Federico toman como botín ciento dieciséis cañones y cincuenta y cinco banderas. A la mañana siguiente, por el camino a Breslau marcha en columna el idóneo ejército con los estandartes del águila coronada sobre miles de casacas de un azul intenso que quizá se llame «prusia» desde entonces. El ritmo de tambores y canciones rompe el silencio del bosque. Los árboles desnudos se elevan en las orillas como blancas alabardas de honor al paso de la victoria. El mismo Federico encabeza ese prodigio, la espalda vibrante, el caballo a trote corto.

Sólo un lobo de orejas tiesas se agazapa entre la hojarasca; se aterroriza ante el inusitado desfile, surgido de la nada y que a la nada se encamina, mientras perturba su mundo con cadencia unánime y macabra.

3

Tras la serie de derrotas que hace unos meses auguraban el desastre, han llegado para Prusia las victorias de Rossbach, sobre los franceses, y la infligida a los austriacos en Leuthen. La contienda ha dado un vuelco y Federico se alza ahora como el rival más vigoroso en las guerras que unos llamarán de Hanóver y otros de los Siete Años. Prusia es un reino joven, fuerte y ya no tan pequeño; eso satisface a sus aliados sobre una cautela que susurra *Se battre pour le roi de Prusse*, o dicho de otro modo, combatir para nada. Pero si valoramos que, en el bando contrario, Madame de Pompadour emplea lunares postizos para señalar a sus generales la situación de las tropas, no ha de sorprender que entre los prusianos y sus aliados cunda la euforia.

En mayo de 1758, presente aún la hazaña de Leuthen, está en su cenit el orgullo de los regimientos acantonados junto a las murallas de Neisse, Silesia, la frontera entre Prusia y el imperio austriaco. En esa guarnición, los soldados prusianos van y vienen bajo la mirada de sargentos que manejan duramente los bastones. La mayoría de los reclutas son prisioneros del ejército enemigo; almas perdidas, en verdad, de todos los reinos de Europa, a quienes ahora congrega una nueva y exigente disciplina.

Los sargentos caminan entre la formación dando voces rituales que saben de efecto seguro entre la chusma. Enumeran las instrucciones: un segundo para el paso corto y el paso ordinario, los cuales se han de ejecutar mediante dos pasos redoblados; el paso oblicuo se hará en un segundo justo, pero dejando diez pulgadas de un talón a otro. Y llega el bastonazo. ¿Por qué? Porque no se ha ejecutado el paso regular con la frente y la cabeza altas, el cuerpo derecho, el equilibrio sobre una sola pierna, la otra hacia delante, la corva tensa, la punta del pie un tanto hacia fuera. Pero sin exagerar. Bastonazo. Sin exagerar, he dicho. Bastonazo.

Así, junto al Neisse, en ese minucioso apurar el tiempo, esperan nuevas campañas reclutas y soldados, ajenos a las vicisitudes estratégicas que concurrieron en Leuthen o en otro combate cualquiera, ajenos a todo lo que no sea el mismo perdurar.

Pero ¿en qué ocupan los oficiales esa temporada de guarnición?

En esos meses de gloria, los oficiales prusianos veneran las nuevas teorías matemáticas. Emulando el amor de Federico por la filosofía natural y admirados por la presencia de insignes matemáticos en el palacio de Sans-Souci, los militares quisieran iluminar sus decisiones tácticas con la luz de la razón. La probabilidad, o como ellos dicen encantados, *der Zuverlässigkeit*, es una de las teorías sobre la que más cavilan. Los hallazgos de Pascal y de Pierre de Fermat no sólo responden a las conjeturas sobre la existencia de Dios, sino que también son útiles para el juego de dados y para los envites sobre las muchachas del lugar, ya sean damas, criadas o campesinas, en una probabilidad de acierto ascendente. Esos cálculos se emplean, además, para estudiar las alternativas de un supuesto bélico.

El asunto que se discute en el pabellón de oficiales no es el sencillo cálculo de la aparición de un seis al lanzar un dado, o varios. Tampoco se debate ya, en los ocasos cada vez más largos y suaves, sobre el número de bajas seguras en un ataque frontal y sin fuego propio. Esos prolegómenos quedan lejos, la mezquina desesperación enterrada. Por la novedad de la sorpresa, el aumento de velocidad en la tropa y la obediencia inmediata a la voz de mando, ahora se especula sobre la importancia real de la caballería, o sobre la dotación artillera en movimiento. Pese a que el mismo enemigo ha mostrado la importancia que cobra en combate la desdicha inducida por la pereza, esos oficiales se empeñan en discutir con tinta y alcohol el alcance de una maniobra liberada de cualquier accidente humano.

Aquella tarde de mayo de 1758, las cabezas de los oficiales se agolpan en torno a una mesa de campaña. El que está sentado, y oficia de escribiente y centro de la reunión, sostiene un papel con el siguiente acertijo:

> El general prusiano Von Oven dispone de dos regimientos para un ataque contra el austriaco general Nolde, que manda sólo uno. Ambos quieren conquistar la posición del otro sin perder la propia. Al inicio de cada jornada, los dos seleccionan un número de compañías y mandan atacar la posición del enemigo. Si los defensores de una posición son inferiores en número a los atacantes, la posición es capturada. En los demás casos se llega a un punto muerto. La situación no ha de variar en el plazo de unos días, salvo que uno de los jefes consiga una victoria. Todo lo que no sea una victoria total no sirve para nada: las compañías se retiran a su posición y abandonan hasta la jornada siguiente cualquier punto ganado. Si se cuentan las derrotas como pérdida de una bandera, las victorias como ganancia de una bandera, y no hay recompensa ni pérdida en los puntos muertos, ¿cuáles serían las estrategias óptimas para los dos generales?

Ante semejante supuesto, en las caras se petrifica el gesto del calculador, alguien se aleja discretamente del grupo y, simulando mudas y brillantes deducciones, se entrega cuando nadie mira al *eins und eins zusammenzählen*, o cuenta de la vieja. Los oficiales prusianos no aventuran suposiciones para no parecer ridículos. Así que beben, operan y se dirigen unos a otros miradas de elocuente recelo. El grupo se siente inútil ante el busto de terracota de su rey. Al fin, uno de ellos se limpia con el antebrazo la espuma de los labios y pronuncia la frase que todos esperan:

—¡Esto se resuelve en campo abierto! ¡Formemos las compañías!

4

Antes de mostrar las compañías formadas, veamos la escena anterior desde otro sesgo.

Porque ahí, en ese pabellón, alejados por la matemática del sudor de la tropa y de sus aullidos, se encuentran los jóvenes oficiales, los hijos de la nobleza, los *junkers*, Prusia misma. De acuerdo con las palabras de Voltaire, ellos representan la suma de Atenas y de Esparta. Pero esos mismos oficiales que cavilan son así mismo nietos de aquellos titanes de una tierra yerma y dura, los mismos señores feudales que tras leer la Biblia en el idioma propio decidieron inclinar la cabeza sólo por la Gracia recibida y nunca arrodillarse por el miedo. Su noble descendencia quiere ser Federico y representar lo que Federico representa. Y Federico es el ser que vulnera el sentido, el tiempo y el espacio, el que de lo imposible hace mudanza. Así ocurrió en el formidable episodio de Leuthen con el oficial bisoño y cobarde a quien sedujo de un bufido sobre la más honorable de las muertes: caer en el campo de batalla.

El árbol de la adoración da frutos amargos cuando cada oficial piensa por su cuenta y luego siente. De ahí que comprendan que la astucia se castigue en el soldado, pero les confunde que a ellos, a la esencia de Prusia, a quienes son capaces de saltar a galope entre aspas de molino y cortar de un sablazo el tronco de una encina, a quienes han hecho de su ejército el más fiable de los relojes, a quienes por su rey se arrancarían el corazón para estrujarlo en la mano, se les prohíba cualquier iniciativa mientras se califica de genial y eminente cualquier decisión de Federico por extraña que parezca. Donde los jóvenes y nobles oficiales incurrirían en deslealtad, se alaba el arrojo del monarca por quien dan la vida. Conforme a ese dilema, repelen de sí mismos lo que se aplaude en el rey. En el rey flautista. En el héroe que apenas habla alemán y ha llenado Potsdam de buscavidas franceses. En el sabio de quien se celebran todas las frases, se memorizan como bíblicos proverbios, se divulgan en albergues y palacios.

Y todos dicen: «¡Audacia, audacia, siempre audacia!».

Y todos dicen: «Si se gana algo siendo honrado, seremos honrados. Si es necesario engañar, engañaremos».

Y todos dicen: «Aquí huele a oropéndola o a espárrago triguero…».

Y, desde luego, todos dicen a la menor ocasión la frase *à la mode*: «¿Te crees que vas a vivir eternamente, soperro?».

Los oficiales se sienten, en definitiva, culpables y resentidos, soperros. Ése es el conflicto embozado bajo la nueva y llevadera racionalidad que brindan las matemáticas: nada menos que un desafío encubierto a la colosal seguridad de Federico. El resultado es la exaltación ante la idea de garabatear en la pureza de lo abstracto, el anhelo que enfrentan a la perplejidad y el sinsentido. Eso buscarán en el aire frío del Neisse de Lausitz antes de convertirse, como harán del modo más lamentable durante el resto de la guerra, en simples administradores de carne de cañón. Por eso, y como se decía más arriba, uno de los que miraba con vergüenza el busto de terracota de quien les da sentido y valor se ha secado los bigotes de cerveza y, ante la general incapacidad, ha gritado:

—¡Esto se resuelve en campo abierto! ¡Formemos las compañías!

Los oficiales salen en tromba del pabellón ciñéndose el sable. En la guarnición se oyen las primeras voces. Junto a las fogatas, muy pocos cuellos se estiran y muchas espaldas se encogen. A través de las sombras, sombras más oscuras van hacia los oficiales, chapotean en las charcas del deshielo. Los sargentos se cuadran ante sus mandos y se aprestan a cumplir los requisitos urgentes. En los lados norte y sur de una pradera que declina de la guarnición al río, las compañías que serán rivales forman con esa agilidad que envidia Europa. En la otra ribera, y más allá del bosque, sestea el ejército austriaco.

Si el castigo y el extenuante ejercicio físico, si la humillación constante y el mínimo rancho no pulverizan la salud, la remiendan. Así, los reclutas del ejército prusiano, una manada de tísicos, sifilíticos, picados por la viruela, tuertos y desnutridos, elegirán muy pronto entre las dos alternativas que ofrece su ejército adoptivo: morir o formar parte, con su uniformada desolación, de la compañía del capitán Von Scheppenburg. Aunque muchos no están bautizados por el fuego; otros, como soldados de los ejércitos austriaco, francés o sueco, ya han recibido heridas y han matado en escaramuzas y batallas anteriores a la captura que les ha llevado hasta un prado y a una formación que se aguanta a grito de sargento. El futuro refuerzo de la compañía al mando del capitán Von Scheppenburg será en esa maniobra uno de los ejércitos que remeda el problema matemático. Sus imaginarios rivales, al mando de los tenientes Von Scherin y Helwig, han descendido ya el terreno y esperan junto a la orilla del río.

Al pasear la vista por la compañía del capitán Von Scheppenburg y fijarnos en las caras, reparamos en que uno de ellos desmiente la opinión que califica a los reclutas de gañanes monstruosos. Ese hombre posee noble figura: frente ancha, nariz larga, porte gentil; sin embargo, una mayor cercanía se sorprende ante el deslucido pelo rojo y la expresión de alguien que desea ignorarlo todo, hastiado de pensar en la venganza contra quienes no cesan de apalearle, aunque esa misma venganza sea el único cobijo al recuerdo de la humanidad, si alguna vez fue hombre y pensó como hombre. Además, los ojos de ese recluta se entregan a veces a un espasmo de lo más inoportuno. Durante un instante, mantiene los ojos grises desorbitados, a fuerza de querer seguir abiertos, para derrotarse luego ante dos, cuatro, diez guiños rapidísimos. El rostro del recluta se amotina, sacude luego la cabeza como un perro mojado y, cuando sus vecinos sólo esperan convulsión y delirio, vuelve a una apariencia, aún lejana del sosiego, pero que al menos no turba a quien le mira.

Ese recluta responde, si responde, al nombre de Jean Deville y ha sido capturado por los prusianos en la batalla de Leuthen, cuando se hallaba al servicio de la emperatriz austriaca; un origen similar al de algunos que, ahora, en formación, resoplan en torno suyo a la distancia justa de un codo. Las raras veces en que los demás reparan en su persona, suelen tomarlo por francés; aunque los de ese origen, pese a que Jean maneja el idioma con mayor soltura que ellos, no aciertan en adivinar su procedencia debido a ese acento que ni es normando, ni gascón, ni lorenés, ni occitano, ni bretón, ni de ninguna otra de aquellas regiones. El enigma no se da tan sólo en el habla; sus modales y hasta sus silencios comparten esa falta de llaneza que tan ingrata le es al vulgo cuando no debe agasajarla. Entre la tropa se ha llegado a rumorear que Deville pertenece a la nobleza. Pero ¿a la nobleza de dónde? En cuanto a ese punto, y de ser cierto, Deville sigue tan callado como en todo. Quizá no sea más que otro cómico borracho, o un clérigo renegado cuyas maneras confunden a la buena gente cuando inventan un linaje en los reinos de Jauja para estafar una cena, o unas piezas de oro, o acomodarse una temporada

20

en el palacio de un gran señor a cambio de extrañas promesas. ¡Y encima hay que aguantar esos guiños repugnantes, casi diabólicos! Deville, sentado como un turco frente a las lenguas de una hoguera, mira la bazofia de su escudilla como si se mirara en un espejo y lleva la cuchara a la boca muy de tarde en tarde. Entonces comienza el parpadeo, el guiño repetido, la sacudida, el espasmo. Si alguien indaga el motivo de ese gesto, el recluta no responde, como si no entendiera, y desde luego, nunca vuelve el rostro a quien pregunta. Los que dicen conocerlo de antiguo, o al menos le vieron luchar en las filas austriacas, aseguran que ese irritante parpadeo es nuevo y tiene un origen muy claro: Jean Deville ha sido el único entre los reclutas en escribir una carta a su familia con el fin de comprar la libertad al ejército prusiano, aun sabiendo que el servicio postal no admite cartas de extranjeros. «¿Puedo comprar mi libertad y no puedo escribir a los compradores? Es absurdo…», se atrevió a decir. Debido a ello, fue crujido por la baqueta entre dos filas de soldados. De ahí, según muchos, el origen de la mirada espasmódica.

A causa de ese castigo, de tan rara naturaleza, aún le duelen a Deville todos los huesos en el prado junto al Neisse, y se halla tan ignorante como los demás sobre lo venidero. No sabe si a continuación llegará un inútil ejercicio, o un verdadero combate cuya preparación se ha mantenido tan en secreto como todo, y habrá de llevarle más allá del río para invadir Bohemia, empujándole a otra batalla, ante más fuego y bayoneta, marchando sobre caídos que aúllan disparates y expiran. Deville piensa en lo holgado de su casaca azul, herencia de un muerto de mayor envergadura; reniega de los agujeros en la tela, del mal presagio que invocan unas manchas oscuras, de las botas demasiado grandes y de un bastón que ha silbado muy cerca. La compañía avanza en monótona geometría sobre la hierba, más allá de las empalizadas; un paso machacón que aplasta las ideas y fija en Deville el hecho cierto de que todos los reclutas que le rodean miden más que él, y esa diferencia le mantiene ignorante, no sólo de lo que sucederá, sino de cuanto sucede en torno suyo.

Los oficiales han decidido que las compañías maniobren sin estandartes ni tambores: no es necesario alarmar a los habitantes de la ciudad. Tampoco les parece apropiado mandar recado a los generales. Acomodados en las mejores villas, bastante hacen con entregarse a adivinar, como si fuesen astrólogos, la próxima orden del rey. No necesitan saber ciertas minucias.

El capitán Von Scheppenburg mantiene la señal de avance. Junto a la ribera del Neisse de Lausitz, los fingidos rivales se preparan para la defensa incruenta. Otros oficiales, sentados en el muro de una linde, apuran su jarra de cerveza, fuman su pipa, cruzan apuestas y calculan. O trotan en paralelo a la marcha de la compañía y calculan. O calculan al imaginar enemigos decapitados, mientras siegan tréboles con su sable. Todos calculan cuando revive ante ellos la táctica que no han resuelto en el papel.

Quizá por hallarse cada uno en lo suyo, o por el rugido de las impetuosas aguas del río, nadie oye el estampido lejano, ni el silbido de la trayectoria del proyectil que ahora, ante sus ojos, levanta la tierra. Ni por ello se explican los oficiales prusianos que salten terrones, hierba, topos, gusanos y metralla. Ni que se encabriten los caballos, ni que los lobos salgan del bosque perseguidos por ciervos a quienes persiguen conejos.

Ha sido un cañonazo, sin duda. Un cañonazo que se repite cuando los oficiales prusianos contemplan aún la traza de humo que nace en la otra ribera. Y se miran perplejos, mientras dominan la montura, y apenas deducen que los invisibles pero nada imaginarios artilleros han rectificado el tiro, porque el segundo disparo ha alcanzado de lleno la formación del capitán Von Scheppenburg, y debido a esa contingencia, vuelan, y no de alegría, tricornios ribeteados. Aún dura la confusión cuando un tercer cañonazo acierta de nuevo en las filas que bajan por el prado, impávidas ante el percance, con esa disciplina y ese desafío al miedo de los que se sienten orgullosos. Al otro lado del río, algún oficial del ejército austriaco ya está seguro de cuáles son las trayectorias para diezmar las filas prusianas. Tras el lapso de confusión, que ha parecido durar un siglo, los prusianos ordenan retirada, más allá de la empalizada y del alcance de los cañones. La carrera a campo abierto hasta posiciones seguras, librada por una vez de cualquier orden, requiere de cada soldado atravesar ese prado maldito entre nuevas explosiones, cadáveres, humo y los primeros engaños del anochecer.

6

La guerra aprende de la guerra, y los austriacos aprendieron de Leuthen. Aunque sus tropas se hallasen acuarteladas a varias leguas del río, se había destinado a su ribera un destacamento que ocultó piezas de artillería entre una espesura de aulagas, sauces y nogales. El sigilo era absoluto y la guardia continua. Al ver cómo una compañía enemiga se agazapaba entre los juncos de la ribera en la hora del ocaso, y otra avanzaba por el prado sin tambores ni estandartes, el centinela avisó al oficial de guardia, quien dedujo un nuevo ataque a la vil manera de Federico. Como la noche se aproximaba, el capitán Krauss, que ése era el nombre del oficial austriaco, mandó abrir fuego de cañón, una medida disuasoria para el enemigo que a su vez advertía al propio regimiento. Tras la andanada, a Krauss le fue dado observar a través de su catalejo que los prusianos corrían hacia posiciones seguras con notable ligereza.

No tardaron en llegar junto al oficial austriaco dos compañías avisadas de la escaramuza. Krauss dio novedades y los austriacos esperaron en la oscuridad. Aquella noche se hizo eterna, fue inmóvil. Sólo las placas de hielo bajaban oscilantes por el río, acelerado fulgor a la luz del cuarto creciente.

Al alba, el catalejo de Krauss mostraba el prado donde yacían las bajas enemigas. Krauss vio cómo unos soldados metían en sacas de lienzo los restos de sus compañeros, no sin antes despojarles de los uniformes y hacerse con cualquier objeto de trueque por miserable que fuera, mientras sus sargentos, amables por una vez, accedían a esa audacia por un diezmo del botín. Ese calmo trajinar hizo que el informe de Krauss a sus superiores fuese cristalino: los hechos del día anterior fueron el rechazo en su mismo inicio de lo que, a todas luces, se anunciaba como gran ofensiva del enemigo. Su general estuvo de acuerdo, y también Kaunitz, el todopoderoso valido de María Teresa. Alegre al menos una vez, merced a la inapelable victoria de Neisse, la emperatriz ordenó que se celebrara un *Te Deum*. En todos los dominios austriacos se lanzaron campanas y estallaron cohetes y hubo maravillosas iluminaciones por la hazaña memorable.

En el otro bando, el informe de los oficiales prusianos fue unánime. Sus compañías se hallaban de maniobras cuando recibieron fuego; eso hizo suponer que los austriacos iniciaban una ofensiva. Un rápido movimiento de distracción, el veloz repliegue y los preparativos inmediatos para la defensa de la plaza de Neisse avisaron al enemigo de lo inútil de su acción en ese punto. De acuerdo con el contenido del informe, los generales informaron a Federico de su victoria, y Federico sonrió al recibir la noticia. Sin embargo, sus allegados opinaron que la sonrisa real no era compañera de la satisfacción, sino de un comentario de su misma boca:

—El embuste, lo quieras o no, tiene algo de mito, y un mito, sin duda, tiene algo de verdad.

Quelle finesse! Todos recordaron esa nueva sentencia afortunada de Federico y el *Te Deum* conmemorativo fue muy hermoso. Se iluminaron los palacios y un resplandor de cohetes celebró en cúpulas de colores la victoria prusiana en Neisse.

En esas batallas aún habrían de morir muchos hombres y, hasta llegar a la paz, muchos diplomáticos hilarían sus telarañas. Pero volvamos al dudoso campo de batalla de Neisse, no sin mencionar que tras una de las guerras más devastadoras nunca libradas en suelo europeo, el 15 de febrero de 1763 se firmó la paz de Hubertusburg. Por ese acuerdo, después de siete años de hostilidades y de pérdidas inmensas en hombres y oro, Austria y Prusia decidieron recuperar las posiciones que tenían antes de la guerra.

El prestigio de Federico II de Hohenzollern se elevó a la máxima eminencia.

7

El recluta Deville fue uno de los caídos en la falsa batalla de Neisse. El segundo cañonazo, que estalló en el centro de la compañía del capitán Von Scheppenburg cuando Deville avanzaba sin saber lo que sucedía ni lo que iba a suceder, le arrojó, ya sin las dos piernas, sobre los compañeros que marchaban cinco filas atrás. Tuvo Deville tan mala fortuna que el siguiente cañonazo austriaco, el tercero, dio de lleno en lo que quedaba de su cuerpo.

Los hombres que recogen cadáveres están demasiado habituados a ignorar el capricho que la alianza de Marte y Naturaleza consigue en los cuerpos humanos. Y saben, porque sus instruidos y magníficos oficiales lo han explicado muchas veces, que ese sonido tenebroso que flota por el prado no es cosa de espíritus, sino el aire que sale de los cuerpos y pasa por las cuerdas vocales de los difuntos. Para burlar temores, los carroñeros llaman a eso «la flauta de Federico». Así que, al ver un cadáver destrozado, ahuyentan las moscas que se ceban en las heridas, guardan en sacos cualquier resto digno y abandonan las migajas según un juicioso criterio: los cuervos tienen el mismo derecho a comer que los gusanos. Y eso hicieron con Deville. Sin embargo, valoremos un poco los últimos instantes de su vida.

Después de esa segunda explosión y tras el inesperado vuelo, Deville aún pudo oír exclamaciones en varios idiomas de los reclutas que, al avanzar, le pisoteaban el cráneo; y quiso reparar, aunque ni el dolor ni las fuerzas le dejaron, en el hecho de que carecía para siempre de extremidades inferiores. Ajeno por completo a que se había desplazado un buen trecho al elevarse por el aire, Deville intentó mirar a ambos lados por ver si divisaba sus piernas. Sin embargo, no consiguió que los ojos llegaran a moverse. En realidad, ni siquiera se inmutó la tierra que cubría los párpados, famosos por su inquietud. Un nuevo pisotón le hundió en el averno. Cuando las luces ya muy leves del entendimiento están a punto de apagarse, o ya se han apagado, y en la mente del moribundo sólo queda el rastro del que asume la más triste de las nociones, en ese momento singular, Deville imaginó una ballena azul. Azul como el azul de Prusia. El lomo sale del agua y allí mismo vuelve con elegante ondulación. Un chorro emerge de esa criatura y, tras un instante en el aire, lleno de gloria y de misterio, se derrama como una vida corta. Un remolino de espuma pulverizada —amarillo, anaranjado, rojo quizá— abanica el horizonte en el sol bajo. En la profundidad del océano, el eco de una voz como la de Neptuno brama: «¡Soperro!».

Y estalla el tercer cañonazo.

EL NIÑO QUE JUEGA CON BARRO

1

Pero ¿quién era Jean Deville?

Si pudiera, nos diría: «Nací, sufrí manías faciales, engañé, me engañaron, morí». La historia que ahora prosigue ha de sumar lo debido a ese resumen atroz.

De momento, nos hallamos en disposición de mantener que el verdadero nombre del recluta al servicio del rey de Prusia se fue gastando, encubriendo y falseando en los salones, en las logias, en las tabernas, en las aduanas y en los banderines de enganche hasta llegar a ese último «Jean Deville». El verdadero nombre de aquel recluta era Gonzalo de Viloalle y de Bazán, y una década antes del fatídico ocaso del año del Señor de 1758, era conocido por su familia como Gonzalito. A veces, el diminutivo actúa como un mal presagio.

Sin meditarlo nunca, pero calado de ello en carne y sangre, el más pequeño de los hermanos de Gonzalo de Viloalle, animado primero por los avatares de una juventud singular, y luego por el aliento de los ingeniosos, de los tramposos, de los curiosos, de los vanidosos, de los invictos y de los enardecidos, llegó a creer en una suerte de inmortalidad de Gonzalito, pues ese hermano, Martín de Viloalle y de Bazán, mantuvo un peculiar comercio con tan excelso y raro atributo.

En la tumba de san Ignacio de Loyola reza esculpido el

epitafio «No ser abarcado por lo grande, sino contenido por lo más pequeño».

Si hay una idea grande, excesiva, es la de un alma inmortal. Nada más menudo, en cambio, que un alma peregrina.

Pero dejemos a un lado ese oráculo fingido, y como nada puede hacerse ya por Gonzalo de Viloalle, caído en una batalla que nunca sucedió, elijamos a su hermano como guía de nuestra historia.

2

Así, algunos años después del suceso lamentable que aniquiló la vida de un recluta al servicio de Federico, a dos meses a caballo, lo menos, de las aguas del río Neisse, en el lejano reino de España, en la provincia y episcopado de Mondoñedo, el amarillo de las hojas caídas enciende el bosque y los senderos que llevan a remotas aldeas. Para Martín de Viloalle ha concluido un verano de pecado abominable. La edad indiferente comienza, A mayor gloria de Dios.

De cualquier modo, pecador o indiferente, Martín se sigue ahogando en su casa como se ahogaba en Santiago, acorralado allí entre la *ratio studiorum* y un destino jesuita. Porque durante sus años de colegial, el ahogo ha sido para Martín advertencia de aliento levítico al pasar por puertas con blasón de las que emana un tedio de chismes y rosarios. La condenación y el castigo en cualquier placer: un verso de Ovidio o un suspirar inútil por tobillos que, ya se entrevean en las plazas o sólo se imaginen, le abandonan al temblor de su insignificancia por la contrariedad que originan en su anhelo de saber y de tocar. El orvallo incesante, lento, como prueba de Vigilancia Suprema.

Concluyeron los primeros estudios, ha pasado el verano y, en una semana, Martín de Viloalle dejará el mayorazgo para ingresar en el noviciado de Villagarcía de Campos. Quizá por eso, en el claro del bosque y en ese primer frío que iguala y disuelve en la neblina el humo aromático de una chimenea cercana, a Martín le excita el peligro de que le descubran entregado a lo mal visto. ¿Qué hace ahí un Viloalle? ¿Y qué hace así? Martín se ha mal sentado, mitad por impaciencia, mitad por penitencia, en una estaca clavada por Terminus, la divinidad que tira lindes entre campos. Ese dios pagano no es otro que su padre, el señor, don Gonzalo de Viloalle. La estaca anuncia que don Gonzalo ha dividido un monte para arrendarlo. Pero eso a Martín no le interesa: él sólo busca refugio, tan ajeno como uno pueda mantenerse en aquel sitio y en aquella familia a las disputas de lo mío y de lo tuyo. Cuántas veces no habrá mentido en las últimas semanas al explicar, cuando nadie pregunta nada, que sus retiros se limitan a la devoción.

—Ensayo los gestos de la liturgia… —ha explicado en esos avarientos almuerzos de cocina que degradan la nobleza familiar, sobre el sorber de labios embrutecidos, el rumor de criados que van y vienen de la lareira, esa mirada ajena a todo de sus padres, don Gonzalo y doña Eugenia, y la expresión aún más vacía de unos hermanos perezosos.

La oración y las pruebas sacramentales fueron ciertas antes del oscuro episodio con el ser que el propio Martín ha llamado «el niño que juega con barro»; pero lo cierto es que desde hace unos días se esconde con el objeto de dibujar un castaño centenario y de raíces colosales, que desbrozan y levantan la tierra como patas de una araña que surgiera del Inframundo. Martín practica un oficio de plebeyo con habilidad ascética, imita por mera devoción, aunque no se libre del fervor que envuelve lo oculto y lo vulgar.

No puede negarlo. El porqué dibuja tanto y con ese afán le resulta tan misterioso como la Santísima Trinidad o los cuentos franceses que sabe de oídas. Le atraen impulsos extraños y desconocidas razones. Porque dibuja en secreto y todo lo dibuja. Hechizado por el misterio de la arquitectura, dibuja templos antiguos y rincones de la catedral de Santiago. Fascinado por el milagro de la fisonomía, dibuja caras de profesores y dibuja muchachas perfectas que nunca conocerá. Y dibuja veladas en salones ideales. Y dibuja plantas y rocas y fuentes. Y dibuja caballos, que no le salen. Sobre todo, dibuja a su hermana Elvira entre motivos orientales y la vuelve a dibujar para luego romper lo dibujado y ponerse a dibujar un cordero abierto en canal o ese castaño. El afán viene de un desorden, no hay duda, pero Martín se revuelve y se empeña en no ver mal alguno en lo que hace.

3

Martín no recuerda, sino que ve, está viendo, lo sucedido cuando era un niño sin apenas uso de razón. Dos hombres en mulas aparecen por el camino pedregoso que une los valles y, ya más cerca, entran en la senda de robles que muere en el pazo. Los jinetes chasquean la lengua para silenciar a los perros, no quieren que peligre la carga de un tercer mulo, el instrumental que se tambalea de borrén a borrén y se volverá espeluznante. Aún se fatiga Martín al recordar vagas y eternas sesiones en el salón con sus cuatro hermanos, su hermana y sus padres frente al más viejo de los recién llegados, que les mira y da órdenes a un tiempo, aunque no son órdenes verdaderas las que salen de aquella boca, porque en el pazo de los Viloalle sólo el señor ordena lo que sea menester. Ese forastero ruega como si jugara a mandarles: coloca en hilera a la familia y dice al grupo que no se envare, ni se distraiga. Tras ellos, la chimenea principal, que nunca se enciende, y donde luego surgirá, mágicamente inscrito, el escudo de los Viloalle con sus tres lobos y el lema *Ab ipso ferro*.

Ésa fue la primera aparición: los lobos, sus ojos de diamante, las colas grises en los lambrequines. Martín se está viendo quejoso frente a esos nuevos y extraños criados, y detrás de él la quietud aún más rara de sus hermanos y de don Gonzalo, con la mano derecha en el hombro de Gonzalito y, más allá, Elvira sentada con doña Eugenia en un sofá tapizado hace mucho de damasco amarillo. Y don Gonzalo levanta la mano del hombro de Gonzalito para estamparla en la cara de Martín, que llora y berrea. Entonces, los dos forasteros invitan al niño a acercarse hasta el rincón donde trabajan.

A Martín le sorprende la habilidad del hombre que sostiene el carboncillo, examina la luz a través del ventanal, mueve candelabros, ordena al otro triturar colores y limpiar pinceles y regresa a una señal de tiza en la madera del suelo. Le gusta el moverse y el calmo detenerse de quien sabe cuál será el siguiente paso. El hombre dirige una mirada a lo que Martín aprende a llamar lienzo. Como aprende a llamar a esos hombres maestro y aprendiz. Y caballete al caballete. Y a reírse porque el caballete sean tres palos de madera y no un caballo pequeño, que eso es un potro. El maestro le dice que se fije en el lienzo, y Martín abre la boca, porque de la tela cuadriculada surge una maraña de líneas y garabatos que es su propio rostro. Es él, Martín de Viloalle y de Bazán. Dibujado.

Enseguida se ubica en el lienzo. Martín de Viloalle está aquí y está en lo de enfrente. Pero su rostro carece de cuello, de cuerpo, de manos. Y aunque no está asustado y sólo hace eso por cautela, Martín se palpa el cuello y las manos. Entretanto, don Gonzalo cuenta a los pintores el nacimiento del linaje que ese retrato perpetúa, y se extiende en las hazañas del antepasado a quien la familia debe rango y honra. Don Francisco de Viloalle llegó a estas tierras con las tropas de Isabel la

Católica, al mando de Fernando de Acuña para sofocar la rebelión del mariscal Pardo de Cela. Aunque no es la primera vez que oye esa aventura, Martín aún se emociona con ella, y por eso avala las palabras de su padre con afirmaciones de cabeza dirigidas al pintor, tal que si él mismo hubiese estado allí y lo hubiera visto todo.

Don Francisco de Viloalle cercó a los esbirros de Pardo en el monte Frouseira, elevación que el pintor habrá divisado por el ventanal, tanto que mira. Y se destacó don Francisco en el asalto hasta batirse él mismo con el cabecilla rebelde, la punta de su espada en el pecho del mariscal, y el mariscal arrinconado contra la pared de una gruta en cuya honda tiniebla brillaba el mirar de tres lobos. En esa tensa situación se hallaban cuando el mariscal Pardo le dijo a don Francisco: «Hundid y sanseacabó». Y a esas palabras altaneras replicó el antepasado: «Sanseacabará cuando sus Católicas Majestades lo proclamen». Agradecida por la hazaña, la reina Isabel concedió a don Francisco el condado de San Martín, título que gozan desde hace mucho unos usurpadores de Madrid, esperando los de aquí el resultado de pleitos seculares. Esa triste realidad no quita que sean los Viloalle del pazo de Viloalle, y no los otros, quienes hayan heredado la nobleza a la cual obliga el lema *Ab ipso ferro*. Del mismo hierro de la adversidad que les hiere se hacen los Viloalle. La ausencia de título no logra, por tanto, que se recuerde a la menor oportunidad la antigua proeza de don Francisco y su satisfacción cuando el valiente mariscal Pardo de Cela fue decapitado junto a su hijo frente a la catedral de Mondoñedo, la cabeza rodando hacia la puerta de la basílica, la boca gritando aún «*Credo! Credo!*». Esa catedral se halla regida ahora, dicho sea de paso, por un *escornaboi* o ciervo volante. Algo que es insecto, pero también es gordo y, sobre todo, es molesto. El obispo, en definitiva. Aunque mejor no seguir por ahí.

Mientras el Señor relata antiguas hazañas y agravios, el

pintor redondea los ojos, da forma a la nariz y al cuello, a la casaca, a las calzas y a los encajes de vuelta de los puños de Martín. Y de la tela surgen los mismos zapatos con hebilla que ve cuando mira hacia abajo y los bucles de esa mismísima primera peluca que ya no cabe en la cabeza y pica y huele. Así se libran modelos y artesanos de sus infantiles revoloteos. Unas semanas más tarde, Martín es requerido para contemplarse en el retrato terminado, cuya ejecución, al parecer, es de la entera satisfacción del Señor, provoca una leve tristeza en la madre y en la hermana y no induce más que a miradas inexpresivas en el primogénito y los segundones. Martín se descalza a pie de escalera y sube como un galgo al salón principal. Se abre paso entre sus mayores y, guiado por el aroma del barniz y las aprobaciones, se enfrenta a la obra concluida.

Martín apenas si sabe contar con los dedos, pero cuenta. Y apenas comprende, así que comprende a medias. Al retrato sólo le falta que sus personajes hablen, tal es el parecido entre modelos y retrato. No es eso, sin embargo, lo que motiva el pánico de Martín. Sus hermanos son cuatro, su hermana una, su madre una y uno su padre. Él es otro. Eso suma ocho. Y en ese cuadro hay once personajes. ¿Qué hacen allí tres niños de más? El que está junto a la hermana en el sofá, menor que el propio Martín… Y otro algo mayor junto a la madre… Eso, aún… Pero ¡hay uno idéntico a él! ¡Y le coge de la mano! ¿Qué significa todo eso? Mientras el padre agasaja y aspira tabaco y el pintor se deshace en reverencias, Martín baja la escalera a todo correr y llora y grita y avisa de la existencia de fantasmas a los criados que pasan por su lado. Escondido tras los rosales, le llega la risa de los satisfechos, la de los indiferentes y aun la de los tristes. Gonzalito va a su encuentro. Gonzalito, su hermano mayor, el rostro que en verdad imagina acorralando en la gruta de los tres lobos al mariscal Pardo de Cela.

Mucho después, dibujando el castaño, Martín recuerda y

aún ve cómo Gonzalito se acuclilla en el rosal, le sacude el polvo y el barro de la camisa y los calzones, enjuga sus lágrimas y explica que antes del nacimiento de Martín hubo otros hermanos a quienes Dios llevó enseguida a su diestra y sólo nos acompañan en el recuerdo de ese retrato. Cuando Martín nació, nació con él un ángel que se llamaba Felipe.

—¿Era querubín, serafín o trono? —recuerda haber preguntado.

Gonzalito duda, mientras levanta a Martín y se lo lleva en vilo fuera del parterre. Cuando lo deja en el suelo tiene ya una respuesta. «Era querubín», dice. Pero Martín también ha estado pensando:

—¿Cómo podía ser querubín si era igual que yo? Porque ése es igual que yo.

Gonzalito suspira con un tanto de fastidio y, a partir de ahí, aunque conteste, las ideas le llevan por otro camino. Su imaginación vaga por los alrededores de la casa y establece imaginarias reformas para que el pazo se asemeje un día a las mansiones francesas de los grabados:

—Se volvió querubín mientras volaba al cielo —es la respuesta que surge entre las ensoñaciones del hermano mayor.

—¿Y no volaría a eso que llaman limbo?

—Pues al limbo volaría.

—¿Y cómo estáis seguros de que era él?

—¿Qué estás diciendo?

—Que os podríais haber confundido y ser yo Felipe y Martín el ángel.

Gonzalito deja de mirarle y piensa definitivamente en otra cosa, la vista fija en un punto, ajeno a cuanto sucede. Y parpadea una vez, otra vez, diez veces, sacude la cabeza como un perro mojado, hasta que exhausto y algo furioso consigue dominar las tensiones de su cara.

4

También fue Gonzalito el que, antes de irse a conquistar la gloria a despecho de su primogenitura, acompañó a Martín por la Mariña hasta la desembocadura del río, los dos en el mismo caballo, tan asustado como el propio Martín cuando apareció aquello ahí, esa agua gorda y gigante. Su hermano dio y tiró rienda cuando llegaron a la arena, mientras con la boca hacía sonidos extraños para espantar a las gaviotas, que eran las que en verdad enfadaban a *Bucéfalo*, el caballo.

No era poco armatoste el mar, porque no había modo de nombrarlo sino «armatoste» o «armatostón». Un fabuloso temor que se volvía y revolvía y cambiaba según mirabas y pasaba el tiempo, y ahora era casi plano y azul, pero Gonzalito explicó que podía ser verde y gris y blanco, y ondularse y ser rugiente y terrible. Un armatostón... Vieron en el horizonte una goleta rumbo a la Estaca de Bares, vieron peces gigantes saltando fuera del agua y vieron alejarse la orilla que abandonaba en su retiro algas, erizos, conchas, maderos y alguna sustancia retorcida y repugnante que el pequeño de los Viloalle no supo discernir. Gonzalito hizo que Martín se fijara en la arena húmeda, que olía fuerte. Le mostró unos huesos de calamar, puros y blancos, y le contó cómo los pescadores, en su ignorancia, creían que esos huesos eran almas de marineros ahogados.

—Y así podíamos creerlo en esta orilla, por la constancia de las mareas, y el ir y venir del agua que dota de movimiento a esos pobres huesos. Pero si llevas eso al monte y sigues mirando, verás qué pasa.

Sin decir más, Gonzalito cogió los huesos de los calamares. Con ellos en la mano, decidió llevar a *Bucéfalo* hasta una cerca de piedra y atarlo a un pino. Después, dejó los huesos de calamar sobre una roca, a la vista. Se pusieron a merendar sentados en la cerca, y Martín, de carrillo a carrillo el pan, miraba fijamente lo que fue un calamar esperando que se convirtiera en querubín y subiese hasta los cielos, o al limbo. Lo esperaba, pero no lo creía y entonces tampoco debía de esperarlo. ¿Qué hacía, pues? ¿Lo esperaba o no lo esperaba? Si lo esperaba y creía, se sentía más a gusto, más cómodo. Si no lo esperaba, y por no tanto no creía, se sentía importante, pero muy inquieto, un gran pecador. Era aconsejable que la voz de su hermano guiara las ideas. Y ahora Gonzalito levantaba un brazo y señalaba el horizonte:

—Por ahí, hacia donde hemos visto que iba la goleta, fue por donde Colón llegó a América. —Gonzalito cogió una manzana y se ayudó de su navaja de mango de nácar para explicarse—: La manzana es la Tierra. Aquí, donde pincho ahora, es España, no te rías. Y esto, América. Lo que quería Colón era llegar antes a las Indias, aquí, en el otro lado del mundo, porque se creía que la manzana era más pequeña. Era una ruta nueva para llegar a las islas de las especias. Lo que hizo fue encontrarse con nuevas tierras. De todos modos, hay quien dice que, además del cabo de Hornos, que está aquí, muy abajo, hay un lugar por donde se puede cruzar América y seguir hasta las Indias. Entre Nueva España y Nueva Inglaterra, a lo mejor. O más arriba. Al lugar le llaman el Paso del Noroeste. Otros dicen que ese lugar no existe.

—¿Y cómo han podido llamarle de alguna manera, si no lo han encontrado y a lo mejor ni existe? —Martín pensaba demasiado a menudo en su gemelo Felipe.

—Quizá exista, Martín, lo que ocurre es que aún no lo han encontrado —y no se podía saber en qué pensaba Gonzalito, mientras daba vueltas a la manzana.

—¿Y cómo saben que puede existir?

—Porque algunos hombres dicen que lo han visto, y aun dicen que lo cruzaron. Pero, luego, cuando lo intentan otros, no saben llegar.

—¿Y no puede ser que hayan mentido los que dicen que lo vieron y lo cruzaron?

—Pero ¿tú no vas a ser cura? Pues para ser cura no es que te apures mucho en creer lo que no es fácil de creer. Si sigues mirando los huesos de los calamares, si te pasaras las noches enteras con un candil y las mañanas y las tardes aquí sentado y de brazos cruzados, verías cómo esos huesos se vuelven primero amarillos y luego desaparecen y ya no los vuelves a ver. ¿Te crees eso, Martín? Y dime, ¿qué es mejor? ¿Creer o no creer? ¿Te acuerdas de cuando pintaron el retrato grande del salón? ¿Te acuerdas cómo te pusiste?

—Me acuerdo…

—No sé si te puedes acordar… —y Gonzalito le explicó qué había pasado, y desde entonces, cuando Martín hace memoria, no sabe si recuerda lo que pasó, o recuerda las palabras de Gonzalito contando lo que había pasado—. Cuando nuestro padre quiso que se pintase a nuestros hermanos muertos, siguió la costumbre de sus iguales. Él es así, el gran señor de los días feriados. Pero la pretensión del primero que se retrató junto a su hijo muerto fue, como si dijéramos, volver a traer los huesos de calamar al mundo, devolverlos a la orilla para que el agua los moviese arriba y abajo, y la marcha de la Tierra en su diario giro en torno al sol los vivificase para siempre. Deseaba la realidad de ese brillo no del todo cierto.

—¿Qué giro de la Tierra?

—Tú de eso no te preocupes. Ni de nada de lo que te he dicho.

Y de nada se preocupó entonces Martín y nada comprendió. Gonzalito se puso a mirar al mar y de tanto en tanto su rostro se rendía al parpadeo y a las sacudidas de costumbre. Martín sabe que lo mismo hacía el padre de su padre, un don Gonzalo más de los muchos don Gonzalo que hubo y habrá en su casa, parpadeando sin oportunidad y sin sosiego, unos sí y otros no. Sentado en la cerca, Martín imitaba esos guiños de su hermano, no por burla, sino porque creía que ese convulso visaje era señal de que las personas pensaban mejor, o al menos pensaban cosas diferentes que le entretenían a uno.

Ahora más que nunca, a punto de partir hacia el noviciado en ese otoño incurable, Martín cree saber cuál es el deseo de esa realidad no del todo cierta de que hablara Gonzalito. Comprende ese brillo, y piensa que ese dibujo es creer, es la fe. Es durar. Como dura la figuración de Martín, su hermano mayor y el trote de *Bucéfalo* sobre la arena húmeda, mientras el mar ha retrocedido lo que puede, y tiembla el agua de charcas y estanques, y tiemblan las almas de marineros muertos.

5

Gonzalito se fue de la casa harto de que don Gonzalo se negase a contratar un hidráulico que desviase agua del río para ampliar el jardín, se escandalizara con la idea de adornarlo con esculturas y gruñera cuando le hablaba de repoblar con más robles lo que eran huertos junto al río. El señor sólo autorizó la construcción de una pequeña presa, más lucida que útil. Por desgracia, la ínfima concesión animó a Gonzalito a exponer su plan más ambicioso ¿Qué le parecía a don Gonzalo elevar un puente chino sobre el río, y abrir al otro lado un paseo que llevase, entre una celosía vegetal, el sol jugando en ella, hasta un rincón ameno con bancos en torno a una trampa galana y curiosa? De acuerdo con los planes de Gonzalito, si el paseante iba por el sendero, al llegar al rincón y pisar un resorte, unos surtidores ocultos lanzarían chorros en parábola que sorprenderían al embromado y harían las delicias de quien se hallase en los bancos. Don Gonzalo casi asesina a Gonzalito cuando llegó a sus oídos lo que consideraba disparates propios de un mamarracho. Martín aún conserva y admira alguno de los bocetos que Gonzalito abandonara en el desván. Los encontró al volver de Santiago, el año en que le dieron la noticia de que su hermano se había ido una noche sin dejar aviso.

Pero el castaño que ahora dibuja Martín es duración y es buen olvido. Martín traza líneas, mientras urde semejanzas e hilvana recuerdos: aún cabría en el hueco de ese árbol si entrar ahí no le ocasionase una honda tristeza, y no le poseyera la seguridad de que, una vez dentro, niño de nuevo, pero él de nuevo, el castaño habría de volverse confesonario. De la boca de Martín brotarían entonces esos pecados que llevan directo al infierno cuando mueres, que puede ser hoy mismo, ahora. Mientras teme la lluvia y la muerte repentinas, Martín asienta un pie en la tierra resbaladiza, renueva la incomodidad de su postura, medita y perfila con su lápiz cada una de las hojas secas, se aventura por leyes artísticas que nadie le ha enseñado, y yerra como siempre, yerra hasta que acierta, o al menos cree que acierta. Duda siempre y siempre se turba, porque sabe que quizá no sea tan buena la aventura del yerro constante, que no todo el que va a las Indias descubre América. Pero ahí delante, al menos, la destreza conseguida a tropiezos finge pardo lo negro, gradaciones de sombra que se enredan en una espiral de grises. Entonces resuena un disparo y se sobresalta.

Su padre y uno de sus hermanos, y sólo uno, andan al acecho de un jabalí en los montes altos, sobre la catedral antigua. Martín oye el revoloteo de las alondras hasta que desbandan en remolinos, alcanzan el cielo y la salvación, se reagrupan, dispuestas a marchar al sur, bien lejos del frío, de la lluvia y del escopetazo de un Viloalle cualquiera. A su espalda y entre la vegetación, lo que parece animal de buen tamaño arrastra con empuje helechos y aliagas, avisado del significado fatal de los disparos. Martín contiene un escalofrío, porque sabe demasiado bien que eso no es animal, ni hombre tampoco. Entretanto, una vaca muge tras el disparo, otras le corresponden, un perro ladra y un pastor reniega, no tanto para calmar el jaleo como dar cuenta de su posición a los cazadores y librarse de un tiro. No sería la primera vez que una fugaz intuición cinegética, el susurro leve de una rama, animase el gatillo de un Viloalle y la confirmación de su puntería terminara en el camposanto, en el dudoso consuelo de una viuda o de una huérfana, y en las bajas murmuraciones que tarde o temprano llegan a oídos del obispo y sobre el púlpito se vuelven historias de babilonios, de Judit, la viuda hebrea, de la cabeza degollada del arrogante Holofernes, y el que quiera entender que entienda.

La fuga de Gonzalito creó un serio problema en el mayorazgo. Don Gonzalo de Viloalle ha defendido siempre el derecho de primogenitura como hicieran su padre, sus abuelos y a buen seguro aquel conde don Francisco. A esa incertidumbre de don Gonzalo la espolea el hecho de que Gonzalito hubiera partido no tanto a correr cortes, porque se fue sin un real, como para huir de un destino de hastío y molicie al que le había condenado nacer el primero. Don Gonzalo quería perdonarle, ya que la desgana para tomar decisiones era más grande que el rencor. Además, las cartas que Gonzalito iba enviando, donde explicaba que no se arrepentía de su marcha, aunque solicitaba el perdón y hacía intuir su regreso, cesaron hace ocho años, cuando llegó la última desde Roma. En ella, Gonzalito afirmaba que se hallaba al servicio del cardenal Colonna y era preceptor de sus sobrinos. El señor de Viloalle preguntó qué significaba eso a hidalgos amigos suyos, más viajados, como si el preceptor de los sobrinos del cardenal Colonna no fuese su propio hijo, sino el de un conocido de los tiempos de Madrid. De ese modo le informaron que, si hablaba del famoso cardenal, estar a su servicio en Roma sólo se hallaba al alcance de los más honorables caballeros.

Don Gonzalo necesitaba calmar la incesante crepitación de su conciencia. Así que, sin olvidar del todo a Gonzalito, y descartado Martín, que iba a tomar ropa de jesuita, el señor empezó a preparar a los tres segundones, Gil, Jorge y Juan, para decidir quién habría de ser el heredero en caso de que el primogénito no volviera. Así, y según la temporada y el capricho, don Gonzalo sale de caza con uno y sólo uno de los segundones. En las conversaciones que entonces sostienen padre e hijo, se da a entender a este último que las circunstancias y sus aptitudes le señalan como favorito. Y mientras cobran piezas diversas don Gonzalo relata la leyenda de don Francisco, el mariscal Pardo de Cela y los tres lobos; o su fértil imaginación viaja hasta la corte en la carroza de la engañosa nostalgia y recorre su colorido y su trasnoche, sus palacios con marquesas y sus hotelitos con actrices. Cuando se recrea en esas hazañas cortesanas, don Gonzalo advierte de los cepos que él mismo pudo pisar, y pisó seguramente, cuando hizo su entrada en Madrid cargado de viejos pergaminos para reclamar el uso de su título de conde, y bajó enojado escaleras que había subido exultante, tras meses de esperar en antesalas, de abrazar y palmear hombro de paje, de saludar y sobornar porteros, de vislumbrar gabinetes oficiales, de que le abrieran y cerraran infinidad de puertas, en las narices casi siempre, muy fatigado don Gonzalo de interpretar al pie de la letra los «celebro», los «rendido servidor», los «apasionado amigo», los «entregado a complacer sus justas pretensiones» y los «cuanto antes».

Hay algo en el relato de su padre que los segundones no quieren entender. Lo que su padre cuenta en realidad es que fue, se deslumbró y volvió. O que fue, fracasó y volvió. Pero que volvió. Que Gonzalito volverá.

Los paseos por el bosque enseñan mucho de la propiedad familiar. Desde la puerta de la casa, y llevándose el canto de la mano a las cejas sin alzar la frente, todo cuanto dominan los ojos es de los Viloalle. Sólo cinco familias en la provincia de Mondoñedo tienen tanto. En cualquier caso, el resto de las tierras y de los montes, de las casas y del ganado, es de un hombre que no es hombre, porque muere uno y llega otro igual: el obispo. Y el obispo hace trampas. No mantiene las leyes antiguas, sino que aprovecha las sucesivas divisiones de los arriendos entre hijos y nietos de campesinos para debilitar a la nobleza de espada en murmuraciones de merienda. Así que, entre anís y migas de bizcocho, avemarías y sermones torticeros, el obispo confunde a las pobres gentes, les azuza contra su señor y les invita a la pobreza en la tierra, que ahí estará siempre el obispo para rociar con agua bendita al famélico rebaño. Por eso, por indicación del obispo, que les trastorna, rechazan esos desgraciados el invento de la patata, que paliará el hambre y hará que abonen las rentas a su hora. Pero la patata es cosa de indios, pecado mortal es la patata.

Contra esas adversidades, el señor ejerce su dominio y autoridad sobre los súbditos, aunque eso le valga a la postre las llamas del infierno. Por eso exige a los arrendatarios el pago de la renta, a palos y con escarnio, si es menester. También es necesario procurarse el respeto y la alianza con otros señores. Ésa es la razón de que Elvira se haya casado este mismo verano con uno de los Bermúdez. Si los Bermúdez y los Viloalle dejan de usurparse las lindes, invadir con rebaños la tierra ajena, desviar los regos y plantar fuego al monte de su vecino, como vienen haciendo desde siempre por sana costumbre, si señalan el mutuo adversario, al obispo sólo le queda denunciarles a la Inquisición por algún desvío religioso o intelectual, y un riesgo de esa índole es poco menos que imposible, gracias a una acendrada inactividad mental. Ésas son también las circunstancias que han alimentado el hecho, lo sabe muy bien Martín, de que él mismo vaya para jesuita siendo como es la Compañía enemiga tremenda del obispo.

En cuanto Gil, Jorge o Juan aprenden esa política de provincia durante sus largas cacerías, llega una madrugada en que con las botas calzadas, la pólvora a punto, el morral con pan y chorizo, y los perros husmeando en torno suyo, esperan en vano que su padre acuda a seguir impartiendo lecciones. Desde esa hora infeliz, el favorito vigente se vuelve un ser invisible y hasta molesto. Otro hermano recoge el frágil delfinato, mientras Gil y Jorge, o Jorge y Juan, o Gil y Juan lloran en las riberas maldiciendo al nuevo elegido, cruzan espadas en el patio, bostezan a la sombra de un olmo o examinan con ausencia risueña las tareas de labranza, al acecho de la flexión de una moza. O preparan a Martín en las paciencias de la confesión relatándole sus cuitas una a una. O cuando están de malas, se dedican a arrinconar al hermano menor y a darle de capones como si fuesen cabreros. Y del mismo modo que, cuando se confiesan, Martín escucha, cuando le pegan, honor de Viloalle contra honor de Viloalle, Martín se defiende como puede. Y sabe poder: un aprendizaje que no le vendrá mal si, con los años, le envían a misiones, Dios no lo quiera.

6

Como se ha dicho, al margen de las tensiones sucesorias quedaban Elvira y Martín. Aún le duele a Martín pronunciar el nombre de Elvira y huir tanto de las horrendas figuraciones que ese mismo verano han asolado su lujuria, como de las confusiones que la hermana ha sembrado en su vanidad y avaricia. Ahora, en el claro del bosque, apoyado en la estaca, sigue en equilibrio el cartapacio de esquinas plateadas cuyo contenido el futuro novicio destruirá a la que acabe su dibujo. Y ahí, en el hueco del árbol centenario, quedarán los motivos de su angustia. Pero no puede más y, rojo de ira, el que se desea indiferente rompe el trabajo cuando ya no soporta la evocación continua de sus malas ideas, y las trizas acaban en el lugar húmedo y musgoso donde otros veranos se escondía con Elvira, las pecas de sus hombros y de su pecho, el verde de unos ojos que iban cambiando con la luz. Martín recitaba a santo Tomás y ella, entre risas, le acariciaba el rostro al decir: «Cuando seas cardenal, ¿me reconocerás como hermana?». Martín notaba en Elvira un gesto raro y en sí mismo el oscuro temblor de quien no siente aprensión ninguna al admirar los atributos de la sangre de su sangre. Porque se fijaba en Elvira como si Elvira no fuese ella, sino una hembra. Y ella, a su vez, ensayaba en él el cortejo de otro, y Martín tan contento. Pero no ocurría lo mismo en esas últimas semanas de horas lentas cuando Elvira preparaba el ajuar y discutía los pormenores de la ceremonia con la madre y las criadas, y recibía cada tarde la visita de Ramiro Bermúdez. Los novios se sentaban a hablar durante horas a la sombra del roble mayor, y el de Bermúdez perseguía las gallinas que hasta ellos se acercaban, quizá en alegoría de un enorme gallo, porque decía y repetía «kikirikí», mientras saltaba de acá para allá con los pies juntos. Elvira, como narcotizada, reía esas piruetas. Otras veces, con el aya y su cojera tras ellos, los novios paseaban del brazo siguiendo el río hasta perderse en las frondas, más allá de la capilla en ruinas. Mientras los novios se alejaban bajo una tamizada luz de verano, Martín apretaba los puños hasta sangrar. Elvira y el aya volvían a media cena; la novia cruzaba entonces una mirada con doña Eugenia, y comía luego tan en silencio como todos, pero con mucho más apetito. Y no era el haber holgado, eso ni en broma; era la ilusión de irse.

Cuando amaneció el día de la boda, todo fue movimiento y desasosiego en el caserón que olía a pomada de azahar y a valeriana entre vapores de agua hirviendo, mientras a lo lejos resonaban las campanas de la catedral antigua. Las carrozas en la puerta, los criados en la raída librea de las grandes ocasiones de aquí para allá, deshechos en urgencia y llanto. Don Gonzalo, casaca y calzón de un granate almandino, daba órdenes a pie de puerta y susurraba misterios al oído de doña Eugenia, quien a su lado, con la peluca alta y el vestido celeste cosido hace mucho en Madrid, abandonaba su perpetua figuración de sombra —la espalda de una sombra, a veces— y se alojaba por un día y con escaso ánimo en su personaje de gran señora. Agotada por los preparativos, doña Eugenia sacudía el abanico ante el rostro de don Gonzalo con el fin de alejar la persistente y secreta información que su marido susurraba. Es posible que don Gonzalo hablase a su esposa de la dote de Elvira, o quizá se refiriera a la ausencia del obispo, a quien habían dejado de invitar con toda intención. Nada era seguro, porque las salidas del señor eran confundidoras; aunque desde luego se había referido a un hecho incómodo, porque cuando se hartó del ladrido de los perros, enfadados por su encierro en día tan memorable, se acercó don Gonzalo a las jaulas y les arreó tal patada que se le descalzó un zapato de tacón morado. Un criado tuvo que ir a buscarlo hasta el fango del río, mientras el señor se andaba hasta los bancos del vestíbulo a la pata coja, exhibiendo la indecencia de su pinrel.

Pronto subió la familia en las carrozas y se inició el desfile hasta la antigua catedral, entre vivas de aldeanos que se acercaban al camino desde lo alto de las colinas, siguiendo un rito que vivificaba todo el valle. Una partida cualquiera, al oír la marcha de otros por un sendero lejano, profería llamadas de reconocimiento que enseguida contestaban voces y contravoces que surgían de prados y pinares y formaban un cielo sonoro que sólo quebraba el continuo repicar de campana en iglesias y ermitas.

Saludos, devociones y primeras genuflexiones ante la puerta de la catedral antigua. Martín estaba seguro de que esa irradiación de Elvira en su vestido blanco se debía menos al novio que al rito en sí. Al acercarse al altar, Martín reconoció en su hermana, y no era la primera vez, el verso de Virgilio: «Y en sus andares se reveló que era una diosa», aunque la novia no pudiera disimular los nervios ni la cara de sueño bajo polvos y lunares. Bien sabía Martín que Elvira había visitado con su aya a la sanadora de Bacoi la noche anterior. Allí, en la cabaña perdida en cuyos resquicios de piedra, según se decía, anidan cuervos y borbotea sangre de recién nacido en el negro caldero, las novias se someten en aras de la fecundidad a tocamientos y friegas con yerbas y elixires, a devociones por santos paganos que se acompañan con letanías en idioma salvaje.

Tan salvaje, por lo menos, como el latín cateto del cura que ofició la alianza de los Viloalle y los Bermúdez, y le alejó de Elvira para siempre.

Tras el banquete, las risas y el vino, y los discursos de don Gonzalo de Viloalle y de don Prudencio Bermúdez, cuando en obediencia a la tradición se obsequia con una merienda tras la casa a quienes se acercan hasta el pazo, no es la primera vez que Martín descubre en rasgos de mozos y mozas una sospechosa familiaridad. Al verles bailar entre gemidos de gaita, vislumbra en rostros curtidos una nariz o una línea de pómulo que son suyos. Aunque no da mayor importancia a las vagas semejanzas y mira cómo bailan y beben, se persiguen y disputan, dan vivas a los novios, aprovechan la tarde sin vergüenza, bajo la cristiana resignación de los años.

Pero un caso de analogía fisonómica inicia esa tarde la duda. Sus hermanos hacen apartes, se ríen de Martín y atraen su atención sobre un pícaro alucinado que da vueltas sobre sí mismo y vocea de modo inconexo, un orate aún más chico de talla que los ínfimos Viloalle, pero de cabeza gigantesca; un idiota que por designios nada raros, aunque molestos, es la mera imagen de Martín. Enseguida, mientras se detiene y evita el desmayo que le proporciona el mareo de tantas vueltas felices, es el propio tonto quien divisa al menor de los señores. Cuando llega el enigmático vislumbre, el rostro del muchacho se ilumina como el de un Narciso que hasta ahora ha vivido entre el unánime desdén, y descubre al pronto unas aguas sosegadas devolviendo la imagen que siempre ha sabido que posee. En medio de los que festejan, el tonto cae de rodillas, las manos unidas en oración, y el llanto de alegría anega un bramido que no es de este mundo. Por fortuna, sólo Martín repara en la situación y enseguida se oculta dentro de la casa.

Al anochecer, los novios, algunos invitados y la turba burlona arrancan en procesión hasta el pazo de Bermúdez, donde residirán los recién casados. Martín sale a la puerta con pena mal disimulada, hace una reverencia cortés a su cuñado Ramiro, y Ramiro, algo achispado, le corresponde con un capón que le debe de parecer grato. Abochornado, Martín se acerca hasta la carroza donde Elvira se esconde para evitar un primer reproche al novio, quien sigue abrazando a su suegro, y luego besa al cura en la mano, pero también a su suegra y a una de las criadas que pasa por allí. Desentendido de la escena, Martín se reclina hasta el asiento de su hermana, enjuga las lágrimas de ella con un pañuelo bordado, se altera ante su batir de pestañas y la besa en una mejilla:

—Ven a verme, o escribe al menos, que si no te pierdo… —le dice Elvira abrazándole—. Que te llevan a la China y te pierdo.

Martín vuelve a besarla, ahora en los párpados. Y Elvira parece meditar lo que le cuesta decir y al fin dice:

—Te quiero con toda mi alma, Martín. Por eso te digo esto, no por mala idea. Te escribiré y he de contarte. En la comida, nuestra madre me ha dicho algo muy extraño, y nuestra madre no habla por hablar. Esta mañana, antes de salir a la iglesia, padre le ha dicho que si Gonzalo no vuelve y tú ahor-

cas los hábitos, te quedas con todo. Heredas. Serás el señor…
No te vayas a la China, *riquiño*…

7

Tras la boda y las turbaciones, por imponerse penitencia, Martín se adentra en el bosque cuando llega la tarde y avanza en las prácticas litúrgicas. Pero esos ensayos se ven afectados por la indeseada compañía del bobo que se parece a él. Quizá alguna tarea que sepa realizar ocupa sus mañanas; sin embargo, a primera hora de la tarde, da igual donde Martín se esconda, el alegre tonto husmea por el bosque hasta dar con la perfección de su imagen. Al tenerlo cerca, Martín ve que es un niño de nueve o diez años. Le ha preguntado su nombre y de aquella boca sólo ha salido un gemido espantoso y un hilo de baba. Cuando sigue con los ensayos y presenta el cáliz al fingido altar, o cuando ordena arrodillarse, el tonto no obedece como un feligrés, sino que imita como un borracho. Martín pronuncia los latines con tono claro y enfático para oír enseguida a su espalda unos gorgoteos que son ardua parodia. Martín se vuelve para gritarle, pero cualquier enojo queda invalidado por la entrega absoluta que emana del tonto genuflexo.

Al cabo de unas tardes, sólo la disipación de la voluntad consigue que en el inminente novicio madure una turbia fantasía: esa naturaleza deforme ha intuido lo que el Génesis señala: «Y dijo Dios: hagamos el hombre a nuestra imagen, conforme a nuestra semejanza». Y el pensamiento de Martín continúa. Si nadie ha enseñado a ese pobrecito lo que no puede aprender, con su conducta muestra lo seguro, las escrituras son sagradas. Y en la perfección respecto a su imagen errónea, en la semejanza, en el propio Martín, ve ese monstruo al Altísimo.

Al caer la tarde, y con la tarde la melancolía, Martín cierra su libro, se sienta en una roca y se hunde en la duda que no osa pensar siquiera, y sólo halla expresión en gestos leves. Martín coge un palo del suelo y escribe en el fango: *Ad majorem Dei gloriam*. A mayor gloria de Dios: el lema de la orden en la que transcurrirá su vida. El bobo se acerca, se acuclilla, observa estupefacto el milagro de crear signos en el barro, abre la boca, babea. Y Martín piensa que si el tonto sabe que esas marcas son signos, los signos son también obra de Dios.

—*Ad majorem Dei gloriam*... —dice Martín, y el bobo, con una audacia fenomenal, acerca su cara repugnante y mira en la boca de Martín, husmea el origen de las palabras—. Anda, largo... —le dice Martín, mientras evita darle un manotazo, y el bobo, gozoso en la plenitud de su ser, trisca monte abajo con los brazos alzados, la mirada atravesando el follaje hacia la última luz, rugidos de exaltación al cielo oscurecido. Y al de Viloalle no le queda otra que reír.

Pero la vanidad tiene tantas vueltas como el Tiempo y, si tras la vergüenza, Martín llega a encontrarle gracia a las pantomimas del bobo, percibe enseguida que más allá de las genuflexiones y del estremecido unir de manos, de la hermética cháchara del engendro, no hay prestigio, sólo ridículo. El bobo ve su imagen perfecta en el pequeño Viloalle, mientras le enseña una verdad desnuda: cualquier esfuerzo de Martín sólo es y será derramada saliva de un imbécil. Martín es la imagen del engendro y no al revés: es Martín el que confunde los latines, el que se ensucia el calzón y las medias con sus remedos de liturgia. Martín se encamina hacia el mismo destino que su gemelo Felipe, pero por un camino más cruel: una larga galería de espejos que le devuelven su figura como la de un bobo; un vía crucis inaguantable para aquel que lo descubra y no cumpla santas cualidades. Polvo eres y serás polvo, y entretanto el espejo de Naturaleza mostrará tu insignificante condición.

Ese hallazgo abruma. Hiere averiguar que la calidad del pensamiento se inclina por esa dolorosa y rotunda exigencia y no toma caminos más llevaderos. En compañía del bobo, los atardeceres no son felicidad por haber sido creado, son atardeceres de un muerto. Y le domina la idea de que él es Felipe, o al menos es también Felipe. Y la envidia de Felipe maneja y descubre a todas horas y en todo la inmundicia terrenal, sus luchas y avaricias, sus pecados de la carne, su incesto, los caminos que no puede ni debe tomar. Valle de lágrimas: no hay más mundo que el lento regreso de las vacas al establo bajo el primer lucero. A través de lo que se empeña en imaginar como tiempo, Martín rezará, creerá entender, aconsejará, dará y recibirá tan sólo porque un designio familiar decidió que sería jesuita para fastidiar al obispo, y él se ha educado en amurallar de vocación tal capricho. Y aunque Gonzalito no vuelva, y su padre le requiera, Martín se obligará a otras decisiones más altas. Cuando llegue la vejez, quizá olvide que siempre ha estado muerto, tan muerto como su gemelo muerto. Y cuando se reúna con él, Felipe le mostrará una pared mágica, y en esa pared verá el bosque donde Martín hace que da misa y, de rodillas, el bobo ronronea o brama, en pleno éxtasis. Y el gemelo Felipe dirá:

—¿Lo has visto? ¿Lo ves mejor ahora? Pues evítalo.

Y Martín lo evita.

La piedra golpea de lleno la inmensa cabeza del bobo, que no se inmuta, tan elevado es su arrebato. Martín, poseído de la muerte de su gemelo, de su propia muerte, quiere que el tonto conozca el desorden y el horror. La ira de ese dios que se ha inventado. Ese Martín que es uno y trino: él mismo, su gemelo Felipe y el destino fatal de ambos.

La piedra sigue golpeando y la expresión del rostro de aquel deforme encogerá el corazón de Martín para siempre.

Porque no sigue la expresión del tonto los hábitos que llevan del éxtasis al desengaño y al terror, sino que recibe el castigo de buen grado. El sudor ensangrentado fosforece con calidad marmórea en el crepúsculo; absorbe y genera nueva luz. Empieza el bobo a mostrar las encías descarnadas, a cada pedrada la sonrisa destella, más humana al fin que el gesto frenético de su dios.

El dios envidioso sólo se detiene cuando el bobo se derrumba como un árbol, la enorme jeta aplastada contra el suelo. A Martín le parece que todo el monte retumba con la caída. Dominado por el espanto ante su maldad, diluidos en violencia los pensamientos más tristes y los más feroces, seguro ya de que él, Martín, no está muerto, de que las malas obras causan remordimiento y miedo, y que ese miedo es el cimiento de toda vida, Martín echa a correr por las veredas, abandona al tonto en mitad del bosque.

Cuando vuelve al día siguiente, Martín no ve más que un rastro de sangre, hojas aplastadas y el intento del bobo de trazar unas líneas en el barro, de jugar con barro. Algo que, si no aspirase a la indiferencia, Martín podría interpretar como signo de amistad o de perdón. Desde entonces Martín ve esos signos absurdos en la tierra cada vez que vuelve junto al castaño, oye a veces el súbito moverse del follaje y su piel se eriza al sentir la presencia del niño que juega con barro. Y esa piel que ansía la indiferencia, pero se eriza, es única. Y, por ser única y erizarse, es mortal.

«ID E INCENDIAD EL MUNDO»

1

En la tarde de abril, el rector de Villagarcía de Campos enuncia los misterios del rosario y los novicios murmuran respuestas desde los bancos del oratorio. La letanía de vísperas arrulla los muros de la colegiata mientras vapores de incienso se posan en la carcomida madera de los santos. Por la agilidad para una rápida *compositio loci,* adquirida en innumerables ejercicios espirituales, la imaginación de los novicios se fuga de la repetida imagen de Cristo depuesto de la cruz hacia escenarios donde se alojan mínimas intuiciones del goce. Bajo una idea común de recogimiento, cada uno establece con los demás la armonía de su piadoso ademán, mientras fantasea debates con jansenistas y dominicos; o que el aliento de la dama más bella de Madrid corre fresco y leve por la celosía del confesonario. Está prohibido restregarse esa primera gota de sudor que baja por el cuello.

Acaba el rito. La ceremoniosa devoción mide y remansa las horas del día. Los novicios salen a su recreo. Quien distinga entre ellos el semblante del joven Martín de Viloalle le supondrá contemplando musarañas; pero musarañas graves, trascendentes.

Entre un cruce de susurros que pugna por volverse alegre gorjeo de novicios al llegar a la puerta de la iglesia, se oye la voz del prefecto Olmedo:

—Martín de Viloalle.

Y Martín acude diligente, besa la mano de su interlocutor, se dispone a recibir órdenes.

—Vamos a pasear tú y yo por el castillo.

«*Nunquam duo*», piensa Martín, aunque sabe que esa regla no atañe al prefecto. Y recela.

En un instante, la desigual pareja deja atrás el hormigueo de novicios y camina por la calle principal de Villagarcía entre polvillo humano y olor a oveja que escapa de las tainas. Los lugareños se inclinan al paso de los religiosos.

El prefecto es alto y de inverosímil delgadez. Pero no es de su figura de puñal, sino de su conducta de puñal clavado, de lo que Martín desconfía, mientras alterna salto y carrera para seguir el paso del sacerdote y escuchar así lo que emana el susurro átono de su voz. Tras un prólogo discursivo de nulo significado, el prefecto detiene el paso en las eras. Mientras dura el silencio, Martín recuerda la primera visión, casi un ahogo, de esa anchura castellana; el mar pajizo unido en los confines a la bóveda del cielo. Y mira Martín los campos, aún verdes las espigas, por no mirar la cara más verdosa del prefecto, esas mejillas demacradas cuyo origen la buena opinión atribuye al estudio y los novicios a la intriga. Hasta ahora, Martín no ha tenido que sufrir lo que por otros sabe castigo. Han logrado esa hazaña su comportamiento intachable, la excelencia en los estudios y una indiferencia enmascarada en cualquier modo posible de humildad.

—¿Conoces la historia de Jeromín? —y la pregunta es retórica como retórico es todo en ese hombre. Cualquier novicio que haya sido víctima de esa siniestra ceremonia sabe desde hace mucho que el amo de ese castillo era el tutor de don Juan de Austria. Ahora dispone el bien ensayado ritual que es responder a las taimadas cuestiones del prefecto.

—Uno de los mayores, don Juan de Austria... —afirma convincente el novicio para que el prefecto llegue pronto a la historia del tutor de Jeromín, don Luis Méndez de Quijada. Y el prefecto cuenta en su horrísono mascullar cómo el emperador Carlos confió la educación de su hijo natural a don Luis, y cómo éste llevó esa educación en el máximo secreto hasta el punto de que su esposa, doña Magdalena, la gran protectora de la Compañía, llegó a creer que el niño era fruto de unos amores ilícitos del marido. Cuando Felipe II proclamó en el monasterio de la Santa Espina que Juan era su hermano, las voces admiradas por el futuro vencedor de Lepanto ocultaron la hazaña de su preceptor, no tan magna, pero sin duda más honda. Ese exponerse a las habladurías, al desprestigio, ese anular honor, vanidad y orgullo por disciplina y afán de servicio. Esa obediencia.

Martín, sabio en bastardías menos famosas, aplica a su rostro la absoluta suspensión de ánimo tras el cuento y la moraleja, y de sus facciones brota un semblante de nube donde cada cual intuye lo que quiere: un búho, una vieja, un cañón, un mapa... Martín desea que lo admirativo asome en su expresión, porque adivina la valentía del preceptor de don Juan de Austria. Medita en la propiedad de arrodillarse ante el prefecto y besar su mano por contarle esa historia prodigiosa, medicina sutil envuelta en dulcísimo caramelo. Pero detiene la intención, porque la mano huesuda ya rebusca en la sotana y enseguida aparece una carta con el lacre violentado. Martín, que reconoce la letra de Elvira, recuerda la expresión adecuada para referirse a ella: «la hermana que yo tenía». No fue poco el alborozo que en su hora le produjo saber que su hermana no era tal, ignorando con gusto el verdadero espíritu de la regla que ahora mismo el prefecto habrá de recordarle.

Y alza la voz el prefecto:

—Para criar en ti el espíritu de la empresa de Dios, para disponer de tu corazón, que irá a Dios por votos, para que no tenga cosa que lo retarde de Su amor y el deseo de la gloria más excelsa, la vida llama a pruebas, novicio...

«Ay», piensa Martín, que se esfuerza por mirar al prefecto y no la carta.

—Quiero decir con eso que hay que dejar la hacienda y la esperanza de ella. Y dejar la honra. El deber, tu gran deber como futuro soldado de la Compañía, Martín, es como un árbol. Y así como al árbol, para servir en un edificio, le cortan las hojarascas y las ramas y lo cepillan, así deben cortarse nuestras hojarascas y olvidar la hacienda familiar. Y cortarse el verdor de la carne y de la sangre, abandonar el demasiado trato y la afición de parientes, convertir en espíritu puro el amor carnal...

«Ay», vuelve a pensar Martín, y evita cualquier figuración de lo que su hermana pueda haber escrito, y contiene un súbito rubor con mucho esfuerzo.

—El religioso, el hombre espiritual, no ha de ser tan parentero. No se ha de encarnizar en carne y sangre, sino entregarse todo al servicio de Dios Nuestro Señor.

Quiere respirar de alivio Martín, sumergirse en aromas del campo. Sin embargo, le paraliza la mirada que surge del difícil rostro que le examina, y conforme se endurecen los ojos del prefecto, el novicio selecciona la respuesta correcta a una pregunta que aún no ha sido formulada. Y como esa pregunta no llega, Martín se atreve a hablar:

—Ordene usted, padre...

El prefecto expone la misiva ante los ojos de Martín como si cogiera una rata por el rabo. Pero Martín sabe que si esa carta contuviese algo punible el prefecto ya le habría infligido un castigo ejemplar. El prefecto está jugando, quiere que Martín se exponga. Por eso Martín dice:

—La hermana que yo tenía está muy sola, padre...

Un «¿Cómo te atreves?» anticipa el bofetón. Los golpes no abundan en el noviciado y por ello sorprenden las rabiosas excepciones. Martín lo encaja muy entero, sin asomo de alteración.

—¡Una mujer casada nunca está sola! Y las flaquezas propias de su condición de hembra sólo incumben a su marido y a su confesor. ¿Pertenece a la Compañía su confesor?

—No, padre...

—¿Ha parido hijos la hermana que tú tenías?

—Dos, padre...

Con esos chismes ocupan las horas muertas algunos curas: no han entendido el auténtico poder que habita en las voluptuosas revueltas del secreto bien elegido. Eso, y no el acaparar habladurías, es el rasgo distintivo de lo jesuita que Martín ha intuido y al cual desea consagrar su vida. Sin embargo, bajo el riesgo de recibir más golpes, sería prudente mostrar, para el efecto general de la escena, buena disposición, una inteligencia acorde con el exiguo talento de quien la reclama.

—Ella es buena, padre, y una gran dama, pero a veces le cuesta comprender la abnegación. Eso es lo que yo pretendía inculcarle en mis cartas: el gran amor a la obediencia que aquí me han enseñado.

—¿Y qué soberbia es ésa? Tu obligación era hablar con tus superiores para que ellos dispongan cómo se labra ese surco.

«Otros surcos labrarías en tu aldea», piensa Martín, mientras finge hondura reflexiva:

—Nada me honrará más que hablarle a usted de todo en la próxima ocasión, padre.

—Tú ya no tienes honra. Y no sé si tendrás ocasiones...

No le cuesta a Martín fingirse desanimado, mientras el prefecto inicia sus astucias:

—Te daré a elegir entre dos caminos de conducta...

«Qué listo se cree», piensa Martín. La carta debe de llevar lo menos una semana en ese bolsillo. Seguro que Olmedo ha estudiado todos los movimientos de un juego al que sólo impulsa una secreta ambición personal o el mero aburrimiento. Y el prefecto explica:

—Puedo darte la carta. Entonces la lees y después de cenar me la entregas. O bien, puedo entregarte la carta, puedes quedártela y, eso sí, reflexionar mucho por tu salvación y por la de ella.

Hay una tercera alternativa. Sabe eso Martín por boca de otros novicios que, en la misma circunstancia, se han encontrado ante un dilema para verse luego emboscados por la estratagema de Olmedo. Es el constante distraer el entendimiento, el empeñarse en ser uno y que no te dejen. Olmedo te anula, pero quiere que sigas siendo para doblar y doblarte de nuevo, y troquelarte como aquél y aquél y aquél. Sin embargo, esa misma disciplina sugiere que alguna vez se ha de fingir carisma, hacer valer la herencia del arrojo de san Ignacio de Loyola, destacarse y mostrar tu facultad para empresas más altas. Y la ocasión ha llegado. Mira el suelo Martín y dice:

—Rásguela, padre.

—¿Qué me estás diciendo? ¿Rechazas las dos posibilidades que te ofrezco?

Se arrodilla el novicio y busca la mano libre del prefecto. Olmedo extiende un dorso peludo, Martín lo besa, y siente en la coronilla una mirada entre feroz y perpleja.

—Rásguela, padre —repite Martín, y no hay énfasis en sus palabras—. Y que todas las gracias del cielo le sean dadas.

Martín oye la carta al rasgarse. Su cuerpo no hace el menor movimiento hasta que escucha:

—Te puedes ir.

Martín evita los ojos del prefecto, besa su mano y camina con la cabeza gacha, la mirada del otro en su espalda. El prefecto no ve su sonrisa. Ni la ven tampoco, y poco les importa, unos soldados que descansan y abrevan caballos en las afueras del pueblo, de paso entre destacamentos, al parecer. Ni le hacen caso los niños del pueblo que juegan a ser esos mismos soldados. Ni se interesa por Martín la gente de Villagarcía, que se distrae con el naipe y encerrando gallinas, cuando el novicio pelirrojo pasa por la calle mayor en la última luz del miércoles. Sólo sus compañeros, a quienes ha entregado un simulacro de amistad, se aprestan a recibir noticias en la puerta de la colegiata:

—¿Qué ha ocurrido?

—La hermana que yo tenía… —y sigue su camino Martín, cabizbajo, tal que si su hermana hubiese muerto. Y se divierte Martín ante la confusión y el alarmado cruce de miradas de los otros, utiliza el drama que ha dejado suponer para cobijarse en la soledad de la sala de estudio. Finge traducir las *Confesiones* de san Agustín, ese libro casi prohibido que tanto le atrae y ha leído lo menos diez veces:

Y antes de esto, dulzura mía y Dios mío, ¿qué? ¿Fui yo algo en alguna parte? Dímelo porque no tengo quien me lo diga, ni mi padre, ni mi madre, ni la experiencia de otros, ni mi memoria.

Ésa es la fachada tras la que se concentra el novicio, mientras recompone el posible contenido de la carta de Elvira que nunca habrá de leer. Una más de la serie que, si ha de reconocerlo, ya le harta. Porque las palabras de Elvira, su penosa caligrafía por una instrucción de monjas que hacen bordar un nombre mejor que escribirlo, no han sido hasta ahora motivo de añoranza. Las evocaciones sensuales se desvanecieron en cuanto su hermana pasó a tratarle no sólo como hermano, que ya no debía, sino como paño de lágrimas, que aún debía menos. Sin insistir en la posibilidad remota de que Martín fuese designado como heredero, tal como dijera el día de su boda, Elvira contaba lo esperado: Gonzalito no volvía, y su padre había vendido algunas tierras a no se sabe quién de Ribadeo para pagar su dote y mantener una posición que se debilita por días. En cambio, la casa de Bermúdez parecía manantial de abundancias: las rentas eran cada vez más altas y, para combatir los tedios y saciar Dios sabe qué codicias, hasta se rebajaban a negociar con unos y otros. Pero de qué le servía eso a Elvira. Ramiro Bermúdez era un hombre bueno, pero sólo se ocupaba de ella para preñarla, mientras daba rienda suelta a cuñadas y suegra para que la odiasen hasta el mismo tuétano de su paciencia. Era una intrusa y se lo hacían notar a cada hora. Recién llegada a la casa de Bermúdez, el aya, que se había ido con Elvira, se murió de un empacho, y los Bermúdez la enterraron de cualquier modo, sin preguntar ni de dónde era, o por su familia, o si Elvira guardaba algún deseo sobre dónde debiera guardar reposo la difunta. Y luego siguió lo más triste. Era razonable que le arrebataran de su seno a las dos criaturas para que las amamantase alguna aldeana con buena leche, pero no la descortesía del modo, que ya fue maldad cuando, al nacer muerto el tercero, le hicieron saber una práctica común, pero de la que nunca se hace comentario, y menos a una madre inmóvil por la debilidad, a una madre fracasada. El cura de los Bermúdez, que era de la España antigua, y que se escandalizaba, muy calladamente, eso sí, ante los afrancesamientos comerciales de los hombres de la familia, se empeñaba en dominar a sus devotas con los hábitos de siempre. Por eso, había clavado una estaca en el corazón a la criatura en cuanto la separaron de la infeliz parturienta. Así el diablo no tiene tiempo de arrebatarla, le dijeron sus cuñadas y su suegra, aunque en verdad la estaban llamando inútil.

En otro orden de cosas, Gil o Juan o Jorge, en verdad Martín no recuerda cuál de ellos, había conseguido los permisos para irse a Nueva Granada.

¿Y qué puede hacer Martín? ¿Sentir aquello? ¿Compartirlo? ¿Maldecir a la Providencia? ¿Recrearse en la atroz imagen, la propia imagen, de su gemelo Felipe atravesado por una estaca que empuña, mostrando los dientes mellados, el prefecto? No puede hacer nada. Esas cartas son leídas por muchos ojos con verdadero interés. Las que se envían y las que se reciben.

Por eso, en cuanto Martín supo que el hecho de expresar un deseo inquebrantable de ir a misiones, o citar a san Ignacio cuando exclama «¡Id e incendiad el mundo!», presa del arrebato que los mismos jesuitas llaman «la fiebre de la China», es causa suficiente para que te destinen a cargos más prosaicos aunque también de mayor enjundia, intentó matar dos pájaros de un tiro al escribirle a Elvira que su único deseo era convertir, él solo, y de un golpe, la India entera. Supuso muy alegremente que Elvira iba a comprender que la India era ella, la misma Elvira. Pero su hermana no ha comprendido, porque se ha vuelto una triste calamidad, como doña Eugenia, la madre de los dos, ahora lo ve.

Antes de que suene la campanilla de la cena, Martín se sobresalta porque el prefecto le ha vuelto a llamar desde la puerta del estudio.

Con un gesto mudo ordena que le siga. Martín, neutra la expresión, guarda su volumen de san Agustín y sigue por el tránsito al prefecto, escalera arriba, hacia las habitaciones. Lo ignora todo Martín y nada le inquieta, cuando el prefecto revisa su celda antes de clavarle la vista.

—La hermana que yo tenía… —masculla el prefecto para sí, y como si se lamentara, antes de mirar a un Martín que se encoge de hombros—. Tus compañeros creen que estás apenado por la muerte de tu hermana.

«Y eso es lo que me pasa, ni más ni menos», piensa Martín. Pero se defiende:

—No he mencionado nada de eso, padre. Sólo he querido decir que nuestra conversación se ha referido a ella.

Tras un silencio patibulario, el prefecto añade:

—*Malus bonum ubi simulat, tunc est pessimus…*

Es pésimo el malo cuando aparenta ser bueno. A lo mejor lleva razón; pero no se la dará. Ni tampoco habrá de contradecirle. Además, el gesto del novicio ya muda en turbación, y turbación verdadera, porque Olmedo ha abierto su cartapacio y mira las láminas que Martín ha dibujado en los últimos meses.

—La Anunciación… —reconoce el prefecto en el dibujo de uno de los relieves del retablo mayor—. Tienes buena mano… Aunque a mí me parece que la comedia se te da mejor. Podríamos dejarte en Venta de Baños para cuando pasen por allí los de la legua. Aunque también puedes ir con el obispo de Mondoñedo quien, el muy artero, ha declarado lugar sagrado una capilla en ruinas que había en tu casa. El asunto es que se siga rezando, pero con orden y beneficio, a uno de los ídolos que esos aldeanos medio salvajes de tu tierra se inventan cada dos por tres, mientras inicia los trámites de beatificación para salvar los muebles. Se ve que eso deja a tu padre sin las tierras que rodean una presa cercana. El obispo, entretanto, vende como bendita el agua del lugar. «Agua del Santo Infante», que así se llama el ídolo ahora. Un niño que hacía milagros, dicen. Según el obispo, esa agua va bien para los dolores de cabeza. Eso es lo que te contaba la hermana que tú tenías en la carta que no has querido leer. No te importa mucho, ¿verdad?

Muy poco. Aunque no le haga ninguna gracia que el obispo gane a su padre una contienda que viene durando siglos. Cosas de una sangre ya muy diluida, pero sangre aún, y en las que desde luego la nariz de ese palurdo no tiene por qué husmear.

Pero ahí sigue el prefecto, madera sin desbastar, con sus dibujos en la mano.

—Venga, dilo ya… —y el prefecto pone cara de haber mordido un limón al imitar una entonación infantil—: «Rásguelo, padre…».

Tras besarlo, el jesuita rasga el dibujo de la Anunciación en dos mitades. Y mientras hace con el papel cuartos y octavos hasta que la fuerza ya no da para seguir partiendo, mira un escorzo del castillo que entretuvo varias tardes libres de Martín.

El prefecto arroja las trizas sobre la mesa y, mientras Martín mira, ora el suelo, ora por el ventanuco, para recordar el castaño centenario donde tiempo atrás había realizado la misma operación, oye un nuevo maullido imitatorio, «Rásguelo, padre…». Y el prefecto rasga el castillo, esta vez sin muestra de respeto. Y rasga una Pasión y una Oración del Huerto, como si no los reconociera, y rasga un san Ignacio de Loyola y un san Francisco Javier que Martín ha ido copiando en la colegiata. Cuando al fin repica la campanilla de la cena, sobre la mesa sólo quedan hojas en blanco y dibujos destrozados. El prefecto le está mirando y sentencia:

—Me asalta la idea de que sólo amas a Dios y a su hijo Jesucristo.

Y sabe Martín que esas palabras le acusan, en verdad, de no querer a nadie. Quizá reflexione sobre ello, indica su leve afirmación, mientras deja libre el umbral para dar paso al prefecto y sólo suspira, casi con desdén, cuando las sonoras zancadas de su verdugo ya se cruzan con juveniles rumores que van y vienen por el pasillo.

Ocupa Martín su asiento en el refectorio, murmura las comunes oraciones, finge medida y no destina al prefecto ni una mirada en toda la cena, abundante por fin, tras la Pascua, y amenizada como siempre por la lectura de las vidas de mártires jesuitas. Algún novicio le observa con lástima por la muerte de su hermana; sin embargo, un tenue rumor de cubiertos y la fatiga se imponen a cualquier conjetura, mientras el lector del día declama:

—…los mártires fueron Pablo Miki, un japonés de noble familia, hijo de un capitán del ejército y muy buen predicador, Juan Goto y Santiago Kisai, dos hermanos coadjutores. Antes de ser crucificados y traspasados por la lanza, les cortaron la oreja izquierda, y así ensangrentados fueron llevados de aldea en aldea, en pleno invierno y a pie, con el fin de atemorizar a quienes planeaban hacerse cristianos…

El acento portugués del padre Teixeira, el profesor de filosofía, una voz que a veces musita y otras vocifera, al modo de los que pasan o han pasado mucho tiempo en soledad y no están del todo en sus cabales, interrumpe el martirio del beato Miki para informar a los presentes sobre una súbita meditación:

—Pues en el Cipango o Japón el mutilar no es humillante por necesidad. Ahí está Daruma, por ejemplo. Daruma es un dios suyo sin piernas ni brazos que resume las virtudes de la paciencia, la persistencia y la perseverancia. A Daruma se le atrofiaron los miembros de estar sentado, meditando. Y cuando algo lo perturba, Daruma siempre recupera el equilibrio. «Si te caes siete veces, ocho te levantas», dice Daruma. Cierta vez…

—Padre Teixeira… —avisa el rector, con la cuchara suspendida a medio camino de la boca, sin demasiada esperanza de que calle el padre Teixeira. Y el padre Teixeira no calla:

—Cierta vez, después de pasar muchos días y noches meditando, Daruma se quedó dormido. Al despertar tuvo un disgusto tan grande que se arrancó los párpados para no dormirse nunca más. Según dicen los nipones o japoneses, en el lugar donde cayeron los párpados cortados de Daruma creció té por primera vez, dando así al mundo un brebaje con el cual vencer el sueño… Con la oreja cortada del beato Miki quizá pretendieran algo parecido. Aunque no quiero aventurar…

El rechazo del padre Teixeira a la propia hipótesis es inmejorable pretexto para que el rector dé por concluida la lectura. Cuando todos se levantan y santiguan, aún se comenta la presencia de soldados en las afueras de Villagarcía; un hecho frecuente que preocupa a los lugareños, por la rapiña. El rector da también alguna instrucción relativa a los servicios. La última de ellas es que el novicio Martín de Viloalle marchará dentro de una semana a Salamanca para tomar las órdenes menores y estudiar alta teología y filosofía.

Martín se arrodilla y todo su ser difunde gratitud. Ésa ha sido la causa de las humillaciones sucesivas del prefecto Olmedo; ése es el escribir recto con renglones torcidos que suplanta a la Providencia. Martín recibe la felicitación a gritos del padre Teixeira, quien ruega que no le deje en mal lugar ante sus nuevos docentes y muestre lo mucho que ha aprendido en materia filosófica.

—Y nunca olvides, para tu buen gobierno y la paz de espíritu de quienes te rodean, las palabras del «maestro de maestros» en su *Retórica*: «Lo que está en disposición de ocurrir y hay voluntad de que ocurra, ocurrirá; igual que lo está en el deseo, la ira y el cálculo...».

¿Qué le dice Teixeira? ¿Que persevere en su ser cuando sepa quién es? ¿Todo lo contrario? La confundida emoción y algún escozor circunstancial no le permiten demasiada reflexión sobre ese punto.

Al salir en fila, Martín no detiene la mirada al pasar ante el prefecto Olmedo, sino que la desliza por su rostro mientras inclina la cabeza. Quizá ese hombre quiera ver en el gesto de Martín sincera gratitud, pero se equivoca: es nemotecnia.

Sólo cerrar la puerta de su celda, Martín se hace con papel, moja la pluma y esboza con gesto veloz y exacto, acentuándolo, el semblante enfermizo del prefecto, su mirar de abismo, sus marcas de viruela, su nariz de buitre, los palotes que tendrá como piernas... Tres garabatos simulan el castillo en segundo plano. Martín acuclilla en las eras la figura del prefecto y le alza la sotana. Como nacida de la Tierra de Campos, con vueltas salomónicas, como una cornucopia, el supuesto flujo ponderable, la audaz cagarruta. Ése es el modo de rendir tributo final por tan larga sumisión a un Olmedo que le promociona, le protege y, sólo por su bien, le humilla.

Martín firma «Felipe» y después rompe ese dibujo y otros, dignos también de la reconvención más severa, que esconde bajo la cama y representan en diversas posiciones cómicas la jerarquía del noviciado. Mezcla los restos de unos dibujos con otros, guarda el montón en su cartapacio y anuda los cordones, mientras decide un lugar donde enterrarlos al día siguiente.

El hermano tutelar le encuentra en camisón, arrodillado junto al lecho, las manos unidas, cándido el visaje. Le ordena apagar la vela.

2

Aún no ha cantado el gallo cuando Martín despierta y percibe confusión en el aire. Ladridos fieros responden a más ladridos, y antes de que los contornos del revuelo se disipen en las inmensas lejanías de la noche, se oyen en la calle, muy cerca, galopes frenados, voces decididas, el traqueteo de carros y diligencias. Una espiral de alarma sube de un piso a otro, dobla esquinas, se lanza por corredores. Hasta la celda de Martín llega un rumor agitado que culmina en tres golpes perentorios en la puerta de cada novicio, en su puerta.

Martín salta de la cama y asoma la cabeza al pasillo donde nadie disimula el miedo tras el temblor de las velas. Y es en la inquietud de los padres donde Martín encuentra el verdadero terror, porque siempre ha pensado que los jesuitas sabrían hacer frente a cualquier situación, fuertes y seguros bajo el ala acogedora de la Compañía, la cual promete, a cambio de la entrega de sus vidas y trabajos, hermandad, fuerza y protección, ya sea en Villagarcía de Campos, ya sea en Goa o en Manila. En la boca del pasillo, aparece un soldado que sin miramiento vocifera: «¡Todos abajo!».

Y, abajo, en la sala capitular, entre figuras irreconocibles y agitación de sombra en las paredes, Martín distingue, en acalorada discusión con el rector, a uno de los soldados que en la tarde de ayer acampaban por las afueras. Aunque el militar se excuse, no hace un mínimo gesto que frene el alboroto. En una esquina, con aire ausente, solicita perdón de Dios la pareja de capellanes de la colegiata que ha dejado entrar a los soldados ante su imperativa llamada. El prefecto ordena a Martín que agrupe a los novicios, que oren y se mantengan ajenos a lo que ocurra. Martín obedece al prefecto, pero nadie le obedece a él: la turbulencia y el desorden de los acontecimientos, la escena de farsa con jesuitas en camisón y soldados vuelve auténticas doncellas asaltadas en el bosque a los novicios que, en horas más gratas, afirman la futura conversión por propia mano de todos los caníbales del África desconocida. Martín quiere repartir mandobles, pero recibe uno, y fuerte, de un soldado. Las mandíbulas de Martín de Viloalle y Bazán apresan la mano golpeadora del miserable para dar fe de que no ha olvidado el debido orden de las cosas, que un señor, para un majadero con garrote, sigue siendo un señor aunque... Un trabucazo deja sordos a los presentes y se desconcha el cielo raso.

El nuevo silencio da paso a una nueva circunstancia. Los allí amontonados se separan en jesuitas y hermanos, por un lado, y novicios y capellanes, por otro, mientras hilos de yesería caen del techo, y su sombra, junto al caracoleo de emanaciones de pólvora, dibuja tenues rastros en la pared que se desvanecen en cuanto las velas cambian de posición.

Un hombre rechoncho, con gesto de que va a decir lo que tiene que decir, ni más ni menos, pues se nota que lo lleva ensayado, se presenta como juez de comisión a las órdenes del rey, señala como escribiente al hombre que se ha hecho traer una mesa, y afirma, sin que nadie le contradiga, que esos oficiales del ejército de su majestad son sus testigos. «¿De qué?», se murmura en la sala, pero nadie contesta. El juez de comisión ordena abandonar el recinto a los capellanes de la colegiata porque ellos no se ven afectados por la Pragmática Sanción a cuya lectura procede. «¿De qué habla ese hombre?» Sea cual sea el contenido de dicho decreto, los capellanes abandonan el lugar cruzando entre ellos miradas de mucho alivio. Enseguida se echa de menos su rezo maniático, con ínfula de Apocalipsis, cuando el comisario recita como un pregonero lo que, en efecto, parece el fin del mundo:

—«Habiéndome conformado con el parecer de los de mi Consejo Real en el Extraordinario, que se celebra con motivo de las ocurrencias pasadas, en consulta del veinte y nueve de enero próximo; y de lo que sobre ella me han expuesto personas del más elevado carácter; estimulado de gravísimas causas, relativas a la obligación en que me hallo constituido de mantener en subordinación, tranquilidad y justicia mis Pueblos, y otras urgentes, justas y necesarias, que reservo en mi Real ánimo; usando de la suprema autoridad económica, que el Todo Poderoso ha depositado en mis manos para la protección de mis Vasallos y respeto de mi Corona; he venido en mandar se extrañen de todos mis Dominios de España, e Indias, Islas Filipinas y demás adyacentes a los Religiosos de la Compañía, así Sacerdotes, como Coadjutores o legos, que hayan hecho la primera Profesión, y a los Novicios, que quisieren seguirles; y que se ocupen todas las temporalidades de la Compañía en mis Dominios. Y para su ejecución uniforme en todos ellos, os doy plena y privativa autoridad; y para que forméis las instrucciones y órdenes necesarias, según lo tenéis entendido y estimareis para el más efectivo, pronto y tranquilo cumplimiento. Y quiero que no sólo las Justicias y Tribunales Superiores de estos Reinos ejecuten puntualmente vuestros mandatos; sino que lo mismo se entienda con los que dirigiereis a los Virreyes, Presidentes, Audiencias, Gobernadores, Corregidores, Alcaldes Mayores y otras cualesquiera Justicias de aquellos Reinos y Provincias; y que en virtud de sus respectivos Requerimientos, cualesquiera tropas, milicias, o paisanaje den el auxilio necesario, sin retardo ni tergiversación alguna, so pena de caer el que fuere omiso en mi Real indignación. Y encargo a los Padres Provinciales, Prepósitos, Rectores y demás superiores de la Compañía de Jesús se conformen de su parte a lo que se les prevenga, puntualmente, y se les tratará en la ejecución con la mayor decencia, atención, humanidad y asistencia: de modo que en todo se proceda conforme a mis soberanas intenciones. Yo, el Rey».

Consumatum est. El rostro del comisario es elocuente, mientras pasea la vista por la hilera boquiabierta: «El rey os echa de España, así mismo». Las muestras de asombro se superponen. Las miradas de los jesuitas se buscan, y las palabras y los gestos, hasta los ritos más nimios, un elevar la vista al cielo, un santiguarse, se cargan de significado o lo tienen por vez primera.

—¿Por qué? —pregunta con firmeza el rector tras dar un paso al frente.

—Porque el rey lo manda —replica el comisario sin mirarle a los ojos, y enseguida hace un gesto convenido a la soldadesca, que empieza a distribuirse por el noviciado. El comisario añade—: Como señala el real decreto, los novicios pueden irse. Dos carros y una escolta les llevarán hasta Valladolid. El que tome esa decisión puede subir a su cuarto y embalar sus pertenencias. Quien decida seguir a los jesuitas debe entender que también será expatriado de por vida y, al contrario que sacerdotes y hermanos, no recibirá ningún tipo de pensión. Se entiende que la juventud aún se halla a tiempo de restituirse al siglo…

—No inspira ternura el siglo —dice el rector—: Cree el siglo que busca el juicio y lo está perdiendo.

De los quince novicios, diez han subido la escalera antes de que el comisario terminase de hablar, lo que provoca en los soldados grande risotada. Ahora, los otros cinco se miran entre sí, miran a sacerdotes y hermanos, valoran sus opciones.

73

Uno dice: «Mi abuelo me va a matar...» y sube la escalera. Otro insinúa una vida de aventuras en ultramar y toma el mismo camino. Un tercero dice: «Espera, que voy contigo...». Otro corre a arrodillarse ante el rector, busca su mano para besarla. El llanto es tan exagerado que de los jesuitas sale un suspiro unánime y una llamada a la templanza. Y dice el rector al novicio arrodillado:

—La Providencia no será tan tortuosa, hijo, se hará justicia. Recuerda al rey Asuero y cómo revocó el edicto de matanza a los hebreos.

Quizá piense el rector que el novicio llorón quedará a sus plantas de por vida. Se engaña. Tras incorporarse, sin mirar a nadie, hiposo y sofocado por el llanto, el novicio toma el camino de la escalera. Martín lamenta para sus adentros, y mucho, estar a sólo una semana de tomar las órdenes menores. ¿Pero de qué hubiese servido? Entonces el destierro sería obligatorio. De todos modos, sin que nadie pregunte, se dirige al comisario y dice: «Si se permite, acompañaré a mis padres». La inevitable magia de querer ser como los otros te suponen. No es la expresión de un carácter superior lo que domina sus otras potencias, sus razones y sinrazones, sino un anhelo de la fuerza que carece y por ello estima un alto grado: ser, prestigiarse, dirigir y guardar los secretos máximos de la Compañía; lejos de esa vaga intuición del noviciado, bien lejos desde luego de un regreso al pazo en decadencia y el villano pleiteo con sus hermanos por las ruinas de una frágil vanidad, de una intrincada mezquindad, de un tedio mortal.

Ante ese paso adelante del novicio Viloalle, el alguacil se encoge de hombros y el escribiente le dice que se acerque, que dé su nombre, el de sus padres verdaderos y el lugar y fecha de nacimiento. «Como si me acordara...», está a punto de decir Martín, antes de pronunciar nombres como reliquias. El hermano artista, que le tiene ley, se abalanza sobre él, le rodea con sus brazos, le arrastra al grupo. Mientras los jesuitas pasan por la mesa del escribiente para entregar los mismos datos que Martín, empieza el ir y venir de soldados cargados con las temporalidades de la Compañía en lo que ya parece ser el antiguo noviciado de Villagarcía de Campos. Cuando el rector cierra el desfile de los jesuitas ante el escribiente, aún debate con el inexpresivo comisario. Por lo elevado de su voz, quizá la pretensión del rector sea sublevar a los militares, o soliviantar el ánimo de los aldeanos que a buen seguro han pegado la oreja a las puertas de aquella casa religiosa:

—Parece que el decreto tiene un par de meses, quizá tres, ¿no es así?

—Eso parece —contesta el juez.

—¿Y no le extraña que los jesuitas, intrigantes como son, con esa habilidad que poseen para manejar voluntades, con ese gobierno que forman dentro del gobierno, no hayan tenido conocimiento de una decisión tan importante? ¿Que no se haya murmurado? ¿Que la mujer de un ministro no haya transmitido en el confesonario la torpe intención de su marido? ¿O quizá sean falsas esas habladurías? ¿No cargamos acaso con inexistentes culpas? ¿Por qué no reconoce que se equivocan? ¿Sólo quieren nuestros bienes? Muy bien, tómenlos, como hicieron en la Francia. Pero no echen por tierra la obra de Dios que aquí y en todo el mundo hemos llevado a cabo desde hace más de dos siglos…

—Recen ustedes por una venturosa travesía, padre… —así esquiva todo debate el comisario.

El rector chasca la lengua, se recoge con peculiar virilidad el halda de la sotana y, mientras se arrodilla, exclama:

—*Ad majorem Dei gloriam…*

Y todos responden:

—*Ad maius Dei obsequium…*

Y Martín piensa que es fuerte con aquellos padres. Después de la sorpresa, hay entereza en esos hombres, y esa entereza es también suya.

Al cabo de horas de rezos y tensa espera, los oficiales les ordenan salir por la puerta de la colegiata. Mientras caminan en fila por el pasillo central de la nave, el rector pide que no se exprese desolación *coram populo*. Hay que dar ejemplo. Nadie asiente, nadie lleva la contraria, desfilan callados bajo el sol cenital de Villagarcía. Figuras desdibujadas de lugareños corren hasta allí y se detienen de pronto ante una marca invisible. Martín oye cómo el padre Teixeira, ante la acometida de la luz, exclama:

—*Phantasmata!*

Y oculta el padre Teixeira los ojos en mitad del brazo con gesto dramático. Y Martín sabe que el padre se refiere a lo escrito por Platón en *La República*. Los hombres encadenados desde niños que sólo ven proyectadas falsas imágenes, y al liberarse y salir al mundo, no pueden soportar el resplandor del sol, y deben mirar sus proyecciones fantasmales en los objetos. Y eso parece decir que los hombres no somos dignos de aceptar la verdad si no se acompaña de las enseñanzas de Jesucristo y de la Santa Madre Iglesia.

—¡En abrasiva luz os cegaréis al salir de la caverna! —aúlla el padre Teixeira por si cupiese alguna duda.

El corro de vecinos les ve salir y contiene su furor ante la injusticia manifiesta. Les aman. Son despreciados por los poderosos que están lejos, pero quienes viven a su alrededor les aman. El rector imparte bendiciones y sosiega ánimos. Antes o después lo tenía que decir, por tanto lo dice:

—Nuestro reino no es de este mundo.

Y piensa Martín que no le han explicado eso en los últimos años, sino todo lo contrario: el mundo todo era el gran convento de la Compañía. Martín comprende desde hace mucho qué significan ese y aquel mundo, y el otro mundo. Y él no es de ese mundo de la plaza de Villagarcía, ni del mundo pasado, sino de otro mundo que alguien desarma ahora a la vista de los montones de libros y pequeñas propiedades que se agolpan en el suelo, frente a la puerta de la colegiata. Quizá se prepare un auto de fe repulsivo y blasfemo con rosarios, mantos, sotanas, ropa blanca, plumas y tinteros, devocionarios, misales y guías de ejercicios espirituales. De pronto, Martín descubre en uno de los montones su cartapacio de esquinas plateadas, abultado con las hojas desgarradas de la noche anterior. Las distracciones, las burlas y las pequeñas venganzas arderán también. Sin embargo, el corazón de Martín da un vuelco cuando uno de los oficiales se acerca hasta el montón donde está el cartapacio, lo examina, lo coge, lo lleva hasta su caballo y le pasa las correas hasta dejarlo bien sujeto a la silla. Entre la desconfianza que su gesto provoca en la tropa, Martín corre hasta el militar y con la mano abierta, el gesto exigente y una nueva fuerza en los ojos mira a ese hombre para decirle: «El cartapacio es mío».

—Tú ya no tienes nada. Vuelve a tu sitio… —contesta el oficial. Desde luego, no hay amabilidad en el tono de su voz, pero tampoco odio o rencor. Ya no son jesuitas a quienes odiar o admirar, tampoco personas con las que confrontar sentimientos. Son parte de una misión y sólo eso.

Los expulsos suben a los carros. El oficial de mayor rango galopa hasta la cabeza del grupo. Un labrador con la tez enrojecida sale a cortarle el paso con una azada en alto y en la boca el grito: «¡Viva Cristo Rey!». El oficial sólo tiene que espolear el caballo y amagar un irse la mano a la espada para que desista el labrador, se aparte y mantenga una expresión de auténtico imbécil, según piensa Martín cuando el carro donde va subido deja atrás al gañán cubierto de polvo.

Los jesuitas expulsos, en la ignorancia de lo venidero, califican de horribles los días de viaje que terminan en el puerto de Ferrol. Para su desgracia, habrán de recordar más de una vez el agrado de la tierra firme, los sólidos refugios de la lluvia y de la oscuridad, el cariño popular que les ha seguido hasta el mismo muelle, el valor de ser jesuitas en España. Los buques de la marina fondean entre duras líneas de fortalezas. La brea, la sal y el tiempo granulan y erosionan las máquinas gigantes que montan, carenan, reparan o abastecen navíos y fragatas, mientras hombres y más hombres serpentean entre cabestrantes, fardos y almacenes que rodean la boca de la ría. Y sobre ello campea el hermoso presagio, esa flamante mole de madera y trapo, el *San Juan Nepomuceno*, el navío que ha de llevar a los expulsos, si no hay novedad, hasta la misma presencia del Papa, a quien se debe obediencia por voto. Mientras bajan de los carros con grande dolor de huesos, se sacuden el polvo y espantan las moscas, los jesuitas se empeñan en ignorar la nave colosal cuya envergadura achica hasta lo ínfimo aquel trajín portuario.

Martín salta del carro y, anonadado ante la grandeza del navío, busca distinguir si el mascarón de proa del *San Juan Nepomuceno* es legendario grifo o mero león. Es un león. ¿O un grifo? Como no se aclara, se pone a contar los cañones, aunque el cálculo se interrumpe por un manotazo nervioso del padre Olmedo al que acompañan órdenes perentorias: que se arrodille, que le limpie el calzado y los bajos de la sotana, que le busque un sitio donde sentarse. Martín es el único novicio que a Olmedo le queda, el único objeto de sus torturas. Desde que salieron de Villagarcía, Martín ha acatado los caprichos del jesuita sin decir esta boca es mía, a sabiendas de que cuanto mayor fuera el fingido celo en obedecer sus órdenes, ir a buscar su tazón de cocido en cada parada, limpiar sus ropas, llevar recados o leerle vidas de mártires para encaminarle el sueño, más patente se haría a miradas ajenas la inapropiada conducta del prefecto.

Durante la marcha interminable desde la Tierra de Campos hasta el océano Atlántico la plebe vitoreaba a los jesuitas. Entretanto, ellos, fingiendo rezo tras rezo, la cabeza gacha, la espalda encorvada, tonsura contra tonsura, chocando a veces las cabezas por las sacudidas del carro, han discutido mucho sobre la inesperada y monstruosa afrenta. Y lo han hecho en latín para que su escolta no comprendiera nada si les daba por arrimar la oreja, aunque con tanto murmullo y secretismo sólo reforzaran su fama de conjurados. Martín, para su asombro, ha descubierto muy escaso el latín de alguno de los padres, o al menos la torpeza de su manejo fuera de la rutina litúrgica. Proponían los jesuitas escribir a las autoridades real y papal cartas que abandonasen la mansedumbre de estilo característica en los últimos años y ganaran en fuerza con la soberana ilustración del cielo, pues ésa y no otra era la auténtica ilustración. En ellas se condenarían por fin las intrigas de tipógrafos ignorantes, de librepensadores oportunistas, de eruditos a la violeta que escribían en gacetas y mercurios las más execrables blasfemias contra la Compañía, la Iglesia y su cabeza visible, que también lo era de la Cristiandad. Ya lo habían conseguido en Francia y Portugal... Pero España... Y en su torpe latín denunciaron los jesuitas constantes atropellos de los Aranda, de los Alba, de los Grimaldi, de los Roda y del confesor real, esa infame jauría que sale de caza con el rey y le sorbe el seso con infamias sobre quién organiza motines en torno al uso de capas y sombreros y quién prende la combustible ignorancia de la chusma. Entre algunas quejas y suposiciones, finamente argumentadas, Martín podía oír también numerosos *Qui? Ubi? Quod?* del que no comprende y disimula. Ese emboscado furor palabrero, ese mirarse de reojo, esas muecas contenidas y extremadas a un tiempo, han diluido la reverencia que le inspiraban los sacerdotes para igualarlos a las caricaturas que alguna vez ha osado perpetrar.

Ahora, en el muelle, los soldados hacen agruparse a los expulsos de Villagarcía con otros jesuitas de la provincia de Castilla. El cabizbajo remolino de sotanas polvorientas ante el colosal navío no es óbice para que se crucen emocionados saludos y se repitan los «¿Por qué?» y los «Que Dios sepa perdonarlos».

A la que puede, Martín se aleja de los dominios visuales del padre Olmedo y se dedica a esperar imposibles. Aunque su decisión de partir con los jesuitas sea valiente a ojos de los demás y de que en Roma pueda recibir, si sigue en la ciudad y lo encuentra, alguna ayuda o alguna orientación de su hermano Gonzalo, a Martín le cosquillea la posibilidad de la alternativa. Ha llegado a pensar que alguno de sus parientes vendrá a buscarle, que le abrazará y le dirá que se ha concertado su boda con tal hija de ni se sabe qué notable, que se olvide de una vez de todo ese embrollo de curas y soldados y espere la decisión de su padre. Sin embargo, entre los mirones reunidos en el muelle sólo se encuentran los indómitos habitantes portuarios, que han visto ocupado el terreno de sus fechorías. Sucios, horribles y malhablados, insultan y exigen la horca para los jesuitas con la misma fácil algarabía con que harían lo contrario si fueran a sacar tajada pronta de sus aullidos. Sólo los culatazos de los soldados o una invitación al aguardiente inglés les aleja de ahí y, en consecuencia, del pensamiento de Martín, el cual, resignado ya al embarque, al viaje, a una atmósfera inédita de aventura que a veces le sienta como un guante y otras le produce escalofríos, observa la carga que los estibadores suben al *San Juan Nepomuceno*: gallinas, jamones, escabeches, vino, chocolate, bizcochos, licores… Comer se comerá, al menos. Y no es el comer la mayor preocupación de Martín, sino que los jesuitas no coman, porque ha comprobado en los últimos días que el humor jesuita se tuerce a falta de periódico alimento. Y mucha torcedura es ésa. Aunque no tan retorcida al fin como el giro de los sucesos cuando Martín divisa —y por ello se sobresalta no poco— a un hombre a quien los marineros que faenan en el muelle saludan con urgencia. Porque ese hombre de tricornio y casaca azules, que anda, se detiene, estudia, ordena, señala, afirma y reanuda su camino, seguro de sí mismo hasta la exageración, lleva bajo el brazo un cartapacio verde de cantos plateados que Martín diría, aunque la idea le trastorne, que es el suyo.

Entre los avisos de los marineros, sin calcular la consecuencia de su acto, Martín se lanza como un gato en pos de ese hombre notable. Cuando lo alcanza, se saca el bonete, inclina la cabeza, actúa:

—Martín de Viloalle, novicio de la Compañía de Jesús, para servir a Dios y a Vuestra Merced.

Algunos marineros ríen, mientras otros sueltan la maroma que tienen cogida y hacen amago de irse hacia Martín para arrojarle al agua sin otro comentario. Pero el hombre, que ha advertido la mirada de Martín al cartapacio, alza una mano que detiene al momento cualquier intención y cualquier risa:

—Alonso de Idiáquez, capitán de la Real Armada Española. Disculpe si no me descubro, pero tengo una mano aferrada a la espada y la otra a este cartapacio, y no las suelto porque delataría el temblor que su presencia me procura…

Y nuevas risas de gargantas alijadas por el vicio que despiertan la atención de algunos corros jesuitas. Martín está anonadado. Valora si es prudente rogar la entrega del cartapacio, cuando el capitán Idiáquez decide por él:

—Si lo que está haciendo es preguntar con la mirada, novicio, y si yo comprendo su no formulada pregunta, la respondo diciendo que un oficial de caballería de su majestad me ha vendido a muy buen precio este cartapacio y su contenido. Papeles rotos, ya lo sé, pero trozos inútiles a los que el aburrimiento de la travesía encontrará buena empresa. Pero ¿desea acaso reclamarme cualquier cosa?

—Su propiedad, señor.

—Señor marqués… —corrige con sorna el capitán.

—Y yo podría ser conde… —aclara Martín.

—¡Mira, el segundoncillo, qué aires! ¿Conde? Condenado a comer hostias… y rancias… —risa coral de marineros y humillación de Martín, que no sabe qué hacer mientras don Alonso mira más allá de su altura, gesto que en verdad no requiere mayor esfuerzo, y en un tono displicente, sin volver a mirarle, dice—: Se acerca alguien que le añora, señor conde.

Se vuelve Martín pensando en su hermana Elvira, hasta en un Viloalle cualquiera, pero sólo ve al prefecto Olmedo, quien descarga en Martín la obvia y general falta de atención hacia su persona. Entre chanzas, Olmedo coge a Martín de una oreja y lo arrastra y lo revuelve:

—¿Qué hacías ahí?

—Preguntar si el viaje es largo…

Y la respuesta de Martín merece un golpe.

—¿Crees que, con el ahogo que padecen tus superiores, algunos ya ancianos, debes andar buscando privilegios por ahí como una damisela? ¡Señoritingo! ¿Y lo mío? ¿Y lo de todos?

—Vamos, padre Olmedo… —se oye entonces. Martín levanta la vista. Es el rector de Villagarcía, su rector—: Está bien que el compañero defienda lo suyo si se lo han tomado con malas artes. Otros tendrían que aprender de ello, y no buscar una víctima que cargue con su desconsuelo.

Se paraliza la expresión del prefecto antes de que llegue a balbucear:

—¿Y delante del novicio me regañas…? ¿Y le llamas compañero?

—Has entendido bien. Con sus labores, sus deberes y su dignidad de compañero. En cuanto haya ocasión, tomará las órdenes menores.

Martín se avergüenza. No sólo es evidente para cualquier inteligencia despierta su interés por el cartapacio, sino que ha sufrido además la peculiar humillación que a veces infiere la bondad en los que van para malos.

4

—*Phantasmata…!*

El padre Teixeira evidencia en lo débil y en lo febril, en el delirio, la grave enfermedad que le acompaña desde que embarcaron. Ahora, en el silencio derrotado de la bodega, pronuncia de nuevo su «*Phantasmata…!*» y levanta con esfuerzo la cabeza para sorber el agua que Martín ha conseguido tras no pocos lances. Antes de abandonarse otra vez a la almohada, Teixeira contempla con ojos enloquecidos el destino de los haces luminosos que se filtran por las crujientes cuadernas. La nueva claridad de la garganta le ayuda a seguir mascullando:

—*Phantasmata…* Lisboa *phantasmata*, Gibraltar *phantasmata* y Málaga y Alicante y Mallorca, *phantasmata* son. Azul del cielo y del mar *phantasmata* y *phantasmata* los dulces dorados… —y acaba gritando el padre Teixeira—: ¡Roma *phantasmata*!

—Lo que usted diga, padre…

—Dame ese vaso, chiquillo, que habré de usarlo de culo telescópico para avizorar la otra ribera del Leteo… —dice el padre Teixeira tras desplomar por fin la cabeza, mientras su mano, no tan débil, arranca el recipiente de las manos de

Martín para guardarlo en las roñosas oscuridades de la sotana. Así que Martín anda en forcejeos con la mano ardiente del padre Teixeira cuando éste aúlla:

—*Phantaaaaaaasmata!*

Sólo por un momento, aquella lúgubre voz llama la atención de otros jesuitas reclinados por la cámara baja del *San Juan:* miradas vacías en cáscaras del hombre que nunca llegaron a ser y al que ahora conocen en lamentable circunstancia. Porque ya no hay intención común tras semanas de navegar apiñados: no hay Compañía de Jesús; si acaso hay jesuitas y a buen seguro lo que alguno llamaría no jesuitas. Ojos que se posan con desgana en cualquier cosa y, tras ese mínimo esfuerzo, enseguida se retiran exhaustos sin buscar explicaciones a una situación irremediable. Martín espera que transcurra ese vago instante para reclinarse al oído de su antiguo profesor de filosofía y prometerle que en un rato volverá con más agua. Ahora, debe llevarse el vaso porque resultaría peligroso que alguien lo echase de menos.

Escasean los vasos en el *San Juan Nepomuceno* como escasea el agua y se ignora la higiene. El aire mortecino lo proclama: jesuitas ultrajados, disminuidos, confusos, no jesuitas. Aunque ha renacido, como excepción, cierta entrega devotísima, la espera cotidiana de las formas, el bizcocho, sobre todo, como nuevo advenimiento que nunca llega, pues de las suculentas barras que se subieron a bordo en Ferrol, ni una miga se ha visto en todo el viaje. Pasa desapercibido Martín entre el barullo que, como cada mañana, espera en muda tropelía el lento viajar del chocolate del desayuno, que va de los escalfadores a las chocolateras, las cuales se trasladan con parsimonia hasta la cámara baja. Una vez allí, hambrientos, dieciséis por mesa, los jesuitas parpadean ante el chocolate frío, helado ya, indigesto, como quien recuerda una antigua oración. Luego se miran entre ellos con el desafío que les queda.

Pero Martín tiene misiones que cumplir, fatalidades que

enmendar. Por eso se dirige hacia ellas con el tesoro de su vaso en la mano, mientras piensa en los delirios del padre Teixeira y en los comentarios que sobre ese hombre ha podido oír durante la travesía en boca de otros cuando aún tenían ganas de hablar. Expulsado con otros jesuitas de Portugal, en lugar de embarcarse hacia Roma, Teixeira eligió escapar por la frontera pues había andado en amores con una criada mulata de los condes de Abreiro de la que nada sabía desde el terremoto del 55, y no podía olvidar la inaudita frecuentación que hacía con la moza del más mortal de los pecados, ni borrar de su mente cuál podría haber sido el destino de la negra después de la catástrofe. Confesar eso le supuso el encierro cuando llegó al primer colegio jesuita que encontró en España, hasta que tiempo después fue reingresado a las labores docentes en Villagarcía, lejos de cualquier mulata, medio loco ya, más filosófico que nunca.

Ratoneando por el ruidoso laberinto del *San Juan Nepomuceno*, Martín llega al camarote del capitán Idiáquez y no lo encuentra. Tras dejar en un estante el vaso del que acaba de beber el padre Teixeira, haldea nervioso hasta cubierta y divisa al capitán en lo que ha aprendido a llamar puente de mando, más allá del inmenso salón flotante, de la densa trama de cuerdas, palos y poleas que toda esa chusma se empeña en designar con nombres raros, tal que gitanos en pose de maldición. En una mareante escena de sueño perpetuo, el fragoroso tableteo de las velas parduscas filtra la luz y alarga las sombras en aguada de sepia y sanguina. Martín evoluciona por la cubierta entre la marinería, evita entorpecer las faenas, se perfila al andar y esquiva así a los tripulantes, seguros de que no hay un Martín, sino media docena, tanto se mueve de acá para allá el novicio a lo largo del día.

Mientras avanza, el de Viloalle fija la atención en el cartapacio con esquinas plateadas que descansa en una de las patas del atril donde se apoya el capitán Idiáquez. Con las órdenes ya impartidas y los ojos reidores, el capitán se entrega al juego que consume día a día las entrañas de Martín. Porque Idiáquez reconstruye los dibujos que Martín hiciera en Villagarcía sobre una lámina de madera y con la protección de un cristal. Es ésa una actividad que los marinos ingleses, al parecer, llaman *puzzle* y distrae las horas muertas de esos bucaneros en sus trapisondas por los siete mares. No debe esforzarse mucho Martín para adivinar con horror cuál es el dibujo que el capitán intenta recomponer esta mañana, el mismo donde la víspera de la expulsión representó de modo burlesco y muy comprometido al padre Olmedo.

—Hay mucho blanco en esta obra, conde de Viloalle... —y el capitán Idiáquez estudia el trozo de papel que sujeta entre los dedos. Tras meditar su ubicación en el conjunto, levanta con pericia el vidrio con la mano izquierda y deja el papel en su lugar con la derecha. Sí, aquellos fragmentos desgarrados entretenían las horas del sarcástico capitán, mientras iba intuyendo el temor del novicio a que descubriera los rasgos satíricos de alguno de aquellos apuntes. Eso ha servido para que Martín se adscriba sin mucha resistencia al gremio de los confidentes, se desprecie a sí mismo, se vuelva obsequioso con sus padres hasta el recelo y, de paso, informe al capitán Idiáquez de cualquier maquinación jesuítica. Martín está más que avisado: si no obedece en todo al capitán, éste mostrará los dibujos a quien corresponda. Y en esas semanas de navegación, Idiáquez ya ha reconstruido tres de las obras más atrevidas de ese truhán que firma «Felipe», pero cuya vera identidad a nadie engaña. Los dibujos eran los del hermano cocinero Dionisio a punto de reventar por la comida; el devotísimo y lírico padre Canosa volando entre nubes con gesto de espanto, bajo el lema, caligrafiado en gótica, «De místico a maricón sólo hay un escalón»; y el rector vapuleando a un diablo chino en salva sea la parte. Y ahora, el peor de todos, el que más disgustos podría acarrearle: el prefecto

Olmedo entregado a ministerios poco limpios en las eras de Villagarcía.

—¿Alguna novedad entre los insignes pasajeros?

—Ninguna, mi capitán.

—Cada mañana le digo lo mismo. Vuestra Merced es un talento. Cuando veo a los padres por ahí con aire preocupado, cuando no agónico, pienso que hay más verdad en cada dibujo suyo que en una docena de murillos.

—Yo he pensado lo mismo a veces, mi capitán.

—Todos los copistas son igual de soberbios. Y ahora me encuentro con un copista jesuita. Soberbia doble.

—Triple, mi capitán, que soy Viloalle.

Idiáquez suelta una gran carcajada que el viento transporta por la abigarrada cubierta del *San Juan Nepomuceno*, mientras algunos jesuitas suben con mucho esfuerzo a cubierta y, a tientas, como ciegos, alcanzan la borda y arrojan por ella el chocolate frío que su estómago desprecia. Para no oír las arcadas de los curas, los marineros, el espinazo doblado, se ponen a cantar *Mambrú se fue a la guerra*.

Canta también el capitán y, sin titubeo, canta Martín una canción que ya tiene aprendida de tanto oírla y que, a lo mejor, le vuelve un poco más marino y más simpático. Un mohín en el gesto del capitán surge ante el espectáculo de jesuitas verdosos, yacentes y jadeantes a lo largo de cubierta.

—Estaban hechos a otra cosa, no hay duda… Y a usted, ¿le daban bien de comer en el noviciado?

—No me quejo, capitán.

—Ni debe, suficiente lastre carga vuestro honor con la villanía delatora. Pero ya sería inaguantable que se supiera que el soplón es bufón caricato. ¿Alguna noticia?

—Lo de siempre, mi capitán: que la comida es insignificante, el agua escasa y turbia, que dónde están los vasos… Hace unos días dejaron de hablar de la injusticia que supone expatriarles sin acusación firme. Bueno, ya no hablan de casi nada. Pero al fondear ayer frente a las costas de Cerdeña y al percibir ciertos gestos en los oficiales, se rumoreó que quizá viremos y nos desembarquen en Barcelona o Valencia o Cartagena, porque en este tiempo de singladura el Papa habrá intercedido por nosotros ante los reales, piadosísimos oídos, de su alteza católica, y volveremos a nuestros asuntos como si nada hubiera pasado. Y, luego, sin rencores, cada uno por su lado, y aquí paz y después gloria.

La suposición de un regreso era mentira, por no hablar de la falta de rencores. Pero ¿y si el capitán decía que sí, que eso mismo era lo que ocurría, que ha recibido orden de regresar? Martín necesitaba dar una buena noticia a los padres que justificara esa frecuentación de Idiáquez. Al principio, la mayoría pensaba que el futuro estudiante jesuita no hacía más que insistir en la devolución de su cartapacio, y les parecía muy bien que el comandante de tan infame navío sufriera los tormentos de un pelmazo. Sin embargo, y ya desde hace tiempo, esa mayoría ha decidido extraer conclusiones más ruines.

—¿Hacer como si nada hubiera pasado, dice? Y nada pasa, salvo que no pasa nada... —afirma Idiáquez sin meditar sus palabras, ya que se concentra en las dificultades que le presenta el pasatiempo. Como un jugador de ajedrez que, al levantar una pieza, descubriera que tal pieza corresponde a otro juego, Idiáquez observa confundido el trozo de papel que sujetan sus dedos. Y en el blanco del papel se representa lo que parece una piedra en vuelo. Pero no es piedra, ni mineral, porque se deshace. Idiáquez repasa los trozos que faltan por colocar y que guarda en una tabaquera, los estudia, sopesa las posibilidades de cada cual, y va adivinando—. Es usted un granuja, Martín de Viloalle.

—Erraba, mi capitán. Erraba y pecaba al dibujar lo que dibujaba... —afirma como en súplica Martín. Y miente—:

Que los dibujos estén rotos es prueba suficiente de mi atrición.

—Lo único que eso prueba es, precisamente, que no quería dejar pruebas. Exijo una información cabal de lo que se murmura entre jesuitas. Hable ahora mismo.

Martín vacila. Siempre intenta ser poco preciso y siempre acaba contando lo que sabe:

—Se habla mucho de la comida. Todos vimos cómo se subían grandes cantidades de comida a la nave, cómo se cargaban las bodegas. Y muchos de los padres más venerables se creen al menos con igual derecho que los marineros...

—Ésa es la monserga diaria... ¿Están airados de más esta mañana? No es que me preocupe un motín de curas, compréndame, pero...

—Más que nerviosos, están enfermos... Muchos tienen fiebre. Y la fiebre es contagiosa...

—No hay ninguna enfermedad contagiosa a bordo. Y la fiebre es algo habitual en alta mar... Muchos de mis hombres también están enfermos...

Martín cree que su informe diario ha concluido y decide retirarse antes de que los padres le echen en falta, de que se haga más evidente, si cabe, su dudosa conducta.

—¿Adónde va? —le pregunta Idiáquez algo enfadado.

—Tengo mucho que hacer, mi capitán.

—¿También se retira sin permiso cuando está con ellos? Acérquese, que le diré algo importante. Ayer, cuando fondeamos frente a Cagliari, nos dieron la desagradable noticia de que los primeros barcos que llegaron a Civitavecchia con los jesuitas de Aragón fueron recibidos a cañonazos. Órdenes del Papa... En la Ciudad Santa ya están más que satisfechos con su rebosar de jesuitas. No saben dónde meterlos, y el Papa, a lo que se ve, ha dicho basta.

Martín palidece. Enseguida reflexiona y decide que es un juego más del capitán aburrido. En toda su vida, Martín no ha conocido a nadie que no se aburra a todas horas, salvo a sí mismo. Lleva años sufriendo las consecuencias de tanto tedio en el pazo de los Viloalle, en Santiago, en Villargarcía y en alta mar, con rumbo hacia ninguna parte, al parecer. En este caso, las burlas de quien se considera marino de guerra y no tratante de jesuitas, y mata esa insatisfacción continua como el gato maula juega con el mísero ratón, a veces con suaves modales, otras con desprecio, siempre con el tira y afloja de quien se finge admirador de sus habilidades con el único propósito de reunir la información que Martín le suministre. Porque, ya se ha dicho, los apartes con Idiáquez, el trapicheo con alguna hogaza de pan, o con los vasos, aunque siempre han ido destinados a aliviar la escasez de alguno de los padres, no han impedido que haya entre los jesuitas alguno que empiece a sentir franca animadversión hacia su persona. Con su calculada intriga, el capitán ha desarmado la muy imperfecta indiferencia del novicio, mientras advertía la suspicacia extrema de los jesuitas, quienes, de haber convertido a Martín en uno más, lo han relegado en poco tiempo a las funciones de un criado. Sin embargo, los jesuitas no saben las verdaderas, las profundas razones de Martín para seguir haciendo lo que hace.

Porque entre chisme y chisme, queriéndole convencer de que la vida dura, el saber de vientos y de tretas marineras, blandir la espada cuando cabe, es preferible al intrincado mundo de medias verdades que supone la tierra firme, Idiáquez le ha ido contando que no siempre fue así, que él mismo vivió en Roma unos años, y porque conoció a mucha gente, pudo conocer, sí, a un tal Gonzalo de Viloalle que era preceptor de unos sobrinos del cardenal Colonna. Y aunque, allá en Roma, Idiáquez le cogiera el gusto a los antiguos monumentos y a las modernas romanas, también se aburría. Por eso decidió seguir carrera en la Marina Española como todos sus antepasados desde que don Fermín de Idiáquez y Mendizábal siguió el mando de Juan Ponce de León en busca de una «fuente que hacía rejuvenecer o tornar mancebos a los hombres viejos», el manantial de la eterna juventud, pero verdaderamente, y sólo era eso, en pos de «algo nuevo que mirar». Y así se descubrieron los esplendores de La Florida, por el *tedium vitae*. Ése era también el carácter del capitán Idiáquez y así habría de seguir siendo por más que su voluntad quisiera impedírselo.

—De nada sirve la voluntad —le tiene dicho— si uno no se deja ser lo que debe ser.

Y Martín ha prestado atención a esas explicaciones, porque las comprende. Cuanto más le odian y desprecian los jesuitas, más le urge llegar a Roma, buscar a Gonzalo y, aunque parezca blasfemo, deshacer la voluntad de la Providencia para que su carácter se imponga. Pero los jesuitas no lo desprecian sólo por ser un confidente, ni mucho menos. Tanto desdén se nutre de falsas informaciones que Idiáquez le ha hecho difundir. Así, cuando Idiáquez le ha dicho que comunicase a los jesuitas que la comida mejoraría, la comida no ha mejorado. Y cuando Idiáquez ha prometido distribuir vasos para cada uno, siguen bebiendo del mismo vaso los dieciséis que comparten mesa. Ahora, Martín debe sobreponerse a la noticia de que no les llevan a Roma y a la segura vibración que causará entre los más suspicaces un sospechoso mutismo.

—No descomponga el gesto, señor de Viloalle. Vamos a fondear ante Civitavecchia. Puede que haya suerte y el Papa afloje. Pero aunque el Papa no se bajase del burro, con perdón, los enfermos desembarcarán para ponerse bajo la protección y vigilancia del cónsul. Si Vuestra Merced, amigo mío, fuera con ellos…

«Tan bajo no se puede caer», piensa Martín. Y dice:

—Yo iré donde dicte mi deber de jesuita, porque me siento jesuita.

—Acérquese, señor conde de Viloalle —le ordena Idiáquez, más sarcástico que nunca; y la orden se ayuda con un mohín y una leve contracción del índice. Martín se aproxima y el capitán le señala la caricatura del padre Olmedo casi completa.

—Parece que no le gusta este cura —y el oficial Idiáquez señala la cara en el dibujo—. Se llama Olmedo, ¿no es cierto?

Martín sigue callado.

—Como no le gusta, tampoco será tarea ardua la que cumplirá. Y no me diga ahora que su deber lo dictan esos taimados estiletes con rostro de ceniza. La misión que ha de llevar a cabo es de suma importancia y, al fin, beneficiosa para ellos. Una treta que les impedirá desmandarse cuando llegue a sus oídos alguna noticia sobre la negativa del Papa a acogerles. De ese modo, tampoco me veré obligado a reprimir su indignación. En mi camarote encontrará, al lado del sextante de repuesto, una jarra de porcelana con motivos florales. A la hora del almuerzo se esforzará en cagar en su interior lo que buena y humanamente pueda. Acto seguido, dejará la jarra bajo el camastro de ese repelente sacerdote —Idiáquez vuelve a señalar la cara del prefecto en desahogo—. Sólo debe hacer eso. Si recibimos la negativa de Civitavecchia, y puede apostar por ello, los jesuitas serán trasladados a otro de los navíos, el *Santa Bárbara*, a buen seguro. A Vuestra Merced, sin embargo, un bote le llevará a puerto con los enfermos. Como yo he de ir también a tierra, aprovecharemos la escala. Os presentaré a alguien que me estará esperando y os podrá introducir en lo mejor de la sociedad romana o, al menos, daros trabajo. Es un hombre que negocia con obras de arte, casi siempre dibujos, Benvenuto Fieramosca… Y usted es buen dibujante… Y despierto… Así que no tardará en saber de su hermano. ¿Le comprometen votos? No. ¿Qué agradecimiento han demostrado esos tábanos a su lealtad y a sus empeños? Ninguno.

Mientras Idiáquez habla, promete y seduce, Martín imagina las sucesivas escenas en la pared mágica que su gemelo muerto, Felipe, le muestra en los instantes menos oportunos. Para el que ha nacido y se ha criado en la penumbra, la luz del cielo y el mar no existen, sólo flota en torno suyo la luz que contorna las figuras de los ejercicios espirituales. Esa potencia de la fantasía hace que la imaginación de Martín defeque ya en la jarra, esconda el producto bajo la yacija de Olmedo, observe a distancia el asqueroso hallazgo por parte de un marinero. Y que tengan más fuerza esas pinturas de la mente, esas composiciones de lugar, que los hechos realizados, el castigo del capitán al padre Olmedo, la orden de reclusión de los jesuitas para evitar otros cochinos desmanes. Y que durante esa reclusión haya sido dada la noticia de que Roma no acepta a los jesuitas de la provincia de Castilla, como no ha aceptado a ninguno de los expulsos de España. Esas figuraciones anticipan otras realidades. La protesta unánime de los jesuitas y cómo les golpean, algún crujir de huesos y dientes, el desasosiego que levanta en el alma la visión de la fuerza bruta sobre aquellos que no tienen hábito de enfrentarse a ella y replicarla. En la mágica pared, los enclenques jesuitas se desmadejan por los golpes, porque aquellos cuerpos no entienden el idioma feroz de esos otros cuerpos que sobre ellos ejercen violencia. Y ese arrugarse ridículos ante los ojos de los marineros, gracias a una fuerza maligna, a la conciencia de la propia fuerza, provoca más golpes. Y Martín ve en su pared mágica cómo sólo el prefecto Olmedo, gracias a un rústico pasado, se enfrenta a los agresores con gallardía. Un golpe de remo le devuelve a su jaula. El coro de risa es la humillación final. Y Martín ve llorar a Olmedo y golpearse contra las tablas del calabozo, anegado de vergüenza. Y todos acusan al novicio, porque desean creer la acusación, que algo salva y algo libera y devuelve alguna violencia de entre la mucha recibida. Sin respaldo del pensamiento ya, sin reflexiones, cualquier explicación que añada cólera se da por buena, todos a una en pos del chivo expiatorio. El que sufre hará sufrir. Por ello, ¿qué cosa extraña es un novicio que deseó ayudarles en todo y sólo quiso ocultar la niñería que podía manchar su prestigio ante ellos? Ni quieren saberlo, ni les importa. Ya no es momento de explicaciones tan sutiles, porque la llamada hora de la verdad lo es de cualquier cosa, menos de la verdad. Y observa Martín con la máxima vergüenza cómo trasladan a todos ellos del *San Juan Nepomuceno* al *Santa Bárbara*, el otro buque que ha partido de Ferrol y donde enseguida amontonan a unos jesuitas maltrechos. Y se ve Martín soportando las miradas de desprecio, los escupitajos de los jesuitas que por su lado pasan, de los fatigados y hambrientos jesuitas a los que ya no pertenece, de los que ya no es. Y debe encajar Martín que el rector ni le mire, que sus antiguos profesores de Santiago y Villagarcía, los buenos y los malos, le señalen cuchicheando. Y aguanta Martín las frases de desprecio de su antiguo padre prefecto, Olmedo:

—El error de mi vida. Llegar a pensar que podrías ser alguien y que yo te habría educado.

Todo más verdadero en las sombras que desfilaron por su mente. Mucho más auténtico que la negativa del padre Teixeira, quien rechaza los cuidados de Martín en el bote que surca las aguas hacia el muelle de Civitavecchia. Y el loco moribundo aún puede murmurar:

—Viví el terremoto de Lisboa y sé que Naturaleza nada sabe de amor y nada sabe de saña. Pero Naturaleza engendra generación tras generación a hombres que sólo son medio hombres. Medio hombres que parecen inmortales porque son siempre el mismo medio hombre, hombres mínimos que cagan en jarras…

5

En los muelles de Civitavecchia, enfundado de mala manera en los harapos de un piloto muerto, acarreando una caja pesadísima cuyo interior tintinea a cada duda del brazo, Martín obedece lo que Idiáquez ordena. Sólo pisar tierra firme, Martín nota que se le va la cabeza, que el cuerpo se desgobierna, pero que también lo hace el de Idiáquez, quien busca apoyo en una gran tinaja antes de proseguir su camino. «Mareo de tierra», informa Idiáquez a Martín, y éste no comprende más que la libre oscilación de todo. «Pues mareo de tierra —decide— y si me desmayo, pues me desmayo.»

Apartados ya para siempre de su vida, también mareados o desplomándose sobre charcas de aceite en la piedra roída, los jesuitas enfermos son recibidos por el secretario del embajador. Martín les ve entrar en la aduana cabizbajos, enfebrecidos, moribundos. Entretanto, Idiáquez, con cierta urgencia, mira en todas direcciones, otea el muelle, y al fin encuentra a quien busca entre los curiosos que admiran a caballeros y damas extranjeros que en ese momento salen de un bote.

—¡Benvenuto! —llama el capitán Idiáquez. Sin embargo, el individuo, un abate con cabeza de higo, se halla muy ocupado en hacer reverencias a los pasajeros recién desembarcados, mientras les entrega unos volantes. Uno de ellos intenta leer lo que está escrito en esos papeles y, afectado quizá por el mareo de tierra, se desploma. El resto de viajeros decide que el desvanecimiento es producto de la lectura y por eso arrugan los papeles que acaban de llegar a sus manos, hacen una bola con ellos y los arrojan al mar.

—¡Benvenuto! —repite Idiáquez, mientras levanta para significarse el cartapacio de esquinas plateadas que un día fuera de Martín. El tal abate Benvenuto corresponde por fin a la llamada, levanta a su vez un cartapacio rojo y va al encuentro de Idiáquez y de Martín. Los dos hombres se reverencian. Idiáquez ordena a Martín que deje el cajón en el suelo. Al liberarse de la carga, Martín siente cómo le tiemblan los brazos, pero esa circunstancia no le impide buscar de inmediato la mano del abate para besarla. Contra todo pronóstico, la mano del abate esquiva los labios de Martín con un gesto desconfiado para mirar después, asombrado y confuso, a un Idiáquez que ríe mucho. Enseguida, el abate pregunta:

—*Ma che cosa fa questo stronzo?*

Idiáquez, que entiende el equívoco, explica entre carcajadas:

—Es la indumentaria, querido Benvenuto... —Idiáquez señala la ropa eclesiástica de Benvenuto Fieramosca. Luego, se dirige a Martín para impartirle la que quizá sea última lección de inmoralidad—: Menos algunas mujeres, algunos nobles y las estatuas más antiguas, casi todos los romanos llevan hábito. Los curas y los que no son curas. Entre los comerciantes, no hay una sola excepción. Ha de tener en cuenta que casi toda la clientela es familia de cardenales o recomendados por ellos. La deferencia resulta obligada.

Mientras Fieramosca apunta discreción y sugiere a los recién llegados que se aproximen a su coche, Martín carga el condenado bulto y piensa en Gonzalito y en los sobrinos del cardenal Colonna. Martín se sonríe al imaginarse a Gonzalito de abate. «La gracia que le hará», piensa.

Al llegar a su coche y decirle al cochero que vigile, Fieramosca mira a Martín con toda seriedad y pregunta:

—*Chi è questo giovane, capitano?*

—*Signore* Fieramosca... Tiene ante usted al mejor dibujante que nunca me haya sido dado conocer. Además, el muchacho sabe latín, griego, francés y tiene una magnífica caligrafía. Hasta puede, llegado el caso, escribir en letra gótica.

Fieramosca, sin mirar apenas a Martín, o mirándolo con cierto desprecio, extiende las palmas hacia arriba y une los dedos de las manos, que empiezan a señalar el pecho con un gracioso balanceo de muñeca. Luego parece interpretar el papel de un gran arrogante y declama:

—*Vedere un giovane che ha una furia di diavolo…!*—No mucho después, y a fuerza de oírselo, Martín sabrá lo que Fieramosca explica ahora al capitán Idiáquez en larga parrafada—: Uno es el mejor artista de su pueblo. ¡Qué cosas hace tan bonitas! Y como es el mejor artista de su pueblo, se va a la ciudad. Si por fortuna, en la ciudad no descubre que es un fantoche presuntuoso, a lo mejor se queda allí y puede vivir de su trabajo. Pero quizá sea cierto que es un grande artista y sea también el mejor dibujante o pintor de la ciudad. Entonces deberá serlo de la región, pero seguramente no lo será. Y si a lo mejor, entre docenas y docenas de imbéciles que se creyeron buenos oficiales artistas, es el mejor de su región y el que más encargos recibe, va a la corte de su reino. ¿Triunfará allí? Seguramente no. Seguramente se encontrará con muchos artistas que son mejores que él, o más astutos y con mejores modales cortesanos. Pero quizá lo llame un cardenal, o quizá lo llame un noble o el mismo rey para que trabaje para él. ¿Se quedará entonces el artista en la corte? Puede que sí o puede que no. Pero antes o después querrá venir a Roma, donde encontrará a los que fueron mejores artistas de su pueblo, de su ciudad, de su región, de su país y de la corte. Y en Roma, a menos que venga pensionado, si lo que pretende es prosperar, de no ignorarle, se reirán de él, y mucho. ¿Me quiere decir, señor marqués de Idiáquez, que este joven puede ser alguien en Roma? ¿En la Roma que está ahí?

Y Fieramosca señala con orgullo un horizonte donde nada se distingue pues el día ha amanecido nublado.

—Contado de tal guisa… —responde perplejo Idiáquez—: Hágame, de todos modos, el favor. Algo encontrará que el joven pueda hacer. Ya le he dicho que sabe latín, griego…

—¡Claro! ¡Y aquí nadie sabe latín! El muchacho ha dado

con el lugar donde se va por la calle diciendo «¡Cómo echamos en falta a la gente que sabe latín!». —De pronto Fieramosca mira la cara de Viloalle, examina sus harapos, se da cuenta de que unas cosas concuerdan y otras no, y pregunta a Idiáquez—: ¿No será un jesuita español? —Y enseguida, con gesto de mucha perspicacia, formula la misma cuestión a Martín en muy gracioso castellano.

—No, *signore* —contesta el mismo Martín con una inclinación de cabeza propia de su alta cuna, que brinda respeto, pero avisa de que será mejor no seguir por ahí.

—Mire bien, capitán, señor marqués, si me hago cargo del muchacho será en prueba de amistad y de mucho respeto, lo sabe.

—Lo sé.

—Y si en su siguiente visita el muchacho ya no está conmigo, no habrá de reprochármelo. ¿Me equivoco?

—En absoluto. Pero, dígame, don Benvenuto, ¿trae algo para mí? Quiero volver pronto a bordo porque este mareo de tierra me está matando. Un dolor y un frío tengo por todo el cuerpo...

Mientras Idiáquez explica sus cuitas, Fieramosca extrae de su cartapacio rojo lo que parecen dibujos antiguos. Idiáquez los coge enseguida con mucho cuidado y los introduce en el cartapacio de esquinas plateadas del que Martín se puede ir despidiendo.

—Recuerde, excelencia... —dice ahora Fieramosca—: Maestro Poussin. Ahora se vuelve a llevar mucho. Son dos bocetos de autorretrato y el estudio de una pastorela. Dos mil escudos...

—¿Cómo? —pregunta sorprendido Idiáquez.

—Se los sacarán de las manos, palabra de honor. ¿Me deja una garantía? No quiero ser descortés, pero esos dibujos son especialmente valiosos y este muchacho, a decir verdad, no me sirve como tal garante.

El capitán Idiáquez, molesto, se saca del cuello un medallón de oro que entrega a Fieramosca:

—Guárdelo bien. Es un retrato de mi prometida.

—Descuide, su excelencia. ¿Cuándo estará de vuelta?

—Quizá dentro de tres meses... —Idiáquez señala entonces el cajón que Martín ha cargado y dice—: Para aliviarle la tardanza, me he permitido hacerle un obsequio. Son vasos... —y levantando las cejas con misterio, una actividad que en ese muelle parece hábito, Idiáquez añade—: Puede decorarlos...

—Por supuesto, señor marqués... Y también llenarlos y vaciarlos.

—Y si quiere más, sólo tiene que pedirlo.

—No, gracias, capitán. Con esto basta para calmar la sed de toda Roma.

A Fieramosca no le entusiasma el regalo. Con una indicación le dice a Martín que cargue la caja en el pescante, junto al cochero. Martín, quien no tiene costumbre de que un plebeyo le imparta ese tipo de órdenes, se calla por prudencia y sube al coche los vasos que han sido hurtados del servicio de los jesuitas expulsos. Después acompaña a Fieramosca al interior del carruaje. Como ve que Fieramosca tiene serias dudas sobre si no sería mejor que, dada la desfachatez indumentaria, el muchacho acompañara al postillón, Idiáquez se asoma por la ventanilla y le dice:

—Es un Viloalle. Martín de Viloalle.

—Un Viloalle... —repite Fieramosca con aire enigmático que, verdaderamente, nada revela, para golpear enseguida la madera del techo. Mientras restalla el látigo y el coche empieza a maniobrar, Idiáquez se asoma de nuevo al interior y pregunta:

—Benvenuto... ¿sabe si el cardenal Colonna tiene sobrinos? —y Martín se sorprende de que el capitán Idiáquez recuerde ese detalle.

—¿Sobrinos el cardenal Colonna? —se pregunta como asustado Fieramosca. Y añade—: ¡No, por Dios! Su Excelentísima Eminencia sólo ha tenido sobrinas. ¡Casi un centenar! ¡Y las que tendrá mientras el cuerpo aguante!

Y chasca el látigo otra vez en el pescante, mientras Martín se hunde en el asiento como si el fustigado fuera él y no los caballos. Varias leguas separan Civitavecchia de Roma, pero aún oye Martín las carcajadas de Idiáquez cuando el coche entra en la ciudad por la Porta di Popolo, y Fieramosca opina, tras estudiar con ojo experto el medallón con camafeo que el capitán le ha entregado en garantía:

—No me extraña que *il capitano* se pase la vida en el mar… ¡Qué espanto *di donna*!

LA BRUSCA MUDANZA

1

Dicen que los romanos son famosos por su ubérrima elocuencia, no superada por pueblo alguno, civilizado o salvaje. Sin embargo, quien desee una prueba que niegue ese lugar común ha de acercarse a la Barcaccia, la fuente escultórica de la Piazza di Spagna. Allí, el curioso encontrará lo que llaman el Ghetto dei Inglesi y a un hijo de la británica ínsula con tal discurso que humilla al mayor de los locuaces.

Martín de Viloalle, sentado en el banco corrido de la fuente, dibuja un retrato exagerado o caricatura de ese hombre sin par, quien sugiere cómo ha de realizarse aquello para lo que posa. Una exigencia que, de un modo u otro, imponen a Martín de Viloalle todos sus clientes, pero que en la verborrea del inglés deviene tratado, mientras habla un gatuperio de lenguas vivas y muertas que sólo entiende quien gana su pan en ese punto de la geografía. Aunque hace mucho que no es joven, el caballero parlanchín viste casaca y tricornio carmesíes, y sólo calla al percibir de soslayo el relampaguear de un abanico en manos de la dama que se apea de una carroza y, acompañada por su séquito, sube los ondulantes peldaños que llevan a la Trinità dei Monti. El aire se traba en la garganta del caduco galán y un suspiro se pierde en el ruido de voces, trotar de caballos y rodar de carrozas. Pero las flechas de su monólogo regresan muy pronto, y aún más impetuosas: —Insisto, *sire* —dice ahora—. Sé muy bien que el dibujo exagerado incurre con facilidad en lo burlesco. El dibujante, corríjame si yerro, debe buscar en la fisonomía del modelo humano un rasgo que posea un símil en Naturaleza. Y casi siempre ha de elegir un animal poco prestigiado. Así habrá hombres-rata, hombres-pulga, hombres-mono y hombres-buey. Aunque también habrá hombres-pera y hombres-calabaza. ¿Y por qué no hombres-ventana? ¿Hombres-columnata? ¿Hombres, qué se yo, basílica? ¿Hombres de quienes, sin verles cabezones, se les suponga un ingenio como la cúpula de San Pedro o el Panteón? No le estoy trazando un camino a seguir, ni mucho menos… Ese fundamento de cosas bajo las cosas mismas me hace pensar que una caricatura con *esprit* debería aportar, como toda obra de mérito, un *è quel nonsocché*, un *necio quid*, un *je ne sais quoi* y, al mismo tiempo, esconder una fábula. Así tendríamos a Esopo agazapado tras una diversión inofensiva. Y ese pensamiento me recuerda algo que me ha venido a la mente esta mañana cuando la hija de un lacayo de los Doria-Pamphili, a quien saludo alborozado cada mañana, y brindo diario homenaje a su belleza, casi infantil, pero pujante, me ha mirado como si… —el caballero inglés calla de repente. En su rostro asoma la mueca de quien es fulminado por un dolor del corazón, y la voz vuelve, más alta y melodiosa, señal inequívoca de quien se ha empapado de las costumbres de la ciudad que le acoge—: *Dio, che cosa divina! Ciao, bellissima!* ¿A ti quién te ha hecho? ¿Michelangelo? *Goodbye forever, my pigeon!*

Ni con esas armas retóricas gana el inglés un gesto de la criadita que pasa por su lado. El rostro de la chica desborda apuro, ya que la viene siguiendo una turbamulta de voces groseras. Entretanto, Martín olvida cualquier sugerencia del inglés parlanchín y va concluyendo otro de los dibujos con los que ha ganado una de sus dos famas. Cuando es Martino da Vila, y siempre es Martino da Vila en Piazza di Spagna, muestra del modelo una faceta divertida, pero agradable; detrás, esboza la escalinata con paseantes a quienes también exagera los rasgos. Sus modelos son casi siempre caballeros ingleses, más jóvenes y callados por lo general que ese vejestorio hundido en la lujuria teórica. Para no incurrir en falta de respeto, el dibujo representará el tricornio calado bajo el brazo, y la espada y la coleta serán imitadas con fidelidad en su correcta situación. Con ello se logra un agradable efecto. Cuando el caballero vuelve a Inglaterra, tiene un cariñoso recuerdo de aquel dibujante *buffo ma non troppo*. Un joven *lord* se lo dice a otro y, cuando un nuevo inglés llega a Roma, el destino más importante de su *Grand Tour*, busca a Martino da Vila entre las mesas del Caffè degli Inglesi o del Caffè Greco, donde el dibujante se esconde para que no se burle de él la soberbia de los artistas pensionados de la Academia Francesa. Cuando el inglés encuentra a Da Vila, éste le inmortaliza en el acto de ese modo jovial, decoroso y bien retribuido.

Pero hay más. Como aparecido de entre las brumas de la ignominia, existe otro dibujante burlesco a quien sólo accede la clientela romana. Ésta, a fin de hundir a sus enemigos, contrata a Philippo Bazzani, que siendo también Martín, es otro Martín. Para llevar a cabo ese acuerdo hay que hablar con el sinuoso y experto Benvenuto Fieramosca, pagar una buena suma y murmurar un nombre. Si la presunta víctima no es poderosa, o es menos poderosa que el cliente, ya que en caso contrario el *signore* Benvenuto no quiere saber nada, Martín sigue un tiempo al personaje hasta que memoriza sus rasgos y luego plasma el resultado en el papel. La representación siempre es la misma: el involuntario modelo posa ante un muro donde se proyecta, negro sobre blanco, la *silhouette* deformada en alegoría de un vicio bochornoso: avaricia, lujuria, suciedad extrema… Nada es imposible cuando Martín se convierte en Philippo Bazzani, y el objeto de burla, como embrujado, es poseído para siempre por su caricatura, que va de mano en mano ilustrando algún libelo infamatorio. Nuevos ricos, hebreos o una posible cortesana que cobra en escarnio la generosa hospitalidad de su lecho, son el blanco de esos dardos que, al dorso de la caricatura de Philippo Bazzani, inicia su falacia con el habitual:

Queridos y excelentísimos romanos. Prestad oídos a un buen amigo que ha descubierto una amenaza para todos no muy lejos del lugar donde vuestro honor alegra los días eternos de Nuestro Señor...

Si se suman las ganancias en la Piazza di Spagna a su poco honesto beneficio como calumniador a sueldo y lo que rentan otras actividades nada legales, pero sólo un poco perseguidas, con las que Fieramosca negocia aquí, allá y más allá, el nuevo Martín de Viloalle no ha de tener queja. Ya no le preocupa vivir sin esa honra que casi siempre es aliento fétido en boca de envidiosos, o la ceja alzada de quienes pagan y sugieren, o la mano cruel de espadachines que por su rango nunca llevarán castigo. Y aunque cada paso por esa ciudad y cada mirada a estatuas y edificios le recuerdan que fue la Compañía quien, una vez más, reconstruyó Roma, a Martín no le preocupa tampoco el destino de los jesuitas. Sólo los recuerda al pasar por la iglesia del Gesù y ver a san Ignacio pisando herejes; o por cualquier otra plaza donde le sorprende el vértigo de mármol, coléricas ondas asimétricas, rudeza, extrañeza y puño de hierro, infiernos inconcebibles y voluntad colosal en esa piedra caprichosa. Si eso se debió a mano de jesuitas, fueron otros jesuitas. Ahora, Martín sólo puede agradecerles los saberes que le impartieron y desdeñar los temores que le inculcaron. Aunque a veces, hay que decirlo, una comezón escarba la conciencia por no compartir su destino. No cabe explicarse de otro modo el golpe que recibió de su mano un palafrenero de cara sórdida que, interesado al parecer en alta política, aseguraba a un criado de Fieramosca: «Dicen que en Córcega los jesuitas españoles se portan como los animales que son...».

Porque después de la expulsión y como nadie quería saber de ellos, tras rodear Córcega durante dos meses, los jesuitas fueron desembarcados en las playas de la isla. Una Córcega en guerra, además, y revuelta por un extraño gobierno:

> Queridísimos y excelentísimos romanos, prestad oídos a este amigo que tan bien os quiere y cuya vida correría peligro si diera su nombre. Os digo que algo lejos, pero no lo bastante lejos de vuestras honorables casas, esos lugares benditos que gobernáis con prudencia, los infames jesuitas españoles han conseguido el amparo y la alianza de la mayor de las ratas, Pasquale Paoli, rey sin corona de una tierra vil donde se ahorcan unos a otros cada noche. El susodicho pretende afrentar la tradición y la autoridad de la Iglesia y de los magníficos y católicos reyes con un ponzoñoso gobierno de bandidos a la griega que gustan llamarse demócratas...

Martín podría seguir hasta la Hora Final imitando la burda prosa de los libelos. Sin embargo, cuando llega a este punto, el de los jesuitas abandonados en Córcega tras la expulsión y el arduo viaje, le vienen a la cabeza los informes que ha ido dejando caer en sus charlas el serpentino Fieramosca. De ese modo, Martín ha sabido que los jesuitas vivieron hacinados y harapientos en las playas corsas entre los rencores brutales y desolados que suscita el hambre. El abandono de la devoción fue absoluto. ¿Por boca de quién, a su vez, ha sabido de esos asuntos Fieramosca? Por algún marino con el que comercia en Civitavecchia. Aunque ninguno de ellos es ya Idiáquez, porque éste falleció de una rara enfermedad al poco de dejar a Martín en su inesperado destino. La muerte de Idiáquez hizo que Martín cuestionara las pérdidas que a Fieramosca le supondría no recibir pago ninguno por los valiosos dibujos que le diera en el muelle. La única respuesta de Fieramosca fue una sonrisa. El colgante que Idiáquez le dio como garantía, despojado del retrato que lo afeaba, acabó en torno al cuello de un Borghese.

Así fueron llegando las noticias a Martín los primeros años de su estancia en Roma, antes de convertirse en Martino y también en Philippo. Hasta quería presentir la desazón de su hermana Elvira, o las dudas de su padre y su madre, cuando le imaginaran sufriendo en las playas corsas de la misma manera que él, tiempo antes, había imaginado a Gonzalito en Roma.

Porque de Gonzalito, en Roma, ni rastro. En los cinco años que lleva en la ciudad, no ha tenido la mínima noticia de su existencia. Que mentía en sus cartas es lo único diáfano. Además, desde su llegada, a Martín le han requerido otros menesteres más acuciantes que preocuparse por el destino de su hermano. ¿Quién era Gonzalito, después de todo? La claridad de las mañanas romanas ha limpiado los borrosos sentimientos infantiles de Martín, y del hermano mayor sólo queda la seguridad de que nunca fue persona, sino idea. Y la idea era pensar por cuenta de uno y rebelarse: amplitud y misterio de otra vida posible cuando no había más sendero que el señalado con mano firme el día mismo del nacimiento. Pero las cosas han cambiado; ahora manda la vida nueva y se impone la urgencia de cada día. Así que Martín satisface como puede al verboso inglés en este año del Señor de 1772, cuando el invierno romano enseña las orejas y las humedades del Tíber devoran la pulpa de los huesos.

La criadita ha desaparecido y el charlatán sigue ahí:

—Son la sal de la tierra, ¿verdad? ¿De qué estaba hablando yo? ¡Ah, sí, demonios! De lo viejo y repulsivo que le parezco a la hija de un lacayo de los Doria-Pamphili. Fiametta, se llama la necia… Aunque ahora no sé si eso tendrá mucho que ver con la fábula del topo y el ruiseñor. Escuche, que tiene gracia. Un topo asoma de su madriguera y descubre a un esplendoroso ruiseñor posado en la rama de una acacia, silba que silbarás. El topo, indignado por lo que ve, aunque vea más bien poco, dice para sí: «¡Hay que estar loco para pasarse la vida en tan difícil y desagradable equilibrio, a merced del viento, en una puntiaguda rama, sin dejar de quejarse por esa luz que ha de torturar los ojos y masacrar la cabeza a dolores!». Entonces, el ruiseñor, que le ha oído, replica al topo con desdén que se mire en un espejo. Así suele suceder con el topo que critica al ruiseñor: incurre en la estupidez del viejo que critica al joven por sus hábitos desmesurados. Aunque el ruiseñor que le dice al topo que se mire en un espejo tampoco es demasiado listo y, además, y desde luego, es poco compasivo.

¿Quiere decir lo que dice y algo más, o sólo lo que dice y desorientarle? Mareado por el discurso, Martín ha llegado a la conclusión, a todas luces errónea, de que el inglés es mitad cernícalo, mitad ratón y mitad loro; debe enmendar ese doble fallo, aritmético y comercial. Por eso, aunque la nariz aguileña sea símbolo de nobleza, y más noble cuanto más desmesurada, Martín la disminuye. Y aunque las orejas que sobresalen de la peluca de ese hombre parezcan las asas de un cesto, en el dibujo se mantienen bien pegadas a la cabeza. No ha tenido la feliz ocasión de ver a su modelo con la boca cerrada, pero lo dibuja circunspecto porque intuye que será de su gusto un ceño fruncido en reconcentrado filosofar. Un hombre del siglo, un gran epigramista, un príncipe de los salones. Las figuras del fondo que suben y bajan la escalinata tienen cara de topos y las damas son más tórtolas que ruiseñores porque los miriñaques no ayudan a la ligereza. Las ventanas de las casas y palacios fingen mirar a nuestro inglés. Martín garabatea sus iniciales, guarda sus lápices, coge su nuevo cartapacio con aristas de mero cartón y se acerca al cliente con sonrisa devota. El inglés coge el papel como si fuera un recado urgente.

Sin embargo, antes de mirarlo, pregunta a Martín con afectada gravedad:

—¿Sabe usted, señor Da Vila, que el ridículo es trágico?

—Demasiado bien, *milord.*

Sin añadir una palabra, algo bien raro, el cliente saca una lupa del chaleco y mira el dibujo. Echa hacia atrás la cabeza. Avecina la lupa al papel. Imita con humor el gesto del piadoso dibujo, sonríe y busca en su bolsa los dos escudos que acordaron como precio. La fidelidad a sí mismo le obliga a explicar:

—Un perro de aguas le dijo una vez a un lebrel: «¿Qué placer se puede encontrar en perseguir a una liebre en lugar de hacer cabriolas ante el amo y buscar así el gozo de sus caricias?».

Martín valora como muy falsa la propia risa, que disimula contrariedad.

—No se enoje, *signore* Da Vila. Es usted un magnífico dibujante. Además —sigue diciendo el inglés mientras enrolla su dibujo—, sea de aguas, sea lebrel, un perro es siempre un perro. Y, según dice la gente, perro no come perro. Que usted lo pase bien.

Aún le sigue Martín con la mirada, cuando el viajero, tras esquivar caballos y carrozas con paso ágil y decidido, se adentra por la Strada del Babuino. Es entonces cuando sospecha que ese inglés es muy poco inglés. Martín examina cara, cruz y canto de las monedas que ese hombre le ha dejado en la palma, y va a morderlas cuando oye a su espalda una voz familiar:

—¿Han burlado al burlador?

Martín no necesita volverse para saber que es Giulia Fieramosca quien le habla.

—Mi padre. Que vengas a casa —ordena Giulia con un gesto que desea inexpresivo.

La pareja camina entre el estercolero de las recientes lluvias hacia las proximidades del Palazzo Borghese. Allí, en esas callejas retorcidas que afluyen a la magnificencia de la antigua familia romana, mora el sin par Fieramosca. Ésa es la misma casa en la que vivía Martín hasta hace un año. Pudiera ser esa familiaridad olvidada lo que retrae a Giulia.

Tras unos pasos sin nada que decirse, el aire les envuelve en mutua turbación.

Salvo en cierta redondez del moflete, o ese trotar de cervato cuando va con prisa, y enseguida corrige, Giulia ha cambiado por completo. Hace poco, su mirada era de niña, y ahora es la de alguien que nunca lo ha sido. En la corta experiencia que se reconoce, y aunque le cuesta afrontar el nexo que ante él se presenta, esa nueva mirada es la que Martín imagina en su hermana Elvira tras años de obligación hiriente. La pérdida de unas ilusiones que nadie alentó, pero son sustancia de algunos caracteres. Ahora, mientras caminan por unas calles en las que desde hace poco se prohíbe en vano arrojar basura desde las ventanas, Martín observa a una Giulia cabizbaja, enredando un dedo en los cordones de la capa. Ni siquiera su hermana pequeña, Rosella, es partícipe de los motivos de ese largo silencio, interrumpido tan sólo por aislados sarcasmos. Hace dos meses que Giulia trabaja como ayudante del ama de llaves del cardenal Tornatore. Es fácil imaginar qué ha sucedido. Lo que su padre, el cruel Fieramosca, propicia.

Cuando Martín llegó a la casa Fieramosca se supo enseguida que no poseía virtudes para las artes que allí se practicaban. Sin embargo, su educación jesuítica era muy útil para que se refinaran un poco las niñas Fieramosca, huérfanas de madre, una tal Giuseppina, muerta al nacer Rosella. A lo largo de estos años, él y Giulia han hablado de lo que deben ser las fiestas en las cortes de Europa, del brillo y del influjo de las estrellas, o de que la filosofía es para hombres y la novela para mujeres. Alguna vez, Giulia le ha hecho sonrojar al hacerle de casamentera con alguna vecina, o cuando, más turbado aún,

Martín ha evitado que la niña le hiciera confidencias que sólo se participan a una madre o a un cura. En cambio, ahora, lo de Giulia es algo más que tormentos de la sensibilidad al hacerse mujer. Y su tristeza no es ahondar en deseos sin forma ni nombre, porque Giulia es víctima de un deseo con nombre muy viejo y forma única.

—¿Voy para lo de siempre? —pregunta Martín sólo para oír su voz.

—Ingleses, sí.

—¿Esperan desde hace mucho?

—Lo que he tardado en llegar a la Barcaccia.

Giulia y Martín interrumpen su marcha porque han reconocido una de las carrozas de los Borghese. Giulia muestra su respeto con reclinación y Martín con reverencia. Cuando alza la cabeza, Martín descubre que uno de los ocupantes de la carroza se ha asomado por la ventanilla para demorar la mirada en el seno de Giulia. Nada cabe decir. Desde que llegó a Roma y Martín fue Martino, se ha dado cuenta de que en el noviciado le educaron en una sumisión a órdenes y ruegos que quizá sólo fueran terrenales, pero al menos se fingían otra cosa. Le ha costado mucho esfuerzo aprender lo que saben de nacimiento quienes se hallan a su alrededor. Y aunque se considere un maestro consumado en el disimulo, como todos en esa ciudad, por otra parte, nada puede hacer, ni siquiera nada intentar, cuando cada una de sus jornadas se ve salpicada por la humillación.

—Marcantonio… —informa Giulia de un modo que pretende incisivo—: Marcantonio Borghese.

Es ahora Giulia quien mira a Martín y es Martín el indiferente. Pero Giulia tiene toda la ventaja:

—El otro día el viejo me habló de ti… —dice.

El viejo es monseñor Tornatore. Martín recuerda la fogosa cordialidad de los Viloalle con las aldeanas de sus dominios y concluye otra vez que alguien está vengando en él todos esos episodios de siesta y pajar que sólo tienen un nombre: injusticia. Esos «Pero ¿qué te cuesta, niña?» de su padre entre el ahogo y la exigencia, forcejeos y capitulaciones inevitables, oídos alguna vez a distancia. Y Martín sabe ahora que la injusticia sólo se percibe de verdad cuando abusa de uno.

—¿Me escuchas o no? —le pregunta Giulia.

Martín asiente porque cree importante aprovechar los momentos en que ella habla cuatro palabras seguidas.

—El cardenal Tornatore me ha explicado que los jesuitas españoles han abandonado el peligro de Córcega hace tiempo y muchos han llegado a Bolonia y Ferrara.

—Ya lo sabía.

—Y que otros, contra la ley de Dios, y sin el permiso del Papa, han decidido servir a Federico y a Catalina.

—Lo sabía también. ¿Y habla monseñor de Catalina y de Federico como si de sus primos se tratara? ¿O eres tú quien mantiene lazos de parentesco con esas casas reales, Romanov y Hohenzollern? ¿Y a qué viene que monseñor te explique eso a ti? ¿Y qué les has explicado tú?

—Supongo que quiere ayudarte. A lo mejor puedes reunirte con ellos, si así lo deseas.

—¿Con los jesuitas? ¿Y a qué habría de reunirme yo con los jesuitas? ¿He sido jesuita yo? ¿O es que monseñor quiere que me esfume? Además, insisto, ¿cómo sabe Tornatore esas cosas?

—A lo mejor te ha oído hablar. Ahora mismo hablas como si fueras el mismísimo cardenal Ricci.

Martín pasa por alto la sarcástica comparación con el general de la Compañía de Jesús y prosigue su réplica, que para eso fue premio distinguido en los debates teológicos:

—¿No lo averiguaría todo eso el cardenal Tornatore en esa típica conversación en la que la criadita le sirve su *coda a la vaccinara* y monseñor le dice que se siente a su mesa y discuta con él de importantes problemas vaticanos?

—¡No soy su criada! ¡Tú sí eres un criado y un mendigo, que la gente te da monedas en las plazas! —grita Giulia, de pronto fuera de sí, mientras asobarca la falda y echa a correr. Hay sorpresa en Martín cuando ve alejarse a Giulia, pero sabe que en cuanto vuelva la esquina dejará de pensar en ella. Si otro la mancilla a diario con sudor y mordiéndose los labios, es mejor preocuparse en sanar las propias heridas. De nada sirven los pensamientos sombríos y algo deleita el recuerdo, que ya irá mejorando, de unas tardes que ya parecen soñadas. Martín impartía sus lecciones a Giulia y a Rosella, que olían a jazmín, porque se perfumaban para él, aunque ni lo percibiera el antiguo novicio, tosco para esos detalles mundanos. Las veía coger la pluma con demasiada fuerza, pero con cuidado de no emborronar nada, agachar la cabeza hasta el papel con tierna impericia, y las avisaba de que no sacaran la lengua al escribir, ni movieran los labios al leer para sí. Enseñaba español y el francés que sabía, y ellas discutían cómo se decía tal o cual palabra. Martín explicaba entonces la diferencia entre el toscano que se escribía y el romanesco que se hablaba. Y caligrafiaba Martín con armonía y claridad los textos de las *canzonette* que las hermanas Fieramosca destrozaban sin armonía ni claridad ninguna, cuando, dos días por semana, la anciana Micaela les enseñaba los rudimentos del canto y del clavecín.

De lo que más orgulloso se sentía el antiguo novicio en sus tareas de preceptor era de haber transmitido a esas dos niñas la idea y el impulso de que las cosas se aprenden observando y preguntándose luego por la conveniencia de imitarlas. Hasta hace muy poco, y sólo por retenerlas cuando ya habían aprendido todo lo que debían, explicó algún asunto sin inmediata aplicación. Leyó con cavernosa voz al divino Dante y ellas le preguntaron al quinto terceto si se había vuelto loco, que parecía un adefesio regresado de la tumba; también desdeñaron enseguida otras bobadas entre resoplidos, para burlarse después con risa cantarina de la desolación de Martín, al tiempo que unían los dedos y los llevaban al pecho mientras coreaban: «*Ma che cosa è phantasmata?*». Y volvían a reír de su propia risa y de la cara de pasmado de Martín. Luego, Giulia y Rosella se tiraban de la melena al menor pretexto, porque entre ellas no se tienen ninguna simpatía, y han establecido desde siempre una competencia insana. Tan listas como salvajes como hermosas, ¿qué falta les hace lo etéreo?

Casi todo lo que esas mozas necesitan saber, lo saben de nacimiento, porque su padre es Benvenuto Fieramosca y no otro cualquiera. Y llevarán razón al seguir sus consejos, porque la opinión de Fieramosca sobre Roma y su gobierno es indispensable para quien haya de sobrevivir en esa ciudad sin la bendición de una buena cuna o, al menos, de una buena cuna que allí importe.

Según ha ido viendo Martín, en Roma se ubica la corte más inflexible del mundo, pero tan ciega a sus normas como ahora pueda serlo Fieramosca a la virtud de Giulia. Esa corte papal se rodea a su vez de otras treinta cortes cardenalicias donde cada eminencia ampara a sus feligreses y vasallos de un modo que al forastero se le antoja caprichoso, pero sujeto en verdad a códigos muy férreos. Cuando muere un Papa, y Martín ya ha visto morir al Papa Rezzonico y puede decir algo sobre ello, cambia el gobierno principal, y cambian también esos treinta gobiernos, y con ellos sus influencias y sus odios; y esos odios e influencias enaltecen o arruinan a quienes de ellos dependen. Eso acarrea que, en prevención de lo posible, el rumor sea continuo en Roma, y viscosa la red de conjuras en marcha. Quien desee que su posición o sus ingresos permanezcan inalterables al ir y venir de chismes agigantados de voz a voz, y de voz a libelo, y de libelo a susurro en oreja cardenalicia o papal, debe convertirse él mismo en un mínimo feudo y estar a buenas con los que pueden ascender, con los que han caído, pero no del todo, y con los que seguirán en su lugar por siempre jamás. Ese hombre ideal lucirá en el semblante una sonrisa magnífica y la buena disposición moldeará su gesto. No demasiado sumiso, nunca arrogante, y oculta en la espalda la garrota para alejar a los competidores que exhiban un pelaje similar al suyo, y se finjan, sí, dicharacheros, y muy humildes, claro.

Por lo que Martín sabe, el omnímodo Benvenuto Fieramosca se halla, dentro de las reglas del debido respeto, en inmejorables relaciones con los Borghese (la vecindad, el colgante que fue de Idiáquez y, en definitiva, lo necesario), el cardenal Albani (los mejores dibujos que pasan por sus manos) y, además de otros que Martín desconoce, el viudo Masseratti (aduana de Civitavecchia) y el risueño Castracani (fondas y albergues donde se alojan los viajeros, incluido el Ville di Londra). No olvidemos que la fuente principal, no diremos de la riqueza, pero sí de la abundancia fieramoscana, son los franceses, alemanes y, sobre todo, ingleses a quienes, desde el fin de la última guerra, se les antoja venir a Roma para visitar iglesias y ruinas y comprar aquello que se les muestre y más. Y para no perder a esos clientes por incompetencia o envidia se viste uno el negro hábito, adula uno, se enmascara uno, se hace uno el romano que de él se espera. Y, sobre todo, para que el cardenal Tornatore no reclame cuando se le antoje los derechos de la próspera casa donde se habita y se comercia, muy por encima del rango que corresponde a un comerciante o a un artesano, entrega uno a su hija.

Antes de llegar al Palazzo Borghese, como si fuese un lebrel y no el agasajador perro de aguas con que le ha confundido el plúmbeo inglés de la Piazza di Spagna, Martín sigue en el fango la huella de los tacones de Giulia hasta que éstos le llevan a una cochera y a un patio con arriates, que son antiguos sarcófagos, y cuyas flores lucen algo mustias en esta época del año. En el pescante de un coche de alquiler, un viejo canta a media voz un aire napolitano. Ya en la casa, Martín sigue una nueva pista, y un rumor de conversación y risas le acompaña al taller donde Fieramosca exhibe las obras de antiguos maestros.

2

Cuando Martín entra en lo que Benvenuto Fieramosca llama su estudio, dos caballeros ingleses celebran el ingenio del anticuario. Según su costumbre, Fieramosca prepara el relato de una fabulosa biografía del autor de los dibujos que se dispone a vender y sin duda venderá, pues la especialidad comercial del romano son los bocetos de insignes pinturas o la preparación de algún famoso grabado. Para llevar a cabo su cometido se ayuda de leyendas, renovadas a diario en animadas tertulias de artistas bajo los robles de Villa Medici. Resulta ameno anunciar que la mayoría de los dibujos con los que comercia Fieramosca surgen de las frías, pero muy hábiles manos, de Giuseppe Ferragosto, un saboyano putañero, y Ludovico Fieramosca, un sobrino con dos jorobas. Ambos *contraffatti* son expertos en imitar al lápiz o a la sepia, y siempre a la perfección, cualquier estilo de las épocas de Rafael y de Guido. Luego ahuman el resultado con una artesanía plagada de secretas fórmulas y ni los mismos autores regresados de la tumba sabrían decir si aquel dibujo es suyo o no. La memoria del mundo es corta y dispersa, confunde los nombres.

Al llegar a Roma, el propio Martín fue iniciado en un negocio que no sólo complace el afán de posesión de los viajeros, sino que a través de algunos marinos como el mismo Idiáquez, difunto capitán del *San Juan Nepomuceno*, surte de obras artísticas a toda Europa y aun a las Indias. Sin embargo, y como presumió Fieramosca en Civitavecchia, Martín es inhábil para oficio tan meticuloso. Su mano es incapaz de penetrar en la mano de otro, pensar como ese otro y como ese otro inventar. De ahí que se entregue a las minucias de la caricatura y le desprecien sus compañeros Ferragosto y Fieramosca. Aunque a su vez le envidien, porque la incompetencia de Martín, en cómica paradoja, le ha hecho más próximo a las niñas Giulia y Rosella. Ése es también el motivo de que Martín haya sido alejado de la casa de Fieramosca al Trastevere en cuanto a Giulia y Rosella les ha despuntado el encanto. A veces, como esa tarde, aunque la ocasión cada vez sea más rara, Fieramosca llama a Martín para que alabe ante la clientela una mercancía. Fieramosca sabe que los modales del antiguo novicio inspiran confianza a esos petimetres.

—*Signore* Da Vila… —saluda Fieramosca a Martín como si le tuviera algún respeto—: Me gustaría que conociese a los caballeros…

—William Shakespeare —se adelanta el primero con leve inclinación. Tendrá cincuenta años y debe de ser el *bearleader* o guía-preceptor del segundo, en la veintena. Éste se hace llamar Christopher Marlowe. Martín ya sabe que esos no son sus verdaderos nombres, porque en Roma las noticias vuelan. Quien dice llamarse Shakespeare se llama Wilson, y Marlowe es *lord* Robert Skylark. La mayoría de los viajeros que llegan a la ciudad usan el incógnito de un pseudónimo más por emoción aventurera que para ocultar un rango elevado, ya evidente en su porte, gestos y mesnada de criados. Se ilusionan con la pantomima. No hace mucho, el hermano crápula del rey Jorge, Edward Augustus, duque de York, pisó ese mismo estudio haciéndose llamar «*mister* Morgan», y pagó muy buenos escudos por cinco dibujos de Rafael. Y si más hubiera querido, más se hubiera llevado, gracias a los milagrosos hallazgos de Benvenuto Fieramosca.

—Les estaba contando a estos nobles señores la magnífica historia de «el otro Michelangelo» —anuncia ahora Fieramosca.

—¿Puede haber otro? —pregunta con ínfula de brillo Martín, aunque sin tener ni idea, por otra parte, de qué o de quién le hablan.

—No puede haber ningún otro, claro, claro… —rectifica Fieramosca, mientras da dos palmadas al aire, las cuales no aplauden el ingenio de Martín, sino que llaman a sus hijas, otro aliciente de la ceremonia de venta. Luego, añade con secretismo—: Pero hubo uno, queridos señores, que se le acercó, no diré mucho, pero sí algo… Un poco.

Fieramosca espera que Martín ate cabos y le releve en su discurso. Pero Martín se ha despistado con la llegada de Rosella y Giulia, cargadas de bandejas con dulces y licores que llevan hasta la mesa del estudio. A Fieramosca le gusta mostrar a sus hijas y espera de buen grado que los viajeros alaben su belleza. Pero éste no es el caso: ni el joven ni el viejo dirigen una mirada a las chicas. Sólo Martín se fija en Rosella (que le sonríe y saca la lengua a espaldas de los ingleses) y Giulia (que le ignora, porque ya estará pensando en que es hora de brindar penoso servicio al cardenal Tornatore). Lo más extraño es que, una vez han salido las dos mozas, Fieramosca tampoco espera ninguna cortesía de los ingleses para con sus hijas. Martín cae en la cuenta de que ni siquiera ha dicho el habitual «Mis hijas, señores…», lleno de vagas promesas. Fieramosca y los dos ingleses están mirando a Martín a la espera de una resolución al enigma sobre «el otro Michelangelo». Al cabo, una luz llega a Martín. Y algo dubitativo, pregunta:

—¿Merisi?

—¡Michelangelo da Merisi! *Ecco!* —exclama Fieramosca.

Martín ha visto cuadros de ese Michelangelo en la iglesia de Santa Maria del Popolo. Pinturas oscuras como la noche.

Sin saber cómo entonar sus palabras de un modo entusiasta, Martín musita:

—Caravaggio…

«¡Oh!», exclaman al unísono los dos ingleses, nadie sabe muy bien por qué. Entretanto, Fieramosca ha echado mano al llavín que guarda en su chaleco, abre un armario, y saca un cartapacio apaisado de una de las gavetas.

—Ustedes saben que los grandes son inigualables, su fama inmutable como la grandeza del Altísimo. Pero si me permiten ser vulgar y mencionar el dinero, los precios de un Rafael… Eso, en el muy difícil caso de que este humilde servidor de ustedes pueda conseguir uno que no pertenezca al Papa. El precio sería exorbitante. Pero hay famas menores, famas aún no famosas, si me permiten la torpeza… Existen artistas casi desconocidos, algo disparatados, pero cuyo nombre es necesario resaltar. Cuando el gran Guido Reni llegó a esta ciudad, creyó oportuno imitar a un pintor hoy olvidado. Lo imitó y lo imitó hasta que el imitado creyó oportuno avisar a Reni de que si seguía por ese camino no iba a tener más remedio que rebanarle el pescuezo. El buen Guido, el sensible Guido, obedeció sin rechistar. ¿Y saben por qué? Porque el hombre que le amenazaba era muy capaz de cumplir sus avisos. De hecho, tuvo que huir de Roma después de llevar a cabo su voluntad asesina con otro hombre.

—*That's incredible!* —exclaman a la vez los señores Shakespeare y Marlowe. «Las invenciones de Benvenuto están empezando a llegar muy lejos», piensa Martín, mientras Fieramosca deja la carpeta en un largo atril, desanuda los cordones, y oculta aún el dibujo al decir:

—Piensen en esos mendigos que ven al atardecer entre las sombras. Se habrán imaginado, y acertaron al hacerlo, que son criaturas del diablo capaces de asestar docenas de puñaladas a un hombre por una mísera moneda. Piensen, señores, se lo ruego, en su violento rostro de vinagre, torturado como el sarmiento, en sus manos agarrotadas por todos los vicios y enfermedades recogidas en los fondos grasientos de las más enmohecidas tabernas. Crucen, señores, su propia mirada, limpia y noble, con esa otra, esquiva, que busca desesperado refugio en una iglesia tras cometer el crimen atroz. ¡Entonces…!

Los ingleses se sobresaltan. Martín ya sabe que ese «¡Entonces…!» forma parte de la pequeña comedia que su mentor utiliza para la venta. Es un estímulo para la curiosidad de los jóvenes ingleses y de unos preceptores que en su mayoría lo ignoran todo de las artes, salvo que es interesante mencionarlas en los salones y una buena colección italiana colgada en una pared inglesa tiene un valor más alto cada día.

—Entonces, señores… —prosigue Fieramosca en un bajo cavernoso—: consigan imaginar lo que esas manos agarrotadas, guiadas por el influjo maligno de la retorcida mente, podrían llegar a dibujar, cuál sería el retrato de esa terrible llaga espiritual, la imitación de un cúmulo inaudito de pecados mortales.

Fieramosca abre la carpeta y muestra el dibujo:

—*My God!* —exclama Shakespeare, mientras da un paso atrás y se cubre la cara con las manos.

—*The devil in disguise!* —añade el joven Marlowe, a quien Martín ya supone en su palacete de Londres relatando entre copitas de oporto la visita al estudio de Fieramosca.

El dibujo que asoma en el atril es horrible. Con una fidelidad imitativa brutal y grosera, en las cimas de la desesperación, una cabeza decapitada parece gritar. La decapitación es causa sobrada para el grito; sin embargo, puede que también ayude a esa expresión terrorífica el hecho de que la cabellera se haya convertido en un amasijo retorcido de serpientes. Los caballeros ingleses le dan la espalda al dibujo y susurran entre ellos, mientras se acercan a la mesa y se llevan al gollete un vaso de sambuca. Al fin, Marlowe-*lord* Skylark, algo atragantado, decide explicarse:

—*Signore* Fieramosca, se lo ruego, cierre esa carpeta...

—Esta carpeta es la caja de Pandora... —Fieramosca muestra los colmillos, tensa sus facciones zorrunas, goza con su trabajo.

—Tendría mucho gusto en añadir ese dibujo a mi modesta colección... —añade el señor Marlowe—: Produce verdadero escalofrío...

—Usted entiende, *milord,* que vale los mil escudos que pido por él.

—Ese precio es más escalofriante aún que el dibujo —comenta Shakespeare-Wilson, quien guarda de toda clase de parásitos a su rico discípulo. Y añade—: Si nos permite abusar de su hospitalidad, nos hemos citado aquí con el señor de Welldone, quien nos ha de asesorar sobre la oportunidad en la adquisición de este dibujo, no diré magnífico, pero curioso, sin duda, *picturesque...*

Mientras invita a los ingleses a tomar asiento, Fieramosca lanza preguntas a diestra y siniestra con brillo afilado en los ojos y eco de sorna en la voz:

—¿Es ese señor de Welldone un comerciante de antigüedades? ¿Lo conoce usted, señor Da Vila?

Martín niega con la cabeza y dirige una mirada a Shakespeare y a Marlowe. Es difícil escrutar cualquier pensamiento tras el gesto de verdadera indiferencia de los ingleses que Martín hubiera querido para sí alguna vez.

—No, no comercia con antigüedades —responde Marlowe-*lord* Skylark—. Es un *connaisseur.* Uno de los más prestigiosos junto a ese sabio alemán que iluminaba con su presencia el Palazzo Albani hasta hace poco...

—Winckelmann, sí... —puntualiza Fieramosca, quien sabe muy bien que el alemán fue estrangulado hace cuatro años en Trieste por maricón, y conoce, sobre todo, ese eludir por cortesía el nombre de las cosas que tan divertidos hace a los ingleses—: Pero Welldone...

—Es muy posible que no conozca a Welldone, *signore*, porque el interés de éste por lo antiguo es mucho más amplio que la pintura, el dibujo o la escultura. De hecho, sabe distinguir la época de una figura por el hueco de la mano o por la raya del pelo. Y conoce la Historia como si en toda ella hubiese habitado. Le he oído relatar prodigios…

—¿Ha oído usted, señor Da Vila, relatar prodigios a ese señor de Welldone? —pregunta Fieramosca a Martín con estudiado tonillo. Martín se encoge de hombros sin entender nada y rogando a Fieramosca con la mirada que no se vuelva a dirigir a él.

—Tendría que conocerlo, señor Da Vila —aconseja Shakespeare—. Bueno, en realidad, lo va a conocer muy pronto. Welldone es un magnífico narrador de amenidades. El otro día, mientras paseábamos, nos señaló un campo de alcachofas y nos dijo que allí seguía enterrado el palacio de Nerón, ni más ni menos. Que era mucho más grande de lo que las ruinas próximas dejan entrever.

—La Domus Aurea… —añade el joven Marlowe, con orgullo de propietario, como si él mismo fuera el propio Nerón. Enseguida, entusiasmado, alardea—: Sí, y mientras Batoni nos retrataba junto al Coliseo…

Y sin que acabe la anécdota ríen los ingleses. Los típicos ingleses que se retratan junto al Coliseo rodeados de perros y toman así la ruina por una pieza de caza.

—Excusen, excusen… —se disculpa Shakespeare—: La cuestión es que el señor de Welldone nos relató un encantador disparate con esa gravedad suya, casi mayestática… La idea de construir un telar entre las ruinas del Coliseo. Un telar no, cientos de ellos, una fábrica. Dice que se lo ha propuesto al Papa a través del cardenal Bernis, el embajador de Francia. El Papa, por cierto, aún no ha respondido. Dice Welldone que si se plantan alcachofas sobre Nerón, si los mendigos duermen en las termas de Diocleaciano, si las matronas tienden los camisones entre su ventana y el arco de Tito y lavan y despiojan la ropa en la Villa Madama, por qué no va a construir él un telar en el Coliseo. Porque circo, decía, no habrá de serlo más, y el siglo debe utilizar esa ruina para otros menesteres...

—¿Circo? —pregunta Fieramosca en un fingimiento de curiosidad, siempre dispuesto a ganar tiempo, nunca se sabe para qué.

—Nos habló de terribles batallas entre fieras africanas y caballeros armados como Neptuno... Eso, dijo, era el Coliseo. Y también nos dijo que para borrar la infamia, no del pasado, sino la que cometemos con mostrar la vergüenza del pasado, es necesario consagrar esa joya arquitectónica a la Gran Equidad, como dice... Si dijera al Progreso, al menos...

—¿Al Progreso? —vuelve a preguntar Fieramosca con extrañeza, como si Marlowe hubiera dicho «a comer pulgas».

Y ahora es el propio Marlowe quien interpela a Martín, mientras se vuelve a colocar su peluca empolvada, desajustada por la risa.

—¿No lo encuentra gracioso, señor Da Vila?

—Es fabuloso... —y Martín reniega otra vez de su presencia en ese lugar.

—Más que fabuloso, señor Da Vila, más que fabuloso....

—Muy, pero que muy fabuloso... —añade Fieramosca y su semblante se preocupa aunque sus palabras desmientan el gesto—: Tengo mucha curiosidad por lo que ese fabuloso señor que pretende instalar un nuevo Leeds en el Coliseo pueda decir de mi dibujo...

Martín conoce a Fieramosca y sabe que esos comentarios de salón le traen sin cuidado. Lo único que pretende es vender su mercancía, sobre cuya autenticidad se pregunta ahora Martín. Puede imaginar la amargura del sobrino con doble chepa, o del saboyano que desayuna, merienda y cena en los lupanares, copiando o inventando una obra de Merisi. Es verdad que los dibujos, por no hablar de las pinturas o las esculturas, ya escasean. Y también es cierto que la aduana de Civitavecchia, por mucha amistad que Fieramosca mantenga con el viudo Masseratti, es cada vez más estricta y severas las condenas por contrabando. Pero de ahí a vender extravagancias, mera locura, por vaciar los bolsillos de esos extranjeros...

En ese momento, alguien entra en el estudio y saluda; también en ese momento, el gesto de Martín se descompone. Aunque no lleve bajo el brazo la exageración de su retrato, la cara sigue en su sitio: el esperadísimo señor de Welldone no es otro que el charlatán a quien esa misma tarde ha dibujado en Piazza di Spagna.

Sin embargo, el gesto de Martín no se ha turbado por reconocer; lo ha hecho por no ser reconocido y, porque al mirar en torno suyo para vigilar la reacción de los presentes, ha visto clavada en él la mirada de quien dice llamarse Shakespeare; una mirada que no es de curiosidad, o de simpatía, sino de alerta. En un instante, se hallan todos reunidos en torno a los licores y los dulces. Fieramosca llama a una de sus hijas y aparece Rosella, la menor, quien levanta la bandeja y abre la sonrisa para ofrecer ambas a los visitantes. Y en un momento, salvo el señor de Welldone, cuyos ojos acuosos delatan que hubiera preferido comerse a Rosella, los demás mastican animados.

Welldone.

Ni ese hombre ni esa cara le han dicho nada a Martín hasta hoy mismo. Y siendo Roma como es, descubrir en el mismo día, y por dos veces, esa cara y ese nombre, envuelve cada minuto en una amenaza más densa.

Shakespeare le habla a Welldone:

—Antes de que llegara, *mister* Welldone, les refería a estos señores su magnífica idea sobre el Coliseo...

La animación se vuelve repentino silencio. Shakespeare ha

ofendido al señor de Welldone. La crispación de la mano busca la empuñadura de su espada, sin otro motivo, al parecer, que templarse. Welldone avisa:

—No se burle, Wilson… —y Shakespeare se convierte ya en Wilson por mor del enojo. Welldone empieza a pasear por la habitación, se detiene, mira el jardín de Fieramosca a través de la ventana y ante la pasividad general, pregunta—: ¿Alguien me va a enseñar ese dibujo?

Mientras se encamina hacia el atril, Fieramosca repite su fantástica explicación de la vida de Merisi; aunque esta vez el carácter, al parecer variable, del señor de Welldone le obligue a ser breve y poco teatral. Cuando Fieramosca le muestra el dibujo, el señor de Welldone, impávido ante lo que ve, dice:

—Es la cabeza de Medusa. Captada en mal momento, al parecer. ¿Cuánto pide por eso, señor Fieramosca?

—Mil escudos…

—Bien hecho. Mil escudos por el dibujo de un pintor que no dibujaba. El pintor que vino al mundo para asesinar el arte y tuvo que conformarse con rajar a un holgazán como él. Sí, amigos, hay algunos que merecen pagar esa cifra. Y no miro a nadie. Mil, diez mil, ¡un millón! ¡Que arrojen su fortuna a la nueva fuente de Trevi! ¡A lo mejor eso les da más suerte que llevarse este monstruo falsificado! ¡Talismanes! ¡Espantapájaros! ¡Eso es justamente lo que buscan los hombres virtuosos y razonables!

—Me ofende usted, señor de Welldone… —interrumpe Fieramosca alzando el mentón, pero no mucho.

—¿Que le ofendo? No sabe usted lo que es la ofensa. Vamos, no me haga reír… —Welldone empieza a pasear por la habitación con las manos tras la espalda—: Michelangelo da Merisi, llamado el Caravaggio, nunca aboceto. Trabajaba sobre el cuadro. Cualquiera puede acercarse al lugar donde esté ese bicho feo, porque eso es un bicho, y copiar tal simplicidad, ajena por completo a las normas del gusto, la obra de un pobre loco. Un tipo de dibujo que bien podría copiar, qué sé yo, ¿un caricaturista?

Martín no da crédito a lo que empieza a suceder en torno suyo, y más cuando mira a Fieramosca y éste ladea la cabeza como diciendo: «Te han pillado». Benvenuto Fieramosca, su mentor, tiene además la desfachatez de anunciar a los visitantes:

—Es cierto, fue él quien me vendió el dibujo.

—¡Estamos ante un tercer Michelangelo! —aplaude el frívolo Marlowe para congraciarse con Welldone.

—*Lord* Skylark... —y Marlowe se revela como el *lord* Skylark que todos saben que es— ...hágase un favor y cierre el pico.

Y entre el cálculo de las consecuencias de la maldad de Fieramosca, Martín aún tiene tiempo de pensar en la categoría social de alguien que es obedecido cuando le dice a un *lord* inglés, y de esa guisa, que calle.

—¿Alguien me ha llamado? —dice entonces Rosella desde la puerta del estudio. Seguramente ha oído las estúpidas palmadas de *lord* Skylark y ahí está. Martín empieza a sentir vergüenza de que la niña contemple la escena que está por venir.

—Gracias a Dios que su excelencia ha acudido a la llamada de estos nobles ingleses —adula a Welldone el sinvergüenza Fieramosca—; no sé qué hubiera sido de mi conciencia si alguna vez llego a averiguar...

—¡Estafador! —acusa indignado el tal Wilson. Y es a Martín a quien acusa.

—No, no, Wilson, no juzgue a este joven, a un pícaro... —dice Welldone, mientras Martín mira a Rosella, que se agazapa en la oscuridad del corredor—: Culpe a Fieramosca. Si él no comprara esas burlas infames, nadie las perpetraría. Además, si Fieramosca no vendiera copas envejecidas en las que hemos de creer que bebió Calígula, ni rodeara con mil cuentos y supersticiones toda su farsa, ustedes podrían sentirse orgullosos de que no se profanaran iglesias, de que no se estropearan cosechas para rebuscar en la tierra bustos de Julio César como si fueran rábanos, de que no... En fin. Pretendo ser breve. El permiso para instalar mi fábrica en el Coliseo de la que tanta burla hacen se me concederá si hago un favor a la curia, que desde hace meses anda tras bellacos como Benvenuto Fieramosca. ¿Testificaría contra Fieramosca si se lo pidiera un tribunal, *lord* Skylark?

—¡Será una experiencia! —exclama el joven inglés.

—¿Y usted, *mister* Wilson?

—Aquí me tiene...

Entonces, Welldone se dirige a la puerta y la cierra en las narices de Rosella, que ha empezado a llorar en cuanto ha visto la cabeza de su padre hundida en el pecho. Desde la misma puerta, Welldone formula la pregunta decisiva:

—Señor Da Vila... ¿testificará y asumirá su parte de culpa?

Martín se esfuerza por no sonreír. Quien ha pasado años entre jesuitas está muy por encima de la comedia que, por un motivo desconocido, se ha representado en ese estudio. Lo que no se le escapa, desde que empezase la sospecha, son las miradas de Fieramosca entre dedos que fingen ocultar un rostro desolado. ¿No sabe que en cinco años ha tenido tiempo de sobra para conocerle? ¿No se conoce Benvenuto a sí mismo y sabe que, ante una acusación semejante, habría echado de allí a los ingleses, hubiera salido a la calle a gritar «¡Oíd, vecinos!», se hubiera arrodillado ante los Borghese para quejarse de la afrenta a su honor y hubiera besado el anillo del cardenal Tornatore para que pusiera remedio a toda esa infamia, mientras deslizaba, entre lamentos por la pobre Giulia, la inconveniencia de que unos extranjeros, ¡unos anglicanos!, viniesen a establecer reglas y prohibiciones en un lugar donde existía una ley y un orden divinos? Martín está al tanto de lo que debe responder y eso responde:

—Asumiré mi culpa, señor de Welldone, pero jamás testificaré.

—¿Hay un motivo para ese encubrimiento? —pregunta Welldone.

—El señor Fieramosca ha sido más que un padre para mí...

Welldone mira a Martín como si quisiera leerle el pensamiento y finalmente dice:

—Y perro no come perro...

Esa frase basta para que en la sala estallen las risas de *lord* Skylark y Wilson, y llegue hasta Martín el abrazo fervoroso de Fieramosca, quien quizá siga esta vez el curso natural de su carácter, o tal vez no, pero le llama «*Figlio mio! Figlio caro!*». Entretanto, le susurra al oído: «Estos señores querían ponerte a prueba para una misión muy alta. No me podía negar...».

El contenido del susurro es una auténtica sorpresa. Sin embargo, a Martín no le sobra tiempo para reflexionar, porque se abre la puerta del estudio y entra Rosella correteando. La mocita, que ha pasado un mal rato, abraza a su padre, y luego, entre las risas de los ingleses, se engancha a Martín con un roce natural a todas luces excesivo. Luego se va por donde ha venido.

Cuando Martín sigue con la mirada a una fugitiva Rosella, topa con la mirada del señor de Welldone. El rostro de ese desequilibrado caballero ha vuelto a la máxima severidad y un tamborileo en la empuñadura del espadín delata impaciencia. *Lord* Skylark y Wilson se dan por aludidos y se despiden, no con una reverencia, sino con sendos frotamientos del lóbulo de la oreja izquierda. Una seña que asombra a Martín, del todo confundido por el vértigo de los sucesos. Antes de salir, *lord* Skylark vuelve a mirar con repulsión el dibujo de Caravaggio:

—Dígame algo, *signore* Benvenuto, ¿es verdadero o falso?

—¡*Lord* Skylark! —se escandaliza Fieramosca, mientras se abalanza sobre la carpeta, la cierra y acompaña a los ingleses hasta la salida—. ¡Ese dibujo es más auténtico que las lágrimas de mi pobre Rosella…!

La voz lastimera de Fieramosca se pierde en el jardín. Martín y el señor de Welldone quedan solos en la estancia.

—¿Es usted español, señor Da Vila? —pregunta el inglés en magnífico castellano. Cuando Martín afirma con la cabeza, Welldone añade:

—Lo imaginaba. Y en verdad ¿se llama…?

—Martín de Viloalle, excelencia.

—Un honor… —la cabeza de Welldone amaga una reverencia, pero sus ojos no dejan de mirar fijamente y ahora preguntan—: ¿Llegó a recibir las órdenes menores, señor de Viloalle?

Martín duda en responder a esa cuestión. Welldone le ayuda:

—Señor de Viloalle. ¡Esto es Roma…! —y las palmas abiertas de Welldone recorren el espacio.

El hecho evidente de que Roma sea Roma hace que Martín diga la verdad.

—Fui un expulso por decreto del rey Carlos, señor. Y aunque era novicio y pude quedarme en España, elegí la aventura, por decirlo así.

—¿Y ha encontrado tal vida aventurera al servicio de Fieramosca, *il grande condottiero*? —Welldone, sarcástico, no regatea la afrenta. Hablan de caballero a caballero y de pronto…

La suspicacia de Welldone no se torna perspicacia cuando las palabras que ofenden son las suyas. Martín quiere que el viejo defina sus intenciones:

—¿Pretende algo de mí, señor de Welldone?

—Lo verá en su momento, señor de Viloalle. Sólo le puedo adelantar que, para un proyecto de enorme envergadura, cuya realización está a punto de ponerse en marcha, necesito a alguien que vea, que oiga y que huela por mí. Que me enseñe otra vez esas potencias del cuerpo y el espíritu. Necesito, sobre todo, la ayuda de alguien que plasme en papel lo que se me vaya ocurriendo. ¿Podría hacerlo, señor de Viloalle? Le adelanto, por si duda, que las recompensas serán incalculables. Y algo más... Yo parto mañana a Venecia en misión reservada. Volveré en unas semanas. ¿Podría en ese tiempo dibujar para mí una obra que diera prueba de su capacidad? Y cuando hablo de capacidad, hablo de amplitud de saberes...

—Soy un humilde caricaturista, señor de Welldone...

—Y a eso me refiero. Esta tarde en la Barcaccia ya le he dicho a Vuestra Merced que es un gran dibujante. ¿No se siente orgulloso de sus dibujos exagerados, de sus caricaturas?

—Pues no.

—Entonces realice una caricatura de la que pueda sentirse orgulloso. Una obra que, sin dejar el oficio, hable de su vida, de su conocimiento, que exprese su habilidad con la máxima distinción y de modo contundente. ¿Comprende?

—¿Y luego?

—Señor de Viloalle... ¿Por ventura es Vuestra Merced natural de la región de Galicia?

—Preguntaba qué ocurrirá tras mostrarle el dibujo.

—Pues, de momento... —y el señor de Welldone señala la puerta. Unos pasos se aproximan. Sin abandonar su tono de voz, el señor de Welldone afirma—: ...de momento, se libra de Philippo Bazzani. Por decirlo así...

—No sé de quién me habla...

Por toda réplica el señor de Welldone se encoge de hombros y esboza un enigmático visaje.

Cuando la sonrisa de Benvenuto Fieramosca llega al umbral de su estudio, debe esforzarse y competir para superar en amplitud las de sus visitantes. Quizá le extrañe la situación, pero Fieramosca sabe mejor que nadie el dicho antiguo: perro no come perro.

3

A todo fruto le llega su temporada. Las naranjas que Rosella ha venido a recoger al patio de Martín maduran en invierno, y no es necesario ser el más avispado de los turcos para catar en su figura y donaire que la chiquilla misma está en sazón. Sin embargo, al igual que Elvira, «la hermana que Martín tuvo», Rosella parece emplear al antiguo preceptor como balanza de su encanto. O quizá sólo quiera recibir lo que pide. En cualquier caso, Martín sabe que el no siempre cuerdo Fieramosca lo destazará como se destaza un conejo si se entera de que ha cumplido su lasciva inclinación.

Esa compleja circunstancia le es del todo indiferente a la grácil muchacha, quien ha entrado en casa de Martín con el pecho agitado por la apresurada subida del Trastevere a través del frío y del cierzo. Rosella resopla, deja el sombrero y la cesta sobre la mesa donde Martín dibuja, se deshace del capote, se desabrocha el peinador, se descalza los guantes, se desprende de la toca y, con objeto de sobresaltar al inquilino —pues aquella casa era de su abuelo—, coge el rostro de Martín entre unas manos que ella supone frías, pero arden:

—¿Sabe tu padre que estás aquí?

—Entrego mi desdicha al riesgo de las murmuraciones… ¿Me dejas ver ese dibujo?

La lectura de *Manon Lescaut* aún hace estragos entre las jovencitas romanas. Sin embargo, Martín supone que a Rosella la ha acompañado Damiana, una gorda criada de los Fieramosca cuyos parientes viven muy cerca. Durante los años transcurridos en la casa Fieramosca, Martín obtuvo pruebas suficientes para intuir que Damiana odia a Benvenuto. Al parecer, la culpa de ese encono la tiene una promesa formulada hace años, y entre arrullos, por el ávido viudo una tarde de lluvia que se evaporó al escampar.

Pero volvamos a la *jeune fille*, cuyo carácter, en el cambio de edad, se parece al de Giulia como un huevo a un caballo, lo que aún hace más honda la rivalidad de las hermanas. Rosella husmea muy cerca de Martín sin rubor ninguno y expresión de autoridad. Éste acoge con agrado el cosquilleo de sus rizos negros. Al sur de un mirar que resulta divertido de tanto fingir malicia, de su nariz respingona, de su boca ancha y de su cuello de garza, Martín aspira el aroma de un ramillete de tomillo que la chica ha encajado en un escote que ya no pasa desapercibido. «¡Qué limpias son las hermanas Fieramosca!», piensa Martín, mientras el temblor de los dedos le obliga a dejar el lápiz sobre el papel.

Ante él, tras semanas de faena que quizá sólo sean tiempo perdido, se halla una minuciosa caricatura, menos grosera de lo que sugiere un primer vistazo, del fresco de la *Stanza della Segnatura* en alegoría de la verdad filosófica; esa misma que los *connaisseurs* llaman *La escuela de Atenas*. Tal como le indicara el señor de Welldone, Martín se ha esforzado en dejar en ese papel, en esas figuras y en esa grandeza arquitectónica, lo que sabe, lo que le importa y lo que es capaz de hacer. Como no ha tenido ocasión de ver la pintura original en el Vaticano, ya que como muchos romanos, y él se considera romano, desconoce la mayoría de las maravillas de la ciudad, se ha servido de una lámina amarillenta que Fieramosca le ha vendido a precio de amigo. Entretanto, la cercanía de Rosella se hace intolerable y pequeños amores revolotean por la caldeada estancia. A Martín aún le queda ánimo para echar la cabeza hacia atrás y comprobar por vez milésima si, por muy caricatura que sea aquello, ha logrado mostrar la sensación de movimiento, de avance, que siempre le ha sugerido el caminar de Platón y Aristóteles entre las filas de sus discípulos y cofrades.

Ríe Rosella, porque reconoce la lámina y adivina lo que Martín ha hecho con ella, y sigue riendo porque se halla envuelta en esa inquieta dicha sin otra explicación que su edad. Pero, de repente, su rostro se vuelve muy serio:

—¡En este dibujo todas las figuras tienen tu cara! ¿Por qué dibujas siempre tonterías? ¿Y por qué destruyes ahora al divino Raffaello? —pregunta una impía Rosella. Ésas son las ventajas de crecer entre conversaciones elevadas y trapicheos.

—Es un obsequio para el señor de Welldone.

—Ese hombre me causa estremecimientos. Y no de los agradables…

—¡Rosella! —se asombra el de Viloalle, porque quiere borrar la tenaz figuración de una niña que asomaba la cabeza a la habitación de un Martín recién llegado a Roma, le sacaba la lengua y repetía: «*Giulia ti voglie bene, Giulia ti voglie bene…*». Martín no comprendía entonces al pequeño personaje, el mismo que, al cabo de los años justos, se limita a exponer una situación:

—Me mira con mucha lujuria, es cierto. Y lo hace ante mi padre…

—Te admira…

—Pues admírame tú… ¿Te gusta mi vestido? —y Rosella da una vuelta sobre sí misma para mostrar cada costura de su vestido marfil con listas cereza. Rosella se mueve y mira con esos ojos negros siempre risueños que sólo un libertino entendería de invitación—: Me lo han hecho en la Strada Condotti…

La moza fantasea. El vestido lo ha heredado a buen seguro de la hija de algún cliente de su padre. Pero Martín sigue el juego:

134

—Demasiado vestido es ése para recoger naranjas…

Entonces, como si se viera obligada a demostrar la totalidad de sus dones, esa criatura rompe a cantar. La voz de Rosella le trae a Martín recuerdos de su niñez, pues le evoca el chirrido de la verja del cementerio junto a la catedral antigua, a una legua del mayorazgo perdido de los Viloalle. El inextinguible fraseo se acaba convirtiendo en un agradable rumor, pues la simpatía de Rosella es mucha y el recuerdo de los castaños mecidos por el viento ayuda a fingir admiración.

Y calla por fin la niña.

—Exquisito… —miente Martín.

—Y porque no me has visto actuar… —se crece la muchacha. Y propone—: Tendrías que llevarme al teatro alguna vez…

—Eso no le haría ninguna gracia al *signore* Benvenuto… Además, si en Roma no hay lugar para las cantantes, ya las cómicas…

Sin comentar la prohibición papal sobre las mujeres entregadas a la lírica, ni la fama de rameras de las comediantes, los labios fruncidos de Rosella se acercan de nuevo a Martín, acompañados esta vez por un lento mecer de hombros, como si recordara otra canción, o estudiase el modo de engañar una vez más a su padre, a Martín y al mundo. Una falta absoluta de franqueza y ni un reproche que hacerse. Rosella toma un lápiz de Martín y, dando vueltas al portalápices, se dibuja una peca sobre la comisura del labio. Entonces, ladea el mentón para mostrar el nuevo detalle cosmético tal que si preguntara «¿Qué te parece?» y al mismo tiempo le fuera indiferente lo que Martín o cualquier otro pudieran responder. Es en todo distinta a su hermana Giulia, a la que aún no supera en atributos, pero sí en altura. En gracia, la dobla. «Arruinará a los hombres», piensa Martín. Y tras ese juicio, se levanta de la silla de un modo estrepitoso, casi de un salto, y actúa como si deseare atrapar una mariposa con la boca. Cae la silla, mientras la mariposa se deja atrapar. «Es temple de comedianta, desde luego», opina Martín, que sabe del fingido ronroneo de las rabizas por el abundante anecdotario del putañero copista Ferragosto y por nada más. Se desilusiona al no obtener al fin un beso cabal, un beso hambriento y ciego, de novela procaz. Tras una suspensión del tiempo, Martín se da cuenta de su acción y despega sus labios de los otros labios. Rosella aún entreabre la boca y estira el cuello como si se hubiera detenido el chorro de la fuente en que bebía. «Teatro…», sigue pensando Martín, mientras se sienta. Rosella apaga la vivacidad de sus ojos, se vuelve a dibujar la peca sobre el labio y, como lamentando mucho la situación, dice:

—A mí me gustan los hombres mayores…

—Pues mira qué bien… —murmura Martín, en español y con cierto enfado. Y piensa: «Esa pequeña descarada también le tendrá echado el ojo a alguna eminencia».

Pero a Martín se le escapan los motivos de la muchacha. Si ella canta en francés es para mostrar las enseñanzas de su antiguo maestro; si se pinta una peca, o adelanta el pecho como si lo catapultase, es para que él se dé cuenta de que ya no es una niña. Y ésa, y no otra, es también la causa de que eluda cualquier muestra de candor. En resumen, Martín no ha entendido nada. Por eso le sorprende el desgarro de Rosella cuando a un punto de la indignación, exclama:

—¡Tú eres mayor…! *Stronzo!*

Y será entonces cuando Rosella comprenda toda la ignorancia del pánfilo, ya que se aproxima a él y susurra:

—No te preocupes, yo te enseño.

Llegado a este punto, y por discreción, nuestro relato sale a respirar el aire del atardecer romano; no muy grato casi nunca, hay que decirlo. Esa tarde, empero, el cierzo ventila los olores de aguas estancadas, mientras hace caer con golpes sordos sobre hierba y losa las naranjas que Rosella no recoge. Un ganso negro abandona los restos de un carruaje encallado en el fango del río y sobrevuela a ras de agua el curso del Tíber, esquiva las naves ancladas en Ripa Grande, desaparece bajo un puente, reaparece y se vuelve un punto entre remolinos a la altura del castillo de Sant'Angelo. Repican las campanas de San Crisogono, cuyo sonido predomina sobre las de Santa Maria y Sant Pietro in Montorio, y el simultáneo revuelo de todas las iglesias de Roma. Cerca de las cornisas, donde la hiedra no alcanza, refulgen el amarillo y el ocre, y al volver la calma, todo sonido es más nítido: el relincho de los caballos, el gruñido de los cerdos, el zumbar de las moscas, los pasos veloces. Un golpe de viento dispersa con fuerza el humo de las chimeneas y lo empuja por callejones con tenebroso sonido. Muchos años después, esos rumores, simulando mencionar un nombre, engañarán el oído de los que siempre están dispuestos a creer lo inverosímil, la locura supersticiosa que alivia la falta de ingenio. Poco habrá servido de nada.

Una vez soslayado aquello que la decencia del lenguaje moderno impide describir, veamos cómo Rosella sale al patio con su cesto en el brazo, las mejillas encendidas y las manos ajustando el vestido que una vez cosieran las modistas de la Strada Condotti para alguna noble dama. Así el relato penetra de nuevo en la casa de Martín, el mismo lugar donde todos los rincones cuchichean el pensamiento que se silencia: «Mi padre está en Civitavecchia». Lo menciona la artesa con dos limones, un cuenco de avellanas, una botella de aceite y un salami, y lo susurran los grabados de los maestros en las paredes y lo silba el calor de la llamas que rebrillan en las sábanas revueltas.

Esta mañana, en la *Barcaccia*, un viejo criado, de acento imposible, de tez blanquísima y aire distinguido, tras entregarle un billete con una invitación a cenar, ha comunicado a Martín el regreso del señor de Welldone. Turbado aún por lo que acaba de pasar, y convencido de que recordará ese momento tanto como dure su vida, Martín se levanta de la cama y se acerca a su dibujo oliéndose las manos. Ahora sí que Platón y Aristóteles avanzan con decisión: si no echan a correr, poco les falta. No hay nada como unos ojos alegres y satisfechos. «Mi padre está en Civitavecchia.» Y Fieramosca siempre vuelve cuando es noche cerrada. Martín enciende de nuevo las velas de la mesa de trabajo y busca en su baúl una indumentaria apropiada para la cena.

Al rato, cuando Martín, vestido como un caballero, repasa su caricatura de *La escuela de Atenas* y decide que, si no hubiera de mostrarla en unas horas, estaría trabajando en ella durante meses, inmerso hasta la demencia en el tanteo de las líneas, Rosella vuelve del patio con el cesto lleno de naranjas, anuncia la llegada de la noche y, como si nada hubiese sucedido y el juego volviera a empezar, acerca de nuevo su rostro al del exnovicio con el pretexto de ajustar la cinta de su coleta. Martín no puede negar que le gusta ese peculiar desasosiego. Mientras se acerca aún más a Martín, Rosella le mira hasta que consigue que se reaviven los fuegos del joven y hasta los de la Roma que incendiara Nerón. Como Martín abre la boca como un pescado, ríe la menor de los Fieramosca, amaga un beso, despista, enardece, señala una figura en la lámina de la vera *Escuela de Atenas* y pregunta:

—¿Quién es este viejo?

—Platón...

—¿Y por qué señala hacia arriba? ¿Le está diciendo al de su lado que llueve? —y esa tontería la pronuncia la misma criatura que tiene el diablo en las caderas, la misma cuyo frenesí ha impedido, por cierto, que Martín llevase a cabo, por falta de práctica, lo que se da en llamar retirada *in extremis*. Pero Martín olvida, porque ha gozado, y contesta:

—No, Platón señala al cielo porque sus escritos hablan del cielo.

—¿Es un abate? ¿Está al servicio de un cardenal? Lleva sotana...

—Ni es abate, ni es. Murió hace mucho. Ese vestido es una túnica…

—No me extraña que haya muerto. Si hablas de las cosas del cielo y no eres cura, seguro que te mueres de hambre.

—Era como un conde…

—Así ya puede ir con el dedo tieso. ¿Y a quién me recuerda? Porque me recuerda mucho a alguien…

—A Leonardo da Vinci. Es su retrato. Raffaello era amigo de Leonardo.

—Ese Leonardo se vende ahora muy bien… Además, casi todo lo que hizo fue dibujo. El *signore* Ferragosto ha copiado muchos últimamente… —toda una experta en lo suyo, Rosella Fieramosca, que sigue preguntando, quizá porque no se quiera ir nunca de su lado—: ¿Y este otro?

—Aristóteles… Fíjate, Rosella… Como Platón habla del mundo de las ideas, Raffaello lo representa con el dedo que señala el cielo. No es sólo dónde señala, es el dedo. El índice, como una flecha, que da idea de lo invisible. En cambio, Aristóteles señala la tierra con toda la palma. Y la palma abierta representa lo sólido, los cimientos del saber.

Nada comenta Rosella sobre los cimientos del saber y acaricia una figura de la lámina, salta a otra, y a otra, y finalmente dirige la vista a la caricatura de Martín. No tarda mucho en opinar:

—Tú eres tonto…

—¿Por qué?

—¿Otra vez? ¡Te lo he dicho antes! ¡Eres tonto porque dibujas tonterías…! ¿Por qué no haces a las personas parecidas a las personas como *il grande Raffaello*? Así ganarías muchos escudos y con el tiempo te protegería el mismo gran señor que me protegiera a mí. Y viviríamos mejor que Giulia, *poverella*…

Martín cierra el puño, porque no tiene palabras que repliquen lo que acaba de oír. Entretanto, y para desviar la atención de oscuros presagios que le acechan de repente, decide que él dibuja lo más hondo del carácter de hombres y mujeres tan bien como *il grande Raffaello*. Y aun mejor, porque describe aquello que todo hombre y toda mujer se esfuerzan en ocultar. Guste o no, y casi nunca gusta. Martín no idealiza: razona y expone. Y ahora, en su caricatura de *La escuela de Atenas* ha hecho un símil de confesión. Al librarse de las cadenas y salir de aquella cueva de la que hablara Platón, no mira el reflejo, ni persigue el *phantasmata* que aniquiló la cordura del padre Teixeira; Martín mira directamente la luz. Y aunque Rafael trazara mejor que nadie los reflejos que veía, no dejaban de ser reflejos. Y aunque las imitaciones de Martín de lo que ve en la luz aún sean torpes y vulgares, es luz lo que dibuja. Bufo, exagerado: ésa es la manera en que ya es maestro.

—¿Oso interrumpir alguna escena?

El señor de Welldone, quien ya ha entrado en la casa, serena con un gesto a la sorprendida pareja. El cuerpo del anciano neutraliza toda luz, porque Martín sólo ve los brillos plateados del espadín y una doble hilera de dientes, en excelente estado pese a la venerable edad. Rosella dice que se marcha, se pone toca, sombrero, capa, peinador y guantes, y devuelve con una fría inclinación la exagerada reverencia del señor de Welldone, quien, sin embargo, logra una sonrisa y un prometedor suspiro cuando, a cambio de una naranja de la cesta, ofrece su carroza a la menor de los Fieramosca.

—Con mi cochero, ese ángel llegará antes de que su padre regrese de Civitavecchia… Y la criada ya está esperándola en la puerta… —informa el señor de Welldone, mientras se aproxima a la mesa de trabajo de Martín—: Ahora mismo acabo de pasar por la casa de Benvenuto…

—¿Ha sido beneficioso su viaje a Venecia, señor de Welldone? —pregunta Martín para que Welldone se olvide de situaciones comprometidas.

Como si no tuviera demasiado interés en hablar del asunto veneciano, Welldone pasa revista a la habitación única de esa humilde casa hasta que la vista se detiene en la mesa de trabajo. Sin embargo, como si fuera menester un canje por el dibujo encargado, el inglés se ve obligado a responder:

—¿Venecia, dice? Nunca se pierde el tiempo, Martín de Viloalle.

—Aquí tengo su pedido, señor de Welldone. En verdad, ser uno mismo a través de una habilidad limitada es tarea ardua.

—Y llegan encargos menos abrumadores… —insinúa el de Welldone, mientras simula una tos para que por fin Martín le reciba como debe.

—Excelencia… —apercibido, Martín recoge el tricornio, el abrigo y el espadín de Welldone. No hay la mínima indicación de que vaya a descalzarse los guantes. El señor de Welldone espera, en cambio, a que se le ofrezca asiento:

—Siéntese, excelencia. Y disculpe la descortesía…

—No he podido evitar oír las palabras de esa chiquilla, señor de Viloalle… —informa Welldone, mientras se sienta y busca su lupa—: Pero, si me permite, le diré que ella no es lo que parece, aunque ni siquiera ella sepa eso. El tiempo dirá…

Martín echa un leño al fuego y reagrupa en silencio rescoldos y ceniza.

—Le veo preocupado… ¡Haga suyo el verso de Ausonio, joven! *Collige, Martinus, rosas, dum flos novas et nova pubes…* ¿Qué puede pasarle? Además, *lord* Skylark sigue en Florencia, según creo.

—¿Qué quiere decirme, señor de Welldone?

El señor de Welldone se encoge de hombros, mientras pela su naranja con el cortaplumas de Martín, quien se halla desconcertado por la noticia de un vínculo entre Rosella y *lord* Skylark. Y dolido. Pero aliviado, qué diantre.

—En cualquier caso, señor de Viloalle... —Welldone habla entre masticaciones, mientras señala la cama revuelta—... la ausencia de sangre en las sábanas indica que la flor que usted ha cogido ya no estaba en el rosal de Rosella. En cualquier situación, que la sangre haga lo obligado y no se derrame por ahí es motivo de sosiego. No lo dude.

Desde que naciera hace veinticinco años en el señorío de Viloalle, todos aquellos que han hablado con Martín, ya fuese el niño que iba para jesuita, o ya el novicio prófugo, han pasado por alto cualquier informe sobre la sacrosanta herida virginal. Martín entiende que se le escapa otra de las muchas complicaciones del mundo.

Entretanto, Welldone se ha acercado al dibujo de Martín y, tras un rápido examen, con voz solemne declama:

—«Nadie entre aquí si no es geómetra.»

—¿Disculpe?

—Ése era el lema que campeaba en el frontispicio de la escuela de Atenas, mi buen Martín. ¡Es magnífica su obra! ¡Espléndida! Pero es obvio que deberá explicarme la singularidad de su versión. Eso de autorretratarse en todos y cada uno de los personajes principales no es vanidad, supongo, ni creo que sea sátira tampoco... Aquí hay mucho más, ¿o me desencamino?

Sonríe Martín, y acalorado por el fuego de la chimenea y el elogio del señor de Welldone, inicia una explicación que durará casi toda la noche.

Martín ha de ser dócil y explicar los fundamentos de su vida: si demuestra confianza en Welldone, el caballero guardará en secreto lo sucedido con Rosella, no intrigará con el anonimato de Philippo Bazzani y quizá le restaure a una posición más acorde con su linaje y talento. Pero ése no es el único motivo por el que Martín habla, y él lo sabe. Hace recuento de alegrías y pesares, mientras esperan el regreso del coche que ha devuelto a su casa a la hija de Fieramosca, y sigue hablando Martín cuando los caballos suben el Gianicolo entre molinos y, al oscilar, las linternas del carruaje proyectan fantasmales resplandores en el agua de la fuente Paola.

El coche les deja en Il Vascello, la estragada casona que el señor de Welldone habita a la sombra de la villa Doria-Pamphili. Mientras relata sus peripecias, Martín observa los jardines arrasados, la desnudez y oscuridad de salones y gabinetes, y descubre más allá de un ventanal, entre las ramas de una joven encina, la trasera del jardín y el abandono de lo que pudieron ser caballerizas: una larga nave con techo hundido y puertas rotas, muros envejecidos y resquicios asilvestrados.

Martín justifica su caricatura de *La escuela de Atenas* con el relato de sus estudios en Santiago, su noviciado en Villagarcía, la malaventura de la doble expulsión y esos años romanos en los que piensa a veces como fiadores de calma, otras de rencor y algunas de miedo. Y ese miedo sólo se apoya, pero con la tenacidad de una muela podrida, en que no pudo evitar ser lo que fue, un proyecto de jesuita, y ahora sólo le juzgan por lo que nunca ha sido, jesuita. Entretanto, Martín disimula ante la mínima cena que ha servido el criado octogenario de Welldone; una colación propia de ardillas que se alimentan de las sobras de un ermitaño: alcachofas rebozadas, nueces, queso de cabra con miel y basta.

El viejo criado de Welldone se llama Dimitri y es ruso. Motivo a todas luces insuficiente para que un frío asesino domine el ámbito.

Ni para comer se descalza los guantes el señor de Welldone. Una de esas manos enfundadas es la que, tras cascar una nuez, detiene el discurso de Martín.

—Alto ahí, señor de Viloalle. No busque excusas conmigo. Imagino cuál ha sido su libertad: ninguna. Ninguna libertad para expresar sus ideas y, mucho menos, para compartirlas. Quizá con el tiempo le extrañará mi postura; sin embargo, desde ahora mismo le aseguro que nada tengo contra los jesuitas. No presto oídos a las habladurías. No me creo sus intrigas en Francia, ni sus intentos de regicidio en Portugal, ni sus conjuras en España. Sé que en la Compañía hay de todo, como en todas partes. Dígame algo. Cuando habla de ese padre Teixeira quien al parecer le brindó una gran amistad, ¿se refiere a Joao Teixeira, el estudioso portugués del magnífico y también jesuita Athanasius Kircher?

—¿Le conoce? —y Martín se turba, porque, desde luego, no ha dicho la verdad sobre su relación con el anciano que, en su aliento postrero, le despreció por traidor.

—He leído parte de su obra excelente —afirma Welldone y pregunta—: ¿tiene en mente sus comentarios a *Ars Magna Lucis et Umbrae*? Ahí el padre Teixeira transmite, además de la innovación en Óptica del grandísimo Athanasius, el logro filosófico de ese gran inventor, la linterna mágica, y le da mayor amplitud a la inclinación de explicar la Redención mediante sombras en que se empeñaba Kircher. *Daemonium spectra ab inferis revocata*. No tanto. Una linterna mágica, un juego de sombras, ha de servir para más. ¿Posee noción de todo eso?

—Tenga en cuenta que los jesuitas imparten su sabiduría a cucharadas. Y a los novicios nos estaban vedados muchos de los altos conocimientos.

—Ya veo. Sólo rezos y figuraciones infernales. Una escuela de frenéticos. Quizá inofensivos, pero frenéticos...

Entonces, de modo sucinto, para dar a entender que cuando se habla del padre Teixeira no se habla de ningún santo, y porque intuye que Welldone gustará de esas pimientas, Martín cuenta lo que apenas sabe: la fogosa *liaison* de Teixeira con una mulata y las turbaciones que le llevaron a ultrajar el voto de castidad, las consecuencias del terremoto de Lisboa, de la expulsión, el posterior encierro. Pero no hace bien en explicar tamaña grosería, y así lo delata la ceja que se alza en la frente de Welldone. Por eso a Martín, para aliviar su historia, no se le ocurre más colofón que éste:

—Pero no se preocupe, que el padre Teixeira ya no sufre.

—¿Qué?

—Que el padre Teixeira descansa en paz. Cuando desembarcó estaba muy enfermo. Y loco de atar. Confundía el espacio y el tiempo, y de las personas no tenía memoria ninguna. Eso sí, ha sido un hombre muy sabio. Recto y justo. Lleno de ingenio. Bonísimo también.

—Y un singular espadachín.

—¿Se burla, señor de Welldone?

—Sí... —responde éste, y aunque no es hombre sanguíneo y la estancia está gélida, no han bebido vino y apenas han probado bocado, se seca el sudor de la frente con el dorso de la mano izquierda. El cuero del guante brilla con presagio de espeluzne.

—Ay, las expulsiones... Arandas y Pombales —dice, al fin, Welldone en un suspiro—: Ministros y validos. Hombres confusos y dudosos. Casios buscando apuñalar Césares que a su vez ya han sido Casios y tienen un César muerto en su conciencia. Ellos han influido e influyen en los reyes, movidos siempre por los mismos designios: poder o lucro o ambas cosas. La ambición sin límites. Son ellos los que ven secretismo y conjura donde sólo hay prudencia y, a veces, hasta buenas intenciones. Porque ellos son de ese pellejo y así piensan. Y yo mejor que nadie sé que esos ministros, un Pombal, un Aranda o un Choiseul, sobre todo un Choiseul, son los mayores intrigantes, los nefastos, los déspotas, y algún día pagarán la maldad de sus obras, mientras todos esos *philosophes* atrabiliarios que danzan a su alrededor y viven de las rentas que ellos les conceden buscarán otro cobijo, otra fuente de favores. En vano, anticipo. ¡En vano!

Y ante el estupor de Martín, el señor de Welldone sigue partiendo nueces con furia creciente, una tras otra, sin recoger el fruto, una decisión en el golpe que impresiona. De pronto, uno de sus mazazos da en la curva de una nuez, y ésta sale disparada por el aire. El criado Dimitri, inalterables la posición y el gesto impávido, alarga una mano, atrapa la nuez al vuelo y la esconde en un bolsillo de la librea sin más comentario. Martín aún no da crédito a lo que ven sus ojos, cuando el señor de Welldone se detiene, murmura algo para sí y se disculpa:

—Perdóneme, señor de Viloalle, me he puesto a pensar en mis cosas. A veces, uno habla demasiado ante la juventud y se olvida de guardar las formas, porque cree que se halla a salvo, que no se compromete del todo porque sólo es comprendido a medias. Pero usted me comprende, ¿no es así?

Martín no comprende nada, pero asiente para evitar otro ataque de ira. Más calmado, el señor de Welldone aparta con el brazo las cáscaras esparcidas sobre la mesa, extiende el dibujo de Martín, lo fija con dos portavelas y examina el trabajo con gran interés, como si en ello le fuese la vida. Un claroscuro tembloroso ilumina la obra singular:

—Lo que más me impresiona es el modo óptimo de comprender la verdadera intención de mi encargo. No me cansaré de aplaudir su perspicacia. En cierto modo, ha logrado un resumen esencial de la propia sabiduría. ¿Necesita conocer arcanos y secretos para hacer lo que ha hecho? Claro que no.

Sólo necesita pensar con brío, dibujar con destreza, razonar y tener conciencia de sus razones. Y eso, si lo pensamos bien, no es poca cosa. Además, posee una habilidad singular para el dibujo arquitectónico y la perspectiva. Me satisface corroborar que Vuestra Merced es tan hábil como creía. Pero, dígame, ¿por qué esa obsesión con el propio rostro?

—No soy yo, señor de Welldone. No todos son yo, al menos. —Martín corrige su primera afirmación, ya que el señor de Welldone le ha empezado a mirar con algo más que sorpresa. «Que no se enoje. Sobre todo, que no se enoje. Ahora que sabe de mi vida, comprenderá lo que digo», piensa Martín y se explica—: El que tendría que ser Platón y sujetar el *Timeo,* es Felipe, mi hermano gemelo.

—El que murió al nacer... Felipe, Philippo... Ahora entiendo...

Martín ignora la alusión a su oficio clandestino y prosigue:

—El mismo. El que murió cuando yo nacía. En vez de sujetar el *Timeo,* lleva en la mano los *Ejercicios espirituales* de san Ignacio, porque vive en mi fantasía y la ordena. Por eso señala el cielo. Porque cuando él se manifiesta en el cielo, yo obro en la tierra. Algunas veces... Y, bueno, Aristóteles soy yo, aunque mi devoción por el Padre del Saber nunca haya sido mucha. Como ve, como suplantación algo burlona, sujeto bajo el brazo las *Cartas inglesas* del señor de Voltaire.

—¿Os agradan las obras de Voltaire?

—Aunque por la estricta prohibición sólo ha llegado a mis manos una de ellas, me agradó de un modo inmenso. Yo...

—Ya veo... —corta Welldone, que alza de nuevo la mano, sin dejar de mirar el dibujo con aire pensativo—: ¿Y el resto? Porque los rostros que corresponden a Euclides, a Diógenes, a Bramante, al mismo Rafael, a los discípulos de la escuela... ¡Son todos Vuestra Merced! ¿Pretende decir con ello que son diversas manifestaciones de su persona? ¿Que son usted y su gemelo muerto en extraña unión?

—También he retratado a mi hermano Gonzalo y a un niño que se parece mucho a mí, aunque no sea Viloalle. Un niño que jugaba con barro... Un bastardo deforme que me recuerda de modo constante la vanidad de las cosas de este mundo.

—¿Y los demás?

Martín se avergüenza de sí mismo, carraspea y anuncia:

—Le confesaré, señor de Welldone, que me pareció divertido y de mucho efecto. Sólo eso. No hay exactitud en las correspondencias.

—Ya veo.

Su sinceridad no convence del todo al señor de Welldone. Por ello, Martín improvisa otra explicación:

—Además, quise asegurarme de lo principal: la arquitectura. Recrearme en la evocación imaginaria que el gran Rafael hace de la basílica de San Pedro, cuna y norte de la cristiandad.

—Ni cuna ni norte, joven. Eso no es San Pedro.

—Es un *capriccio* en torno a San Pedro, pues.

—Que no, que no...

Martín ya no sabe qué decir para complacer a Welldone. Todos aquellos con los que ha hablado de *La escuela de Atenas* le han dicho que Rafael se inspiró en los trabajos de Bramante en el Vaticano y que con ellos recreó esas líneas fabulosas. Pero no se atreve a decir nada al señor de Welldone, quien quizá no sea tan versado en el mundo antiguo como él mismo se proclama, y sólo conozca alguna que otra historia con la cual fascinar a los viajeros ingleses. También quisiera decirle que el dibujo no es valioso por la interpretación de los signos. Todo eso a Martín se le da un ardite. Para él lo único importante es la sensación de avance y pausa. De que hoy, ahora, está en la puerta del pazo, mientras su hermano

Gonzalito le explica que al nacer él murió otro niño, y al mismo tiempo está en ese salón con el señor de Welldone, y que ése es el camino. La pausa siempre y siempre el avance. Y no tiene palabras para explicar eso. Sólo tiene una mano que dibuja.

Pero como el silencio también parece enojar al señor de Welldone, Martín se decide a hablar y, con un hilo de voz, repite la pregunta que ya le hizo unas semanas antes en la casa de Fieramosca:

—¿Qué pretende de mí, señor de Welldone?

—Antes le diré qué pretendo de mí mismo. Será lo mejor. ¿Qué debe saber? Pues que he viajado algo y tengo alguna experiencia. No, no es cierto: he viajado mucho y tengo mucha experiencia. En mis viajes y a través de esa experiencia he visto lo que otros pretenden ignorar, o ignoran porque no dan para más: el Magno Pasado, con mayúscula. La Gran Equidad con lo Antiguo, de nuevo con mayúscula. Usted es caballero y hombre de honor, Martín de Viloalle, y por eso me confío a su buen criterio. Dígame. Lleva años viviendo en Roma. ¿Qué ha visto? Una ciudad al servicio del Papa y de sus cardenales, lo cual es admirable y santo, desde luego, pero ocasiona que la ciudad se entregue a un ruidoso fingimiento. Mire a Fieramosca, su mentor, que ha entregado una hija al cardenal Tornatore y, siento ofenderle, pero creo no desvelar nada, a punto está de venir la hora en que la pequeña sea barragana de otro poderoso. ¿Cree que ésa es la voluntad de Benvenuto? Coincidirá conmigo en que es hombre afanoso y hace lo que hace al dictado de esa pasión. Y diré que Benvenuto quizá suponga un caso extremo y que hay muchos comerciantes que no van regalando a sus hijas. Bien. Se lo concedo. Pero ¿cómo viven esos otros?, ¿qué seguridad poseen? No se asientan, desde luego, en un sólido piso de roca. Cualquier día, les cae un simbólico lamparón en el chaleco y están en la miseria, aun sonriendo, aun suplicando. Pues yo estoy aquí para ayudarles. Ahora, mírese. Con su abolengo, que bastaría, pero también con sus habilidades... ¿ha de dedicarse a la calumnia con el nombre de Philippo Bazzani? ¿En qué oscuro callejón moral le encierra esa circunstancia? ¿Acaso la naturaleza de Vuestra Merced es malvada de raíz? No me mire de ese modo cada vez que pronuncio al tal Bazzani, joven Viloalle; aunque Fieramosca no siempre esté en disposición de guardar secretos, yo sí. Prosigo. ¿Qué ve a su alrededor? Extramuros de Roma sólo hay gente miserable, campos yermos, canales secos, bandolerismo, abandono. El poder del Papa mengua. No sé si le han llegado noticias, pero los embajadores de los reinos borbones, Moñino por España, y por Francia el cardenal Bernis, mi protector, hacen lo que quieren con la débil voluntad del Santo Padre. La misión, aprovechando la protección de esos embajadores que ahora empuñan la influencia, es brindar seguridad a estas tierras. Levantar en las afueras de Roma otra ciudad, fabril y filosófica a la vez. Un lugar dedicado al óptimo teñido de tejidos y a serenas discusiones en las ágoras. Una ciudad junto a otra que devuelva a esta última una vez más su condición de asombro del mundo. Y también, con el debido respeto y la segura devoción, equilibrar la servidumbre que la curia impone a sus súbditos. A continuación, lo que también nos granjearía prestigio y mucho agradecimiento, librar a los reinos católicos de ese continuo sustentar los estados pontificios. Quizá parezca que deseamos algún mal, pero sin duda haremos el bien. La felicidad terrena no puede sino ayudar a que los romanos sean, de entre todos los católicos, los mejores, y el Papa viva tranquilo en su sagrada infalibilidad.

Ese hombre está loco. Sin duda. Quiere llevar a cabo las ideas más heréticas en el corazón de la cristiandad. Y, en su chifladura, llama Pasado a eso mismo que los librepensadores denominan Progreso. Quizá sea un ardid, pero no engaña a nadie. Martín baja la voz y pregunta alarmado:

—¿Me está diciendo que quiere anular la autoridad del Papa?

—¡Ni mucho menos! El Papa es el dueño de nuestra alma, de nuestra vida y de nuestro honor. Pero del mismo modo que Vuestra Merced ha hecho de *La escuela de Atenas* un templo del hombre que sois, quiero, a mi vez, hacer otro templo que pertenezca a los hombres y nos devuelva a la dichosa edad y los dichosos siglos donde todo era paz, todo amistad y todo concordia. Que nunca fueron, pero basta con que siempre hayamos querido imaginarlos. Y si el retorno de aquel pasado trae la bondad de los hombres, a la fuerza eso alegrará al Papa. En mi ciudad proyectada, en nuestra ciudad, en la Ciudad Antigua, en la Ciudad del Hombre, se fomentará la virtud, que a su vez habrá de suscitar en sus habitantes emociones elevadas hacia la Belleza, la Justicia, el Amor, la Sabiduría, la Libertad y la Calma en vida. En una palabra: Felicidad. Una Arcadia posible donde la tarea no sea castigo ni pecado mortal un goce moderado. ¿Comprende? Y yo, que soy hombre viejo, pese a mi buen porte, necesito alguien que me devuelva la sensualidad del mundo, su dulzura y su resistencia. Alguien que pueda dibujar figuras y árboles y rostros de muchacha, pero también planos y edificios. Se lo dije: alguien que huela y toque por mí —y el señor de Welldone, sin desvelar el misterio de las manos siempre enguantadas, le enseña las palmas—. Un dibujante inteligente, bien educado y con *sensus communis*. Todo lo que dije en casa de Fieramosca, lo repito ahora. Sobre todo, repito que, cuando la Ciudad Antigua, la Ciudad del Hombre, la Gran Equidad, sea fundada, los beneficios serán incalculables. Tiene poco que perder, señor de Viloalle, y mucho que ganar.

El entusiasmo que Welldone supone a Martín no es tal, ni por asomo. Sin embargo, éste recuerda que Fieramosca, hombre difícil de engañar, respeta a Welldone. Y, aunque se burlen un poco a su modo remilgado, también lo hacen *lord* Skylark y Wilson.

El combate de argumentos que tiene por campo de batalla la cabeza de Martín se refleja sin duda en su rostro, y de nuevo hace irritante el silencio. Así que Welldone, observando la turbadora forma del fruto de la nuez, comenta:

—Así, señor de Viloalle, que es aficionado a la lectura de Voltaire…

En ese asunto ve Martín la salida del laberinto. Porque desde que leyó las *Cartas inglesas* del señor de Voltaire algo ha cambiado en su vida. Además, está convencido de que algunas ideas que le acaba de transmitir Welldone coinciden con las del *philosophe*, aunque éste las manifieste con mayor desparpajo, menos candor y, sobre todo, mucho menos ímpetu. Por eso, y por adular las ideas del señor de Welldone sin comprometerse demasiado en la oferta que le ha hecho, Martín explica:

—Señor de Welldone, no he pretendido ser grosero ni tedioso al sincerarme con Vuestra Merced. En mi relato le he hablado de mi hermano mayor, Gonzalo. Mi hermano se fue de casa siendo yo niño; sin embargo, un día, durante una excursión que hicimos para ver el mar, me planteó una pregunta. Encontramos huesos de calamares en la orilla y me dijo que las gentes de la costa creían que esos huesos casi transparentes pertenecían a las almas de los marineros muertos. Entonces, me preguntó: «¿Qué es mejor? ¿Creer o no creer?». Supongo que las dudas también pugnaban en su interior. Poco recuerdo de aquel día; sin embargo, no se me va de la cabeza lo que no puedo expresar sino como un estado de inquietud. Si yo pensaba que, en efecto, los huesos de calamar eran las almas de los marineros muertos, era agradable, como comulgar. Pero si pensaba que sólo eran huesos de calamar, y eso es lo que eran, sin duda, primero me sentía un poco mal, pero después me sentía mejor que bien. Aunque al mismo tiempo y de forma muy rara, peor que bien. Con sólo pensarlo, una máscara había caído y en su lugar nacía la verdad, que en sí misma no es ni buena ni mala, pero requiere, para enfrentarla, cierta fortaleza de ánimo. Ahora he de añadir que esa fortaleza me ha sido otorgada por la lectura de las *Cartas inglesas* del señor de Voltaire, de las que sólo he de lamentar que su conocimiento me fuera vedado durante tanto tiempo. En el señor de Voltaire he encontrado mayor consuelo que en la eucaristía, y que Dios me perdone.

—¿Ah, sí? —la ceja izquierda de Welldone se alza de nuevo, pero esta vez Martín se halla seguro de que los elogios al *philosophe* gustarán a Welldone. En consecuencia, la opinión resulta imparable:

—Leyendo al señor de Voltaire he sentido lo mismo que con Rosella esta tarde. Ni más ni menos. Me siento renacido. Con peligros, desde luego, no soy del todo estúpido, pero sin esas ataduras invisibles que agrian el carácter. Voltaire es encantador y fascinante. Transmite que el mundo es amplio, que el entendimiento no ha de ofenderse, ni siquiera turbarse, al recibir la verdad que nos brindan los sentidos, porque uno siempre ha de estar a la espera de lo mejor.

—Bien, me gusta que se empape de su Voltaire. Pero ya le he dicho que he viajado mucho y tengo mucha experiencia. Si algo he aprendido en mis viajes y a través de mi experiencia es cuándo alguien miente o pretende adularme. Así que piénselo otra vez y responda; ¿en verdad le parecen tan gratas, tan didácticas, tan ingeniosas, esas cartas de Voltaire?

Una pregunta con truco, piensa Martín. Tú, viejo, tendrás toda la experiencia del orbe, pero yo he sufrido al padre Olmedo. La misma estratagema, el mismo modo de arrinconar. Quieres que muerda el cebo renegando de Voltaire por si alguna vez, con el tiempo, reniego de ti. Me parece bien. Y ahí van dos tazas...

—Quizá Vuestra Merced tenga su opinión, y será considerable. Pero sólo he decirle que, si algún día voy a besar la zapatilla del Papa y me da su bendición y su permiso, voy a leer toda la obra del gran *philosophe*.

—Ni el Papa puede darle ese permiso. Pero, en fin, haga lo que guste. Aunque le adelanto que las tragedias de ese amanuense son como la caída de una maceta de bronce en medio de la sesera.

—Me da igual. Es mi guía, mi modelo. ¿Quién no querría ser Voltaire viviendo en esta época, con sus facultades y sus logros?

De pronto, el señor de Welldone se levanta de la silla, y aunque la cabeza se halla en penumbra, los ojos del viejo destellan como tizones. También es muy cierto que su vigor pulmonar no es común:

—¡Yo! ¡Yo no querría ser Voltaire! —grita el señor de Welldone y enseguida apea el tratamiento—: ¿Tú querrías ser Voltaire, mequetrefe? ¿Te gustaría ser un calumniador, un metomentodo, un intrigante, un veleta, un exhibicionista, un cobarde, un adulador, un hipócrita, un mal poeta, un entendido en cien cosas y en nada maestro, un sabio de salón, un histérico, un avaro, un hombre incapaz de cualquier quietud, de cualquier recogimiento, de cualquier sosiego, un adorador de sí mismo, un desvariado, un pomposo, un fingidor, un sacacuartos, un garabato, un bocazas, un lunático, un farsante, un charlatán (mucho más que yo, he de decir), un disparatado, un prepotente, un zalamero, un intrigante, sobre todo, un intrigante, más que nada, un asqueroso intrigante, pero también un manipulador, un traidor, un ahorcable, un gamberro, un sofista fósil, un sofista embalsamado, la momia de un sofista…?

—¿Le he dicho ya, señor de Welldone, que domina muy bien mi idioma?

—*Perversissimus, stultus, fatuus, stolidus, ostentator, venenosus* y, sobre todo, *autokropos*, voz del griego que traducida a su rasposo idioma significa comemierda, tal cual… ¡Dimitri! ¡Llena de agua mi vaso! —El criado octogenario que asiste al ataque de rabia con indiferencia admirable obedece, y el señor de Welldone, fresca ya la boca, la mirada desafiando al vacío, prosigue—: Mira, muchacho, si quieres ser todo eso, te llamaré idiota. Y no llevarías mal camino, si tuvieras el talento.

—Y yo le digo a Vuestra Merced… —anuncia el de Viloalle, que se siente confuso, desde luego, pero también ofendido y ya no ve más provecho en todo aquello que una salida digna pero urgente—: …que lleva muy buen camino para alcanzar la calma y la felicidad que tanto ansía para los demás.

—¿Cómo te atreves, pintamonas? ¿No serás un compinche, un espía, de ese desdentado francés, de ese enano, de ese monstruo de soberbia, de ese reo de necedad, de ese esclavo con calzas lilas, de esa difusa pestilencia humana, de ese andrajo del honor? ¿Y tú quieres ser él, mamarracho? ¡Fuera de mi casa ahora mismo!

—Señor de Welldone… —anuncia Martín con cierta sorna—: Con su permiso, me retiro y le dejo con las innumerables ninfas que esperan en su alcoba.

—¡Claro, tonto! ¡Eso mismo he dicho! ¡Que te largues! ¡Vete! ¡Vete con la cabeza humillada por querer parecerte a ese…!

Mientras el desaforado Welldone invoca todos los poderes infernales con insultos superlativos, Martín sale de Il Vascello. El postillón dormita en la carroza como si aquello no fuera con él, que no va. Martín decide volver andando pese a los peligros de la noche romana. Al pasar por la fuente Paola, decide lavarse la cara, fatigado de esa amargura delirante, de los insultos que aún sigue oyendo, junto a ladridos y relinchos de alarma en la villa Doria-Pamphili. Entonces percibe que entre los dedos sigue el perfume de Rosella. Quiere guardarlo y, para no mojarse las manos, se arrodilla y hunde la cabeza en el agua. Cuesta creer, pero es sólo entonces, con la cabeza sumergida y los oídos alborotados por la caída de los chorros, cuando el último de los insultos del señor de Welldone, un largo «¡Sopeeeerro!», se funde con el tenebroso borboteo subacuático. Un hervor frío que se asemeja al espíritu de ese titiritero de sí mismo, a ese odio que cualquier mención reaviva. Si no hubiese sido Voltaire, hubiese sido cualquier otra persona, o cualquier otro asunto. No le cabe duda. También está seguro de que un adefesio de esa calaña sólo es peligroso y molesto cuando uno lo tiene al lado. Un perro ladrador que no come perro.

La cara de Martín de Viloalle emerge de la fuente. En la piel mojada duele el frío de la noche, ya silenciosa. Martín se seca el rostro en las hombreras y compadece a ese viejo que no ha sabido resignarse.

5

Ya es primavera y las naranjas del patio de Martín se han vuelto un amasijo verde que las lombrices habitan encantadas. Hay una buena razón para que Naturaleza dicte su ley y la fruta yazca entre hierba y musgosos añicos de maceta. *Lord* Skylark y *mister* Wilson, los ingleses estudiosos de la Antigüedad, demoraron su estancia en Florencia para sentir luego un interés súbito por viajar a Herculano y contemplar allí murales rescatados entre fango volcánico. De ese modo, los ingleses se libran una temporada de esa falta de higiene que tanto reclaman a la Ciudad Eterna, de los ataques de las chinches, del vino agrio, de las sábanas sucias y de la ausencia de cortinas, manteles y servilletas. Y también de ese modo la indómita Rosella ya no necesita excusa para llegarse al Trastevere cada vez que el sagaz Benvenuto Fieramosca, armado de cartapacios y bustos envueltos en tela, sube a su carroza y emprende el camino de Civitavecchia.

Mientras Rosella y Martín se enredan como áspides, muy atentos al goce mutuo, el aroma de pino que emana la chimenea se ovilla con el efluvio de la carne joven, con sus humores y el gemido de amor, tan similar al de navajeros cruzando cuchillo en la calleja. Durante esa temporada, ni siquiera en sueños se ha preguntado Martín cómo se habría enfrentado a la vida de haber seguido ésta el curso que le tenía reservado, una fatalidad compartida con las naranjas que ahora se pudren en el patio.

Sin embargo, cuando su sentido común emerge de ese baño de placer, Martín admite que sólo le separa de la definitiva insensatez una línea muy fina que trazan tres palabras: Skylark, embarazo, Fieramosca. O tres sentimientos: vanidad, sospecha, horror.

La vanidad de Martín intuye que Rosella se ha fijado en él porque quizá el pedernal de *lord* Skylark no prenda, pero al menos suelta la chispa justa para exacerbar ánimos y curiosidades.

La sospecha de Martín susurra, en cambio, que sólo es una pelota en el juego de rivalidades que Giulia y Rosella mantienen desde niñas. Los comentarios de Rosella acusan a Giulia de creciente amargura. Se aleja su hermana de todo el mundo, dice Rosella: todo lo reprocha Giulia y todo lo codicia.

El horror le asalta cuando intuye el embarazo de Rosella por parte de *lord* Skylark; esa situación daría lugar a que Martín sea utilizado para hacerle después responsable de la carga. Ahí está, para confirmar ese presentimiento, la oronda palidez de Giulia Fieramosca, y el hecho, un secreto susurrado por Rosella, de que pronto su no muy querida hermana contraerá matrimonio con Ludovico, el doblemente corcovado, y por siempre coronado primo. Ambos y el hijo que Giulia tenga del obispo Tornatore serán quienes hereden los trapicheos de Benvenuto. Eso elimina a Rosella. Eso elimina también a un Martín casado con Rosella. Y Martín sabe que

Benvenuto Fieramosca tiene amigos muy rudos que a veces cobran deudas, otras rompen brazos, y en alguna ocasión arrojan al Tíber sacos que, contra las leyes naturales, se revuelven como si protestaran.

De momento, y al margen de la exaltación carnal, a Martín le sobran razones para sentirse cornudo y apaleado él mismo, porque va realizando los extraños encargos que Benvenuto le hace de parte del señor de Welldone. En cartas lacradas, con tono gélido, mucha elocuencia y minucia y una letra espantosa, Welldone explica cómo han de realizarse determinados planos para «algo así como un templo». Y Martín dibuja la planta rectangular y el alzado de un edificio sin misión conocida. Como si fuera un bachiller, debe mostrar que no ignora los órdenes dórico, jónico y corintio, de acuerdo con los cuales, según su corresponsal, serán construidos los tres pilares de la parte central de la nave. Y se luce Martín en el diseño de esa fachada con extraños detalles como el relieve de una acacia, siete peldaños y las figuras del sol y de la luna.

Un detalle curioso. Al entregarle la última relación de instrucciones por medio de Fieramosca, la carta adjuntaba un breve volumen intitulado *Candide ou l'optimisme*. La obra la firma un tal Dr. Ralph. Sin embargo, tras la lectura de lo que resultó cuento filosófico, Martín no guarda ninguna duda sobre quién es el verdadero autor.

No molestarían esos encargos de Welldone, ni su extravagante agradecimiento, si no consumieran muchas de las horas que Martín habría de entregar a ganarse la vida. Porque pasaron los carnavales, con la ciudad repleta de forasteros, y Martín sólo pudo acercarse al Corso un par de tardes para ofrecer su mano de caricaturista. Y ahora, entre Rosella y los planos, se pasa el día oculto en su zahúrda del Trastevere.

—Ya llegará el dinero, no te preocupes. El señor de Welldone es de fiar. Un gran hombre. Un gran talento. Una gran familia —responde Benvenuto Fieramosca cada vez que Martín pregunta. Ahí es donde se siente cornudo.

El sentirse apaleado llega cuando no tiene más remedio que aceptar los trabajos que Benvenuto le encarga a Philippo Bazzani. Y basta que Martín insinúe que, según le tenían dicho, servir a Welldone eliminaba de su vida a Philippo Bazzani, para que Fieramosca replique: «No es cosa mía, Martino, no es cosa mía…».

Por eso ahora se halla en la Strada Condotti, rodeado de mendigos quienes, aun conociéndole, le piden limosna. Las monedas tintinean en sus cuencos de arcilla, mientras esperan que de las ventanas se arroje basura comestible. Y obran de ese modo los mendigos porque la desazón del dibujante publica que su lugar no es aquél, calle arriba, calle abajo, desde primera hora de la mañana.

Esta vez, el objetivo del cruel Philippo Bazzani es hacerse con los rasgos fisonómicos de Pierre Pampin, dueño de la peluquería Pampin, la cual surte a varias casas reales. Si alguien ignora quién envidia a *monsieur* Pampin sólo ha de fijarse en los ojos huidizos de otros peluqueros romanos, en la más cruda bancarrota desde que el laborioso Pampin se estableciera en la ciudad. Eso a Martín se le da un ardite. No merodea para impartir justicia. Su única misión es ver la cara de Pampin. Sin embargo, o Pampin es tan rico que ya no trabaja, o trabaja tanto que duerme en la tienda. Martín se inclina por esta segunda opción, porque en las horas que lleva en la calle han entrado en Pampin la marquesa de L., el cardenal B., y el tenor napolitano M., personaje que esos días se halla en la ciudad con la compañía de P. interpretando *Orfeo*, y hay quien dice que tiene amores con la viuda condesa de S., en la ruina desde que murió su esposo, pero mantenida desde entonces por el cardenal L. Mejor no seguir. Lo cierto es que tales personalidades no se hubieran demorado en el salón si ahí dentro no estuviera el mismísimo Pampin para medirles la cabeza.

Si no quiere que toda Roma ate cabos en cuanto salga algún libelo insultando a Pampin, no hay otra opción que improvisar una escena.

Cuando entra en la *boutique,* Martín se asusta, porque no sólo ha sonado una campanilla, sino que, a ambos lados de la puerta, dos autómatas de madera, que se fingen sirvientes negros, se han puesto a dar palmas, unos tableteos de escalofrío.

—*Buon giorno...* —Una vez recuperado de la moderna impresión, Martín saluda a un vejestorio que se halla entre el mostrador y una serie de cabezas de madera rematadas con lo más novedoso en ornamento capilar. El triple bucle y el plata ahumado hacen furor, por lo que se ve. Como Martín, el encargado viste de abate, lo que no es óbice para que Martín le reconozca como antiguo empleado de la peluquería Fratelli Buscaccione. En consecuencia, sobre ingrato a los Buscaccione, ese hombre no es Pampin.

—*Qu'est ce-que vous voulez, monsieur?* —parece que Pampin obliga a sus empleados a hablar en francés.

—Soy Archibald Wilson —afirma Martín—: *bearleader* de *lord* Horace Skylark. *Milord* me ordena que hable con *monsieur* Pampin ya que necesita una peluca para el carnaval.

—El carnaval ha concluido, *monsieur* Wilson.

—Para el carnaval del año que viene. ¿Puedo ver a *monsieur* Pampin?

Entre ambos ha aparecido la típica rivalidad de los subalternos. Un brillo desdeñoso asoma en el empleado cuando dice:

—Si quiere hablar con *monsieur* Pampin no tiene más que acercarse a París —y añade satírico—: *la France...*

—No entiendo qué pretende decirme...

—Esto es una sucursal. *Monsieur* Pampin tiene abiertas sucursales en Londres, Viena, San Petersburgo y Roma.

—¿Y en Madrid no? —pregunta Martín, un algo por honra patria y un mucho por ganar tiempo. Algún idiota se ha equivocado al querer hundir a alguien que no está ahí para ser hundido.

—Respecto a la corte española, *monsieur* Pampin debe opinar que es innecesaria su presencia en el lugar. Ellos no lo necesitan y él no los necesita a ellos.

«¡Cuánta arrogancia!», piensa Martín. Sin embargo, se da cuenta de que el viejo criado señala algo a su espalda. Martín se vuelve y, colgado de la pared, entre dos estantes con pelucas de caballero, se halla el retrato ovalado de quien será *monsieur* Pampin. Un hombre ya mayor, no muy gordo, mentón hundido, de indudable buen porte. Esa prestancia, si no ha sido idealizada, que todo pudiera ser, no le da derecho a desafiar de modo tan osado la jerarquía de los hombres. Así que Martín entiende por qué desean hundirle y también que nadie moverá un dedo para impedirlo.

—¿Y de qué quiere disfrazarse tu *lord* el año que viene? —ese viejo ha aprovechado el desconcierto de Martín para tutearle con impunidad.

—De Madame Pompadour...

—*Absolumment démodé!* —A ese hombre no hay quien lo aguante. Ni siquiera el pensamiento de que muy pronto se quedará sin trabajo, y sus esfuerzos por parecer francés habrán sido vanos, hace que Martín sienta la mínima caridad—: En el almacén quedan algunas piezas, creo... Pero en ese expositor tienes los modelos que utiliza la princesa Marie Antoinette. Pelucas con pequeños detalles decorativos tal que barcos, liras, aves del paraíso...

Aquello que se le muestra es orgiástico y ridículo. Sin embargo, sólo la ensoñación de ver a *lord* Skylark con esos *poofs*, como les llama el dependiente, valdrían su tiempo en regocijo si no fuera porque Martín tiene una misión que cumplir.

161

—Muéstreme lo que tenga al modo de la Pompadour, *s'il vous plaît...* —adulador, pero tajante, Martín señala el almacén.

Cuando el mezquino criado enfila a regañadientes el corredor, Martín saca un lápiz, esboza en el puño de su ajada camisa los rasgos de *monsieur* Pampin, sale a la Strada Condotti y desaparece entre el campanilleo de la puerta, el tableteo de los autómatas, carrozas y, desde luego, rebaños de mendigos, que vuelven a pedirle dinero.

Ese tal Pampin, cuya soberbia enferma se iguala a la de Dios al repartir sobre la tierra burdeles disfrazados de peluquerías como la Santísima Iglesia distribuye sus sagrados templos, no necesita, como moderno Ícaro, un sol que queme las alas de su vanidad. ¡Quemadlas vosotros, romanos!

Así imagina Martín el texto del panfleto cuya ilustración ha empezado sólo llegar a casa.

Porque le asquea esa faceta de su oficio, lleva a término cada encargo lo antes posible, no fuera que en el pasar de los días surgiera el remordimiento. Pero sabe Martín que en cuanto se sienta y prepara los lápices y las plumas deja a un lado la idea sobre el viscoso texto que acompañará su dibujo y cumple la tarea con deleite. Quiere verlo acabado, pero quiere hacerlo bien. Por eso olvida, calcula, sustituye lo aberrante del asunto por la sonrisa de una agudeza, invoca un sortilegio, «A la hora en que crecen las sombras se dice la verdad», y pone manos a la obra. En unos minutos, ha dibujado a Pampin con los brazos cruzados, la barbilla alzada y una peluca hasta las rodillas. Esta vez, la sombra que proyecta su imagen es idéntica al original. Así da a entender que la verdad de Pampin es tan ridícula como su apariencia arrogante. Ya habrá quien se encargue de dar detalles. Martín rellena la *silhouette* con tinta negra, y con un pincel fino repasa los perfiles de la figura. Sabe que la

162

basta reproducción difumina y emborrona sus ilustraciones. Por tanto, es necesario un fuerte contraste para que en la imprenta no se pierda la fuerza del gesto, lo cómico.

Mientras espera que el dibujo se seque, y antes de dirigirse a casa de Benvenuto Fieramosca para entregárselo, cobrar y hacerle a Rosella guiños a escondidas, Martín se dedica a mirar unas estampas para ver cómo han tratado algunos grandes artistas el asunto de la petulancia. Y, como siempre que hace eso, Martín decide que no debe reprocharse el comparar sus estúpidas calumnias con la obra de artesanos honorables. Él siente esos deseos de emulación y mejora, y es así, comparándose a los grandes, el modo en que Martín concibe sus nimiedades.

Así que estudia sus dibujos y come unas cerezas cuando la puerta cruje y por ella entra Benvenuto Fieramosca.

El semblante de Fieramosca es de severidad extrema, y a Martín le da lo mismo que sea impostado o no, porque la sola presencia del *signore* Benvenuto en aquella casa es presagio de malas noticias, la mirada recorriendo las esquinas de lo que fuera vivienda de su infancia. Martín le invita a sentarse y sirve un vaso de vino para calibrar a grandes rasgos el contenido de la visita en el modo en que su mentor acepta o rechaza la ofrenda. Fieramosca acepta, lo cual es bueno, y después se bebe el vino de un trago, lo cual es bastante malo, si se considera la mesura de ese hombre. El vaso vacío golpea en la mesa y Fieramosca, después de mirar el trabajo de Philippo Bazzani sobre el peluquero Pampin, dice:

—Tuviste un hermano gemelo, ¿no es verdad? —y sin esperar respuesta, Fieramosca añade—: Me parece que el rey Luis de Francia tiene otro. Es *monsieur* Pampin, al parecer...

Martín cae en la cuenta de que el retrato colgado en la tienda era el del rey Luis XV.

—Me he equivocado, *signore* Benvenuto. He ido a la tienda, me han dicho que el tal Pampin vive en París y al ver el retrato… Esta tarde me enteraré de qué cara tiene ese hombre y mañana mismo…

—No hará falta, Martino.

Fieramosca ha pronunciado las palabras fatídicas. Sabe lo de Rosella. Pero cuando Martín espera que Fieramosca empiece a hablar de su hija, éste busca algo en el pecho, bajo la camisa. Es un pliego de papel que, sin añadir palabra, lanza sobre la mesa de trabajo.

—Lee… —dice—: Y, sobre todo, mira...

Martín coge lo que parece un libelo. Y lo es, en efecto. Su título reza:

Juicio hecho de los jesuitas, autorizado con auténticos e innegables testimonios, por los mayores y más esclarecidos hombres de la Iglesia y del Estado para detener las obstinadas preocupaciones y voluntaria ceguera de muchos incautos e ilusos que, contra el hermoso resplandor de la verdad, cierran los ojos.

Y eso es sólo el título. El resto añadirá en minúscula tipografía, que Martín adivina de la imprenta de la embajada de España, una serie de verdades o mentiras sobre el ejercicio intenso de los jesuitas en las mayores brutalidades que pueda concebir una mente enferma. Sin embargo, no es eso lo que importa en el asunto, porque en la carátula del libelo, junto al prolijo titular, el general de los jesuitas, Ricci, aparece con semblante de mucha lujuria y desenfado entre doncellas agachadas. Para un observador inexperto, y sólo por su carga ofensiva, es aquel dibujo uno de los más altos logros de quien lo firma: Philippo Bazzani.

—*Signore* Benvenuto… Sabe muy bien que nada tengo que ver con esto. Parece obra de un dibujante sin dedos. Es atroz.

—¿Ahora vas a comentar el valor del dibujo? ¿No te das cuenta del problema?

Es inaceptable que se pregunte a alguien arrojado de su propio país cuál es la cuestión que ahí se debate. Al margen del rumbo que haya tomado su vida, de su conducta, de los reproches, de los malos recuerdos, Martín sabe del sufrimiento por la expulsión de jesuitas españoles y portugueses. Y de los napolitanos, parmesanos y sicilianos. Sabe que desde hace tres años, cuando murió el Papa Rezzonico y la tiara fue a parar a Clemente XIV, Ganganelli, todos los reinos desean que se suprima de una vez la Compañía. Como un solo ojo, casi todos los frailes de todas las órdenes, casi todos los abates, hostigan los colegios de la Compañía y exigen cabezas, y buscan en cada rincón a un jesuita oculto bajo la apariencia de un preceptor o de un misterioso viajero. Los embajadores de España y Francia, es decir, Moñino y el mismo cardenal Bernis que protege a Welldone, fuerzan al Papa para que firme de una vez el edicto que elimine a los jesuitas de este mundo.

Pero eso puede importar mucho o no importar nada cuando se posee la adecuada protección. La mirada de Fieramosca, que antes podía fingir severidad, ahora finge pena. Y dice:

—Hay gente que sabe que Philippo Bazzani, seas tú o sea otro, trabaja para mí. Soy yo quien recibe los encargos. Y esta falsificación me compromete mucho...

—Lo que en verdad es una paradoja de las importantes.

—¿De qué hablas? Ni te entiendo, ni me entiendes. El cardenal Tornatore que, como bien sabes, odia a los jesuitas, me ha hecho llamar. Él mismo me ha entregado este libelo y puede que sea él mismo quien lo haya hecho imprimir...

—Lleva toda la marca de ser de la embajada española...

—Eso da igual. El caso es que Tornatore pregunta y pregunta. No me digas cómo, pero se ha enterado de que eres jesuita. Y se ha enterado de que eres Philippo Bazzani...

Y Giulia, piensa Martín, se ha enterado de que me acuesto con Rosella. Por boca de la propia Rosella, a buen seguro. O los tornatores de Roma tiemblan, no por odio a los jesuitas, sino porque la saña de los libelistas empieza a escupir la altura cardenalicia. Y por muy jesuita que sea, Ricci es sobre todo un cardenal. Las altas jerarquías se habrán dedicado a acabar con rumores que se puedan volver contra ellos.

—¿Me escuchas, Martino? Para mí has sido como un hijo. Pero Roma es una ciudad pequeña y todo se sabe. Y a la púrpura de Tornatore se le debe el máximo respeto.

—He dado prueba cabal de mi lealtad hacia usted, señor Fieramosca. Recuerde cuando Welldone y los ingleses me pusieron a prueba. No dije una palabra en su contra. Prefería ser condenado. Ésa es mucha lealtad.

—¿Mucha lealtad? La lealtad no tiene medida, hijo. Tiene rango. Y el rango de mi lealtad es más alto que el tuyo. Y, si me permites, ahora el peligro va de veras y los guardias del Papa son muy convincentes en las mazmorras del Vaticano.

Ante el silencio, y por no devanarse el seso con las intrigas de Giulia y Rosella, Martín llena de nuevo los vasos para que su antiguo protector sepa que ha entendido, que se somete de nuevo a la arbitrariedad más infame. Aunque Benvenuto Fieramosca, señor de un reino muy pequeño y muy débil, nunca tendrá idea de las veces que Martín ha debido someterse, el modo en que conoce cada curva de la arbitrariedad como conoce cada curva de Rosella.

—Sería conveniente que dejaras la casa hoy mismo. Y te aconsejo que no vuelvas a la Piazza di Spagna. Es posible que Tornatore susurre algo sobre ti y seas apresado a las puertas de la misma embajada. Vivimos tiempos peligrosos…

—¿De la noche a la mañana?

—Así… —y chascan los dedos pulgar y corazón de Fieramosca.

Y Fieramosca mira hacia una ventana a través de la cual, quieto, sigue el Trastevere. Y ahí seguirá. Es en esa pausa cuando Martín se da cuenta verdadera de lo que ha perdido.

—¿Sabe, *signore* Fieramosca, que deseaba pedirle en breve la mano de Rosella? —pregunta Martín de un modo que sabe desesperado.

Ni le contesta Fieramosca, que vuelve a mirar en torno de él. Examina la leña seca arrinconada, el aguamanil con la palangana sin esmalte, el pan que Martín ha traído esa misma mañana y el estado de muros y vigas. Martín sabe que, tomada la decisión y comunicada la noticia, Fieramosca va a esperar allí sentado a que abandone la casa. Entretanto, el fenicio se ha puesto a pensar qué uso dará a la vivienda y cuánta renta obtendrá de ella. Quizá ahora mismo esté entrando por la Porta di Popolo un nuevo caricaturista o un nuevo falsificador. Aquel que ha sido el mejor artista de su pueblo, luego de su provincia, y más tarde el mejor artista de su reino, pero que en Roma será uno entre muchos si no llega antes Fieramosca para corromperlo. Busca Martín la bolsa con sus menguadísimos ahorros y mete su ropa en un pequeño arcón. No pensará en su destino hasta que Fieramosca llame a un cochero. Como Martín se demora todo lo que puede, Benvenuto ha sacado una bolsa con monedas y otro papel que ahora allana sobre la mesa.

—Esto, Martino, es un pasaporte para Venecia. Me lo ha dado Masseratti…

Enseguida, Martín saca dos conclusiones. Todo ese enredo no es producto de una súbita noticia, de una alarma que necesita solucionarse de inmediato y de la forma menos mala. Rosella no ha venido esta semana y, por tanto, Fieramosca no ha ido a Civitavecchia. O de haber ido, Rosella ya sabía que no era prudente acercarse a Martín, prudencia que todo lo dice de esa ramerilla. En cualquier caso, la segunda conclusión es que desean su marcha de Roma para siempre. Todos.

Martín deja por un momento de recoger su equipaje para hacerse con el pasaporte y el dinero. Por fin, en cinco años, mira a Fieramosca de acuerdo a su alcurnia:

—Muy agradecido, *signore*… —y dobla el pasaporte sin apartar la vista del ruin comerciante. Ya no hay amistad ninguna, ni la habrá si algún día se vuelven a encontrar. No habrá ameno recuerdo, ni desde luego habrá perdón.

El gesto altivo del que Martín ha hecho gala no arredra a Fieramosca, quien encallecido por los avatares implacables de la vida, no encuentra en su acto ni traición ni maldad, aunque sí una curiosa evocación de otros tiempos.

—Ésta es la primera vez que me recuerdas a tu hermano.

Al mencionar Fieramosca esas palabras, Martín se hallaba en silencio. Pero debe de haber un silencio más profundo que el silencio. La inmovilidad inmediata, el aliento cortado, la confusión helada.

—No me mires así… —avisa Fieramosca—: Lo supe en cuanto Idiáquez me dijo tu nombre. Y tú nunca has preguntado. Le conocí en esas reuniones… No sé si el señor de Welldone se habrá referido a ellas. Aunque el dichoso señor de Welldone no vivía entonces aquí. Era otro quien celebraba aquellas cenas.

Martín frunce el ceño para que Fieramosca se siga explicando:

—Hace unos veinte años que se celebran. Son los forasteros quienes las organizan burlando el celo de los guardas papales. Cenas un poco extravagantes, como sus comensales, pero he de hacer clientela donde sea necesario. Por eso de tanto en tanto hago acto de presencia. Y ahora asisten *lord* Skylark, *mister* Wilson y alguno más que no conoces. Las personas, sea cual sea su origen, se reúnen y hablan de cosas que no entiendo. Y esos caballeros van y vienen.

Cuando estuvo aquí, tu hermano asistía a ellas. Se supone que nadie conoce el nombre de nadie y todos nos llamamos con un apodo. Tu hermano se hacía llamar «Libertus». Pero Roma es como es y enseguida supe que su nombre era Jean de Viloalle.

—Mi hermano se llama Gonzalo.

—Pues se hacía llamar «Jean». No estaría ni un año en Roma y un buen día desapareció. Lo que se dijo entonces, y ésa es la verdad que todos recordarán, si recuerdan, es que tu hermano era jugador de naipes en todas sus formas: bacarrá, bisbis, sacanete y, sobre todo, faraón... Era un griego. Vivía de eso, mientras se refería una vez y otra a la fraternidad humana. Hablaba de máquinas y del reinado de la razón, pero era esclavo del azar. Y la razón del azar dice que, antes o después, empiezas a perder. Cuando oí quién eras, valoré la nobleza de tu familia y tus estudios, pero me dije «Como le vea coger un naipe o comprar un boleto de lotería, lo alejo para siempre de mi casa...». Y como tu hermano era jugador y todos los jugadores acaban en Venecia, por eso he hecho que se dicte tu pasaporte con ese destino.

Liberado de fingir sumisión ante ese hombre, Martín llena su vaso de vino y se dispone a dejar un recuerdo de él que perdure tanto como la acusación de que Gonzalo, de nuevo sangre de su sangre y honra de su honra, era un jugador vicioso. Un «griego», como despectivamente le ha llamado Fieramosca.

—Muy bien, *signore* Benvenuto. Se ha convencido de que el hecho de que me hiciera pasar por tonto durante estos años era prueba suficiente de que no podía ser más que un tonto. Así que mi hermano, tras veinte años, estará en Venecia esperándome con los brazos abiertos. Con los brazos abiertos y qué más, Benvenuto. Porque en mi hermano era acentuado un rasgo fisonómico que le hacía peculiar. Dígamelo.

Benvenuto Fieramosca parece calibrar el desafío de Martín. Si alguien busca en su rostro, ya macerado por el tiempo, alguna huella de respeto ante el nuevo talante del antiguo preceptor de sus hijas, ese alguien se equivoca de medio a medio. Fieramosca suspira al fin y pregunta:

—¿Crees que te engaño, Martino? ¿Me pones a prueba con esos modales que pretendes de nobleza? ¿Bastaría que mencionara la extraña contracción de los ojos que tu hermano sufría, esa repetición irritante, las sacudidas? —y, para colmo, Benvenuto Fieramosca se pone a imitar a Gonzalo de Viloalle—: No sabes los problemas que le trajo ese defecto. Cuando jugaba al faraón, y no siempre lo hacía en los mejores salones, más de una disputa le costó el que algún truhán creyera que Viloalle estaba haciendo señas a otro jugador, o que alguien le pudiera estar indicando los triunfos de sus adversarios. Como sabrás, y estoy convencido de que lo sabes, porque ahora, desde que me lo has dicho, sé de tu ingenio y claridad mental, ese guiñar continuamente los ojos se toma en algunos lugares como signo de posesión diabólica. Y en otros, o en los mismos, yo soy un pobre ignorante y no puedo precisar, el pelo rojo tampoco ayuda a que le tengan a uno por un ángel. En resumen, que algunos creían que tu hermano era un continuo portador de mala suerte. Sin embargo, en Venecia, donde ya no creen ni en la superstición, esa especie de enfermedad que domina a tu hermano, aunque fuera distintiva de su bella figura, no sería decisiva. ¿Te das ahora por satisfecho, Martino? Dame la llave de esta casa. Dentro de media hora, un cochero estará en la puerta y te llevará a Pescara.

Y Fieramosca desaparece de la vida de Martín, y con él desaparece Rosella, y desaparecen muchas de las esperanzas y de las realidades palpables de Martín. Cuando al cabo de media hora llega el cochero, Martín está en el patio de la que fue su casa con un baúl a los pies. Se entretiene en meditar al propio tiempo que huele una flor de naranjo. De pronto, como si una brisa se interpusiera entre la flor y la nariz, el aroma se vuelve hedor de un pescado que nunca ha olido y la misma flor parece transformarse en estiércol. Martín empieza a tener miedo. Cuando el cochero está cargando su equipaje, el de Viloalle echa una ojeada a la bolsa que le han dado. Una miseria de cincuenta escudos. Lo justo para sobrevivir una semana. Benvenuto Fieramosca es un avaro asqueroso y unas putas sus hijas.

Valora las opciones y, ante la desolación que producen, toma un camino dudoso, que quizá sea el único camino.

6

Martín entra por el portón de Il Vascello y da con una carroza sin caballería. Mira a su alrededor y, más acá de los setos amarillos, todo parece aislado de la primavera. Sin embargo, desde su visita anterior, alguien ha vertido montones de arena en el sendero alfombrado de ortigas que lleva a la casa. El pasmo de Martín se vuelve turbación en cuanto sortea la dificultad, porque sentado en los escalones de la entrada, Welldone, cabizbajo, el puño en la sien, juega con unas piedrecillas. En simetría con su amo, y contra toda norma jerárquica, el criado Dimitri. Quizá jueguen a las tres en raya. Al amo y al criado sólo se les distingue por la casaca de uno y la librea del otro, tan arrugadas ambas prendas como la cara de sus dueños.

—Señor de Welldone…

Welldone levanta la cabeza sorprendido y, enseguida, al descubrir quién es el propietario de esa voz, sustituye la sorpresa por un severo talante que muda en cordialidad al susurrar Dimitri unas palabras en ruso. Welldone se incorpora con esa agilidad impropia de sus años, se sacude el polvo, coge a Dimitri de un hombro para que se levante y ambos inician una serie de reverencias destinadas al agasajo del recién llegado.

—Espero que no rechace una invitación a almorzar, señor de Viloalle. Si lo hiciera, me sentiría el hombre más humillado del mundo.

—Señor de Welldone, tengo un coche esperando. Abandono Roma.

—¿Qué me dice? ¡Pero eso es imposible!

—Ha sido una recomendación muy precisa de Benvenuto Fieramosca. Y su boca no hablaba sólo por él, creo...

—¿Después de tantos años? ¡Pero si era como un padre para usted! ¡Ese hombre nefasto! Le ruego que se sienta huésped de esta casa. Luego me explicará el porqué de esas decisiones tan drásticas.

Martín duda, y espera un mayor compromiso cuando pregunta:

—¿Quedo bajo vuestra protección?

Welldone, algo sorprendido, echa la cabeza hacia atrás y pregunta:

—¿Ha hecho usted algo malo?

—Nada que Vuestra Merced no sepa.

—Pues queda bajo mi protección y en mi compañía —y Welldone regaña al enclenque octogenario—: ¡Dimitri! ¿Qué haces ahí parado? Corre como un gamo a por el baúl del caballero Viloalle.

—Señor... —Martín quiere dar explicaciones.

—Mientras el buen Dimitri prepara su habitación y el almuerzo, ¿no se siente tentado a examinar en qué se ha convertido nuestro magnífico proyecto?

—Pero ¿lo está llevando a cabo?

Martín sigue el buen paso de Welldone, quien ya rodea el

172

yermo jardín, ocupado ahora por vigas de madera recién cepillada y una pila de láminas de mármol. Al llegar a la parte trasera, en el mismo lugar donde Martín creyó ver en su anterior visita un establo abandonado, se halla, aprovechando la planta rectangular, tan parecida al proyecto que Martín ha estado dibujando, una obra a medio terminar, un templete pintado en ocre amarillento, casi dorado. El mayor esfuerzo se ha hecho en la pequeña fachada: dos columnas corintias a cada lado de la puerta sobre la que campea un blasón cuyo emblema no sabe reconocer, y en el frontón un relieve triangular que lanza destellos imaginarios. En el centro del triángulo, un ojo esculpido a medias. Los aleros del tejado están por levantar y el espacio a cubrir sigue vacío. Como ha llovido en los últimos días, Martín deduce que nadie trabaja en la obra desde las últimas tormentas, porque el agua ha manchado la puerta sin pulir ni barnizar de esa fastuosa entrada. Demasiada entrada, en realidad, para tan minúsculo edificio. Sin embargo, la alegría de haber dibujado algo que no sean caricaturas, ni peligrosas sandeces, y ver ante sí el producto de la propia mano, hace que Martín posponga una conclusión sobre el uso de tan leve arquitectura. Porque una iglesia no es. Ni tampoco un gallinero.

—El Templo del Hombre… —Welldone, que ha leído el pensamiento de Martín, está en la puerta de la construcción y pasa su mano enguantada por la madera como si acariciase el lomo de su caballo predilecto—: En nuestro caso, y sin ánimo de ofender a nadie, y menos a usted, señor de Viloalle, sería mejor decir la Ermita del Hombre. Y aunque estoy seguro de que nuestros vecinos, los Doria-Pamphili, no nos envidian demasiado, he aquí el fruto de nuestro ingenio. No os muestro el interior porque no hay nada. Ni lo habrá…

—Pero, este material… —Martín, desilusionado, abarca con la mano el jardín, como si quisiera que, de pronto, piedras y vigas se pusieran en su lugar gracias a un mágico andamiaje.

—No os voy a engañar, señor de Viloalle. Este material no se usará nunca. No en breve, al menos. He ordenado detener las obras.

El señor de Wellone se encoge de hombros como si Martín conociera el motivo que impulsa sus decisiones. Martín, a su vez, cree llegado el momento de explicar qué le ha traído a esa casa: el resultado de la confesión obrará por sí mismo. Tras mirar en torno suyo, Martín se lleva la mano a la caña de sus botas, saca el panfleto contra los jesuitas y se lo entrega a Welldone, quien lee sin demasiada atención. Cuando levanta de nuevo la vista, Welldone sacude los papeles en el aire:

—Paparruchas... Para empezar, o Vuestra Merced había comido cierta clase de muérdago cuando hizo este dibujo, o este dibujo no es obra de su mano. El resto son ideas tontas que, en el fondo, nadie cree. Aunque, eso sí, la próxima vez que alguien vea al cardenal Ricci no dejará de preguntarse: «¿Será verdad que fornica con las hijas de todos?». Y la próxima vez que alguien se cruce con un abate pálido en exceso, se preguntará: «¿Será jesuita?». Ése es el modo en que se difunde la insidia por el mundo, por constancia de unos y debilidad de otros.

—No he pretendido ser impertinente al mostrarle ese papel, señor de Welldone. Sólo quería que supiera de mi lealtad. Ya os podéis imaginar lo que me apenó ofenderos la ocasión anterior en que fui invitado a vuestra casa. Y lo que me alegró el obsequio de ese *Candide* que a veces me recuerda...

—Esta vez no ha sido invitado, señor de Viloalle —corta Welldone como si no insinuara nada más.

—Lo sé. Y antes de que vuestro criado descargue el equipaje...

—Dimitri, puede llamarle Dimitri. Y yo, ¿te puedo llamar Martín?

—Martín está bien, señor.

Una mano del señor de Welldone se apoya entonces en el hombro del dibujante.

—Mira, Martín… A veces, los hombres de bien nos sentimos como Sócrates ante la cicuta. Pero ésa es sólo una falsa percepción, hija del exceso de respeto. Porque en estos tiempos civilizados te pueden torturar en el potro, pasearte por la piqueta, quemarte con metal fundido y azufre, desgajarte, trocearte, descoyuntarte, pero nadie obliga a nadie a envenenarse. Reconozcámoslo: si no te envenenan ellos mismos, estás a salvo. Y tú gozas de la máxima salud. Como sabes mejor que nadie, buen Martín, en estos gloriosos tiempos que serán por siempre recordados, los Júpiter del mundo, los reyes, los Papas y los soberbios cortesanos, si no te matan lanzándote sus rayos demoledores, te hacen más fuerte con la expulsión.

Martín no acaba de entender.

—Quédate con la peor imagen, con la peor idea, con el peor destino, de entre todos aquellos que imaginas en la estúpida cuestión de la Compañía de Jesús. En libelos que se vuelven contra quienes los han impreso: esos prodigios de estulticia que nunca han meditado el alcance de sus propios rebuznos. Cuando dos bandos agresivos se enfrentan entre sí, sucumbe toda delicada sensatez y toda duda inteligente que pueda quedar entre ellos. Pero al hombre virtuoso le molesta la idea de perturbar con sus contradicciones y dudas la marcha de un razonamiento, por muy furioso y torticero que sea. Además, ¿quién puede discutir con un libelo? Cuando el descaro se afianza, todo se oscurece antes o después. El sol de la razón ya no mima las ideas sutiles y el jardín del entendimiento se pudre. Y si mueren esas ideas sutiles, ya no hace falta hablar de los planes materiales que son su consecuencia.

—Conozco la situación, señor de Welldone. Y la viví en la primera de las expulsiones. La hora de la verdad es hora de cualquier cosa, menos de la verdad…

—Impresionante máxima. Pero déjame proseguir… Ayer

fui llamado por el cardenal Bernis. Yo, tonto de mí, pensaba que Su Eminencia quería tomar chocolate, oír unas cuantas historias divertidas, improvisar unos versos o jugar a la gallina ciega con las damiselas. Me presento en su salón y no hallo rastro de las bellas y risueñas muchachas romanas con sus escotitos palpitantes multiplicándose en los espejos, ni oigo la música de los violines y del clavecín. Al único que veo, apoltronado, es a ese viejo zorro del cardenal, serio como una tumba. Y hasta con brotes de musgo, he de confesarte. En pocas palabras y con gran dolor de corazón, el muy eminente cardenal y antiguo ministro del rey Luis me explicó que hay guerra incruenta contra los jesuitas. Y el hecho de que esté protegiendo mi persona, mis ideas y mis proyectos es un arma que la Compañía puede usar en su contra. Una prueba esencial para que el Papa, quien está a punto de firmar el edicto de supresión y disolución de los jesuitas, dude si tras esos embajadores que llevan años presionándole con mejores o peores argumentos, no se esconderá la idea más sustanciosa de abolir el poder de Cristo en la tierra. Y ¿quién sino la Compañía de Jesús fue creada para los momentos en que peligra el prestigio del mismo Jesús? Así que los embajadores, y Bernis es el más hábil, esperan que el Papa no tenga más motivos que los expuestos por los mismos embajadores. ¿Complicado? En absoluto. El cardenal Bernis quiere que su reputación se muestre intachable estos meses. Como Fieramosca, como el cardenal Tornatore, como todos. El reloj romano tenía demasiado polvo en su mecanismo y los grandes carrillos de la Apariencia han soplado ese polvo. Así que el de Bernis ha suprimido la pequeña renta que amparaba mis estudios y proyectos. Pero eso no importa, son meros caprichos de Fortuna y que con su pan se coma el de Bernis las intrigas y algún que otro epíteto salido de mis entrañas y de la más imparcial y meditada verdad. El hecho cierto es que Vuestra Merced y yo somos caballeros virtuosos en busca de la luz y de la prosperidad. Nos conocemos y, a pesar de que mantengamos discrepancias en algún asunto, merecemos el mejor de los títulos: hombres de talento. Y yo me digo: nos echan de esta ciudad, está bien. ¿Y qué?

—Pero ¿se va también, señor de Welldone? —a Martín no le entusiasma la idea de Welldone como compañero de viaje, ni que se tomen decisiones por él de modo tan precipitado—: Lo cierto es que Benvenuto Fieramosca me ha dado un pasaporte para la república de Venecia. Y tengo dinero suficiente para llegar hasta Pescara…

—Tonterías… Ven, almorcemos. ¿Te enojas si te trato como si fueras de mi propia familia? Podrías ser mi nieto, Martín. «La hora de la verdad es hora de cualquier cosa menos de la verdad…» Digno de mí. Pero estabas hablando de no sé qué de Venecia. Olvídate. ¿No he estado allí hace bien poco? Créeme, Martín, aquello se cae. Aquello se ahoga en su propio vómito dorado. Aquello está anegado de vicio, desaseo, ruina y afeminamiento. ¡Que se pudran sifilíticos! Nosotros somos *savants* con ideas fecundas. Comamos, Martín, y entretanto expongo mi plan.

De modo bien curioso, el salón es tan tétrico de día como de noche. A raíz de la visita anterior, en la que le fue indicada la senda de la puerta y la intemperie por su mención entusiasta de Voltaire, Martín preguntó a Rosella de quién era la casa que Wellone habitaba. Ella le respondió que había sido el palacio de los Gustiniani, una familia antaño poderosa y de cuyo recio linaje sólo quedaban dos calaveras amontonadas con mil más, y a la vista de todos, en la cripta de los capuchinos. Rosella le había contado también que los capuchinos hacen divertidas figuras con los huesos de los muertos del mismo modo que los niños forman cenefas con fideos. Un extraño *memento mori* que se desvanecía en la graciosa boca de Rosella, entre los frescos labios y la lengua juguetona de esa perdida.

Martín olvida ante el almuerzo que le han servido: tres nueces untadas en miel para el señor de Welldone y, en honor a Martín, y quizá para adularle el paladar, un caponcillo tan duro como el mármol que en el jardín irán agrietando los meses. Aunque Welldone no prueba el vino, a la que Martín da un pequeño sorbo en su copa, ahí está el silencioso Dimitri llenándola de nuevo. El señor de Welldone ha extendido un mapa de Europa sobre la mesa, y su voz da forma a lo que no pueden ser sino delirios. Así, mientras la humedad hiede y los roedores hacen su vida tras pesados cortinajes, un velo de luz llega con dificultad al mapa que representa Europa y podría figurar, ya que nada se ve y todo se intuye, la mismísima Tierra del Preste Juan. Aunque, de hacer caso al tono de Welldone cuando habla de sus planes, fueren lo que fueren esas líneas y nombres en el mapa, pertenecen por entero a su más que dudoso patrimonio:

—No quiero pecar de inmodesto, pero ya te irás dando cuenta de que mi reputación es mucha en la mayoría de cortes europeas. En otras, no tanto, la verdad. Pero el talento hace enemigos, Martín, qué te cuento a ti. Mi idea primera es dejar Italia. Ésta es tierra de holgazanes. Descartamos tu España y no hará falta explicar por qué. Hasta aquí me llega el calor de las hogueras de la Inquisición. Austria está bien, pero creo que nuestra experiencia inmediata nos ha aleccionado sobre lo voluble de los reinos católicos. Por el mismo motivo descarto Francia y algún principado alemán. En San Petersburgo, hace demasiado frío, créeme, y cuando no es siempre de día, siempre es de noche. En Inglaterra son muy civilizados, pero ignoran la competencia leal. Tiembla, señor de Viloalle, porque muy pronto verás el rabo de los temibles luteranos. A mayor gloria de Dios.

—No se burle, señor de Welldone —dice Martín quien sólo ha prestado atención a esa última frase y sólo por su sonido familiar.

¿En qué piensa Martín mientras el señor de Welldone habla y habla? Pues en partir mañana mismo a Venecia para ganar el regreso a España dibujando monerías en la Piazza di San Marco. Una vez en España, algo enmascarado para que nadie recele de la condición de expulso, volverá al pazo de los Viloalle y se enfrentará a la humillación. O quizá esa humillación no sea tanta. Quizá haya vuelto Gonzalo, el hijo pródigo, y con él los cambios, y allí donde el boscaje era fúnebre ahora se abran sendas flanqueadas de encinas, y luzcan los juegos de agua y las perspectivas ilusionistas. Aquello será un lugar grato donde imperen la alegría, el brillo y el ingenio, el *divertissement* y la *bienséance*. De ocurrir lo contrario, es decir, lo seguro, siempre podrá decir que se halla de paso camino de las Indias. Por su ánimo vaga también el presagio de que por la provincia de Mondoñedo corra enseguida la noticia de su vuelta y sea entregado a la autoridad por desobedecer el decreto de expulsión. Sólo ahora percibe las terribles consecuencias de la única decisión que ha tomado en su vida: cuando se fue con los jesuitas, eligió ser jesuita y compartir su triste destino. Y sólo ha compartido un destino triste, pero muy particular. Porque, en efecto, el argumento de mayor peso en sus cábalas, lo que provoca su desconsuelo, es esa idea de una soledad y una incertidumbre para las que no ha sido educado. Y él, que se lamentaba de predestinación, ahora reflexiona y cae en la cuenta de que aquello que hacían su padre, los jesuitas o el mismo Fieramosca, era protegerle. Ahora está solo y no sabe qué hacer. Y ahí está el señor de Welldone con sus planes desaforados y las muchas incógnitas acerca de su persona y relaciones.

—No pongas esa cara, Martín. No te lo he contado todo. En cualquiera de los lugares donde lleguemos, nos recibirán caballeros de calidad que piensan como nosotros, que se reúnen en templos del hombre como el que he pretendido construir en esta ciudad ingrata. La diferencia es que allí tienen tejado. Y como ya están construidos los templos del hombre, no hará falta mucha capacidad de convicción para que un influyente protector acepte la tarea de la Ciudad del Hombre. Donde vayamos, encontraremos amigos receptivos, entusiastas y prácticos… Hazme caso, Martín. Esos principados, ducados y reinos diminutos compiten unos con otros para atraer a los mejores músicos, a los mejores cantantes, a la mejor carne cortesana, desde luego, pero, por último, y no por ello menos importante, a los filósofos prácticos. Tú y yo, por así decirlo. Allí nos adorarán en la justa proporción que en esta tierra infame se nos aparta.

En la estancia se ha hecho la oscuridad completa. Por los ventanucos del salón, empero, se filtra el claro de luna y centellean los botones metálicos de la librea del impasible y, ahora invisible, Dimitri.

—¡Luna llena! ¡Martín! Esta ciudad es ingrata, pero sería pecado irnos sin una despedida. ¿Damos un paseo? ¡Dimitri! ¡Mi espada!

Un paseo no compromete más que en la posibilidad de ser uno de los cinco o seis muertos que se recogen cada amanecer en las calles romanas, víctimas del juego de los aceros, del asalto de los *picciotti*. Si sobrevive a la noche, Martín decidirá ese incómodo mañana que el señor de Welldone pretende manipular a su antojo.

7

Como dos sonámbulos, y en raro silencio, Welldone y Martín pasan ante corros de vecinos del Trastevere quienes, medio cobijados en los portales al fresco de la noche, juegan a los naipes y recelan de los intrusos. A falta de carroza, el paso decidido y señorial de Welldone se gana el respeto de los centinelas en los cuerpos de guardia. El dúo cruza el puente Sisto y vaga hacia el Capitolio entre *palazzi* que semejan fantasmas colosales. Porque la luz de la luna, con su pátina de sueño, todo lo agiganta: los muros se vuelven acantilados y sólo dejan un resquicio de frescor hacia los patios. De ahí llega rumor de fuentes y, al mirarlas, el agua borbotea, láctea y cristalina.

Sin mediar palabra, el dúo se acerca a una de aquellas fuentes, bebe agua fresca en el cuenco de la mano, ahuyenta silenciosas manadas de gatos. Welldone y Martín orinan en los soportales que asoman al río y, desde ahí, vislumbran una hoguera junto a las aguas. En torno al fuego, gira un tumulto de aquelarre.

Unos orates con antorchas queman muñecos de trapo de los que cuelgan carteles ilegibles, chapotean y resbalan en el fango, mientras aúllan:

—*Ad majorem Dei gloriam!*

Roncas voces femeninas, cobijadas en guaridas invisibles, responden con hiel y vidrio triturado en la voz:

—*Ad maius Dei obsequium!*

Y en las iglesias de Roma, las efigies esculpidas bajo doctrina jesuítica, seguirán mostrando un Cristo afligido, sangrante, amarillento, porque la historia de su martirio y de todos los martirios cristianos se refieren a eso: brutalidad, desgarro, un cielo ganado a pulso violento. Ejercicios espirituales: deseadas visiones del horror. Lo supo desde que entró en la ciudad. No basta quemar peleles; Roma tendría que arder otra vez para purificar el olor a jesuita.

Ahora se abre el vientre del muñeco: una bola de estopa en llamas se eleva por los aires y cae y se desliza entre chispas por las aguas del río. El ímpetu del Tíber arrastra corriente abajo el nudo de centellas.

—Mejor será que sigamos nuestro paseo —dice Welldone.

Cinco años en Roma, piensa Martín, que aún se halla en edad de que ese tiempo sea una vida. Cinco años y ahora tanto asco. Pero llegó un asco y se va otro distinto. Y es entonces cuando teme que un día pueda olvidar quién ha sido. Y antes de que decida lo conveniente de ese olvido, repara en que lo mismo pueda sucederle a Welldone. ¿Por qué, si no, ha tomado ese revés de los acontecimientos con la dignidad del más alto caballero, cuando hace unas semanas se volvía loco en cuanto se mencionaba un nombre cualquiera? Y es muy difícil conversar sin una mención a los hombres y las cosas... Por ello, mientras cruzan una plaza que la luna divide en luz y sombra con intensidad de ultratumba, Martín pregunta:

—¿De qué parte de la Inglaterra es usted, señor de Welldone?

—Yo no soy inglés, Martín... —y Martín se cobija en la cautela extrema, Welldone lo percibe y añade—: Viví en Londres unos años preciosos de lo que me gusta llamar paidomorfosis, ¿entiendes lo que digo?

—A medias, señor.

—Ahora da lo mismo. En cualquier caso, mis años allí son imborrables para bien y para mal. No sé si te sucederá lo mismo con estos tuyos en Roma. Son asuntos esos muy propios de cada uno...

La respuesta detiene mayores indagaciones sobre los antaños de Welldone. Así que el paseo sigue hasta llegar al Campo Vaccino donde todo es un confuso ondular de sombras y claridades entre ruinas de templos, arcos triunfales, y otras instancias consumidas de lo que fue un imperio. Caminar entre el silencioso y monumental cadáver forma un hechizo que suspende de vez en cuando el balido y el mugido de corderos y bueyes estabulados entre ruinas. Pese a la escondida presencia animal, el aroma de tilo se esparce por el aire. El señor de Welldone propone ascender un montículo que los romanos llaman con ínfulas Tempio della Pace.

Martín llega a lo alto sin resuello, cuando Welldone ya está saludando con aliento de mozo a unos pastores que le invitan a sentarse en torno a la fogata que sella la penumbra de la cueva. Los pastores, lo más contrario que se pueda imaginar a figuras de una bucólica de Virgilio, devuelven el saludo con su peculiar cortesía, silencian a los perros y convidan al calor del fuego. Frente a la evidente incomodidad de Martín, Welldone se sienta junto a ellos, habla de las nuevas tormentas que las estrellas anuncian, hace que se besen los dedos cruzados. Él desde luego no come *trippa*, pero su joven amigo no dirá que no a tan suculenta y generosa invitación. Y Martín, que se comería los cuernos de una vaca, no dice que no. Hechos los halagos, Welldone se levanta, camina hasta un rincón y se dedica a contemplar el aniquilado foro. Martín, con la escudilla en la mano, se sienta a su vera. Entonces, de la boca de Welldone surge una voz que es gemido largo y variado en latín primitivo. Vibran los párpados, la cara tiembla.

Martín se alarma:

—Señor de Welldone, no entiendo qué dice…

Welldone, sin dejar de mirar al frente, sin variar el tono, reinicia en castellano su extraña recitación, tan similar a un conjuro:

—Los muros se derrumban, las aguas cesan de fluir, ceden las torres, las naves encallan, los ladrones vigilan, los guardianes duermen…

Y acto seguido, como si en aquel extraño trance una idea llevara a otra, añade:

—Plomo…

Y como abandonado a la suspensión del tiempo, mira a Martín. Éste acaba de rebañar su plato, mastica con mucho ánimo y pregunta:

—¿Plomo?

Y Welldone sigue hablando como si fuera otro sin dejar de ser él mismo:

—Sí, plomo. El plomo tiene la culpa de que se esté apagando la luz más brillante que ha conocido el mundo. ¿Sabes que el plomo envenena? Pues nosotros hemos querido olvidarlo y ahora pagamos por ello, bajo la blanda mano de Flavio Honorio, en este año mil ciento sesenta y tres de la fundación de Roma. Y de plomo son los calderos y las cazuelas donde se cuece el alimento de los patricios. Y de plomo son los tubos por donde corre el agua. De plomo son las jarras, los cosméticos y las medicinas… Las cubas de vino están revestidas de plomo. Así que cualquier cosa que comamos o bebamos está contaminada. Por eso nos duele el estómago. Por eso siempre estamos fatigados para acudir al Senado, para cumplir nuestras obligaciones cívicas. Por eso bizquean los cónsules, los pretores y los lictores. Por eso los centuriones se rascan la barriga. Por eso, si fornicamos, no engendramos. Por eso, si engendramos, nuestros hijos salen lelos, nuestras hijas escuchimizadas y nuestros nietos dan saltos por la Via Appia con un dedo en el culo. Estamos siendo devastados por la afición a creer que los objetos hechos con plomo son más bellos, más decorativos. Y ha llegado la abulia, la molicie, el desgobierno. Unos dicen que Flavio Honorio, mero plomo todo su cuerpo, ha huido a Rávena… Yo debo salir de aquí también, pero ¿adónde? Debo hacerlo cuanto antes, porque se siguen derrumbando los muros, dejan de fluir las aguas, ceden las torres y encallan las naves. Porque los guardianes se duermen y los ladrones, atentos a ese sueño…

Si Martín no se engaña, el hombre que tiene al lado cree vivir el saqueo de Roma por Alarico, pero le echa la culpa al plomo. Y su modo de relatar da algo de miedo y un poco de risa:

—Si me disculpa, señor de Welldone, yo tenía entendido que fueron los bárbaros quienes…

—¡Nosotros somos los bárbaros…! —exclama el señor de Welldone—: En cualquier caso, preferimos creer que los bárbaros son otros. El otro, el espíritu de las tinieblas, el poder de la furia salvaje. Que sucumbamos a causa del plomo, por el capricho del plomo, no puede ser más ridículo. Pero, sobre todo, y esto es lo importante, no será digno de nuestros sucesores. Esa posibilidad ofende nuestro orgullo de bárbaros empapados de odio oriental, de sufrimiento oriental, embrujados por una religión como un yugo. Con lo bien que nos llevábamos con Júpiter, con Minerva y con Juno nos hemos puesto a recordar al carpintero judío que anunció el fin de los tiempos. Y, en verdad, y sin quererlo, ha empezado el espejismo de un tiempo nuevo y enfermo. Sí, es eso, la venganza de los griegos y de los hebreos, de los egipcios, de los persas y de los babilonios, de aquellos que creían en Osiris, en Fammus, en Mardoqueo, en Mitra, y esta vez adoran a Christos... Y bebemos el veneno a sabiendas, porque eso nos hace dueños de nosotros mismos, y nos libramos de la razón de nuestros antepasados: nos pesa el imperio y nos envenena el plomo y la sangre de Christos...

De pronto, como si se recuperara de un sueño en el que ha sido uno de los últimos romanos que vieron inmaculados y en pie esos edificios, el señor de Welldone sonríe levemente, se vuelve hacia los pastores y les pregunta en dialecto:

—¿Señores pastores? ¿Qué es todo eso?

Y los pastores, alzan la cabeza y dejan de cortar el queso para responder con voz raspada:

—*La Antichità, commendattore!*

—Ya lo has oído... *La Antichità!* En todos estos años ¿nunca has preguntado nada a los pastores? Ellos te habrían contado cómo era este lugar. Uno llegó a decirme que, en la *Antichità,* allá arriba, donde el Capitolio, las paredes estaban cubiertas de cristal y de oro, y bajo la ciudadela se alzaba un palacio decorado todo él con piedras preciosas cuyo valor era un tercio del valor del mundo. Y este campo estaba ocupado por dos largas filas de estatuas. Cada una representaba las provincias del imperio. Del cuello de cada estatua colgaba una campanilla y, gracias a un truco de magia, si una provincia se rebelaba contra Roma, la estatua hacía sonar la campanilla… Pero no les culpes de ignorancia. Ellos no han tenido el privilegio y la desgracia de hallarse aquí y ahora, en el presagio de hecatombe. Y no son los únicos en urdir leyendas. Los poetas cantan a las ruinas de Roma, se lamentan del paso del tiempo. Pero ese lamento sólo es música de la pregunta primordial. ¿Qué sucedió? Y a esa pregunta le sigue otra más inquietante: ¿volverá a suceder? Y en el hombre que piensa, esa segunda pregunta da lugar a una tercera en verdad terrible: ¿no estará sucediendo aún? Y cada uno contesta esas preguntas como le conviene. Y las respuestas son palos de ciego. Desde la misma caída, y habiendo vivido y muerto hombres y hombres, somos muchos quienes esperamos restituir el esplendor de Roma, mientras nos agazapamos temblando en esta cueva a la espera de que sigan los horrores. Porque sospechar que Roma sigue decayendo es, de hecho, creer en nuestra regeneración. Porque no habrá segundo advenimiento, no esperamos nada, sólo vivimos tiempos mejores y peores, agitaciones y calma, pestes negras y amagos de auge. Hijos surgiendo de las cenizas de sus padres, hasta que el hombre se acabe por la misma mano del hombre, por la imposibilidad del hombre de abandonar al hombre, por la imposibilidad de separar al romano del bárbaro. Porque, para sobrevivir, el bárbaro muda y se enmascara de romano. Luego, con los años, mira hacia atrás y sólo ve su máscara. Y los nietos de sus nietos sólo perciben los más vagos contornos de esa máscara. Y cada diez generaciones vuelve Roma y romanos nos sentimos. Y unos darán razones, otros contarán historias y otros se aferrarán a lo sagrado. Cada explicación es una fábula. Los Papas mejoran la idea de Roma. Los *philosophes* mejoran la idea de Roma. Los artistas y los poetas mejoran la idea de Roma. No ha sido posible imaginar leyes distintas a las leyes romanas.

Que Roma siga decayendo significa que es erróneo todo orden. Interesa pensar que Roma nació, existió, murió para que un nuevo orden la sustituyera, para que nos convenzamos que sólo es inmortal la Iglesia que fundó el hijo del carpintero. Pero a los bárbaros custodios del hijo del carpintero, reyes o Papas, no se les ha ocurrido otro orden que no sea Roma. Si somos leales a lo cierto y creemos del todo en el hombre, en su claridad y en su oscuridad, las primeras palabras de la Biblia deberían ser: «Y en el principio creó Dios Roma sobre Roma, porque Roma estaba desordenada y vacía». Cada uno ayuda a su modo en la misión. Aunque no lo sepan o no quieran saberlo, niegan el ridículo de que toda grandeza se desmoronase porque unos patricios tomaban vino en copas de plomo. De que la estupidez del hombre haga de ese plomo un nuevo destructor de mundos. Y de que lo hagamos queriendo, deseando lo necio, como nos abandonamos a la falsa pasión de la más puta entre las putas.

El señor de Welldone se levanta, sacude su ropa y se acerca a los pastores. Les pide un cayado y una antorcha. Enseguida, ruega a Martín que se incorpore. Coloca el mango del cayado contra el cielo y a la altura de los ojos de Martín. Le dice:

—Mira la curva de este cayado. En la *Antichità,* los mismos augures que inventaron que Rómulo había arado con un toro y una vaca los límites de la ciudad nueva decidieron que el sector de cielo que se observa a través de la curva de ese cayado se llamase *templum.* Y las piedras que lo guardaran fueran símbolo de la bóveda celeste.

Martín apenas ve las estrellas en el cielo, pero desde luego la dura madera del mango que tiene ante las narices representa la perfecta curva de un arco, y también de una bóveda.

—Ahora, sígueme… —y haciéndose iluminar por la antorcha, Welldone trepa por unos cascotes hasta situarse lo más cerca posible del techo de aquella cueva. Luego proyecta su luz hacia ella y todo se ilumina.

Martín no puede sino lamentarse de haber pasado cinco años en Roma sin tener la mínima sospecha de lo que ahora presencia. Porque redondeada con una curvatura perfecta, y adornada con casetones idénticos, se halla, roída por el tiempo, la bóveda que Rafael pintó en *La escuela de Atenas*.

—Ya te dije que no era una fantasía de Rafael, ni una sugerencia de Bramante, ni un anticipo de la basílica de San Pedro. Existe… Ellos, Bramante y Rafael, venían a ver estas ruinas… Ellos sabían. ¿No tienes al mirarlo la sensación de que ya has estado aquí antes? ¿De que no te has movido de casa? Aún tenemos los labios agrietados del polvo que expande el edificio al derrumbarse. Yo al menos los tengo, porque el saber me ha infligido el dolor de la inmortalidad.

Welldone tiene razón. Sucedió, sucederá, pero, sobre todo, está sucediendo. Ese viejo acaba de revelar algo que siempre se ha emboscado en el espíritu de Martín. Ese mismo Welldone que ahora dice:

—Aunque la única verdad que podemos comprobar es que esto es un refugio de pastores, una bodega de miedo.

—Yo oigo pasear filósofos… —añade Martín.

El señor de Welldone alza una mano en demanda de silencio y, mientras apaga la antorcha en un abrevadero de piedra, dice:

—Será mejor que ahora calles y pienses. De camino a Milán, escucharé tus reflexiones sobre el asunto. A menos que desees, claro, ser un alegre pelele en la ribera del río con un cartel en el cuello. Mañana, pasado mañana, el mes que viene, ¿quién sabe?

FALSARIO

1

Facile credemus quod volumus...
La sentencia nos advierte: una noticia se asimila mejor cuando anhelamos creerla. Así pudo ser el destierro romano, y sin duda fue un soplo en la misma nuca de la amenaza del potro o de la hoguera... Una causa y otra hicieron que Martín se esforzase por ver en Welldone al sabio cuyo amparo le granjearía mérito y posición en esa Europa ubicada desde siempre en el mejor de los mundos.

Eran abundantes los conocimientos de Welldone y diligentes sus maneras. Martín concluyó que, allá en el Norte, se ponderaría el ingenio del caballero y sus insólitas y vivaces iniciativas. A fin de cuentas, ¿no eran esos reinos brotes de la antigua Roma, espolvoreados por el continente como semillas al viento, esquirlas del lejano imperio de Carlomagno, boscosas fronteras incendiadas donde sonaba el cuerno de los germanos en el pavor del ocaso?

Hubo muchos viajes, o un viaje inacabable, aunque no imprevisto, ya que nada lo es de así quererlo el amor propio. Sólo iniciar la marcha que les haría cruzar Europa, los avisos de Welldone azuzaron macabras fantasías. Evitaron embarcarse porque iba a ser mucha la suspicacia de los centinelas con aquellos viajeros que lucieran ojos alumbrados por una misión divina y un divino rencor. Tomaron, pues, el arduo camino de tierra e hicieron noche en posadas de muy mediana catadura. En la modorra del alba, Welldone negociaba con tratantes de caballos, ya que por remediar de antemano un incidente escogía la compra al alquiler, y esos bribones de voz áspera no sólo alheñaban el pelaje de las bestias para simular las mataduras y general decrepitud; en el regateo, y mientras palmeaban al jamelgo con ternura, como si deshacerse del bicho rompiera su corazón, le clavaban una aguja en el lomo para que el animal levantase las orejas en triste simulacro de vigor. Quien se decía experto en el comercio y la industria, en la filosofía natural y moral, en la política, en las artes y en la historia antigua, el señor de Welldone, no se daba cuenta de nada. Dimitri, testigo del desaguisado, buscaba intervenir, pero Welldone se lo impedía alegando la incurable buena fe del criado ruso. Así, aquellos pícaros le estafaban una vez y otra.

Y una vez y otra la rueda del Tiempo pasa por los mismos recodos, por los mismos fangales y peñascales. Se fue el verano, llegó el invierno y en esas posadas mugrientas, al calor de la chimenea y entre susurros maliciosos y soplidos de fuelle, las noticias sobre la Compañía de Jesús apuntan mal augurio: el breve *Dominus ac Redemptor* ha suprimido la orden de san Ignacio de modo definitivo. «Que sean lo que son o que no sean», dijo el Papa, y ya no son. En las herrerías lo ratifican, y en cuadras hediondas, los mismos tratantes de siempre aseguran que, para vengarse, los malvados jesuitas le han dado al Papa el *acqua toffana*. Que el Papa Ganganelli está muriendo envenenado y eso exige venganza.

—¡Muerte a los jesuitas! ¡Degollación de los criptojesuitas! *Mamma mia, p'acqua toffana!* El caldo marchante, la muerte lenta, fórmula secreta de María de San Nicolás de Bari, *signore*. Así lo hacen rameras y los hijos de ramera de la Compañía de *il Diavolo*. Arsénico y belladona, la tofana. Sabe a pimienta y la confunden entre pimienta, la tofana. A uno le envenena despacio la tofana, excelencia, como la vida misma envenena, y al fin parece que te hayas muerto de un mal de pecho, del hígado, de la barriga... Y todo lo untarán y embadurnarán con ponzoña, los jesuitas. Y echarán a volar la peste y el cólera y las viruelas para devastarnos, los jesuitas. Y algo han hecho, los jesuitas, que en el corral la gallina picotea sus huevos, y en el umbral de las casas los perros escupen y luego te miran de frente como un hombre mira a otro. Como antes de la desgracia de Lisboa, *sire,* del terremoto. Lo mismo a cada hora. Este fabuloso corcel era de una de esas garrapatas, de un jesuita. Le rajaron el gañote la semana pasada en la frontera cuando intentaba hacerse pasar por músico. Se puso a hacer cabriolas y a tocar el laúd, pero no se la daba a nadie... Vamos, alteza, ¿le haréis ascos a este pura sangre? Que estoy perdiendo dinero, que le estoy sacando a mis hijos el pan de la boca por respeto a su excelencia. No se hable más: ¡le regalo el laúd...!

Día a día, semana tras semana, un mes siguiendo a otro, Welldone, Martín y Dimitri evitan lo estricto de las aduanas. Siguen la orilla de torrentes entre farallones donde el selvático verdor oculta ruinosos acueductos y devastadas figuras en piedra de antiguos dioses fluviales. Al día siguiente, a la semana siguiente, el tiempo sólo días y noches ya, se ven encorvados sobre aquellos jamelgos monótonos y cansinos, por sendas no más anchas que el dorso de una mano, entre inmensos trigales donde hileras de segadores avanzan y se desploman bajo el sol de verano, o manadas de lobos olfatean el aire en invierno. Y el polvo, siempre el polvo, tiñe de pardo el *foulard* que les emboza.

Temerosos de un asalto, eluden los bosques. Y cuando la busca de alimento empuja a penetrarlos, Welldone alza a cada instante y muy despacio el negro guante. Llegado ese punto, los jinetes discuten el porqué de una rama quebrada sin llegar a un acuerdo, mientras los caballos, ajenos a los peligros de este mundo y del otro —el bandidaje o la doncella del manantial que devora corazones—, agachan el hocico y pastan hierbajos.

Descansan. El silencioso Dimitri se hace con un haz de leña donde enseguida, entre rescoldos de hoguera, se asan castañas, nabos, remolachas, zanahorias y hasta setas y patatas. «Comida de cerdos», se lamenta Martín, el mismo que aúlla de escándalo cuando llega la hora triste de comer caracoles.

—¡Pero si son babosas acorazadas…!

Mientras la cáscara de los animalillos cruje bajo las ascuas de la lumbre, el señor de Welldone estudia un hongo, frunce el ceño, dicta en silencio un veredicto y, al fin, carne de seta se abre entre sus manos de cuero:

—Prueba este níscalo, Martín, que es jugoso y da el vigor de tres jamones… —le asegura, mientras raspa el verdor del sombrerete y expulsa, él también, a los gusanos.

No hace falta más para que el peculiar trío se vea sometido a las tribulaciones del intestino y a los borborigmos de un estómago que sufre. Los insectos pican tras la lluvia. El sol quema y enrojece; el frío cuartea y azulea. Cuando al fin llegan a los caminos de posta, la sospecha de que agonicen la montura o uno mismo es sustituida por un irritante vaivén, el miedo a despeñarse por un desfiladero, un hedor mareante, ronquidos que espantan gorriones y encogen a las águilas en sus nidos, o la insufrible verborrea de algún viajero, el mismo Welldone casi siempre. Y avergüenzan los movimientos para desentumecer las coyunturas del cuerpo que Welldone ordena a Martín y a Dimitri. Así, en cada posta, y ante el estupor de los viajeros, el trío se hace triángulo y alza las manos al aire. Enseguida, a una voz de Welldone, se agachan para incorporarse al punto, como un cuerpo de baile formado por ranas.

—Uno, dos, arriba, abajo. Agachados en pie… Agachados en pie… ¡Dimitri! ¡Toma aire! ¡No lo expulses con esa tos!

Y repiten el movimiento hasta que Welldone se contenta.

194

Lombardía, la Terraferma veneciana, Suiza y Baviera, Leipzig, Danzig, Breslau, Königsberg, Görlizt, Dresde, Magdeburgo, Mecklemburgo, Rastemburgo, Angeburgo, Kreisburgo, Brandenburgo… En todos esos lugares, Martín camina por un pasadizo que se abre a cien cámaras simbólicas. Unas tienen las paredes tapizadas de morado y otras de azul; unas huelen a jazmín y otras a moho y al aceite de ballena que supuran las velas; unas ocupan varias estancias y salones con laberintos en lujosos palacetes, mientras otras sólo son reboticas. A unas concurren gentes del mismo oficio y en otras se distingue a extranjeros de toda condición dedicados a cualquier rama del saber o del simular. El fundamento es que esos lugares parezcan lúgubres catacumbas donde la solemne y furtiva oscuridad se resuelva al cabo en asilo de júbilo y mutua confianza. La vuelta de guante de una iglesia, el Templo del Hombre, la logia francmasónica.

—Tenga, hermano Celsius, su ejemplar de *L'ordre français trouvé dans la Nature*. Y devuélvame la *Profession de Foi du Vicaire Savoyard* que le dejé hace un mes. No quiero que ande por ahí.

—¡Ay, hermano Cornelius! La obra de Jean-Jacques tiene alas, pero no vi que tuviera pies…

Ése es el humor.

En la ciudad de Leipzig, Martín tuvo su propia iniciación. En una ceremonia peculiar, contestó las Tres Preguntas, le vendaron los ojos y fue protagonista fugaz de una mascarada ante el resto de los hermanos; juró protegerles, hacer el bien en cuanto hubiese ocasión, no divulgar los acuerdos ni las constituciones. Le cegaron con la llamada Luz Nueva, abrasivo fogonazo que chamuscó las cejas. Le entregaron mandil, guantes blancos y medalla con escuadra, compás y un ojo que todo lo ve. Le explicaron los signos de reconocimiento. Ya era aprendiz. Diez años después de la expulsión de España, al poco de la supresión definitiva de la Compañía, Martín de

Viloalle había tomado un simulacro de órdenes menores: una caricatura de ordenación, igual que en su vida, y ya sólo en su vida, no en papel de dibujo, todo es caricatura y nada más. Otra ceremonia, en una ciudad cuyo nombre no recuerda, y ya era hermano. Se hizo llamar Libertus como, según le dijera Fieramosca, se hacía llamar su verdadero hermano Gonzalo. Aunque pronto supo que hay al menos seis Libertus por logia y quizá Gonzalo sólo sea un infeliz; al menos, si lleva una vida como la suya. Porque Martín ha pasado los últimos años en caserones cedidos mediante débil patrocinio de cofrades, a todas horas escoltado por sirvientas más que ancianas. En ese purgatorio multiplicado y solitario —y mientras Welldone y Dimitri resolvían gestiones misteriosas— ha escrito, hasta despellejarse los dedos, la misma carta que alaba y difunde los fundamentos industriales y filosóficos de su mentor. «Nueva lista relativa a varios artículos de comercio que son tan importantes como nuevos.» Mil, dos mil cartas… Sin darle un ápice de confianza, Welldone se encarga de enviar él mismo sus promesas epistolares tras rellenar el espacio vacío que Martín deja en los «Excelentísimo canciller…», «Estimadísimo conde…», o «Reverenciado consejero áulico…». Que él sepa, nunca reciben respuesta. Y quizá sea buen motivo el que no paran quietos; antes o después, han de mudarse de una ciudad a otra sin razón conocida, aunque sospechada, ya que siempre ocurre un imprevisto con ciertos avales bancarios y el súbito revés obliga a una urgente salida a trote cochinero. Y de tal guisa, ruedan y ruedan por las trescientas cuarenta y tres cortes germanas que dominan reyes, príncipes, landgraves, margraves, burgraves y obispos tan poderosos como los cardenales romanos.

De momento, Welldone ha logrado que el ocio único de Martín sea pasear de noche por calles oscuras en ciudades cuyo nombre desconoce. Al atisbar más allá de las ventanas, Naturaleza dialoga con Naturaleza en lo más bajo de su vientre. Y habla alto Naturaleza, se desgañita. Contraída la sensualidad de dragón que en sí mismo imagina, atraviesa los muros de las casas hasta alcanzar tibias estancias donde reposan muchachas de brazos desnudos y boca entreabierta; y reconoce Martín el porqué de su inconformismo ante las cosas, y sabe —no ha sido tanto el mero escrúpulo como el mucho cavilar sin desfogar— que el miedo al mal francés ha brotado en su mente como la rama parda de un tojo: por ello imagina calamidades, abominaciones, curas de galantería que hieren de muerte al dragón de sus ardores.

Aunque Martín ignora la fuente de ese prestigio, los del mandil y la paleta admiran en Welldone, el Gran Venerable, su capacidad como maestro de ceremonias, el talento dramático para imponer un ritual ingenioso y hasta simpático, que luego da pie, en fácil declive, a un simposio en torno a cuestiones de mayor gravedad. Esas amenas tertulias favorecen relaciones entre conciudadanos a quienes la luz del día separa con barreras que llevan a un desmedido respeto y al mutuo prejuicio. Así, Welldone canta más alto que nadie esos himnos musicales de singular optimismo, y aunque no pruebe bocado, se sienta en la cabeza de la mesa durante esos *soupers philosophiques et nutritifs*. Fascina con máximas y citas; simula hablar en trance con la cavernosa voz de un miembro de la muy antigua y muy romana estirpe flavia que volviese, aún mojado, de un chapuzón por la laguna Estigia; argumenta la necesidad de un conocimiento amplio en todas las disciplinas humanas; inicia los debates sobre vagas libertades; o sobre correspondencias entre colores, metales y perfumes; o sobre el flogisto; o sobre la dieta ideal y cómo influye en el descanso. La exhibición de un vasto saber lleva a que le pregunten a menudo sobre la nueva *Encyclopédie* la cual, replica, tiene sus más y sus menos, bien intencionada, necesaria, pero alicorta, alicorta... Y, desde luego, el Gran Venerable es el primero en acusar de fraude a ese tal Mesmer que se enriquece en París con sus líquidos magnetizados...

Pero su especialidad es la Historia de la Orden. Ahí es el oráculo. El dueño y señor. El garrido amo. Con el único y muy paciente fin de hallar el mirlo blanco de sus aspiraciones, la renta o la protección cortesana que lleven a cumplir un proyecto cada vez más difuso, asiente mil o dos mil veces, con breve ademán de cabeza, los argumentos que tratan el secreto de la hermandad como una bien hilada narración que iría desde los tiempos más remotos al día de hoy. Ése es el asunto que más agrada a los asociados, menos compromete y, desde luego, Welldone conoce al dedillo. Lo ridículo de la tarea se halla, según Martín, en lo tozudo de verle consecuencia a toda causa en una noticia antigua, y empeñarse en engastar luego cada cuenta; un tautológico armar y desarmar las fuentes y ocultos riachuelos de la Sabiduría Secreta que, según disputan con ardor los enterados, se inicia en Hiram Abi, el arquitecto del templo de Salomón; sigue con eleusinos y pitagóricos; llega a los esenios; discurre por gnósticos y maniqueos, mientras el emperador Augusto se convierte en Gran Maestro y patrocina a Vitrubio; avanza luego esa historia desde cabalistas y templarios a un tal Cristián Rosencratz, a los alegres canteros de la verde Escocia, a los viajeros de la brumosa Inglaterra y se está difundiendo de nuevo por Europa... Sí, esa misma Europa donde el tal Mesmer se hace de oro al contrario que ciertos cascanueces. Y otras mil o dos mil veces Welldone simula un bostezo doliente mientras los demás, cuando no ha pasado ni una hora desde la encendida discusión sobre la idónea dieta universal, se sientan en torno a una mesa en forma de herradura para zamparse media vaca, gansos adobados, piernas de varios carneros, montañas de salchichas y unas jarras de vino y cerveza que no se las salta, tal como ellos nombran en su jerga, Sleipner, el de las ocho patas, que caballo fue de Odín.

—No sé cómo agradecer que me deje pagar el montante de esas tierras, hermano Igualitarius.

—Una parte del honor de mi linaje es ahora suyo, hermano Coriolanus.

Ricos comerciantes saldan deudas y estrechan alianzas con la nobleza del lugar. Los magistrados reciben informes más justos. Se entera uno de quién era el maestro Eckhart y quién John Dee y quién Newton y quién Montesquieu. Se consigue una opinión crítica. Se reconoce la educación nula o equivocada de los más débiles y la necesidad de reformarlos. Todos más dueños de sí y de sus actos, despojados al fin de la coraza que, en el aire público y contra el dictado de la razón, impone la hueca tiranía de la costumbre.

Entretanto, Martín se bambolea en las berlinas, mortificado hasta la visión delirante y mística por ansias insatisfechas. Caminos idénticos, enlodados caminos, polvorientos caminos, interminables caminos. Es entonces cuando decide que la única finalidad es recorrer esos caminos, fatigar principados, reunidos para siempre, y sin paz, baldío alarde filosófico y desventura.

2

—Orina...

No lo parece. Sin embargo, ese término vulgar gana mucho enunciado al modo de quien parece salido de un sepulcro, se descubre las monedas en los ojos y recupera con esfuerzo la virtud del habla. Contra cualquier supuesto, la voz «orina» prevé la sugestiva ocasión de alcanzar el mecenazgo que Welldone y Martín buscan desde hace ya seis años. El lugar, Brandenburgo. El año de Gracia, el de 1778. La estación, primavera.

No obstante, el cenáculo tras el rito se ha iniciado de modo muy enfadoso. Un extranjero de acento siciliano, obeso y lleno de verrugas, con más pretensión que logro en indumento y ademanes, se ha extendido sobre el caos que asuela Roma. Lo ha hecho para alejar las dudas que suscita su evidente condición de católico y meridional, también para agasajar a unos y a otros, y adular a un masón de aire noble —un cortesano de Potsdam, sin lugar a duda—, quien desprecia el parche con el objeto de lucir con orgullo el ojo contraído por una fiera cicatriz de duelo o de batalla. El costurón es repugnante: cruza el rostro de la sien a la nariz.

Pero volvamos al siciliano, que trae nuevas con sustancia. Según cuenta, Pío VI, el nuevo pontífice, es una marioneta del cardenal de Bernis, el embajador francés (y antiguo protector de Welldone, aunque ese punto lo desconozca el de Sicilia). Así, mientras los prusianos allí reunidos desdeñan a los franceses, al Papa y el lujo desenfrenado de Bernis y sus catorce carruajes que desfilan por Roma cada vez que el cardenal sale de su *palazzo* junto con ochenta lacayos, pajes, bedeles, postillones, ujieres y ayudas de cámara, y no dudan del asco que ello ha de producir a quien considere la virtud cívica, Martín se vuelve hacia Welldone y surgen preguntas que, por ser emitidas con el gesto y la seña, no son menos feroces, ni más diáfanas.

Si las aguas del Tíber se han remansado, si el antiguo protector de Welldone es ahora tan importante como el Papa, si le sobran riquezas... ¿por qué no han vuelto a Roma? ¿Por qué siguen ahí, bufoneando entre bufones?

Welldone le mira de soslayo, encoge los hombros, musita «No hay camino de vuelta, no lo hay...» y sonríe a la asamblea.

Algo tiembla en la conciencia de Martín; quizá la pared mágica que agita su hermano Felipe y le muestra a un viejo con cara de ardilla, el propio Martín, agonizando en tierra incógnita. Han sido muchos años en la inopia y el de Viloalle no aguanta más. Está harto de una estafa que sólo le estafa a él. Sin decir una palabra, se levanta de la mesa, y ante la estupefacción colectiva, arroja el vino de su copa al rostro de Welldone. Seguro que entenderá el recado.

Y las voces del contubernio emiten la unánime exclamación.

«¡Oh!»

Sin inmutarse, el Gran Venerable pasa la mano enguantada por un rostro que debería mostrar indignación y no lo hace. En su lugar, cata el líquido con la punta de un dedo, y explica:

—Llevas razón, hermano Libertus, es sangre. A veces, olvido que la trasmigración secular afecta el campo magnético que me rodea...

«¡Oh!», repite la asamblea, aunque en timbre más agudo.

Y Welldone añade:

—Sin embargo, hay remedio para eso. ¿Puede el hermano Libertus acompañarme un instante a ese rincón para que le cuente en secreto cómo evitar la transustanciación accidental de los líquidos?

Se levantan, y mientras Welldone sigue atento las miradas escamadas —que son las menos, pues las extravagancias del Gran Venerable son de índole variada—, ahora, en un grito hecho susurro, pregunta a Martín:

—¿Te has vuelto loco? Hoy tenemos en la mesa a un cortesano de Potsdam... El del ojo rebanado...

—Se me da un ardite... Quiero volver a Roma. Y con usted de la mano. Si Bernis es ahora quien manda, dejaremos de dar vueltas como feriantes ridículos y seguiremos mi tarea y nuestros proyectos.

—¿Nuestros proyectos? ¿Tu tarea? ¿A qué gran tarea debes esa dedicación perentoria?

—Al dibujo en cualquiera de sus maneras...

—¿Al dibujo? —pregunta Welldone, como si sólo el decoro le impidiera caer fulminado.

—Poca cosa será el que dibuje, señor de Welldone, pero figura, qué sé yo, mis garbanzos del alma… Lo que sé hacer y me compensa.

—¿Tus garbanzos de qué…? —Welldone posa una mano de cuero sobre el hombro del discípulo airado y lo vira para hurtar a los mirones el continuo ademán de protesta—: Escucha, ignorante, ya dibujarás, pero es imposible volver a Roma. ¿Es que no has tenido tiempo en estos años para reflexionar sobre el motivo de tu expulsión? Lo he pensado más de una vez y estoy seguro: Fieramosca quiso matar varios pájaros del mismo tiro. La jugada la inició al emplear a otro Philippo Bazzani. Después, organizó una comedia para forzar tu marcha: así, confirmaba los parabienes de algún superior de los treinta y uno que tiene, sin contar la nobleza secular, los ingleses de paso y algún prestamista. Eso mataba el primer pájaro. Y el pájaro en cuestión, si necesitas que lo recuerde, era un calumniador a sueldo: tú. El segundo pájaro caía porque la maniobra alejaba a Fieramosca de cualquier trato con jesuitas o meros sospechosos de familiaridad con la Compañía: tú. Y el tercer pájaro muerto alejaba a un pequeño fauno, tú, de la apetitosa Rosella.

Se pasma Martín ante el hecho de que Welldone haya meditado su caso así de hondo. Pero eso aviva la sospecha:

—Y el cuarto pájaro caía al encontrar un idiota que sirviera a Vuestra Merced: yo. Un trabuco de primera, el que mata un solo pájaro varias veces.

—Me viniste a ver, ¿recuerdas? Nadie te llamó.

Pero Martín no se vence con ese argumento de, por cierto, difícil refutación. Si dijera que no le había quedado más remedio, que le habían ido plantando las miguitas hasta la casa de Welldone, acertaría de plano. Pero no es ésa la cuestión, si no aquélla donde Welldone no se aventura.

—Señor de Welldone… Si el cardenal Bernis es ahora quién manda en Roma, y si sólo le negó la renta por un desarreglo político del todo pasajero, no habrá quien impida a Vuestra Merced regresar acompañado de quien sea y retomar...

Martín se interrumpe, porque Welldone se ha llevado la mano al mentón con aire reflexivo. Frunce el ceño y mueve la cabeza otorgando razones. Quizá sus palabras contengan cierto sarcasmo:

—Martín, querido... ¡Qué gran idea acabas de tener! ¿Por qué no se me habrá ocurrido antes? ¡Es cierto! ¡Volvamos a Roma ahora mismo! De hecho, ¿por qué nos hemos pasado seis años dando vueltas por los estados de comedores de *sauerkraut*, o repollo, cuando nuestra vuelta a la Urbe hubiera sido aclamada y celebrada en olor de triunfo imperial? ¿Te he contado, Martín, que en la última entrevista que mantuve con el cardenal Bernis, llevado de tu misma crispación por lo arbitrario de aquel ambiente y dominado por el diabólico impulso del instante, llamé a su Eminencia, antiguo ministro de asuntos exteriores del rey Luis y embajador de Francia en el papado, chinche rijoso, mofletudo y vidrioso, patán salido y ruin, eunuco inicuo, chimpancé vil, maligno, siniestro, insolente, cínico, sifilítico, artero, engañoso, hipócrita y, sobre todo, nulo, torpe, ineficaz, antiguo protegido de rameras y gran proxeneta... ¿Te dije algo de eso?

—Creo que en su día no detalló con tal precisión, señor de Welldone.

—No gusta evocar ciertas cosas... Lo que acaba de suceder y no habrá de repetirse nunca, por ejemplo ¿Volvemos a la mesa? ¡Hemos de impresionar al del ojo a la virulé! ¡Y la mirada del siciliano emana más ambición que luz el faro de Alejandría!

En efecto, el siciliano de tenebroso visaje aprovecha sus desavenencias para explayarse en heroicas fantasías:

—Todo será mejora con tanta máquina moderna y la debida ciencia antigua, en sagaz combinación. Me refiero a un uso correcto y sabio de telekinesia, hipnosis, desdoblamientos, fenómenos ectoplasmáticos y demás artes notorias. Estoy convencido de que pasados ya los años de conflicto que llenaron de gloria a un archihombre por todos alabado, un Salomón del Norte que ha sabido atraer a su corte los más distinguidos sabios de Europa, expandir su reino y crear riqueza, ese semidiós, digo, ese talento de la estrategia militar, de la filosofía natural, de las matemáticas, de la música y del *esprit*, guarda en su augusto seno las condiciones suficientes para buscar una gloria aún mayor y hacerse amo del mundo para imponer al fin la razón de la libertad guiada en todo el Orbe. Como en verano la tierra cuarteada exige lluvia, Europa y las colonias de esos reinos endebles y mediocres anhelan al Único, al Ungido, al Ultranoble. Un Salvador que eche fuego, que despida luz. ¡Un Titán! ¡La Providencia! Y que todos le sigamos como filósofos templarios que somos. Cada uno en su sitio, desde luego…

El lameculos habla sin duda del monarca de Prusia, Federico II; sin embargo, la alegre invitación de conquistar el mundo a sangre y fuego, que no otra cosa insinúa el siciliano, puede ser válida para cualquier rey a quien repela la compleja balanza del equilibrio europeo, la única garantía de una paz duradera. Es decir, todos, si pudieran, y ninguno, que ninguno puede. El siciliano es, en definitiva, un agitador y un cantamañanas. Nadie lo va a entender de modo distinto, porque la suspicacia no es defecto exclusivo del señor de Welldone o de Martín. Y es muy cierto que, cuando alguien de elevada posición, de prestigio, menciona una idiotez, los reunidos la valoran, más o menos. Y también es cierto que cuando una memez incensa sin pudor la vanidad del hombre a quien va dirigida se gana una meditación, y más bien más que menos. Pero, ya se ha dicho, lo primero es que se conozca la fuente de la simpleza. Y el cortesano de Potsdam, como la mayoría de los presentes, ignora la identidad del siciliano. Y esa disparatada propuesta en boca de un católico gordo que parece turco y gasta una indumentaria que revienta por las costuras… Lo mismo que dice en Prusia, lo dirá en Versalles, en Nápoles, en Londres o en cualquier lugar donde la destemplanza oratoria sea remunerada. Por ello, el ciclópeo ojo del cortesano se posa un instante en el de Sicilia como si fuera ventana a un árido paisaje y, tal como mira, lo deja. El siciliano percibe que ha sido obviado y sugiere a Welldone con ojos implorantes que respalde su discurso, a saber por qué motivo y a cambio de qué. El Gran Venerable finge atender las no muy lejanas lejanías. Cuando el siciliano se hunde en el fango movedizo de la yerma adulación, Welldone sonríe. Y el significado de su sonrisa es inequívoco: «Fantoche primerizo».

Y dice Welldone:

—Tal como Homero refiere de Aquiles, cuyo espectro conjura Ulises en las regiones de ultratumba, los muertos no pueden hablar hasta que no han bebido nuestra sangre. Como acabáis de ver, aquí, el hermano Libertus, siguiendo mis instrucciones, me ha hecho beber vuestra sangre según el más antiguo rito de Eleusis: el tangible golpe de vino. Ahora, he bebido vuestra sangre y, desde la Antigüedad, voy a desvelaros el presente con la debida perspectiva. Me sumerjo, pues, en los abismos del tiempo. Ahora vuelvo.

Así que Welldone hace temblar los párpados y su voz deviene truculenta, solemne y cavernosa:

—Orina…

Así que no todo es desesperanza y segura merma de coraje en esa velada que tanto se parecía a las demás. Por muy vulgar que sea el comienzo del discurso —y porque ha oído antes su referencia, menos enigmática que preocupante: «Ah, ya verás cuando saque la orina a relucir…»—, el de Viloalle intuye que ese talento especial de Welldone logrará que el tono ascienda hasta alturas insospechadas. En efecto, aquella palabra inicia la *pièce de résistance* del Gran Venerable. Y eso significa nada menos que se lanza a ganar la consideración del posible mecenas, o del enviado de un mecenas cuya envergadura es comparable a su mismo apodo: el Grande.

—Orina...

Los hermanos se miran unos a otros. Murmuran. Alguna boca sonríe confundida y otra hace muecas sobre aquella impropiedad y ausencia de *goût* a medio banquete.

—¿Viene el oro de la orina? —se pregunta el de Welldone, transido—. ¿No será una burla que el desvelo alquímico de tantos siglos sólo sea una búsqueda de la fórmula urinaria y no áurea? Fórmula es forma y orina es oro. La armonía de las esferas es orina. ¡Las siete cuerdas de la lira de Apolo! ¿Qué son? ¡Orina son! ¿Y la filosofía natural de Newton? Orinilla... ¿Y la Historia Secreta de la Hermandad? Fórmula formularia de la forma, áurea orina...

Se protesta ante lo inaudito. Sólo el siciliano envidioso y el cortesano tuerto —fascinado por el barniz de novedad y escándalo— desafían a Welldone para que siga improvisando. Los demás comensales, gente de bien y poco riesgo, tras un momento de confusión y duda, han recuperado el saludable apetito de esas regiones.

—¿Y quién eres? —pregunta el siciliano gordinflas, quien al parecer es testigo de la trasmigración de los espíritus como si fuese rutina doméstica.

—Soy Publio Anneo Séneca, hijo de Marco Lucio y de Helvia, veo el mundo futuro, poso la vista fatigada en el bárbaro lugar al que ahora llaman Brandenburgo y revelo el secreto de quien es mi caro discípulo, y no me refiero a Nerón, sino a Jean-Jacques Rousseau. ¿Hombre de salones? ¡Qué más quisiera! ¿Buscador de oro? No, de orina. ¿Alquimista? No, *philosophe*. Una filosofía que arrastra adeptos de alta alcurnia y de baja estofa, pues a aquéllos les motiva con la vibración irracional del buen salvaje y a éstos les insufla el aliento de la igualdad. Dicho esto, añado que mi regreso del pasado tiene el fin de comunicaros que la prestigiosa filosofía del eximio ginebrino se basa en la orina. Y, aún más importante, esa fuente espuria no es motivo de que el resultado moral sea menos elevado.

—¿Y cómo es ello, Gran Venerable? —pregunta el noble tuerto, gozoso de su descubrimiento, ansioso de llevarle a su rey la noticia de una filosofía *charmante et épatante*.

—Sé que Jean-Jacques padece un mal de la vejiga urinaria que sólo le permite destilar su áurea orina gota a gota y, a veces, lamento decirlo, evacuar en el instante menos adecuado y sin el auxilio misericordioso de la propia voluntad. Eso le provoca no sólo un padecer físico, sino otro, más agudo, de cariz nervioso. ¿Intentó Jean-Jacques lucirse en sociedad antes de su retiro? ¡Claro que lo hizo! ¡Claro que supuso que su inteligencia era pasaporte a los más civilizados salones! Y, como la mayoría, se entretuvo en soñar que alguna deliciosa criatura le preguntaba: «Dígame, señor Rousseau, ¿qué es el mundo?». Y, él, sin dudar un momento, replicaría: «La belleza de *madame* y todo lo que no es la belleza de *madame*...». Pero no le preguntaban eso, ni nada que diera ocasión a una respuesta ágil y epigramática. Además, ése no es su fuerte. Así, antes de contestar, y como siempre valora los pros y los contras de sus respuestas, notaba ese dolor intenso entre las piernas, ese puño de hierro estrujando la víscera, esa risible mancha en el calzón, y huía... Al llegar a casa, se echaba a llorar. Y no tenía más remedio que consolarse conmigo, que le hablaba a través de los libros y le decía: «Que el hombre no se deje corromper ni dominar por las cosas exteriores y sólo se admire a sí mismo. Que confíe en su ánimo y esté dispuesto para cualquier fortuna. Que sea artífice de su vida». Ahí estaba la respuesta. «He de salir de este mundo de hipocresía», interpretaba. «He de vengar la burla de Naturaleza», interpreto ahora mismo en su lugar. «Haré mi soledad heroica», concluía. «Y, desde luego, mis conclusiones serán las conclusiones del mundo», digo yo que se decía. En resumen: tenía que dar apariencia de razonamiento a lo que en sí misma era ridícula propensión de salud y carácter. Eso le llevó a edificar un sinfín de construcciones mentales: una filosofía, en efecto. Además, y con motivo, se impuso la oscuridad del propio personaje, la excentricidad. Aquél, elegido y distinto, que apenas se asoma al mundo y, de paso, no se mea delante de todos. Y ustedes, señores, leen con admiración las conclusiones del mundo del señor Rousseau gracias a las jugarretas de la orina. ¿No es oro la orina? ¿Quién, en los tiempos futuros, ligará la filosofía de un regreso a la Naturaleza y la Igualdad entre los hombres con las vulgares ganas de relajar a gusto la vejiga en la humeante cepa de un roble, lejos del mundanal ruido? No contesten: nadie lo hará.

Sólo entonces Welldone recupera su estado, por así decirlo, mortal. Y sonríe al cortesano de Potsdam. Y toma Welldone una botella de vino blanco del Rin de entre las muchas variedades que la mesa ofrece, llena una copa, la alza en amago de brindis y arroja el contenido al rostro de Martín.

El semblante de Viloalle, adusto en los últimos años, permanece así mismo, cuando no más. Sin embargo, al preguntar Welldone:

—Hermano Libertus, ¿a qué sabe ese líquido que, derramado, llega a sus labios?

Martín responde:

—A ciencia y talento, Gran Venerable. A elixir del autor de *Julie ou La Nouvelle Héloïse* y *Du Contrat social*.

—Y eso ¿significa?

—Que la vista puede confundir con orina este elixir ambarino. Pero andarían errados...

Y aplauden todos y pican con los nudillos en la mesa y se regocijan y de qué modo y cuánto tiempo.

Y el gozo se multiplica cuando, terminada la cena, desaparecidos en la tiniebla de la noche el siciliano verrugoso y los demás, Welldone y el cortesano de Potsdam hacen uno de esos envidiados apartes en ese mundo aparte, y tratan secretamente entre paredes secretas.

3

Aunque el logro haya supuesto largos y duros años, sólo son necesarias unas horas para que un mensajero a caballo traiga carta de Charlottenburgo, que como Martín ya sabe, es antesala de Berlín, de Potsdam y de la selecta corte de Sans-Souci. «Sin inquietud», no hay más que decir. También sobra mencionar que Welldone conoce el éxtasis. Y hasta el de Viloalle se ilusiona, aunque la humillación de la noche anterior se mantenga en el paladar como un regusto amargo. Así de variable es su estado y así escucha a Welldone entre el traqueteo de la diligencia:

—¡Y pensar que hay débiles seguros de que Fortuna es caprichosa y estúpidos que sufren la implacable tiranía de Cronos! ¡Urgencia! ¡De todo padecen urgencia!... Ahora, amigo y hermano, galopamos hacia Fortuna, la tuya, la mía y hasta la del pobre Dimitri. Te diré la verdad. En estos años, nuestro exclusivo empeño ha sido convencer a quien va a protegernos y enriquecernos que ha tenido una idea única: reclamarme en su palacio. Y siempre creerá que fue decisión suya, cuando soy yo quien ha manejado los hilos en su cabeza. El mérito no importa, sino la finalidad. El asunto es que he hecho mi Fortuna y no al revés. Por eso puedo decir: estoy orgulloso. Por eso digo: lo merezco. Han sido años sin perder de vista el objetivo. ¿He tenido prisa? Ninguna. Y ya no soy un hombre joven... Llegar adonde vamos era mi idea desde el principio. Ay, Martín de Viloalle, hombre de poco temple...

Welldone suspira y por un momento su cara alberga una expresión soñadora, quizá nostálgica, hasta que llega a un espinoso paraje del recuerdo. Y se sobresalta, enredadera de sí mismo, pelea con su memoria hasta que vence o cree vencer. Luego, prosigue su lección:

—Si vas a París alguna vez, Martín, acércate al Palais-Royal. No hay que buscar mucho para hallar en sus jardines el llamado Árbol de Cracovia, un gran nogal donde se reúnen *les nouvellistes de bouche*, los chismosos de la ciudad, quienes comentan, llevan y, sobre todo, traen noticias que afectan a la corte. Lo que se lee en libros prohibidos y en libelos, lo que se dice en salones y en sociedades secretas, las impertinencias que llegan de antecámaras... Dicen que cuando alguien cuenta una mentira a la sombra del árbol de Cracovia su corteza cruje... ¡Ya lo quisiera Dios! Lo importante, Martín, es que en cada corte, en cada ciudad, en palacios y cabañas, brota un arbolillo de Cracovia. Por eso hemos ido esparciendo nuestra semilla tanto en forma epistolar como en reuniones amenas. Pero el objetivo no era una respuesta a vuelta de correo, no soy tan ingenuo. Cada vez hay más aventureros y las cortes se han cerrado... Los poderosos ya no se fían sino de sus iguales... Se acabó la edad de los advenedizos, de los brujos de las finanzas, de quienes intervenían de modo palpable en algún asunto de estado —ahí Welldone vuelve a suspirar—. Se acabó porque los mequetrefes abusaron, la competencia era muy dura y los siete años de guerra secaron muchas arcas. Ahora sólo es tiempo de brujos, de hipnotizadores y de adivinos que entretienen a viejas damas. Tiempo de rameras y de sicilianos con verruga... La idea, además, nunca ha sido acabar sirviendo a un obispo minúsculo o a un príncipe lelo... Había que buscar al mejor dejando que el mejor nos encontrara. Pero el mejor no es el más blando. La experiencia enseña a quien desea aprender y ese personaje ha protegido a alguna de las mentes más retorcidas y mermadas del siglo… Y ha escarmentado. Pero no podía dejar de sentir curiosidad por las noticias que habrá ido recibiendo en estos años sobre unos viajeros singulares con planes magníficos y sólidos. Era demasiado intensa la atracción de saber por qué la misma flor salía cada mañana en su árbol de Cracovia sin echarle al menos un vistazo… Que el árbol de Cracovia diga cuán lindos y justos somos, qué omnipresentes y todopoderosos. Poseemos un prestigio, no insigne, pero sin duda decente, porque no hemos hecho enemigos. De ahí el aburrimiento, la lentitud, el tener que morderse la lengua más de una vez. Eso también hay que decirlo. Y tú… ¿Creías que entregaba mi vida a arrastrarme de ciudad en ciudad hasta la agonía? ¿Que sólo era un vagabundo con escuadra y compás al cuello? Nada de eso. Y mientras tanto, el bueno de Viloalle, hala, de banquete en banquete… ¡Cuánto no habrás visto! Pero recuerda que yo he visto mucho más, porque he vivido más. Y Dimitri, que es una momia rusa, ha visto lo que nadie asimila…

Eufórico, Welldone asoma la cabeza por la ventanilla y la vuelve hacia el pescante donde, según es costumbre, se halla Dimitri, el hierático. El señor de Welldone vocea unas frases en ruso sobre el chirrido de las ruedas y el galopar de los caballos. Martín oye las carcajadas del anciano criado, expansivo por una vez, contagiado de esa alegría general.

—¡Arre, cochero, arre! *Schnell! Schneller!* —grita Welldone y su cabeza reingresa en la cabina, retoma su lugar en el asiento—: Por lo visto a Dimitri le hubiera gustado ver la mitad y palpar el doble… Pero esta noche le será negado lo que tú y yo admiraremos. Cuando se ponga el sol, Martín, visitaremos la Gran Logia Madre Real de los Tres Globos y dirigiré una ceremonia de iniciación al grado de maestro. ¿No sientes curiosidad por saber quién será el nuevo maestro? Te lo diré: el hermano Libertus.

—¿Cuál de ellos?

—Tú mismo.

Martín reflexiona un instante y pregunta:

—Señor de Welldone, ¿cuáles son las ventajas de ser maestro?

—¿Ésa es toda tu alegría, toda tu ilusión, toda tu curiosidad?

—Ya habrá tiempo de alegrarse cuando las ventajas fructifiquen...

—Oh, qué práctico, qué razonable, qué sensato... Te diré cuál es la ventaja. Porque sólo hay una, pero viste mucho: siendo maestro francmasón te condenas al abismo más hondo del infierno.

—Es un honor... —Martín cree que Welldone bromea y, en verdad, es tiempo para la broma. O la media broma. Por ello sigue preguntando—: ¿Tendré acceso al Conocimiento Secreto?

—Desde luego, desde luego...

Y, por primera vez desde que se conocieron, Martín ve reír a Welldone. Y ríe como una monjita. Se cubre la boca con un pañuelo, enrojece... Martín sigue indagando, ya que la circunstancia es favorable:

—¿Y por qué es usted Gran Venerable?

—¿Por qué, dices? Pues porque soy veterano en este oficio... Me pasa como a ti con tus caricaturas...

Y para molestia de Martín, el de Welldone mueve los dedos de cuero negro como un pulpo sus tentáculos, y parodia:

—Son mis garbanzos del alma... No puedo vivir sin ejercer mi cometido...

—¿Y ese cometido es...? —pregunta Martín algo molesto.

—El que siempre he afirmado poseer... —y tras la oscura respuesta, Welldone varía de asunto—: He trabajado durante años, he soportado necios para encontrarme cara a cara con el monarca que, so pretexto de mecenazgo, encerró a tu querido Voltaire en un gabinete con monas y cacatúas de madera. Aún tiene que llegar el día en que el llamado señor de Ferney, el gran irónico, amanezca sobresaltado porque al fin ha cogido la broma. Monas y cacatúas… Ésa es la intuición de un gran señor: trazar a primera vista la calaña del personaje que tiene enfrente.

El vejestorio busca una y otra vez que le provoquen:

—Si me permite, señor de Welldone, en los cientos de reuniones a las que he asistido gracias a su generosidad, he comprobado una y otra vez cómo se difunde el espíritu de quien usted llama señor de Ferney… Y no sólo el espíritu, sino la valiente protesta cívica en lo que respecta a la tolerancia con los otros. Recuerde el asunto de Jean Calas. *Écrasons l'infâme…* Ése es su lema.

—¿Aplastemos al infame? ¿Y quién es el infame? ¿Aquel que nunca dará de comer al señor de Ferney o quien ya no le da de comer? ¡Y de qué espíritu hablas! ¿De uno con ideas propias y una conducta acorde con ellas? ¡Voltaire no ha tenido una idea en su vida! No ha hecho más que vulgarizar, con ese hiriente desenfado suyo, la importante obra de algunos sabios ingleses… Y en cuanto a la conducta…

—Como quiera. Pero un día tendrá que explicarme esa tremenda y, si me permite, exagerada animadversión hacia una de las más insignes figuras del siglo. No me negará que Voltaire sí gasta prestigio. Y del bueno…

—No creo que se dé esa circunstancia. La circunstancia en que yo me vea obligado a darte explicaciones, quiero decir…—el señor de Welldone se halla exultante—: Aunque puedo explicarte ahora mismo, si así lo deseas, las burlas y las bromas que un día y otro Federico infligía al filosofillo. ¡Y vaya si las soportaba! ¡Le nombró chambelán para martirizarlo! ¡El mariscal de la Razón convertido en perrito faldero! Con esa rabia característica de los perritos falderos…

Mientras bordean el lago Wansee, el de Viloalle sospecha las razones de esa repentina admiración por Federico de Prusia. Un derroche de elogios que sabe forzado porque ese mecenas es su único mecenas. Inmejorable, desde luego, pero único:

—Mira, Martín, nos acercamos a la guarida del rey de las frases memorables: «Audacia, audacia, siempre audacia», «Yo empiezo la guerra; los diplomáticos se encargarán de demostrar su justicia», «La guerra es la política por otros medios», «¿Te crees que vas a vivir eternamente, soperro?».

—No, la verdad.

—Es otra frase del rey, no una pregunta.

—Pues no es Marco Aurelio este rey, que digamos…

—No, pero es mucho más amado… Desde el primer noble al último campesino. ¿Y sabes por qué? Porque estos años son de publicidad a ultranza, que se lo digan al prestigio de Voltaire… Habitamos en bosques de árboles de Cracovia. Y, aquí, en Prusia, las gentes aman a su rey porque creen mérito pisar la misma tierra que él pisa. Y te diré algunos favores que ese rey ha hecho a esa «sangre de su sangre». Merced a unas cuantas guerras, llevó a sus hijos al matadero y, después de la última, traicionó a los oficiales que no eran nobles. Despreció a la baja nobleza por su rusticidad. Pulverizó la capacidad de la alta nobleza. Lleva su reino como un cuartel. Hace y deshace a su antojo, pero consigue que cualquier nacido en estas tierras se crea, no sé, prusiano, supongo, como si eso fuera distinción… ¿Y por qué crees que ha decretado libertad de culto? Porque así no hay luteranos, ni católicos, ni librepensadores… ¡Sólo hay súbditos! ¡Fieles al rey! ¡Prusianos! Sí, hermano Libertus, esta noche, uno de los testigos de tu nombramiento como Maestro será Federico II. De hecho, es el Gran Maestre Honorario de esa logia. Sin embargo, y por real deferencia, yo mismo dirigiré la ceremonia. Después, le mostraremos cómo acelerar la prosperidad de su estado mediante la industria, le contagiaremos el sueño de la Ciudad del Hombre... La Gran Equidad... He esperado mucho para esto... —y Welldone golpea el puño enguantado en la otra palma. Mientras echa un vistazo al indistinto camino, repite—: Mucho...

Llegan a Charlottenburgo, y un sirviente de aquel cortesano tuerto les aloja en una mansión frente a los jardines de un magno palacio. Se visten, y al anochecer, el frenesí sometido a duras penas, salen hacia la Gran Logia Madre de los Tres Globos, la cual se ofrece a simple vista como la más lujosa que Martín haya conocido.

De buenas a primeras, el de Viloalle no distingue al rey de Prusia entre los convocados. Las ventanas del recinto están cegadas por piedra y fango, pero hay mármol por doquier, jade, tapices y sedas, mucho gasto. Las estatuas de Ceres y Proserpina flanquean el lujoso salón y la alfombra es magnífica como magnífico es el lienzo tras el altar que figura un arco iris sobre el océano. Bajo los caireles de la enorme araña, se hallan hermanos de todo origen que emplean la lengua francesa con diversos acentos. Hablan de la desecación de pantanos y de la rebelión de las colonias inglesas en ultramar, mientras se intercambian tabaqueras de plata con el compás y la escuadra en uno de los cantos. Unos lacayos van apagando velas, y sobre los murmullos, Martín oye la voz de un anciano que proclama a quien desee oírle —y al parecer, desean oírle— que en ese lugar huele a muérdago o a perfume de limón o a trucha asada. A la espera del rito, siete músicos, quienes se llaman a sí mismos Colonne d'Harmonie, interpretan la *Marche de la Grande Loge*, como reza en el cartón donde se indica el orden del día. Acto seguido, un tenor canta *La chanson des Maîtres*. La potencia de su aliento, unido al de clarinetes, trompas y fagotes, hace oscilar y casi extinguirse la llama de cuarenta cirios dispuestos en candelabros que, como un ardid de Welldone, modelan de forma indirecta y con mucha habilidad el *chiaroscuro*.

Calla la música y, tras un lapso calculado, Welldone aparece en la tribuna con el aplomo de un trágico, vestido de raso en casaca y calzón, bordado Beauvais de seda azul y chaleco de blanco e inmaculado tafetán: un lujo alquilado horas antes al mejor sastre de Berlín. Este último detalle quizá sea, al fin, el secreto mejor guardado de la masonería.

—*Frère* Libertus! —avisan, y según las instrucciones previas de Welldone, Martín se adelanta hasta un catafalco donde la mínima claridad no impide distinguir una forma humana tendida y cubierta por una sábana negra. Pese al subir y bajar de una respiración acompasada, es necesario creer que se halla en presencia de un muerto. Según ha dicho Welldone, a continuación él mismo hablará sobre Hiram-Abí, que arquitecto fue de Salomón, y el de Viloalle sustituirá al «muerto» para renacer simbólicamente a la vida. Entretanto, unos maestros harán una alegoría, quizá risible, sobre la vida y muerte de aquel primer Maestro. Luego, entre varios cargarán a Martín y lo elevarán por los aires a las voces de «*Vivat! Vivat! Semper vivat!*».

Welldone tendría que bajar con gran pompa los escalones de la tribuna reservada al Gran Venerable. Pero como Federico se halla en el salón, sólo se desliza con humildad por una rampa lateral hasta situarse en el lado opuesto del catafalco, frente al muerto imaginario. Martín, que se halla en pie del otro lado, percibe que Welldone sigue muy excitado; sobre todo, porque uno de los presentes, con voz cascada de vejestorio, no cesa de comunicar a sus allegados que en ese lugar apesta a lechuga carbonizada, o a magnolia o a leche agria. Y cuando Welldone va a abrir la boca, se oye:

—Oye, tú, el que llaman Gran Venerable...

Es el viejo de olfato desorientado quien interrumpe sin el mínimo decoro. Martín, que se dispone a sustituir al individuo bajo la negra sábana, vuelve la vista y distingue al cortesano de la cicatriz, muy turbado, junto al viejo de marras: de saliñado, tan enclenque como petulante. Enarbola quejoso un bastón y gimotea:

—¿No me digas que vas a dirigir la ceremonia con guantes de cuero negro y no con los que se precisan en esta logia? En verdad, me parece una falta de respeto.

Obviando la intromisión del chiflado, Welldone recita con su tono más enfático:

—Hiram-Abi se halla al servicio del Sapientísimo, Altísimo y Magnánimo Salomón....

—¡Contesta ahora! —ordena el viejo.

Al oír aquello, y porque sabe de sobra de quién es la voz, Welldone sacude la cabeza como si una mano invisible le hubiese palmeado la nuca. Enseguida, se esfuerza en sonreír, al propio tiempo que el salón entero oye su saliva en la garganta. Por su lado, Martín identifica a buenas horas al despojo chepudo cuya altanería se conjura contra sí misma. Es el propio monarca Federico II, a quien se suele representar más vigoroso en las estatuas ecuestres que se reparten por Prusia con un tajante *Der Grosse* en el zócalo. Como en la logia no hay uno que sea más que otro, Welldone simulará que el monarca no es monarca. Pero como el monarca sí es monarca, en definitiva, ha de ser muy cauto:

—Los guantes, hermano, son el resultado de las heridas causadas por los experimentos cuyo éxito final traerá beneficio incalculable donde sean aceptados. Compárelos Vuestra Merced, si le place, con las heridas de un soldado en el campo de batalla.

—No me place, pero que nada. ¿Quién eres tú para comparar los sagrados temblores de la guerra y... qué sé yo? En fin, sigue, sigue... Huele a vinagre de Modena, ¿verdad?

«*Oui, oui...*», se confirma en todo el salón. Y Welldone recomienza:

—Hiram-Abi se halla al servicio... —aquí una pausa con cierto significado— ...del Sapientísimo, Altísimo y Magnánimo Salomón... En prodigiosa magia ondulante, las columnas por él construidas se elevan con fuerza al cielo, mientras descienden a un tiempo a lo más profundo de la tierra. Sólo él, Hiram-Abi, conoce esa suerte de hechizo profundo, la Palabra Magistral, clave de la Construcción, la que ahora hemos de llamar Palabra Perdida. ¿Y por qué se perdió la Palabra? ¿Por qué sucedió tamaña catástrofe? Sólo hay una respuesta, que son tres. Ocurrió por la Ignorancia, ocurrió por la Codicia y ocurrió por el Fanatismo que dominan el mundo de la Apariencia...

—Oye, tú, Gran Venerable, tengo otra pregunta: ¿en qué mundo dices que reinan la ignorancia, la codicia y el fanatismo? Porque ese mundo de las apariencias que nos rodea es el mundo de Prusia. Y aquí no reina otro que el segundo Federico de la casa Hohenzollern.

Es el monarca, pero no es monarca. No es el rey, pero es el rey. Y encima habla de sí mismo como si fuera otro. Le gusta juguetear y juguetea. ¿No hacía lo mismo con Voltaire? Eso indigna a Welldone en mala hora. Sus ojos brillan en la penumbra, su mentón se alza en perfil demente. Un orgullo maligno.

—¿Mundo? ¿Me preguntas a qué mundo me refiero, hermano? —y a Welldone le cuesta respirar, mira la hebilla de sus zapatos, mueve los pies como si se quejara de las apreturas del calzado y luego murmura—: Seis años...

—¿Qué dices? ¿De qué hablas? Pero ¿estáis viendo? —pregunta Federico.

Welldone se descalza como si se hallara sólo en su estancia y sigue murmurando, al propio tiempo que sube de nuevo a la tribuna, esta vez dándole la espalda al rey y por la escalera principal:

—Seis años completos. Nieve, sol y el tiempo de las lluvias. ¿Qué haces, Welldone? Espanto vampiros. ¿Por qué haces eso, Welldone, si no existen los vampiros? Si crees que no existen los vampiros es que hago bien mi trabajo...

Sobre la confusión que sucede a las delirantes palabras de Welldone, se oye la voz del rey:

—Aquí huele a herrumbre de tachuela.

—A herrumbre huele solamente, hermano... —replica Welldone, y el aliento general se detiene.

Welldone sigue paseando descalzo por la tribuna, sigue con su demencia:

—Quiero ser un espantavampiros y sólo soy un leopardo. ¿Por qué? Porque el leopardo muere con sus manchas...

—Y de pronto Welldone alza la cabeza, mira al rey y le habla como si no fuese rey—: Oye, tú, hermano viejo, si te encontraras en breve, y por un casual, al segundo Federico de los Hohenzollern, además de preguntarle si huele a hormiga africana o a cola de carpintero bizco, avísale de que, a diferencia de un francés que se las da de sabio y que huele a alfombra barata porque eso es exactamente, el Gran Venerable, señor de Welldone, hace mucho que decidió cómo mirar el mundo, y en consecuencia el mundo se le aparece día y noche según esa mirada. No es el mejor mundo, desde luego, pero es el suyo. Que sepa el segundo Federico que si hay un destino, si la vida tiene objeto, el del Gran Venerable señor de Welldone ha sido alcanzar la certeza de que morirá sin la codicia de lo eterno. Y que morirá tras vivir eternamente. Luego, cenizas. La muerte le hará eso. Sólo eso, nada más. Ahora imagina, viejo, imaginad todos, lo que hará con Federico, con sus hazañas, con su leyenda, con sus sentencias, con su inconmensurable olfato y su no menor eminencia. Ahora, si alguien ve un vampiro en la sala que levante la mano... ¿Nadie la levanta? ¡Perfecto! He cazado al vampiro que había entre nosotros...

En la logia parece que se haya cerrado un enorme portalón. Sin embargo, lo que retumba en las paredes es el silencio absoluto. La tensión no halla escapatoria por las ventanas cegadas. La respuesta ha sido insolente, desde luego. Y equivocada, al parecer.

—¿Qué dice? ¿Qué dice este chalán? ¿A qué huele? ¿Tanto huele?

El rey Federico, el de las mil sentencias ingeniosas, sólo formula cuestiones insensatas. Se vuelve a los cortesanos que le rodean y mira con cierta saña al del costurón en el rostro. «¿Por qué me has traído aquí?», le reprocha. El cortesano se encoge de miedo hasta que el rey hace un ademán con la muñeca que señala su típico desdén, causado esta vez por la grotesca distracción que le han preparado unos cortesanos que ahora tiemblan. Sin dejar un lapso de silencio para que Welldone se retracte —y menos mal— Federico indica una salida con el bastón.

El hermano cubierto con la sábana negra, quien no ha podido evitar oír la escena, por muy muerto que se fingiese, asoma al fin, mira a Martín y se limita a sacudir la mano. El aviso mudo no puede ser más claro: «La que os espera...». A Martín, quien ya no será maestro, sólo le alcanzan las fuerzas para elevar los ojos al cielo y enumerar con unción los cien nombres de Cristo.

Ahí arriba, en la tribuna, la sonrisa incisiva de Welldone quiere desaparecer. En vano. Federico y su séquito abandonan la logia con acelerado taconeo por un oculto pasadizo tras la estatua de Ceres. Aún sigue el silencio cuando un latigazo espolea el arranque de una carroza de seis caballos en el mundo superior, quizá aparente, pero más aireado y de más sutiles perfumes.

Unos ahorros de Dimitri permiten hacerse con unos caballos seniles que cacarean en vez de relinchar. Es el *Zeitgeist*, que dicen por esos pagos. Martín, Welldone y Dimitri cargan los baúles y salen de Charlottenburgo muy aprisa. Sólo un milagro mantiene derecho en la montura al señor de Welldone, y la sonrisa que esbozó durante la —llamémosle así— conversación con Federico se establece como un parásito en su rostro. Si uno desconoce la circunstancia en que fue animada, esa mueca convierte al Gran Venerable en el amado tatarabuelo de sí mismo. No hay mucho ánimo para arrojarle a la cara los motivos de su fracaso, ni para indicarle que no ha fracasado él solo en los seis años que acaba de echar a la basura. Que aún pueden vagar por los caminos hasta que se los trague la tierra. Martín se pregunta por qué no sacude a Welldone por los hombros y le pregunta ¿por qué? ¿Por qué no ha soportado la impertinencia y ha adulado, y por cierto, adulado mucho? ¿Tan mal le hubiera ido? ¿No se da cuenta de que por ofender al rey han podido acabar bailando sobre las tapias, el cuello en una soga? ¿Que ni ha salvado su honor de la arrogancia del príncipe, ni ha alcanzado el objeto perseguido tanto tiempo?

Tampoco cabe el sarcasmo de mencionar que Welldone llevaba razón en un asunto: Federico es uno de los poderosos a quienes la Providencia dota con la facultad de intuir al primer vistazo la calaña del individuo que tiene enfrente.

4

Hay feria en Hanóver. No queda alojamiento en las posadas, ni siquiera en los establos. Hacen noche extramuros, más allá del río Leine.

Cuando Martín despierta a la mañana siguiente, ve una muchedumbre de viajeros extendida por la pradera; tampoco ellos han encontrado acomodo en la ciudad, y antes de cruzar las puertas de la muralla, los chamarileros, cómicos, quincalleros, músicos y tragafuegos buscan hierbajos y agua con los que alimentar a mulas y caballos, restauran los cercos de piedra ahumada en torno a los que anoche cenaron, cantaron, se emborracharon y pelearon, y ahora desayunan. Hasta Martín llega olor de hojas quemadas y crepitar de tocino en las sartenes.

Dimitri, quien parece no dormir nunca, se adentra en un pinar y vuelve con ramas para freír unos pajarillos que ha cazado. Después de entregar a Welldone un puñado de nueces y abrir una silla de campaña —en la que éste se arrellana sin más comentario—, el anciano ruso intenta prender las ramas con una lupa. Sin embargo, la mañana, nubosa y fría, no se presta al juego de los rayos solares del mismo modo que Welldone, en un acceso de soberbia, no se brindó a los juegos de Federico de Prusia.

—¡Cosaco necio…! —murmura Welldone. Y es la primera vez que abre la boca en una semana—: ¿Por qué no vas y pides unos tizones a cualquiera?

Como se da cuenta de que ha hablado, y con el propósito de simular la infinita contrariedad que le subleva, Welldone se decide a seguir parloteando como si nada hubiese ocurrido, aunque haya ocurrido y duramente:

—¿Te he contado alguna vez, Martín, que una de mis misiones en San Petersburgo fue modernizar el país? Sí, hace ya algún tiempo. Pero mis deberes no se ceñían tan sólo a supervisar cómo cortaban las barbas de esos salvajes. También mostraba a los nobles cómo asearse, cómo saludar, cómo dialogar de un modo, ni siquiera galante, sino simplemente eficaz para que dos personas del mismo rango llegaran a entenderse. Que no hablasen al mismo tiempo a ver quién grita más, en definitiva. También les enseñé a subir a una carroza, pues en cuanto vieron una, tomaron la costumbre de correr hacia ella y empujarse y golpearse unos a otros, ya que temían quedar sin asiento. Hablo de la nobleza…

El malhumor de Welldone no se halla en una furiosa cima, sino en una hondonada de pesadumbre y fútil añoranza. Ha sido rozar la ocasión de poder y de influencia cuando un viento de disparate ha cerrado aquella puerta de silencio en la logia de los Tres Globos, quebrándole los dedos sin remedio y para siempre. Y Welldone mira a un lado y a otro desorientado, como si no supiera dónde se encuentra, ni hacia dónde va. Ni siquiera se halla al mismo nivel de los feriantes que le rodean, porque vende algo que nadie está dispuesto a comprar. Sólo es un anciano alejado de la marcha del mundo y de sus cortes, atrapadas a su vez en necias intrigas que son consecuencia —ahora lo comprende— del esfuerzo por construir la reputación legendaria de unos monarcas ridículos y caprichosos quienes, en compensación, legitiman a una recia pirámide de parásitos. Y Welldone está excluido. El de Viloalle también.

—¿Acaso repta por mi cara una salamandra bifronte? —pregunta Welldone ahora sin que Martín conteste—: ¡Pues deja de mirarme! Hace frío… ¡Dimitri! ¿Qué haces ahí, chismorreando como una vieja?

Dimitri negocia con unos buhoneros. Al parecer, se halla muy interesado en que le den unas hojas de gaceta con las que cubren los fondos de sus cacerolas para preservar el bruñido del metal. Martín observa de lejos la discusión, y cómo Dimitri vuelve con una antorcha en una mano y unas hojas de gaceta en la otra. Su rostro, por lo común impávido, como se ha dicho aquí varias veces, se halla muy alterado, y su caminar se acelera hasta la semejanza con los primeros pasos de un niño. Dimitri desea transmitir el contenido de unos papeles al señor de Welldone. Martín ignora que Dimitri supiera leer.

El criado extiende las hojas ante Welldone, quien se limita a señalar las ramas amontonadas en el cerco de piedra. Dimitri dice algo en ruso que puede significar «Lea lo que aquí dice…». Welldone acepta de mala gana, inicia la lectura, pero enseguida la interrumpe y grita:

—¡Dimitri! ¡Chivo inútil! ¿No te das cuenta de que las ramas están mojadas? No hay quien aguante este humo…

Tras agradecer de tan gentil modo los esfuerzos de su criado, Welldone se pone en pie. Busca su lupa en el chaleco has-

ta que repara en que la tiene Dimitri. Maldice y exhibe nuevas debilidades cuando fuerza la vista para descifrar la lectura;
la punta de su nariz roza el papel, mientras sacude el humo
con la mano libre. Levanta la mirada con ganas de que el demonio se lleve a esos músicos ambulantes que marchan hacia
la ciudad al son de tambores y panderetas. Sigue leyendo,
comprende al fin el significado de la noticia, levanta la cabeza
y su mirada sigue el curso del río hasta el horizonte. La sensación de que algo importante ha sucedido dura sólo un momento, porque enseguida Welldone niega con la cabeza y
enuncia una serie de reparos:

—Tú no puedes entenderlo, Dimitri... No hay que hacer
caso de unas majaderías que seguramente avienta el mismo
protagonista. Cuando va a hacer una de las suyas, ese artero
gusta de propagar rumores... Lo mismo pasó en 1753, en
1760, en 1762... Corre la noticia de su muerte, unos meses
más tarde aparece un libelo firmado a nombre de otro, pero,
claro, no hay lector que ignore lo inimitable de su estilo. No
ha muerto, sigue entre nosotros. Más ingenioso y más cáusti-
co que nunca...

Dimitri no está de acuerdo con Welldone. Mientras empieza a toser a causa del humo que provoca la combustión de
ramas mojadas, abandona su actitud sumisa y, algo en verdad
excepcional, empieza a hablar en francés para decir:

—Léaselo al joven Viloalle. Léaselo. Es una gaceta de la
semana pasada... Esos gitanos vienen de Leyden y me han
dicho...

—¿Y qué sabrán en Leyden?

—Quizá más que en los campos alemanes, señor... La
villa holandesa es foco del periodismo más novedoso.

—Esto no puede ser verdad, Dimitri. Todo es demasiado perfecto, demasiado claro. Una muerte perfecta para una vida
perfecta. —Y Welldone lee—: «Tras la muerte del Luis decimoquinto y de levantarse el edicto que le prohibía residir en

224

París, el célebre dramaturgo François de Arouet de Voltaire, señor de Ferney, llegó a la capital francesa el pasado diez de febrero para alojarse en casa de su gran amigo el marqués de Villete»… —la carrerilla de Welldone gana en acritud y los comentarios empiezan a salpicar la lectura—: «La Academia y la Comedia mandaron diputaciones a saludarle…». ¡Adefesios ignorantes! «Los nobles y príncipes de sangre acudieron a rendirle homenaje…» ¿Por qué? ¡Que alguien me lo explique, por el amor de Dios! ¿Ya no quedan cuerdos en el mundo? «Benjamin Franklin llevó a su nieto para que recibiera la bendición de François de Voltaire…» ¿Quién es ése? ¿Un alemán? ¿Un estúpido alemán que ve a una cotorra y la cree el Mesías? «El dieciséis de marzo asistió a una representación de su *Irène*…» ¡Será otra indigestión de gambas, la tal *Irène*! «Durante tres meses ha paladeado el triunfo y la gloria, hasta que tantas emociones han hecho mella en su débil constitución y ha muerto santa y dulcemente en la noche del treinta al treinta y uno de marzo…»

Welldone no levanta la vista del papel. Su gesto pensativo acepta el hecho poco a poco, y enseguida inventa una convincente falsedad.

—Con una gran muerte modelan la que pronto será una gran vida. ¿O me equivoco, Dimitri?

Dimitri sacude la cabeza, porque el mudo asentir es su única opción: el rostro, lívido por el humo, contiene un acceso de tos. Welldone, poseído por la inquietud, suspirando con fuerza, mira el suelo y los muros de la ciudad. Luego, arrugando las hojas de la gaceta, se dirige a Martín:

—Tu admirado François de Voltaire, señor de Ferney, nos ha dejado. Sí, al fin se ha reunido en la tumba con sus añorados dientes. Ha muerto de una vez y para siempre. En verdad estaba empezando a pensar que ese granuja, además de saberlo todo, era inmortal.

Sin entender por qué ni de qué, Martín ve cómo esos dos

viejos ríen con desmesura. Intentan contenerse. Pero se miran y vuelven a reír, desde la risilla mojigata al rugido y la palmada en el muslo.

Welldone se levanta y se agacha. Inicia una danza que requiere mucha agilidad, pues al tiempo que mantiene los brazos cruzados, da saltos de batracio y lanza al aire, con singular alternancia, una pierna y luego otra.

—Repite conmigo, Dimitri. ¿Es inmortal y lo sabe todo? *Kasachof!* Es inmortal y lo sabe todo, *kasachof.* Inmortal es y todo lo sabe, *kasachof.* Todo inmortal y sabe que lo es, *kasachof…*

Dimitri, de hinojos ante la hoguera, no tiene más remedio que echarse hacia atrás, porque le resulta imposible contener la risa y una tos violenta. Welldone ríe de la tos de Dimitri. Y, sin dejar de toser, Dimitri ríe de la risa de Welldone.

—Doscientos, trescientos años de Voltaire… ¿Hay quien los imagine? —masculla Welldone, y ya se enzarzan los dos viejos, uno en difícil equilibrio malabar, el otro abanicando el denso humo, por ver quién ríe y tose más.

Martín se avergüenza de esa compañía que, tras dormir al raso, se burla de un gran hombre. Le abochorna la mofa resentida cuando las manos de Welldone zarandean sus hombros:

—¿Qué haces, idiota? ¡Ayúdame! —exclama muy alarmado.

Martín se sacude las manos de Welldone con gesto brusco, mientras averigua en qué debe ayudar. Y es entonces cuando ve a Dimitri tirado en la hierba, las manos en el pecho. El rostro de Dimitri ha pasado de la lividez extrema a la penúltima palidez. Los ojos blancos se velan por el humo de la hoguera que no ha llegado a prender y una baba amarillenta surge de unos labios morados. Algunos viajeros, que se han percatado de la singularidad del trío por las voces y las risas, se aproximan al oír el desgarro en la voz de Welldone y descubren a un viejo fulminado sobre la hierba.

Un mozo de cuerda, sin reparar siquiera en el estúpido pasmo de Welldone y Martín, coge a Dimitri en brazos y lo lleva hasta su carro. Welldone sigue al mozo y le susurra unas palabras. El mozo se detiene un momento y, sin disimular apenas el grado que los separa en la jerarquía de los hombres, mira a Welldone con desprecio. Desde lejos, Martín distingue unas palabras del mozo: «Posada de El Ciervo Azul». Mientras el carro sale hacia la ciudad, Martín carga los fardos y los baúles en los caballos y, al atarlos en recua, serena a los pobres animales, que hurgan, relinchan y cabecean, olfateada ya la muerte.

En El Ciervo Azul, Martín se abre paso entre los curiosos que se amontonan en la puerta. Sin dejar de mirar los baúles, intenta hablar con una de las posaderas, pero ella maneja un oscuro dialecto. Además, cuando trata con mujeres, los gestos de Martín suelen ser torpes, inconclusos; así que da gracias al cielo porque la muchacha entiende al fin lo que él es incapaz de explicar: le ayuda a encerrar los caballos en el establo y señala un pasillo.

Martín llega a un comedor donde un grupo variopinto se amontona en torno a una mesa de banquete. Alguien trae velas, porque las caras que se pegan a la ventana por el lado de la calle oscurecen el ámbito hasta lo nocturno. Martín empuja y pide paso hasta que ve, tirado sobre la mesa, a un Dimitri moribundo que coge la mano de Welldone. De la débil mirada del ruso surge una chispa de afecto. Dimitri musita: *«Spasiba»*. Reúne fuerzas, resuella y dice: *«Spasiba… Spasiba, chto priejala v takji dal…»*. Welldone asiente como si el moribundo recitase un poema que él ya supiera. De pronto, descubre a un público y se echa a hablar y gesticula con la mano libre. Por no variar, se da aires:

—*Spasiba* significa «gracias» en ruso. Y el resto quiere decir: «Gracias, gracias, por venir de tan lejos…». Este buen hombre, porque eso le ha distinguido siempre, su bondad, me agradece los años amenos que le han sido regalados. Le conocí hace ya algún tiempo en la nueva San Petersburgo. Nueva, sí, pero muy lejos de ser aceptable. Ésa misma que lleva el nombre del primer zar Pedro y donde ahora reina la magnífica Catalina. Dimitri es hijo de una familia de vodkateros, pero ciertas lecturas y su voluntad de aprender le elevaron por encima de su condición hasta integrar mi servidumbre primero, y luego mi círculo más reservado. Al conocerle, descubrí para mi sorpresa que, más allá de su apariencia tosca y desgarbada, era un gran conocedor de la antigua Roma. Me refiero a la de los Césares, no a la de esos monstruos con rabo y cuernos a los que llaman papas. Un gran conocedor de la antigua Roma, como decía, pero que nunca había estado en Roma y todo lo había aprendido en las hojas de mamotretos pulverizados... Así que viajé con él hasta allí para que contemplara lo que hasta entonces sólo conocía por láminas. Y desde ese mismo instante en que le caía la baba ante la visión del Coliseo no ha hecho más que darme las gracias. *Spasiba* por aquí, *Spasiba*, por allá. ¿Qué puedo decir ahora? Que yo también te doy las gracias, Dimitri. Por tu bondad, por tu docilidad, por los servicios que has prestado a una gran causa: aquella que habrá de edificar ciudades perfectas, una industria, y hará que los hombres regresen a esa Edad de Oro, la Gran Equidad...

Welldone se interrumpe, porque ese público, que no es tal, indica que Dimitri ha fallecido a medio discurso. Que le suelte la mano ahora, porque dentro de nada será imposible hacerlo.

Mientras suceden estos hechos, Martín reflexiona muy en serio y con celeridad sobre dos asuntos.

El primero es que al decir *Spasiba*, el hermético Dimitri, pese a encontrarse moribundo en la mesa de un garito llamado El Ciervo Azul, se ha visto asolado por el reflejo de un instinto que muchos se apresurarían a calificar de humano: la idea de que su muerte tuviera cierta dignidad, que hubiera en ella algo de paz. No lo ha conseguido y ha muerto como sólo mueren los humanos: del modo más ridículo. Ésa era la auténtica gratitud de Welldone.

El segundo pensamiento de Martín se relaciona con una serie de imágenes. El cuidado de Dimitri con las ropas de Welldone, el modo que tenía de abrir la tijera de la silla de campaña y asentarla con cuidado y decisión en la tierra húmeda. Su silencio, su eficacia, que holgase a sus años con la primera vieja que encontraba...

Según se deducía sin dificultad, ese cuerpo sin vida fue testigo en el pasado de ciertas desgracias ocasionadas por el espíritu maligno que domina a Welldone, la constancia de su envidia, su pasión por el fracaso. Y Martín se admira al recordar cómo Dimitri protegía el mal humor de su amo cuando esa furia desmedida quedaba expuesta a los reproches del mundo. Y tras ese recordatorio, llega el presagio: si es cierto lo que Welldone acaba de relatar, o al menos una parte, la cuestión es cómo llega un hombre de tal calidad a criado de ese charlatán, de ese orate, de ese comedor de babosas...

«Salgo de una caverna y entro en la siguiente», piensa Martín. Si una ilusión se desvanece, ahí está Welldone para moldear otra más vana. Uno se convierte en su criado porque ya no hay atrás y no hay delante; sólo una oscuridad que dice: «¿No viste una vez y dos y cien veces que estaba loco? Entonces camina, sigue caminando con este loco».

La noche anterior, acampados en las afueras, no había ilusión ninguna. Entonces, todo está visto y todo oído. Ningún plan, ninguna borrosa expectativa, ninguna falsa noticia alterará la decisión. Martín sale del corredor, enfila el pasillo y hace una seña a la moza para que traiga su caballo. La posadera se admira cuando Martín monta y, como sin querer, muestra sus habilidades de jinete. Es un caballero, sí, es un Viloalle.

Con la rienda corta, pica espuela, levanta de manos al caballo, lanza un beso a la atónita criada y recorre la calle a medio galope, mientras los lugareños acuden en manada a El Ciervo Azul para ver el flamante cadáver.

5

El antiguo novicio español, caricaturista y libelista romano y amanuense de un vagabundo con ínfulas, el hermano masón Libertus, cruza la muralla de Hanóver, saluda a la guardia pinzándose el sombrero, tantea el camino, respira hondo y cabalga al lugar donde Dimitri ha consumido sus últimas horas. Con la urgencia que ha impuesto la agonía de ese buen hombre, quizá haya olvidado una manta, la silla de campaña o cualquier otra excusa. Le ronda la ilusión de que aún siguen ahí los piadosos feriantes. Hasta hilvana un triste relato («¡Mi padre! ¡Mi pobre padre!») del que enseguida se avergüenza, porque no lleva diez minutos en libertad y ya le tientan los mismos demonios que envilecen al bufón giróvago de absurdos y macabros cascabeles quien, a partir de ahora, sólo será un nombre. ¿Welldone? Ah, Welldone...

Hogueras consumidas y desperdicios salpican el verde pasto. El de Viloalle se sienta bajo el mismo árbol en que ha dormido esa noche. El último trozo de queso se deshace entre los dientes poco a poco, mientras el fantasma de Dimitri prende y seguirá prendiendo las ramas junto a pájaros degollados y nunca fritos y el papel arrugado donde se narra la muerte de Voltaire, tan distinta a la del ruso.

Al cabo de una hora, aún vigila las puertas de la muralla en busca de inspiración. De vez en cuando, mira el palacio que domina la ciudad, examina el ir y venir de soldados con casacas rojas. Deduce que serán ingleses, ya que Hanóver e Inglaterra están ligadas por un rey y unos intereses comunes.

«Me estará echando de menos...» es la ofrenda única de su iniciativa. Ya mejoraré, se anima, al recoger una nuez.

Se atraganta Martín con el último pedazo de alimento cuando Welldone sale de la ciudad. Tras el farsante a caballo, un mulo carga con el guardarropa siempre alquilado y jamás devuelto, y el baúl lleno de enigmas que nunca fascinarán a las cortes de Europa. Al señor de Welldone lo acompaña un jinete a quien la dorada casaca, el tricornio con ribetes y el cúmulo de reverencias que recibe hacen suponer personaje principal del Electorado. Tras ellos, el arriero de todos los caminos, sin pasado ni futuro, conduce su carreta. De ella sobresalen unos pies que oscilan en constante saludo, y son los de Dimitri, cuyo esbozo biográfico ha causado a Martín un serio temblor.

El jinete desconocido entrega a Welldone un documento lacrado, se descubre, se lleva el sombrero al pecho tres veces, mientras su caballo amaga un caracoleo. Welldone duplica el saludo y quiere meter espuela de galope. No hay modo: pese a los honores que le han rendido, si honores son, la nueva montura de Welldone es otro penco que tardará horas en doblar la curva. Entretanto, el desconocido vuelve a la ciudad a medio trote y, a su paso, se renuevan servilismos y reverencias. El carro que transporta el cadáver de Dimitri se desvía hacia un cementerio. Es entonces cuando un nuevo Martín, más ágil, calza estribo y monta de un brinco. Desea testificar el final del hombre a quien no ha llorado lo que merecía por miedo a convertirse en su relevo.

La ceremonia es miserable. Los enterradores meten el cadáver en un saco al que dan cuatro puntadas de cordel y lo arrojan a la fosa común sobre los muertos de la noche anterior. Cinco, nada menos. Un capellán se persigna a toda prisa y bendice como quien bendice un buey. Muertos sobre muertos sobre muertos… Tras escupirse las manos, uno de los enterradores hunde una pala en un barril y vierte cal en el hoyo. El criado que se ha estado rascando el sobaco durante las oraciones entrega un dinero al servicio funerario. Se quejan los enterradores y el criado explica que no añadirá una onza, aquél era el trato.

Martín decide volver a Hanóver, porque hay feria y él es, al cabo, dibujante de calleja y plaza pública. También le atrae la invitadora sonrisa de la muchacha de El Ciervo Azul. Está escrito el morir, no hay duda. Pues que muera uno bien harto de gozosas embestidas.

Los comerciantes, subidos a sus carros en las plazas de Hanóver, venden tejidos que sin duda desconocen las innovaciones alquímicas del señor de Welldone. En jaulas de madera, las gallinas se agitan y chillan cochinos. Los confiteros alaban sus dulces en alta voz, hacen acrobacias los acróbatas y tragan fuego los tragafuegos. Entre dos filas de niños hechizados, un halcón vuela a ras desde el puño de un cetrero al de su oponente en otro extremo de la plaza. Bajo las arcadas de madera, música de chirimías, bajones, bombardas y engalanadas mujeres que bailan unas con otras. Martín se decide a instalar su pequeño estudio ante un muro con las tejas caídas. Patea, pues, sin miramientos al anterior inquilino: un lebrel que recuesta su afilado hocico en un canasto. Al doblar el muro, encaramado en una tarima, mostrando apenas la espalda, un charlatán vende elixir de la eterna juventud. Nada innova el elixir y mucho la caricatura. No será competencia el charlatán.

Mientras extiende la cuerda donde exhibirá sus obras, y oye la perorata del que sin duda es italiano del sur por acento, Martín sufre un acceso de añoranza. Y no es sólo el recuerdo de la Piazza di Spagna, sino también, y eso ya preocupa, el elixir le trae a la memoria al capitán Idiáquez, el mismo que le contara la historia de un antepasado que partió con Juan Ponce de León para hallar la fuente de la eterna juventud y sólo encontró una tierra pantanosa, infestada de mosquitos a la que tuvieron el buen humor de llamar La Florida. El motivo de aquel viaje, según confesión o invención del difunto Idiáquez, fue un «algo nuevo que mirar». Es decir, el tedio. Y ese «algo nuevo que mirar», aunque sea «un mirar lo de siempre que hay feria», es el motivo de que hanoverianos y forasteros se apiñen frente a la tarima donde el obeso charlatán, cuya casaca reventará por las costuras, vende frascos de colores diversos, y vende fortaleza, vende hermosura y larga vida. Es necesario, aconseja, tomar a sorbitos su líquido, no milagroso, sino estudiada y empíricamente acorde con la filosofía natural o *Scientia Nova*, para así rejuvenecer poco a poco, ya que se ha dado el sucedido de la doncella de cámara de una buena amiga del charlatán, un linaje cuyo nombre está vedado pronunciar, que se bebió el frasco entero al descubrirlo en el *boudoir* de su ama. Cuando la señora duquesa de B. entró en sus aposentos y vio a una criatura de apenas un año gateando por la alfombra no supo el modo en que había llegado a su alcoba. Los inteligentes vecinos de Hanóver habrán deducido lo que ocurrió. Como el silencio proclama que los vecinos de Hanóver nada deducen, el charlatán explica que la doncella de cámara y la criatura eran la misma persona. Ahora sí, ahora sí... Y todos aplauden y se asombran de las patrañas del sinvergüenza.

Y el sinvergüenza visto de espaldas, con su peluca desmañada y el perfil de los carrillos empolvados de blanco, es el primer dibujo de Martín. La astucia del caricaturista veterano resalta las caras de los mirones sin abusar de la simpleza de gesto, de lo boquiabierto. Y ahí se acerca el júbilo de la plebe que mira el propio rostro en el cordel. El charlatán se ve abandonado por un público que quizá no resultará veloz en lo de comprender historias, pero es sensato cuando llega el momento de rascarse la bolsa. En cambio, ese otro italiano, el dibujante, merece unas monedas por las caricaturas que esa noche divertirán a la familia cuando se halle junto al hogar, y el hogar chisporrotee.

Martín prende de la cuerda un dibujo tras otro y siente fluir por sus venas un río de goce. Ahora lo ve: han sido seis años de aborrecer el dibujo porque se aborrecía a sí mismo. Pero ha vuelto a lo suyo con trazos que, por quererlo todo, no acaban de conseguir vigor y entereza, y le salen algo extraños, indecisos. Pero mejora a medida que en el papel se suceden un secretario del ayuntamiento y dos de sus hijos, un pastor y su oveja predilecta, un oficial inglés y una venerable dama junto a sus nietas de mejilla rosácea.

Cae la tarde y sigue charlando para nadie el charlatán sobre sus visiones y los antiguos secretos de los egipcios. Y a Martín no le queda más remedio que oír las maravillas y prodigios de Toth o Hermes Trimegisto, de los siete pilares de la sabiduría y de la transmisión de la quintaesencia a una minoría de privilegiados, el charlatán inclusive, cuando su mirada escéptica repara en una mujer muy hermosa. Esa belleza pide que la retrate con un ceceo encantador y de familiar acento.

—¿Fiel o exagerado? —pregunta Martín, y halaga—: Porque idealizado no puede ser. En su caso, señora, es imposible mejorar la obra de Naturaleza.

La dama ríe, mientras su abanico revolotea y mueve los rubios rizos, parpadean sus magníficos ojos claros y su nariz respingona aletea, ansiosa de algo, a saber… Martín la mira como hombre, pero también como inminente retratista, y sofrena cierto picor cuando decide cómo plasmar las cejas, algo tupidas, y la boca, demasiado grande, que desvían el rostro de la dama de la perfección absoluta, pero no de un garbo lascivo y, en lo lascivo, supremo. Esa hermosura se merece un buen retrato, que Martín espera cobrar, y muy bien, por mucho que la coqueta exhiba su picardía más refinada. También hay una dureza escondida en esa mujer, la está viendo. Y espera dibujarla. Sin embargo, aún no ha rozado el papel la punta del lápiz, cuando desde la tarima llega una voz de trueno:

—¡Serafina! *Vieni qua!*

—*Ah, Giussepe! Va via! Mangiatartaruga!*

¡La música del insulto! ¡Esa mujer es romana de pies a cabeza! Y luce demasiado esa belleza para que el de Viloalle no retenga una vieja historia de patio o de café en aquella Roma donde nada era secreto. De cualquier modo, sorprende que sea la mujer de aquel grandullón al que los ciudadanos de Hanóver corresponden con dura ingratitud. Les revela las más arcanas filosofías, les brinda juventud eterna y no adquieren un solo frasco de elixir.

—¿Acaso es romana la señora? —Martín busca la entonación y se rinde: ha olvidado la melodía de aquel dialecto.

—Del Trastevere... —responde ella, algo sorprendida y, desde luego, cauta.

Abre la boca Martín para explicar que él era travertino de adopción y qué felicidad la de encontrar a una paisana cuando el «¡Serafina!» atruena de nuevo en el aire y, esta vez, la mujer, con un leve mover la grupa, se esfuma entre la curiosidad enervada de quienes simulan mirar dibujos cuando babean ante la forastera. ¿Le compran algo? ¿Sí o no? Pues hasta la vista, señores. Es el momento de volver a El Ciervo Azul y encontrar alojamiento y comida.

Al sentirse menos abrumado por la conciencia, olvida su dignidad a la hora de confesar al hostelero su relación con el hombre («¡Mi padre! ¡Mi pobre padre!») que esa misma mañana ha muerto sobre la mesa de banquetes. Tras el posadero, que asegura hacerle un gran favor acomodándole por un precio astronómico en los establos con otros veinte infelices, se halla de nuevo la alegre moza que, ahora cae en la cuenta, será hija, sobrina o amante de aquel sacacuartos.

Sin embargo, para su júbilo, cuando se encamina a un pilón comunitario para asearse, la mocita le llama desde la puerta de la cocina:

—Frieda… —le dice ella a Martín, y quizá ése sea su nombre.

—Martino… —en italiano, Martín de Viloalle parece otro, más osado.

El alemán de aquel lugar es muy difícil, pero los francmasones no son los únicos que saben de señas. Aquella chiquilla les gana en mucho, como ahora se verá. Porque, de los gestos de Frieda, Martín deduce lo que sigue:

Primero: el lavadero es fuente común de enfermedades. Segundo: las ratas se bañan allí tan despreocupadas como María Antonieta en el lago del Pequeño Trianón. Tercero: los viajeros que duermen en las cuadras son más animales que los animales que allí moran. Cuarto: en lo más alto de la escalera que se halla junto a la cocina hay un altillo donde, tras la puerta con una muesca azul en la cerradura, Frieda tiene un camastro para ella sola. Quinto: una vez preparada la cena, Frieda se retira. Sexto: junto al camastro, una tina con agua limpia y clara está esperando al apuesto caballero italiano. Séptimo: ¿que a qué italiano? Pues a usted. Octavo: El Ciervo Azul no se llama así por capricho; esa cediza materia es la misma que rebosa los platos: carne azul de ciervo, muerto de pura senectud. Noveno: *Herr* Martino no tiene más remedio que fingir que cena y simular más tarde que se encamina a los establos. Pero no será allí donde le anhelen.

Ahí, Frieda sonríe y Martín se ciega.

En las mesas de la posada, el bullicio de siempre. Los prusianos que, sedientos de guerra, han venido a engancharse en la bandera de Inglaterra para luchar contra las Trece Colonias americanas, insultan con cánticos a los bávaros de otra. Las camareras, y Frieda no es ninguna de ellas, esquivan pellizcos y, en sus regates, el vino y la cerveza desbordan las jarras, y los líquidos festivos se derraman sobre las pelucas dc los señores y la cara de los tunantes. Todos hemos vivido escenas así. Pero en ninguna de ellas se verá un reservado donde cena en silencio una pareja formada por la mujer más bella y el hombre más huraño que la mente pueda concebir.

Ella es la hermosa Serafina, claro. Y el huraño Giuseppe, el charlatán cuyo acento sureño y sus relatos de egipcios ha oído durante horas. Al lavarse la cara de espeso maquillaje blanco, la identidad del esotérico se revela: es el francmasón que estuvo adulando al cortesano de Federico de Prusia hace una semana —¡y parece un siglo!— en Brandenburgo. El mismo siciliano de cuya ajada indumentaria y ocupación feriante se deduce sin esfuerzo una pésima temporada.

Pero es un hermano. Y su mujer quita el aliento. Además, que se distinga con el feo nombre de Serafina hace menos temible su belleza.

Martín, a quien el vino áspero infunde bravura, tiene una idea. Si no recibe compensación, al menos se divertirá. Saca lápiz y papel, limpia la mesa como puede y empieza a dibujar. Ahora los trazos son francos: Martín se deja de titubeos y empuña con brío los gestos, los rasgos, las dimensiones, las verrugas del siciliano. Concluido el dibujo, llama la atención de la pareja. Él le mira como se miran las diarias secreciones: con asco y fruncido ceño de augur. Martín se frota el lóbulo de la oreja izquierda con los dedos de la mano derecha. El siciliano ni le recuerda, ni quiere recordarle; así que deja de mirar en su dirección. En cambio, la tal Serafina sonríe. Basta y sobra. Martín se acerca al reservado y se inclina ante el charlatán:

—Soy un extranjero que va al Oeste y busca aquello que se perdió.

Ahora, según las normas masónicas de reconocimiento, el siciliano debería preguntarle: «¿De dónde viene Vuestra Merced?». Pero, sin dejar de masticar, el siciliano alza la mirada de quien plantará hogueras y arrojará en ellas a los niños:

—¿Y a mí qué me importa?

A Martín le azora menos la grosería de ese masón renegado que las aéreas pestañas de Serafina. Porque la bella renueva el devaneo con el forastero que va al Oeste. Anima a Martín, y a Martín, en su primer día de libertad, se le acumula el trabajo. Es fabuloso. Por ello, responde como si, en justicia a la norma, la pregunta «¿De dónde viene Vuestra Merced?» se hubiese formulado:

—Vengo del Este…

Silencio. Masticación. Silencio más elocuente y los ojos de Serafina lanzan un mensaje de fatalidad. Nadie la moverá de su Giuseppe, insinúa ahora, la muy voluble. «Que os parta a los dos el mismo rayo», piensa Martín. Entrega el dibujo, mientras anuncia:

—Señor, soy dibujante y me gustaría que aceptara este humilde retrato de Vuestra Merced y de su hija.

La peculiar, ahogada y muy femenina risa de quien se burla del marido indica al de Viloalle que, cuando quiere, puede.

Una mano enorme y peluda coge el papel y lo mira: ella luce en todo su esplendor y él aparece como un diablo gordo y envejecido bajo el lema «Para el futuro amo del mundo». El comentario al dibujo es hacerlo trizas.

—Os comprendo muy bien, caballero. Habéis vendido tantas palabras esta tarde, y a tan bajo precio, que no os queda ni una.

Sin mirar a la dama, por si acaso, Martín se mezcla en el alboroto festivo de borrachos que, a empujones, le devuelven a su banco. Como debe esperar a que el posadero se despiste, Martín sigue estudiando con descaro a la pareja italiana.

Serafina se cubre con un velo por orden del intratable oso de feria quien, según concluye Martín a buenas horas y a buen recaudo, es corpulento, pero no alberga más fuerza que furia. Y sobre amargado, celoso: no le faltan razones. El de Viloalle advierte un rasgo que no es particular de aquel hombre, sino común a una vida de estafa cuyos hábitos se rigen por la idea de que cuenta la fe, no el dios. Cualquier creencia es buena si se sabe vender: la piedra filosofal, un imperio, la necesidad de pertenecer a una camarilla milenaria de sabios, la eterna juventud, el vigor amoroso, la diversión sin fin, el Más Allá... Esos mercaderes de la flaqueza venden fe a los desdichados cuya desdicha refulge y tintenea. Pero tal comercio, aunque guarda la sólida garantía de siglos de estupidez, es de un valor imponderable, y a veces nadie compra, o compra a muy bajo precio. Y cuando no se pertenece a una fe consagrada —la corte o la Iglesia—, se ve uno en los caminos otra vez, multiplicado el desdén por todo. Con los años, es dominante el espejismo de sentirse alguien superior porque una vez se engañó a un desventurado, quien se vuelve cifra de la humanidad toda. Al siciliano no le queda mucho para llegar a Welldone.

Unos suabos informan a voces que van a la cama, se dirigen a la escalera junto a las cocinas y pasan ante Martín. Con el auxilio de su baja estatura, Martín se une a ellos y sube los peldaños en montón. Deja al grupo en el pasillo, se encarama por una escalera de hierro, asoma a una mansarda con tres puertas y descubre una muesca de polvo azul en una de las cerraduras. Los nudillos tocan madera y Frieda aparece en camisa de dormir. Tras ella, un camastro y una tina humeante. Ahí chapotea Martín cuanto quiere y, mitad por el cansancio que impide entender ese alemán, mitad por fascinar a esa nueva amiga que le frota la espalda, dibuja un castillo y explica que es suyo. Y dibuja una suntuosa cama con dosel y, en ella, a unas gemelas de Frieda, o a una sola Frieda en varias posiciones. Al observar con atención aquellos rasgos vulgares, cierta gravedad en su blanco volumen, Martín descubre un vientre algo abultado y conjetura que la moza sólo acepta pasajeros cuando va cargada. Lo que aún no deduce, porque se ha trastornado hasta la imbecilidad tras largo celibato, es que si Frieda sólo acepta pasajeros cuando va cargada, a fuerza habrá alguien por ahí que espere un retoño con cierta semejanza a su persona.

Entretanto, a Frieda le domina la lujuria. Deshecha del camisón, y revolcándose con inquieta voluptuosidad de gata, suplica primero y luego exige una compensación por verse empujada a tan doloroso celo. Y Martín recompensa y es recompensado. Esa ranura es la auténtica posada de los errantes.

Por una vez, la decencia del lenguaje moderno admite que, en aras del saber, se establezca una comparación de interés científico. A diferencia de Rosella Fieramosca, que hablaba por los codos y ronroneaba en la cama, Frieda habla poco y aúlla mucho, al propio tiempo que, entusiasmado con su primitiva actividad, Martín fantasea con la rubia Serafina. Ese, llamémosle, ejercicio espiritual impide reparar en que el gemido operístico de la hembra resuena en el mundo material y de qué modo.

Por ello, y demasiado pronto, los chillidos de la teutona se ven sofocados por voces tempestuosas, aunque de otra índole. Varios hombros golpean una puerta que ya se desencaja y enseguida cederá. Con gesto de pánico, la oronda Frieda señala la ventana. Martín coge su ropa con urgencia y se medio viste por los tejados, mientras oye nuevos gritos, y no son de gozo esta vez. Cuando al fin regresa a la Madre Tierra, no ha caminado un paso Martín y le detiene una patrulla de vigilancia. Le llevan ante el alguacil y, frente a la evidencia, alega ser hombre de honor, un caballero que no puede desvelar en modo alguno los encadenados sucesos que le han llevado a tal situación. El alguacil hace sus deducciones y concluye, atusándose el bigote, que Frieda es una leyenda en los territorios de la antigua Liga Hanseática. Como la cara de ese hombre es la de una ciruela pasa, Martín teme como nunca el mal francés y, a buenas horas, se dice: «Detengo, concluyo y reniego para siempre de esa faceta de mi vida».

El alguacil manifiesta caridad, pero aduce que también él debe recibir la necesaria comprensión. Frieda no deja de ser la cuñada del muy honorable propietario de El Ciervo Azul, cuyo hermano menor, el marido de la viciosa, es sargento del ejército del rey Jorge y ahora se halla pegando tiros por las Trece Colonias. Por otro lado, quien se llama a sí mismo conde de Viloalle es un foráneo sin documento que avale su identidad, o cualquier rasgo de nobleza, tales como séquito, carroza, calzones o calzado. A eso se añade que, a diferencia de la mayoría de condes, el de Viloalle ha sido visto dibujando monos esa misma tarde en la Marktkirche. Y hablando de plazas, el que se llama a sí mismo conde de Viloalle estará de acuerdo en que una feria de Hanóver, sin patíbulo, no es feria de Hanóver. Sin embargo, dado que sólo en la última noche se han registrado cinco asesinatos, el alguacil está seguro de que, concluidos esos días de comercio y jolgorio, habrá más de cincuenta duelos y unos cien apuñalamientos. Todo ello volvería injusto, en verdad cruel, que fuera un pobre libertino, y un libertino desorientado, por más señas, quien subiese a la horca. El alguacil está seguro de que alguien tendrá mucho gusto en conocer a Martín. Y se refiere a los reclutadores de Jorge, rey de Inglaterra y Hanóver, que andan a la busca de bravos soldados que se enfrenten a los rebeldes de ultramar. Sería verdadera mala suerte que allá, en América, el llamado conde de Viloalle quedara bajo el mando del marido de Frieda. El alguacil recomienda, pues, que no se jacte demasiado de sus hazañas venéreas.

6

Aún no ha amanecido cuando llevan a Martín a la nave de una antigua iglesia católica donde se hacinan los reclutas. Le obsequian con unos calzones agujereados del ejército de Su Majestad británica y ahí lo abandonan. Camina entre una vaharada fétida de leprosería que emana de aquellos bultos, la hez de

Europa, y sólo se sienta cuando halla cobijo en lo que fuera el altar. La tristeza no le deja maldecir su suerte o buscar opciones. A su lado, un perro roe la placenta de una vaca. El hedor a carroña es la causa de que ni siquiera ésos ocupen aquel sitio.

Mientras espanta nubes de pulgas, y al rascarse, el de Viloalle repara en que aún lleva colgado el medallón con la escuadra y el compás. La pobreza del metal, al contacto con el agua caliente en la bañera de Frieda, le ha levantado ronchas en la piel. Un tirón y se deshace de la cadena. La medalla cae en la tiniebla de un coro de ronquidos que, entre pesadillas, se restriega en estiércol. De pronto, un ser harapiento, cuyo rostro apenas vislumbra Martín, se aproxima arrastrándose, y su aliento mefítico susurra en bronco dialecto del francés:

—Kentu-ki, Kentu-ki. Hasta allí vamos. Kentu-ki. «Río de sangre» es lo que dicen cuando dicen Kentu-ki. Yo he estado antes en Kentu-ki… ¡Tantos años…! Un río sin principio ni fin. Montañas y montañas, bosques hechizados… Salvajes desnudos. El pelo es la cresta de un gallo. Todos con la misma cara, la frente y los carrillos de rojo y azul —el francés ulula, mientras se tapa la boca una y otra vez a golpecitos con una mano sin dedo meñique—. ¡Idólatras que bailan!

El francés pasa un brazo por el hombro de Martín y canta un tonillo infantil con el siguiente libreto:

—Los niños de los colonos brillan, chillan, brillan… Canta conmigo… Los tizones brillan y los ojos brillan y las cuencas se vacían. Los niños de los colonos chillan…

Sin decir una palabra, Martín se deshace del brazo del francés y se sienta en otro lugar. Intenta mirar al loco, pero sólo ve unos ojos enfebrecidos bajo una extraña calva pardusca, como si alguien hubiera emplastado una calva en otra inferior, que a veces ilumina esa primera luz del día que se filtra por un rosetón. Martín descubre lo que pudieron ser las siluetas esfumadas de antiguos frescos en lo más alto de muros requemados. Y vuelve la cantinela del francés tarado:

—El gran bosque se alegra con las canciones de los niños de los colonos, los hombres labran y las mujeres cocinan y rezan… Llegan las crestas de gallo, el pelo de cresta de gallo, la cara azul de guerra, los niños chillan, todos en fila, sacan el hacha, los niños chillan, la cabeza suelta del hombre chilla, la cabeza suelta de la mujer chilla. Callan y chillan, mueren y chillan, los niños en fila chillan, los tizones brillan, los tizones en las cuencas brillan, las cuencas se vacían, los niños chillan, los niños ciegos chillan, las casas quemadas chillan, los niños ciegos chillan, los niños ciegos caminan, los niños en fila chillan, se pierden y chillan, en fila chillan. Por el río Kentu-ki caminan y chillan, ciegos chillan, los encuentro y chillan. Las crestas de gallo se acercan, las caras de azul se mueven y los niños ciegos chillan y chillo… El indio levanta mis cabellos que ya no son míos y dice: «Waka quiere que tu alma sea mía». En Kentu-ki… El río de sangre…

Pían ya los pájaros cuando la puerta de la iglesia cruje y el centinela, medio dormido, asustado y confuso, lanza un «¡Quién vive!» que despierta a la nave. Aquella chusma recuerda su destino y lo maldice. O nada recuerda, pero maldice. O maldice al francés doblemente calvo, porque ya se levanta, mientras alza aún más la voz:

—Ahora subiremos a barcos y bajaremos de barcos y subiremos a canoas y bajaremos de canoas y nos cortarán la cabeza y nuestra cabeza rodará y caerá en el agua de ríos sin principio ni fin y la corriente arrastrará la cabeza y las cabezas chocarán con las piedras y la cabeza sin alma cantará: «*Frère Jacques, frère Jacques, dormez-vous, dormez-vous…*». En Kentu-ki… El río de sangre…

Por el portón hace su entrada una pareja de soldados. El rojo de las casacas, en la débil luz de la aurora, parece el sol mismo. Tras ellos, un oficial de alta graduación y una figura cuya identidad es indiscutible y provoca que Martín se levante sin poder disimular su júbilo y, al poco, una inmensa humillación. Los soldados, el oficial y el señor de Welldone toman un candil, empiezan a recorrer la nave de la iglesia, estudian la cara de los hombres amontonados. El resplandor aturde a la chusma tendida y los más sañudos corresponden al examen con una patada que requiere al punto un culatazo. Mientras explica las campañas del rey Jorge en las Trece Colonias, el oficial inglés se dirige a Welldone como «señor conde» o «Excelencia». Por lo visto, Welldone sí parece un conde. Martín no aguanta más, acepta lo que pueda venir y se acerca a la pareja. Al descubrir a Martín, uno de los soldados le apunta con su arma, otro va hacia él y muestra el madero de la culata chorreando sangre. Todos se tranquilizan cuando Welldone, exhibiendo su inefable descaro, proclama:

—¡Ah, caballero de Viloalle! ¡Gracias les sean dadas al maestro Hiram-Abi! El capitán ya sabe de la terrible confusión. Pero, sin duda, todo será más claro si muestra sus credenciales.

Como Martín no entiende, Welldone, con un mover de los dedos, tal que si tocase el clavicordio y el clavicordio fuera la base del cuello, le está diciendo algo. El capitán inglés pasa de una mirada atenta a otra de creciente hostilidad, y pregunta al fin:

—¿Nos conocemos de alguna parte?

«Te dibujé ayer en la plaza», piensa Martín, pero se limita a enderezar la espalda y sacar pecho con el fin de que su figura adquiera dignidad, honor y, en última instancia, mueva a compasión.

—¡Claro que le conoce! —afirma Welldone—: ¿No nos conocemos todos?

Pese a las exclamaciones de Welldone, que allá él si las entiende, la intuición del capitán sigue sin encajar las piezas de esa escena:

—Comprenda, señor conde, que si este hombre es sólo un simple criado, y habiendo cometido además un delito…

Entre las sombras, crece la impaciencia de Welldone, los labios apretados, la mirada fija. Sin embargo, Martín no entiende hasta que, muy enojado, el Gran Venerable —y ahora conde, según parece— susurra un ronco:

—¡Hermano Libertus! ¡Sus credenciales...!

Martín se apresura hasta el rincón donde ha caído la medalla masónica. Palpa el suelo resbaladizo y nada encuentra. Allí, iluminadas por la claridad que ya asoma por los ventanales, le escrutan miradas temerosas, desoladas o criminales. Se desespera Martín, mientras los soldados y Welldone le observan desde el otro lado de la nave. Ya no se oye ronquido alguno y todo es silencio expectante del que previene un suceso. Ese mutismo singular hace que Martín comprenda. Da media vuelta y ve muy callado, desorbitados los ojos, al francés enloquecido. De su puño asoma el brillo oscilante de unos eslabones:

—Te cortan el pelo con el hacha, te meten tizones en las cuencas, se comen tu alma y bailan... En Kentu-ki... El río de sangre...

Con un aplomo que desafía el tiempo, el espacio y el rigor de la vida y de la muerte, Felipe de Viloalle surge de su hermano gemelo, se hace con la pata de un banco astillado de la antigua iglesia. Hunde la estaca en el ojo derecho del francés. La saca luego como si fuera el corcho de una botella para hundirla en el izquierdo. El loco chilla como chillaron aquellos absurdos niños ciegos: «*Mes yeux, mes yeux...!*», un alarido infinito de cerdo castrado. Felipe se apaga, Martín cruza la iglesia y muestra la medalla a un capitán distraído con las excusas y los inacabables discursos egotistas de Welldone.

Caminan ya hacia una berlina de dos caballos y, empuñando la medalla mojada de sangre o sudor, Martín soporta la reconvención de un viejo:

—Me haces perder tiempo, dinero y prestigio...

Y ha sido al recordar que Dimitri murió durante esas mismas horas el día anterior, cuando Martín vislumbra un futuro destruido y, aunque sabe vano y ridículo impedir el acontecimiento que llegará antes o después, afila un sarcasmo de hielo:

—Quisiera lamentarlo, pero no puedo. —Y tras una pausa—: Señor conde…

—Lo que tendrías que lamentar es que no hayas pasado una jornada entera sin la necesidad de recurrir a mí. Y tendrías que agradecer mis esfuerzos. Y rezarle al Sagrado Corazón por el milagro que acaba de hacer. En un instante, ha librado a dos infelices del reclutamiento.

Martín no entiende.

—La medalla… La que llevas en el puño. Menos mal que tenía al mayor convencido y aún no hay luz suficiente.

Con verdadero pánico, Martín abre la mano que debería ocultar una escuadra y un compás pero guarda un corazón sangrante, el Sagrado Corazón. Los ojos de aquel pobre loco, la tortura… Como si quemase, arroja la medalla al suelo…

—Hasta el oficial se ha dado cuenta de que ese pobre hechizado es un antiguo jesuita francés. El pobre habrá estado en las colonias de misionero… Le arrancaron la cabellera. ¿Te has fijado? Si sobrevivió a eso, también lo hará a la mano implacable del vengativo Viloalle. Ciego como Homero, seguirá cantando los desvaríos del mundo.

Suben a la berlina. El cochero se queda mirando los pies descalzos de Martín.

—Habrá que comprarte unas botas. Y otros calzones… Pero no en Hanóver, por cierto.

Salen al camino.

—Después de procurarle el necesario descanso al pobre Dimitri, me di cuenta de que no era muy bien recibido en Hanóver. Por lo visto, alguien ha difundido el gracioso desdén a Federico por los cuatro puntos cardinales. ¡Viva el secreto masónico! Sin embargo, aún conservo prestigio y me hacen favores. Y aún tengo coraje. Y planes. Quiero ir a Schleswig. Dicen que allí mora un príncipe que ansía ilustración en medio de la molicie de sus cortesanos y la superstición de los súbditos. En previsión de tus actos originales, solicité dos salvoconductos para cruzar la frontera con Dinamarca: el despecho nunca ha sido un buen guía en tierra extraña, ni mejor consejera la ingratitud. Cuando estaba a medio camino hacia Schleswig, supe cuáles eran tus alternativas... Y una voz en mi interior, la voz del idiota que todos llevamos dentro, sin duda, me susurró que te debo algo. Debe de ser la misma voz incauta que le habló a Federico, supongo. Por ello decidí volver con el inusitado objeto de darte explicaciones. Demasiado tarde, porque el desastre había sucedido. Pero dejemos eso. La explicación que quería darte era que en esa mugrienta posada, donde la cuñada del amo es famosísima, por cierto, no dije toda la verdad sobre Dimitri. Por una vez, Martín, por una vez. Y yo me pregunto: ¿tú, que nunca crees nada de lo que digo, creíste lo que dije a esos palurdos?

—Yo le creo siempre, señor. Lo terrible es que la suma de sus verdades siempre es una gran mentira. Cuando murió Dimitri salió de Hanóver a toda prisa. «Después de procurarle el necesario descanso...» ¿Estaba allí cuando lo arrojaron a la fosa y lo embadurnaron de cal? Yo sí. Ahora vuelve y consigue que me suelten, porque necesita mis servicios. No hay otra razón. Y ahora mismo le digo que puede detener el coche aquí y me bajo... En la vida podré expiar la monstruosidad que le he hecho a ese pobre loco.

—Te has confundido, eso es todo... Alguien le habría matado antes de embarcar. En esa antigua iglesia se respira violencia.

Martín se siente apresado por dos arañas gigantes: la desesperación y la vergüenza. Sólo puede bracear, gritar a la campiña y a los bosques que mecen las copas y, al mecerlas, niegan. Niegan el cielo y la tierra y los años que vendrán:

—¿Cómo voy a reparar mi culpa si me dejo tratar como un criado? ¡Nunca lo haré! ¡Antes muerto!

En ese estado de ácida pesadumbre, se suceden los días y las noches hasta que, una mañana borrascosa, la diligencia toma el sendero junto a unos acantilados, queda a merced del más rudo de los vientos. Aunque disipe la niebla, esa fuerza del aire desquicia los caballos, y los desquician las olas que baten el vértigo del fiordo. El chillido de las cuatro bestias resuena aún más que el silbar de la tempestad y recuerdan la súbita ceguera de un misionero francés. Ante el peligro, el señor de Welldone ordena al cochero que se detenga con unas palmadas en la cubierta del carruaje. Sin decir nada a Martín, puesto que desde Hanóver no se dirigen la palabra, Welldone abre la portezuela, libra la capa a las turbulencias del aire y se cala el tricornio. De acuerdo con sus hábitos, alisa y sacude la casaca, estira los brazos, expande el pecho y se acuclilla una vez y otra.

Desde luego, Martín no sigue la rutina, evita cualquier amago de orden. Una voz interior repite que, puesto en la adecuada perspectiva, su entero existir ha sido el de un imbécil. Ésa es la idea que cada mañana le despierta, y su deformación fantasmal es el pensamiento último del día. ¿Qué resta? Fango, decepción y vergüenza siempre.

Tras ejercer las manías gimnásticas, el señor de Welldone extrae un catalejo de sus ropas y divisa el mar: ni una nave, ni un signo de vida en el tumulto grisáceo de aguas violentas. Enseguida, Welldone varía su campo de observación y algo le impresiona en el horizonte. Martín, sumergido en el más crudo de los fatalismos, asoma la cabeza por la ventanilla y descubre un páramo infecundo, ciénagas, un camino de boñigas y fango serpenteando hacia el horizonte. Y en el mismo horizonte, sobre la insinuación de una loma, el único signo de vegetación en varias leguas: un árbol encorvado por la constancia del viento.

Su gemelo Felipe muestra algo en la pared mágica. Algo le ordena su gemelo Felipe.

Martín obedece y se acerca al acantilado, barrido por un viento lacerante, amo y señor de cualquier existencia entre el cielo de plomo y el barro inhóspito. El clima de estas tierras impone una gélida humedad que se clava con dolor en cada hueso del esqueleto. Seis años de caminos. Treinta años de infamia. El vigor, el honor y el sentido de la belleza, ulcerados, masacrados y perdidos. Debe saltar, pero no ante Welldone, quien sólo añadiría grosería a su decisión. Y Welldone se acerca despacio y con tono amistoso le pide:

—Mira por el catalejo, Martín.

Del cuerpo de Martín se eleva un ángel. El ángel abre los brazos en el vacío y cuando parece que sigue ascendiendo a los cielos, cae como una lanza al fragor del abismo y se esfuma en los rompientes.

—Que mires por el catalejo…

Su gemelo Felipe queda ahí abajo, tan lejos de casa, en los remolinos de espuma blanca que desbordan las rocas y se filtran en su erosión. Ahora Martín es sólo un idiota despojado de rabia.

—¿Quieres mirar por el catalejo, diantre? En aquellas virutas de humo, más allá de esos alcores, al fondo de otro fiordo, se halla Schleswig. La ciudad abraza una isla como si fuera las patas de un cangrejo. Y en la isla, el castillo Gottorp. Allí, aunque sean germanos de idioma y tradición, rinden vasallaje al rey de Dinamarca. Su príncipe es Carlos Federico Augusto Guillermo de Hesse-Kassel, una promesa de la política mundial, un hombre ambicioso. ¿Y dónde está? En un castillo danés entre la niebla, Martín. En nada se parece este príncipe Carlos al de una tragedia del inglés Shakespeare que ocurre en un lugar parecido. Allí, el protagonista ve fantasmas, odia, duda. Y entre lo mucho que duda, duda si no acabar con la propia vida ante la lentitud de los tribunales, la insolencia de los empleados, las tropelías que hombres pésimos infligen al mérito pacífico, las angustias de un mal pagado amor, las injurias y los quebrantos de la edad, la violencia de los tiranos y el desprecio de los soberbios... Pero hay más personajes de Shakespeare donde elegir. Mírame, Martín...

Y Martín mira a Welldone:

—En otra de sus vulgares obras, aunque con buenas frases, que ganan dichas en inglés, Shakespeare hace que un personaje exclame: «Si vivimos, vivimos para pisar la cabeza de los reyes. Si morimos, hermosa muerte si con nosotros mueren príncipes...».

El rostro de Martín se muestra inexpresivo. Pero Welldone recoge esa falta de expresión con el cuidado de quien levanta a un recién nacido de la cuna y toma un brazo de Martín:

—Con los años, uno debe fingirse más tonto de lo que es... Los hombres siempre se quitan la vida por vergüenza. La vergüenza, ése es el veneno del tiempo. Pero la vergüenza se olvida, Martín. Olvidemos nuestra vergüenza como los demás nos olvidan a nosotros. Con el tiempo...

—Los demás olvidan todo, menos la causa de la vergüenza...

—Quizá, quizá... Pero la noche se nos viene encima y estás al borde del acantilado. Sube al coche, te lo ruego. Sin rencores y sin vergüenza...

—Lo haré, pero sólo porque ya soy idiota entero, bobo cumplido.

—No es ése tan mal recomenzar como parece, Martín. En verdad te lo digo...

Facile credemus quod volumus...

EL ORO ESPAÑOL

1

Una carroza llega al patio de El Oso Feliz, cae el estribo, desciende Fabianus, sacude un fragante pañuelo y las camareras, deshechas de recato, vociferan y se arañan el rostro como ménades. Ignorante de la femenina admiración, Fabianus ordena al mesonero Hans que avise a un tal Welldone. Al rato, sin prisa ninguna, aparece Martín. Tras mirar al pelirrojo de pies a cabeza, Fabianus emite un oscuro francés, influido quizá por el extremo rigor que impone a sus muecas. Una voz tras el rostro, más que empolvado, encalado, ordena que se le anuncie de una vez al señor de Welldone. Martín niega la petición, mientras valora si un buen trompazo, amén de lanzar a siete leguas las pecas del doncel en nube de colorete, cancelaría esa actitud desdeñosa. Ante la súbita y descortés negativa, una mano de Fabianus oculta el corazoncito de la boca y finge, sucesivamente, un mareo y su recuperación. Sólo cuando se mitiga el unánime suspiro de las camareras, avisa que un vehículo recogerá al de Welldone a las cuatro para llevarle a la audiencia con los infantes en el castillo Gottorp.

Dicho eso, ni más ni menos que un recado, por mucha ceremonia que se añada, Fabianus empieza a reír y a frotarse los ojos como si le atacaran vapores de un ácido, y como estudiado colofón avisa que si el amo de Martín no se hallara en la

253

puerta de El Oso Feliz a la hora en punto, será expulsado de la ciudad por orden de Carlos de Hesse-Kassel, príncipe de Schleswig-Holstein.

—No es mi amo… —corrige Martín a la repentina espalda de Fabianus y al coro de sus devotas. Cuando suben la escalera que lleva a la habitación de Welldone, el mesonero Hans explica que la impropia conducta de las mozas se debe a que Fabianus es cantante en palacio. Que eso es mérito singular a día de hoy. Que comprende a la juventud como comprendía a los lapones cuando sirvió al rey en la tundra noruega: muy poco y muy mal. Que sería necesario recordarle a su amo la deuda de tres meses de alojamiento—. ¡Que no es mi amo! —se enoja el de Viloalle mientras repica en la puerta de Welldone.

Al llegar a Schleswig, tras resolver un asunto con el banquero de la ciudad y ordenar a Hans que sólo le importunase con motivo de un Segundo Advenimiento, Welldone buscó refugio en su aposento a fin de «ahondar en la muy alta y singular paradoja óptica». En noventa días, Martín no le ha visto.

Sin embargo, el de Welldone desliza cada madrugada bajo su puerta una tarjeta con instrucciones. En esos tres meses, Martín ha copiados los planos de una linterna mágica según el volumen *Ars Magna Lucis et Umbrae* de Athanasius Kircher; y para las supuestas láminas que, según imagina, deberán proyectarse alguna vez en una superficie blanca, ha dibujado aspectos de la isla y del castillo Gottorp. Para dar remate cabal a las misteriosas industrias de Welldone, ha negociado con ebanistas y espejeros. Aunque ha conocido paisajes fríos y sabe lo que es tiritar hasta creerse endemoniado, la gélida calma de esa ciudad le resulta balsámica. Blancura lisa en las calles que sólo mancha la huella parda del tiro, del herraje y los rieles; general blancura que contrasta con vivos azules y amarillos en puestos de flores. En las casas, sillares recios, gamas de castaño, le recuerdan bosques de su tierra. Es cierto que, cuando sopla, el viento mineral del Báltico corta como una navaja; pero si esos filos derramaran sangre, serían de tristeza las sangrías. El cuerpo se renueva, acepta, persevera en los justos intereses: planear, dibujar, honrarse. Al andar, se deleita con el crujir de la nieve como si fuera música; y cuando la nieve es blanda y abundante, Martín de Viloalle cree que camina sobre nubes y el compás del paso es el más misterioso dibujo del tiempo.

A esa mejora en el ánimo ayuda también el buen trato en El Oso Feliz y la curiosidad y fantasías de vecinos y vecinas en torno a su persona, menor que la suscitada por Welldone, siempre agitando con enigma arbolillos de Cracovia, pero curiosidad al fin. Martín ha examinado con gusto a rubias craditas, a costureras y, en días de plenitud exagerada, a damiselas que se ruborizan al pasar en carrozas cuando el de Viloalle exhibe la mirada de pillo que aprendiera en Roma. Además, le domina un buen augurio. Es verdad: le asalta de continuo una indefinida vibración aunque no existan razones justas que la avalen. Hace dos días, Welldone le hizo solicitar audiencia en el castillo Gottorp a los infantes Friedrich y Christian, hecho que suscitó hirientes carcajadas en el cuerpo de guardia y en la varia servidumbre. Ahora, con ese paje blandito, ha llegado la cita y han vuelto las risas. Nada es muy convincente, pero, llegados a ese punto, nada es desolador.

Martín espera que Welldone abra la puerta. Y abre.

Digamos lo bueno. Welldone parece al menos diez años más joven que al encerrarse. Tan delgado como siempre, el descanso y una saludable rutina han suavizado sus facciones. Fin de lo bueno.

Martín ignoraba que Welldone tuviese la cabeza monda y las pelucas que figuran su cabello sean tan pelucas como las meramente ornamentales. La piel de esa cabeza brilla como una campana. Hasta ahí no hay queja. Sin embargo, al descender por las arrugas del cuello, Martín se encuentra con una especie de sábana con bordados de estrellas, cruces de Estanislao y otros símbolos místicos que se derraman hasta los pies como un camino de Santiago. La túnica es de propia confección, pues Welldone aún levanta las mangas y sacude los brazos para comprobar lo holgado de las costuras. Ensaya poses de astrólogo a ver si tiran las sisas; el ademán invoca fuerzas supremas más allá de Naturaleza. Enseguida, sin transición, la cara regresa a lo impasible, el cuerpo gira y, mientras ruega a Martín que le alcance la peluca, solicita comentario de su porte:

—Sorprender, sorprende... Dudo que ningún bandido se atreva a asaltarle... —se escabulle Martín hasta que añade con cautela—: ¿Requerirá mi ayuda en el castillo Gottorp?

—¿Temes algo? —Welldone no muestra recelo. Su hablar es el de quien ha ingerido galones de infusión calmante, y antes de que Martín responda, confiesa—: Siempre te he considerado mi socio, Martín. Jamás un criado o un empleado a mi servicio. El hecho de que me acompañes al castillo Gottorp es un modo inmejorable de mostrar la confianza común. Y no te estés preguntando ahora si has de vestir como un hechicero infame. La respuesta es negativa.

Aún está intrigado Martín con esa lucidez de Welldone, cuando a la hora fijada se oyen campanillas en el patio. Una carroza del príncipe: no es mal indicio. Los mozos cargan un baúl que esconde «mis trabajos», según ha dicho Welldone, quien parece repasar los sucesos venideros de camino hacia Gottorp, mientras, en la calle, crecen las sombras. Alguien tropieza con alguien, y se dañan la frente los dos, por quedarse mirando patidifusos al mago. Aunque no sólo es asombro lo que Welldone convoca; también hay mofa despiadada. Sin embargo, el hombre capaz de insultar en diez lenguas, ignora y mira al frente. Examina los edificios de la calle principal:

—Fíjate qué austeridad de líneas. Así será mi Ciudad del

Hombre… Estas viviendas son el reflejo perfecto de la limpieza de espíritu, de la *gravitas*. Se acercan como nadie, aunque sus dueños lo ignoren, al ideal romano.

Pasan ante una pareja de pescadores ebrios que sale de una taberna. Los borrachos jalean y corren, flanqueando el vehículo. Como si se tapase los oídos con las propias palabras, Welldone musita:

—Uno intenta enmendar durante la edad madura los errores de juventud. Pero ¿cuánto dura esa juventud, Martín? Porque a medida que uno cree enmendar aquellos errores ve que el tapiz de la juventud consumida no se acaba y que la vida es corta… Seguimos trenzando la experiencia en la paja del pasado y del presente. ¡Míralos! Aquí y en París y en Roma y en San Petersburgo. Juzga si quieres y te crees con derecho a ello. La gente desocupada ríe para desahogar su rabia, ríe bostezando y ríe matando. Hace un frío del demonio y sudo…

Cruzan el puente, llegan al castillo y Welldone, sólo pisar adoquín, cambia el tono de estoicismo. Sigue siendo el de siempre y eso no es buena señal. Insiste con firmeza en que, pese a su ligereza, dos criados sujeten el baúl por sus extremos y mantengan la posición horizontal. Sobre todo, cuidado al subir la escalera. En el patio de armas, miradas burlonas. Pero Welldone sólo se altera cuando distingue a un huidizo personaje saliendo del castillo:

—Vaya, el banquero Tronk…

En el vestíbulo, se suman a una comitiva que mantiene el ceremonial con enojo mal simulado.

—Cuanto más pequeña es la corte, más arrogantes son los súbditos… —exclama Welldone en el español que sólo entiende Martín. Como si fuera un comediante, se aclara la garganta para entrar en situación, enrolla en el brazo las enormes mangas de su túnica; luego, sin cambiar el tono, alza la voz como si alabase cuanto ve—: ¡Serán rústicos! La escalinata que hemos dejado atrás es igual a la del palacio de Catalina, el de verano, claro, que es pequeño, y el corredor que cruzamos idéntico al de los espejos de Versalles en pobre y mal concebido, desde luego… Eso de la izquierda es el típico saloncito chino de todos los palacios europeos. ¡Ridícula pretensión! —y parece que diga «¡Cuánta grandeza!»—: Los grandes príncipes imitan el pasado, porque en algún lugar del pasado moraban los titanes. Y los pequeños príncipes imitan a los grandes. Y la plebe imita a los pequeños príncipes… ¡Sólo tienen imaginación los mendigos! ¡Sólo ellos levantan las manos al cielo y rozan suavemente con las yemas la cara de Dios!

Ese tono de voz enlaza con el aire pastoril que interpretan unos músicos en el balconcillo de un salón rosado. Presiden la estancia dos tronos de raso azul con molduras doradas que remata el blasón de Hesse-Kassel. Desde allí sonríen sus majestades, el príncipe Carlos y la princesa Luisa, y del mismo lugar surgen dos arcos de súbditos que rodean el ámbito. Los cortesanos sonríen a su vez, pero sin majestad ni piedad ninguna. En el centro, con casacas y calzones dorados, con pelucas doradas, se sientan dos niños en doradas sillitas. El mayor tiene ocho o nueve años. El menor, de apenas tres, con el dedo pulgar en la boca, duerme plácido y ajeno a la velada.

El paje Fabianus avanza entre los cortesanos con arácnido paso al frente y reverencia a los príncipes con una exageración que fuerza coyunturas de hombro, codo y espinazo. El príncipe, joven, de rostro afilado, mueve la cabeza con leve ademán. La música se detiene al punto.

—Como veis, señor de Welldone, el menor de los hijos varones del príncipe, Christian de Hesse-Phillips-Barchfeld, se ocupa ahora mismo de asuntos de la máxima importancia y hondura, los cuales hacen imposible atenderle. —Como si silbara la culebra, así ríen los cortesanos para que el niño no despierte. Hecho el silencio, prosigue Fabianus—: Sin embargo, el infante y príncipe heredero Friedrich, a quien habéis solicitado, no sin impertinencia, audiencia inmediata, ha dispuesto la ocasión, breve, desde luego, para que usted, señor de Welldone, diga aquello que deba decir y haga lo que ha venido a hacer. El príncipe heredero exige de lo que digáis, y acaso mostréis, un valor equivalente al tiempo que le estáis haciendo perder. ¿O me equivoco, alteza?

A tenor de la pregunta, Friedrich intuye el carisma festivo de la velada. Sonríe a Fabianus y la complicidad en los ojos sugiere un carácter despierto. Finge altivez al dirigirse a Welldone:

—No me hagáis perder el tiempo… El tiempo es tan valioso como el trigo en Schleswig… —y toda la corte jalea lo que será lugar común en aquel principado sin trigo. Martín duda seriamente sobre un punto crucial: Welldone ha sido mal informado sobre la edad de los infantes y, en consecuencia, están haciendo el mayor de los ridículos. Pero en ese momento, Welldone mira a Martín, y Martín se da cuenta de que tiembla bajo la túnica, que los dos tiemblan, unidos en algo que no ha de ser otra farsa. Aunque a Martín le ayudaría un mayor conocimiento sobre la situación general y las intenciones de Welldone.

—*Signore* Martino da Vila… —presenta Welldone—: Abra el baúl y entregue el objeto rojo al infante Friedrich para que lo examine. Entretanto… —ahí Welldone salta de su perfecto francés cortesano al más noble alemán—: …os suplico, alteza, permiso para contar una pequeña historia.

—No me hagáis perder el tiempo… —repite el heredero, mientras se vuelve hacia su padre entre las risas, ahora forzadas, de los cortesanos. El príncipe Carlos dirige entonces una mirada precisa a un individuo con levita negra que, al punto, chista con severidad. El infante Friedrich se turba, calla y el salón le acompaña en su silencio:

—Os contaré la historia del embajador de las Provincias Unidas o Países Bajos en Siam, el exótico reino de Oriente, como bien sabrá su alteza.

El niño vuelve a mirar la severa figura de levita negra y lazo blanco que le acaba de reprender. El niño asiente y a punto está de arrancar una sonrisa de quien será su preceptor. Sí, el niño conoce Siam:

—Muy bien, pues. El embajador de los Países Bajos iba a visitar cada tarde el castillo del rey. El motivo de esa visita diaria era relatar a su majestad las peculiaridades de su tierra. El rey de Siam, como buen gobernante, era curioso y ansiaba saber lo que ocurría en otros lugares. Así el embajador le describía una tarde cómo se organiza la flota holandesa y la Compañía de Indias, otra tarde le hablaba de los diques que contienen las poderosas aguas del mar, otra tarde le contaba el modo de cultivar tulipanes y otra tarde fascinaba al monarca con la descripción de la belleza de sus mujeres...

—Ji, ji... —ríe el niño, y chista el de la levita negra.

Welldone prosigue:

—El rey escuchaba todos esos relatos en silencio, con mucho interés y seguía invitando al embajador. Pero sucedió la tarde en la que el embajador contó que, algunas veces, en los Países Bajos, el agua se endurece de tal modo en la estación fría del año que los hombres caminan sobre ella. Esa agua endurecida, dijo, soportaría hasta el peso de un elefante, en el caso de que hubiese alguno en los Países Bajos. Cuando el embajador dio fin a ese episodio, el rey de Siam se levantó, señaló la puerta de su cámara y dijo: «Hasta este momento he creído las cosas extrañas que me has relatado porque vislumbré en ti a un hombre sensato y de honor. Pero ahora estoy seguro de que mientes...».

En el salón del castillo Gottorp continúa un silencio que sólo interrumpen el paso de Martín cuando entrega al infante una caja de madera, roja y alargada, con su rueda de metal en un extremo y un cristal en el otro. Mientras Welldone invita al pequeño príncipe a mirar por el lado del cristal, el niño se sobresalta, se vuelve en todas direcciones, exclama:

—¡El rey de Siam no conocía el hielo!

Nada comprenden algunos cortesanos; sin embargo, aplauden con sigilo, porque el otro niño aún duerme.

—En efecto, alteza. Sois mucho más sagaz que el rey de Siam, quien ni conocía el hielo ni, sobre todo, concebía el conocerlo. Ahora, si sois tan amable, mirad por el orificio de la caja que tenéis entre las manos. Justo ahí, por el lado que ostenta el escudo de los Welldone.

Aunque el muy espléndido y bien tallado «escudo de los Welldone» sean tres lobos con ojos de diamante, un capricho que Martín hizo labrar a los ebanistas de Schleswig por puro deleite, no es ese momento ni ambiente para el reproche. Welldone ha logrado expectación. Ahora, todo será que no le dé la ventolera...

El niño está mirando el interior del artefacto. Enseguida, como si temiera pasar por ignorante, levanta la vista y dice:

—Es Schleswig. Es nuestra ciudad. Y veo nuestro castillo...

Martín está admirado, no puede remediarlo. Lo que Welldone ha construido es una miniatura de la modalidad de linterna mágica llamada Mundo Nuevo. Welldone debe conocer el modo de jugar con espejos y cristales, ser ducho en vitrofanías; y tendrá una cámara clara para calcar sus dibujos. Y también supone Martín que en la Gran Logia Madre de los Tres Globos, y ante Federico, aprendió de una vez el tono adecuado a los poderosos, ya que se dirige al infante con extrema suavidad:

—Es vuestra ciudad y vuestro castillo. En efecto, alteza, seguid mirando, os lo ruego...

Mientras el niño se concentra en las maravillas del interior de la caja, Welldone solicita mudo permiso para acercarse al infante, el cual se concede por vía de uno de los ujieres tras recorrer, en ida y vuelta, el protocolo de una serie de cortesanos que va del ujier al mismo príncipe. Cuando se halla junto a Friedrich, Welldone hace girar una ruedecilla de la caja que se encuentra en el extremo opuesto del agujero. El niño vuelve a asomar la cabeza y disimula cierta confusión al relatar qué ha visto:

—En Schleswig se hace de noche, pero las luces del castillo siguen iluminadas. En una de las ventanas del castillo, un niño mira por una caja.

—Así es, alteza, ¿y qué ve el niño?

El infante Friedrich se adentra de nuevo en los secretos de ese objeto misterioso. Su emoción es tanta que no ha percibido, como ha hecho Martín, que Welldone ha formulado una pregunta tramposa. «¿Y qué ve el niño?» sólo es un ardid para cambiar de imagen, ya que nadie puede adentrarse en la mente, por lo demás inexistente, del niño dibujado. Pero no es eso lo que desea saber el infante heredero, quien ahora, al fin, contesta:

—El niño ve una ciudad hundida entre fiordos. Una isla como Gottorp, pero en el sur, porque todos son morenos, harapientos y sucios. El niño ve unos barcos que parecen lunas y no tienen velas. Hombres con gorras rojas están pescando con estacas. El niño ve un gran palacio y grandes torres a lo lejos que acaban en punta. No hay carrozas, ni carros tirados por bueyes, ni mulas ni caballos…

—Venecia… —ésa es la voz de su padre, el príncipe Carlos.

Todos en la sala miran a la máxima autoridad. El príncipe de Schleswig-Holstein no es el rey de Siam.

—En efecto, alteza… —ésa es la primera vez que Welldone habla al príncipe después de que una mirada, astuta y circular, haya rodeado el salón. La princesa Luisa recibe también un saludo.

—Estoy seguro… —dice Carlos adelantando la cabeza—: … de que eres el mismo Welldone que se ha dirigido alguna vez a mi canciller por vía epistolar con algunas propuestas…

—Ése soy, alteza.

—¿Y por qué ofreces esas empresas tan ventajosas precisamente a mí, que soy príncipe de un pequeño territorio, y no a Federico, a Jorge, a Luis o a Catalina?

—No lo he hecho tan sólo porque vuestro amor a la paz y a la prosperidad de los súbditos que gobernáis ha llegado a todos los confines de Europa. El motivo que me impulsa a importunaros es semejante a la prudencia que dicta mostrar este objeto al príncipe heredero, y no a vos. Lo pequeño sólo puede ser grande. Lo grande sólo puede volverse pequeño.

—¡Demonio de hombre! —esa propuesta de grandeza no gusta a Carlos—: ¿Me sugieres ante mi queridísima esposa y hermana de mi señor, el rey de Dinamarca, que cometa actos de arrogancia política y haga grande a Schleswig para ruborizar a Copenhague?

Welldone palidece. Todos guardan silencio. Martín se da cuenta de que la princesa Luisa abre el abanico para refugiar su rostro tras el varillaje. Sin embargo, es el propio príncipe quien ríe antes de que lo haga al unísono y con aduladora satisfacción la infecta y diminuta corte de Schleswig-Holstein. El príncipe Carlos se está burlando.

La sombra de lo ocurrido en la Gran Logia Madre de los Tres Globos oscurece el rostro de Martín, quien descubre el célebre destello en los ojos de Welldone. Lo vio por primera vez en el estudio de Fieramosca cuando le dijo a *lord* Skylark: «Hágase un favor y cierre el pico». Welldone no puede evitar ese relámpago de furia o de sorna cuando decide perderse y tirar por tierra en un momento ilusiones de años, laboriosas tácticas y paciencias. Pero esta vez ha llegado demasiado al Norte demasiado viejo. Martín no consigue verle, y mucho menos verse, recibiendo befas en los hielos perpetuos de la Última Thule. Hoy, si busca algo, Welldone se humillará:

—Si he cometido una imprudencia, alteza, ruego que me sugiráis el rumbo adecuado para suplicar vuestro perdón…

—y de pronto, Welldone sonríe—: Porque la impertinencia

de verdad tendría que venir ahora y me temo que ya ha perdido la gracia. Pero, si aún sentís curiosidad, me esforzaré en recuperarla. Martino da Vila, acérqueme la otra caja...

Martín se llega al baúl y recoge otro objeto óptico conocido por Mundo Nuevo, sin dejar de admirarse de que ese tunante haya podido construirlo. Salvo en el color verde, esa caja es idéntica a la que maneja el príncipe heredero.

—Alteza, ¿dais vuestro permiso para que os haga entrega de este presente?

El príncipe accede con un ademán y recibe la caja de manos de Welldone. Estudia el objeto, halla el orificio de observación y mira el interior. Toda la corte, curiosa, atiende y especula. Ese bufón ha hablado de impertinencias... ¿Qué imagen le tendrá reservada? Martín oye diversas conjeturas: caprichos galantes, secretos de alcoba... Todos saben que ese miserable no se atrevería a insultar al príncipe o al país... Los cortesanos demuestran poco ingenio... El príncipe Carlos hace girar la rueda del artefacto, primero con calma y después con torpeza y prisa, levanta la cabeza, hace un gesto que dice: «Ahora podría enfadarme, pero no te daré el gusto» y tira la caja al suelo como si echara un trozo de carne a los perros. Efectivamente, un par de dogos sale de un rincón y husmea la caja, que ha rodado por la tupida alfombra que muestra a Diana en pleno baño.

—Sabes mejor que yo, cretino, que eso es una caja vacía...

Mediante una imaginación sencilla, Martín se ve en lo más hondo del fiordo. Entretanto, el silencio en el salón parece un témpano que recoge el frío del Báltico, y es a través de ese ambiente endurecido por el que Welldone se desliza para recoger el Mundo Nuevo, ajeno al gruñido de los dogos. Sin pedir permiso esta vez, se acerca a los niños: mientras el más pequeño sigue durmiendo con el dedo pulgar en la boca, Friedrich ya domina las necesarias destrezas para que las imágenes vayan y vuelvan, y aparezca su ciudad y las ventanas del castillo y el niño que mira por una caja y descubre Venecia. En la tensión del aire, Welldone retira con inusual delicadeza la caja roja que el niño sostiene entre las manos y la sustituye por la verde. Y Friedrich mira. Como supone que los reunidos en el salón se hallan intrigados ante lo que ha visto, anuncia con pena:

—En Venecia es de noche y todos duermen ya.

Nadie dice nada, salvo el pequeño infante Christian quien, a su lado, se saca el pulgar de la boca y murmura:

—Yo no. Yo sueño…

Y como si sus propias palabras fuesen tétrico dictamen, el pequeño Christian abre los ojos y rompe a llorar. Su hermano mayor deja caer la caja al suelo:

—No tengas miedo, Christian. Eso sólo es algo que ve un niño.

Mientras el príncipe Carlos estudia a Welldone, aplaude el círculo cortesano, no al forastero, sino el generoso acto de Friedrich para con su hermano menor. Welldone se encoge de hombros y saluda como si esa fabulación tuviese el sabor de una despedida a las lejanas torres, a las distantes agujas de las cúpulas venecianas. El príncipe mira a la princesa, susurran. El príncipe ha decidido. Con una punta de burla en la voz, se dirige al mago:

—Welldone… Gracias por la aguda amenidad. Lo cierto es que me habías hecho enojar, malandrín…

La corte ríe y enseguida intriga. Cuando toma de nuevo la palabra, el príncipe suaviza el tono:

—Ahora, si tienes la bondad, y dado que el programa de actos no acaba aquí, ya que Fabianus ha de deleitarnos con sus canciones, tú y tu… ¿ayudante? acompañaréis al canciller Koeppern y al reverendo Mann…

El príncipe llama al hombre de la levita negra y a otro de sus súbditos, quien, por maneras y aplomo, será el canciller. El runrún dura un instante y, cuando las cabezas se levantan y se deshace el corro, basta una seña para que regrese la música y en la sala se forme el remolino de una corte agrupándose en cháchara leve, pero urgente. Nadie escucha a Fabianus, que canta *Chagrin d'amour* como si le estrangulasen.

2

Welldone y Martín siguen por un corredor al canciller y al reverendo. En la incertidumbre, aumenta el deseo de Welldone por oír su propia voz:

—Hazme caso, Martín: si quieres ganar el afecto de alguien, esfuérzate en descubrir su mejor virtud, si la tiene, o su debilidad más notoria, que ésa la tienen todos. Y algo le pasa al príncipe. Le cuesta disimular su afán de horizontes más amplios…

Se abre una puerta de dos hojas y entran en la biblioteca. El umbral queda flanqueado por dos lacayos que apenas aguantan la risa.

Entre estantes polvorientos, mapas y una figura en madera de un ídolo con casco alado, el gobierno de Schleswig-Holstein se entrega a tareas de importancia, a juzgar por el cúmulo de legajos y la precisión con que canciller y reverendo buscan en lugares inverosímiles.

Entretanto, Welldone explica a Martín, y sólo para que oigan los otros, quién es la figura de madera:

—Es Odín, dios de muchas cosas, pero también de la sabiduría. Los dos cuervos que están en sus hombros son Huginn, el pensamiento, y Munnin, la memoria. Los dos lobos a sus pies son Geri, la ansiedad, y Freki, la glotonería. Ahora saca las debidas conclusiones, mientras sus eminencias hallan el aval de mi prestigio suficiente.

El canciller se hace con un documento, se pinza la gafa, carraspea:

—Vamos a ver… Leo: «Nueva lista relativa a varios artículos de comercio que son tan importantes como nuevos».

El canciller mira a Welldone por encima de las lentes para obtener reconocimiento de autoría. No hace falta, en verdad, que Martín emplee métodos jesuíticos de nemotecnia para retener lo que ahí se dice, porque las palabras contenidas en esa voz son las que ha redactado entre mil y dos mil veces durante los últimos seis años, la misma epístola que ha hecho crecer en vigor el servicio postal de los reinos germánicos. Frases que, como si fuera el pequeño infante Christian, se le aparecían en sueños: manadas de unicornios que eran jesuitas enarbolando cruces por las playas de Córcega, por ríos de sangre que se llaman Kentu-ki… Tinta que mancha años perdidos y señala cicatrices de lo estéril.

Koeppern da a su lectura un énfasis de sorna, se desliza con agilidad entre los cepos de un oportunista:

—«Primero: procedimiento para el blanqueado absoluto del algodón, del lino, del cáñamo y sus tejidos, infinitamente superiores al de Haarlem, en Holanda, que no ataca las telas como aquél, y que exige muy poco tiempo. Segundo: procedimiento para lavar la seda, por el cual la seda italiana, superior a todas las sedas del mundo, deviene más brillante y más resistente. Tercero: procedimiento de mejora de las pieles de cabras de angora, de suerte que se puede hacer con ellas brillantes camelotes que no se desgarran como los antiguos, mientras que la piel deviene casi tan flexible como la seda. Cuarto: procedimiento para teñir las pieles y el cuero en azul, verde, negro, verdadero rojo púrpura, verdadero violeta y gris fino, de gran belleza y calidad. Quinto: preparación de colores inmutables de una belleza perfecta en pintura amarilla, roja, azul, verde, púrpura y violeta. Sexto: preparación de un blanco para cubrir de calidad insuperable. Este color, que se ha buscado en vano en todos los tiempos, permanece siempre blanco, se une a todos los buenos colores con que se mezcla, los embellece y conserva. En resumen, este blanco es una verdadera maravilla...».

—¡Bravo! —exclama el reverendo Mann en mal español o en mal italiano. El canciller le mira un momento por encima de las lentes, sonríe y prosigue la lectura a mayor velocidad como si ya le fatigara tanta innovación:

—«Séptimo: modos de preparar el cuero negro con el color purísimo y bellísimo sacado del azul de Prusia sin ningún otro añadido. Esto da un cuero negro inimitable, de notable belleza y de gran calidad. Octavo: preparación de tejidos de cáñamo de un amarillo de inimitable pureza en diversos tonos, y brillante, lavable al agua de jabón y que no se estropea al aire. Noveno: preparación de muy bellas, muy duraderas y nuevas telas de seda. Décimo: preparación de trenzas en plata, al menos un tercio más baratas y mucho más blancas, más brillantes y más duraderas que las más bellas trenzas de Lyon. Los asuntos que conciernen a la agricultura los reservo para más adelante. La ejecución de este nuevo plan industrial sirve a la economía política en el más alto grado, produce beneficios incalculables y conduce a la edificación de ciudades de abundancia, libertad, paz y filosofía para el fomento de la sociedad y la felicidad del pueblo. Estas ciudades se situarían junto a la corte. Me es muy grato poner bajo el atento examen de su inteligencia, preclara y admiradísima desde siempre, el proyecto de su construcción y trazado en la lámina que adjunto. Sobre otros puntos, no puedo decir nada aquí por razones diversas. Es reservado, *et sic caeteris*. Firmado: Señor de Welldone...».

El canciller Koeppern toma aliento. Mira a Welldone, pregunta:

—¿Cómo he podido leer este documento, del que, por cierto, han llegado veinte copias en distinta fecha, sin enviar un emisario a galope tendido para que implorase tu presencia? Y, vamos a ver... Aquí está la lámina para que mi preclara y admiradísima inteligencia se estremezca...

Como si fuese una media sucia, el canciller sujeta la lámina con dos dedos y enseguida la vuelve para que sea reconocida como prueba de un delito. Martín se aturde: uno de los dibujos es sección de la muralla principal de una ciudad imaginaria; en lugar de torres de vigilancia, las esquinas se hallan rematadas por pirámides. El segundo dibujo, la planta, mantiene un orden simétrico y parece un tablero de tres en raya. El alzado exalta la innovadora importancia de las misteriosas pirámides, y la perspectiva amplía su objeto a una utópica ciudad industrial: de las pirámides sale un humo espeso, alrededor de las murallas se organizan bosques en semejanza y reflejo a la planta de la ciudad. Los edificios, de manifiesto carácter romano, son añoranza de tiempos más cívicos.

Los dibujos son muy diestros y el último, el de la perspectiva, magnífico en todo: organización de volúmenes, resolución de espacios, inventiva...

Y ninguno es obra de Martín.

Cuando busca a Welldone con la mirada, tropieza con sus ojos y una sola palabra:

—Dimitri...

Y Martín no da crédito, ni puede darlo.

Pero Koeppern está reclamando la atención de Welldone.

—Tú, mírame... «... su inteligencia preclara y admiradísima desde siempre». Contesta. ¿«Desde siempre»? ¿Desde cuándo? Dime, ¿desde cuándo admiras mi inteligencia? ¿Quizá serví a tus órdenes? Responde a lo último...

La cuestión parece absurda. Sin embargo, Welldone da un paso al frente y explica justamente aquello que nadie ha preguntado:

—Ya que tiene esa lámina a la vista, excelencia, me gustaría llamar su atención sobre la armonía que propongo en la Ciudad del Hombre: el lugar donde brotará la riqueza, se mostrará una humanidad al aire libre, y a jóvenes hermosas y a muchachos valientes y *savants*… La vejez no conocerá el invierno de la vida… Imagine su excelencia ágoras de virtud, ágapes de templanza y sabiduría… De camino hacia Schleswig, mi ayudante, el autor de este dibujo, y un servidor, tuvimos la oportunidad de admirar terrenos cuya apariencia… ¿sencilla?, ¿sobria?, no engaña al ojo experto. En ese lugar, con algo de empeño, creo yo que…

—Calla y responde. ¿Cuándo he servido a tus órdenes?

—En verdad, excelencia, no comprendo en absoluto esa pregunta suya. Bien, continúo: ¿por un acaso duda que, desecando pantanos, allanando el páramo y canalizando debidamente las aguas, no conseguiríamos un inicio para esta maravilla de proyecto que no sólo colmará de prestigio a sus excelencias, Koeppern y Mann, sino que será guía de todos los reinos de Europa?

—¡Que te calles!

Y Welldone calla.

El canciller abandona las lentes con desprecio en los legajos que abarrotan la mesa. Insiste:

—Vamos, vamos, contesta: ¿me admiras porque serví a tus órdenes…?

Ante esas palabras, Welldone mantiene un silencio absoluto.

—¿Por qué no respondes? —pregunta el canciller Koeppern.

—El excelentísimo canciller no se dirige a mi persona con la dignidad, los honores y el rango que merezco. —Y para estropear más la situación, Welldone añade—: Me refiero al tratamiento.

—Al tratamiento, ya… —El canciller vuelve a coger la gafa y con ella le señala como si trazase una imaginaria vertical sobre la túnica estrellada. Luego, se la cala para leer otro papel—: ¿Y cómo debo llamarte entonces? ¿«Señor de Welldone»? ¿«Señor Schoening»? ¿«Señor Varner»? ¿«Daniel de Wolf»? ¿«Gran Venerable Proteus»? ¿«Gran Maestre Sisifus»?

¿«Conde Ragozki»? ¿Cuántos nombres utiliza su «excelencia»? ¡Bah! ¡Un *arlecchino* eres tú! ¡Un botarate!

Oído en alemán, «botarate» duele mucho.

Pero el canciller Koeppern no se queda ahí. Añadiendo al sarcasmo una pizca de ira sibilina, pregunta:

—¿O acaso he de llamarte conde de Saint-Germain? Pero ¿cómo te atreves? ¡Ahí deseaba llegar yo! ¡A eso me refería! ¿Sabes que he tenido el grandísimo honor de servir bajo las órdenes de Claude-Louis, mariscal y conde de Saint-Germain?

Welldone mira de nuevo a Martín como si dijera: «Me incomoda que vivas esta situación». Replica:

—Me alegra de veras la admiración que el excelente canciller Koeppern dispensa a mi amigo el conde Claude-Louis. Eso le honra... Tuve el goce de mantener conversaciones la mar de animadas con el gran mariscal, hace ya años, en el salón de Madame de Pompadour. Sí, la misma Madame de Pompadour que su excelencia imagina ahora mismo no sé cómo. Porque Madame de Pompadour sólo hay una. Sin embargo, entre los muchos Saint-Germain que me ha sido dado conocer, y sólo por citar algunos, podría hablarle durante horas del Saint-Germain artista, a quien se apoda «el Mississipiano» sin que él se queje; el Saint-Germain que fue director de la ópera de París; el naturalista Saint-Germain; el Saint-Germain gobernador de Limousine, aunque éste sólo era marqués, como Alexandre d'Oilleasson y el gobernador de la Marca. Ninguno somos el mismo, obviamente. Durante mucho tiempo, señor canciller, mis aspiraciones industriales estaban reñidas con los deberes de linaje. Por eso abandoné el título para llamarme Welldone que, como no se le escapa, significa «Benefactor» en el idioma inglés.

El canciller mira al reverendo y el reverendo al canciller. Ese cruce de miradas enuncia que nunca se ha visto en Gottorp tanto descaro.

—En verdad que me gusta hacerte preguntas —masculla

el canciller a media carcajada—. Ahora, dime, ¿ese linaje ancestral te da derecho a contraer deudas en veinte estados alemanes, que sepamos, cuyas cartas ha recibido el banquero Tronk, cuando mantuvo la rutinaria correspondencia comercial al serle solicitado un crédito?

—No son deudas a mi cuenta, canciller. Mi honor y cierto juramento me impiden hacer referencia a ese punto…

El canciller mira de nuevo al reverendo y, esta vez sí, estalla en una carcajada que nadie secunda en la biblioteca. Cuando se le pasa, replica:

—Si por mí fuera, Benefactorus, o como te llames, ahora mismo te ibas a la horca. Y contigo se iría el conocimiento mundano que exhibes y cualquier cochero supera. Por no hablar de la mujer del cochero. Sin embargo, el príncipe Carlos es magnánimo, caritativo… También es cierto que mi trabajo y el del reverendo Mann, aquí presente, es alejarle de informaciones que pudieran disgustarle. Como la escasa simpatía que te profesa Federico de Prusia, quien fuera mentor de nuestro buen Carlos y es su modelo. Así que ten cuidado con los pasos que das. El príncipe ha ordenado que ocupes la antigua tintorería del llorado Otte en Eckenfoerde. Si no te avisamos, no pisarás ni Gottorp, ni el palacio de verano en Louisenlund, ni siquiera la ciudad de Schleswig. Como cortesano que eres, no recibirás salario, pero sí nuestra protección y un cordial ajuste de cuentas con el dueño de El Oso Feliz y el banquero Tronk. La deuda es tan insignificante como el deudor, al fin y al cabo. A todos los efectos, pues, serás el tintorero del príncipe. Aunque no quiero que en la tintorería se mueva una maldita cuba o se realice un mal experimento, ni se lleve a cabo un proyecto de nada, ni se envíen cartas y menos a palacio… El contenido de estas láminas y los oscuros motivos que se ocultan tras ellas no saldrán de aquí. A partir de ahora, aquello será tu casa y estarás a la disposición del príncipe cuando se te requiera. Aguarda en el pasillo…

Mientras Welldone, impávido el rostro, sin una voz de gratitud, da la espalda con vuelo desdeñoso de la estrellada túnica, Martín retrocede inclinando la cabeza. Pero el reverendo Mann le ordena detenerse; así, cuando uno de los ujieres deja pasar a Welldone y cierra de nuevo la biblioteca, el reverendo se acerca a Martín:

—Soy el reverendo Mann, preceptor de los infantes. Preséntate en mi gabinete mañana. A las ocho.

—Reverendo... ¿A cuánta distancia está ese lugar... Eckenfoerde? Porque si he de viajar esta noche y volver mañana...

—¿No comprendes? Te quedas en palacio. Los infantes necesitan un profesor de dibujo... Ha sido a ti a quien se ha visto dibujar por toda la ciudad. Todas esas cajas milagrosas y esos planos son obra tuya...

—No todos, a fuer de sincero. Además, estoy al servicio... Estoy asociado al señor de Welldone y mi deber...

—Mañana me dirás qué entiendes por deber y las credenciales que guarda tu oscuro pasado. Uno no termina con un sinvergüenza a menos que oculte algo... ¡Y más vale que tengas dotes pedagógicas!

Tras el aviso del reverendo Mann, el canciller Koeppern añade entre dientes:

—Los príncipes, alabados sean, ven a un italiano y creen que... ¡Bah!

—Ya he sido preceptor antes, señores... —explica Martín.

—Reverendo y excelencia está mejor... ¿Qué haces ahí parado? Acompaña a tu antiguo socio a El Oso Feliz, coge tus cosas y, cuando vuelvas, un criado te mostrará una habitación.

Cuando Martín sale de la biblioteca, encuentra a Welldone con el arcón en los brazos ante la impasible descortesía y las risas sofocadas de los ujieres.

—Se quedan con mis invenciones y me devuelven el

baúl… —informa Welldone, mientras hace amago de ofrecer el arcón para que Martín lo cargue. Martín carga con el baúl sin rechistar, y precisamente por hacerlo, una delatora expresión asoma a su rostro. Welldone, que la ve, guarda silencio hasta la carroza. Ya en marcha, Welldone mira muy seriamente a Martín y pregunta—: ¿Qué te ha parecido?

Diga Martín lo que diga resultará delicado:

—¿Qué me ha parecido qué, señor?

—La presentación ante los príncipes… ¡Ha sido mi obra cumbre…! ¡Aprovechar que esos majaderos creían que había un malentendido con la edad de los infantes! ¡Que había pedido audiencia a unos niños por error! ¡Ja! ¿Y el tempo? ¡Una límpida esfera de música! Siempre un paso por delante, he sacado oro de esos niños dorados… Si Federico viera eso… ¿a qué olería, el desgraciado?

Martín no sabe qué decir y por eso dice:

—Federico no le merece, señor.

—Ni estos paletos… Pero a ti sí te merecen. ¿O me equivoco?

—No se equivoca, señor. Lo siento mucho…

—¿Qué has de sentir si ya eres cortesano, si se acabó el ir de acá para allá?

—Eso vale también para Vuestra Merced…

Welldone no le hace caso.

—Ten mucho cuidado con esa gente. Y recuerda las cosas que te he enseñado. Cuanto más pequeños, más intrigantes, ignorantes y arrogantes. Tienes los parabienes de la princesa. No por tu porte, no fantasees. Es a ella a quien le han hablado de tus dibujos y ha supuesto que eres el autor de todo y yo un saco de artificios que se aprovecha de ti. Y serás… ¿qué? ¿Dibujante del príncipe? ¿Ingeniero? ¿Repostero?

—Profesor de dibujo de los infantes…

—¡Vaya! ¡Un criado! ¡Un criado fino, pero sólo un criado! ¡Recuerda eso!

—Señor de Welldone, hablando de criados... ¿Es cierto que esos dibujos son obra de Dimitri? Porque de ser así...

—De ser así, te daba cien vueltas y no ves la necesidad que, ya en Roma, tenía de aproximarte a mi círculo para contar con tus servicios...

—Hubiera preferido decir eso yo mismo, señor.

—Los años castigan el pulso y la vista, Martín. Sobre todo, cuando debes repetir la misma lámina miles de veces... Y Dimitri vivía de su pulso, de su vista, y también de una idea muy particular de la lealtad y del honor, lo reconozco. La Gran Concepción, por llamarla de un modo justo, era mía, claro. ¡Deberías haber visto nuestra «Ciudad de Salomón Reconstruida»! ¡Allí el viejo ruso consiguió una obra maestra! Pero tuvimos que vendérsela a Fieramosca, que se la endosó a un inglés como obra del joven Piranesi. ¿O ya no es tan joven?

—Está loco, según decían...

—¿En Roma decían eso y tú lo transmites como una verdad? ¿Aún no has aprendido nada? Dimitri, como Piranesi, era un artista del espacio. Tú, Martín, sólo explotas tu imaginación, exagerando y burlando. El talento de Dimitri requería grandes esfuerzos que merman con la edad. Tú podrás seguir dibujando tonterías hasta que la sopa aguante en la cuchara mientras la llevas a la boca. No necesitas más pulso ni más concentración. En fin, a ver cómo te las arreglas...

La carroza llega al patio de El Oso Feliz. Hans les recibe. Welldone exclama con énfasis:

—Buenas noches, generoso y discreto Hans... —y Welldone da un beso en la frente al posadero—: Te veo contento, Hans. ¿Ya te has enterado de todo? ¿Ya sabes que te van a pagar? ¡Ten mucho cuidado con las cuentas que presentas! ¡Soy el nuevo tintorero del principado de Schleswig-Holstein!

Y se vuelve a Martín:

—No bajes. Haré que envíen tus cosas. Recuerda. La gente de ese palacio ignora que sólo estás por tus dibujos. Pueden urdir y relatar cualquier cosa. Sobre todo, no cometas un error que nos valga la cabeza... Ya has visto cómo tiemblan el canciller y el reverendo ante cualquier innovación. Se sienten amenazados. En verdad, esa pasión por lo inmutable hace que las cosas no cesen de cambiar. Corrigen, se adaptan y luego perecen en la riada de la idiotez. Y la idiotez trabaja noche y día, no conoce los festivos y siempre tiene pariendo a su madre... A mí dame tiempo. Aún puedo demostrar mucho a esos patanes...

—Estoy seguro de ello... —dice Martín sin hacerse aún a la idea del gozo que supone librarse de Welldone una buena temporada—: Quizá no ahora, pero más adelante le mirarán con los ojos adecuados y habrán de avergonzarse y corregirse...

—¡Bobadas! ¡Quieren al bufón! ¡Y sabe Dios que lo tendrán!

Welldone entra en la posada abandonando al paso un lúbrico mordisco en el cuello de una camarera. El grito de la moza espanta a los caballos, mientras el coche vira de vuelta a Gottorp.

3

Al día siguiente, tras indagar en los orígenes de Martino da Vila, el reverendo Mann adiestra a quien fuese mentor de los jóvenes príncipes romanos Doria-Pamphili. Esa misma noche, el de Viloalle ha falsificado, y muy bien, las cartas de recomendación. Ay, si le viera Benvenuto Fieramosca...

—*Signore* Da Vila... —explica Mann en un frío gabinete de techo artesonado. En aquella sala, y desde hace mucho, el polvo cubre dos pupitres, la mesa del docente, una pizarra y unos púdicos sudarios que ocultan desnudos de yeso—: ...ha de saber que la educación de los infantes es muy rigurosa. Hasta el pequeño Christian practica cada mañana esgrima y equitación. De acuerdo a su edad, claro es. Tras un almuerzo y una pequeña siesta, caen en mis manos. Leemos la Biblia, practicamos diversas gramáticas y atendemos los fundamentos de la aritmética. Los dos infantes suman y restan; el mayor divide y multiplica. Y bien sabe Dios que a lo largo de los años aprenderán otro cálculo, más complejo. Día tras día su conducta se amolda a una severa noción: quizá lleguen a reyes, o a príncipes, o quizá nunca sean nada. Además, su padre, quien tiene potestad sobre cualquiera en Schleswig-Holstein con sentidos y afectos, no negociará nunca un tratado, ni le alcanza modificar el destino de una provincia, ni, lo más importante en este caso, establece el porvenir de sus hijos, derecho del rey de Dinamarca y también, de un modo menos claro, de las familias Hannover y Hohenzollern en su ardua tensión con borbones, habsburgos y romanovs para que no prendan en el Orbe las llamas de otra guerra. Eso también debo enseñárselo y, créame, es la parte más difícil. De ahí que, si los infantes, por cariño o confianza al gracioso maestro pelirrojo, indagaran sobre cualquier materia distinta al dibujo, la que sea, absténgase de responder. Da lo mismo que se refieran a una localización geográfica o al hecho de por qué son los elegidos de Dios para la tarea de príncipes. Ni siquiera les encamine en mi dirección. Haga como si no oyera. ¿Queda claro? Pero como la hora de dibujo se vuelva recreo, si sus alumnos le faltan al debido respeto, abandonará Gottorp en el acto. Eso sí, distráigales un poco. Sea ameno. Tienen nueve y cuatro años. Y les vence la fatiga…

—Pero sin que me falten al respeto.

—Me ha entendido usted. Si se lo faltan, abandona la isla a nado.

—El fiordo está cubierto por el hielo, reverendo.

—A eso me refiero…

De acuerdo a las suposiciones del agridulce Mann, los niños llegan medio dormidos a la clase de dibujo. Se sientan en el pupitre, imitan simples figuras geométricas cuyos trazos Martín avanza en la pizarra y, tras dura contienda con el sueño, se duermen sobre pliegos de papel. Y nunca sale una oreja de un huevo, como debiera, ni un perfil de hombre de un triángulo volcado, ni un rostro de cuatro círculos... Pronto los días se vuelven semanas y meses. Todo se deshiela, todo reverdece, todo cambia salvo el buen dormir de los infantes. Al de Viloalle le sobra tiempo para la divagación.

Ahora, mientras los infantes cabecean sobre un rectángulo que nunca habrá de volverse carroza, Martín se asoma a la ventana y mira por un catalejo. Unas figuras se mueven en el claro de la alameda, en la otra punta de la isla. Los oficiales practican la esgrima al resplandor de hachones. Aunque no llega a su posición el resonar de los aceros, o quizá por ello, Martín percibe que su ojo va a la caza del movimiento de sables en remolino, de la fugacidad de las sombras. Un rayo imaginario busca en la continua variación una forja de siluetas y de cuerpos, un molde honorable, lo que decir sobre ello, lo que pensar sobre ello, cómo dibujar eso cuando se ha abandonado la caricatura.

Los oficiales practican su arte, pues, mantienen esa dignidad militar, la destreza y el valor, hasta que llegue su hora.

Eso convence a Martín de que ya no ve el mundo con la deformidad a la que inclinaba el oficio de caricaturista. Grandes narices y orejas de asno y sombras burlescas ofrecían una idea del mundo, y no al revés. Por eso, y aunque nunca dibujase, en los últimos años de continuo vagar en zozobra por estados alemanes, toda mirada era caricatura, y toda inactividad en su oficio hacía que sólo dirigiera a sí mismo el afán de caricatura. Falta de convicción, demasiado miedo y demasiada locura para tomar decisiones sensatas y merecer la libertad. Por ello, a punto estuvo de arrojarse por un acantilado; por ello, para salvar la vergüenza de los años, el crimen sobre un indefenso jesuita francés, sacrificó la caricatura primigenia: ese gemelo Felipe instalado en su espíritu como una garrapata. La risa burda, el pensamiento cruel y obsesivo, la duda continua que empuja al error. Así, cuando uno se ve entre un perro que roe la entraña de una vaca y un loco que delira, golpea como el primer hombre que golpeó. Y él fue el ciego y no el jesuita. Ciego entre ciegos, ciego en Gaza, caricatura del Sansón de todos los ridículos. Nimio y minúsculo, a diferencia de esos oficiales que al otro lado de la isla cruzan espadas en salvaje fulguración. Ellos tomaron su camino con temple. Saben que hay coraje, honor y guerra. Ellos se encargan de la guerra. Ellos se encargan.

Pero allá, en la alameda, cae un esgrimista y bultos azorados le rodean con aspavientos. Su rival arroja el sable, pega vuelta, infla el pecho, sacude las manos, alza la cara al cielo con dignidad de carnero victorioso. Como si ese acto de sangre sólo concerniera al reino animal, los caballos cocean las puertas de los establos y aúllan los perros y las carpas. No era una práctica de esgrima lo que veía, sino un duelo. Así se diezman las filas de los hastiados oficiales de Gottorp cuando el clima se vuelve idóneo para el ejercicio al aire libre. Se emborrachan y se desafían y se baten y se matan.

El de Viloalle no puede dejar de preguntarse: «Muy bien, ¿qué he visto entonces en la alameda?».

Y se pregunta: «¿Cómo lo he visto? ¿Cuándo dejaré de verlo así?». Si no es en caricatura, no comprende. Y esa incomprensión de lo ajeno sólo puede sustituirse por una misión interior, posible, tenaz. Aunque se halla lejos de su intención el relumbrar, cree llegada la hora de vivir conforme a su cuna, pero sin la orgullosa necedad que desprecia el trabajo. Martín se desea otro Martín en busca de prosperidad y de prestigio. Un nuevo Martín que por las noches, al volver de sus asuntos, musite a un cuerpo joven, sano y tibio, a una sonrisa agradecida, que es natural de la provincia de Mondoñedo, un lejano lugar entre bosques y colinas que rematan montículos como cabezas de centurión. Un dominio algo triste, aunque él, Martín de Viloalle, pertenezca a una muy antigua casa cuyo emblema heráldico es el de tres lobos con ojos de diamante. Como tus ojos, hermosa, como los ojos de nuestros hijos que serán estirpe...

Un empeño difícil.

Tras su diaria obligación, el *signore* o *monsieur* o *Herr* Da Vila cena con los criados, quienes apenas tratan con el extranjero. Poco más que un sirviente y menos que un caballero, carece de la humildad de unos y del orgullo de los otros. Pasa la noche en un camastro de una celda exigua con una mesita y una lámina del Campo Vaccino en la pared.

Y una tarde, que parece otra cualquiera, mientras Martín vuelve a insistir en la idea de que las figuras geométricas, aunque no se hallen de modo puro en la naturaleza, son esenciales para comprender las formas, porque éstas son elaboración de aquéllas, Friedrich, el mayor de los infantes, le interrumpe:

—*Monsieur* Da Vila, *avec son permis...*

Martín mira a Friedrich con sorpresa porque ya suponía al infante cabeceando. Le gusta el respeto máximo con que los niños se dirigen a su persona, pero le asalta el temor de que esa reverencia se funda una tarde como se funde la nieve en las tejas del castillo. Sin decir una palabra, y con la misma mueca inexpresiva de nube en que abundara de novicio, donde cada uno entiende lo que desea, Martín alza un poco el mentón para que prosiga el mayor de los infantes:

—Mi hermano Christian y yo mismo, profesor, estamos obligados a mencionarle que nos sentimos muy decepcionados con usted.

De no ser por el tono ceniza de casaca y calzón, el contorno de Martín se fundiría con el blanco de las paredes. Sabe que su oficio es interino y, en cuanto a brillo social, pálido como cualquiera de los que ha ejercido. No esperaba, sin embargo, que concluyese en la voz de un mocoso que no ha cumplido diez años.

—¿Sus excelencias han comunicado esa insatisfacción a cualquier otra persona?

Los niños se miran y encogen los hombros. Después, el hermano mayor, quien se sabe primogénito, se obliga a un engendro de pregunta retórica:

—¿A quién pensaba Vuestra Merced que debíamos expresar nuestro descontento sobre Vuestra Merced sino a Vuestra Merced misma?

Martín tiene ganas de abrazar al niño. Pero como sólo le está permitido azotarle, si fuera menester, evita la arrogancia al preguntar sin retórica ninguna:

—¿Y qué esperan de mí sus excelencias?

—Pues que nos dejemos de triángulos y hexaedros para hacer estampas de linternas mágicas, que eso sí tiene gracia de verdad. Dentro de dos meses es el cumpleaños de la princesa... —el crío se refiere a su madre—: ...y nuestra hermana Maria llega de Copenhague. Queremos sorprenderlas con una linterna mágica que las represente. Ayúdenos, *s'il vous plaît...*

—*S'ilvous...* —añade Christian, en infantil contracción de palabras.

—Eso no se logra así como así, excelencias. Tendrían que dedicar mucho tiempo, al menos, y para empezar, por dibujar a la madre de sus excelencias, quien se halla muy ocupada...

—Está siempre bla, bla, bla y no hace más que marear el naipe... —sentencia el pequeño Christian, muy enojado por la locuacidad y los divertimentos de la princesa.

—Es sabido que se halla siempre recibiendo... —añade Friedrich—: Pero hay un modo de dibujarla sin que ella nos vea. Así, además, no nos dormimos. Ni usted se aburre ni habla solo. El reverendo Mann ha dado su consentimiento.

—¿Pero sus excelencias le han dicho al reverendo Mann…?

—De la idea de dibujar a nuestra madre, todo. Nunca se nos ocurriría manifestar descontento hacia el *signore* Da Vila.

Martín habla con el reverendo Mann. Éste sonríe porque ronda los temores del profesor. Le confirma que los niños le han expresado su deseo y el modo de cumplirlo. El reverendo Mann está de acuerdo. Será una grata sorpresa.

Y así se hace.

En primer lugar, Martín recibe de los infantes aquella cámara oscura, el Mundo Nuevo, la misteriosa caja roja del señor de Welldone. Como ya no tiene a su disposición los planos que dibujara a partir del *Ars Magna Lucis et Umbrae* de Athanasius Kircher y pretende, además, que las imágenes no queden en el interior de la caja, sino que salgan proyectadas y se reflejen en telas, su labor consiste en desmontar el artefacto de Welldone y adaptarlo a las necesidades. Cuando ve las láminas calcadas por un pulso tornadizo, los descacharrantes garabatos, Martín sonríe con ganas y reconoce que si algo sabe el viejo Welldone es que importa más el asombro de lo bien vendido que de lo bien hecho.

Una puerta secreta se camufla en la pared de una antesala azul turquesa con cenefas de arpas y clavecines. A través de esa puerta, y subiendo una escala de madera, los músicos que amenizan las veladas de la princesa llegan hasta el balconcito del salón chino. Ahí, agazapados tras las sillas del cuarteto, los infantes dibujan lo que Martín mejorará. Cada tarde, y durante varias horas, en una mesa se juega a los naipes, en otra se toma chocolate y en un diván se fingen intensos galanteos que se encienden hasta el engañoso cenit de la risa mutua, conocedores dama y caballero de ser actores en una comedia baladí. Ondea el pañuelo, se agita el abanico, nada.

El runrún de Versalles es el único asunto.

El de Viloalle sabe desde hace meses, cuando no son años, lo que en el salón se cuenta como reciente. La señora de Housse, embajador francés en Hamburgo y Schleswig-Holstein, refrescaría esas veladas con nuevas noticias; pero no es invitada a las recepciones, porque aguaría la fiesta de quienes no podrían ofender ni al rey Luis ni a María Antonieta. Por ello, los contertulios revisan hasta la saciedad escándalos y anécdotas de los que Martín tuvo noticia en Leipzig, o en Brandenburgo o, en un caso, y por desgracia, en las afueras de Hanóver. Así vuelve la torpeza viril del rey Luis, el afecto excesivo que la reina siente por su cuñado, el conde de Artois, y por el barón de Besenval, y por el duque de Guines y por el conde de Esterhazy. Pero sobre todo, los miriñaques y los petos vibran y se agitan cuando se pronuncia el nombre de Axel de Fersen ¡Un sueco, su amante, un escandinavo vikingo gañán! En general, todo es cosa rancia en cualquier posada más allá de la isla. Sin embargo, una tarde Martín oye la nueva versión de un hecho que sigue despertando su interés:

—El paraíso terrenal está donde yo estoy... —exclama Fabianus como si la ocurrencia fuera suya.

—¡Ah, Voltaire! ¡El mayor talento del siglo! —se admira un tal señor de Sauckel sin reparar en que importuna los méritos del cantante.

—¿Pero no era un ateo infame? —pregunta la princesa, más atenta al juego que a las ocurrencias de Fabianus y de Sauckel.

—¿Y eso os preocupa? Ateo no era, aunque sí infame. En cualquier caso, era su ateo infame. El de ellos, alteza —insiste Sauckel como si la princesa fuese tonta—. La infamación era borbónica. Eso lo convertía en nuestro aliado.

—Si usted lo dice... —La princesa mira su mano de naipes y frunce el ceño. Después de hacer una jugada, añade—: No sé si el príncipe Carlos soportaría tal incordio como hizo Federico.

—Le exprimió bien el jugo, Federico…

—¡Fabianus! —reprende la princesa.

—Me refería a que se burlaba de él, alteza. Al menos, eso me han dicho. Nosotros, en cambio, protegemos a un bufón y lo hacemos… —el paje suspende la voz. Fingiendo olvido, interroga con astucia lo que ignora—: No recuerdo bien qué puesto le concedió su Alteza Graciosísima a aquel mamarracho…

La princesa, sin desatender el juego ni un segundo, levanta la mirada con agilidad y pregunta:

—¿Cantante de cámara?

El único ingenio en ese salón, la propia princesa, tiene tardes espléndidas, pero le falta complicidad y casi nunca exhibe sus dotes. Ahora mismo, su pulla sólo obtiene como respuesta unas monerías de saltimbanqui. Fabianus se hace como siempre víctima de un súbito vahído, busca a tientas una silla, se hace con dos abanicos y los agita con el desespero de un doble sofoco. Cuando finge recuperarse de su mareo, no tiene más remedio que seguir informando:

—Es notorio que volvió a París para morir.

—¿De qué hablas ahora? —pregunta Luisa algo molesta, sin mirar más que su mano.

—Sigo hablando de Voltaire, alteza. Vio representar su *Irène,* vio a Madame du Deffand, vio la admiración de unos y el temor de otros y ya se pudo morir tranquilo.

—Mal que nos pese, Fabianus dilecto, nadie muere tranquilo… —sentencia Sauckel, quien parece allí el más dado a las filosofías y, por ende, el más plúmbeo—: Sé por algunas informaciones que, debido a un retiro de años, su aspecto era de lo más *pittoresque.* O quizá sólo estrafalario. En cualquier caso, él era las dos cosas. Imaginad al tipo con cara de bruja desdentada, envuelto en un abrigo de pieles y bajo una peluca de lana con bonete rojo. Como su visita a París coincidía con el carnaval, los niños creían que era un pelele y le seguían por las calles, abucheándolo. ¿Os parece ésa forma de cortejar la gloriosa memoria que se pueda tener de uno?

—No sé si eso serán calumnias, porque a mí me han dicho que le rendían toda clase de honores… —dice la princesa a quien sólo le quedan dos cartas en la mano.

—Hay más, señora… —prosigue Sauckel—: Al monigote, con tanto homenaje, no dejaban de llevarle de un lugar a otro. Y según parece tenía sus almorranas en pie de guerra y los cólicos disparando salvas. Para aliviarse y aguantar, tomaba opio. Y fue el exceso de opio su asesino.

—Morir por exceso de opio y de gloria. ¡Qué placentera paradoja! —exclama Fabianus.

—¿Es eso una paradoja? —cada pregunta de la princesa es como esa mano que se clava en la mesa, gana la baza y se acerca el beneficio.

Encaramado en su escondite, Martín medita sobre la conveniencia de escribir una carta al señor de Welldone para contarle que no todo fue agasajo y pompa en los últimos días de Voltaire. Recuerda entonces que esos días sólo tiene tiempo para disfrazar el rendimiento artístico de los infantes, porque en una quincena se trasladan a Louisenlund, el palacio de verano, y enseguida se celebrará el aniversario de la princesa.

Entretanto, la conversación sobre la muerte de Voltaire lleva a departir sobre *madame* du Deffand y los amoríos de la tal señora. Nunca salen los asiduos de territorio francés, ya que chismorrear sobre la locura del rey Jorge de Inglaterra sería aludir de modo indiscreto, no sólo a un pariente del príncipe, sino a la locura misma del rey de Dinamarca, hermano de la propia Luisa, y a las intrigas verdaderas, demasiado cercanas y por tanto hirientes, vivas y peligrosas de la corte de Copenhague. Así, la tarde da paso a la noche. Hacia el final de la velada, el ujier anuncia al príncipe. Carlos entra en la sala y avanza entre súbditos como un espectro. Su leve ademán para que nadie se levante, a medias ejercido, se sobreentiende del todo, y la exigua corte del palacio de Gottorp no finge siquiera que se alza y reverencia. Una etiqueta laxa, no hay duda. Sólo los dogos, tras gimotear su aburrición sobre la alfombra, pobres animales a quienes se les da un ardite la borbónica trastienda o un *philosophe* más o menos, se levantan y trotan con paso sordo y afelpado por el salón hasta que sus enormes hocicos encuentran la caricia de Carlos. Y el príncipe anuncia:

—He recibido carta de Fernando de Brunswick. Se halla en Copenhague por unos asuntos. Maria viajará con él. El de Brunswick ha prometido quedarse en Louisenlund todo el verano. Estoy contento.

Y pronuncia «Estoy contento» como si el doctor Lossau, su médico, le acabase de diagnosticar la viruela.

—Será un verano emocionante... —afirma la princesa en el mismo tono, exhibiendo un sarcasmo subterráneo.

—Donde se levante Louisenlund que se quite Fontainebleau... —desprecia Fabianus con un canturreo rechinante.

—Un castillo de Vincennes falta aquí... ¡Una buena Bastilla! —replica el príncipe—: ¿Y para qué? Para encerrarte ahí y tirar la llave al fiordo...

—¿Y a su alteza dónde le gustaría quedarse? ¿Dentro o fuera? —pregunta Fabianus, convencido de que escandalizar sigue *à la mode.*

Y sigue, sí, porque Carlos arroja una porcelana al paje cantarín. La *chinoiserie* se estrella en la frente de Fabianus quien cae de culo y rueda por la alfombra. Los dogos se lanzan a por él como si fuese una liebre y la corte de Schleswig-Holstein ríe al fin con la espontaneidad y la *joie de vivre* requeridas. «¡Qué divertido!», se admira alguien. Y «¡Qué divertido!», repite un segundo. Y así los «¡Qué divertido!» se reproducen aquí y allá, ahogados entre suspiros y gemidos, como el lamento repetido de un enfermo.

—*Terrore! Corriamo, fuggimo!* —canta desde el suelo Fabianus, la frente ensangrentada, uniéndose a la gresca. Al oír aquella voz, los dogos, que se disputaban la peluca de Fabianus tirando de sus extremos con mandíbula fiera, hacen gala de sutil instinto y aúllan. La peluca cae al suelo y Fabianus se calza los restos. Y los descendientes de jutos germánicos, según Carlos, el príncipe estudioso de la formidable riqueza histórica de esas tierras de Schleswig y de Holstein, ríen de nuevo a toda carcajada y se palmean la espalda.

Y Martín se pregunta: «¿Aún miro en caricatura? ¿Es caricatura lo que veo?».

Y el príncipe ordena a Fabianus:

—Encárgate de las amenidades para cuando llegue el de Brunswick. Que no sean demasiadas... No me cargues el programa. Necesito jugar a ese simulacro militar que ha inventado su maestro de páginas. Ya conozco ciertos detalles que me darán alguna ventaja. Se trata de un gran cartón que reproduce la victoria de Neisse. Y me parece formidable que, Fernando de Brunswick, el vencedor de Minden, acepte un juego en el que se recree, no su gran victoria, sino una terrible batalla en la frontera con el imperio austriaco. Imaginad todos... —y el príncipe reclama la atención de su corte—: Ese gran cartón tiene al parecer más de mil cuadrados en los que de modo parecido al juego de las damas y acompañándose de la suerte de un dado, se van realizando movimientos de infantería, caballería y artillería con pequeñas piezas de plomo. Arduo en su inicio, pero muy ameno una vez se domina. Aunque yo me pregunto ¿qué ocurrirá si se juega y, en lugar de Federico, ganan en Neisse los austriacos? ¿No sería traición? ¿No es un desafío a Dios variar el curso de acontecimientos pasados?

Todos afirman con la cabeza, pero nadie escucha y el príncipe lo percibe. Mira de reojo a los músicos y una sonrisa muy tenue alivia la gravedad del semblante. Se halla en el secreto de la futura linterna mágica. El gesto regresa enseguida al papel que interpreta en sus contadas apariciones en el salón.

Y ése no es otro que el del fantasma impávido en torno al cual, según derecho divino, gira toda labor en esa corte, todo protocolo y toda ceremonia. Cuando Carlos se esfuma, los dogos, enormes y serviles, van tras su rastro.

4

En el *salon doré* de Louisenlund y en la terca duración de la tarde, algo de luz burla el cortinaje echado, se vuelve polvo y destella en los espejos. Ante la curiosidad de tres filas de butacas, sentados en baldosas que figuran la rosa de los vientos, *Herr* Da Vila y los infantes Friedrich y Christian ofrecen una velada de linterna mágica en honor a la princesa Luisa en el día de su aniversario. Las pinturas animadas desfilan con éxito sobre un lienzo blanco que sólo por hoy esconde el retrato de una antepasada a quien nadie recuerda.

Durante un solo minuto gira la manivela que impulsa la invención. Martín se alegra de la contenida euforia en la mirada de los infantes y se convence de que ha diseñado una contrapared donde todo es armonía frente al abominable mundo imaginario que antes le torturaba. Ahora obsequia a los infantes y a los príncipes con emociones y sosiego, no por trabajados, menos honorables.

La chispa inventiva que le hizo reorganizar el ingenio óptico, y ese modo de animar figuras, se le ocurrió en Gottorp, paseando a orillas del fiordo, al observar el vuelo de una bandada de pájaros hacia el desafío del bosque noruego, tras mucho devanarse el seso y cuando ya nada esperaba. No recuerda cómo una cosa llevó a otra (¿la noria del tiempo, de las estaciones?, ¿la manivela que todo lo prensa?, ¿la garrucha en la cual se enreda la vida?); el asunto es que, si nunca volverá la única y fugaz relación de ideas, tampoco olvidará la fresca serenidad del aire, ni la inédita experiencia de oír cómo se agrieta una extensión de hielo en sonido largo y lento. Los huesos del Norte crujían; láminas que detuvieron la vida y ahora la reaniman con el mismo gemido que la Nada cuando Dios dijo: «¡Hágase la luz!».

Las figuras desfilan por el lienzo, según decíamos, y Fabianus entona una *canzonetta* de propia inspiración: «Hay dos pastoras, cuyo nombre no diré, bellas por igual, pues son madre e hija, aunque hermanas parecen». Fabianus aceptó a regañadientes la orden de componer y sólo por el entusiasmo de los infantes se ha ido animando en los últimos días. Ahora derrocha sus agudos con música de cuerda y moderno fortepiano. El corazón de Fabianus no es tan duro y la ilusión lo encoge; por ello sigue cantando mientras, en el lienzo, se representa una divertida fábula.

Esta que sigue:

Las figuras que representan a Friedrich y Christian se despiden del canciller Koeppern, quien se encoge de hombros y agacha la cabeza varias veces como lamentándose de los deberes que le retendrán en Gottorp durante el verano.

Y se ríe en el *salon doré*.

Ahora, los infantes evolucionan por un sendero mientras juegan a la pídola. Uno se agacha, el otro salta, y en su avance los niños adelantan fondos de carrozas, lacayos cargando baúles, el pabellón de descanso, un pelotón de caballería y, más allá, cocineros y criados que siempre se anticipan una semana a los príncipes y su séquito.

De soslayo, Martín advierte la sonrisa y las mutuas miradas en los umbrales de doncellas y ujieres, que se sorprenden y hasta se emocionan por su mínima aparición en aquella historia.

En la pared empieza el auténtico drama, pues los niños se cruzan con una fila de monjes, indiferentes en principio al juego de los mozalbetes. Pero no son monjes tales monjes, sino malandrines. Así que se despojan de los hábitos, blanden sables, hoces y guadañas, saltan como cabras, rodean a los infantes… La corte se indigna con ahogada protesta.

Ante la amenaza de los bellacos, las figuras de Friedrich y Christian echan a correr, perseguidos, sí, pero veloces, hasta que topan con un mago de estrellada túnica que de algún modo convoca en su porte la sabiduría de los siglos.

Y Martín recuerda que Welldone tendría que hallarse en el salón, venido desde Eckenfiorde; pero como a la corte le es indiferente su ausencia, ríe mucho.

El mago entrega a los infantes unos martillos mágicos y sale volando en el instante preciso en que los falsos monjes alcanzan a los niños. Con ese instrumental, que Martín ha copiado de unas láminas del dios Thor, no parece raro que los niños machaquen a los falsos monjes, las cabezas trituradas giman y las piernas huyan sin sus dueños. Cuando sólo queda uno de esos facinerosos, se arrodilla ante los niños implorando clemencia. Para que no le escalabren, el falso monje les entrega una copa luminosa de cuyo interior surge la palabra

GRAAL

Martín, quien nunca imaginó que alguna vez le fuera a servir de algo el dominio de la caligrafía gótica, se sonroja cuando el príncipe Carlos aplaude frenético y anima a la concurrencia a imitarle: porque ¿acaso no es eso una versión de la historia del héroe germano Parsifal? Y la concurrencia, sobra mencionarlo, se anima.

La historia continúa y los niños, con el talismán en su poder, avanzan hasta encontrar a una bella muchacha…

…Y Martín mira de reojo a la infanta Maria, que abre el abanico y oculta su rostro a las súbitas miradas con el deseo de ser tragada por la tierra… En ese punto del relato, la noble muchacha parece explicar algo a los infantes. En el salón se especula qué estará diciendo…

Martín hace un alto para que callen los que cuchichean y pueda seguir con la historia. No supuso esfuerzo convencer a los infantes de que sus dibujos eran óptimos, aunque se hiciera necesario retocarlos, ordenarlos en una historia sencilla y trasladarlos a papel vegetal. En las últimas semanas, tras mucho razonar el mecanismo, Martín dibujó la acción con pequeñas variantes en dos filas, arriba y abajo. De ese modo, consiguió una banda que colocó enrollada e invertida en la parte izquierda de su linterna. La manivela de alambre iría desenrollando esa tira al paso entre el foco de luz y dos lentes, dispuestas una sobre otra, que a un tiempo, y con la misma vuelta, iría cubriendo y descubriendo los dibujos. Así conseguía ilusión de movimiento; la misma que ahora maravilla a los presentes. Aún se asombra Martín de que fuera tan simple.

Cuando prosigue la historia, los dos infantes y la infanta caminan hasta llegar a Louisenlund, en cuya puerta esperan el príncipe y la princesa, aunque nadie sabe, ni se preguntará, cómo y cuándo han llegado. Rinden honores los tres hermanos, la princesa se adelanta y el primogénito Friedrich entrega el grial. La princesa besa a sus hijos en la frente. La figura dibujada del príncipe Carlos se vuelve a la sonriente corte de carne y hueso en el *salon doré* y levanta un cartel que reza

€NDE

La corte ríe, aplaude, da vivas a Dinamarca, a Schleswig-Holstein, a Hesse-Kassel, a Brunswick, a Hanóver, a Inglaterra, a Prusia y a la princesa en el día de su cumpleaños. Enseguida, ruega que esa historia pintada desfile de nuevo en la pared. Tras valorar de un vistazo la opinión de Fernando de Brunswick y de Luisa, el príncipe Carlos accede, no sin resignación, ya que desea proseguir a toda costa el excitante juego que imita la batalla de Neisse. Así que vuelve la música, canta Fabianus y la animación de los infantes ilumina el blanco lienzo. Sin embargo, cuando la historia llega al capítulo del mago, una súbita y viva presencia se cruza como un mal sueño con el haz luminoso y su sombra se agiganta en la pared. Mientras dos lacayos le retiran sin miramiento, formas y colores reptan por la cara y la indumentaria del señor de Welldone quien, para hacerse respetar, grita *«Daemon spectra ab inferis revocata!»*, y después, ante la tenacidad de los sirvientes que le arrastran, vocifera:

—¡Dejadme, esclavos, traidores a Espartaco! ¡Anunciad al señor de Welldone! —Luego, mientras aún se resiste con fuerza inaudita, señala a Martín—: ¿Y qué haces tú, traidor, ladrón de invenciones? ¿No seré yo ese espantajo que reparte griales?

Ante la interrupción y el revuelo, Carlos manda descorrer el cortinaje, iluminar la sala, que Fabianus enmudezca y que los lacayos suelten al imbécil. La servidumbre surge de todas partes; los sillones vuelven junto a las paredes y mesitas; algunas miradas asesinan a Welldone y otras se mofan con guiños y cabeceos; las faldas polonesas de seda flotan y oscilan hasta distribuirse por el salón de acuerdo a un orden antiguo y secreto y, en gesto simultáneo, relampaguean los abanicos y centellean las risas. Entretanto, el antiguo socio de Martín lanza fuego por los ojos y, como suele, alisa su indumentaria, lujosísima esta vez: una casaca a rayas azules y verdes de la que prende la insignia romana de la Espuela de Oro —una condecoración que nada premia, según sabe Martín, pero quizá sea allí el único en saberlo—, un chaleco de seda con escenas campestres, un cuello de pajarita y calzón de raso. Tanta elegancia se ve embrutecida por el sarcasmo de su boca imparable:

—¡Qué ven mis ojos! ¡La crema de la crema de Europa! ¡Hoy no se ara la tierra! ¡Hoy no se pisa la uva! A juzgar por mi porte y el vuestro, excelencias y otros animales, he llegado con veinte años de adelanto. Veinte años menos dos horas para ser exacto. En fin, haya paz. Me disculpo y quedan disculpados…

Y Welldone se inclina en exagerada reverencia cuando la corte, remota en cuanto geografía, pero idéntica a las demás, le ha olvidado y prosigue la velada como si tal cosa. La música vaga por el aire. Se felicita una vez más a la princesa y se elogia la esmerada educación de los infantes. El príncipe Carlos y el duque de Brunswick, los auténticos niños allí, se abalanzan sobre la enorme mesa de caoba circular, obra del ebanista Riesener, para proseguir su falsa batalla de Neisse donde ofician de coimes y árbitros a un tiempo maese Helwig, por la parte de Brunswick, que se simula prusiana, y el joven Vinturinus, por la parte de Schleswig-Holstein, que se simula austriaca.

—*Signore* Da Vila, *prego*...

Es extrema la deferencia de Luisa al dirigirse en italiano al profesor y muy delicado el tacto al presionar la mano de Martín quien, no muy ducho en etiqueta, al rendir honores se ha postrado de hinojos ante la princesa como si del mismo Papa se tratase:

—Se lo ruego, levántese... —añade Luisa, algo avergonzada.

Y cuando Martín se levanta:

—He de decirle, *signore* Da Vila, que al margen de este obsequio maravilloso, Schleswig-Holstein se halla muy satisfecho de usted. Hágame una confidencia: ¿con qué pócima ha hechizado a esos mosquitos de mis hijos para que se queden quietos dibujando y coloreando todo eso? ¡Es increíble!

En verdad lo es. La de noches en blanco que ha pasado Martín conforme se acercaba esta fecha.

—¡Todo se lo he enseñado yo, alteza! —interrumpe el de Welldone sin ninguna distinción, mientras, con toda distinción, reverencia.

La princesa Luisa ignora al viejo. Sonríe de nuevo a Martín y con un hábil giro del cuello, como si algo la reclamara en otro lugar, pregunta sin mirarle:

—¿Nos acompañará a la mesa esta noche, verdad, *signore* Da Vila?

293

Martín, que no esperaba eso, enmudece y se sonroja.

—Sea… —dice la princesa y se esfuma sin dar una oportunidad al viejo tunante, que ya abría la boca.

—Si pienso en las grandes damas que dijeron alguna vez que yo era fascinante, y batían las pestañas al decirlo… —musita Welldone, mientras ve cómo un nuevo corro de besamanos rodea a la princesa—: Vista de pie, es bien robusta nuestra graciosa princesa. Y casi un año más vieja, de pie y sentada.

Welldone mira a Martín con sorna hiperbólica, hipnótica. Pero Martín no se arredra:

—Ha hecho una entrada triunfal, señor de Welldone. Tan digna como las palabras que le han acompañado. Cuando quiera, le propongo que reproduzca «su invento». ¿Acepta el reto?

—Lo que tú digas, novicio. Y es verdad, he de reconocer que me he asilvestrado un poco en estos meses de malvivir en una tintorería en ruinas, sin una mala visita… En fin, te perdono, si me haces un favor. Finge que te digo algo muy ingenioso para que los presentes reparen en mi persona. Ríe, pero sin carcajada, ya sabes. Venga, ríe, y de paso nos vamos acercando a la mesa donde está el de Brunswick.

Y ríe Martín como si le hablara un arlequín de Marivaux, mientras busca con la mirada a la infanta Maria para presentarle sus respetos y conseguir un cumplido. Si no fuera con el carcamal… Vuelve la cabeza a un lado y a otro, soporta esta vez que su acompañante le diga que, con tanto mirar aquí, allá y más allá, parece una oca en un comedero. Ve Martín cómo retiran la linterna mágica. Los infantes Friedrich y Christian, junto a otros niños y sus ayas y preceptores, persiguen a los lacayos, ordenan que les entreguen la linterna para encerrarse con ella en una estancia. Y antes de llegar a la mesa donde se dirime otra vez la crucial batalla de Neisse, Martín apura visiones que sólo le serán concedidas esta noche feliz. Mira a las damiselas, y aun a las damas, conocidas y desconocidas, y piensa en cómo le atraen de modo brutal, y no sólo por la vanidad que su rango convoca. Aquellas muchachas poseen una tez blanquísima y mejor conservada, las manos más bellas, más gracia en el vestir, cierto aire de finura y limpieza en toda la persona, un gusto más delicado en el habla y la compostura. La fértil imaginación vence la magra experiencia: Martín de Viloalle no renuncia a desatar algún día esos lazos de corsé, a besar el suave alabastro...

—Se te van a caer los ojos... ¡Y no rías más! ¡Pareces un autómata! ¡Observemos este cartón, estos soldaditos de plomo, como si entendiésemos algo!

Y Martín, rehén de alguna argucia de Welldone, se sitúa en el polo contrario de aquel en que meditan sus jugadas el príncipe Carlos y el duque Fernando de Brunswick.

Sobre la mesa, vuelta mapa topográfico con cuadrados que han sido numerados hasta el mil seiscientos sesenta y seis en distintos colores que fingen rango de tropa y calidad del terreno, se ubican pequeños cañones, infantes y húsares. El príncipe Carlos lanza un dado, maldice, medita, pronuncia un código cifrado y el joven Vinturinus con una larga espátula mueve un regimiento ficticio. Martín mira de reojo a Welldone, quien observa a los poderosos. Quiere hacerse ver, maquina, gesticula y, al fin, cansado de que el juego discurra sin que le sea prestada la mínima atención, aborda al llamado Helwig. Éste redacta a veces unos apuntes y se los pasa a su señor, el duque de Brunswick, como si se hallasen en una verdadera campaña:

—Dígame, joven... —le dice Welldone al tal Helwig, que rondará los cincuenta—: ¿No es ésta la batalla de Mollwitz, la misma en la que Federico pudo escapar a lomos de asno? ¿La gesta que el Grande aún evoca cada diez de abril diciendo a sus oficiales «Así hicieron vuestros padres en Mollwitz»? Y yo siempre he dicho: menos mal que los padres hicieron algo, porque si llegan a imitar a Federico ahora están lo menos en la China arreando el borriquillo...

—Caballero… —interrumpe con enojo solemne Helwig, mientras percibe con alivio que ni el príncipe ni el duque han oído la impertinencia de Welldone—: …este cartón no representa los hechos de Mollwitz.

—Excelencia, joven, llámeme excelencia… ¿Me dice que esto no es Mollwitz? ¿No es este río el Neisse de Lausitz? ¿No son de aquel lugar estas colinas y estos bosques? Y eso otro es la frontera de Bohemia… —Welldone comprende el mapa a la perfección—: ¿Y no son éstas las murallas de la misma Neisse?

—La batalla de Mollwitz tuvo lugar en el cuarenta y uno. Pero hubo otra batalla en Neisse… —explica Helwig con paciencia—. En el año cincuenta y ocho, junto al mismo río. Y ha quedado en los libros como batalla de Neisse. Y es ésta de aquí, la que ve su excelencia…

—Y usted la ha vuelto a inventar… ¿No quedaron contentos con el resultado? Puedo imaginármelo. Fue una gran victoria de los austriacos, ¿no es así?

—No, fue una victoria de Prusia.

—Pues no es eso no lo que se dijo en París. Mis excusas por hallarme en París. A uno las guerras le tocan donde le tocan. No vaya a reprocharme ahora, después de tantos años, alta traición o cosa parecida. Así que ganaron los prusianos… Vaya, vaya…

Welldone medita, alza la mirada, la baja, pinza un cañón, lo observa, lo deja en una casilla equivocada. Helwig, nervioso, devuelve el regimiento de artillería a su lugar. Welldone se excusa, empieza a dar una vuelta en torno a la mesa, y al fin pregunta en alta voz:

—¿Seguro que ganaron los prusianos, Helwig?

—Estuve allí… excelencia.

—Oh! *The few! The happy few!* ¿Y por qué bando?

—¡Me ofende usted! —exclama Helwig, enojado—: ¡He sido oficial prusiano!

—¡Qué bien! ¿Y alcanzó ese grado sin llamarse «Von Chuchenchafencholen»?

El príncipe Carlos vuelve la cabeza de pronto, mira a Welldone, y en su frente se lee el mudo lamento por la ligereza del dado que su mano sopesa, inofensivo si fuese arrojado y diera de lleno en el viejo liante. Pero ha surgido cierta curiosidad burlona en el duque de Brunswick, tan vetusto como Welldone, aunque gordo y cargado de medallas. Y el de Brunswick pregunta:

—¿Qué diría?

—¿Qué diría sobre qué, excelencia?

—Usted, conde de Saint-Germain, iba a decir algo...

—¿Nos conocemos? —pregunta Welldone como si hablase a un vagabundo.

—Desde luego. Si conoció a Jesucristo, como dicen que ha dicho en alguna ocasión, a buen seguro se ha encontrado conmigo en un lugar o en otro. ¿No me recuerda? Me ofende usted... Temo que fuera en Londres y temo que entonces se hiciese llamar conde y sólo ejerciera de amable *salonnier* con oscuro prestigio de alquimista... —El de Brunswick espera la risa de todos, la recoge, prosigue—: ¿Ahora enseña estrategia? ¿Ahora duda de quién fue el vencedor inapelable de la batalla de Neisse?

—No, por favor, excelencia... Sólo deseaba informar aquí al caballero que la batalla de Neisse no fue tal batalla, sino una escaramuza más bien ridícula... Pero en aquellos meses centrales de la guerra, los dos bandos anhelaban enardecerse con la noticia de una victoria.

—¿Estuvo allí como ha estado en la antigua Roma y en las cruzadas?

Martín no entiende mucho, pero observa a Welldone y, como le conoce, intuye la idea general que sugiere el de Brunswick. Y la comparte, desde luego; sin embargo, prefiere correr el cerrojo de antiguos rencores.

—¿Yo en Neisse? ¿En ese Neisse? No, no, no… ¿A quién le apetece estar en una escaramuza sin importancia? Los hechos allí ocurridos me fueron relatados por alguien cuyo nombre, ya que guardo juramento, sólo diré si me obligáis a ello y en razón de vuestro rango.

—Le obligo, le obligo, claro que sí… —ordena jubiloso el de Brunswick, convencido de tener al ratón entre las fauces.

—Como queráis, y allá vos con vuestra conciencia. El nombre que queréis oír es Werner Von Scheppenburg… Me habló de una jornada de tedio, de mucha cerveza, de cierto problema matemático y de una serie de azares que no adeudan nada a esta réplica en miniatura. Lo único que aprendí cuando me contaron lo sucedido es que cuando hay paz se juega a la guerra. Y cuando hay guerra… Se juega a la guerra también.

—¿Habla del general Scheppenburg? —pregunta Carlos, quien no ve relación ninguna entre el anciano saltimbanqui y el nombre que acaba de mencionar.

En cambio, el de Brunswick mira a su ayudante Helwig, quien afirma con la cabeza, algo pesaroso, y tras una reflexión, se frota la oreja derecha con la mano izquierda.

—El general Von Scheppenburg, sí. Entonces quizá sólo fuese un oficial… —confirma Brunswick—: Aproxímese, Saint-Germain…

Y ante el estupor de los que circundan la mesa y de algunos corros próximos, Welldone se acerca al duque, quien inicia una serie de preguntas. Y si confusas son las preguntas, las respuestas son delirantes, salvo para los protagonistas del diálogo y el conocimiento masónico de Martín, quien ha presenciado ese toma y daca en cien oportunidades, lo menos:

—¿Ha conocido del mismo modo a Scheppenburg que a Marschall de Bieberstein? —pregunta Brunswick, con visaje de la mayor intriga.

—Mucho tiempo después, aunque en circunstancias similares… —responde Welldone, impasible.

—¿Dónde le conoció?

—En Brandenburgo a uno. En Varsovia al que murió.

—¿Sabía algo el que murió?

—Sabía tanto como el difunto Hund.

—Pero Hund no quería engañarnos, ¿verdad?

—Era un buen hombre como he conocido pocos.

—Sí que lo era… —y tras meditar un instante, mientras examina a Welldone de otro modo, el duque pregunta—: ¿Quién fue el predecesor de Marschall de Bieberstein?

Y, entonces, cuando parece que todo es cordialidad, fraternidad y felicidad, Welldone enrojece y su mudo furor casi asusta al personaje que tiene enfrente, un viejo guerrero, al fin y al cabo. Pero como ya se ha visto en diversas ocasiones a lo largo de esta historia, la rabia de Welldone se concentra en los ojos, el tono se nutre de rabioso sarcasmo y, como siempre, dice en mala hora:

—Si lo que desea Vuestra Merced, el insigne vencedor de Minden, es una reverencia, aquí la tiene, y con floreada pirueta —y con floreada pirueta reverencia Welldone al de Brunswick—. Y si queréis que os adore, me postro y entono letanías. Pero mucho cuidado con burlaros de mí. Porque a estas alturas de mi vida me tratáis como a un bachiller que ha de soportar ridículas preguntas…

—¿Por qué escupes mojigangas, tintorero? —pregunta ahora el príncipe Carlos, quien va perdiendo el juego, al parecer, y ni le gusta perder, ni le gusta ser interrumpido mientras pierde, ni le está gustando la comedia de su protegido.

Welldone no se arredra:

—La respuesta sobre quién fue el antecesor de Marschall de Bieberstein es el barón Rod, de Königsberg. Rectifico. Ésa es la respuesta que vos, señor duque de Brunswick, vencedor de Minden, queréis escuchar. Pero, ay, ¿dónde estará la verdadera respuesta a una pregunta que es mucho más intrincada de lo que parece? Mirad, oh, gran guerrero, hasta dónde he tenido que llegar buscándola.

Ríe el de Brunswick como si entendiera algo. Y ríe el príncipe Carlos, porque admira al de Brunswick y es su invitado. Y ríen todos porque sí, mientras se abre la puerta central del salón y un mayordomo declama en francés inventado que la cena está servida. Como el príncipe Carlos tiene que encabezar el desfile, el duque de Brunswick acompaña a Welldone y los dos entran juntos en el comedor que llaman «de las porcelanas».

Ante el bullicioso desfile, Martín se queda como un pasmarote junto a la mesa de caoba. Finge que mira la batalla, muy concentrado. Es entonces cuando la infanta Maria se acerca hasta él, le da un suave toque en el codo para que Martín ofrezca el brazo. Entretanto dice:

—*Herr* Da Vila, ¿tendríais la gentileza de acompañarme a la mesa?

—Será un honor, alteza… —y a Martín le tiemblan las rodillas.

—Preciosa historia la de la linterna mágica. ¿Os ha costado mucho perfeccionar el ingenio?

Cuando Martín entra en el gran comedor de porcelanas, con el rubor pleno de hacerlo con la infanta, y ya abre la boca para explayarse en la elaboración de la linterna, apenas siente como si un gorrión levantase el vuelo de su antebrazo, mira en torno suyo y la infanta ya se sienta entre dos petimetres que le jalean ocurrencias danesas.

—¿Alquimista, señora? ¿Me llamáis alquimista? ¿Insinuáis que he sido alquimista? —Alza y agita Welldone sus manos enguantadas, mientras lanza preguntas a la marquesa de Krenker como una partida de caza disparando a una liebre esquiva—: ¿Me ve la señora marquesa como un hombre que se aleja del mundo por gusto, que se aparta a una aldea remota, a una mísera tintorería, por ejemplo, para renunciar a las pasiones agradables y desagradables, que todas tienen su esencia y son mejor que nada? ¿O acaso me semejo a aquel que abandona esos altos y esotéricos estudios después de afirmar con la tez pálida, con las mejillas hundidas y cenicientas, briago de melancolía, ya en el gradiente de la locura, «Esto no le importa a nadie, ni a mí mismo»?

—Le ruego… —inicia una disculpa la marquesa de Krenker llevándose una mano cargada de anillos y de pecas al escote, al collar o al corazón.

En vano.

—¿Me imagináis, señora marquesa, como aquel que afirma: «A quién le importa este sacrificio cuando tanto estudio habrá de corromperse entre charlatanes, se disolverá en la sesera de los ineptos, cuando una noche feliz de hallazgo sólo sea abono para la vulgaridad de sus recaderos»?

—Querido amigo, *mon cher*… —la de Krenker lo prueba de nuevo.

Ni caso.

—¡Alquimia! Paralizados ya, consumiremos nuestra vida en esos amargos laberintos de retortas donde bulle el agua regia, mientras de ultramar llega verdadera abundancia y se construyen palacios y las mujeres son cada día más hermosas y el sabor de sus pechos más dulce y más salado y más picante, y el sabor del café indescriptible, y el tacto de la seda más rico y variado, y el vino, tan distinto a este que nos han servido, más gustoso, pleno, delicioso y vuelve menos estúpido y obsequia con horas de sueño excelente. ¡Abandonemos la alquimia, marquesa! ¡Mire al pobre Newton! Toda su vida estudiando para que al final sólo se aprovechen cuatro tonterías que urdió en su juventud... Para que este mundo te tome en serio no es necesaria la ciencia, sólo el *esprit* y unas cuantas clases de danza en París con el vivaracho Marcel. Así que adiós a ese carácter huraño que da el estudio, al papiro amarillento, al espejismo de hondura con que nos engaña el solitario retiro. Sustituyámoslos por unas sentencias chispeantes oídas aquí y allá, mucha galantería y, sobre todo, mucho silencio. Otro silencio, claro... Vista de halcón, paso de gato, diente de lobo y hacerse el bobo. Un bobo con *esprit*, claro es.

—No he entendido una palabra de lo que ha dicho, señor de Welldone —replica la marquesa—. Pero si le he ofendido al interesarme por su pasado, solicito una disculpa. No hacía más que repetir...

—Si permite echarme ahora mismo encima suyo, la disculpo del todo y verá, de paso, qué contenta se pone. ¿No hay más vino? ¿No hay más comida? ¡Se me antojan lombricillas Vuestras Mercedes!

El aire se tensa en el comedor de porcelanas donde se sigue celebrando el cumpleaños de Luisa. El banquete mezcla las risas juveniles de la infanta María y sus amigos, con las miradas de los curiosos y la decepción de aquellos que, por favorecer la etiqueta, han sido alejados de los príncipes y del de Brunswick, y por ello han de aguantar a algún mamarracho. Es el caso, verbigracia, de la marquesa de Krenker, quien con la entraña confundida requiere en ese mismo instante, y con urgencia, sales para el mareo.

Al contrario que el resto de invitados y de su propia costumbre, el señor de Welldone zampa y bebe como nunca. Martín ha tenido ocasión de aprender sobradamente que esa corte es de una austeridad rigurosa. Además, este año la cosecha no ha sido buena. Como a buen seguro los siervos y no tan siervos pasarán algo de hambre no es cuestión el hacer ostentaciones. El duque de Brunswick ha elegido mal año para veranear en Louisenlund. Sobre la mesa, dos corderos asados y sus entrañas hervidas, varios pavos, unos pichones rellenos, y sólo una montaña de salchichas. El vino es áspero y, sin duda, esos rostros rubicundos agradecerían con gusto unas buenas jarras de cerveza, con la única excepción del reverendo Mann, quien sólo parece alimentarse de hielo triturado.

Martín desea que la ceremonia concluya cuanto antes: ya ni mira a las muchachas, quienes le habrán vinculado a ese brujo ridículo. Necesita volver al sosiego de la rutina, paladear su éxito con la linterna mágica. Además, el hecho de tener como vecino de mesa al reverendo Mann no sólo le cohíbe a la hora de hablar, que ni piensa en tal audacia; también le impide escuchar, examinar, valorar. En toda la velada, Mann sólo se ha dirigido a él para preguntar sobre un asunto que Martín creía olvidado: «¿Desde cuándo conoce a ese majadero?». Tras mentir mucho, ha echado cuentas verdaderas. El resultado ha sido tan severo como el negro vestido de gala del mismo Mann.

Welldone provoca que se burlen de él y enseguida reacciona a esa burla de modo disparatado. Así, contumaz, enciende la leña de la propia pira quien aún será Gran Venerable. Y mientras Carlos y Luisa cruzan miradas de resignación desde ambos confines de la mesa, el de Brunswick, por el contrario, goza con cada tropelía verbal de quien llama Saint-Germain. Por eso, si Welldone, tras su perorata sobre el alquimista renegado, expresa su deseo de echarse encima de la marquesa de Krenker, que ya son ganas, todos callan y se miran, hasta que el de Brunswick ríe. Y si el de Brunswick, por mero gusto de calibrar el grado de adulación que hay en la mesa, decide que el llamado Saint-Germain es el hombre más brillante que ha conocido, Saint-Germain refulgirá. Lo malo, lo peor, es que Welldone es brillante. La ira estimula su ingenio. Y Martín conoce demasiado bien esos caballos desbocados en la noche del alma, apocalípticos caballos que ahora se precipitan por los abismos del vino rancio.

—¡Es usted de lo que no hay, Saint-Germain! ¡Un burlador! —exclama el de Brunswick—: Toda Europa sabe que dejó la alquimia porque al fin consiguió el secreto del oro y el elixir de la vida. Que el elixir le ha vuelto inmortal y el oro le ha permitido vivir desde hace mucho en óptimas condiciones. ¿O voy errado?

—Pocas veces yerra su excelencia, salvo en aquella carga a destiempo en la batalla de Minden, la cual retrasó lo indecible...

—¿Y consiguió sus hallazgos en este siglo? Yo creo que no... —interrumpe súbitamente el duque de Brunswick para dirigirse con gesto amplio a los comensales—: Me contaron que, una vez, en San Petersburgo, formularon al conde de Saint-Germain la misma pregunta sobre el secreto de la inmortalidad, y aquí, el amigo, sin inmutarse, llamó a uno de sus criados y le preguntó: «Dimitri, ¿cuándo conseguí yo el secreto de la eterna juventud? A veces, no les extrañará, la memoria me falla...». ¿Y saben qué contestó ese tal Dimitri? Pues el criado contestó: «Desde luego, excelencia, no lo ha hecho en los cuatrocientos años que llevo a su servicio».

El comedor estalla en carcajadas, y hasta ríe Martín, que imagina el impávido rostro de Dimitri emitiendo esa gansada con la mayor naturalidad.

—No creo, excelencia, que haya hablado, hable ahora, o en el futuro, del elixir de la eterna juventud, porque todos sabemos de sobra que no existe. ¡Qué más quisiera la señora marquesa de Krenker! Pero quizá... —susurra Welldone y, muy enigmático, mira en todas direcciones—: ...les interese saber la fórmula del oro. El oro español... —enseguida cambia el tono para restarle importancia a lo que va a decir—: La fórmula es muy sencilla...

En la mesa, se detienen chasquidos y tintineos. Desde luego, hay sonrisas avaras y rostros expectantes.

—Memoricen la fórmula, damas y caballeros, altezas excelentísimas, porque no he de repetirla. Vamos a ver... Cobre bermellón... Vinagre... Sangre humana... Y no quisiera molestar a *Herr* Da Vila al mencionar que es obligado que la sangre pertenezca a un pelirrojo. No le miren así, señores. Con lo diminuto que es, no hay para todos... Además, la sangre hay que secarla y macerarla, con lo que mengua mucho. Prosigo. Cobre bermellón, vinagre, sangre humana... ¡Ah, sí! ¡Y ceniza de basilisco! Si se fijan, el patrón de la fórmula es, como todo en el universo, de una simplicidad absoluta. Agua, viento, fuego, tierra... En este caso, sangre y ceniza... Vida y muerte... Nada más fácil.

—La ceniza de basilisco es difícil de encontrar por estos pagos... —ironiza el príncipe Carlos, que ya tiene ganas de volver a la batalla de juguete—: Los basiliscos escasean en nuestros bosques.

Aún no ríen los aduladores cuando Welldone ya replica:

—Y los bosques escasean también, mi amo y señor... —y enseguida añade—: Pero del mismo modo que los árboles se pueden plantar y las ciudades construir, los basiliscos se pueden criar. Coja su alteza un huevo de gallina, si os place, claro es, y su augusta figura no ve un tanto ridícula la propia estampa con un huevo en la mano y el aire de los pensativos en el rostro. Después, haga que ese huevo lo empollen sapos alimentados con pan. Cuando se rompan los cascarones, saldrán polluelos machos, exactamente iguales en todo a los polluelos de gallina. ¡Eso es lo que engaña a muchos! Ven la apariencia y dicen «bah, otro igual que aquél», quien a su vez era igual a un tercero y yo ya lo he visto todo y más, *et sic caeteris*... Nada de eso. ¡Las apariencias engañan a quien se apura, a quien no tiene imaginación! El asunto es que al cabo de siete días a esos polluelos les crecerán colas de serpiente... ¡Y tendrá su basilisco!

El príncipe Carlos dirige la vista a una fila de jarrones de Sèvres en un estante y, de paso, se mira un poco en el espejo del salón. Luego, une las palmas de las manos y se reconcentra. Busca las palabras. Aún es joven, es serio y razonable, no es malicioso, carece de sentido del humor y pretende educar a quien no tiene remedio:

—Señor de Welldone, o conde de Saint-Germain, o como se llame... —al príncipe le duele cada palabra que dice—: Quizá usted haya sido un sabio y tanta dedicación haya... —pero Carlos interrumpe su paciente discurso y exclama—: ¡No existen los basiliscos!

—¿Y qué? Tampoco existió la batalla de Neisse... —y Welldone señala la puerta del salón donde se halla el juego de mesa—: Ese cartón que hay en el salón dorado es la única batalla de Neisse que ha existido, existe y existirá...

—Vamos a dejar eso... —El príncipe Carlos mira al de Brunswick y su mirada dice: «De este bobo me encargo yo».

Pero antes de que el príncipe abra la boca, Welldone añade por pura provocación:

—Bueno, la batalla de Neisse jamás existió, pero, si vamos a ello, tampoco existió nunca la batalla de Leuthen...

Hasta los criados emiten un «¡Oh!» de sorpresa. Todo el Orbe sabe que Leuthen es una de las más altas ocasiones que han visto los siglos.

—¿Que no existió la batalla de Leuthen, cretino? —El duque de Brunswick, por muy salomónico y burlón que sea, también ha perdido la paciencia.

—No se enojen sus altezas y observen...

Y ante el estupor general, Welldone coge una vela roja del centro de la mesa y derrama la cera en trazos sobre una servilleta de lino blanco. Cuando la sustancia se endurece, Welldone pinza la servilleta con sus dedos de cuero negro y la levanta para mostrársela a los comensales. Algunos invitados avisados, quienes han servido en el ejército, sobre todo, abren la boca y casi levantan las orejas. Martín sólo entiende que los chorretones rojos han dibujado el siguiente croquis:

—Como ven, y saben de sobra, esta línea vertical del centro es el ejército austriaco acampado en las afueras de Leuthen. Y la curva superior en horizontal... —Welldone señala otra de las flechas—: ...el ataque de distracción de la caballería prusiana: «¿Te crees que vas a vivir eternamente, soperro?» y bla, bla, bla... ¡Qué gran hombre! *L'audace, l'audace, toujours l'audace.* Los blablablás de Federico.

—Tintorero...

En el silencio común, el príncipe Carlos, más que nombrar, amenaza. Pero Welldone no se inquieta y sigue con la explicación:

—Y esta línea diagonal es el famoso ataque de la infantería prusiana. El famoso orden oblicuo. ¿Es que nadie ha visto nada? ¿Nadie ha notado nada? ¡Miren las paredes, damas, caballero, excelencias! ¡Contemplen los frisos a su alrededor!

Y todos miran. Y quien comprende emite un «¡Oh!» de estupor.

Es un buen truco, no hay duda. Las molduras en los frisos de las paredes son idénticas al dibujo que Welldone ha emborronado con cera. Y unas y otro son idénticos a su vez a la figura de la consola de un arpa o quizá a la tapa de un clavecín. Así, la estrategia de Leuthen se repite cien veces por los frisos del comedor de porcelanas como si el ámbito lo hubiese decorado un guerrero maniático. La emoción y la gloria del espacio.

La corte ríe, aplaude, y aún mira a su alrededor esa extraña representación del esquema estratégico de Leuthen. Entretanto, Welldone golpea su copa en la mesa y ordena alegremente a un criado.

—O haces más viajes, o traes una copa más grande...

—Y todos siguen riendo con las bufonadas del bufón.

Welldone vacía la copa de un trago y, de pronto, deja caer el mentón en el corbatín como si el vino le hubiera causado un efecto fulminante. Es la costumbre de no beber, está pensando Martín, cuando esa cabeza se alza con ojos desquiciados. Welldone, puesto en pie, exclama:

—¡No habéis entendido nada! Si Federico venció en Leuthen no es porque se trate de un genio militar. En su mente sólo había volutas y tedio convertidos en ambición. Y, sí, el ataque de Leuthen parece un arpa y la tapa de un clavecín. Y es una reverencia, y el movimiento del polen en el aire, y el vuelo de la seda. La batalla de Leuthen es *El embarque a Citerea* del maestro Watteau. Los soldados, da lo mismo que mueran o muestren orgullosos las cicatrices, sólo son danza espiral de unos jóvenes amantes en busca de una isla inalcanzable.

La maniobra de Leuthen es melancolía de *fêtes galantes*. ¡Qué idea más sugerente! ¡Qué inútil! ¡Cuánto sinsentido! ¡No, damas y caballeros!, nadie ha hallado nunca el secreto de la inmortalidad, pero desde luego está bien clara la fuerza del tedio, de que con argucias decorativas, con mentiras heroicas, neguemos lo que es en sí mismo inevitable, nuestra condición vacía de significado, la ausencia de un destino.

Un silencio confuso. Y es en ese mismo silencio, entre admirativo, estupefacto y algo molesto, donde quizá Welldone tema el fracaso de su único cometido: fastidiar. O donde ya nada le importe y decida que sus afanes son ahora esas caras, ese silencio, esa negligencia del espíritu, tan lejos de cualquier objeto, de una pizca de gloria… Por eso, su voz surgiendo como un surtidor desde el centro del banquete, añade:

—¡Y qué invitación, de paso, a recordar que todas esas onduladas curvas por las que se chifla Federico evocan las espaldas arqueadas de sus jóvenes oficiales! ¡Qué gesto de amor degenerado!

Increíble.

—¡Ya basta…! —musita el príncipe en el repentino silencio. Y enseguida alza la voz—: ¡Guardia!

El príncipe Carlos se ha puesto en pie. Y esta vez, ni la seña de Brunswick, un «como si nos descubriera algo nuevo…», evita que salte el frágil resorte de la noble ira. Dos soldados entran en el comedor de porcelanas ante el silencio general y un gesto desdeñoso del príncipe es orden suficiente para que cojan a Welldone y lo saquen a rastras de allí. Porque Welldone se resiste y declama:

—*L'audace, l'audace, toujours l'audace!*

Cuando se ha asegurado de que los guardas acallen al que será castigado, el príncipe Carlos se levanta y mira a Luisa, en lo opuesto de la mesa. Todos leen el reproche en quien celebraba su cumpleaños. Sin embargo, Carlos interpreta ese gesto como quiere y sale del comedor de porcelanas.

Se musitan frases sueltas entre vecinos de mesa, apuradas, sin sentido, hasta que un silencio sepulcral espera que un imaginario gran reloj dé la hora. Llegan por fin, como una liberación, y por este orden, el gemido ahogado del príncipe, el latigazo y el aullido de Welldone. Otro latigazo y otro grito. Y así siguen, puntuales, rítmicos. Se oyen carreras en las losas del patio, se oyen olas rompiendo en el muelle. La princesa Luisa sigue comiendo, gacha la cabeza. El de Brunswick juega con unas migas de pan. Algunos invitados no evitan estremecerse a cada latigazo; a otros se le dibuja un rictus simultáneo, la sonrisa cruel. Y el pastor Mann recita:

—«Aunque se consuma mi carne, Dios es la roca de mi espíritu, mi lote perpetuo…».

Y Martín, que ve en la memoria de ese salmo una brizna de caridad, prosigue el recitado del pastor:

—«Sí, tú destruyes a los que te son infieles. Quienes se alejan de ti se pierden».

Y al concluir, Martín sabe: no es caridad lo que guarda el salmo. Encima, Mann aclara:

—Ahora, esa parte no es de recibo. —Y tras meditar un instante, pregunta—: Y tú, ¿por qué conoces tan bien la Biblia?

En el rigor del silencio, la pregunta, aunque en apariencia inocua y muy susurrada, se percibe como el choque de una copa contra el suelo. La princesa Luisa mira a Martín. Pero no es sólo ella quien le mira. El supuesto italiano recibe la atención general.

En esa circunstancia, Martín toma su copa, bebe un sorbo corto y preciso, la devuelve a la mesa. Desea explicar que soporta esas miradas porque no le atañe lo que sucede en el patio. Esa noche existe más allá de su persona.

Quizá por agradecimiento, la princesa Luisa alivia la incomodidad que pudiera sentir el de Brunswick, mientras intenta que las miradas se aparten de Martín. Por eso habla con Helwig, el maestro de páginas del duque.

—*Herr* Helwig, el otro día no pude evitar oír una extraña historia en torno a Neisse... Se la contaba usted al duque y al príncipe, mientras jugaban a ese pasatiempo suyo...

Y mientras Helwig se ruboriza y se dispone a contar, siguen los latigazos:

—Cuéntalo, Helwig... —anima el duque, y en su tono parece claro que considera excesivo el castigo al viejo loco.

—Alteza, graciosísima princesa, su humilde servidor era, allí en Neisse, oficial bajo el mando sagrado del rey Federico. Me gustaba llevar un diario de campaña porque tenía ciertas ínfulas literarias que cesaron con el tiempo y la lectura de los mejores. Ahora, como veis, invento juegos... Antes de retreta, me gustaba pasear entre fogatas y escuchar historias de soldados. Como reclutas que eran, la mayoría se quejaba por todo, y como la posibilidad de amotinarse en nuestro ejército era seriamente reprimida, se dedicaban al ensueño. Después de un rancho, al parecer insuficiente, uno decía: «Me comería un cordero», o «Me comería una piara de cerdos» o «Me comería una ballena». Y fue así, por el ansia exagerada de comerse una ballena, cuando unos y otros empezaron a contar historias en torno a ese asunto. Una de esas historias, mi preferida, era sobre la Ballena Más Grande de Todos los Tiempos. Un ruso solía repetir la aventura, quizá quimérica, de cuando estuvo enrolado en un ballenero que faenaba entre el puerto de Vladivostok y las costas de Japón. Fue allí donde los tripulantes divisaron la mayor ballena que hubieran visto en su vida o de la que hubieran tenido noticia. Hacía diez veces su barco. Aun así, se aproximaron por mero vicio de curiosidad, asumiendo todos los riesgos; y sólo aproximarse a su fastuoso ondear por las aguas, decidieron virar y alejarse de sus proximidades con el mejor viento posible, tomar la ruta que fuese, huir a toda vela. Mientras se iniciaba la maniobra, a aquel mismo ruso que después fue recluta de nuestro amado Federico sólo le fue posible mirar por el catalejo y descubrir algo escalofriante. En el lomo de la ballena se distinguía una cruz de enorme tamaño, con la altura y el ancho de una iglesia, que parecía marcada a fuego con un colosal hierro para reses. Pero ése no era el único asombro. La cruz había sido hecha a arponazo limpio. Se distinguía cada descarnadura como si fuera un pequeño punto, y la suma de cada punto era la cruz. Además, un tipo de alga había anidado entre las brutales cicatrices, una especie que fosforecía. Conforme a eso, y según se alejaban, lo que el ruso aquel iba viendo era una iluminada cruz latina que se sumergía y emergía de las aguas...

—Estupendo, Helwig... —dice el de Brunswick, quien se percata enseguida de que, por muy formidable que sea, una historia de lomos marcados no resulta la más adecuada cuando chascan latigazos.

El mismo Martín, tan acostumbrado a oír con paciencia las historias más desmesuradas, ya no escucha a Helwig y sólo se concentra en los latigazos y el espanto de los pájaros que revolotean en los jardines. Martín distingue el aleteo de la copa de un árbol a otro, desquiciadas las aves por el lacerante silbido que restalla en la noche.

Lo único que Martín comprende es que el tal Helwig, eufórico por su casual protagonismo en la velada, no se ha dado cuenta de la sugerencia de callarse que el de Brunswick ha insinuado. Y continúa:

—El asunto es que aún no había acabado el ruso de contar su historia y se deleitaba con la longitud de las barbas de la ballena, con el descomunal tamaño de sus aletas y volvía de vez en cuando a la cruz luminosa de los mares, cuando un irlandés se levantó y le acusó de grande mentiroso. El irlandés, contradiciendo, al menos de momento, la fanfarronería de sus paisanos, dijo que él no había sido nunca marino y que, de hecho, el agua le daba miedo. Dijo también que tenía buenas razones para ello. Era de un pueblo de la costa, Galway, donde los barcos naufragan y las ballenas se varan. Eso sí, de ser la ballena de la que hablaba el ruso la Más Grande de Todos los Tiempos, y lo era, la playa de su pueblo era la Más Hermosa del Mundo. Por lo que no es extraño, dijo, que la ballena Más Grande de Todos los Tiempos quisiera morir en su playa. Era la misma ballena, lo juraba por sus antepasados, los O'Riordan. Él mismo había trepado a ese lomo y podía decir que dentro de esas heridas, que cicatrizaban en cuña, como enormes surcos, cabía un niño de diez años. Según el irlandés, el ruso había oído leyendas y se las daba de experimentado, pero mentía. Porque aquella ballena existió, sí, pero sólo pudo ser atlántica. Ya se iban a matar el ruso y el irlandés, cuando otro de los reclutas, un francés, un tal Deville, musitó: «El paso del Noroeste». Y eso fue lo único que dijo antes de estremecerse una vez y otra en la extraña forma que solía. Como saben, mucho se habla entre viajeros del paso del Noroeste que ha de comunicar el Atlántico y el Pacífico, aunque nadie lo haya encontrado o precisamente por eso: el enigma, el misterio, desata la lengua fantasiosa. No en este caso. No me pregunten Vuestras Mercedes por qué, pero el hecho de oír esas tres palabras, y oírlas precisamente en esa boca que nunca hablaba, fue para el ruso y el irlandés como oír un conjuro. Se callaron y volvieron a sentarse muy despacio porque, de algún modo, no sabían, sino que sentían, un conocimiento profundo y doloroso, imposible de explicar, dada su humilde condición. La ballena conocía el paso del Noroeste, el paso del Noroeste existe, y el paso del Noroeste de algún modo es la muerte.

Silencio en el comedor de porcelanas, latigazos en la intemperie del jardín. Nadie aplaude a Helwig. Sólo el curioso Brunswick comenta:

—Diga, Helwig, ¿un niño de diez años irlandés equivale a uno de seis germano?

Ausente su espíritu y su atención de la sala, ignorante de lo que ha narrado Helwig y de cuanto ahora se susurra, Martín nota el temblor creciente de su mano conforme intenta dar

313

un sorbo a su copa, lo que sucede cada tres latigazos. La gran velada con la que ha fantaseado durante meses ahora sólo es náusea. La vergüenza asoma de nuevo. Y Martín piensa: «Ojalá le mate».

Tampoco la infanta Maria ha prestado atención a la historia del funcionario Helwig, y ahora alivia como puede el enfado de la princesa:

—Es una auténtica lástima que nuestro señor padre haya decidido tomar una justa decisión en este día señalado.

Pero Luisa replica:

—No sé a qué viene todo esto, la verdad. Sentamos a este hombre a nuestra mesa para que diga locuras. Y las dice… ¿Hemos de castigarle por ello y amargarnos la velada? —Cuando nadie lo espera, Luisa alza el cuello y sonríe. Y está sonriendo a Martín—: Lo que no he de olvidar mientras viva, *Herr* Da Vila, es la deliciosa velada de linterna mágica. Esa mirada de los infantes… Mi gratitud será eterna…

El elogio llega demasiado tarde. Basta con inclinar la cabeza.

Descansa el látigo y se oyen veloces órdenes del príncipe. El duque de Brunswick, infatigable, endurecido por cien batallas, ajeno a cualquier sentido de la sensibilidad ajena, carraspea y se dirige al señor Helwig:

—Y dígame otra cosa, Helwig, usted que estuvo allí. ¿Hay algo de cierto en lo que ha contado ese hombre sobre la batalla de Neisse?

—Algo hay, excelencia, si se quieren retorcer los hechos. Yo estaba en el pabellón de oficiales con Von Scheppenburg y otros. Descubrimos un libro de problemas, o hicimos la variante de uno, ahora no recuerdo. Lo que recuerdo como si fuera ayer es que, como no supimos resolver la cuestión sobre el papel, formamos las compañías para demostrarlo en el terreno. Salimos al campo junto al río. Estallaron unos cañonazos que venían de la orilla austriaca. Nos dispersamos, dispusimos la defensa. Y ahí acabó todo… Se acobardarían, como siempre. Luego nos enteramos de que los austriacos habían convertido en grandiosa victoria aquellos cuatro cañonazos que ni siquiera hicieron bajas… Por tanto, nuestros generales pusieron las cosas en su lugar y contaron la verdad. La victoria debía celebrarse porque era nuestra. Lógico y razonable…

—Desde luego. ¿Cuál era el problema matemático?

—No lo recuerdo, excelencia. Sólo sé que, con los años, y por distraerme, he imaginado la batalla que pudo haber sido. Y he calculado todas esas variantes y he construido un juego con ellas. Así que he acabado creyendo en una batalla de Neisse como aquellos reclutas creían que las ballenas y sólo las ballenas cruzaban el paso del Noroeste, y que lo hacían para morir muy lejos de casa. Si es que tienen casa las ballenas…

—Muy cierto, Helwig… —afirma el de de Brunswick, da un sorbo a su copa, mira a los comensales y añade—: Además, al príncipe le fascina su juego… Me ha pedido, y ha insistido, en que le felicite del modo más efusivo.

Martín repara en que Helwig también ha sido invitado a contrapelo. Ahora el inventor de batallas de cartón quizá dude sobre la conveniencia de acercarse hasta el lugar donde el príncipe acaba de aniquilar a un viejo para allí besarle los pies.

EL HUEVO DEL BASILISCO

1

Pasa el tiempo y con más arrugas y menos dientes masticán en silencio los criados bajo los altos techos de las cocinas del castillo Gottorp. Hunden los pies en el humo de un barreño y, en sus pláticas, más gruñidas que habladas, los matices del color blanco se nombran de cinco modos. El mismo blanco que sólo es monotonía para Martino da Vila, quien observa, dibuja, y luego muestra un retrato idealizado a las cocineras que baten manteca y despluman perdices. Así gana una ración de estofado y la noticia inédita, importante: ayer, un hojalatero se cayó por el puente que lleva al castillo.

Van a cumplirse cuatro años desde la noche en que azotaran al señor de Welldone en los parterres de Louisenlund. Desde aquella infame jornada, no se ha reclamado a Martín en los salones; nadie muestra interés por sus dotes más allá del celo en sus labores de preceptor. Esa circunstancia, para un carácter que a veces se cree honorable, y otras se sabe resignado, ha sido, al fin, más alivio que inconveniente. Y cuando se ha puesto a desmigar en algún rato perdido la amargura que le ocasiona el olvido de los señores y la falta de oportunidades, esa acidia de las ideas se vuelve compasión por uno mismo. Así ha ido velando lápices como si fuesen espadas, frascos de tinta como cotas de malla, el grabado amarillento y manchado de humedad del Campo Vaccino como escudo transfigurado de la muy antigua y muy ilustre casa de los Viloalle.

En aquella cocina, hace sus tres comidas y mata las horas el profesor Da Vila; oye voces nuevas en aquel oscuro alemán y, al comprenderlas, asimila la satisfacción de aquellos servidores de tez rubicunda y rudo aliento, minúsculos cortesanos, según se consideran, cuyos padres o abuelos huyeron de la atónita mirada del mulo y del arado partido en suelo rocoso. Algunas noches, en combate fatiga y curiosidad, desde el ujier hasta el mamporrero imitan las veladas en el salón de la princesa Luisa con el orgullo de quien ha observado mucho a los señores, sabe cómo se mueven, casi adivina qué piensan, y la menor sonrisa de esos señores basta para iluminarles el día. Martín de Viloalle lee en voz alta la gaceta de Brunswick, o les traduce la más jugosa de Leyden, cuyos números atrasados le consigue Dieter, un secretario del canciller. Por orden de antigüedad en el servicio, mozos de cuadra y jardineros, costureras y lavanderas, el profesor de música y el adiestrador de caballos, se acomodan en torno a las mesas. Domésticos efluvios de grasa y jabón impregnan y espesan cacerolas y camisas.

Durante años resonó la voz de Martín en esa cocina y todos supieron de la subida al cielo de una gallina, de un gato y de un cordero; el modo inédito en que esos pobres animales sobrevolaron los empolvados peluquines de la corte de Versalles en un artefacto con forma de globo que idearon los señores Joseph y Étienne de Montgolfier. Eso fue en el ochenta y tres. Y durante los años siguientes, la voz de Martín agradó veladas del servicio con noticias sobre la independencia de las colonias inglesas en América y la formación de sus nuevas y raras instituciones; explicó el divertido, pero, ay, imposible argumento de *La folle journée ou le mariage de Figaro,* la comedia francesa de Beaumarchais que a nadie deja indiferente. Constató las habladurías acerca de la sofocada revuelta del campesino noruego Lofthuus contra nada menos que el rey de Dinamarca, el rey de todos ellos y, sin más comentario, leyó la sentencia a Lofthuus: cincuenta latigazos y el vitalicio encierro en la fortaleza de Akershus. Se humedeció el dedo, pasó página, hizo oídos sordos a un murmullo que en realidad no se produjo.

Hoy por hoy, los asiduos a la cocina están poco inclinados al relato de convulsiones labriegas cuando alcanza su cenit de emoción el llamado asunto del collar que aún bulle en la corte francesa, en París, en toda Europa. Con cada nueva entrega de ese escándalo formidable, las bocas se abren, la fantasía se desborda, las cucharillas suspenden el agitar de infusiones. Y lee o traduce Martín, y leyendo, a veces se entrecorta y no da crédito. Se queda pensativo y le sobresalta lo pensado. El impaciente carraspeo de su audiencia hace que vuelva a este mundo, a esas cocinas.

El asunto del collar es sólo un caso ridículo de estafa cuyas consecuencias se han multiplicado por verificar de mal modo rumores que se fundan en el hastío, el rencor, el modo en que llenan sus páginas libelos y gacetas y, eso hay que callarlo, en lo mucho que ofende el sentido común los desparpajos de una corte derrochadora. Sin embargo, nadie provoca los hechos para que obtengan esa consecuencia hiperbólica. Ésta sólo ocurre si, *a posteriori*, muchos sacan provecho, queja y agitación del absurdo.

Así va.

Mediante una serie de ardides de lo más teatral, una puta con ínfulas, *madame* de la Motte, engañó doblemente a unos joyeros y a un noble eclesiástico de rimbombantes títulos, el cardenal de Rohan, que anhelaba reconciliarse con María Antonieta obsequiándole con un collar valiosísimo en el cual la reina se había fijado, pero no podía, ni debía, ni al parecer quiso nunca, adquirir. *Madame* de la Motte y sus secuaces se quedaron con las joyas y el dinero. Hubo equívocos y denuncias a la reina. El rey se enfadó, temió conjuras, hizo prender al cardenal de Rohan. Los estafadores también cayeron. El juicio está siendo de aúpa.

El perfil de Rohan, arzobispo de Estrasburgo, comendador de la Orden del Espíritu Santo y Gran Limosnero de Francia, un ejemplo de la diabólica jerarquía católica, es tan enorme como el de los demás caracteres de la farsa: putas que se fingen señoras; libertinos con falsos títulos; joyeros con atributos de personajes de *commedia dell'arte;* y el rey Luis, equivocándose siempre y en todo. Sobre ellos, en grado a la polémica que causan, la reina María Antonieta —víctima unas veces de la calumnia, alegoría otras de las desgracias de la frivolidad— y ese esotérico visionario, el conde Cagliostro. Este último, llamado el Gran Copto, tuvo en esa trama un papel muy secundario. Sin embargo, es un personaje tan espléndido que desde los magistrados hasta los libelistas se las ingenian para atribuirle culminantes escenas, grandes momentos.

Para mayor amenidad y complemento a la lectura, recogido sobre sí y con la carpeta de dibujo en las piernas, Martín traslada al papel los rasgos fisonómicos de los personajes sobre quienes ha leído. Y enseguida va de mano en mano la ilustración de *madame* de la Motte, la sensual estafadora, y algún criado silba un aire de concupiscencia. Y estalla la risa ante la visión del cardenal de Rohan, postrado de hinojos en el bosquecillo de Venus de los jardines de Versalles, comiendo una rosa ante la falsa reina, un simulacro que los embaucadores, con la mayor licencia, tomaron de la obra de Beaumarchais recién estrenada, y así la vida de la estafa, que es la propia vida, imita al arte.

El *signore* Da Vila hace un croquis del collar y, si la descripción de la gaceta de Leyden no exagera, el famoso collar es horrendo, pesado como un yugo y muy capaz de desnucar a la dama que ose lucirlo. La escena de turbamulta frente al Palacio de Justicia, cuando el de Rohan llega a declarar en su carroza, levanta cejas incrédulas: es imposible, se proclama en las cocinas, que pueda agolparse tanta gente y tan airada y decir esas cosas a gritos: ocurre en Schleswig desacato de tal medida y no hay árboles para colgar a la chusma.

También dibuja Martín al conde Cagliostro, el supuesto maquinador en la sombra —aunque nadie haya encontrado una prueba que le inculpe—, y a la condesa, su mujer, con fama de poco casta. Antes de trazar la primera línea, ya sabe que no es la primera vez que les dibuja. En el pasado, y de modo fugaz, el llamado Gran Copto y esa tal Serafina, cuyos encantos ayudan al marido a ganar influencias por medio del *chantage*, ya formaron parte de su biografía. El tal Cagliostro es el obeso oportunista siciliano con verrugas a quien Welldone ofreciera una lección sobre auténtica oportunidad en una logia de Brandenburgo; y la tal condesa Cagliostro, la hermosa rubia de la feria de Hanóver. Martín de Viloalle los había dibujado y ahora los volvía a dibujar. Él sabía de su existencia verdadera; que la «mirada penetrante que seduce, hipnotiza y esclaviza», según las gacetas, era la de alguien adiestrado en la amargura y en los desdenes del camino, un emblema de mal augurio cada huella en el húmedo y pulverizado aserrín de las posadas.

Si el señor de Welldone llegase a conocer qué prodigiosas alturas de influencia —o de escándalo, gracia no menor— ha logrado aquel gañán siciliano que se hace llamar conde Cagliostro, quizá siguiera las agitadas sesiones del parlamento francés con mayor entusiasmo aún que la servidumbre. Como si lo tuviese delante, Martín ve a Welldone hojear la gaceta, y oye aplicar la pródiga sarta de insultos, no tanto a Cagliostro, sino a esos libelistas, magistrados y vulgo que han hecho de él una sombra hechicera, el reverso de un héroe.

Pero tales palabras jamás serán dichas.

Como otras veces, un día de abril de 1784, hace ya dos años, el secretario Dieter le prestó a Martín la gaceta de Brunswick. Sin aviso que dispusiera su ánimo, Martín leyó una noticia que el mismo Dieter había rodeado con tinta roja:

El gran químico Pierre Joseph Macquer murió en París el mes pasado, así como el famoso viajero charlatán conde de Saint-Germain.

Al margen, como es hábito, una apostilla en caligrafía minuciosa, de un hombre ilustrado, Dieter: «¡Vivimos tiempos de luz!».

Fue leer la noticia y el comentario y sentirse sacudido. Aún no sabe Martín de dónde vino el impulso, pero como si fuese un Viloalle de verdad, un Viloalle cualquiera, el espeluzne se resolvió en indignación. Martín recorrió las galerías a buen paso y exigió satisfacciones a Dieter sobre lo que consideraba maliciosa burla. Cuando el secretario oyó aquel tono de retadora frialdad, tan lejana a la reserva habitual del dibujante, no tuvo una palabra de amonestación, que hubiera sido legítima, mucho mejor situado como se halla en la jerarquía de la corte. Cuando el de Viloalle recuperó la cordura, vio la turbación extrema de Dieter: ignoraba que el llamado conde de Saint-Germain fuese Welldone, y la amistad que unía al viejo con Da Vila. Pocos recordaban que Welldone y el italiano habían llegado juntos a esa tierra.

Al poco, Dieter encontró más disculpas de las exigidas para aliviar lo que en Martín parecía duelo y era desazón. Así, una tarde, el secretario entró en el gabinete de dibujo. Entre las manos llevaba una gaceta que, con las hojas abiertas y oscilantes, parecía una garza real. Tras el saludo de rigor a Friedrich y a Christian, Dieter dejó el periódico sobre una repisa y con aire de triunfo señaló:

El conde de Saint-Germain, cuya muerte fue mencionada en estas páginas el seis de abril, no merece los adjetivos que contra él se emplearon en su momento. Poseía atributos extraordinarios que sólo vemos en los señalados por la Gloria. Personas sobre cuyo juicio no cabe sospecha certifican que era hombre de profundidad en materia de conocimientos de Naturaleza y que empleó cuanto sabía para el bien de los hombres. Grandes príncipes, llenos de discernimiento, le otorgaron benevolencia y protección.

Leído el breve elogio, Martín agradeció la cortesía de Dieter con más cortesía, y así pasaron media hora, en abundante surtido de reverencias para júbilo de los infantes. Martín estaba seguro de que el mismo secretario había redactado esas líneas obedeciendo órdenes, y desde luego, la presteza no tenía como objeto aliviar la ofensa a un dibujante; así que Martín indagó las causas verdaderas de tanto azoro.

Cuando el rey Cristián de Dinamarca —o su regente, porque el buen Cristián delira de continuo— nombró a Carlos de Hesse-Kassel jefe de los ejércitos de Noruega, se apaciguaron de una vez las ambiciones del príncipe, nunca demasiado firmes, pero animadas durante algún tiempo por los fuegos de la juventud; la misma inquieta ambición que Welldone intuyó sólo verle. El poco luto por la reciente muerte de Federico II ha sido ejemplo de esa desilusión por los faros del poder. Carlos fue, es y será príncipe de Schleswig-Holstein; Schleswig-Holstein, un principado danés, y el rey de Dinamarca se subirá a los árboles, se creerá una mona, o lo que su demencia tenga menester, y una nueva generación surgirá para alimentarse de la carroña aún palpitante de sus mayores.

Quizá la misma debilidad de los años ha ido alejando el interés del príncipe por la filosofía *à la mode*, cuya mezquindad se empeña en medir y clasificarlo todo con la misma minucia que el canciller Koeppern lleva los vulgares asuntos de gobierno. Por ese motivo, el interés de Carlos se concentra en el llamado Saber Esotérico. Desde hace años, el príncipe pasa las jornadas entre cartas astrológicas, enseñas mágicas y gruesos volúmenes que le envían desde Praga.

Se dice también que, animado por el duque de Brunswick, el príncipe acudió, hace ahora cuatro veranos, a una reunión de maestros masones en el convento de Wilhemsbad, y le interesó mucho lo que allí se dijo y quiso consolidarse. En primer lugar, la historia secreta de un saber tan antiguo como el hombre; en segundo, la necesidad de que ese Saber y ese Misterio no se pierdan, y si se han perdido, se recuperen; y en tercer lugar, cuánto misterio encierra, al cabo, el tan traído y llevado Misterio. La sorpresa mayúscula se la llevaron Carlos y el de Brunswick al enterarse durante las asambleas de cuál era la mayor ausencia entre aquellos iniciados; quién el hombre en cuyo poder se hallaba el manantial de conocimientos sobre lo allí debatido. Y Carlos y el de Brunswick supieron de esa lamentable ausencia por boca de personajes que, como bóvedas vivientes, hacen resonar en cada frase los ecos de la gravedad, la hondura y el aplomo. Eran doctores franceses y ginebrinos, nobles de altura y buenos burgueses de Weimar, Leipzig, Danzig, Breslau, Königsberg, Görlitz, Dresde, Magdeburgo, Mecklemburgo, Rastemburgo, Augeburgo, Kreisburgo, Brandenburgo y hasta cortesanos de Sans-Souci quienes, entre suspiros, añoraban al Gran Venerable. Si la misión era detallar el verdadero carácter de la orden, si se necesitaba elegir sabios de la Antigüedad con cuya doctrina medirse, si había que acordar grados de jerarquía en cada obediencia y unificar obediencias diversas, si se requería un prócer que canalizase los misterios, lo alto y lo bajo, lo esotérico y lo mundano, el conocimiento de las élites, de las universidades y del nuevo pensamiento que abría puertas a la Humanidad, si cabía establecer una división tajante entre lo arcano y lo ilustrado, y si era fundamental que alguien evitara lo que podría pasar en aquellas reuniones, y sin duda pasó, que cada cual se fue por su lado con un sentimiento algo menos fraternal que a la llegada, sólo quien se hizo llamar Gran Venerable poseía dominio suficiente de la materia y, sobre todo, autoridad única para alcanzar conclusiones duraderas. Sin embargo, para la general desilusión, el rumor más extendido durante aquellas jornadas del verano del ochenta y dos era que el conde de Saint-Germain —el gran filósofo, no el militar— había partido en busca de nuevos conocimientos a las montañas entre la India y la China, lugares donde monjes de túnica grana soplan trompetas de media legua. ¿Qué podían hacer? Discutir, disentir, lamentarse...

Fue mucho el pasmo de Carlos y el de Brunswick. No dijeron esta boca es mía respecto al paradero del ausente. Callaron y siguieron atentos los debates y cualquier información sobre Welldone. Para su vergüenza, iba a ser cierta la tan cacareada sabiduría de aquella momia con pasta retorcida y verdosa en el relleno del cráneo. El mismo pingajo a quien, según se enteraron de regreso, una familia de Eckenfiorde había acogido por caridad.

Desde entonces, como si el mismo Caifás descendiese a Cristo de la cruz para insuflarle vida, el príncipe viajaba cada tanto a Eckenfiorde para escuchar, para debatir, para anotar cada una de las palabras del readmitido cortesano. Nunca lo trajo a Gottorp: era diáfano que, por muy sabio que fuera —o quizá por ello, ahora que su renovado prestigio le consentía ser Diógenes o más—, al viejo le dominaba el gusto de manifestar opiniones del modo más inconveniente.

Pese a la limpieza del prestigio de Welldone, o quizá por ello, Martín no tuvo más noticia suya y ahora entendía la razón. Desde la noche de los latigazos, y después, había solicitado varias veces permiso al reverendo Mann para visitarle y éste se lo había negado. Martín deduce que, al principio, el reverendo quería desligarle de la figura caída en desgracia —y lo había conseguido—. Después de la rehabilitación, Mann impedía que, por medio de Martín, se hiciera simpático en la corte el nuevo y quizá envidiado consejero del príncipe.

—Que dos más dos sumen cuatro, alteza, resulta exacto y hasta necesario, yo diría; pero que sumen cinco fascina, entretiene y consuela. Voltaire era un merluzo. De los muertos, alteza, sólo la verdad.

Con todo, el de Viloalle se alegró de que los últimos días del viejo transcurrieran de ese modo. Porque lo único que alivia su conciencia es la seguridad de que Welldone encontró en sus últimos años un ápice de la calma necesaria; porque una voz trémula susurra que la calma última del viejo será la propia calma cuando llegue su hora.

2

En plena tarde de verano del año de Gracia de mil setecientos ochenta y seis, cuando en París se diluyen los ecos del asunto del collar, la rueda magnífica recupera el colosal movimiento, y danza María Antonieta, caza Luis, paladean limonada en sus *châteaux* los de Rohan y libelistas de cualquier estofa se distraen con picardías que suceden tras los ramajes, aquí, en el plácido Norte, las gaviotas graznan, se llaman, sobrevuelan, caen en picado o se mecen en ese Báltico que lame los jardines del palacio de Louisenlund. Es la hora de dibujo bajo los cipreses del ala este y Martín se sienta con los infantes. Algo más allá, el pastor Mann repasa un libro de himnos y a veces se inquieta y otras maquina, y Fabianus tararea, garabatea en un pentagrama, cierra los ojos con los puños en estudiado gesto de rabia intelectual.

Martín traza rápidas líneas. Intenta dibujar una escena que está sucediendo en el tejado de palacio, entre mansardas, hacia la cornisa. Un gatito azafrán, que a saber cómo ha subido allí, pugna, esquiva, se esconde, salta y se equilibra, lucha con la gaviota que le acosa. La gaviota bate sus alas, queda suspendida en el aire para desconcierto del felino, que intuye la trampa del vacío como intuye que carece del hasta ahora subestimado don del vuelo. Y se enrosca el gatito en sus pasos, algo desquiciado. Ahora, la gaviota hipnotiza al felino al enfrentarle la trémula blancura de su vientre y, al verle confuso, lanza el pico. Sobre la escena, la inmensidad del cielo.

Si reflejara en el papel lo que ve, lo que sabe que está viendo, la cordialidad y ferocidad de lo que ve, forjado al fin el rayo imaginario sobre el que discurre a menudo, sería maestro en su oficio. Y por no conseguirlo en esas rápidas líneas, o porque mientras dibuja se convence del fracaso, desespera. ¿Por qué esa necesidad de urgencia, de inclinarse sobre el papel, de traspasarse? Son otra vez los meros «garbanzos del alma», la necesidad de ser uno y seguir hasta las últimas consecuencias un propósito aunque parezca raro y nimio. Quiere convencerse de que el dibujo, sólo un dibujo, perdonará las muchas faltas de su biografía. Y de repente, como si abriera los ojos tras mantenerlos cerrados mucho tiempo, y esos ojos se sacudieran la arena de años, a Martín le viene a la cabeza que algo sigue inmóvil desde que pasara sus últimas semanas en el pazo de Viloalle frente a un castaño, aquella corteza centenaria, las raíces como patas de una araña gigante. Y surge la espinosa duda: quien asalte el don de conquistar los propios trazos, que la forma del mundo sea su forma, quien pruebe a revivir en serio la lucha entre gato y gaviota, volverá al inicio una y otra vez, morirá de incertidumbre. La gloria de la tentativa; la dignidad del *pentimento*. ¿Quién los quiere a estas alturas?

La docencia es más saludable.

Ahí siguen los infantes, ensimismados. Friedrich, el que ya es muchacho, y Christian, quien no quiere ser un niño, en todo imita al mayor y como única práctica artística se dibuja sobre el labio la pelusa que su hermano ya merece. Tanto Friedrich como Christian han tomado este verano la costumbre de disfrazarse con chaleco amarillo y casaca azul, tal que burguesitos desorientados, según incita la lectura de *Die Leiden des jungen Werther*, un libro que ha ido contagiando como viruela a los jóvenes teutones hasta llegar a esos áridos pagos. Martín está seguro de que chaleco, libro y casaca se llenarán de polvo en los desvanes en cuanto la corte regrese a Gottorp, el mayor de los infantes parta a la academia militar de Copenhague, y el menor, lejos de esa influencia, se concentre en llegar a hombre cuanto antes. Lo mismo ha de suceder con ese huraño semblante wertheriano que vuelve a los infantes graciosas réplicas de Mann. A diferencia de Martín —quien halla provecho en esa desmedida novelería, ya que el personaje llamado Werther es muy aficionado al dibujo y a la pintura—, el reverendo se preocupa por ese aire gazmoño de la juventud que, si el pastor no lo remedia, alterará la férrea matriz pietista de las almas a su cargo. Fabianus, quien introdujo en la corte ese modelo enfermizo, lo asume y se entrega a la melancolía. De ahí el tarareo bajo el ciprés, componiendo una ópera sobre las desgracias del tal Werther, las cuales distan mucho de las del paje. Fabianus ha engordado lo menos tres arrobas, sus gestos son cada vez más afeminados y ya no busca la mofa, se la encuentra.

El infante Friedrich entrega un dibujo a Martín para que lo revise. El profesor sacude las briznas de hierba del cuaderno y regaña:

—Alteza, ¿debo suponer que sobre este papel organiza desfiles un ejército de ratones?

—*Excusez-moi?*

—Las manchas, alteza, el desaliño… No por tratar un motivo extravagante, y enseguida hablamos de ello, un dibujo debe ser presentado con falta de pulcritud.

El infante Friedrich se encoge de hombros, mientras el profesor Da Vila examina el dibujo de un cadáver tendido, según es costumbre, pero sonriente, que no suele. En la mano del muerto, la pistola fatal. Llevado quizá de un afán de mejora de la composición, en medio de la nada flota una mesa que sostiene un volumen titulado *Emilia Galotti* y una botella volcada que derrama líquido oscuro.

—Dígame, alteza, ¿considera edificante el asunto de este trabajo?

—Me atrevo a llamarlo sublime —replica Friedrich taconeando, mientras añade más seriedad a una expresión ya muy severa.

Martín tiene ganas de echarse a reír. Pero su socrático deber es preguntar y estimular el razonamiento.

—Aunque lo deduzco, ¿me podría suscribir su alteza cuál es el modelo en que se ha inspirado para esta «sublime» representación?

—¡Es el destino del joven Werther, *Herr* Martino! —y «*Herr* Martino» evoca la entonación de «imbécil».

—Bien, bien… —y el de Viloalle, antes de proseguir su comentario, mira de reojo al pastor Mann, quien da vueltas y revueltas a su libro de himnos—: Sepa su alteza que la representación de un cuerpo tendido es harto difícil. Sobre todo si la cabeza queda en primer término y el cuerpo se inclina hacia el fondo de la representación. Ese escorzo requiere suma destreza. Muchos artistas eluden tal complicación, ya sea con armas, violines, cadáveres… Como no puedo, ni debo, remitirle a modelos católicos, le aconsejo que repase algunas láminas en las que el francés Chardin representa diversos objetos en esa disposición, la misma que busca para el señor Werther. Imítelos y luego sustituya el cuchillo por un cuerpo humano.

Cariacontecido, el infante vuelve bajo su roble y, una vez allí, rasga el dibujo como si se rasgase el mismísimo corazón. Mejor. Así el pastor Mann no verá hasta dónde llega la rebelión temática de sus pupilos.

Se oyen voces más allá del jardín y se aproximan. Martín mira en todas direcciones antes de verificar que las llamadas se dirigen a su persona. Un soldado de la guardia le llama. Con permiso del infante Friedrich —quien ya lo exige, y ahora se demora en concederlo, en venganza de la amonestación recibida—, Martín se levanta y, según se encamina al cuerpo de guardia, divisa al soldado, a una muchacha de buen ver y, ya tras la reja, a un niño desarrapado en posición de firmes que sujeta la brida de un mulo.

—Esta moza, que pregunta por ti... —informa el soldado gañán, mientras saliva ante la grupa de la joven, alta y gallarda. La mirada azul de la muchacha brilla al ver a Martín, y eso es bueno.

Tentado está Martín de llamar al oficial de guardia para que arreste al soldado por el tuteo para con él y la desvergüenza con la joven. Sin embargo, el soldado ha vuelto a la garita y, además, hay algo en la sonrisa de la muchacha, casi un ruego, que si Martín no interpreta mal, quizá sea promesa. En la tarde milagrosa, quizá llegue a un oasis en su penosa travesía por el desierto de la castidad.

Así, antes de que la moza vuelva palabra el gesto solícito, Martín mira en todas direcciones y no deja circunstancia sin estudiar. Desde el declive del jardín donde se encuentra, no le ven el pastor Mann, ni Fabianus, ni los infantes; con sólo andar cuatro pasos hacia el fiordo, le pierden la mirada los soldados, el niño y hasta el mulo. Ocho pasos y se desenfila de los ujieres de la puerta principal. Hasta calcula las horas de luz, que en aquel lugar, y en esa estación, son muchas y límpidas. Así que toma del brazo a la muchacha, encorva la espalda y, con la cabeza pendiente de la monotonía del sendero, tal que si meditase un asunto decisivo, arrastra a su acompañante hasta un bosquecillo que no se llama «de Venus» como el de Versalles, pero ya se llamará. En el mirador que asoma al fiordo y al lentísimo y dulce atardecer del Báltico, Martín pretende, con el arresto de los grandes burladores, satisfacer una doble pasión: la principal es erótica; la otra se llama venganza. De nadie en particular, de la existencia toda.

A mitad del sendero, Martín observa con astucias de fauno esas blancuras que caminan a su vera, repasa, se deleita. Comprueba que la muchacha no necesita esfuerzo alguno para seguir su paso, ya que la cabeza del viril dibujante llega al hombro de esa valquiria.

Ya en el mirador, un panorama verdeazulado se extiende hasta la otra orilla del fiordo. Martín ordena el alto a la muchacha, avanza unos pasos, admira el talle ágil y cómo su leve giro mece la rubia trenza. ¡Qué graciosa!

—¿Cómo te llamas? —pregunta Martín con autoridad.

—Gretha —y Gretha le extiende unos papeles doblados como una carta, pero sin sello alguno.

Martín toma las manos de Gretha con la decisión y el aplomo del mismísimo príncipe, y enseguida vuelve la muñeca y estudia sus palmas. Ni un callo, ni una rozadura. Una casadera de manos suaves. Al fin, toma los papeles mientras interroga:

—¿De quién eres hija, Gretha?

—Mi padre, *Herr* Ludwig Alvensleben, es el mayor comerciante de abonos del principado. Los abonos Alvensleben se venden en toda Dinamarca y en muchos estados de la noble y antigua liga hanseática. Son los mejores. Impulsan la cosecha al cielo, los abonos Alvensleben.

—¿Y yo debería saber eso, Gretha?

—Oh, no... Sólo quería... He venido, porque...

—Está bien, está bien. Calla un momento...

Satisfecho de sí mismo, Martín finge estudiar el recado de la moza.

La presunta carta gasta más arrugas que un dátil. Todas las hojas llevan un corte en el lado derecho, indicio de que alguien quiso rasgarlas una vez. El papel es misérrimo y, al trasluz, uno imagina sin dificultad las ramas y las tronchas de un bosque petrificado. Al mirar un papel y otro por fingido trámite, ya que le domina un asunto de mayor sustancia, Martín descubre en cada hoja un pequeño emblema desleído: tres lobos con ojos de diamante y el lema *Ab ipso ferro*. Y en el saludo:

«Penoso babuino, enano traidor…».

Martín pregunta a la muchacha:

—¿De dónde vienes?

—De Eckenfiorde vengo. Es lo que intentaba decirle, señor Da Vila.

Pero Martín está leyendo otra vez:

«Penoso babuino, enano traidor…».

Sólo por ganarse la confianza de Gretha, Martín repasa la carta con supuesta atención. La fecharon el quince de octubre del 1781, tres meses después, por tanto, de que el príncipe azotase a Welldone, un año antes de que reconociese el prestigio del anciano y dos y pico de que Welldone muriera. Lo amarillento del papel y el débil rastro de tinta desleída suscriben la fecha. Aunque la prosa sea la de un viejo demente, la caligrafía guarda semejanza con la del infante Christian. Parece la de un diestro que intentase escribir con la mano zurda para lograr al cabo una letra monstruosa, pero legible. Las hojas están llenas de borrones, cada frase guarda un insulto, el pulso falla muchas veces, caen los renglones, se desmaya el pensamiento. En resumen: es una carta auténtica, pues así garrapateaba el Gran Venerable. Desde luego, le pica el mal concepto que, a juzgar por los insultos, Welldone le guardaba; pero a esas alturas, y conociendo al difunto, a Martín se le da una higa y no encuentra el momento de lanzarse a lo que importa. Gretha observa con atención:

334

—El señor de Welldone también leía así de rápido. El señor de Welldone leía las cosas como si adivinara lo que estaba escrito, como a veces hacía con el pensamiento. Yo le preguntaba por qué leía sobre lo que ya parecía saber...

—¿Tú sabes leer, Gretha?

—Claro, en mi alemán. El señor de Welldone me enseñó algo de francés y ya se me ha olvidado. Pero eso no está en francés... ¿Qué idioma es ése?

—El del demonio. Dime, Gretha, ¿te enseñó algo más el señor de Welldone?

Y sin alarde, pero sin vergüenza, responde Gretha:

—Muchas cosas. De todo un poco. ¡Si hasta quería enseñarme a empujar, el muy granuja...!

—¿A empujar? —finge escándalo Martín, mientras va guardando la carta en el bolsillo de la casaca—: ¿Y no te repugnaba que un hombre tan viejo...?

—¿Repugnar?

—Que si te daba asco aquel viejo enfermo y loco.

—¡Oh, no, señor! No es lo que piensa...

—¿Y qué pienso, dulce criatura?

—Lo que pienso que está pensando.

—Así se nos va a hacer de noche, Gretha...

—Lo que quería decirle, señor Da Vila, era que, mientras el señor de Welldone se hallaba convaleciente, y también después, le gustaba acariciarme. Por agradecimiento en buena medida. Cuando se repuso algo y podía caminar, se dedicó a buscar pimienta y clavo y canela por la cocina. ¡Y se lo echaba todo al vino! ¡Y se lo bebía de un trago! Enseguida me miraba con ojos saltones y encarnados del todo, a un punto de la asfixia. Yo no entendía nada. Mi madre, sí, porque reía. Y cuando mi madre reía y movía la cabeza, así, como diciendo «No tienen remedio...», el señor de Welldone hacía cosas en verdad extrañas, porque silbaba y resoplaba y se hacía el importante como usted hace un momento. Y enseguida se encontraba fatal, el pobre, de la mala digestión de ese mejunje, y mi madre se caía al suelo de la risa y el señor de Welldone, aun hallándose indispuesto, se reía también. El señor de Welldone reía muy raro, ¿verdad?

—Muy raro.

—Y en cuanto pudo salir de casa, el señor de Welldone le solicitó permiso a mi padre para coger un cerdo del corral. Entonces tendríamos unos ciento diez cerdos. Ahora tenemos doscientos sesenta y cuatro. En cambio, mi señor padre se obliga a no aumentar la cabaña vacuna, con lo que alegran el campo las vaquitas. Lo que decía… El señor de Welldone cogió un cerdo, le ató una cuerda y se lo llevó de paseo por el robledal, que es nuestro. Se lo llevaba para olfatear trufas. Y también le pidió a mi padre que, si degollaba un cordero, le diera los sesos. Y que si mataba a un toro viejo, se lo guisaran. Y el señor de Welldone, ya fuera de día o de noche, comía apio que parecía un conejo. ¿Sabe a qué me refiero?

—¡Claro, Gretha! A remedios para cierta debilidad que yo, sin ir más lejos, no necesito.

—Sobre esa conducta del señor de Welldone, mis padres se decían cosas al oído y se reían. Y el señor de Welldone acabó riéndose también y se sentaba con ellos junto al fuego y les contaba historias de países lejanos. Me acuerdo que un día mi madre, al ver al señor de Welldone por la ventana, cuando salía a la calle, con aquel porte suyo, tan enderezado, y con el cerdo bien sujeto caminando a su vera, me dijo: «Hay algunas que dicen que el desvirgarse con un viejo es indoloro y dulce…». Y se reía otra vez. Es muy risueña…

—¡Dios bendiga a tu madre por siempre! ¡Démosle gracias al mismo cielo que desde hace un tiempo ocupa y alegra el buen, el por siempre recordado, señor de Welldone! ¡Mil aleluyas entonemos! —exclama el de Viloalle, mientras ciñe con mano ávida el talle de Gretha, lanza al fiordo el ramito encajado en el escote, y amasa ¡por fin! carne de hembra. Cree subir Martín al cielo que acaba de mencionar, y se convence finalmente de la ascensión cuando ve las estrellas. Hacía mucho que no tenía en mente a los Montgolfier.

La cabeza como una campana, Martín de Viloalle no concibe el tortazo que le ha propinado la gentil muchacha. Pese a frotarse la mano dolorida, Gretha sonríe como si nada ocurriera. Y pregunta:

—¿Por qué no sigue leyendo el profesor?

Martín lo intuye: Gretha quiere bravura. La va a tener. A fin de domar la rebeldía se abalanza con agilidad y resolución en pos de la muchacha para revolcarla bien revolcada y que la frotación seguida vaya haciendo su trabajo. Con la ventaja de la posición horizontal, esa potrilla ha de saber quién manda ahí y lo que ganará, si se deja. Pero debido a un misterio que seguiría irresoluble así los masones convocasen cien asambleas de Wilhembad, todo Martín se pierde en el aire y, enseguida, conoce cada rincón de la Vía Láctea. Despierta en el suelo y solo. A poniente, oscilan astros indefinidos. ¿Dónde está ese putón y la maza que oculta? Una mano enrojecida, la de Gretha, aparece ante Martín y Martín se cubre el rostro. Ríe Gretha y eso es lo que más duele:

—Sólo voy a ayudarle, profesor. Levántese. Y lea, por amor de Dios.

Martín mendiga dignidad en cada esquina de la tarde. Algo mareado, se sienta en un banco de piedra. Con mucha prudencia, invita a la muchacha a hacer lo mismo. Gretha rechaza la invitación con esa sonrisa que ya convoca amenazas.

«Penoso babuino, enano traidor.»

Se le está hinchando la mejilla. Se le nubla la vista. No tiene ganas de leer. Sin embargo, le puede cierta curiosidad:

—Si te pregunto algo, Gretha, ¿tendrás las manos quietas?

—Claro, profesor...

—¿Cómo acabó Welldone en la casa del mayor y más reputado comerciante de abonos de esta parte de Europa?

Gretha baja la vista como si organizase la memoria. Da una patada a las piedrecillas y Martín, asustado, se echa hacia atrás. Por fortuna, Gretha está mirando el resplandor del fiordo en la tarde. Sólo un movimiento de los ojos y un suspiro al contemplar el rostro tumefacto, coronado por una mata pelirroja.

—Con su permiso... —dice, y se sienta junto a Martín, a la debida distancia.

—¿Le conocisteis cuando llegó allí de tintorero? ¿Vivía ya entonces con vosotros?

—No, señor Da Vila, entonces sólo oíamos algún que otro chisme. Que un extranjero se había venido donde la fábrica del difunto Otte, que había en la ciudad un nuevo tintorero que no empleaba a nadie. Un viejo que se había encerrado en la vivienda de la fábrica y no salía nunca. Cuando llevaba en Eckenfiorde dos o tres semanas, dejó recado en la posada de que se le podía encontrar en Hamburgo. Y, al parecer, salió para allá. Andando... Y cuando llegó la primavera, un buen día, por la calle grande de Eckenfiorde aparece un carruaje de calidad... Los niños salen corriendo detrás y los vecinos se asoman a la puerta de las casas. Y el carruaje para en la tintorería. Y vemos cómo baja el tintorero vestido como si fuese el mismísimo príncipe —y Gretha baja la voz para decir—: ...o más. El príncipe o más. El cochero descarga un baúl, cajas con libros y un saco de nueces. La verdad es que no lo vi, me lo contaron. No me interesaba nada todo aquello. Así que no puedo decirle mucho hasta aquella medianoche...

Gretha calla, mira a Martín y sus ojos preguntan si el profesor sabe de qué medianoche habla. Afirma Martín con la cabeza y vuelve la sonrisa de Gretha, que, por paradoja, es una puerta que cierra cualquier emoción, cualquier sentimiento.

Pero Martín sabe que si no ha de acariciarla, al menos la poseerá de algún modo. Ventajas de la edad:

—Como sabrás, Gretha, y si no lo sabes, te lo digo ahora, durante seis años tuve el gran honor de ser socio del señor de Welldone en varias empresas. Visité con él las mejores cortes de Europa, compartimos veladas con ricos industriales. El aprecio común era notable.

—De usted nunca habló nada. No sé si le quería bien o mal...

—¿Y qué haces aquí entonces? ¿Por qué me das una carta de hace cinco años? Mal no me quería, Gretha. Eso lo sabemos, ¿verdad?

Y esa criatura avergüenza a Martín una vez más porque, sin dar pie a nuevas preguntas o a revueltas discursivas, explica lo que el de Viloalle necesita saber:

—Llegaron a medianoche. Todos dormían en Eckenfiorde, pero los soldados daban voces sin importarles nada. Mucho sobresalto, mucho. Usted no sabe lo que es eso...

¿De qué sirve decir que lo supo exactamente cuando tenía su misma edad y que por eso está ahí con ella, en el fiordo? Que el mismo sobresalto se repite muchas noches conforme envejece, y crece al repetirse, aunque nunca piense, nunca imagine, nunca fantasee ya sobre aquella lejana noche suya en la que se condenó a salir de España. Que ella no sabe lo difícil que es olvidar la decepción de uno mismo y el colosal remordimiento que se agita en la memoria de aquel sobresalto.

—Cuando me desperté —sigue Gretha— mis padres ya estaban en el piso de abajo y los criados se revolvían por algún sitio. Encendí una palmatoria y bajé. Mis padres miraban por la ventana y, al verme, se asustaron y me ordenaron apagar la vela. Y que me metiera en la cama otra vez. Y subí, pero me puse a mirar por la ventana de mi cuarto. Mi familia vive en la plaza mayor, ¿sabe? No me gustaría pasar por presumida, pero somos una de las mejores familias de Eckenfiorde. Los Alvensleben. Pregunte, si quiere. Cuando pude mirar bien, vi unos soldados a caballo, que se marchaban. En medio de ellos, iba una carreta vacía. Habían venido para dejar un fardo en medio de la plaza. Fue entonces, cuando ya no había soldados, que se empezaron a encender las velas. En cada casa varias velas. Pero nadie salía a la calle y ahí seguía el fardo. Yo, señor Da Vila, soy muy nerviosa. No lo parece, pero lo soy. Tengo humores raros... Me cuesta mirar o hacer algo durante mucho tiempo, pero creo que esa noche me pasaba como a todos, que nadie dejaba de mirar el fardo. Y creo que cuando el fardo empezó a moverse, todos saltamos del susto. Se apagaron luces, se oyeron agitaciones. Y eso que el fardo no se movió casi nada, o por eso. Y tardó una eternidad en moverse de nuevo. Y si el fardo estaba quieto, los que miraban en su casa estaban más quietos aún. Se lo digo yo: quietos como estacas, cada uno en su casa. Y cada vez que se distinguía un moverse del fardo, el sobresalto. Y asomó una mano, y el susto. Y, luego, esa mano, despacio, despacio, despacio, apartó la sábana, o el saco, o lo que fuese aquella tela. Y despacio fue apareciendo la cabeza del tintorero y muy despacio el cuerpo del viejo, desnudo de cintura para arriba. Tenía pelos blancos en el pecho y ninguno en la cabeza. Y al lado, las ropas distinguidas con las que vino de Hamburgo. Algo había pasado, que así le trajeron los soldados. Por eso no salió nadie. Ni al verle hecho una calamidad. Nadie salió, nadie. Y nadie sabe tampoco cómo pasaron las horas, y si pasaron tan despacio como se movía aquel viejo, o pasaron muy rápido. No lo sé yo ni nadie. Las llamas se movían en todas las ventanas. Y más de una vela se gastó aquella noche y más de cien, mientras el tintorero apoyaba primero una mano en el suelo y se esforzaba, se esforzaba, se esforzaba... hasta que pudo ponerse boca abajo y doblar las piernas. Y despacio se fue echando hacia atrás, muy despacio, hasta ponerse de rodillas. La noche era oscura, pero con la luz de las velas, se lo digo, aquella cabeza brillaba más que la luna. La cabeza iluminaba la plaza. Y creo que, al verle vivo y que estaba de rodillas, muchos dijeron: «Bah, no es asunto nuestro» o «Bah, no pasa nada» y se irían a dormir. Y dormirían, se lo digo yo. Pero yo no podía dejar de mirar aquel esfuerzo. Sé muy poco, nada, pero le digo la verdad, y que me perdone quien me tenga que perdonar: ese hombre, ahí, en la plaza, estaba tan solo como Dios en el Origen del Tiempo. Era tal aquel esfuerzo suyo que parecía que se estuviera naciendo. Porque ese hombre se estaba naciendo, señor. Él mismo se paría, tan viejo. Y así llegaron los primeros claros. Primero se iluminó la escalera del ayuntamiento y luego la luz de la mañana fue llegando hasta el hombre. Y yo, que lo había visto todo, sólo veía el esfuerzo, veía sólo el antes de aquello todo el rato, sólo el antes y nada más que el antes. Pero ahí estaba el después, ahora, de repente, el viejo vestido con sus ropas distinguidas. Arrugadas pero muy distinguidas. Y la vaina sin espada al cinto. Más tieso que un olmo. Así...

Con verdadera pasión, Gretha levanta el antebrazo con el puño cerrado, y Martín ve a Welldone. El mismísimo Welldone revive ante sus ojos. No tiene palabras. Gretha las tiene todas:

—Y veía que el hombre aquel, con aquella elegancia, muy despacio otra vez, daba una vuelta a la plaza con la mirada. Sólo con la mirada. Y conforme miraba cada casa, las velas se iban apagando y se corrían las cortinas. Se lo juro. Y mi padre y mi madre empezaron a subir la escalera, muy despacio también, como si todo tuviera que ser despacio, como si de verdad tuvieran miedo de aquel hombre. Y se quedaron como estatuas al oír golpes en la puerta. Me asomé a lo alto de la escalera y vi que mi padre y mi madre se miraban. Y lo que vi entonces hizo que si mi padre o mi madre me pidieran la vida, yo se la diese. Bajó mi padre y abrió la puerta. Entonces escuché:

—Buenos días, *Herr* Alvensleben, burgués y gentilhombre reunidos al fin en una destacada figura del comercio local. Mi nombre es Welldone. Ayer era el tintorero de su alteza, como seguramente sabrá. Bien, hoy soy el antiguo tintorero de su alteza. Les rogaría a usted y a su distinguida familia que me acepten como huésped. Soy uno de los mayores expertos de Europa en la mezcla de estiércol con sustancias químicas que con la sola ayuda de una retorta potencia de modo admirable el poder de los abonos. Además, le informo de que, mientras he sido honrado con la residencia en esta magnífica ciudad, no me ha pasado desapercibido que su hermosa hija ya se halla en edad de merecer. Hoy en día, un conocimiento del idioma francés, enseñado a esa edad, puede hacer de ella uno de los mejores partidos del principado. Si es usted observador, se dará cuenta de que, mientras expongo mis cualidades, se está formando un charco de sangre en el umbral de su casa magnífica y renombrada. Me cuesta insistir, pero estoy en disposición de afirmar que, si su respuesta se demora un instante, a buen seguro he de caer sobre su honorable persona... Tengo fama de inmortal y no quisiera decepcionar a todos aquellos que han contribuido a tan dudoso prestigio.

—Y le recogisteis...

—Y le cuidamos. Y se puso muy enfermo, muy enfermo. Después de aquella presentación tan caballerosa y mientras le llevábamos a una cama, sólo le pidió a mi madre que por nada del mundo le sacase los guantes. Y fue prometérselo mi madre y desmayarse el hombre, tanto esfuerzo como hizo aquella noche y aquella espalda que le dejaron, que se podía encajar en cada herida el canto de una mano. Dígame, ¿es de hombres hacer eso con un viejo? Mi padre vende abonos y es mucho más hombre. Hasta yo soy más valiente que aquellos soldados...

Martín adivina que Gretha no sabe la verdad. Nadie llegó a decirle nada a ella, ni quizá a sus padres.

—¿Y qué creían tus padres que le había pasado al señor de Welldone?

—Pues que había dejado de ser tintorero por un capricho del príncipe, y como ya no era nada, ni nadie, unos soldados empezaron a burlarse de él y luego le azotaron. ¿No ve cada día que esos soldados son unas bestias?

—¿Y qué pensabas tú?

—Yo pienso lo que mis padres piensen. Y usted es extranjero y no sabe muchas de las cosas que pasan aquí. Y el señor de Welldone también es extranjero, pero sabía mucho más que usted, porque, en cuanto despertó, por no comprometernos, dijo que se iba. La gente habla, ya sabe. Pero mi padre le dijo muy firme que cómo se iba a ir, si no podía caminar siquiera. Que además había que cambiarle los vendajes a menudo. Que no habría soldado fanfarrón que se atreviera a desafiar la hospitalidad de los Alvensleben... Y no sé si mi padre hizo algo para que no le molestaran o lo dejó de hacer, pero nadie dijo nada, o nadie quiso saber nada. Y si alguien supo o dijo, nadie hizo nada. En cuanto el señor de Welldone se levantó de la cama, me pidió recado de escribir y estuvo varios días escribiendo esta carta que le he traído. Rompía y escribía. O me mandaba romper, que el pobre no podía... —Gretha sonríe un momento—. No podía romper una hoja hoy y al día siguiente ya quería... buscar trufas. Cuando acabó la carta, me dijo: «Encantadora, Gretha, orgullo divino, ¿podrías un día de estos, sin decirle nada a nadie, acercarte al castillo Gottorp, preguntar allí por el profesor de dibujo de los infantes, Martino da Vila, y darle estos papeles?». Y le contesté que lo haría sin falta en cuanto pudiera. Y por la mañana avisé al hijo de una de las criadas para que me acompañase al gran castillo. Y no habíamos hecho más que sacar la mula de la cuadra, cuando una voz muy débil me llama, me vuelvo y es el señor de Welldone en la puerta de casa, descalzo, con el frío que hacía ya, los vendajes sangrando y hechos un asco, que cada noche debía ser para él como un año para otros. Me pidió que me olvidara de todo y le devolviese la carta. Escribió algo más en ella y se acercó a la misma cuadra donde estaba el mulo y tiró los papeles al canalillo del estiércol. Pero cuando se volvió para la casa, recogí esos papeles. Y luego llegó y se fue el invierno y, en cuanto pasó lo crudo, ya estaba por el bosque el señor de Welldone buscando trufas. Y me contó unas aventuras que no sé si creer o no. Y acababa una de esas historias y me miraba y se volvía bizco, que yo pensaba: «Se me muere». Y me acariciaba un poco. Yo me dejaba. ¿No se habría dejado usted?

—Es una de las pocas certezas que me quedan: no.

—Allá con su conciencia... Así que al señor de Welldone se le veía tan contento, cuando un día llega el príncipe, que no parecía el príncipe, todo halago y remilgo, y se lo llevó de vuelta a la tintorería. Y le trajeron unos hombres para limpiar las cubas y cada semana venía el príncipe a Eckenfiorde, que nunca le había visto yo por ahí más que para algún entierro. Llegaba casi a escondidas, se metía con Welldone en la vivienda de la tintorería y ahí se quedaban horas y horas. Yo también me acercaba alguna vez, para llevarle comida, o hacerle compañía, pero el señor de Welldone, se lo digo yo, no era el mismo. Me miraba fijo durante el rato de mi visita. Como un padre esta vez, o como un abuelo. Le preguntaba si quería alguna colación o alguna infusioncita y él que no, que aguardiente. Se le habrían contagiado las manías de quien yo me sé —y Gretha ladea la barbilla hacia el palacio—. Bebía y me miraba y luego me decía con voz de fantasma: «Mejor que se retire antes del fin del mundo, noble hija de Roma por la *gens flavia* y la *gens julia*: Odoacro está en puertas». El hombre se levantaba y me besaba la mano con mucha reverencia y me hacía ceremonias mientras salíamos. Cuando llegaba a la calle y volvía la cabeza para despedirme, él parecía volver en sí. Y me decía entonces: «¿Sabes, Gretha Alvensleben, que he hecho yo en esta vida?». Y al preguntarme eso, extendía el puño y lo abría luego muy despacio como si dejase caer arena hasta que se acababa y abría la palma. «¿Y sabes, Gretha Alvensleben, qué he sido yo?» Y entonces iba cerrando la palma hasta que el puño se volvía una piedra. Y decía: «Recuerdos a los grandes, que desfilan. Y sobre todos, flamígero, póstreme a los pies de nuestro joven emperador Rómulo Augústulo...». Digo que recibir tanto afecto y tanta dedicación del príncipe Carlos es una carga de las que hacen enfermar...

Gretha se pone en pie como si la impulsara un resorte, da una patada en el suelo, se vuelve a sentar. Mira a Martín como si se preguntase por la confianza que merece, y algo ha decidido, porque prosigue:

—Su alteza... Es muy amable y sobrehumano, su alteza. Son intereses más altos, sin duda, los de su alteza. Los pensamientos de su alteza son como la luna, están ahí arriba y cambian y bueno... Pero sé cómo el señor de Welldone le hablaba al príncipe, no diré con burla, pero como si fuese más que él y el rey de Dinamarca, algo que nadie puede imaginar. Eso lo sé. Y sé también con qué fiebre escribió esta carta. Era muy distinto. El señor de Welldone obraba muchas veces contra su conveniencia. El señor de Welldone quiso romper esta carta, pero yo distingo y sé bien las cosas que sé. Y sé que, a veces, mientras escribía la carta, el señor de Welldone agachaba tanto la cabeza que la frente tocaba el papel y la mesa. Así se quedaba hasta que las velas se consumían. Cuando el señor de Welldone escribía esta carta era más que un hombre y era más que un príncipe. Y el señor de Welldone sabía muchas cosas. Lo sabía todo, el señor de Welldone, y eso era lo único que sabía. Porque cuando escribía esta carta, o cuando se levantó más muerto que vivo la noche aquella, no sabía que era más príncipe que un príncipe. Eso nunca lo supo. Por eso le traigo la carta y los dos sabemos por qué se la traigo.

—¿Y por qué ahora y no cuando murió?

—Por el príncipe Carlos. Porque venía y buscaba todo lo que hubiera pertenecido al señor de Welldone... Tenía una desazón por algo, el príncipe, se le notaba. Y yo pensé que usted era un hombre que no tenía miedo.

El llanto inesperado expresa la completa desilusión de la señorita Alvensleben. Y con el pespunte del borde de la falda enjuga sus lágrimas y Martín le mira el muslo, y siente mucha ternura por ese muslo y el mínimo lunar en la rodilla. Martín saca un pañuelo del chaleco y se lo ofrece.

—Es un poco... un poco extraño usted... No disimula lo... lo cobarde que es... Esfuércese un poco, señor... Échele coraje y disimule, por lo menos... —Gretha hipa, tartamudea y solloza.

Martín no sabe qué hacer.

—¿Quieres decirme algo más?

—Sí, profesor, mucho. Le diría mucho, pero me tengo que ir, que se me va a hacer de noche y mi prometido, el burgomaestre de Eckenfiorde, vigila. Y hoy he venido aquí en secreto. Porque el señor de Welldone se pasaba los días y las noche en los sótanos de la tintorería, fríos y húmedos, y algunos dicen que cogió un reumatismo tremendo, pero yo digo que se volvió loco. Ningún enfermo del cuerpo canta a grito pelado como cantaba el señor de Welldone en sus últimos días, que lo fui a ver y ya no me reconocía, pero cantaba. Y murió el señor de Welldone y le enterramos, y aún tuvo que pasar su tiempo para que el príncipe volviese para decirle a todo el mundo que pagaba el entierro. Pero ya estaba pagado, como se puede imaginar, que lo pagó mi padre. Y volvió el príncipe para hacer obras. Obras importantes. Nos prometió riqueza. Y lo que hizo… ¡Vaya chapuza! Este mar que tiene delante, que parece tan bonito, todo lo pudre, todo se lo come. Y la tierra no tiene arreglo… Lo dice mi padre, que es el mejor comerciante de abonos de Europa, que se dejó una fortuna para habilitar pastos y, cuando el príncipe empezó a hacer y enseñar lo que no sabe, tuvo que llevarse las vacas a Lübeck y ahí las tiene, con los dineros que eso cuesta. Pero el prínci-

346

pe siguió volviendo a Eckenfiorde, a nuestra casa. Ya no prometía nada, se le había olvidado eso que llamaba con tanto aire «Ciudad de Carlos», que nos enseñó unos dibujos como antiguos que serían edificios nuevos. Cuando menos lo esperábamos el príncipe llegaba sin avisar y dejaba a esos malditos soldados en la puerta. Luego, se encerraba horas en la habitación donde había vivido el señor de Welldone. Le oíamos abrir y cerrar cajones. Luego salía y nos mandaba darle aguardiente. El príncipe terminaba la botella y nos miraba. Y sé que su alteza vive en otro mundo. Pero cuando nos miraba así, ni estaba en este mundo, ni estaba en el suyo. Y esta Gretha que aquí ve, profesor, ha visto llorar al príncipe Carlos. Y le ha oído repetir una vez y otra: «Como decía el Gran Federico: si la muerte hará eso conmigo, ¿qué no hará con todos vosotros? Si le hizo eso al señor de Welldone, ¿qué nos hará a los demás...?». Por eso nunca le di la carta. Si era de alguien, era de usted, profesor.

Como sigue sin saber qué decir, Martín dice una vez más lo que de él se espera:

—Has hecho muy bien, Gretha.

—¿En serio? ¡Ay! ¡Qué tranquilidad! —Gretha devuelve el pañuelo a Martín, y termina de secarse los ojos con el dorso de la mano—: El mes que viene contraigo nupcias... Y antes de tener que rendir cuenta de todo a mi marido, quería resolver este problema.

—El burgomaestre de Eckenfiorde es hombre afortunado.

—¿A que sí? Y soy doncella, por si no ha quedado claro. Me ha costado guardarme... Pero tengo esperanzas de parir el año que viene. ¡Ah! Y si por un casual en unos años prefiriera Eckenfiorde a la corte, con mucho gusto le admitiría como preceptor de los hijos que Dios me dé. Mi prometido tiene ambiciones y mucho juicio.

Martín sonríe y baja la vista. Conforme lee, se traga sus espinas.

Cuando concluye la lectura, es casi de noche. Oye voces que le llaman. Gretha Alvensleben no está a su lado. Hace trizas la carta y el viento favorable lleva los pedazos al fiordo para júbilo de las últimas gaviotas.

3

Eckenfiorde, 15 de octubre de 1781

Penoso babuino, enano traidor:

Si creyera en el Destino, estaría tentado a proclamar que llama a pruebas. En los días y noches de una época no demasiado afortunada, a veces oigo aullidos espeluznantes. Y míos no son. Por eso me obligué a averiguar su causa. Al fin, los empleados de la fábrica de papel me dijeron que los molineros, sea por el fango que encharca el suelo en invierno o en verano, sea por la mucha cerveza, caen al agua brava del canal y, vencidos por la corriente, son triturados por aspas y engranajes. Imagino que lo mismo sucede en cualquier lugar donde haya molinos, industria que abunda. Así que no asuela Eckenfiorde un horror demasiado original. Mas lo cierto es que tanto dolor ajeno perturba el mío, y tanta mutilación, la abundancia de mancos y cojos, merma la producción de papel y excusa su falta de calidad, hechos que ignoran en Gottorp y en Louisenlund, donde en pliegos exquisitos se inscriben tus garabatos soeces y tu lavar cabeza de asno. Pero ya hablaremos de asnos. Mucho. ¡Y lávate! De momento, me excuso por la pobreza del papel, el cual se dignifica al soportar mis justas palabras.

Esta misiva ofrece una idea tan simple que hasta el llamado Martino da Vila la entenderá, de esforzarse: hace mucho que soy tú y tú nunca serás yo. Como tiendes a retorcer y a malentender el concepto más sencillo, según eres y según te enseñaron, quizá llegues a tomarme por un charlatán obsceno, amparado en el mismo pensamiento que te regalo.

Dios.

Sí, hablemos de Dios un poco.

Alza la vista de la carta y verás de nuevo a una muchacha con la rosada tez y la esbelta figura de las paisanas; eso si no se ha fugado a la carrera al husmear el azufre, más bien azufrillo, que emanas. La chiquilla es Dios. Te lo repito: Ella es Dios. Tengo el honor de presentarte a la Altísima.

La Altísima es omnisciente. Ella sabe que antes o después le causaremos repulsión. Ése es nuestro papel en la mala obra de la vida, tan dada a lo detonante y al estruendo, y a su vez tan floja y sin enjundia, que merece haber sido escrita por un necio francés, muerto hace poco. Pero volvamos a la auténtica comedia en la que unos lo hacemos bien, otros mal y otros ni sabéis por qué salís a escena, enredados en palabras y gestos que carecen de significado, ciegos y perdidos, hasta que cae el telón y os aplasta. Yo soy, acaso, Arlequín. Tú, Pedrolino de nacimiento, triste Gilles, *petit* Pierrot, serás el tonto del pueblo y de la ciudad y de los salones, conciencia aletargada y mezquina, eterna prisionera de su confusión. He ahí algo CIERTO. Y quizá sepas que algunos jamás sabrán de la existencia en la tierra como burla de moza; y de que otros ovillarán la cuestión hasta complicarla del todo, o del todo retorcerla, o manipularla; y de que muchos no han de tener ni tiempo, ni entendimiento, ni carácter para discernir el asunto y encararse al espejo: serán cucarachas que, en vez de corretear por las esquinas, seguirán quietas en la silla del comedor de porcelanas de Louisenlund, asintiendo a la primera vaciedad, mientras fingen, y fingen mal, que no oyen los azotes.

No estoy dolido, Pierrot. Dolorido es lo que estoy.

Sigamos hablando de Dios, y donde digo Dios, digo Naturaleza y digo Ella, la criatura con pechos de miel y jugoso hoyuelo en las carnes lumbares que he oído suspirar cada segundo de mi tiempo; mi propio segundo de mi propio tiempo. Ella no desea que nazcan ni vivan haraganes disfrazados, embozados jesuitas, nobles descastados, charlatanes, impostores, desertores, arlequines y pierrots; especies a las que tú y yo pertenecemos. Hay algunos por ahí que a eso le llaman pecado original. ¡Pecado

349

original! ¡Serán aburridos! ¡Pero si sólo es la broma original! Una broma soez y violenta. Sólo hay una ninfa; y se burla de nosotros hasta que decide matarnos. ¿Cuál es entonces la misión? La misión es encontrar cómico ese destino. Tomar sin escrúpulo el aliento con que la ninfa nos obsequia, el *anhelitu puellarum*, que según Joham Heinrich Cohausen, médico del obispo de Munster, prolonga la vida. Diré más: incendia esa vida, la exalta. Y es ahí donde nos perdemos. Ése es el dilema: o se burlan o nos perdemos. Y si nos perdemos, también se burlan. La misión no tiene sentido.

Dejemos por ahora los asuntos divinos y volvamos a los que son como nosotros. Nosotros: «los que somos tolerados». Los que entre nobles revolotean hasta que les hastían, estrictamente deshonrados allí donde el honor supone el grande y blasonado escudo. «Los que somos tolerados» discurseamos en cualquier idioma, pero en verdad sólo conocemos un idioma único de gestos, de reconocimiento, de mutua precaución, de competencia. Son nuestros los más estudiados cumplidos. Somos los originales. Los fingidores. Los que, en verdad, creemos, desgraciados, en el imposible oficio de labrarse una reputación por uno mismo y que esa reputación revista interés. Tú, por cierto, no eres interesante.

De entre nosotros sobresalen algunos con cierta calidad. No hablo de talento, sólo de una cierta calidad peculiar. Son los que tienen el estigma.

Te hago saber el ejemplo de un estigmatizado.

El hecho sucedió hace unas décadas; no tantas para que sea imposible demostrar su veracidad. Me lo han contado voces diversas con diversa intención en diversos tonos. Supongo que la versión que doy se ajusta a lo ocurrido.

He ahí, pues, un burlón, un quisquilla temerario. Pero un gran dramaturgo: un trágico aplaudido y agasajado, una cima de ingenio, el Gran Poeta. Un Gran Poeta no muy bello, ni demasiado joven, pero capaz de encandilar salones con su verba amena. El Gran Poeta ha sido encarcelado alguna vez por sus mofas al regente Orleáns, pero como si ello fuese tan sólo una broma sutil que respondiera a otra broma sutil. Hay cárceles y cárceles. «Los que somos tolerados» siempre acabamos en alguna. Yo mismo he conocido varias. ¡Sorpresa, novicio! Tú mismo has sido desterrado y con gran valentía asumiste el destierro. ¿No es así? Un coraje similar te impulsó a engrosar las filas de los casacas rojas en Hanóver, a sacarle los ojos a un misionero francés, a un indefenso jesuita. En verdad, a «los que somos tolerados» no nos hacen mucho caso; ni en la cárcel, ni en los destierros. En realidad, y en lo hondo, nunca nos hacen caso. Pero volvamos al famoso Gran Poeta, al no tan joven, pero aún vivaz, Gran Poeta. Un *homme de lettres* a quien repugna la magia, pero hechiza con su ingenio.

París. Nuestro Gran Poeta conversa con una Cómica en el teatro. El Gran Poeta no suele perder tiempo hechizando Cómicas, si no han de ser cerradura por la que se acceda a puerta de Nobles. Porque siempre encontrarás al Gran Poeta entre Nobles. No hay reproche que hacerle: los Nobles gustan de su compañía. El Gran Poeta se aventura en Arcadia en cuanto posa el culo en la butaca de un salón y de su boca sale una ocurrencia tras otra. Y ríen los Nobles. Y otros Nobles ríen menos, porque el ingenio siempre encontrará envidias. ¡Qué importa! No hay paso que se dé que no haga fruncir un ceño, al menos.

Pero hay un Noble en particular que se enfada mucho con el Gran Poeta. Este Noble cuelga de una rama de los Rohan. Muy antiguo, muy poderoso linaje el de los Rohan. Quizá hubo un Rohan listo alguna vez. Quizá hubo un Rohan que no rebuznase. El que menciono, quien nos interesa, es de los que rebuznan. Este Rohan —tío del que ahora es Gran Limosnero de Francia y quizá el Más Tonto de ese Reino—, al ver al Gran Poeta con la Cómica, se acerca a él: «Pero ¿cómo te llamas en verdad?», pregunta. Y le da a elegir entre dos nombres: uno, el del Gran Poeta; otro, aquel que el Gran Poeta llevaba antes de ser Gran Poeta. Sin inmutarse, rasgo esencial en quienes viven del gesto, el Gran Poeta se vuelve al de Rohan, le mira *up to bottom* durante ese segundo fatídico en el que es posible oír en un susurro el vuelo de pájaros africanos y contesta: «Señor, yo empiezo mi apellido, y vos, vos acabáis con el vuestro». No es de las mejores ocurrencias del Gran Poeta. Y si lo es ¡vaya Gran Poeta! ¡Y vaya profeta! Porque al morir sin descendencia el Gran Poeta, murieron su nombre y su rabia, y por Francia siguen coceando alegremente los rohanes. Pero entonces, allí, en aquel palco, frente a la Cómica, el de Rohan queda boquiabierto y ofendido. Nunca me ha sido dado comprender por qué. Este Rohan es imbécil como cualquier Rohan. *Ergo*, se halla a la altura de su linaje. *Ergo*, no ha debido ofenderse. Es una calamidad este Rohan, con todos los vicios normales y muchos de los anormales. Pero ¿quién no los poseía durante aquellos buenos tiempos de la Regencia en los que tan poco nos pensábamos a nosotros mismos?

Bien, hemos dejado al Gran Poeta con la Cómica, que oculta su bello rostro tras el abanico desplegado y aleteando para que el de Rohan sólo intuya que la respuesta del Gran Poeta ha dado en la diana. El Gran Poeta ha dejado en ridículo al de Rohan ante testigos. El de Rohan se enfurece como sólo saben enfurecerse los muy sabios o los muy brutos.

Un día sucede a otro y ahora el Gran Poeta se halla en un comedor de porcelanas cualquiera animando el banquete de unos Nobles. Recita, fabula, sentencia, proclama, susurra, argumenta, insinúa, nada le detiene. Todos ríen, todos halagan al Gran Poeta. Entonces, un lacayo se inclina al oído del Gran Poeta y comunica que alguien espera en la puerta con recado urgente. El Gran Poeta excusa su presencia y se anda hasta el vestíbulo. Allí le dan el recado de la siguiente forma. Dos hombres muy robustos alzan en volandas su triste figurilla hasta el estribo de una carroza entorchada, el nocturno resplandor de los poderosos. Luego, le golpean a conciencia. Cuando la somanta dura un rato y a ver quién encuentra ahora el lunar y los dientes del poeta y cómo duelen los costados y un cuervo picotea la peluca junto a un surtidor, por la ventanilla de la carroza asoma Rohan y exclama: «¡No le deis en la cabeza, que a lo mejor sale algo bueno!». Ocurrencia digna del cochero más que del pasaje; aunque así era Rohan y nada haremos para mejorar nuestra historia. Los golpes continúan hasta que a Rohan le cansa el espectáculo, a despecho de que la venganza es, de todas las distracciones, la más amena. Lo cierto es que Rohan se aburre enseguida y quiere irse. Así que dejan al Gran Poeta en el suelo medio muerto, o casi.

Aunque ya no es muy joven, como he dicho, el Gran Poeta tampoco es un viejo. ¡Tiempo tendría para serlo y a conciencia! Y por no ser viejo, el Gran Poeta se levanta del suelo. Muy enfadado, o con el enfado que puede, regresa a la casa donde hace muy poco adulaba, ingeniaba, sentenciaba y todos reían. Entra en el salón y la concurrencia ve el aspecto del Gran Poeta, tan parecido al de una cama deshecha donde hubiera menstruado una osa parda. Con la voz entrecortada por el pasmo, farfullando por la súbita ausencia dental, el Gran Poeta explica lo ocurrido. Y que ha visto perfectamente al de Rohan. El mariscal Rohan-Chabot, ahora recuerdo. El Gran Poeta pide justicia a sus amigos, que le respalden en la denuncia a su agresor. El Gran Poeta suplica indignación por parte de aquellos que saben de sobra que el mariscal Rohan-Chabot es un vicioso, un simple y, sobre todo, un cobarde. ¿Tiene que venir ahora el Poeta, ya no tan Grande, a explicárselo sin una pizca siquiera de ingenio? ¿O esa indignación es parte de algo muy gracioso? Eso debe ser, porque los Nobles ríen. Y continúa la velada, se suceden los juegos y la música. ¿Qué hace aún allí el Poeta con ese lamentable aspecto, mirándolos como si no les conociera?

El Poeta comprende al fin y se va. Al día siguiente, envía padrinos a Rohan para batirse en duelo.

Deja de leer esta carta ahora mismo, Martín, y aplica el oído al aire: ¿no llegan a ti las risas que aún emana toda Francia cuarenta años después del sucedido? ¿Un duelo, dices? ¿Entre Quién y Quién? Insisto: aún se oyen las risas de todo París, de Versalles, de Francia, de Europa entera. Una risa inmensa, atronadora... Ese duelo supuesto entre un Rohan y un Poeta hijo de notario es la mejor ocurrencia del propio Poeta. ¡Ésta sí que es buena! ¿Pero qué ha pasado, en realidad? Bien poca cosa. Una ocurrencia del Poeta dirigida a un Rohan ha sido tomada por ofensa. La ofensa ha sido reparada.

353

Un didáctico enuncia: «Los palos han sido mal dados, pero muy bien recibidos».

Fin del cuento.

¿Fin del cuento? Nada de eso.

Por una vez, el Poeta no agradece las risas con leve ademán. Toma lecciones de esgrima con el propósito de que su honor sea reparado. El Poeta que nunca aburría se ha hecho todo un valiente, y eso aburre. Pero es mucha la insistencia, y el propósito del Poeta Maníaco, del Plúmbeo Poeta, se difunde por París en cien versiones. Al fin, tanto anhelo llega a oídos del propio Rohan, que ni recuerda ya de quién le hablan. Como única medida, el de Rohan le comunica al regente que si no desea ver un Poeta muerto, le libre del cargante que pronuncia su nombre el día entero con esa boca sin dientes. Y el regente Orleáns primero encierra al Poeta y luego le hace llegar el siguiente mensaje: «Yo no digo que te vayas de Francia, pero ¿qué haces aquí?». Y el Plúmbeo Poeta marcha hacia Inglaterra. Y allí todo lo aprende. Todo lo bueno, si alguna vez su persona contuvo algo bueno. Y en la misma Inglaterra escribió las cartas que tanto te gustaron en su día. El Plúmbeo es Voltaire, por supuesto. Y siempre quedará estigmatizado por algo más que la humillación.

Lo único nuevo, Martino, es la historia que ignoramos. Y desde hace mucho se sabe que el Fuerte puede y el Débil sufre lo que debe.

Veamos ahora otro caso de «los que son tolerados». Una historia tiene relación muy directa con la otra. Y ya que hemos llegado a Inglaterra, aquí mismo iniciaremos el nuevo relato algunos años después. Esta historia la protagoniza un violinista. Un violinista que también es curioso del Arte y de la Filosofía. El Músico Humanista.

Cuando queremos iniciar nuestra historia, el Músico Humanista tampoco es demasiado joven, uno de esos caballeros que desde hace mucho y durante mucho, más allá de Ahora, parece habitar años intermedios. Un ojo puesto en la juventud y otro en la muerte. Demasiado inquietos si son inquietos; demasiado tristes si son tristes; demasiado celosos de su soledad si gustan de ella y creen que la soledad les hace libres. Más ingenuos que nunca, si eso es lo que son. Una edad de importantes decisiones, de resignaciones, de arrogancias y hasta de locuras. La falsa noción de que ya se sabe todo y lo que uno sabe disgusta. Mozos otra vez de un golpe. Mozos ridículos esta vez.

El Músico Humanista es ducho en su arte. Como ha estado en Alemania, adora la música del Bach, Juan Sebastián, el que vivía en Leipzig. Intenta sin éxito que otros se deleiten con ella, pero la ligereza llena el aire de la época y nadie quiere saber nada que aúpe por encima de ese aire. Olvidemos aquello, pues. Gustemos de lo que hay. Gustemos o muramos de hambre.

El Músico Humanista trata con Sabios y Nobles. Y lo hace mucho más allá del modo servil que requiere su oficio, ya que ha sido invitado a veladas de la Royal Society y también le han aceptado esos grupos, algo secretos, que se reúnen en banquetes tras una ceremonia previa en honor a la alquimia, la geometría y la arquitectura. Las experiencias con el sonido y el color. La certeza de que se es uno de los elegidos al ver tonalidades en el aire cuando suena la música. El Músico Humanista filosofa sobre ello en los banquetes. Como otros elegidos, percibe sensación de inminencia, la llegada de una nueva Edad de Oro. Esos amantes de lo furtivo parecen creer en lo que Píndaro decía de los misterios de Eleusis: «dan cohesión al mundo y le impiden caer en el caos». Ellos desean representarse como herederos de una estirpe muy antigua que se reúne en lugares donde se busca la idea perfecta: «Ni gobernar, ni ser gobernados». Los sótanos donde se respiran «antiguos sueños de reforma universal». ¿Cuántas veces, en cuántos tonos y declinaciones, se pueden enunciar «sueños de reforma universal»? Aquellos ingleses lo hacen al modo cándido.

Así que nuestro personaje se gusta y gusta. Comparado con Bach quizá es un caricaturista de la música; o con Haëndel, que vive en el mismo Londres, pero a quien nunca visitará por admirarle demasiado, por no ser digno. En resumen: el Músico Humanista nunca tuvo, no tiene, no tendrá, mala idea. Ni la tienen los poemas que él mismo escribe para que su música los acompañe: «La doncella hecha paloma», «¡Oh, si supieras qué clase de encanto!», «¡Qué alegría cuando vi el rostro de mi Fanny!» y el más importante de todos, «El destierro a uno mismo». Una premonición, como toda pieza en verdad artística. También una mentira: no hay «uno mismo» donde desterrarse.

Londres huele a carbón y a lana mojada. Es un lugar sucio, áspero, brillante, delicioso. Tanto tienes, tanto vales, sí, pero te dejan en paz. Al menos, ésa es su fama; porque las luchas por la corona, las guerras escocesas entre los Hannover y los Estuardo, desembocan en la supresión del *habeas corpus* y los extranjeros empiezan a ser tratados como enemigos. Los católicos, en particular. El Músico Humanista es allí un extranjero. Y católico por bautismo. Muy poco se sabe de él; ni de su origen, ni de su verdadera misión en Inglaterra. Empiezan a interrogarle en la magistratura. Los Nobles y los Sabios, aunque se hallan convencidos de que sólo es un Músico Humanista, mantienen la distancia hasta que el asunto se aclare. El Músico Humanista ama la soledad, pero no esa soledad. Y como se ha acostumbrado a beber en las muchas cenas con brindis innumerables, ahora bebe para soportar la incertidumbre, la amenaza. Bebe para envalentonarse, para soportar los interrogatorios con entereza y, por qué no, cierta arrogancia. Bebe también porque no le dejan interpretar su música, ni la música de otros. Se dedica entonces al color de esa música; busca intensidades que el plebeyo *gin* facilita. Los únicos que no le dan la espalda son sus hermanos secretos de la logia. Y es fácil imaginar por qué. Algunos de ellos son también católicos, aunque eso no lo sepan otros hermanos. El secreto es, sobre todo, la máscara que hace indistintos a unos y otros. O, al menos, lo era en aquel tiempo. Un día, tras una reunión y la cena consiguiente, el Músico Humanista se excede en las libaciones. Cuando se excede, el Músico Humanista no tiene miedo, es otro, y porque es otro cree ser el de antes. Tras el banquete y siguiendo un debate inacabado, el Músico Humanista visita el laboratorio de alquimia de un miembro de la hermandad para seguir hablando del color y de la óptica. Al llegar al laboratorio se encienden los candelabros, se hace la luz y el Músico Humanista queda fascinado con una cuba llena de un líquido verde como esmeraldas, el más puro verde veronés... Nunca ha visto nada igual: del verde de esa cuba emana una nueva música brillante y poderosa que debe hacer suya. Antes de que su amigo pueda advertirle, el Músico Humanista hunde las manos para que se tiñan de ese tono fabuloso sin reparar en los ácidos que la solución contiene y ve cómo los encajes de los puños se vuelven pardos, humean, llamean. Cuando comprende, ya no requiere esa provechosa facultad. Los chillidos de dolor rompen las copas, las vitrinas, las bujías. Las llamas de todas las velas estallan y estallan los cristales del mundo. Eso sucede al menos en el blanco resplandor del que cree morir. Para quienes pudieran oírlo, sólo sería otro lamento lejano, como los que oigo llegar a veces desde la fábrica de papel.

El Músico Humanista se ha quemado las manos ferozmente: tardarán meses en curar y, al fin, semejarán las de un pato. El Músico ya puede despedirse del violín. Con el tiempo, pondrá de moda los guantes de cuero.

Y ése no es, Martín, el Verdadero Estigma del Músico Humanista, a quien desde ahora sólo llamaremos Humanista.

El amigo en cuyo laboratorio tiene lugar el accidente se preocupa por él con gentileza. Es un hombre bueno y se siente responsable de la desgracia. A partir de la *nocte horribilis*, el Alquimista Aficionado se encarga de que nadie moleste al Humanista y le lleva a la casa de campo familiar. El servicio le cuida y, por las tardes, al calor de la chimenea, mientras duelen las manos vendadas, una prima del Alquimista Aficionado, una dulce criatura, se encarga de leer en alta voz cuanto el Humanista desee.

El Humanista no está para efusiones líricas, ni elegías pastoriles, ni intrigas aventureras; éstas, ésas y aquéllas le traen, por extrañas sendas del pensamiento, el recuerdo de su desnortada conducta en los últimos meses y la nefasta culminación. El Humanista busca en la Historia ejemplos que le rediman. Por eso la muchacha selecciona libros de la espléndida biblioteca y lee para él relatos de Polibio, de Tácito, de Flavio Josefo, de Salustio, de Suetonio, Amiano Marcelino, de Tito Livio, de Maquiavelo, de Hobbes, de Locke... Al Humanista le place esa lectura; sobre todo, porque es Ella quien lee. En cuanto a la joven, no es sólo esa combinación fascinante de tez blanca y cabello negro, tan raro en la isla, ni son sólo los atributos esféricos, magníficos, tangibles, que dan ganas de decirle a Newton: «Ven y mira qué ha hecho aquí Naturaleza con tu mezquina ley de la gravedad». Son también sus silencios, su modo de pasar páginas, de arrugar la naricilla en sus reflexiones. La voz algo ronca de la muchacha se superpone como una mano que acaricia la piel al crepitar de la leña, a la lluvia en las copas de los árboles y las ventanas, a las rápidas carreras de los criados, su chapoteo y sus jergas lejanas. A ella le gusta leer porque el Humanista comenta con la muchacha sus impresiones como si lo hiciera con otro hombre. Ella no está hecha a ese trato y lo valora de muy caballeroso y honorable. En esas veladas, los dos comparten la sensación de inminencia de una nueva Edad de Oro y al propio tiempo dudan de su llegada. Algo entusiasmados por su mutuo descreimiento, especulan, distinguen, examinan.

Tras leer hechos antiguos y modernos, y distintas interpretaciones de esos mismos hechos, acaban pensando que no es necesario tejer anécdotas sobre el pasado y mostrarlas una tras otra en una sucesión de tiempo que siga una línea quebrada con altos y bajos, que se repiten como síntomas de una enfermedad o de mejoría de la misma enfermedad. Por un lado, el pasado sólo es una aventura edificante por nuestra voluntad de moldearla a su pretendida lección. Y por otra parte, ¿tiene el pasado un final más allá del presente?, ¿tiene sentido?, ¿un plan trazado por alguien?, ¿la Providencia? Que la tiranía de César hizo que le asesinaran y el regicidio trajo más tiranía no quiere decir que derrocar a un tirano traiga siempre más tiranía; ni significa que vaya a traer menos; ni que gracias a ello la fe de Jesucristo pueda extenderse por un imperio. Es ameno, pero no es fundamental. Lo fundamental es hacer buenas preguntas y entrar con gallardía y paciencia en la selva de soluciones. Lo fundamental es ¿por qué el Humanista es perseguido en Inglaterra como extranjero y como católico? Planteada la cuestión, nos remontaremos hasta el asesinato de Julio César, y si carecemos de buen sentido, quizá enlacemos de modo íntimo un suceso con otro. En cualquier caso, habremos descubierto algo: lo inmenso, lo inagotable, de nuestra ignorancia. Y quizá disminuyan los temores de cada día, mientras crece nuestra humildad. ¿Hay en todo ello lugar para la constante permanencia de la Razón? De ningún modo. Sólo hay pequeñas razones y grandes azares. O viceversa. Pero no hay un solo Azar como no hay una sola Razón. No caminamos a tientas sobre el filo del Eterno Sable Justiciero, ni navegamos por un mar calmo hacia el Paraíso con el viento de popa de la razón hinchando las velas. Los sucesos de la Historia, liberados del tiempo, forman un paisaje con colinas y bosques, con pantanos y fangales. A veces, la visión es deformada por una tenue neblina; otras veces, escalofriantes tormentas lo oscurecen todo. Y uno camina por ese paisaje sólo Ahora, porque el mismo paisaje será otro paisaje cuando vuelva a caminar por él, cuarenta años después y con otro modo de mirar a los hombres y su temple ante la adversidad.

Así, que una tarde, Ella y el Humanista, a partir de un comentario a Tito Livio, traman una sucesión de certezas, ese zambullirse derecho y sin trabas en el magma del caos hacia una revelación, elaboran una ley similar a las leyes de la filosofía natural, que siempre se cumple y siempre se comprueba.

Éste es el inicio de la ley:

Si uno se esfuerza verá con los ojos de los muertos, verá sus colores, y será Poncio Pilato o Cayo Julio César, o su esclavo. Pero eso nunca se hace, porque somos vanidosos y nos avergonzamos de nuestro pasado, cargamos con él. Por ello, con el paso del tiempo, y para sanarnos, hacemos que los hechos imprevistos se vuelvan inevitables. De ese modo, lo que llamamos Historia, la explicación de los hechos de los hombres, influye sobre las cosas, pero no expresa su naturaleza verdadera. Adán sabe que está desnudo porque ha mordido la manzana. Luego, sabe. Luego, se esconde porque sabe. Luego, inventa una falsa sabidu-

359

ría. Luego, esa sabiduría es un bálsamo, pero una mentira. El hombre se enmascara para no avergonzarse del mismo azar de ser hombre, de su mínima importancia, de que sólo es deudor de la nada. Por ello se traiciona a sí mismo. Bebe la sangre de los antiguos, no para alimentarse, sino para reafirmarse y reconfortarse en su idea de hombre según convenga. Y esa conveniencia hace que el hombre se vuelva vampiro.

Y si el hombre no sabe a ciencia cierta de su pasado, si lo ha corrompido engañándose, ¿cómo aprenderá de sus lecciones?, ¿cómo razonará su presente?, ¿cómo aventurará su futuro? Es incapaz. Todo en él será sorpresa, incómodo asombro, y más beber sangre con que sanar la sorpresa. Lo imprevisto será inevitable, sí, pero seguirá perdido en el Tiempo y en el Espacio. Ése es el cómico y trágico equilibrio del mundo. Días con sus noches. Hombres con sus vampiros. Lo imprevisto, inevitable.

Ésa es la ley.

Y la llaman «Ley del Vampiro». Convencidos, como les ha ocurrido a tantos muchas veces, de que esa idea no existía antes de que ellos la pensaran, de que estaban viviendo un momento único, irrepetible.

¡De qué modo intenso y delicado se miran al darse las buenas noches la muchacha y el Humanista! Sólo dormirse, el Humanista tiene un sueño. Te lo ahorro. Al despertar, el Humanista se halla muy animado. Diré más, ya que algo se echa de menos: empalmado como un semental.

Durante esa semana, el Humanista y la dama no leen una línea. Bullen con delicia de apetitos que nunca parecen saciarse. Sobre la hierba, tras los rosales, de un diván a otro, en una cueva artificial del fresco jardín *et sic caeteris...* La inminencia de una cosa trae la plenitud de otra distinta.

El mayordomo cabalga hacia Londres con la boca llena de secretos.

Muy pronto, y con gravedad en las facciones, llega el señor a la mansión, el Alquimista Aficionado, el primo de la muchacha, bendito sea. Sin más comentario, deposita una bolsa con monedas en las manos vendadas del Humanista y lo acompaña a una diligencia que se encargará de llevarle a Ipswich. Ahí embarcará hacia Amsterdam.

El Humanista es expulsado, pues. Le han arrebatado a Dios. No se lleva de Inglaterra ni su violín. De nada puede servirle. Pero el Humanista no se siente vejado aún. Ése no es el estigma.

Como alguna moneda de la bolsa posee valor considerable, el Humanista llega a Roma sin más sobresaltos que los propios del viaje. Ahí, se dedicará al estudio de la Historia Antigua, que sólo puede traerle recuerdos de Ella. En Roma conocerá las maravillas del Arte. Ahí acompañará a los viajeros ingleses, alemanes y algún francés.

Y aunque no son muchos, hay personajes de interés, vaya que no. Como el marqués de Marigny, el hermano de otra Ella que ya no es Ella. Lo habría sido unos años antes, no hay duda. El marqués de Marigny era superintendente de Bellas Artes de la corte francesa por gracia de su hermana, la marquesa de Pompadour, favorita del rey, por si no lo sabías. Como el dibujante Cochin y el arquitecto Soufflot, su académica escolta, se hallan desorientados en aquel país. Tanto como en el propio, al menos. El Humanista acompaña por Italia al de Marigny, le hace partícipe de su sabiduría, no sólo en materias artísticas, sino también industriales y, por encima de ellas, la que hace referencia a la fabricación de colores. El Humanista inventa aquello que ignora y tras la partida del marqués y alguna vaga promesa, creída a pie juntillas, le escribe a Versalles, porque ya no dan más de sí Roma, Florencia o Venecia, y el Humanista, según su criterio, lleva una vida que no merece. Así que, tras un intercambio epistolar, y renovadas, aunque no muy calurosas, promesas, se dirige a París.

De ese modo, otro Aventurero llega al lugar idóneo para alcanzar lo más alto o acabar como un mendigo. Pero el Humanista cree poseer la chispa y la experiencia que llevan hasta el cobijo de los poderosos. Aún tendrá que escribir muchas cartas al de Marigny, donde le sigue expresando su más rendida admiración, para que éste acceda hospedarle en el castillo de Chambord. Allí, el Humanista, mientras solicita quimeras sobre ciudades nuevas y cubas con tintes maravillosos a un Marigny cada vez más esquivo, instruye a sus discípulos en el arte del color. Y si en verdad nunca ha adquirido los conocimientos necesarios sobre la materia, hay que reconocerle que, en su día, sus manos pagaron por ello un alto precio. En esas semanas, entreveradas incertidumbre y calma, el Humanista aprende de sus discípulos lo que debería enseñarles: los rudimentos del tinte, viejas fórmulas. También recopila algún truco en antiguos volúmenes. De algún modo, halla los contornos de un nuevo personaje: el Tintorero Esotérico. Pero sus discípulos, con ser buenos artesanos, no ven música en los colores. Tampoco les interesa. De hecho, ni a él mismo le interesa ya esa fantástica visión y la revive pocas veces. Finge, finge mucho, azuza la competencia, da por bueno lo obvio, y cuando no comprende algo dice simplemente que debe trabajarse más. ¡Qué fácil es convertirse en un mal maestro, atento siempre a no ser atrapado en un renuncio, y sólo a eso, y creer uno mismo que sabe algo! Debe escapar cuanto antes, porque sus aspiraciones son más altas que andar todo el día con ceño de suficiencia del que sabe lo que ignora.

Marigny no contesta sus cartas. Así que el Humanista aprovecha las artimañas que ha practicado en Chambord con sus pobres discípulos: el decir solemne y saber desdecirse, el callar con misterio, el asombrar en lugar de enseñar, la impostura. Y se llega a los jardines del Palais-Royal armado con el escudo de la simulación, la armadura del secreto bien guardado y, hay que decirlo también, con la espada de doble filo de un saber conversar y algún conocimiento verdadero. Ahí, en aquellos jardines, se limita a exhibirse y sonríe sin más comentario ante alguna burda fabulación de las que se difunden bajo el Árbol de Cracovia, aquel cuya corteza debería crujir cuando se dice una mentira. Con sus mejores galas, casaca y calzón ceniza, chaleco brocado, sombrero de pluma blanca y guantes rojo sangre, se cuela en alguna recepción, atrae sobre sí la curiosidad tanto de viejos escribas jorobados de ojos encallecidos por observar seres irregulares, superpuestos unos a otros en el tiempo, cien veces olvidados y cien veces recreados, como de las damas que, en los jardines, bajo una sombrilla, paladean *gelati* con cucharilla de plata. Todos se preguntan ¿quién es ese hombre?, ¿qué pretende?, hasta que les puede esa curiosidad tan inflamable y le invitan a sus salones con el único propósito de pasar la tarde con una nueva diversión. Es entonces, cuando el Humanista ya lleva contadas un par de fábulas aquí y allá, y un rumor se expande entre los Nobles, cuando el de Marigny se encela y reclama su descubrimiento. Le llama pues a Versalles y le presenta a su hermana, la Pompadour, quien se encanta con las historias del Humanista. Así que la Pompadour, a su vez, le presenta al rey, el decimoquinto Luis.

Ya está ahí dentro el Humanista. Ha escalado la más alta tapia. Veladas en el Trianón con los más allegados a la Favorita: Gontaut, la de Brancas y el cardenal Bernis, ministro todopoderoso, al menos hasta el punto que marca la Pompadour. Nada le cuesta al Humanista aprender los ritos cortesanos en las antesalas; era lo mismo de siempre, sólo que más lento el ademán: leer en los gestos mínimos, en los hombros tensos, en las manos impacientes; valorar las dosis de veneno en cada tono, dónde se arrojan las miguitas de un chisme y dónde no; cómo y cuándo se recogen y por qué se transmiten; las calidades de los lazos sin amistad, de las aversiones sin odio, del honor sin virtud, del respeto por las apariencias y las verdades sacrificadas. Lo necesaria que es la estudiada maledicencia para mantener unido ese dorado corral, el gran mundo entre los grandes mundos. El significado de las volutas y de las espirales, líneas de gracia que limitan las paredes y los techos estucados. Cada ornamento es un floreo político.

Como al parecer el rey se divierte con el Humanista, a éste le llueven invitaciones de las mejores casas parisinas.

No es mala vida la del Humanista. Sin embargo, la curiosidad ajena es una alimaña bifronte, que besa o que muerde; y aunque quizá no sea argumento de general aplicación, afirmo que si una de esas cabezas parece insaciable, la otra, la que muerde, lo es sin duda. Los aforismos cuestan lo que valen: nada. Pero continuemos, que me estoy alargando para bien poca cosa: instruirte aún, avisarte. Decirte que soy tú y tú nunca serás yo.

El Humanista, pues, ha restablecido la armonía con el mundo que el Violinista perdió. También ha descubierto nuevas disonancias en su ambición redescubierta, ahora inagotable. ¿Escogerá el arte de callar o le arrastrará la pasión de asombrar? Quizá el remedio sea callar algo para asombrar mucho. Además ¡es tan fácil asombrar! Un ejemplo. En sus viajes, el Humanista se acostumbró a vivir con muy poco. Y se ha dado cuenta de que el escaso alimento, bien elegido y bien dispensado, robustece más que lo abundante. Así que recomienda a la viuda y luego a otras damas el comer nueces y alguna hortaliza, carne poca, no excederse con el vino o abstenerse de él, sobre todo en las cenas. Como el Humanista ha visto la salud de algunas aldeanas, y por no provocar una mueca de rechazo en aquellas marquesas y condesas con su villana fuente de conocimiento, inventa al punto un misterioso médico árabe que recomienda largos paseos sin la tiranía del corsé, lavándose antes y después con agua, jabón y, para despistar, una cucharada de sangre de nutria agonizante. Las damas que siguen sus consejos en sólo un mes parecen figurines. A eso le llaman Medicina Hechicera. *Ravissant…*!

Cuando en los banquetes, donde no prueba ni el vino ni los licores, el Humanista explica sus versiones de la Historia, su Ley del Vampiro, tal como fue elaborada en aquella casa de campo en las afueras de Londres, nota un cierto rechazo. Alguien le da a entender que sus comentarios se pueden malinterpretar: la gente recela porque toda anécdota histórica suele tener una moraleja inconveniente, algo subversiva. Y nadie le invita para que haga discursos inconvenientes. Por tanto, ya que la nobleza de otros obliga, cuando le toca lucirse en las conversaciones, el Humanista finge del modo más natural un raro estado de duermevela, cambia el tono de voz y simula ser poseído por alguien que vivió hace mucho ¡Y en verdad lo hace a la espera de una inteligencia que aprecie el auténtico significado de sus palabras! ¿Reacción primera? Ovación, risa, exclamaciones maravilladas, brindis en su honor. ¿El segundo resultado? Quien habla es él mismo; seguramente en algún momento consiguió el secreto del elixir de la eterna juventud. ¿Una tercera opinión? Miente como un bellaco, pero es muy divertido. Tan divertido al menos como su sobrenombre. Así, lo que antes era inapropiada política, ahora es magia potagia. ¿Hay algo más sensual para esas damas que seducir al mismo Médico Hechicero que visita y aconseja a la Pompadour?

¡Cómo gozó!

Y el mucho goce vuelve imprudente, congrega vanidad.

Es difícil expresar de qué modo imperceptible el Médico Hechicero ha sido moldeado por la pereza mental de los demás, y ya no repara en su hacer y decir, no sólo en cómo es, ni siquiera en cómo se ha fingido ser, sino en cómo ellos al fin le han supuesto. Imita el error de los demás. Se anticipa a sus deseos. Es una figura de fango viviente desde que se levanta hasta que se acuesta, y mientras las monta a todas ellas, y cuando sueña. Una estafa de sí mismo que no acaba ahí, porque siendo como los otros han querido que sea, al fin les aburre.

Ésa es la única magia de la vida.

Una magia bien triste.

Sobra mencionar a estas alturas que el Médico Hechicero soy yo. Y entonces yo era el conde de Saint-Germain.

En ese punto me agita otra farsa, aún más vulgar. Una especie de anfibio, mitad francés, mitad inglés, a veces tahúr, a veces espía, parásito del barrio del Marais, recorre las tabernas haciéndose pasar por mí, armado tan sólo con cuatro chismes de lacayos. Antes se ha hecho llamar *milord* Gor y, cuando no va pintado como una muñeca, es vendedor de forrajes. Así, el conde de Saint-Germain se convierte en un ser inmortal, «dicen que ha cenado con Jesucristo y ha llenado el aguamanil de Poncio Pilatos». La malévola chismorrería de la corte y de los salones se vuelve boñiga en la cara cuando la maneja plebe beoda. Además, cuando un personaje está en boca de Nobles, Curas o Plebeyos, Ricos o Pobres, no hay quien no tenga una historia que contar, o mejorar, hasta que esté a la altura del personaje. Así, por enseñarte una de entre las muchas columnas del templo de mi ignominia, citaré la que dice que el Inmortal Médico Hechicero es un estafador que practicaba en las cortes italianas el timo del prisionero español de acuerdo con una bella joven inglesa; y es un alquimista que sabe hacer oro español; y es un petimetre vestido siempre de color tabaco español; y colecciona lienzos de maestros españoles; y nunca se saca esos guantes de cuero español, porque entre los dedos lleva las marcas del diablo... En fin: quien dice ser un alumbrado noble español no es más que otro *petit espagnol* con abundante descaro. ¿Lo era? En verdad no era de lugar ninguno. Pero a ti, Martín de Viloalle, te sucede lo mismo.

De ese modo, y por empacho, sin variar una palabra o un gesto, el conde de Saint-Germain que era sabio y divertido, de la noche a la mañana se ha vuelto un charlatán. Y aunque no todo el mundo lo crea, porque no todos son estúpidos, lo único que muestra el espejo es el constante y espantoso reflejo, ese basilisco ruin y deforme, esa inextirpable sospecha que mata sólo mirarte.

¡De qué modo torpe y tardío regresó la convicción que siempre tuve, por un tiempo arrinconada! Uno es lo que los demás hacen de ti. Ése es el único valor, y en mi caso, el único patrimonio. Al conde de Saint-Germain le da por filosofar, que consuela mucho. Y lo que filosofa el conde de Saint-Germain es lo siguiente: un mundo, unas cortes, donde el máximo valor es la apariencia y el máximo dolor no es la ignorancia, ni la esterilidad moral, es un mundo fracasado. Al mismo tiempo, ese mundo grita por medio de sus mejores bocas: «¡Sed razonables y seréis felices!». Me río yo de eso. Prueba a razonar y a ser feliz en un mundo en que Razón y Felicidad son tan vulnerables a la devastación del ridículo. La felicidad razonable es delicada como el cristal, no es nada solemne, y a todo se expone. Y no me gustaría hablar demasiado de ese afán de razonable felicidad en los mismos *philosophes* que la propugnan. En lo más hondo, esos individuos no soportan lo que vocean y si lo vocean sólo es para darse importancia: razón, felicidad. Unos y otros, esos y aquellos, sólo sienten una calma enfermiza cuando termina la fiesta, cuando el instante se agota, cuando todos miran a todos. ¿Y qué ven? El fin del baile. Los músicos se han dormido tras arrojar los violines al parqué. Chorretones de polvo y de pintura se deslizan cara abajo y revelan pieles lívidas, enlodadas, el eficiente espectáculo de muchas vanidades rotas. Ésa es la paz. Sólo eso enlaza corazones y libera. Y así camina el mundo, porque así ha de ser y será. Un mundo que desea marcar a fuego el destino de «los que son tolerados», de «los que toleran» y de todos aquellos infelices que, agazapados en la noche, miran ese mundo desde el otro lado de los ventanales. Pero, insisto, así ha de ser. ¿No ha sido siempre así? Y porque así ha de ser y ha sido siempre así y algunos carecemos de fortuna personal o la hemos derrochado, y ni poseemos un retiro donde refugiarnos del mundo, o lo hemos sacrificado por orgullo, por todas esas causas seremos vanos, y de los pedazos de nuestra vanidad rota surgirá una nueva vanidad. Porque si he de confesarme fingidor, también lo seré de mi vanidad. Por eso es tan exagerada, Martín, porque no sabe ser.

¿Una situación terrible? Ni mucho menos. Aún me queda Versalles, aún tengo el favor de la Pompadour, y como si tal cosa, el rey me dirige unas palabras amables, siempre hablando de sí en tercera persona, siempre llamándose «Francia»:

—¡Ay, Saint-Germain! ¡Si Francia tuviera que hacer caso a todo lo que no le dicen que se dice de él…! Por eso, tantas veces Francia toma una decisión, comunica la decisión contraria y luego hace algo que sorprende incluso a Francia...

Supongo que aquellas palabras de Su Majestad perseguían algo más que mi consuelo. Por el tornar de ojos de la Pompadour, imaginé que el rey la acusaba de filtrarle o negarle según qué infamias y calumnias, dando a entender que Francia, él, tenía oídos en diversos lugares y siempre podía actuar en consecuencia. La Pompadour me sorprende cuando interpreto con la debida prudencia de gesto la insinuación del rey y la reacción de la misma cortesana. Con no pocos rodeos en la conversación, me hace algo así como su consejero. Otro más, magnetizado por esa suerte de cofradía a la que llaman *Secret du Roi:* el secreto puesto en abismo, recreándose desde Versalles en nuevos secretos, cajas dentro de cajas que alguien debe llenar de confidencias.

La Pompadour también le comunica al ministro de la guerra, Belle-Isle, que me escuche como antes me escuchaba el de asuntos exteriores, Bernis, que sólo lo hacía, en realidad, cuando interpretaba para su diversión exclusiva el papel del espíritu de Augusto declamando: «¡Varo, Varo, devuélveme mis legiones!» al enterarse de la derrota del bosque de Teotoburgo.

«¡Carlos, Carlos, devuélveme mi espalda!»

Entretanto, la guerra. Ése es el motivo de que el cardenal Bernis haya sido depuesto y Étienne François de Choiseul se ocupe ahora de la alta diplomacia. Un mediocre, Choiseul, pero tan malvado que ni los demonios se han atrevido a llevárselo de este mundo.

Corre el año de Gracia de 1760. La guerra está siendo nefasta para Francia. Es imprescindible llegar a un acuerdo de paz. Pero ¿paz con quién? Francia se enfrenta a Inglaterra y Prusia. Belle-Isle, de quien soy confidente, quiere la paz con Inglaterra. Choiseul, en cambio, la quiere con Prusia. Informo a Belle-Isle que me precio de ser amigo del inglés que antaño fuera Alquimista Aficionado, el primo de Ella, quien ahora es uno de los hombres decisivos en el posible fin de esa guerra. Le soy sincero *comme-ci comme-ça*; has de comprender que no puedo serlo más a esas alturas y en ese ambiente. Dicho lo dicho, por orden del mismo rey, que es una orden de la Pompadour, Belle-Isle me envía en misión diplomática secreta. Esa nueva vanidad otra vez, Martín. Esa esperanza de elogios, de asombro, de una renta quizá, de restituirme en mi voluntaria máscara. También la esperanza, la ilusión, no me avergüenza admitirlo, de la Ella primigenia. Así que parto hacia La Haya donde buscaré los enlaces apropiados.

Las paredes no oyen, Martín. Basta con que oiga la Pompadour. Digamos que la Favorita juega con los naipes trucados. Sin verdadera malicia, en realidad. Los mismos aciertos que le han llevado a mantener su condición, pese a que el rey ha perdido hace mucho el apetito por ella, le hacen tomar decisiones similares en asuntos más graves. Todo lo iguala en su mente la rara condición de mujer advenediza que gobierna en la sombra y puede dejar de hacerlo en cualquier momento por la mera voluntad de «Francia». Todo por reinventarse a sí misma de forma constante y según la circunstancia. Para no aburrir, sobre todo.

Un ejemplo.

La Pompadour suministra nuevas amantes al rey en vez de reprocharle su falta de interés por ella; así domina al monarca sin empacharlo, oye las noticias de sus, digamos, empleadas, y sigue donde está. De igual modo lleva algunos asuntos de gobierno. Como mueve los hilos de los que se aparean, mueve las rivalidades políticas. Por decirlo de otro modo, baila con Belle-Isle, que es protegido suyo, y baila con Choiseul, a quien también protege. Y los dos se engañan al entender que cuando la Pompadour les hace una confidencia, el otro acaba de caer en desgracia. No es así. Simplemente es un baile. Un coqueteo. Una guerra convertida en minué. ¿Ves como tenía razón al hablar de Federico y sus estrategias militares del modo en que hablé? ¿Hablaba por hablar?

Así que Choiseul se entera de la secreta misión inglesa y, sin mostrarlo, desde luego, se enoja, se siente humillado, postergado. Como sólo sabe de mí lo público, y eso es grotesco, recaba la sabiduría de su amigo Voltaire, ahora señor de Ferney. Éste, que no tiene idea de mi existencia, se informa con sus visitas, que saben lo que sabe la plebe, ni más ni menos. Cuando le cuentan, interpreta la historieta a su modo nada original, estalla en carcajadas, y como la fortuna de su país en esa guerra le importa menos que ser ingenioso, le escribe a Choiseul a vuelta de correo: «Saint-Germain, claro, ese hombre que no muere y que lo sabe todo».

«Ese hombre que no muere y que lo sabe todo.»

¡Admirable! ¡Se ha enterado con un año de retraso de lo mismo que sabe cualquier mesonero, y al punto nos parece que esa maldad tan divertida haya sido inventada para la ocasión! Con lo demás pasaba lo mismo.

Si el desastre fuera corto, Voltaire, en su retiro de Ferney, se ha convertido en una máquina epistolar. Por eso escribe de inmediato a Federico de Prusia, para delatar la misión secreta, al mismo tiempo que la convierte en una especie de broma. Si la convierte en una broma, la misión sólo puede ser una broma. ¿Y quién puede cometer alta traición si ha interpretado como broma lo que sólo puede ser una broma?

Martín de Viloalle: ése es el estigma.

El corazón se me partirá en dos cuando oiga la historia completa, el hecho de que ese cotilla se haya burlado de mí de tal modo, con tanta saña encubierta y tanta malicia. «Antes tenía mejores motivos para que se le partiera el corazón, más dignos», dirás. Y quizá tendrías razón si supieras, y habrías de saberlo ya, que uno no elige el modo, el lugar y la forma en que tendrá lugar ese quebranto. Las desgracias se cuelgan de uno, pero sólo le devoran pasado el tiempo, cuando ellas quieren, cuando menos lo esperas. El hecho es que me acaba de delatar uno de los hombres a quien este estúpido mundo considera más sabio. Y por si lo estás pensando, te responderé que sí: eso borra cualquier impureza egoísta que pudiera tener mi misión, cualquier mentira dicha, cualquier suplantación de mi propia persona.

Y sigo preguntando ¿por qué esa envidia y ese ansia de aniquilar a quien no se conoce? ¿Por qué esa facilidad para el juicio liviano que sólo valga otra sonrisa de los poderosos? Si hay un rencor maligno, ése es el de los triunfadores. Desde Ferney, el señor de Voltaire se hace el desterrado, pero sigue entrometiéndose en lo que puede, destruye cuanto se le antoja. Hace mucho que ha descubierto que no hay nada mejor en cuanto a ganar oro y prestigio que la osadía con las espaldas bien cubiertas. ¿Quieres otro ejemplo? Será instructivo y, además, eres el hombre idóneo para comprenderlo. ¿Recuerdas las reducciones jesuíticas del Paraguay? ¿Te hablaron de ellas? ¿Oíste alguna vez de un supuesto rey jesuita y de otras barbaridades que se satirizan sin piedad en el *Candide*?

En realidad, esas reducciones eran un modo de cristianizar a los indios, pero al propio tiempo salvarlos de la esclavitud, y en lo que yo sé, el modo de organizar una sociedad libre. Exactamente lo mismo que Voltaire blasona mucho tiempo después haber hecho con sus campesinos en el, ay, señorío de Ferney. ¿Qué le han hecho a Voltaire los jesuitas, además de educarle? ¿Es el afán de poder de la Compañía, su talante hipócrita? ¿O es que, en aquel tiempo, Voltaire ha invertido una fuerte suma en la expedición militar cuyo objeto es acabar con las reducciones? No pongas en marcha esa máquina formidable, tu mente: la verdad se halla en el último supuesto.

La cólera de Voltaire, enmascarada de sarcasmo, se dedica en exclusiva a todo aquel que no tiene verdadera influencia, ni se presentará nunca ante su casa con unos matones y una carroza entorchada. Y ya no tenían esa influencia y esa fuerza los jesuitas cuando les aporreaba una y otra vez con sus bromitas, y tampoco la tuve yo tiempo después. Todo acto generoso que no se le ocurra a él, que no protagonice, sólo puede ser obra de un farsante. Un farsante que, por ejemplo, se cree inmortal y que lo sabe todo. ¿No hay aquí una variante del «quien se excusa se acusa»? Quien acusa se excusa. Voltaire no sólo había sido un farsante, sino que aún lo era en la medida de sus posibilidades, como una puta vieja que se hace la virtuosa porque ya nadie la desea. En la primavera de 1760, Voltaire aún sangra por sus estigmas.

Me detuvieron por espionaje en La Haya en cuanto los ingleses recibieron carta de Federico. Seguí manteniendo ante mis interrogadores el motivo de mi presencia en la ciudad y de mis entrevistas con algunos señores ingleses. Pero mi deber, según supe más tarde, era negarlo todo y sacrificarme. En Versalles, desde luego, todo lo negaron. La misión secreta, como tal, nunca había sido misión. Como mucho, delirios de un impostor. Choiseul se salió con la suya. Belle-Isle perdió algo. El rey se lavó las manos, le dio un beso en la mejilla a la Pompadour y se fue a joder con otra al parque de los Ciervos. Uno menos en el *Secret du Roi*.

Me entregaron a los ingleses. Lo que había imaginado como gran regreso, una visita a la prima del Alquimista Aficionado, quizá un amor renacido para un hombre nuevo, sólo fue más ridículo. La misma vergüenza que sentiste tú en aquel acantilado, camino de Schleswig. El antiguo Alquimista Aficionado vino a verme con gesto de condescendiente desprecio: «Si yo fuera Arlequín, también saltaría», venía a decir su cara. «Eres tan risible que ni espía puedes ser», aseguraba su silencio. Como el antiguo Alquimista Aficionado era quien era y ocupaba el cargo que ocupaba, me contó la historia, el modo en que el gobierno inglés se había enterado de mi existencia: «Saint-Germain, claro, ese hombre que no muere y que lo sabe todo». Desde entonces, odio la mentira, pero la soporto. Lo que no soporto es la asfixia que provoca el maligno veneno de lo verosímil.

Cuando acabó la guerra, casi tres años después, me soltaron para llevarme de nuevo a Ipswich. Así se sale de prisión: sin oficio, sin beneficio, sin talento definido, con la dignidad y el honor pisoteados, aunque, eso sí, con una conciencia inalterable, de acero, y cuatro ideas generales que a nadie le importan y una elocuencia que se esforzará en fingir importancia.

Con ese barco inglés que parte de Ipswich sale también una línea demasiado quebrada que llega a la puerta del Palazzo Farnese, en Roma, donde el cardenal Bernis, el antiguo ministro y ahora embajador de Francia, practicaba y aún practica sin rubor el libertinaje, mientras mantiene una apariencia digna, como todos los que una vez fueron y se resignaron a dejar de ser: trampeando con secretos antiguos que pueden ser otra vez nuevos con sólo pulirlos y echarles el aliento. Desde aquel puerto a esa puerta, en esa línea demente, hay mil trabajos y esfuerzos y, voy a decirlo, engaños. Engaños que hice y que me hicieron. Un camino de Ipswich a Roma que pasa por San Petersburgo y pasa por Cádiz y Madrid. Será fácil imaginarte las penalidades, revivir las falsas esperanzas. Polvo y viaje, ¿pero desengaño?

Nunca estuve engañado respecto a mis verdaderas aspiraciones.

¿Por qué nadie va a construir, ni quiso nunca construir, la

Ciudad del Hombre y por qué lo sé? Porque nadie quiere reconocer la extrañeza, la incomodidad que le produce pensar en la felicidad completa. Esa noción ideal se vuelve repulsiva conforme te vas acercando a ella. Y los poderosos sienten vergüenza de esa incoherencia, de ese propio repugnarse. Mi suposición siempre ha sido que fingirían interesarse y en ese fingimiento estaba mi salvación, mi protección. De hecho, lo ha estado en períodos intermitentes. Se podría decir que he puesto a prueba la mala conciencia de los príncipes. Pero no olvido nunca que esa repugnancia por la felicidad completa es una curiosa variación de nuestra Ley del Vampiro. El hombre no se imagina feliz. No sabe. Y de vez en cuando debe actuar en consecuencia. Mi poder, mi inquietante poder es que les recuerdo eso, el vampiro que son y no los hombres ideales que se figuran.

Ya soy Arlequín y, al llegar a Roma, le explico a Bernis un cuento árabe tras otro. No se cree nada. El astuto Bernis sólo sabe dos cosas: que se ríe mucho cuando exclamo como en trance: «¡Varo, Varo, devuélveme mis legiones!», y que he venido a cobrar algo indefinido, viejos secretos que la edad y el vicio le hacen ir olvidando. Aunque uno sea un galgo de la Real Casa y otro un mil leches, hay épocas en las que perro no come perro. Así que me da su protección.

El resto ya lo sabes.

Sólo una cosa más y nos despedimos para siempre. Cuando me odiabas en las diligencias, mientras me dejaba estafar por tratantes de caballos, al morir el viejo Dimitri, más grande y puro que la suma de tu honra y de la mía, has de saber que yo disfrutaba. No tu confusión, desde luego, eso era sólo algo inoportuno. Los campos y las cacerías lejanas y los rojos ocasos y la renovada existencia de la luz, del agua y del aire. Pasa uno entre pinares y ha pasado y quizá vuelva a pasar. Las castañas en el suelo, heno recién segado, tilos en jardines de mansiones donde no soy necesario. El rubor de Ella que te descubre al salir de un terraplén, con el canasto de ropa en la cadera. Que la mirada de Ella sea la de siempre hace que en todas las diligencias suene la misma campanilla y los relinchos sean los mismos. Esa conciencia de lo exacto en tanta complejidad que brinda Naturaleza, de la consecuencia trágica y maravillosa de esa visión continuada, es vivir sin la codicia de lo eterno, y por ello es vivir eternamente. Ahora. No resignarse es no morir nunca. La última dulzura de una vida equivocada como todas.

Hubo polvo y viaje, lo sigue habiendo, lo habrá; pero no hay desengaño. Porque he sido prolijo y rimbombante y estoy medio loco, cito al falso de Cicerón en su única verdad: *Non ignoravi me mortalem genuisse.* Nunca he ignorado mi esencia mortal. *Ich habe mein sterbliches Wesen nie ignoriert. I have never ignored my mortal essence. я никосъа не забblean о сеоей стертной сути. Je n'ai jamais ignoré mon essence mortelle...*

Entretanto, oigo aullidos. Al poco, una mujer gime desolada, resuella, sube la colina: otro mutilado en el molino. No quiero oír. El cuero cruje al taparme los oídos. Cierro los ojos. Fantaseo con la aurora boreal, cenizas de una Roma que morirá definitivamente conmigo. La vivacidad de Su cara joven, la ligereza rítmica de Sus caderas, Su aroma, mi Consuelo. Una vez fui un niño: un estanque. «¡Hay un criado que sabe morderse el codo!» Antes y después: Roma. Yo soy Tú. Tú no eres Yo.

NO VOY A ENVIARTE ESTA CARTA.

ALGO NUEVO QUE MIRAR

1

—*Toi, et toi aussi, de ce côté! Vous, de ce côté-là! Au fond du jardin, en courant!*

Un amanecer de octubre del año de Gracia de 1789, Welldone domina la mirada de Martín, quien vive y ve el saqueo de Roma. Puntada a puntada, la mano de una chiquilla traviesa, la Ninfa Mayor, borda el engañoso tapiz de la Historia.

En el mil ciento sesenta y tres de la Fundación, y ante sus murallas, Alarico declaró que un impulso santo y secreto le dirigía hasta el *Umbiculum Mundi*. El rey de los godos creía ciegamente en el más empinado destino, y esa euforia anuló la sumisa devoción que los invasores sentían por el áureo nombre de la Urbe. En los campos en torno a la ciudad maltrecha, la barbarie devoró los blancos bueyes que Roma guardaba para unos triunfos que nunca llegarían.

—*Au fond du pré! Là où sautillent les vaches! Égorgez-les! Les aristocrates à la lanterne!*

Martín corre hacia los jardines de Versalles con la carpeta de dibujo sin mirar esa mole del palacio que extiende los brazos hacia el patio de armas como un titán. Ha perdido el sombrero y le fatiga y le ahoga seguir la marcha de los aulladores. A veces, por alguna ventana asoma furioso un guardia de corps que dispara al bullicio tras la verja. Y se oye al instante el embravecerse de la marea humana que es Uno y Voz y Brazo y Rabia.

—*Le Hameau de l'autrichienne! Brûlez Le Hameau de la chienne! Au fond du jardin!*

Llaman perra a la austriaca María Antonieta con fácil juego de palabras. ¡Fama al ingenio que iluminó la ocurrencia! Pero de hacer caso a los lemas, de servir a la Igualdad, ellos son tan perros como la reina, una jauría libre hermanada en el estado canino, la Voz y el Brazo.

Hace algunos meses, Martín vio y disfrutó por primera vez la Nueva Circunstancia en el sitio que hasta entonces era coto real: hombres y mujeres cazaban liebres y conejos ante los atónitos guardias forestales. Lo que hasta el día anterior era condena a muerte se volvía despliegue de trucos de furtivo, exhibido con impudor en la filtrada luz del bosque. Trabucazos y cantazos certeros; mínimas piruetas de agonía a medio palmo del suelo, aquí, allá y más allá, como si cayesen de los árboles conejos, como si granizasen conejos, y la vista sólo descubriera peluches moteados al golpear la hojarasca. Los revoltosos atrapaban a puñados conejos que los forestales alelan para que el rey se crea gran cazador. Ebrios del placer de lo inaudito, aquellos hombres y mujeres recogían conejos, les partían el espinazo y formaban montañas de conejos y liebres en una de las primeras y espontáneas fiestas en los profanados cotos reales. Eran blancas aquellas fiestas: como los conejos blancos, como los blancos bueyes dorándose en la hoguera junto a la muralla de Roma.

—*Au Petit Trianon! Au trou de la chienne!*

Al llegar al jardín inmenso, Martín se detiene, asfixiado de tanto correr, sobrecogido por la belleza del lugar, esa perspectiva que el alba descubre en la bruma plateada. No es buena idea la de quedarse solo; pero ya no es joven y hasta el miedo fatiga. Y como ya no es joven, sabe que nunca más verá esa estampa formidable al amanecer; líneas de oro, verde inmensidad, acuáticos remansos y níveos bustos de nariz completa.

El cansancio y el goce le llevan a un banco oculto en el margen de un soto. Alguien ha hecho de las suyas en aquel lugar, porque Martín ve sangre tornasolando una charca, y allí mismo, un guante, un lazo negro y una bota espolada... En el banco, Martín se ajusta los lentes, abre la carpeta y, con un lápiz en los dedos, observa con atención los parterres, simétricos como cuerpos, como nos gustaría que fuesen la vida, los mapas y la Historia. Mira con los ojos de Welldone.

Desde las ventanas de palacio —aunque quizá no sea el palacio aquella mole, porque allí unos edificios se unen a otros en fantástica enormidad de piedra— se arrojan espejos, búcaros y cariátides. Así que los bárbaros ya campean a sus anchas en las estancias del Capitolio, en el Templo de Saturno, en toda Roma. Martín quisiera dibujar la Fraternidad Humana chapoteando en las fuentes y en los estanques, bailando giróvaga en las cúpulas. Eso quisiera dibujar...

Pasa una cuadrilla de rebeldes que entona vivas y mueras. Ojos rabiosos le examinan con desconfianza. No hay qué temer: la mugre del camino de París es salvoconducto probado; las cinco escarapelas tricolores que a Martín le prenden del chaleco delatan insurgencia. Además, si no fue siempre la suya, hace mucho que gasta cara plebeya. Y los balcones vomitan porcelanas y una mesa de billar...

Cuando algunas gotas de lluvia salpican el papel y las carreras chapotean en los barrizales —y caen lámparas, bustos, cómodas...—, Martín descubre el motivo para un nuevo dibujo: la gran boca del cuerno de la abundancia da un último aliento y desde un ventanal brotan en remolino gasas y medias rosadas de mujer, sedas de la China, guantes, pelucas y sombreros que, en lugar de venirse al barro y a la hierba, flotan y ondulan a media altura como indecisas cometas: lenta serpentina de floreados y rayados, encajes de Bruselas, faldas y casacas azul pálido. La dulce nitidez de colores ilumina la mañana. El de Viloalle se sabe vivo al admirar la dinámica de la ropa en esa luz. La Línea de Gracia sucumbe a los tiempos, pero aún se esfuerza en el último suspiro y oscila en el aire, huye entre veredas que llevan al Pequeño Trianón, mientras los bárbaros zampan carne de buey.

Mira con los ojos de Welldone la guirnalda aérea de vestidos lujosos, una danza de amantes sin amantes, el alma exhausta de lo que ya no podrá ser. Las figuras se han desvanecido y sólo los sombreros y sus vestidos quedan y se ovillan, flotando en el aire.

Con agilidad dispone Martín los trazos y acepta enseguida que sólo dibuja un embudo de ropa. Otra vez será: ya se dará el logro, aunque el tiempo apure… Ya no es joven Martín y los pequeños goces de la destreza se hundirán mañana con los escombros de esa huidiza temporada, el exceso de novedades y, por encima de eso, el hallazgo de fabulosos placeres lascivos que, si certifican deshonor, le han hecho crecerse cuando sólo se sentía pura insignificancia, un elaborado mequetrefe.

Antes de que vuelva el desasosiego por su mala cabeza en el holgar con quien no debe, guarda Martín las lentes y el lápiz y se abandona a un brincar que sólo se acepta en los niños: va hacia ese tirabuzón de ropa que sube, caracolea y se enreda en arbustos, surtidores y estatuas. Sigue la senda por donde vaga la indumentaria vaporosa de nobles cortesanos que ahora, tras los muros, sufrirán un miedo inédito, recóndito, algo que ni los antepasados a quienes deben cuna y privilegio sintieron en el umbral de la batalla, cuando la tierra huele a sangre aún no derramada. Los vestidos al viento le rodean, oye los propios pasos en la arena crujiente, goza el mero instante, ese lugar tan claro. Por eso corre tras las puntillas y la medias rosadas de alguna damisela como si cazase mariposas hasta un cruce donde han clavado un diáfano aviso para caminantes.

La cabeza de un guardia de corps, ensartada en una pica, con la media colgando de la nariz, le mira tuerta. Minúsculos gorriones escarban la melena. Los pájaros libres devoran su buey a alfilerazos.

Martín coge la media con mucha suavidad para no ahuyentar a los gorriones. Enseguida, dibuja la cabeza degollada del oficial —varias cicatrices de duelo señalan su rango— mientras piensa en aquella *Cabeza de Medusa* cuya copia vio hace mucho en el estudio de Fieramosca. Si se decide a comparar, reconoce que aquel Michelangelo da Merisi lo hacía algo mejor. Aunque allí la fantasía desbocada se sumara a la capacidad. Porque, con la mitología a favor, la *Cabeza de Medusa* del de Caravaggio se horrorizaba más allá de la doble muerte por decapitación y por miedo. Martín sólo retrata a un degollado con pajaritos.

Unos pasos le superan. Una cabeza —unida en esta ocasión, y por fortuna, a un cuerpo móvil— se vuelve y le grita:

—*Au fond, mon frère! Au Trianon de la chienne!*

Los guardias de corps llegaron hace unas semanas para detener por la fuerza la buena marcha de la Asamblea Nacional, para recuperar el orden antiguo, para humillar cabezas. Eso fue lo que se dijo, lo que multiplicaron los rumores y la Voz sentenció. Porque, en esos meses, lo que se dice, y se dice mucho, se mejora y se ansía creer en la medida que logre de los rumores y opiniones la Voz necesaria, todos más fuertes en la Voz única. Quizá lleven algo más de una semana en Versalles los regimientos de Flandes, pero fue hace dos días —eso ha dicho la Voz— cuando esos invasores celebraron otro banquete, y la reina, nueva Mesalina, bajó a brindar con los ángeles custodios de su lujuria, según dicta la Voz desde los tiempos del asunto del collar. Fue María Antonieta quien repartió escarapelas blancas —borbónicas— y negras —¡austriacas!—. Fue la perra quien brindó, enardecida cantinera de las huestes enemigas. Y el rey obeso a todo se avenía y, al sonreír, aceptaba. Ante los ojos del Gran Buey Decimosexto se celebran orgías con escarapelas invasoras mientras a sólo cinco leguas —según aúlla la Voz— el pueblo muere de hambre.

Martín no pasa hambre, y cuando vivía en Roma tropezaba en una mañana con más harapientos y mendigos que en su año y medio en el grandioso París; y si no vio tanta pobreza en los estados alemanes o en Schleswig fue porque de noche los vagabundos morían congelados o, como bien supo, eran reclutados a la fuerza para perder el cuero cabelludo en ultramar. Aunque también es muy cierto que los vagabundos de Roma no supuraban la humillación, ese odio reseco, de los mendigos parisienses. Y de los no tan mendigos: albañiles, carniceros, artesanos... Oyen voces de Igualdad, y se miran, y miran a los otros, y no ven en lugar alguno lo que ellos entienden por ser iguales. Y Martín ve cómo aumenta y se extiende ese enfado que surge de la misma víscera de la emulación, de la envidia y, sobre todo, de la calamidad y de la Rabia. Los sucesos impulsan el arrojo de la *canaille* y su desafío continuo a la policía, a los soldados mercenarios, a los mismos gigantes que guardan la sombra del rey.

Pero, en efecto, Martín no pasa hambre ninguna, y el sentirse alimentado, vigoroso, le permite acercarse cada mañana a los jardines del Palais-Royal, el populoso cuadrilátero donde vive el turbio duque de Orleáns y merodean los oportunistas. Allí, se entera de noticias grandes y pequeñas: desde los amoríos de Mirabeau hasta la incontinencia urinaria que aún recuerdan en Rousseau los más viejos. Hace unos años que redujeron a un tercio los jardines al construir las arcadas y, por ello, talaron el Árbol de Cracovia en cuya corteza, delatora de falsedad, Welldone construía a veces su nido de metáforas. En aquel centro populoso, Martín hace averiguaciones que le encaminan a lugares convenientes. Eso mismo hizo ayer, a buen paso, en cuanto empezaron a repicar todas las campanas de París. Allí fue donde la Voz, multiplicada, pero una, se levantó al cielo: «¡A Versalles! ¡A Versalles!». Y el de Viloalle, la carpeta bajo el brazo, siguió la marcha de los demás, quienes hechos Voz, se volvieron horda y multitud. Así supo que las frecuentes expansiones y las falsas alarmas cuajaban por un día en suceso de mérito. Como en julio, cuando la Bastilla —acontecimiento al que no dio importancia, y la tuvo—, ayer el aire de revuelta confirmaba el rumor y la Voz se hacía Brazo. Y sólo cuando ya marchaba con otros y era Uno hacia Versalles, supo Martín por qué hacía lo que hacía, el confuso origen de aquel acto. Horas antes, vendedoras de los mercados habían iniciado desde el ayuntamiento una procesión cívica en solicitud de pan. Iban a exigir pan a su rey porque algo ocurre en la ciudad con el abasto de harina. Y el apresto de esas mujeres se volvía Voz y Brazo, y mientras ellas caminaban y eran horda y multitud, las campanas de todas las iglesias seguían tocando a rebato, se asaltaba el ayuntamiento y se quemaban los archivos en la plaza.

La multitud, Voz y Brazo, caminó bajo la lluvia las cinco leguas que separan Versalles de París, la Rabia saqueando tabernas de Auteil y de Sèvres, porque validaba la certeza del rumor de intrigas palaciegas que buscan aplastar la Igualdad, cerrar de nuevo esos ojos que Voz y Brazo han abierto. Los prados a la vera del camino son, a lo largo de esas cinco leguas, un enorme campamento militar, y es fácil concluir que sólo la abundancia de mujeres impedía que esos mercenarios embistieran sin Rabia, sin Voz, sin Brazo: la disciplinada violencia de siglos basta para arrasar con todo y con todos una vez se da la orden.

Martín no ha llegado a ver ninguno de los sucesos que anoche se desarrollaron en la verja principal. Sólo le fue dado comprobar a distancia cómo relucían los tricornios de los jinetes de la Guardia de Corps, mastines inquietos ante la verja de palacio.

Y la Voz dijo: «Una delegación de mujeres está hablando

con el rey». Y la Voz dijo: «La Asamblea se desgañita sin objeto en el salón de Menus Plaisirs». Y la Voz dijo: «Sólo Mirabeau sabe imponer el orden, sólo él maneja soluciones y sólo a él respetamos». Y la Voz cotillea: «El vino encharca la Asamblea y en sus bancos se revuelcan unas y otros». Y la Voz dice: «Europa se dispone a aniquilar la Revolución, todos los imperios, reinos y principados se conjuran, aterrorizados por el supuesto monstruo que crea la Igualdad». Y Martín sabe que la Voz exagera en las formas, pero no en el fondo. Lo ha visto en Schleswig-Holstein: limpiar la cara del príncipe. Lo vio en Roma: soplar el mecanismo polvoriento del reloj. Lo vio en España: expulsar a los jesuitas, chivos expiatorios de una época que se dice ilustrada y se quiere absolutista. Y en todas partes lo ha sufrido y sabe que no hay compasión cuando se traza una línea y uno queda al otro lado.

Anoche, dispararon desde palacio, y en la verja se elevaron al cielo los aullidos de Rabia. Sin embargo, aún olía más a sudor y a mierda que a pólvora. Y se encendieron antorchas y hogueras, y para los más espabilados hubo jamón, pasteles y aguardiente. Fue entonces cuando la Voz anunció la llegada del general La Fayette con la Guardia Nacional. Como hormigas de un hormiguero en llamas, la multitud se enredó, se abrió, estalló en carreras y acometidas, y un azar logró que Rivette divisara a Martín entre el gentío.

Baptiste Rivette estaba con los suyos: el *atelier* periodístico de Mirabeau, un grupo al margen de la *canaille* y de sus vaivenes; tinta en las uñas, fruncido el entrecejo de los avisados. Junto a ellos, *madame* Rivette, de nombre Emmanuelle, con esa mirada que logra que el azul parezca fuego y, si no se usa, incomoda. Hace unos días, Martín confirmó a esa mujer que no aguantaba más el trajín venéreo que compartían, no sólo indigno de ella, sino humillante para el hombre que le ha dispensado un hogar y un trabajo que ignora el capricho de los poderosos.

—Por mí lo dejamos ahora mismo. ¿Qué te has creído? Si ni siquiera me gustas… —replicó Emmanuelle—: Es tu cuerpo enclenque y vicioso el que me pega malos usos cortesanos. Estás enfermo de aristocracia…

Y aún tenía la falda levantada Emmanuelle al decir eso, mientras escalera abajo oían silbar a Rivette y crujir la imprenta. Se hallaban en la antigua cámara secreta donde Rivette, y antes su suegro —*monsieur* Bainville—, ocultaban los volúmenes pornográficos. El lugar se halla en una pared del salón, tras un retrato al óleo del ya difunto Bainville cuyo severo rostro ahuyenta cualquier afán de registro. Ahora, cuando nadie persigue esas publicaciones, en aquella guarida el verbo se hace carne.

—Sí, Emmanuelle. Esto del joder es pura cortesanía… —ironizaba Martín, envuelto en el embrujo de ser deseado, o al menos en el azar que le hace instrumento de la fogosa hembra.

—Ni el libertino Mirabeau hace ya estas cosas. Se ha redimido. Es la lealtad y la decencia la que nos separa de esos gusanos enjoyados…

Y aún era agitado el aliento y el calor de aquel nicho les hacía sudar y resbalar uno en el otro:

—Seamos leales y decentes, Emmanuelle. Pero mañana…

Y repitieron. Y al acabar, hicieron votos que formaban parte del juego mismo de profanarlos, y creer así que una fuerza más imponente —una Providencia más en días de trascendentes providencias— les hacía volver a la mórbida delicia de la traición. Así no tenían miedo ni vergüenza; de algún modo se justificaban y su fervor crecía con el fervor general. Eran gotas de agua burbujeando en la olla de los tiempos.

En la verja de Versalles y sólo divisar a sus anfitriones, Martín se abrió paso entre el gentío hasta llegar al círculo de libreros, tipógrafos, impresores, periodistas… Entonces Rivette le dijo:

—Siéntate y descansa, españolito. ¡Contempla la Historia…!

Aunque Rivette sea diez años menor, a Martín no le enfada ese trato condescendiente. Aprecia la valía de Baptiste y aún le quiere más porque le engaña.

El de Viloalle rechaza la invitación a sentarse mostrando el lápiz y la carpeta de dibujo.

—Todo quieres dibujarlo, españolito.

—Son mis garbanzos del alma, Rivette. ¿Y vosotros?

—Estamos aquí para contar la verdad…

—¿Se os ha ocurrido mencionar a nuestro amado conde de Mirabeau las afinidades entre esta jornada y la caída de Roma? Aunque quizá eso ayude a que nos tilden de bárbaros… Sería mejor buscar un símil con la valentía de las sabinas, quienes después de su rapto por los romanos intercedieron entre su pueblo y Rómulo… Y esa intercesión fundó la prosperidad de la futura metrópolis.

—¿Veis? ¡Este pelirrojo aventurero es impar y versátil…!

—Y enseguida Rivette despliega su facundia entre los allegados, cuenta la vida de Martín a quien quiera oírla, y pocos quieren. Pero Rivette es tenaz y una autoridad en lo suyo; por eso continúa sin obstáculo la charla incesante del impresor y periodista Rivette. Y no es culpa del biógrafo, pero sólo hay una cuarta parte de verdad, o aún menos, en ese elogio del «españolito».

Como en la del resto de ese grupo, si a eso vamos: escritores de ningún éxito hace nada, *rousseaus de ruisseau* —o rousseaus del arroyo—, caricaturas de un *philosophe* que, si ya gozaba de gran prestigio, los últimos acontecimientos le han brindado carisma divino. Esos epígonos, acosados hace nada por la lobuna justicia, repudiados de cualquier protección y de toda renta, ven renacer estos días las ilusiones que les trajeron a París y afianzan en su rostro la convicción de ser artífices del momento. Crean la Voz y lo saben. Como lo sabe el propio

Baptiste Rivette, otro filósofo de la manada procelosa, oriundo de las afueras de Dijon, en la región de Borgoña. Mientras la turba filosófica pasaba hambre y penurias, Baptiste tuvo la suerte de emplearse con *monsieur* Bainville en su librería-imprenta de la Rue Saint Séverin, contraer nupcias con la exclaustrada Emmanuelle y heredar el negocio del suegro. Martín sabe que hay dos hijos de ese matrimonio, al cuidado de los abuelos borgoñones y de quienes nunca se habla. Tampoco ha preguntado mucho. Cuando Martín llegó a París, Rivette imprimía libros de toda clase en la más estricta legalidad y, más de tapadillo, algún panfleto y novelas pornográficas que escribían Mirabeau y sus amigos. Esta última circunstancia, su pericia y, hay que decirlo, un talento literario que se ajusta como un guante a la oratoria del ahora famoso tribuno, han ayudado a Rivette a ser centro en París de las *Cartas a mis lectores* del propio Mirabeau, un periódico que se distribuye en las ciento cincuenta y dos sedes jacobinas de toda Francia; esos *clubs* son en su mayoría antiguas logias masónicas donde ahora se debate sin precaución ni secreto ni la ridícula parafernalia. Cuando Martín le dijo a Rivette que si no llegó a maestro masón fue por la malévola arrogancia senil de Federico, el Grande, dio al impresor motivo de elocuencia:

—¿Federico el Grande? ¡Eso sí son malas compañías de las buenas! Atiende, Viloalle: lo raro aquí es no haber sido masón. En los últimos años, lo masónico ha sido como una epidemia para quienes han leído tres libros o se aburren demasiado. Hasta la reina ha sido masona, creo… Y el de Orleáns, ya lo ves, masón de masones, y revoltoso a ultranza para ser rey en lugar del rey. La misma moda masónica de hace unos años debilitó su razón de ser; los ardides tenebrosos del conde Cagliostro y el asunto del collar la desprestigiaron; la agitación de los tiempos ha acabado con ella para siempre. Los franceses hemos dejado esa cháchara salomónica para los tarumbas del Norte: literatos germanos que se desgarran a todas horas o príncipes hechiceros como ése tuyo que no paga... En Francia sabemos que la única masonería eficaz la forman la codicia de los señores, los intendentes, los rentistas, los cobradores de impuestos, los poderes judiciales, la Iglesia con su diezmo y la policía en todas sus ramas... La avaricia y la indecencia eran su compás y su cartabón, españolito... Pero no lo digamos... ¡Escribámoslo!

La ilusión de Rivette le ha estimulado a sentirse importante. Y sus diálogos en la imprenta se zanjan muchas veces con ese imperativo: «¡Escribámoslo!». Y aunque Martín participa, es Rivette quien escribe:

La tiranía imprime un carácter de bajeza a toda clase de producciones. Ni la lengua se halla a cubierto de su influencia. ¿Es indiferente para un niño oír alrededor de su cuna el murmullo pusilánime de la servidumbre, o los acentos nobles y orgullosos de la libertad?

He aquí los pasos necesarios de la degradación:

Al tono de fineza que compromete sucede el tono de fineza que se recata. Y ésta cede sitio al halago que inciensa, a la duplicidad que miente con impudicia, a la rusticidad desmandada que insulta sin disimulo o a la oscuridad circunspecta que vela la indignación.

Ahora, por contraste, os mostramos los gloriosos escalones de la Libertad.

Aquellos sueños destruidos por la mofa de la injusticia cobran una vida que nunca les imaginamos, porque ya nunca más viviremos en su mundo, sino en el nuestro. Ya no ocurrirá el someterse al diario yugo. No descartaremos un pensamiento, no hemos de callar una palabra, y si es menester, no abandonaremos al éter de la fantasía el morir por la defensa de la magna carta de los Derechos del Hombre y del Ciudadano. Queremos comprender y comprenderemos, queremos hablar y hablaremos, queremos decidir y decidiremos.

Así se hace la Voz.

Martín pasó la noche con aquel grupo en la verja de palacio. Y rieron, declamaron consignas al resplandor de hogueras y hachones, y lanzaron vítores de entusiasmo por ser la Voz cuando esos mismos lemas iban de corro en corro hasta batirse en la lejanía de muros invisibles.

«¡Nos llevamos al panadero, a la panadera y al aprendiz!», inventaban, y con ello sugerían no sólo una conjura real para matar de hambre a los ciudadanos, sino también que nadie volvería a París sin que delante de la multitud marchasen, alejados por siempre del funesto Versalles, el rey, la reina y el pequeño delfín.

Entretanto, Emmanuelle, la antigua novicia, musitaba los nuevos rezos laicos y se distanciaba del grupo para unirse a otras mujeres y enardecerse con ellas y en ellas disolverse. Incansables aquellas hembras hasta esa hora del lobo en que sonaron los tambores, y el españolito, que necesita sus garbanzos del alma, se unió a las turbas que forcejeaban en la cancela y penetraron en los jardines a la tercera o cuarta embestida del Brazo.

De nuevo el cruce de senderos. Los gorriones han seguido su labor en la cabeza ensartada y ahora las orejas del degollado son colgajos de engrudo. ¿Quién es capaz de algo así? Es entonces cuando Martín oye un piafar temeroso, se vuelve y descubre entre álamos a un caballo tordo que se roza con un árbol para deshacerse de la silla. Recuerda que, esa misma noche, la turba asaba la carne de los caballos de la Guardia de Corps. Gloriosas llamaradas en los muladares de la Revolución.

Avanza Martín sobre el lecho húmedo de hojas caídas.

—Has tenido suerte… —le dice al caballo, mientras da un lento paso, se cerciora de que el caballo le mire y no se asuste, y da otro paso.

—Ven, que te voy a llevar al Pequeño Trianón. Algo inigualable, me han dicho... —y cabecea el caballo mientras le mira y oscila la rienda—: A ti no te va a comer nadie. Ahora soy tu dueño y te voy a defender.

Hasta ahí sólo llegan, apagados, clamores en la verja y algún alarido desde el Pequeño Trianón. Sin embargo, y con cautela, Martín mira en todas direcciones, no fuera a ser que nuevos gritos asusten al magnífico ejemplar.

Morir de una coz en los jardines de Versalles, ¿hubiera apostado por ese final?

Está delirando con la locura de Welldone, pero ya sujeta las riendas. Martín se desprende una escarapela de la solapa y con ella condecora el bocado del animal, mientras recita tres avemarías, el tiempo necesario para que los caballos se hagan al olor de uno. Aprieta Martín su cuerpo contra aquel lomo y lo acaricia como si acariciase a Emmanuelle, en las manos el vigor y el anhelo atesorados en la vida. Sujeta la carpeta a la silla, se calza el estribo, y el caballo, un buen caballo, le lleva a campo abierto como si el animal entendiera y sintiese curiosidad por los lujos y exageraciones que cuentan del Pequeño Trianón, cabalga por los versallescos jardines, mientras Martín de Viloalle sabe que el Momento de la Libertad es hoy, es ya, ahora, justo aquí...Y se avendría a ese único recuerdo mirando como mira con los ojos de Welldone.

2

El elegante redoblar del caballo sobre el verde tapiz de Versalles devuelve a Martín confusiones sobre la naturaleza inagotable del error.

Nunca había visto tanta risa en Carlos de Schleswig-Holstein hasta la hora en que fue llamado al gabinete de estudio.

Su alteza estudiaba unos papeles tras el escritorio de Oeben y a las carcajadas se unían intermitentes y leves sacudidas de cabeza y hombros. A veces, el rostro —algo estragado por los excesos— se alzaba y dirigía la vista a los caireles de la araña. Carlos musitaba entonces un enigmático y cavernoso: «Bajan las lámparas, mientras ascienden los espíritus...». Y la risa se repetía, idéntica a la del menor de sus hijos varones.

Frente aquella mesa donde una estatuilla de Thor con su martillo vigilaba un manuscrito empaquetado y lacrado con minucia en cada pliegue, seguían erguidos y distanciados de la noble presencia, y en estricto orden jerárquico, el canciller Koeppern, el reverendo Mann, el gordo Fabianus y el profesor de dibujo Martino da Vila.

—¿Sabéis lo que se dice de nosotros en París? —preguntó al fin Carlos a sus fieles súbditos.

—¡Mentiras, alteza! —contestó Koeppern, quien habría dictado aquel informe, según las cartas que Karl de Hesse-Rotenburg, primo del príncipe, enviaba desde Francia con el único objeto de mofarse de su pariente.

—¡Blasfemias, alteza! —exclamó Mann, quien hubiera deseado discutir con Koeppern la conveniencia de mostrar al príncipe un resumen atenuado, pero cierto, a fin de que la máxima autoridad conociera su prestigio difuso y obrase en consecuencia. Sin embargo, hace tiempo que su opinión, de tan predecible, se soslaya.

—Envidia podrida nos tienen... —despreció Fabianus, quien sabría lo que estaba sucediendo tanto como el profesor de dibujo: nada.

Martín no abrió la boca, ambas manos sujetando un pico del tricornio, cabizbajo el ademán.

—Vale la pena que escuchéis —continuó el príncipe—. Dicen, atentos, que aquí se operan curaciones milagrosas. Que los abedules, los nogales y los abetos de los bosques de Schleswig, no mencionan los de Holstein, se han convertido en manantiales de un fluido benéfico. Que interrogamos a los sonámbulos acerca de la Caída de los Ángeles. Que adivinamos el porvenir combinando las ochenta y seis formas de adivinación tradicional...

Llenó el ámbito la risa del príncipe y siguió la paciente resignación de sus leales hasta que Carlos, el cómico entusiasmo a un punto de la lágrima, inquiriese:

—Tú, el profesor de dibujo... ¿Te llamabas...?

—Martino da Vila, alteza —musitó el de Viloalle desde el fondo de la sala.

—Es verdad, claro. Tendría que acordarme de estas cosas... A ver, buen hombre, ahora mismo estoy combinando las ochenta y seis formas tradicionales de augurio... —y el príncipe agitó las manos con excéntrico ademán—: Ya está. ¿Quieres que adivine qué te ocurrirá muy pronto?

Se jaleó de buena gana la ocurrencia del príncipe y miraron todos a un Martín que si bien no entendía, tampoco temía, ya que llevaba a cabo sus obligaciones de modo óptimo. Cualquiera que fuera su causa, se alegraba de esa risa y de esas burlas, pues no le estarían mareando así antes de castigarle: no era teutón el supremo cinismo.

Cuando callaron las risas y el de Viloalle levantó la cabeza, el príncipe ya se había olvidado de él y seguía comentando las mañas esotéricas de Gottorp que se pregonaban por los mentideros de la Francia.

—Al parecer, practicamos la quiromancia, la cartomancia, la bibliomancia, la cristalomancia, la capnomancia, la cleromancia, la oniromancia, la acultomancia, la giromancia, la xilomancia, la hidromancia y la uromancia, materias todas ellas que me son ajenas. Lo digo con alivio. Más... Por medio de la escritura en duermevela, que ya me diréis cómo se logra, si apenas nadie la practica espabilado, conversamos con nuestras vidas anteriores. En una reunión masónica de la Sociéte Olympique se llegó a decir que, según esos diálogos con el pasado, la marquesa de Krenker ha sabido que fue testigo del juicio de Jesús en el palacio de Pilatos. Hasta ahí lo iba creyendo, sólo hay que ver ese trapo de fregar retorcido que es la cara de la *bonne marchesse*... Pero añade que la de Krenker era un centurión. ¡Un centurión, esa castaña pilonga!

Y rió el príncipe y todos rieron, mientras Martín se sorprendía del cambio de humor de Carlos. No le costaba adivinar a qué personaje imitaba ese talante mordaz.

Y porque siguieron riendo, Martín meditó aprisa. ¿Ignoraba Carlos que los rumores parisinos sobre «ese castillo de Gottorp envuelto en niebla de misterio» eran idénticos a las habladurías en las cocinas del mismo Gottorp? ¿Que la actitud del príncipe, ausente, reconcentrada y algo beoda en los últimos años, su lento caminar por corredores hablando como un antiguo romano, como Carlomagno o como el místico zapatero Jakob Boehme, daban pie a la exhaustiva murmuración? ¿Que el estupro constante de las doncellas de la isla había disparado la superstición que suele enmascarar el orgullo humillado y, aunque las muchachas no se quejaran y hasta alardeasen de tal intimidad, los criados susurraban posesión demoníaca? Aunque eso era lo de menos, sobre todo ahora. Si, de acuerdo con la insinuación de Carlos, el de Viloalle iba a conocer enseguida su destino, comprendía la presencia en aquel gabinete de Koeppern y Mann. Pero, ¿qué hacía ahí Fabianus, tan sonriente como el que más, iluminado por la llamada de su príncipe?

Carlos empuñó la estatuilla de Thor y dio un par de golpes en la mesa. Se hizo el silencio.

—En fin, canciller, reverendo y demás... Podéis imaginar de dónde surgen estas memeces. La por todos añorada figura del señor de Welldone y esa envidia de la chusma que se esparce como polen nos han convertido en una banda de nigromantes. No es que esta sarta de mentiras importe demasiado, si no fuera porque somos conscientes de la irremediable locura de nuestro rey y de la próxima boda de mi amada hija con el heredero del trono danés. Es injusto y absurdo el desprestigio que hemos ganado en el extranjero, pero se ha de limpiar, y hacerlo requerirá del esfuerzo de todos. Como sabéis, la semana que viene salgo hacia Noruega para ponerme al frente de los ejércitos cuyo mando me fue asignado. Reverendo, usted viene conmigo. Creo que la idea de unir la disciplina militar de nuestros súbditos noruegos, algo descarriada, con la amenidad bíblica, si no es idea nueva, conserva el sentido práctico. Las misas de campaña son más gratas que los bastonazos. Así, el ardor guerrero se llena de sustancia espiritual. Y las levas en nombre del rey son más en nombre de Dios por ser en nombre del rey. Porque Dios siempre ha estado y estará de nuestro lado.

—Siempre, alteza —certificó Mann y su gesto mostraba ahora la duda de si ese destino no sería un pretexto para alejarle de la corte.

—Ya estoy viendo a esos labriegos desfilando y recitando salmos. ¡Que rimen esos salmos, Mann! ¡Virilidad y arrojo en esos salmos...! —Ésa fue la divisa del príncipe al palmear el ancho manuscrito que ahora sopesaba—: Koeppern... Encárgate de que las instrucciones sobre este volumen sean precisas. El gasto valdrá la pena. Nos revelaremos como un centro de Ilustración tan grande como en su día fue la corte de Federico. Estaría bien que, si han de suponernos algo, esos extranjeros nos crean en dura rivalidad con la corte de Prusia.

—Ésa ha sido muchas veces mi impresión, alteza.

—No tanto la mía, Koeppern, te seré sincero... Pero ahora se nos brinda la oportunidad de mostrar nuestra excelencia... Vosotros dos, acercaos...

Ahí, la certeza estalló en Fabianus, quien miró a su príncipe con gesto de horror y de súplica. Martín no lograba hacerse con la finalidad de la escena, pero obedeció, se acercó y reverenció.

—Arrodíllate... —le susurró imperativo Mann.

Y se arrodilló Martín. Quizá me armen caballero o cosa parecida, llegó a pensar. O me decapiten. Sin embargo, el lloriqueo de Fabianus rompía la solemnidad, ya fuera bendita o funesta. De reojo, Martín vio como el príncipe se levantaba sin perder la sonrisa. Martín, que mantenía la vista fija en Thor, oyó un par de golpes sordos y la mole de Fabianus, lacrimosa, vino a postrarse a su vera.

—Por la Gracia de Dios y como súbditos de mi soberanía, os bendigo y me encomiendo a vosotros.

—¡Alteza...! —gemía Fabianus, mientras gateaba sobre los arabescos de la alfombra. Ciego de lágrimas, volvía en todas direcciones la cabeza empolvada entre un bosque de pantorrillas para reconocer y abrazar las de su príncipe amado. Pero la fugaz imagen de Carlos se desvanecía ya en un espejo del corredor y el ujier cerraba la puerta.

Entretanto, Koeppern había llamado a Dieter, y el secretario, con el voluminoso manuscrito bajo el brazo, hizo que Martín y el antiguo cantante le siguieran a su despacho. Ahí, palabras amables sobre sollozos ahogados de Fabianus, el secretario explicó tanto el origen de la misión que les había sido encomendada como la misión misma.

—Como sabrán, el último año de la vida del señor de Welldone se vio felizmente iluminado por la amistad de nuestro príncipe. Desde entonces, y a partir de las explicaciones de su alteza, de algunas disertaciones del señor de Welldone y de otros documentos, el príncipe ha ido elaborando lo que podríamos llamar una memoria para servir al señor de Welldone, o conde de Saint-Germain. Su vida, sus afanes, su alta sabiduría. El príncipe desea que el volumen se edite en París y en idioma francés para que desde allí tenga una rápida difusión por el continente. El *privilège* o permiso de publicación ya ha sido concedido. Esa obra será ilustrada con grabados de tono clásico en los que destacarán, hay instrucciones anexas, los proyectos del señor de Welldone sobre la llamada Ciudad del Hombre, así como algunos momentos cruciales de su modélica existencia. Tanto el canciller Koeppern, como el pastor Mann y, he de añadir, modestamente, que ésa fue también mi sugerencia, aprobamos lo que, en cualquier caso, fue última voluntad del señor de Welldone: las láminas ilustrativas no podrán ser de otra mano que la suya, *Herr* Da Vila. También fue voluntad del señor de Welldone, y por supuesto lo es del príncipe que, una vez concluida la tarea, el primer ejemplar sea bendecido en el llamado Árbol de Cracovia, el cual, no me pregunten por qué, también se ubica en París y no en Cracovia. ¿Ha entendido correctamente el deseo de su alteza, señor Da Vila?

—El príncipe es infalible y sobrehumano —contestó Martín.

—Y usted, Fabianus —continuó Dieter—, se hará cargo de supervisar los gastos de la edición, así como de la manutención y alojamiento, mientras se hallen en París. Cada mes, nos remitirá una carta con la adecuada contabilidad. El alojamiento y la manutención no serán muy onerosos, pues el mismo impresor, *monsieur* Baptiste Rivette, ha asumido esa obligación según el contrato que ahora entregaré. Una vez concluida la tarea, usted, Fabianus, supervisará la distribución de los ejemplares en Francia, en Ginebra y en las Provincias Unidas. Comprobada documentalmente dicha distribución, se embarcarán en Calais con los ejemplares restantes. Ya de vuelta, entre el señor Da Vila y un servidor, iniciaremos el trámite para que en Hanóver se publiquen las ediciones en danés, inglés y, no hay que decirlo, la lengua madre. La obra, desde luego, irá firmada por nuestro eminente príncipe, ya que su alteza ha sido el noble vehículo de la idea y el autor de las páginas más inspiradas. La feliz resolución de esta empresa es de capital importancia, ya que dará cuenta en toda Europa de la categoría filosófica de nuestro amado príncipe. No creo que falten honores para todos si queda satisfecho con el resultado... Aquí tiene, Fabianus, los contratos a fin de que los vaya estudiando, salvoconductos diversos y los pasajes para el buque *Pertinax* que zarpa de Hamburgo en cinco días.

Y mientras el secretario Dieter se empachaba de su mezquina y dudosa gloria, Martín sólo requería tiempo para una última visita en Gottorp.

—¿Es posible ser recibido por el infante Christian? —preguntó. Desde que Friedrich marchara a la escuela militar, las clases con el pequeño Christian habían sido la única amenidad en aquella corte. El talento para el dibujo que despuntaba en el niño Christian evidenciaba un modo inteligente y sutil de ver la vida, tan parecido al que una vez él mismo creyó poseer y disfrutar. El imaginativo mocete tenía un don para la caricatura que a Martín le enternecía y consolaba de miserables enconos rutinarios.

—El infante Christian ha partido esta mañana con su madre, la princesa Luisa, para visitar a la futura reina de Dinamarca —le respondía Dieter con aquel gesto complaciente y apto para cualquier circunstancia.

—¿No te has enterado? ¡Qué extraño...! —masculló con desdén el febril Fabianus.

Si no lo hacían los marineros del *Pertinax,* él mismo arrojaría a aquel cerdo por la borda a la menor ocasión.

Llegó el amanecer. En la cocina, arrullado por el rítmico raspar de piezas de jabón sobre las mesas, y mientras comía un torrezno, el de Viloalle fue testigo de la despedida entre Fabianus y la cocinera Heike. En el silencioso asentir de otras miradas fue como Martín supo que Fabianus era hijo de la cocinera. En esos años, nunca había visto al paje dirigir un saludo a la criada y ahora gemía entre los brazos mullidos y rosáceos.

Sin embargo, conforme se alejaban de Schleswig en el tambalear de un chirriante vehículo, la debilidad del antiguo cantante volvía a la soberbia. Reclinado como un pachá frente a Martín, Fabianus se dedicaba a fumar una pipa tras otra de tabaco dulzón. Los ojos entornados de víbora lánguida no ocultaban el asco que le producían su vecino y el viaje, y alzaba cada tanto, y con mucho enigma, esas líneas de hollín que sustituían las cejas. Martín simuló ira cuando Fabianus preguntó:

—¿Tú eres medio hombre, dibujante?

Tosió el de Viloalle, miró la espada de Fabianus colgada de un soporte y respondió:

—Me inclino a pensar que soy hombre entero…

—Pues no se sabe que hayas conocido mujer en estos años… Ni hombre… ¿Te ruborizas? Conocer hombres, no te hace medio hombre, te hace hombre doble.

—Y además uno se entretiene con esos juegos de palabras…

A menos que el ingenio se confunda con malicia, el cantante carecía de aquel chispeante atributo. Para mostrarlo y para comprenderlo:

—Las mujeres de este país viven en la creencia de que el trato carnal con extranjeros es fuente de enfermedades y desgracias. Se lo dicen desde niñas…

—Pudiera ser… Sin embargo, me temo que el fundamento de mi obligada castidad sea que carezco de la necesaria apostura y del obligado arrojo. Y me he acostumbrado a vivir con ello…

Pero Fabianus no atiende y masculla:

—Se lo dicen a las niñas y a los niños. Desde la primera al último…

—Son muy prudentes, lo sé…

—Pero, al parecer, eso no ha impedido que te entretuvieras con el pequeño infante…

La pequeña estatura de Martín facilitaba sus movimientos dentro del coche. Cuando se volvió a sentar, Fabianus mojaba la lengua en el labio partido.

—En fin, parece que de un modo u otro amas a nuestro pequeño Christian...

—Por supuesto. Como a un hijo...

—¿Como a un hijo? —se escandalizó Fabianus—: ¡Serás arrogante! Pues mira atrás, renacuajo, y despídete del lugar al que nunca has de volver con ese hijo tuyo que han inventado estúpidas ofuscaciones...

Disimulo y cara de nube. Porque adivina las astucias del monstruo, el de Viloalle impone una cadencia felina a sus silencios y a sus palabras. Bastará la insinuación para que Martín sea descoyuntado y bañado en plomo derretido en cuanto regresen a Schleswig. De hecho, le está invitando a no volver nunca, porque eso es lo que va a difundir. Fabianus le odia y le seguirá odiando, porque es el único al que puede odiar y martirizar. Y Martín es capaz de volver a Schleswig sólo para defenderse de la sombra de esa acusación, demostrar a ese lagarto que, si tiene una misión en la vida, será defenderse de sus acusaciones. Han sido años de una conducta intachable, años decisivos cuando llegue la hora de los balances. Se ha esforzado en ser buen profesor; su orgullo y su reputación emanan de esa creencia ¿Y han de quedar abolidos y humillados por una insinuación de atrocidad...? Si así fuera, el aborto de Fabianus llevaría razón: su condición de extranjero le hace medio hombre.

Ese imbécil había conseguido que Martín enmarañase sus pensamientos en la amenaza de calumnia.

—Ya te arrepientes de haberme pegado... Es que siempre se os veía tan unidos, a ti y al infante... Un día el pastor Mann quiso saber mi opinión...

—Sabrá que eres doctor en esa ciencia...

Fabianus seguía sin escuchar, y mientras se secaba el labio con un pañuelo y miraba su preciosa sangre, dijo:

—Le dije que no, por supuesto. Pero, ya sabes, dibujante, que los celos son terribles. Y el pobre Mann, al que la edad ha trastornado y no tiene más ocupaciones, se ha visto desposeído, no sólo de influencia en el príncipe, sino también en los infantes. Ya no educará más… Ése es el motivo de que el príncipe se lo lleve a Noruega. Es prescindible. Otro reverendo será nombrado para devolver Schleswig-Holstein a la senda derecha del evangelio.

—¿Cómo es que sabes tanto del destino de los demás y tan poco del tuyo, según se vio ayer?

Y Fabianus, nada, que no escuchaba. Al poco, cuando se aburrió de hacer aros de humo, desveló con mucha intriga:

—Anoche, Dieter visitó mis aposentos… Es uno de mis amantes. No descompongas la cara… A ti y a mí nos hermana —una mueca de asco por no encontrar un verbo más preciso— nuestra condición singular. Tú, un criado extranjero, un paria y, no has de negarlo, un librepensador que no se foguea en el libertinaje, lo que te convierte en peligroso eunuco. Yo, en cambio, soy… múltiple, demasiado libertino. Víctimas propicias de la virtud, nos toman y nos dejan, mienten y se olvidan. ¿Sabes qué nos ha echado de Gottorp? La boda de la infanta Maria, la posibilidad de nuestro príncipe para influir en el trono y en la política de Dinamarca. Para entonces, todo debe ser limpio y diamantino. Un príncipe ilustrado, pero no chiflado ni beodo ni acosador de muchachitas. Una iglesia que devuelva, no tanto la fe, como el temor al príncipe, y no tanto a los señores encogidos en sus casonas medio hundidas como a esos mercaderes que ya se creen más señores que los mismos señores. Gottorp necesita además unos secretarios que no sean maricones en secreto. Los pajes serán anodinos. Y no habrá un criado… —ahí señaló a Martín y guardó el pañuelo—: …que sea medio africano, aunque rojo el pelo y rojas las pecas.

Era difícil mantener la cara de nube en el traqueteo por aquel camino que enfilaba la senda junto a unos acantilados de penosa evocación.

Fumaba y sonreía Fabianus:

—Recuerdo tu llegada. Un aspecto burdo, pero interesante. Demasiado bajito para mi gusto. Mírate ahora. Llegaste joven y te vas hecho un adefesio.

—Entonces, ¿por qué eres tú quien llora a cada paso, infeliz? También te destierran. Y con buena dote: invertido y bastardo.

—Soy así. Ayer lloraba y hoy me río. No sabes cuánto me río.

Y Fabianus extrajo una bolsa de su chaleco. Se incorporó en su asiento y tiró de un cordel. Con la inmunda sonrisa a un palmo de Martín, Fabianus mostró y sopesó un tintineo dorado.

—Guarda eso, Fabianus. Como nos asalten, los bandidos no se conformarán con oro.

—¡Ay! ¡Cómo me asustas! —se parodió a sí mismo Fabianus y al fin miró por la ventanilla. La diligencia había tomado ya el camino que discurría junto a los acantilados. Martín sentía mareos al intuir abismos y recordar la vergonzosa escena sucedida en aquel lugar hace años, cuando él y Welldone llegaron a Schleswig. Fabianus, que una vez más lo ignoraba todo, seguía mirando como si quisiera hipnotizarle. Empezó a cantar una tonada y, sin concluirla, arrojó la bolsa de monedas a la cara de Martín.

Tras el golpe y la sorpresa, y esta vez con una expresión en su rostro de lo más diáfana, Martín dijo:

—Contéstame a una pregunta ¿No querrás por un casual que nos detengamos aquí mismo, junto a los acantilados, para que te lance al mar? Quería hacerlo en el *Pertinax*, pero me has agotado la paciencia.

Una risa francamente inmunda anticipó un par de golpes en el techo del vehículo. El coche se detuvo. Martín, como si no hiciera caso de las malévolas excentricidades del cantante, echó la bolsa a su regazo. Ya miraba a otro lado, cuando la bolsa vino de vuelta otra vez, tal que una pedrada.

Se oyó un silbido metálico y Fabianus, tras el maquillaje, le mostraba los dientes. La punta de un florete rozaba el cuello de Martín

—Baja... —le ordenó con voz extrañamente viril.

En el páramo, ante la sacudida del viento infame, Martín vislumbró en el horizonte aquel árbol sarmentoso que le recibiera al llegar con Welldone a esas malas tierras. Pero ya el florete hacía aspas ante su rostro, mientras el humillado Martín retrocedía hasta la cornisa del abismo con la bolsa de oro en la mano.

En ese mismo instante, Fabianus arrojó la espada al abismo y preguntó:

—¿Te atreves a ir por ella, dibujante?

Iba a lanzarse Martín contra ese monigote, cuando Fabianus sacó una daga de su cintura.

—He llorado mucho en la vida, dibujante. No quisiera llorar ahora por tu caída. Quédate donde estás.

Martín arrojó el saco de oro a los pies de Fabianus, quien afirmó con la cabeza antes de estallar en una risotada. Enseguida, se deshizo del cinto de la espada y lo arrojó también al mar. Luego, le preguntó al cochero, un viejo inofensivo que asistía a la escena con el imaginable pasmo.

—¿Te apañas con sólo tres caballos?

El cochero no abría la boca. Fabianus tomó su silencio por concesión.

—Empieza a desenganchar el más rápido... ¡Vamos!

Y así lo hizo el cochero, y aprisa. Entretanto, Fabianus canturreaba y miraba a Martín. La bolsa de oro seguía en tierra. Era de terciopelo morado.

—En estos años te has vuelto un fantoche ridículo... Exprimido y arrojado a una cuneta. Ni siquiera te dejan demostrar el hombre que eres… Un caballero.

—Deberías darme una oportunidad —se defendió Martín.

—¡No hablaba contigo, estúpido! ¡Cochero! ¡Acércame el caballo!

—Hay una silla en el portaequipajes, excelencia. Querrá que la baje... Y sus cosas...

Sin responder, el paje besó al caballo en el hocico.

Ahora, Fabianus ordenaba al cochero que le ayudase a montar. Gruñeron cochero, cantante y caballo hasta que Fabianus se acomodó a pelo en el lomo de la bestia. Luego, clavó la daga junto a la bolsa.

—El oro es para que cumplas la misión y por una vez mantengas tu palabra de vasallo. El puñal, por si lo necesitas y sabes manejarlo, que lo dudo. Los salvoconductos, los pasajes y el contrato están en mi baúl...

Viró rienda Fabianus y empezó a cabalgar tierra adentro. Martín dio un paso adelante y respiró hondo al alejarse de la cornisa. El cochero se encogió de hombros:

—¿El señor querrá ir a Hamburgo o desengancho otro caballo?

Pero Martín se limitó a recoger el oro. Observó las iniciales K, H y K, entrelazadas, que adornaban el mango de la daga y anunciaban la propiedad del objeto. Karl de Hesse-Kassel. ¿Un regalo? ¿Un legado? ¿De quién era hijo Fabianus o de quién hermano o sobrino? A lo lejos, el caballo del paje se detuvo y viró otra vez. Como si encabezase una carga de caballería, Fabianus galopaba hacia ellos entre el polvo. Abrazado al cuello de la bestia, hurtaba su obesa figura a la embestida del viento, que sólo pudo arrancarle la peluca. A dos cuerpos de la diligencia, se irguió, espoleó el caballo y jinete y montura saltaron sobre el vehículo.

Si la idea era arrojarse por el acantilado de tan formidable guisa, no era mala. Un adiós al mundo que desmentiría al ridículo pelele. El cálculo, sin embargo, faltó a la precisión debida. El caballo hubiera necesitado otro medio cuerpo para alcanzar el vacío. Martín, quien se había distanciado del abismo y se hallaba tras la diligencia, sólo oyó la costalada, y el escalofriante quebrarse de las patas del animal, que ahora profería un hiriente gemido superpuesto a un largo «Aaaaaah...» que se desvanecía precipicio abajo hasta un lejano clamor de rompientes. Cuando asomó para ver lo ocurrido, Fabianus ya no estaba, y el cochero, rascándose una sien, le decía:

—Los otros caballos se asustan. Me los llevo ahora mismo. Tendrá que hacerlo solo.

—¿Hacer qué?

El cochero, alzado en el portaequipajes, le dejó un madero al de Viloalle.

—Llevaré el coche hasta el llano. En ese lugar le espero, mientras el señor se apiada de la bestia.

—¿Quieres que le rece al caballo?

—Que lo descabelle. Luego, haga palanca con la madera y... —la mano del cochero simuló un salto de trucha— ...abajo. Si esta tarde o mañana viene otra diligencia arrimada a la cornisa pasará una desgracia.

—¿Ves la necesidad?

—¿La de seguir preguntando? No, señor. Y, si no le importa, le cobraré ahora los diez táleros que vale el animal. De lo contrario, caballero, me voy.

Martín tuvo que seguir a la diligencia mientras el cochero se salía del camino, dominaba a los caballos aterrorizados y voceaba contra el viento:

—¡Parece mentira, señor! ¡Ese marica se ha matado a saber por qué, y a lo mejor nosotros corremos con las culpas, a saber por qué también!

El cochero tenía razón. Cualquier interpretación de la escena les culpaba. Martín imaginó enrevesadas conjeturas y un destino natural: la horca. Fabianus se había suicidado para rescatar un honor quimérico; sin embargo, la estupidez o la desesperación del paje no habían meditado las consecuencias. No habrá libro, nadie honrará la memoria de Welldone, al menos según se desea en Schleswig. Sólo llegar a Hamburgo, Martín redactaría una carta para que el actual señor de Viloalle autorizase su vuelta a España y al pazo; la respuesta será remitida al domicilio en París de ese tal Rivette. Volver a casa: el descanso de las incertidumbres, la boda con una buena muchacha, ofrecer a cambio el saber y la prudencia que ha ido acumulando. Porque la casa de uno no sorprende con súbitos cambios de reglas en el insano juego del mundo, con necesidades que se originan en la codicia o en el orgullo y se aferran a pretextos ya mundanos, ya ultramundanos o ya infrahumanos, da igual, que son el mismo absurdo. Por el contrario, la casa de uno es el lugar donde uno sabe quién es y cuál es su nombre.

Martín cogió una moneda de la bolsa y se la dio al cochero.

—Ten. Por el caballo y tu silencio. Si huyes, te denuncio en Schleswig. Soy cortesano de su alteza en misión especial.

—Lo supongo y callo...

El cochero arreó el tiro y, sólo cuando el de Viloalle vio cómo la diligencia se detenía en la llanura, se acercó al animal agonizante con el puñal en la mano.

El caballo panza arriba era como un enorme escarabajo: los ojos cerrados por los párpados temblorosos, embadurnados de fango; la dentadura descarnada, el hocico ensanchado, la respiración silbante. Martín se puso de rodillas, levantó el puñal y lo clavó en el suelo varias veces para confundir al cochero en la distancia. Luego miró hacia la diligencia. El cochero asomaba la cabeza y con ella negaba. Su mano se levantó a la altura del cuello para hacer el gesto de quien corta una rebanada de pan.

Jadeaba y gargarizaba el animal, sacudía la cabeza hasta que pudo abrir los ojos. ¿Qué estaba viendo Martín en esa mirada? No veía desesperación, ni súplica, sino confianza. Al margen del dolor, los ojos decían: «Confío en ti». ¿Por qué esas visiones supersticiosas? No, Welldone, no estás en esos ojos.

Porque morirás de nuevo y seré yo quien te remate. Pero fuiste tú quien me salvó de mí mismo en este lugar. Tú organizaste todo para conseguir mi libertad o mi perdición, para que siguiera haciendo equilibrios sobre un alambre en las alturas, como si quisieses decirme: «Hay algo más allá de tus garbanzos de alma». ¡Pero si ya no tengo alma, Welldone! Ahora tendría que degollarte y no puedo. Menos en la ausencia de alma, aún soy un novicio, Welldone, lo sabes.

Todo eso pensó Martín, mientras recitaba a pleno pulmón un muy católico avemaría, que no se habría oído en esas tierras en dos siglos y medio, su boca en la oreja temblorosa del caballo, incapaz de cruzar de nuevo sus ojos con aquellos sin miedo a quienes contradecían las sacudidas y estertores de un cuerpo ultrajado.

«Si vivimos, vivimos para pisar cabezas de reyes. Si morimos, hermosa muerte si con nosotros mueren príncipes.» Palabras. Vivimos para esto y morimos así.

El agónico animal, apiadándose al fin de su nula presencia de ánimo, expiró con gemido lamentable. Martín se puso en pie, hizo palanca con el madero. No quiso mirar el abismo, los rompientes, el caballo, Fabianus, toda la música y todos los príncipes y los sueños y veneraciones de Fabianus… Tardó su tiempo en llegar al coche, mientras borraba los significados en la mirada del caballo que, aún ahora, a medio galope, sigue observando por él la maravilla de un Versalles donde en verdad se pisan cabezas de reyes.

3

Al llegar a una loma, embrida el de Viloalle y ante su mirada se despliegan ásperas y fabulosas visiones. Cunde el pánico bajo la lluvia entre lujos y extravíos de lo que será el Pequeño Trianón. Voz y Brazo invocan sacrilegio cuando asaltan la cera perfumada, la cera enfriada, de lo que Martín siente memoria antigua.

Encallado en ese recuerdo jamás vivido, por mucho que aúlle la Voz y parta el Brazo, Martín no ve salvajes persiguiendo a los falsos rústicos de Le Hameau, ni se golpean puertas, ni estallan ventanas al golpeo del mazo, ni se prende fuego a un templete, ni se derriba un palomar. Martín ha vuelto a casa. Está viendo el pazo de los Viloalle como un día lo idealizara su hermano Gonzalo con sus planes de fuentes y lagunas y puentes chinos. Una vida de calma y deleite, antes de la llegada de bárbaros de aquí y de allá, de unos y de otros, arriba y abajo, enemigos todos de la misma Luz de la Razón que tantas bocas lleva secadas.

Ese lugar sería hasta ayer el más grato del mundo: un mínimo palacio con vistas a lo bucólico. Y es verdad, lo está viendo, ahí delante se halla Le Hameau, con mayúscula, la aldea de aldeas, y aún así falsa aldea: Naturaleza sin escorpiones para quienes nunca hollaron con su delicado pie los corrales y el estiércol agusanado, lo hondo de la cabaña donde el recién nacido llora de fiebre y delira el anciano que agita el muñón, ganado con honor en Rossbach por el rey de Francia. «Aldeas de novela», las llaman. Y tienen falsos labriegos, falsos lecheros y falsos molineros que a lo mejor resbalan en lodo de pega, se caen al falso canal y se hacen falsamente trizas en la falsa noria. «Aldeas de novela.» Y el argumento de la novela es el asesinato de la verdad. Convenía el solaz de María Antonieta en ese decorado y la reina sufrirá las consecuencias, porque la cruda y auténtica Naturaleza ha llegado y está haciendo de las suyas.

A la izquierda, en la fachada lateral del palacio, unos necios intentan serrar las cuatro pilastras corintias. Siguen los gritos, estallan cristales otra vez y el caballo de Martín se levanta de manos. El de Viloalle habla al animal mientras desmonta, lo ata a un árbol y asegura que la escarapela tricolor quede prendida en el hocico. Se sienta, cruza las piernas y, alisando una hoja en la carpeta, y la carpeta en el regazo, lanza por el papel líneas exactas, los justos trazos, cada uno de ellos con la palabra barbarie en la punta de grafito.

Unos bárbaros tiran en la hierba a una de las criadas, a quien los muy civilizados señores han dejado atrás, al cuidado de la finca, mientras se cobijan en lugar seguro. Martín ve que nadie osa tocar a los señores, a los *aristocrates*. Aún se les teme, y mucho. Así que el vulgo sólo injuria su nombre mientras se ceba en los criados. Y los *aristocrates*, que lo saben, dejan el cebo.

Remuerde la conciencia por sólo mirar y, encima, no atreverse a acertar en el papel, por mucho que dibuje cabezas de asno a quienes se desabrochan los cintos y sujetan brazos y piernas de la criada tumbada en aspa. Y Martín aún no ha concebido el boceto cuando los salvajes se llevan a la criada hasta una de las casas de Le Hameau por violentar sin prisa y sin mojarse.

Y corre hasta el puente Martín para esbozar otro dibujo desde allí. Llega, abre la carpeta, baja la cabeza y se horroriza.

Muy bien acostumbradas estarían las carpas del aquel falso riachuelo del falso lago, porque según parece no han comido en días y, ahora, apiñadas a cientos bajo el puente, monstruosas, con medio cuerpo fuera, boquean como si todas fueran la Boca. Un boqueo múltiple y angustioso.

Por ver qué pasa, tira Martín una nuez que lleva en el chaleco y se produce una hecatombe esférica de bocas y lomos plateados. Y oye, como oye algunas veces, la voz de Welldone:

—El delirio arriba, el delirio abajo, el delirio en medio. El delirio gobernando al delirio. El delirio explotando al delirio. El delirio vengándose del delirio. El delirio mordiendo delirio...

¿Y cómo dibuja eso Martín? Ha de probar.

Y mientras lo intenta, oye la explosión de más ventanas en la aldea. Martín no puede ignorar el femenino desgarro; porque cada uno de los agotados jadeos de resistencia y dolor sugieren algo espeluznante y prodigioso que sin duda acaba de ver ahí, en ese lugar. Sabe que, en medio del lamentable caos, ha sentido, a la vez, un agradable desconcierto y un punzante desasosiego por algo que ahora no logra fijar con la mirada entre las agitadas escenas que se le ofrecen.

Y sólo cerrar la carpeta busca Martín lo que intuye. Mira las casas y mira las sombras de figuras con mazas, oye los golpes sordos. Y mira el falso desván del falso molino. Sólo habrá durado un segundo la imagen en la que su corazón creyó antes de que su mente razonara y definiera. Ahora ve por fin el rostro que asoma por el ventanuco del desván; y al cruzarse de lejos las miradas, aquella melena roja se espanta y oculta. Esta vez ha sobrado tiempo para que Martín haya visto a su hermana Elvira como si no hubiesen pasado los años. Así era Elvira cuando se escondían en el hueco del castaño centenario y a él le dominaban necesarios apetitos y absurdas inquietudes. La ha visto. Era ella. Su misma belleza y su frescura: eran su pelo y su boca y las pecas de su escote y los ojos verdes y hasta el mohín de enfado y de inquietud el día de su boda: «Ven a verme que si no te pierdo, que te mandan a la China y te pierdo».

Pues estoy en la China del alma, Elvira.

La infeliz oculta en el desván del molino no sólo será venganza de la barbarie; sino también de los que un día se dijeron los suyos, le hicieron creerse su sangre, parte de algo noble. Y ahí está, después de los años, quien a veces se dice llamar Martín de Viloalle, perdido en el alucinado y loco vórtice del mundo.

Porque tras el suicidio de Fabianus en los acantilados de Schleswig, y sólo llegar a Hamburgo, Martín puso en manos

del servicio postal la carta a quien ahora llevase la consideración de señor de Viloalle. Tras un viaje sin sobresaltos, y ya en
París, y en la imprenta de Rivette, habría de esperar semanas
una respuesta de la Galicia remota.

Entretanto, y bien firme la decisión de seguir viaje hacia
España en cuanto hubiera noticias, Martín simuló que em-
prendía su tarea. El primer paso era leer el manuscrito en el
cual el príncipe de Schleswig-Holstein deseaba servir la memoria de Welldone.

Por no gastar las velas de sus anfitriones por la noche, mostrarse activo por la mañana, y dar así una apariencia que ocul-
tase sus intenciones, leyó lo que se había dispuesto llegara a
volumen. En el taller de Rivette, entre tinta, pilas de libros y
aceite de engrasar, leía Martín y en ocasiones alzaba la vista,
desilusionado por la imposibilidad de que un espíritu afín
compartiese la experiencia.

El posible libro no era un elogio del señor de Welldone,
sino una crítica a las desviaciones del talento filosófico, que
siempre acaban sirviendo a malas causas. La figura de Welldone no era la razón sino la excusa para que brillara el alma so-
brehumana, ilustrada y magnánima del príncipe Carlos. La
obra de Koeppern, porque sin duda él y sus secretarios eran
los artífices de ese embellecer un estado que para ellos también suponía privilegio, buscaba apuntalar la autoridad de
Carlos sin reprocharle, desde luego, sus últimos delirios esotéricos. No quedaba Welldone en mal lugar —si el lector no era
el mismo Welldone—, pero cualquiera de sus novedades industriales y filosóficas era insignificante cuando se enfrenta-
ban a la verdad milenaria. Carlos debía cumplir con su deber,
y ése no era otro que seguir siendo lo que todos esperaban
que fuese. Por tanto, cada frase del manuscrito era un viscoso
alegato en favor de la aristocracia y un publicar sin modestia
ni sentido del ridículo la entereza y elevada visión del príncipe. ¿Cómo se combinaban una cosa y otra, el derecho divino

410

y el sentido común? Nadie se preocupa por esclarecerlo. Así, con la disculpa de contar la vida inofensiva y excéntrica —y quimérica— del señor de Welldone, solicitaban una responsabilidad mayor para el talento de Carlos.

Pero algo se les iba de las manos: la notoria burla de Welldone. No pensaba Martín que todo fuera verdad en la carta que le entregó Gretha Alvensleben —y que le impresionó, sin duda—, pero en el hecho de que Welldone se arrepintiera de haberla escrito, en el tesón casi obsceno de ser su máscara hasta las últimas consecuencias, había una verdad. En cambio, y muy alegremente, al príncipe le había manifestado el máximo delirio al que podía llegar esa máscara, porque era eso lo que se esperaba de él, y Welldone había disfrutado —y se notaba— parodiando el infortunio de haber acabado siendo quien no era. Y desde luego no era natural de un bosque de la India, ni contradijo los deseos de su padre, el maharajá, quien le obligó a hacerse guerrero cuando él anhelaba la sabiduría filosófica, ni —desde luego— empezó a buscar la iluminación cuando vio por vez primera, a los treinta años, un anciano, un enfermo y un cadáver, y al descubrir la pena en el mundo renunció a todo menos al aprendizaje de la verdad eterna. En resumen, el señor de Welldone no era ese ídolo oriental al que llaman Buda, personaje del todo ignorado en Schleswig-Hosltein.

Ése era el Gran Secreto sobre el nacimiento y mocedad del señor de Welldone que Carlos guardaba tan celosamente.

Así, el verdadero Welldone —quien en cierto modo cedía a Martín el dilema de velar por la dignidad de su memoria—, el filósofo que se disfrazaba de charlatán, se ocultaba de modo voluntario en la oscuridad, en el eterno silencio. Con él nunca se haría inevitable lo imprevisto, aunque a nadie le afectara, aunque no se supiera.

Además del último gran gesto, sólo muy de vez en cuando, el de Viloalle oía ecos de aquella vigorosa inteligencia y el

411

carácter indomable del artista de sí mismo cuyos restos yacían en Eckenfiorde. Y de un modo tan grotesco que hubiera
hecho las delicias del mismo Welldone. O quizá hubieran
despertado su cólera. ¿Qué podía saber nadie? ¿Era o no im-
previsible?

Y dijo Welldone: «La libertad, mi amo y señor, es incompatible
con la grandeza por muchas aptitudes que uno tenga. Pero al li-
brarte de la obligación de ser grande ya no serás importante. Y
ésa es una excusa óptima para que la vanidad entone su lamento. Para curar ese malestar de la existencia, sólo en algunos se
desarrolla ese prurito que nos atrae al delicioso naufragio: que-
brar en un solo y magnífico segundo el esfuerzo y el trabajo de
años. Ese antídoto que sólo poseen caracteres muy peculiares y
cuya fabulosa y desastrosa cualidad no está prestigiada. Destruir-
te porque el mundo está mal hecho no tiene remedio y sólo ve-
nera la estupidez y la intriga que esculpen más y más gloria. He
intentado cañonear el disfraz del mundo. He señalado la impureza de los mármoles...». Y replicó el Príncipe: «Ya será menos,
Welldone». Y dijo Welldone: «Es cierto, ahora lo veo, ya será
menos, mi amo y señor».

Sólo eso, y de milagro, y así. Aún no se explica Martín
cómo pudo filtrarse aquel rayo de luz misteriosa en el magma
de untuosa adulación.

Y tras su última y amena charla con el Príncipe, el gran filósofo
señor de Welldone, a quien las diversas circunstancias de la vida
hicieron con honor conde de Saint-Germain, buscó las manos de
su príncipe para besarlas agradecido y expiró rogando que su humilde memoria, y su proyecto de la Ciudad del Hombre, ahora
lo comprendía, viviera a partir de entonces en el alma inmortal
del Príncipe. Porque no era materia tangible la Ciudad del
Hombre, sino la visión más aproximada que un súbdito podía
obtener del alma noble y sagrada del Príncipe, uno de los mejores, Carlos de Hesse-Kassel de Schleswig-Holstein. Y así sería...

Con ese párrafo servil concluía el manuscrito. Esa noche, mientras cenaba con los Rivette, Martín turbó sin duda a sus anfitriones al pasar la cena en murmullos y regañando para sí, al propio tiempo que sacaba conclusiones.

Por primera vez, Martín agradecía la buena suerte de haber sido discípulo de Welldone, testigo de su vasta extrañeza y lector de la carta que para él rescatase Gretha Alvensleben. Desde luego, Martín valoraba el último y sesgado aprecio de Welldone: con el pretexto de que hiciera él las ilustraciones, había hecho que le enviasen a París en busca de «algo nuevo que mirar» como aquellos que, sin querer, llegaron a La Florida buscando la fuente de la eterna juventud. Era su última gran jugada y tenía que salirle bien. Por ello, y por los significados que ese gesto reflejaba, Martín correría el riesgo debido. En su mano estaba impedir que esa aberración literaria se imprimiese, se ilustrase y se encuadernase.

Y Martín ya había visto París. Muy grande ciudad, París. Procelosa París. ¿Y qué? El oro de Schleswig era suyo. Iba a decirle a Rivette que el paje a quien encomendaron esa tarea se había dado a la fuga con el dinero. Sólo un afinado sentido del deber le obligaba a seguir en la ciudad. Como el mismo Rivette le había dicho que necesitaba un buen ilustrador, si el librero lo deseaba, pagaría su hospedaje con dibujos, mientras Baptiste reclamaba al canciller Koeppern. En cuanto llegase carta de España, saldría de puntillas una noche y, en unos meses, y con el oro, llevaría a cabo en el pazo de los Viloalle algo parecido a la Ciudad del Hombre. Esta vez sí, y con humildad.

Pero llega el día en que la incertidumbre deja de serlo, y hasta consuela el desengaño ante ese revuelo en la cabeza de libélulas de esperanza y duda. La mano de una Emmanuelle Rivette que ya se prodigaba en miradas intensas rozó la de Martín al entregarle la carta:

Estimado señor:

El que escribe y firma, Gonzalo de Bermúdez y de Viloalle, señor de Alfoz y de Viloalle, y marqués del Santo Infante, hasta fecha del tres del corriente, en que recibió su amable carta, no poseía mayor constancia de su existencia que el destierro al que fue sometido por el rey Carlos. Tras la necesaria consulta a su Eminencia, nuestro bien amado obispo, Éste informó que sigue vigente la Pragmática Sanción que dio lugar a la expulsión de los reinos de España de los jesuitas, y no conoce excepciones, ni aun cuando la supresión de aquella Compañía restituyera a sus infelices hijos al siglo, según Vuestra Merced defiende erróneamente. Lamento, en consecuencia, la decisión de rechazar cualquier tipo de asilo, cobijo u hospitalidad que este señorío y marquesado le pudieran brindar. Y con el único interés de apaciguar lo que supongo mala conciencia por estos años de olvido de su sangre, y de aliviar, según está en mi mano, los muchos quebrantos y desventuras que afirma haber sufrido, le hago partícipe en renglones aparte del destino de sus señores padres y hermanos.

El señor Gonzalo de Viloalle falleció el año de Gracia de 1775 a consecuencia de un mal de pecho.

La señora Eugenia pasó a mejor vida en el convento de las monjas de Santa Clara de Ribadeo, donde se hallaba recluida, el año de Gracia de 1788, es decir, este mismo año, hacia enero o febrero.

Del señor Gonzalo de Viloalle y de Bazán se tuvo noticia, según me fue comunicado por el Ilustrísimo, Eminentísimo y Excelentísimo señor obispo de Mondoñedo, hará cosa de un par de años, por boca del nuevo presbítero de la catedral, cordobés de nación, y a la vista de un retrato de familia que el señorío de Viloalle donó al obispado —ya que se consideraba de muy dudoso gusto— para que pintasen sobre ese infame trabajo una imagen del Santo Infante. A la vista de aquel retrato abominable y sacrílego —por el que aún hago donaciones mensuales en agradecida penitencia—, se tuvo noticia del que fuera primogénito de la casa de Viloalle, digo, y se sabe a ciencia cierta que se metió a gitano en fecha desconocida y rueda por los mesones de Andalucía con el apodo de «el pelirrojo verbenas», para vergüenza de la familia toda, siéndole revocado definitivamente con esa contundente y definitiva prueba todo derecho de primogenitura.

Del señor Jorge de Viloalle sólo se sabe que embarcó hacia Nueva Granada en el año de Gracia de 1766.

De manera bien triste, por eso reúno sus destinos, no hay otra, Juan y Gil se hirieron mutuamente en duelo a espada, por cosas de la dichosa primogenitura, y recién fallecido el señor Gonzalo, murieron el mismo año de Gracia de 1775, infectadas sus heridas y con pocas semanas de diferencia.

Hasta aquí la información que me solicitaba en su amable carta.

He de añadir que ese cúmulo de circunstancias me hicieron, aún niño, nuevo señor de Viloalle. Así, por empeño de mi señora madre, habité la casa hasta el año de Gracia de 1785, en que tras la muerte de mi padre amantísimo, recibí los honores del señorío de Alfoz de Bermúdez y, de acuerdo con el mejor criterio, doné la casa de Viloalle al obispado de Mondoñedo para que ampliase la ermita del Santo Infante, cuya beatificación es cosa hecha y cuya devoción en la comarca sólo conoce parangón en el amor que todos sentimos por nuestro querido obispo. El donativo, así como otras razones que la modestia aconseja soslayar, fueron causa suficiente para que, a petición del obispado, el arzobispado y de otras grandes mentes de España, nuestro católico rey Carlos me nombrase marqués del Santo Infante, título que llevo con la necesaria prudencia y el debido orgullo. En cuanto a mi señora madre, Elvira de Viloalle y de Bazán, habita en el mismo convento de clausura de Santa Clara donde, solo enviudar, ingresó en el año de Gracia de 1785. Allí transcurren sus días en la devoción de Nuestro Señor Jesucristo.

Adjunta va con esta carta una estampa del bienhechor de nuestras horas, el amado Santo Infante y, aun deseándole lo mejor en sus días venideros, mi condición nobiliaria le recomien-

da un alejamiento rotundo de esa infernal ciudad de París donde dice hallarse. Rece mucho y obre bien.
Gonzalo de Bermúdez y de Viloalle,
marqués del Santo Infante.

¡Le enviaba una estampita! Aquel imbécil había salido a su cuñado Ramiro, pero en beato. Entonces, el que aún se llamaba de Viloalle por llamarse algo, miró la estampa del Santo Infante. Y quedó atónito, y atónito leyó el reverso:

Benito era un niño muy pobre, su educación ninguna, entrañable su apariencia que a la caridad inspiraba. Sólo la Fe y la obra del Espíritu Santo logró la maravilla que hizo a sus mayores postrarse de hinojos al ver al niño trazar en el barro la siguiente inscripción: *Speciosus forma prae filiis hominum: diffusa est gratia in labiis tuis.* «Hermosísimo entre los hijos de los hombres: la Gracia está derramada en tus labios.» Tal maravilla alcanzó el entendimiento del obispo de Mondoñedo, quien transmitió enseguida la buena nueva a la Santa Sede. Benito, el Santo Infante, fue devuelto a Dios al sumergirse en las aguas de una presa junto a la ermita que ahora lleva su nombre. Las enfermedades del costado sanarán si le rezáis diez padrenuestros. Mejorará vuestra claridad de espíritu con un donativo en memoria de su alma y de la salvación de los difuntos.

La imagen, el niño de la estampa, era él. Era Martín. La perfección de aquel otro niño que jugaba con barro. El bobo que tanto se le parecía y a quien escalabró por recado trasmundano de su gemelo Felipe. Más adelante, alguien le vería imitar aquello que el niño viera grabar a Martín con un palote: *Ad majorem Dei gloriam*, y decidió usar la supuesta maravilla y no las palabras. La baba que derramaban constantemente sus labios se había vuelto la Gracia.

Por esa corrupción de todo, por esa multiplicación paródica de los seres y hasta de las aldeas, por esa ligereza que sólo finge gravedad para destruir lo único y lo hermoso, ahora, en el Pequeño Trianón, entre la cólera de los bárbaros, irá al encuentro de su hermana Elvira, un simulacro de la carne que ha dejado ahí el disparate del tiempo.

4

Ya en el molino, el de Viloalle sube a la vivienda y cruza el umbral del falso recinto donde ya nunca morarán esos campesinos de *atrezzo;* vidas inverosímiles que hasta ayer se levantaron, calentaron agua y llenaron aguamaniles, se asomaron a las ventanas y vieron mecerse los álamos.

Se impresiona el dibujante ante la pulquérrima disposición de los utensilios de cocina, limpios la chimenea y los fogones, relucientes el cobre y el hierro de cacerolas y sartenes. En un rincón, como en naturaleza muerta, la artesa con cestos de fruta que nadie ha volcado. En general, y a primera vista, el conjunto aún se halla listo para la inspección del marqués de la Rimbombé, o como se llame el parásito que hasta hoy mismo cobrara una renta vitalicia por ejercer de Camarero Real de Aldeas de Novela o cargo semejante. Bien pensado, no son tan falsos esos falsos campesinos, subyugados como los demás a la deforme rueda de lo arbitrario. El asunto es que viven ahí, idea platónica de lo tiranizado y aún así feliz.

Han de pagar por ello.

La tormenta, los cambios de luz del día y la sombra de los tumultos forman en las paredes súbitos destellos y fatales penumbras. Martín quiere ignorar el origen de ese doble ruido laborioso, rítmico, casi cordial: golpe, gemido, golpe, gemido, golpe, largo gemido, golpe, silencio... Silencio, nuevo gemido y golpe y golpe y otro golpe. Lo difícil que resulta matar a una mujer o a un hombre a mazazos, y no digamos a un niño, con esos huesos flexibles y esa piel dura. En todo eso piensa Martín y todo eso le acompaña mientras sube los peldaños que llevan al desván: la comprobación empírica es novedad y en su fuero interno los bárbaros que han saqueado Le Hameau sólo desean medir y verificar la resistencia al mazo de la especie humana.

Han atrancado la portezuela del desván. Martín forcejea, empuja, carga con el hombro en un esfuerzo inútil. Desde luego, no es un ratón lo que corre, tropieza y se desespera al otro lado. Poseído por una agilidad acorde a lo épico de la jornada, el de Viloalle apoya su carpeta junto al muro, se sube a la baranda de hierro, se cuelga de una viga, se columpia, oscila y, reuniendo el empuje de su cuerpo escaso, patea la puerta del desván. Así, la puerta se derrumba y entra en la recámara Martín volando y en tromba. Consecuencia de ello es que no acierte el sartenazo que le propinan: la falsa Elvira esperaba atenta y en guardia a un lado del umbral. Ahora, la doncella aprovecha el momento confuso del dibujante volatinero y huye. Sin suerte, porque da con el tope de la puerta, cae y Martín consigue agarrarle del empeine.

El de Viloalle musita palabras de sosiego, mientras arrastra el pataleo de la joven molinera y recibe golpes de sartén en los nudillos; se yergue, al fin, y con el mismo impulso, salta hasta el marco de la puerta y arranca de las manos de la muchacha aquel arma homicida. Por si la moza se conmueve, muestra Martín las diez falanges sangrantes y como ve que, en lugar de ablandarse, la fierecilla se lanza a sacarle los ojos, la empuja y avisa:

—No te muevas… —Ha sido un susurro que se fingía grito y, de ese modo, sin quererlo, multiplica la amenaza.

La muchacha, enloquecida, duda si tirarse por el ventanuco que da a la noria y al canal. Pero no se atreve y su propio miedo le desespera aún más, mientras los rabiosos ojos verdes buscan otra defensa. Así, y para impaciencia de Martín, la falsa Elvira se hace con un atizador de hierro oxidado que esgrime ante la nariz de su rival. Pero se da cuenta de lo inútil del esfuerzo y corre hacia la esquina del desván para allí acuclillarse. Muy juntas las piernas; los dientes, unas castañuelas.

—¿Cómo te llamas? —pregunta el de Viloalle.

El miedo ha paralizado la garganta de la chica. Llora sin gemidos, hunde la pelirroja melena entre los muslos, como si quisiera ser embrión otra vez, con vocación de hermoso huevo de melena deslumbrante, la uña del pulgar del pie asomando de la media de lana rota; ese dedito que se levanta eréctil como algunas culebras, es la leve, la última señal de defensa.

Martín le saca el atizador de la mano, ella se resigna y recoge el brazo para volver a su ovillada y abatida posición. Con ademán algo libertino, Martín rasga la costura de un hombro del vestido y lo desnuda. La muchacha tiembla y, en el agitarse del temblor, Martín percibe el aroma característico de hembra pelirroja, el mismo olor de aquel hueco de castaño en el lejano pazo de los Viloalle. Esos olores no engañan ni en el más falso de los lugares del mundo. Es un aroma idéntico al de su hermana Elvira.

La muchacha está a punto del desmayo, y tras un sobresalto, y como si aún quedara resistencia posible, se lleva al hombro desnudo la mano contraria y clava las uñas con rabia en la propia piel. Habla claro en el idioma de los cuerpos:

«Antes me mato.» Eso es lo que dice.

Sin dejar resquicio para la huida, Martín mira en todas direcciones. La suerte quiere que repare en una pila de sacos tiznados de blanco sobre un viejo baúl. Cata el polvo y es harina lo que gusta. Aquello es un molino, al fin y al cabo.

—No te muevas —ordena con tono firme en aquel denso silencio que ambos han creado tras el forcejeo.

«Así que he venido de París a buscar pan y harina me he encontrado.» Ése es el pensamiento de Martín, un entreverado de estupidez y vago sentido común que le aborda en el momento más inconveniente.

No piensa más. Coge el saco, lo abre a dentelladas y empieza a volcarlo sobre la muchacha.

Si había algo que ella no esperase, era eso. Como si el asombro le diese nueva fuerza, la muchacha salta y arrebata la harina de las manos de Martín. El dibujante, al verse sin saco, corre hasta la puerta y observa atónito cómo la muchacha, presa de un ataque nervioso y rebozada, da vueltas por el desván convirtiéndolo en boira espesa donde ella misma se pierde y gime de espanto y confusión durante el instante blanco y ciego.

Cuando se empieza a posar el polvo, Martín se halla ante una bruja en edad de merecer. Entonces, un espasmo surge del verde de los ojos femeninos, que se desorbitan y derrotan en dos, cuatro, diez guiños veloces. El rostro desbocado se crispa y amotina, sacude la cabeza como un perro calado en nieve y luego vuelve a un gesto ambiguo entre el temor, la furia y el recelo. Sin percibir el desarreglo facial, el de Viloalle recoge más polvo de las paredes y restriega sus manos en la cara de ella.

La muchacha ladea la cabeza.

—Quieta…

Como si estuviera endemoniada, ella vuelve a sus espasmos de orate.

—¡Estáte quieta, coño…! —exclama Martín en buen español.

El idioma de los cuerpos y de las almas. La entonación de la frase española es una melodía secundaria bajo las palabras y ha logrado que ella comprenda: ese hombre quiere afearla, tiznarla. Hay que hacer más caso, pues, a los gestos manuales, asépticos, del extranjero que de la superlativa prominencia de su bajo vientre, el puñal carnoso que la roza, más empinado ahora que la fe del godo Alarico en el destino vencedor de la barbarie. Un gesto y otro se contradicen, es evidente; pero a la muchacha no le queda más remedio que convencerse de la mejor posibilidad.

Y se calma.

Y al calmarse la chica, Martín entiende que ella ha entendido.

—¿Por qué se halla tan galante el pendón de Vuestra Merced si su digna y única aspiración es socorrerme? —pregunta la molinera en dialecto reservado para falsos aldeanos de novela versallesca.

—Lo cortés no quita lo valiente —Martín traduce como puede, y sin mucha esperanza, el refrán español.

Cesa la disputa. Ella se aquieta y espera a que Martín finalice la singular cosmética.

—¿Cómo te llamas, criatura?

—Roberta... Aunque así sólo me llama mi señora madre. Yo prefiero Héloïse... Su majestad la reina me llamó un día de ese modo y no pude evitar iluminarme de orgullo...

—Pues hoy no es el mejor día para ir pregonando ese honor, Roberta o Héloïse.

—¿Podría el señor dejar de restregarme el rostro, si así os place? De ser, el enmascararme, objeto de su continuo palpar, creo que ni mi propia madre habrá de reconocerme nunca... Y he de hallar a mi familia enseguida. ¿Sería tan amable Vuestra Merced de hacerme la gracia en tan urgente empresa?

Un lenguaje bien extraño, vuelve a pensar Martín. Todo lo contrario del cuerpecillo elocuente. Y la pobre sigue teniendo miedo y urgencia por saber de los suyos.

Sin decirle que, de momento, ha de valerse y preocuparse sólo por ella, Martín coge a Héloïse de un brazo, la lleva hasta la puerta, recoge allí su carpeta y, sólo para sosegarla, informa:

—Soy dibujante, Roberta...

—Hace bien Vuestra Merced… O señor.

—Escucha, Roberta o Héloïse… Tienes que huir. Eso, lo primero. Te llegarás a la verja de palacio y más adelante ya tendrás tiempo de buscar a tu familia. No es la intención de la mayoría, pero están ocurriendo incidentes nada agradables…

—todo eso le dice Martín, ya en la cocina, mientras prende una escarapela tricolor en el escote de la joven que se parece a su hermana, a Gretha Alvensleben, a la Altísima sobre la que escribiera Welldone. Martín sabe que está salvando a la forma femenina y perfecta, la sinuosa y lozana figura, la Deidad de los Heridos. Y Ella se retorcerá y expresará la repulsión que le causa; sin embargo, su deber reside en protegerla, porque es Todopoderosa.

—Parezco un espantapájaros… Y usted, señor dibujante, por ahí se anda…

—Pero a ti se te pasa mañana, Roberta o Héloïse… Vamos… Si nos cruzamos con alguien, te sujetas de mi brazo y dices cosas guarras.

—Desconozco ese vocabulario, señor dibujante.

—Pues blasfema un poco.

Roberta-Héloïse, muy digna, sigue negando con la cabeza.

—Está bien… De cruzarnos con alguien gritarás: «¡Nos llevamos al panadero, a la panadera y al aprendiz…!».

Mientras Martín piensa: «Me sigue pareciendo el vivo retrato de Elvira y me está volviendo loco», la muchacha medita y deduce:

—El panadero, la panadera y el aprendiz… ¡Son sus majestades y el delfín…! ¿Pretende usted… señor… que Roberta-Héloïse Marceau, llame a sus serenísimas de ese modo vulgar? ¡Eso sí que es sacrílega blasfemia!

—Tiempo habrá para esas discusiones y otras de más enjundia. Los nuevos tiempos permitirán hablar de cuanto sea necesario. Habrá debate, Héloïse, no lo dudes…

—¿Con la maza en la mano, señor?

No es momento para discusiones políticas. Bajan las escaleras del molino y caminan entre las casas, mientras Héloïse intenta por coquetería o pudor limpiarse la suciedad blanquinegra que impregna su cuerpo pecoso. Esa circunstancia no es óbice para que se estremezca y se abrace a Martín cuando vuelve a oír golpes, estruendos y hasta un disparo que resuena como un tiro de gracia.

Y mira hacia atrás Héloïse y busca en la distancia por los rincones en busca de figuras y sombras familiares. Eso impide que, al contrario que Martín, vea cómo un grupo de rebeldes pasa ante ellos cargando en volandas a otro de los falsos aldeanos. Martín tapa los ojos de Héloïse y ordena en murmullo que grite el lema que le ha enseñado y debe funcionar como salvoconducto:

—¡Es menester que su majestad el panadero, nuestra católica reina la panadera y su alteza el aprendiz de rey nos acompañen si es de su gusto y grado!

No se puede borrar de golpe una educación torcida, piensa Martín, y lanza un guiño vicioso al pasar ante el grupo taimado que les vigila de reojo, ya que esa gente desconfía por norma del bálsamo de la retórica. Por fortuna para la pareja, los bárbaros se hallan interesados en otro asunto de mayor enjundia.

Aún sigue en su árbol el caballo tordo del guardia de corps. Reconoce el olor de Martín y saluda con un relincho.

—¿Sabes montar? —pregunta Martín a Héloïse, mientras se preocupa de que no repare en la escena que se desarrolla a su espalda entre el grupo bestial y el falso aldeano. Porque se oyen golpes, alguien cae sobre la hierba y Héloïse siente apremio de saber.

—¿Sabes montar o no? —pregunta Martín con severa autoridad, mientras toma su barbilla y la obliga a mirarle a los ojos.

Sin contestar a la pregunta, tomada una decisión, es la misma Héloïse quien desata el caballo y lo vira en dirección al Gran Palacio y hacia la verja. La chica se sube las faldas y Martín mira las piernas y las medias de lana caídas hasta que al fin comprende que debe auparla. La eleva con todo su esfuerzo, mientras el lindo pie de la muchacha calza estribo.

—Recuerda, Héloïse... «Nos llevamos al panadero, a la panadera y al aprendiz...» Sin más adorno, ni obligación de trato... Y si puedes fingir voz de borracha, mejor... ¿Has oído alguna vez un tono semejante, una voz beoda?

—En ocasiones, la reina, su majestad serenísima, reducía su serenísimo estado y...

—Estupendo... ¡Vive muchos años! —exclama Martín mientras sacude con la debida firmeza el lomo del caballo y le rechinan los dientes por no poder dar a esa muchacha su dirección en París. Hacerle acudir a la imprenta de Rivette sería atraerla a una ratonera, ya sea por la suspicacia de algunos al ver carne de corte, ya sea por los celos de Emmanuelle.

Héloïse se aleja gritando con verdadera precisión el lema que le acaban de enseñar. Es entonces cuando la amazona, muy consciente de que no ha dejado frío a su salvador, y que éste la sigue mirando con una turbadora combinación de misterio —su parecido con Elvira—, deseo —su parecido con Elvira— y orgullo —ha salvado a quien se parecía a Elvira—, detiene el magnífico caballo, y alza la mano para despedirse y sonreír. Sin embargo, algo ve tras la espalda de Martín que la horroriza. Martín, sorprendido, se vuelve un instante y ve como el grupo ha vendado los ojos del falso aldeano y, en una variante de la gallina ciega, le golpean por turnos, mientras uno de ellos se acerca con una pala.

A lo lejos, Héloïse sigue atónita y Martín no tiene más remedio que hacer cualquier gesto posible de disimulo para alejarla de una vez del Agujero de la Perra. Que olvide Le Hameau, la falsa aldea que para esa chiquilla, traicionada por el mundo, ha sido una casa de verdad.

Y por todo lo dicho la sigue mirando cabalgar bajo la fina lluvia, humeando harina, la pobre, hasta que se pierde en la lejanía brumosa. Si pudiera, escribiría a su verdadera hermana Elvira, encerrada en el convento, para decirle: «Estabas en Versalles. Eras joven otra vez. Esta vez te salvé. Y otra vez me separaron de ti...».

5

Nunca duermen.

Más allá de la escalera alfombrada de grumos fósiles de tinta y briznas de papel, a través de la plancha de madera que cubre la puerta de la librería-imprenta Bainville, se cuelan turbios hilos de amanecer otoñal. Los periodistas siguen con su animada tertulia en lo más hondo de los bajos, aunque las velas agonicen y la trastienda sea una neblina espesa de humo martiniqués y aliento a vino. Sin embargo, nadie bosteza y nadie se emborracha, salvo de preceptos y supremos ideales.

Rivette lleva horas hablando, abierta la camisa, el velludo pecho descubierto, las encallecidas manos de largos dedos impulsadas por una suerte de cívica hechicería; manos augurales que recuerdan a un sacerdote de antiguos ritos; exquisitas si presentan ilusiones, crispadas si someten aquel ámbito a severa indignación. Como ahora:

—¿Se ha vuelto loco Marat? ¿Estuvo siempre loco ese medicucho vuelto hez de *littérateur*, ese fracaso de musas chifladas, de una Clío emputecida? ¿Alguien se imagina que, a día de hoy, en la actual situación, se pueda escribir esto? Oíd: «Los crímenes contra la sociedad exigen castigos ejemplares que espantan la justicia misma. No se arranca la raíz de las encinas sin remover el suelo. Dicen que el rey es un buen hombre. Y

yo, el Amigo del Pueblo, les replico: "Muy bien, ¿y para qué?"».
¿Para qué, hijo de la gran ramera? En los últimos días, ese bastardo ha jurado que Mirabeau se halla a sueldo del de Orleáns y luego ha dicho, en flagrante paradoja, que también se halla a sueldo de los reyes. ¡Pues buen negocio estará haciendo nuestro querido Mirabeau, si cobra de dos bandos enfrentados! ¡Pronto habrán de faltarle manos! Pero ese estúpido también ha dicho que el infeliz de Brissot fue durante años espía al servicio del jefe de policía Lenoir. ¡Y Brissot era su amigo más querido! ¡Ahora os diré cuál es el peor de los negocios! ¡Ser amigo del Amigo del Pueblo!

Estallan las risas. Se aspira el humo de cigarros o de crepitantes cazoletas con larga boquilla. Los reproches de Rivette apuntan al fanático Marat cuya hoja volante *El Amigo del Pueblo* ha sido prohibida el día de ayer, cuando se inició la tertulia que no acaba.

—Esa prohibición, compañeros, es justicia, verdadera justicia —y con mucho ademán, Rivette arruga el último número de *El Amigo del Pueblo* hasta convertirlo en una bola que enseguida vuela sobre su espalda—. Sí, a veces hay que trazar límites... Porque de siempre es sabido que la gran ventaja de los malvados es lograr que se dude de la virtud de los buenos. Además, Marat embrutece las palabras «amigo» y «pueblo». Las gasta... Las enmierda... Y ahí se dice: «¡Basta, Marat!».

Y el murmullo general —cinco voces amigas— consiente, y se escancia vino. Alguno bosteza ya. Pero dormir, nunca. Nadie duerme nunca.

Algo alejado de la mesa principal, Martín piensa, sin querer remediarlo, en que Emmanuelle, súcubo fogosa, carne irresponsable, se desvela de lujuria en el piso de arriba. Entretanto, asiente a distancia las muy discutibles pero convenientes palabras de Rivette y revisa —una pasión a la que vuelve con las mismas ganas que vuelve a Emmanuelle— los dibujos que hizo durante el cinco y seis de octubre: las altas jornadas en que un arrebato de las vendedoras del mercado, un impulso hecho de odio, amor, comercio y maternidad, logró de carambola que se asaltara Versalles, que el rey jurase la Declaración de los Derechos del Hombre y del Ciudadano y, lo que parecía imposible el día anterior, que la familia real abandonase el monumental emblema de la tiranía, con los regimientos mercenarios observando mudos en las cunetas, para regresar a París y habitar el antiguo palacio de las Tullerías.

Enseguida, lo imprevisto se ha hecho inevitable.

Frente al de Viloalle, garabatos, vínculos de figuras y sombras y claros, la impronta de un alma peregrina. En el dorso de inútiles cartas de reclamación del principado de Schleswig-Holstein, cuyo buen papel es magnífico para ejercitar la mano, Martín mejora los esbozos que hiciera en la estupenda jornada de Versalles para conseguir, no la versión perfecta, sino la Versión, aquella que, ante el empuje razonador por lo inevitable, resalte lo imprevisto, mantenga vida y suspenda el juicio: algo que puede hacer y ya sabe hacer.

Pero no consigue difundir.

Un torbellino de ropa que se lanza desde un ventanal y vuela como festiva guirnalda por los jardines («No podemos ir enseñando eso por ahí... —dijo Rivette—; implica saqueo»). La cabeza degollada del guardia de corps («Fantasea con crímenes que jamás se han cometido desde que existe la Guardia Nacional»). El Pequeño Trianón asaltado y el intento de forzar a la criada («¿Te has vuelto más loco que Marat?»). Las carpas devorándose unas a otras («Didactismo perverso que da pie al fatalismo»). Y todo lo que dice Rivette es discutible, pero conveniente. Y es Rivette quien decide qué se vuelve ilustración impresa y qué no.

Pero el de Viloalle no ha mostrado a Rivette el último dibujo que hizo en el Pequeño Trianón. Por decirlo con la mayor humildad posible: el más alto logro desde los tiempos de Rafael de Sanzio; o siendo ya miserables con el amor propio, digno del holandés Rembrando. Un dibujo que Martín no concibe suyo, ni de otro ninguno. Estudia la posibilidad de tirar un grabado con dinero propio —ya que muy secretamente es hombre de posibles gracias a Fabianus y su bolsa de oro— sólo por conservar un hallazgo artístico de tal magnitud, de tal fuerza. La suma de violencia y piedad, desmochada, imperfecta, pero no insegura: luminosa, radiante, incendiada. Una belleza que ni tiene que ver con preceptos artísticos ni con Igualdades y Fraternidades. Nada que ver con la Voz y mucho menos con el Brazo. Nada con didactismos, nada con alegorías históricas. Moral desnuda, belleza desnuda. Martín ha logrado una revelación que no sabe de pasados o futuros. Sí, Welldone, con los años he capturado el Ahora y su infinita sustancia.

—Amigos… —dice Rivette en ese otro ahora, tan distinto, mientras sus manos aletean—: Con nuestro empuje hemos demostrado que, cuando lo evidente es ilegal, las jerarquías son tan débiles que se tambalean y caen. Pero, ay, amigos, los ideales son incoloros, mientras el árbol de la vida es verde. Y sin el aire adecuado para que ese árbol de la vida nueva crezca y florezca, las ideas dejan de ser incoloras, pero la realidad tampoco es verde. Los marats de este mundo, que no son pocos y lo sabéis, salen de sus madrigueras. Se impone sacralizar el aire nuevo… Una sacralización cívica que rodeará con aureola el derecho y la moral…

—Como muy bien pensó Numa Pompilio, el segundo rey de Roma, cuando fingía encuentros con los dioses… La diosa Egeria, para ser concisos… —apunta Martín desde su mesa como si pensase para sí.

—Este español que no parece español nos ha venido como un guante de la mejor hechura… —comenta Rivette y prosigue—: No olvidemos, compañeros, que somos Mirabeau. Y esto es lo que Mirabeau dijo la semana pasada en la Asamblea: «Cuando uno se mete a dirigir una revolución, la dificultad no estriba en hacerla marchar, sino en moderarla». Hemos logrado la Igualdad, ciudadanos. Ahora, nuestro deber es conseguir que ese pueblo que tanto dice amar a Marat sepa cuál es su lugar en esa Igualdad... Y no sólo el pueblo. El rey ha de ser un símbolo y modelaremos ese símbolo. Ni déspota, ni árbitro le dejaremos ser. Toda la corte huye como ratas en un naufragio. ¿No os alegráis, compañeros, cuando veis partir sus carrozas hacia Saboya o el imperio austriaco, engalanadas sin decoro ni prudencia, porque nunca supieron de tales cualidades ni las conciben? Y tanto adorno hace, bien lo sé, que no tengan un viaje agradable, porque el camino es largo y en las cunetas amenazan los marats. Pero no es asunto nuestro si quieren correr el riesgo. Cuanto más solo esté el rey, más será nuestro rey... Y Mirabeau su ministro... Y nosotros, compañeros...

Y la tertulia afirma en silencio con una ilusión muy humana. Y los ojos vagan soñadores al imaginar que pueden hacer una carrera distinguida cuando un año antes sólo les quedaba la carrera de costumbre: la fuga de los acreedores o de la policía, los faldones de la casaca al viento. Y porque el ambiente exige día a día un aura de importancia —porque Rivette soslaya de buena fe que si los *émigrés* huyen es para volver, y por la fuerza—, esos conversadores necesitan modelos heroicos a quienes imitar y no tanto las estratagemas políticas que Rivette divulga. Y su idea del heroísmo virtuoso es Roma. Y su idea de Roma es aquella de las tragedias —más bien grotescas— de Racine y de Corneille... Mucha violencia fuera de escena por pudor y buen gusto, y mucha declamación y ademán trágico y solemne ante el público bullicioso.

Porque eso hacen los artistas parisinos. Eso mismo perpetra a diario en su taller la némesis de Martín, su Voltaire particular, ese pintor al que todos tienen por nuevo Miguel Ángel en apoteosis de la ceguera: Jacques-Louis David. Por envenenarse la sangre a conciencia, el de Viloalle mira un gra-

bado de esa obra que da la risa: *El juramento de los Horacios*.
Unos trillizos espada en alto, un viejo que parece sufrir un
ataque de lumbago y unas doncellas al fondo inermes, narco-
tizadas, sesteantes más que dolientes. Todo rígido, pomposo…
Los tres Horacios se van a enfrentar con los tres Curiáceos
para disputarse la primacía de Roma sobre la vecina Alba.
Muy bien. ¿Y qué narices juran? ¿Triunfar o morir? ¿Que se
han lavado? Cualquiera que haya leído lo que es necesario
leer y no haya pasado la vida con un binocular en la Comédie sabe que la virtud ascética de aquellos romanos encontra-
ría indigno establecer un juramento para cumplir con el deber. Por cierto, según Tito Livio, cuando volvía a Roma el
Horacio superviviente encontró llorando a su hermana porque la muchacha estaba prometida a uno de los Curiáceos y
éste había caído en el combate. Al ver aquello, el Horacio la
traspasó con su espada y dijo aquello tan delicado de: «¡Así
ocurra con la romana que llore a un enemigo!».

Violento, sí. Como la escena de la que Martín fue testigo en el Pequeño Trianón… Y él, sobre eso, percibió más y
más allá.

Compara Martín esa burda grandeza de *El juramento de los
Horacios*, cien veces abocetada en cuadrícula, el cálculo justo
de desajuste, «la osadía con las espaldas bien cubiertas», con su
modesto y maravilloso dibujo en el Pequeño Trianón. Algo
que nunca lograrían ni David ni esa caterva *en vogue*, antiguos
becados de la Academia Francesa, los mismos que solían mofarse del caricaturista de la Piazza di Spagna, y si un día po-
seían la segura noción de cuál era la senda óptima del mejor
arte, al día siguiente también, aunque ese hacer hubiese cambiado del todo conforme al gusto de quien pagaba. Todos
buscan ahora lo que David tiene: prestigio, seguridad, fama,
un patrocinio lucrativo, una residencia espaciosa y, con cierta
manga ancha respecto a Belleza en ese punto, el matrimonio
con una muchacha de buena familia.

El de Viloalle se levanta y llena en silencio un vaso en la mesa donde Rivette, Dumont, Reybay, Duroverey, Desmoulins y Clavière definen el bien común. Da un trago al buen vino borgoñés y recuerda el momento de aquella mañana del seis de octubre cuando, tras liberar a la vivaz Héloïse, decidió completar la tarea y, aún en sangre los nudillos por los golpes que le diera aquella fiera pelirroja, dibuja la sagaz tortura que unos salvajes infligían a un falso aldeano, el mismo al que habían golpeado a mansalva en una simulación de gallina ciega.

Martín siente de nuevo la fatiga de aquella mañana, pero enseguida ve un todo en ese rayo imaginario que gira sobre el asunto que se propone llevar al papel. Al fondo, el Pequeño Trianón. Ante él, a dos tercios de la composición, en el mismo lugar donde asoma un robledal de fondo, el grupo que rodea al aldeano impostor, al parásito cuya destrucción es, si no necesaria, tampoco muy de lamentar, que así es la turba; a veces se desmanda y consigue *ecces homini* como aquél: el rostro ya sin venda, el pelo engrasado de sangre, la boca tumefacta, el blanco de la blusa revuelto en lodo y escupitajos.

Uno de los bárbaros mantiene en alto el cañón de una pistola, el codo en la cadera, a veces mira el arma y su sonrisa gasta tal arrobo que la mueca del labio le ciega un ojo. El resto, en jarras los brazos, ríe y mercadea silenciosas señas de aprobación.

Han puesto a cavar un hoyo al falso aldeano. Y no cuesta mucho deducir que, sin prisa ninguna, le hacen cavar su propia fosa.

Cuando el *crescendo* de miradas de astucia llega a su paroxismo, y no hay silencio que aguante el peso de tanta crueldad, estalla el corro en carcajada unánime.

Martín percibe que esa manada es el núcleo de los círculos concéntricos de ese falso mundo, el centro de la diana. Aunque se vaya apagando el chirrido de las atrocidades, y la crueldad sea ahora el silencio que sigue al último navajazo de la riña, no parece ése el motivo de que ninguna otra cosa merezca la atención del grupo, sino el natural inclinarse por la destrucción, como si aquellos tuviesen también gemelos muertos con horribles paredes mágicas y no se hubieran deshecho de su compañía. Martín sólo está dibujando a unos seres humanos que rodean a otro que mengua y mengua al cavar su propia fosa. En verdad, no se sabe quién representa qué, cuáles son los bandos ni la causa que defienden. Pero ésa es la exacta savia que nutre el mundo.

Los primeros trazos. Ya en el croquis de su nuevo dibujo, ve Martín los círculos concéntricos cuyas ondas no se expanden, se recogen. La violencia fatal se enmascara de justo, severo y meditado castigo, depurado de odio o pasión, de algún modo razonable.

El hombre con el arma es el único que ha cambiado de postura. Con el brazo libre sujeta el codo que sostiene la pistola. Se cansa de aguantar y no disparar.

—¡Alto todos en nombre del general La Fayette!

Un tropel de pasos decididos ha pasado junto a Martín sin hacerle caso. Son miembros de la Guardia Nacional que vienen a reinstaurar el orden, a poner coto a tanto desmán. Sin embargo —será por la parsimonia con que transcurre la escena—, no reparan en quienes obligan al hombre a enterrarse, ni éstos se dan por aludidos. El grupo de la Guardia Nacional corre hacia el interior del Pequeño Trianón y hacia las casas de la aldea. Mientras sigue dibujando, Martín ve cómo los guardias se asoman curiosos por las ventanas, cómo se llevan algún recuerdo, como empujan a golpe de bayoneta, y sin distinción, a bárbaros y falsos aldeanos, y unos y otros desfilan de buen grado o a empujones hacia la puerta de palacio. El lugar empieza a vaciarse y, solamente continúa solitario, pero en tensión, el grupo que rodea al hombre que cava y cava.

Y Martín sigue en lo suyo. Mira por enésima vez el círculo que rodea al enterrador de su propio entierro. Estudia otra vez las caras para afinar detalles. Esta vez no necesita hociquearlas, exagerarlas con asnerías o monerías. Se convence de ello al trazar las narices hinchadas por ese anhelo inagotable de quieta crueldad; los hombros y las nucas que delatan el sofrenarse para no golpear de nuevo al infeliz; las muecas que destellan lujuria de muerte, gula de castigo ejemplar. Simbólico: deslómate para que te den un tiro en el hoyo, en tu obra. Más: en la obra que resume una vida.

Y es que Martín está viendo —y sobre todo dibuja— que la víctima, sin dar tregua a su carne apaleada, ni cruzar una mirada de súplica con quienes le rodean, sigue cavando con la maña de quien, si alguna vez le diesen ocasión, interpretaría el papel de Hombre Que Cava: todo ademán preciso, ni un gesto de más, ni una parada para enjugarse el sudor de la frente o respirar hondo o estallar en lágrimas; ni una duda en las piernas bien asentadas en el hoyo creciente. Es como si un círculo aún más privado de orgullo y olvido le protegiese del odio íntimo de sus futuros asesinos. Sus manos, sus hombros, su espalda, no manejan el movimiento rítmico y hábil de la pala, sino que la pala, llena de energía, parece moverse sola, y esa luz del don, sin pensamiento ni miedo, le da a su esfuerzo una eficacia superlativa, ridiculiza a quienes pretenden humillarle. De un modo extraño, tal como vino la natural crueldad del mundo, se da en el mismo lugar un instante de extraña piedad, de amor hiperbólico a la vida.

Y de nuevo la misma fascinación: ése es el motivo de la obra, la exacta esencia de todo más allá del todo.

Y ocurre.

Como la pala de aquel hombre, es la mano de Martín y no Martín quien dibuja. Porque él, si piensa aún, no entiende sus pensamientos, se limita a saberlos. No hace falta combinar lo patricio con lo satírico, darle vueltas a las cosas, medir con tanta cautela la circunstancia. Está en la mano, esa mano mágica, su mano, no la de cualquier otro. Sin fantasía, sin otra invención que el buen rendimiento de los años y ese algo más que ya desentrañará cuando toque. Ahora, todo posee sentido: el desquite del débil con el más débil, la verdadera cadena del ser del mundo, y aun así... El lápiz, esas marcas que reconoce suyas, porque es su mano quien las mueve, le están diciendo que el que puede, quiere. Y el que quiere, quiere.

El dibujo está a medio hacer y concluido al mismo tiempo. Y es la misma mano que ha dibujado quien da orden de parar. La misma mano que guarda despacio el lápiz y los lentes, que deja la carpeta bien cerrada bajo el árbol, la mano que se apoya en el suelo y levanta a Martín. La mano que se vuelve puño de nudillos lacerados, mientras va hacia los inminentes asesinos, el corro que mira cavar al hombre del que sólo se intuye su presencia por los montones de tierra que alcanzan la superficie.

Es esa misma mano de Martín, la mano que dibuja, que guarda, que se apoya, la que ahora golpea con fuerza esa contraída nuca —recién dibujada— de uno de los hombres del corro, mientras la boca obedece el mandato de la mano y pronuncia con decisión:

—Dejadle ahora mismo, criminales...

Mientras el hombre sigue cavando su hoyo, sin reparar o querer reparar en la intromisión, el resto de asesinos se miran unos a otros durante el instante reservado a decidir si sólo se descoyunta a ese monigote cubierto de harina y fango, o también se le decapita, se le cuelga, se le arranca la piel a tiras y se le hace bailar desollado. Entretanto, Martín ya no es su mano mágica, sino el Martín de siempre, quien acaba de reparar en su acto. Percibe el regreso a su habitual estado de ánimo en que le cuesta mucho esfuerzo mantener la mirada de esos vándalos, cruzar airoso el momento crucial y abrir la boca para mentir:

—Soy miembro de la Guardia Nacional y lo que hacéis es un atropello a los Derechos del Hombre y del Ciudadano.

434

Habéis visto a los compañeros. Habéis oído las órdenes de nuestro general.

Los del corro mueven los hombros, se rascan el muslo, le insultan a regañadientes. No hacen lo que pueden hacer de sobra. Cualquiera de ellos mide el doble que ese pelirrojo extranjero que habla tonterías. Se hallan completamente solos en aquel lugar. Una situación de lo más agradable, pues, cuando la mano de Martín vuelve a poseerle.

—¡Eh, vosotros! —avisa.

Y entonces, mientras sigue la exacta cadencia del hombre que cava, y oye nuevos insultos murmurados cuyo coloquial significado ignora, Martín se alza en uno de los montículos de húmeda tierra excavada, levanta un brazo y el puño ensangrentado señala aquellas miradas patibularias. Luego, se abre despacio, los cinco dedos muy juntos, como si volcase la tierra de Versalles. Y Martín dice:

—Esto es lo que hago…

Enseguida vuelve a cerrar el puño con la misma lentitud y sin perder de vista a esos cabezones, pronuncia en claro francés:

—Esto es lo que soy…

Y sin decir más, baja de su podio, camina despacio de vuelta a la loma y a su carpeta, rogando al Dios de los Insensatos que no le cuelen la espalda a perdigones. Que el seguro castigo sea moderado.

Pero llega la loma y mira de reojo. Su cara se ilumina. Aquellos animales corren hacia la verja de palacio, gacha la nuca, el oscuro temor recogido en sí mismo de los matasietes. El de la pistola recapacita, se vuelve y dispara a Martín desde muy lejos. Es un disparo imposible, pero esa arma sólo quería ser usada. Cuando el eco del tiro y la nube de humo negro se han disuelto en el aire, Martín vuelve la cabeza hacia el Hombre Que Cava. Y el hombre ha salido del agujero y vomita, se diría que con gusto, al pie de lo que iba a ser su fosa. Ya espabilará.

De vuelta a París, uno más en la Voz, el de Viloalle cantó *Traemos al panadero, a la panadera y al aprendiz* y bebió el vino que le tendían y besó a las mujeres que se dejaban y se prendió las escarapelas que iba encontrando hasta cubrirse por entero con los colores blanco, rojo y azul. A mitad de camino, ahogado en el frenesí de la jornada, detuvo una carreta, se subió a ella como pudo, llamó la atención de los caminantes, y sin saber muy bien por qué, inició una elocución con ese acento francés que muchos encuentran gracioso:

—Hoy, seis de octubre del año del Señor de 1789, el espíritu inmortal de Marco Furio Camilo ha descendido sobre una multitud de vestales y de hombres de bien. Y Marco Furio Camilo refunda hoy Roma y Marco Furio Camilo devuelve hoy el Capitolio a su lugar. ¡Aquí los fuegos de Vesta, aquí los escudos sagrados enviados desde el cielo, aquí todos los dioses que serán propicios si permanecemos unidos, fraternos y libres! ¡Viva la Revolución! ¡Viva la Patria de los Justos!

«¡Viva!», exclamó la multitud.

Una chiquilla regordeta se subió al carro, buscó la mano de Martín con los labios, dijo «Gracias, señor cura» y ya en marcha, también ella alzó vítores por san Marco Furio Camilo.

EL MEJOR DÍA DE NUESTRAS VIDAS

1

Nadie duerme. En la noche de París, las luces y su danza de sombras ondean hasta el alba, ya en salones con lámparas de cincuenta caireles, ya en buhardillas de techo oblicuo y vela exhausta. Se canta, se baila, se discute, rasgan el papel diez mil plumas enardecidas, tiemblan los dedos que las sostienen: no hay silencio en la ciudad que merezca tal nombre. Sólo cuando las calles vacías retienen el aliento hasta la aurora, de alguna mansión, y por la puerta de servicio, asoman figuras con bultos que van y vienen de una carroza azul con blasón tallado —*chef-d'oeuvre* de un ebanista menor— mientras el tiro mastica heno para un largo viaje. La carroza abandona la ciudad al galope por callejones vacíos, chispas en los cascos. El rápido vehículo evita el Sena y las plazas principales, elude el paso ante las Tullerías, donde el coche sería reconocido por algún miembro de la ya menguada corte; y, desde luego, los viajeros evitan el Campo de Marte como si fuera la misma puerta del Averno, porque allí la chusma prepara festejos absurdos. Al paso fulgurante, la carroza atropella borrachos, salpica cieno, esparce el zumbido de insectos dementes que ya no distinguen el día de la noche, azúcar de charco o de boñiga.

En la Rue Saint-Séverin, sobre la librería-imprenta Bainville, Martín goza sobre el cuerpo lindo y firme de Emmanuelle Bainville de Rivette. La piel suave centellea y exhala fragancias de gusto, más ondulada que cualquier llama y más ardiente: una vocación infatigable por los derechos y deberes de la propia carne y un talento único para satisfacerlos. Martín ha gozado muy poco en su vida y nunca de mujer tan hermosa y entusiasta; por ello, la confianza y el placer dominan la vergüenza. Su honor y su orgullo es disfrutar y hacer disfrutar; aunque el tiempo de ese honor y de ese orgullo, con Emmanuelle o con otra, ya sea menos que más.

Cuando se pulveriza la conciencia resulta fácil olvidar todo designio moral en esa belleza generosa, absorbente, formidable, desbocada, vibrátil, temible. En cambio, le parece que Emmanuelle —quien fue también novicia— vincula la entrega a un raro acto de fe. Para ella, holgar es a un tiempo condenación y salvación. Y aunque entre sábanas Martín no quiera pensar, algo piensa, y cada mirada al gemido ahogado de la boca golosa, a los perdidos ojos azules, abre una gaveta de ideas y evocaciones.

Martín recuerda entonces una vieja instrucción de la Compañía sobre el pérfido, engañoso y al fin vencido jansenismo; luteranos encubiertos que creían en la incapacidad de hacer el bien sin la ayuda de la Gracia. Y evoca al rector de Villagarcía de Campos en lecciones que ya son filigrana de humo teológico. Y aquel hombre que una vez creyera bueno se internaba en la doctrina de Jansenio como en una selva oscura, desafiaba con el vértigo de su oratoria a las vírgenes locas de Port-Royal. Monjas convulsionarias: una devoción que se derretía de gozo al tañer de las campanas o a la vista de un crucifijo. Almas torturadas. «¡Alerta, hijos míos! ¡La herejía ha arraigado bajo varias formas en claustros y parroquias de esa Francia alucinada!» En verdad, su misión era atemorizar a los futuros centinelas de la autoridad papal sobre cierta esencia femenina, confundida sin remedio, desde el Origen sospechosa. Pero ¡cómo embelesa esa agitación si el clamor por la Gracia se inclina ante Venus!

Y esa noche, la víspera del primer aniversario de la toma de la Bastilla, es de ellos, de Emmanuelle y de Martín. Y no deben preocuparse, como suelen, ni de los oficiales de imprenta, ni del aguzado oído de periodistas que entran y salen, ni del ojo de halcón y la capacidad inventiva del vecindario. Ni del esposo siquiera se preocupan. Esa noche, Baptiste Rivette, más influyente cada día, pasa las horas junto al conde Mirabeau en el ensayo definitivo de la misa que el obispo Talleyrand celebrará mañana ante miles de personas. Al parecer, el obispo desconoce la liturgia, y si ofició misa alguna vez, ha olvidado qué hacer y cómo. En cambio, Mirabeau, laico como una espada, aprendió los períodos y ademanes por mera distracción en una de las muchas cárceles que le han tenido como huésped. Baptiste cuenta que Mirabeau y Talleyrand fingen sagrario la chimenea del salón, mientras en los sillones ríen los invitados de la risa de Talleyrand por la clamorosa indolencia de sus ademanes. Y su perrita, al ver al dueño en púrpura, ladra como si se lo hubiesen cambiado, se agita, excita, salta y estira a mordiscos el fondillo del hábito.

En cuanto despunte el alba, los amantes habrán de separarse, acicalarse y dedicar esa jornada de aniversario al gran día que todos esperan: la Fiesta de la Federación.

Pero la claridad aún no se insinúa, ni se ha desovillado la pareja, cuando oye el volcarse de una cerradura, y enseguida ruido en la trastienda, aletear de pruebas secándose en el cordel y crujir de tablones. Martín mira a Emmanuelle, quien asiente y ni se inmuta: su gesto comunica indiferencia de cuanto pueda ocurrir si los amantes siguen juntos cuando esos pasos suban la escalera y Rivette descubra la infamia. Por un momento, los ojos de Martín, anegados de urgencia, se hunden en la mirada concisa y apacible de una loca. Del todo encogido, sale con facilidad de entre ella y evita el epíteto que ahora le merece el descarrío de las convulsionarias. Coge sus ropas, se asoma a la puerta y, en efecto, los pasos de Baptiste Rivette se acercan. El de Viloalle cruza el pasillo y, ya en la mansarda, oye rumor de exclamaciones. Se viste, mientras deshace la cama y la arruga y se revuelca sobre ella, y abre la ventana como si ya hubiese ventilado. Los pasos de Baptiste resuenan de nuevo, se aproximan. Ahora, en una jugada sagaz, se desabrocha Martín la camisa que acaba de vestirse, se tumba en la cama, esparce los dibujos de su carpeta, y con ellos se cubre el rostro, las gafas descabalgadas. Se hace el dormido, finge un ronquido y otro, y oye:

—¡Venga, español, que aquí no duerme nadie! —exclama Rivette, quien debe agacharse para cruzar el umbral—: ¡Las multitudes nos esperan! ¡Hoy Francia se casa con Francia!

Simula despertarse Martín y ve a Rivette ceremonioso, la pipa humeando en la mano, el rictus torcido en los labios que esperan de nuevo la boquilla. Martín siente la vergüenza de los desnudos y cierto recelo cuando ve que su anfitrión da un paso al frente y se dedica a contemplar las paredes de la buhardilla, la estampa del Campo Vaccino, como si una de las figurillas en la lámina —esa que le entrega a otra un haz de leña— pudiera disipar la duda.

—¿Es tan imponente como parece? —pregunta Baptiste señalando con la pipa el antiguo foro romano.

—De noche. De día, corrales… Parecen corrales…

—Ya… ¿Sucede algo? Estás brincando, español…

Y aunque suceda, y mucho, quizá no importe. El de Viloalle no descarta morir un día de esos sin necesidad siquiera de un exceso de remordimiento o por mano de marido. Agotado morirá. Porque lleva meses en tan diaria agitación que el hábito de las situaciones no puede llevar de ningún modo el nombre de rutina.

Así, por las mañanas, recién amanecido, asiste a las sesiones de la Asamblea en el antiguo picadero de las Tullerías. Mientras redacta una crónica de la sesión, admira a esas damas que, con el mismo regocijo que van al teatro, acuden ahora al sínodo civil para admirar al coloso Mirabeau. Y no sabe Martín qué le ven al provenzal de rostro cada día más inflamado y ceniciento las de Beauvau, de Coigny, de Poix, de Hénin, de Simiane, de Gontaut, de Astor, de Castellane... pero ¡cómo suspiran y ríen al ocultar su rubor tras abanicos cuando el tribuno magnífico se incorpora de su banco para lanzarse, sin papel ni apunte, a una intervención que en su boca de bóveda se torna casi musical arenga, lejana del todo a los chirriantes, sosos o tan sólo concisos parlamentos de sus rivales! La voz atruena cuando acompaña el espontáneo fluir de un discurso de prosodia exquisita y armadura compleja que vuela sobre montañas de grandes ideas, cae en picado hacia los valles de la situación, rodea con habilidad matices delicados, y se posa como el águila en la más alta de las rocas para divisar desde allí un auditorio hechizado. Entretanto, dice lo que quiere, contesta de antemano las posibles réplicas, enmascara puntos débiles, acaricia a los contrarios, los obnubila para, al fin, desgarrarlos. Cuando planea por su geografía retórica, Mirabeau oye el secreto anhelo de su audiencia en el silencio, en el latido, en el murmullo, y responde a tono. ¿Por qué no decirlo? La oratoria de Mirabeau posee energía y vocación erótica. Es el amante de la Voz.

El asunto que discute la Asamblea esos días es la expropiación de algunos bienes de la Iglesia, la necesidad de que los sacerdotes juren la Declaración, que las mermadas arcas del Estado se nutran gracias a la cristiana generosidad, olvidada por las altas jerarquías desde no se sabe el siglo, mientras se ligan a una Revolución fiel como ninguna al principio igualitario que anima los evangelios. Enseguida, Martín resumirá las arias de Gabriel Riquetti, conde de Mirabeau, para el periódico del mismo Mirabeau, haciendo hincapié, según las líneas maestras que dicta el parlamentario, en la urgente necesidad de hacerle ministro. Es tarea de Martín adornar el asunto con las debidas referencias: «El excelente Mirabeau conoce demasiado bien la corta distancia entre el Capitolio y la roca Tarpeya»; «El sin par Mirabeau se tendrá por nuevo Escipión, de hacer oídos al constante difamar, a los rumores de traición, que inútilmente llueven sobre su persona»; «El general La Fayette no quiere que Mirabeau sea ministro por miedo y envidia: ese pobre general de una guerra ya olvidada en América se tiene por César Augusto y sólo se queda en Augusto, blanco payaso».

Durante el resto de la mañana, Martín aplica en Emmanuelle el *ars amandi* aprendido en la oratoria de quien, según consignas, desea gobernar, aunque esos alivios de mediodía se cumplan en la asfixiante oscuridad de la antigua cámara de libros prohibidos. Entretanto, Baptiste Rivette va de un antiguo convento dominico —o Jacobinos— a otro franciscano —o Cordeleros—, busca apoyos, aviva unos rumores y desmiente otros. Así la Voz será más Voz que nunca cuando impulse en la calle el nombramiento de Mirabeau. Porque la Revolución empieza a tener un solo nombre —¿Mirabeau?— y Rivette es su más fiel ayudante en cuestiones divulgativas.

Y cada día, al regresar Baptiste de sus gestiones, Emmanuelle y Martín le acompañan al Campo de Marte para nivelar con palas y azadones la gran llanura; preparan con otros muchos el gran día, hoy, la Fiesta de la Federación. Porque desde este alba y durante una semana —lo acaba de mencionar Rivette en vez de pegarle un tiro— se celebran las bodas de Francia con Francia: las federaciones de los nuevos departamentos verán consagrada la Revolución en el Altar de la Patria. «Cincinato abandona la labranza para dictar las leyes de la Nación», según ha titulado Martín uno de los artículos que luego Mirabeau corrige y firma.

Por eso, de día y de noche, guardias nacionales y abates,

distinguidas señoritas y fruteras, albañiles y peluqueros, mozos de cuerda, aguadores, carboneros y jardineros auxilian a los veinte mil obreros de los Talleres de la Caridad, apisonan y baten suelo, elevan taludes para las gradas. Las orquestinas animan a los voluntarios, se cantan himnos, y de pronto se detienen música y labor cuando alguien da una nota excéntrica: la duquesa de Laynes desplaza gravilla en una carreta de caoba, tallada *à propos*.

Baptiste reparte periódicos, la infatigable Emmanuelle le da a la pala y Martín —cada día más seguro de que su mano logra en cada intento un «Viloalle», aunque sólo él lo valore— plasma el júbilo de la multitud en las obras de un puente sobre el río, en un palacio a la romana, en un triple arco de triunfo y, por encima de todo ello, en la gran pirámide que mide lo menos cien pies y será Altar de la Patria. Y en sus dibujos, Martín comprueba que, en sólo dos semanas, esa multitud laboriosa ha pasado de cierto recelo ante el anuncio de la peculiar ceremonia al más grande entusiasmo, como si empeñara en ello un honor nuevo y saludable.

Y hoy, catorce de julio, el trío sale de la librería con sus mejores galas bajo amenaza de lluvia. Rivette asegura que el cielo no aguará la fiesta: ese año la misma lluvia ha dado fe de espíritu revolucionario al regar la magnífica cosecha; el cielo ha jurado sobre la Declaración. Añade Baptiste que decía en broma lo de la alianza revolucionaria del cielo cuando en la esquina misma de Saint-Séverine, los Rivette y el de Viloalle ya son átomos en la muchedumbre que camina al Campo de Marte.

Vibra en el aire un ahogo de exaltación cuando hombres y mujeres ven que no son miles, sino cientos de miles. Nadie ha contado nunca tanta gente. Es fácil sentir excitación, y del todo imposible volverse hacia el mar de sombreros y tocados y niños en los hombros de sus padres y asegurar con petulancia que han sido vanos los esfuerzos de la Voz y el Brazo. Es cierto: la Historia no ha visto nada semejante. Y a empujones entre la Historia, Emmanuelle y Martín siguen a un eufórico Rivette hasta el cartel que reza: «¡Imprenta, antorcha primera de la Libertad!».

Ése es el lugar idóneo para seguir la marcha de la ceremonia.

Los reyes y el delfín saludan desde un pódium distante, pero magnífico, y al hacerlo, los cientos de miles se descubren. Oficia la misa el obispo Talleyrand, tal como la lleva ensayada y aprendida. La Fayette hace caracolear su caballo blanco ante una ovación que, a buen seguro, ha de oírse en toda Europa. Una madre, la Madre, asciende los escalones de aquel mismo Altar con su recién nacido en brazos, y allí el niño reclama por boca materna su dignidad de hombre y de francés, toma posesión de la patria, entra en la esperanza y jura fidelidad a la nación, a la ley y al rey. Y entonces, y al unísono, los cientos de miles juran, mientras en cada plaza de cada pueblo de Francia se jura. Retumba el cañonazo, suena la música y aplausos y sollozos y escalofríos de emoción conmueven la Tierra.

Al terminar la primera y más importante ceremonia, mientras el gentío se desordena y aglomera en torno al Altar para acariciarlo y besarlo, los Rivette animan a Martín para que les acompañe a una recepción en el palacete de Mirabeau. El de Viloalle elude el compromiso y se cita con ellos para la cena. Debe cultivar una paradoja que le ha venido a la cabeza durante esa fiesta inaugural: allí, en ese Campo de Marte, y a día de hoy, el ritual masónico de iniciación se ha mezclado con el sentimentalismo de Rousseau y sus epígonos, y ha pasado de ceremonia secreta a la más grande de las celebraciones que se haya visto nunca. ¿Conclusión? O los designios de Providencia son ciertamente inescrutables, o Providencia está borracha como una cuba. Una melopea de las alegres, sin duda, pero colosal melopea. Acto seguido, el de Viloalle se impone borrar de su mente esos silogismos como enredaderas que se diluyen en vanos sofismas: las conclusiones han de dictarlas sus dibujos. Por ello dice a los Rivette que le gustaría esbozar los detalles de ese día, capturar los rasgos decisivos de la jornada, lo inexcusablemente bello: esa cualidad por donde asoma, tal que en la prima aurora, la cresta de lo monstruoso. Los Rivette se encogen de hombros y le dicen que sí, que *très bien*.

No ha mentido el de Viloalle. Sin embargo, otro de sus objetivos es dar un paseo por los atestados muelles del Sena para cerciorarse de un chisme tan insólito como otros muchos que acumulan esos meses. De ese modo, sancionará la idea del mundo que le ronda, y por rondarle le encuentra y, por muy elevada que se desee, y a su pesar, es caricatura.

Quizá no tenga suerte. Es difícil apreciar nada entre la aglomeración de parisinos y federados de provincia y extranjeros. Todos gozan al ver a comediantes revivir las escenas que han culminado en este día de júbilo, con tragafuegos y acróbatas que saltan y vocean en puentes y muelles, y ante hileras de barracas donde algunos feriantes manejan una máquina óptica de estampas, vieja conocida de Martín, el Mundo Nuevo. Mientras se abre paso, el de Viloalle oye cómo la plebe se informa de la cena para los federados con veintidós mil cubiertos en los jardines de la Muette. Y que en otros jardines, los del Palais-Royal, se consigue el público atractivo de ciertas heroínas revolucionarias. Y las mismas mujeres que reprochan la abundancia del amor de pago se conducen, ya sean guapas o feas, con la soltura de quien emana carnalidad. Las de quince, las de veinte, todas hermosas. Hasta las de edad —¡treinta, cuarenta!— mueven las caderas insinuantes y pasean la ligereza de vestuario que promueve el día veraniego. Comen golosinas y helados, ríen, unen las mejillas encendidas, y se burlan o se asombran ante los charlatanes, quienes en ese Día de Luz, y por la cuenta que les trae, no dedican su verborrea a la oscura profecía, como suelen, sino que ajustan la oferta de elixires a un verbo de esperanza y gloria. Todos ellos visten a la moderna, son modernos los gestos y los quiebros oratorios. Salvo ese de ahí, el de leve acento alemán, quien luce, y bien triste, peluca a la antigua, larga, rizada y azabache, ajada casaca con hilo plateado, calzas y zapatos de morado tacón. De una edad aproximada a la de Martín, el charlista aguanta la mofa con alzada barbilla y se anuncia inmortal, Señor del Tiempo y del Espacio, algo menos que un dios y algo más que humano. Una vez y otra repite su nombre y consideración. Sí, ha vuelto a París el conde de Saint-Germain para traer a los franceses la buena nueva, tras un viaje que le ha llevado a capturar el misterio de Oriente.

—*Citoyens!* ¡Dejad que este viajero de siglos y continentes dé la excelsa noticia! ¡Me lo anunciaron los adivinos de la alta cordillera donde se oculta el legendario Tíbet o Bod Zizhigu, gente de mucho respeto y poca comedia! ¡Un movimiento humano, inédito hasta la fecha, renueva la sangre de las naciones! ¡Todos sabéis que Alarico cogió a Roma por el cuello y la soltó con desdén! ¡A nadie sorprenderé si recuerdo que Atila se acercó a esas murallas derruidas, las olfateó como un lobo y se retiró! ¡Fama es que Genserico acometió la Urbe por el flanco, asesinándola! ¡Y grande tragedia que Odoacro desenterró los restos con sus uñas para roer los despojos! Ahí acabó, ciudadanos, lo que era Ciudad Eterna, Eterno Imperio. Sin embargo, mirad hacia ese Altar, parisinos, franceses, europeos, americanos… Mirad la nueva sociedad que será eterna esta vez, os lo juro. Porque el milagro ha ocurrido y de entre las ruinas de la Antigüedad brota un árbol cuyo florecer se ha paralizado durante siglos. Y yo, conde de Saint-Germain, que he visto con mis propios ojos la furia de Alarico, el salvajismo de Atila, la barbarie de Genserico y la bestialidad de Odoacro, desde aquí y hoy me reafirmo en que hay Eternidad en este mundo. Y si hay Eternidad, ¿por qué nuestra carne putrescente ha de ser ajena a tal maravilla?

Mi elixir, anticipo, no os volverá más jóvenes, sólo ha de aplacar los estragos del tiempo a la vez que os mantiene sanos y voluptuosos para uniros a esa fuerza irrevocable de los venideros días... Por eso no lo expendo por mil, ni quinientos, ni cien reales. Ni siquiera por cincuenta, ni treinta, ni veinte... Diez reales bastan para asomaros fecundos y alegres como panderetas al balcón de los siglos... Hace sólo dos mil años que tomé mi ración. Quizá demasiado tarde, lo reconozco, pero...

Dónde, se pregunta Martín, oiría ese memo a Welldone. ¿En Brandenburgo, Magdemburgo, Mecklemburgo, Rastemburgo, Angeburgo, Oldemburgo...? Entretanto, las propias carcajadas no le dejan seguir la oratoria del charlatán, mientras habla a su interior: «No se pueden vigilar las consecuencias de los propios actos, Welldone: las semillas caen donde caen y el viento las deja donde las deja».

Y el nuevo Saint-Germain, cuyo parecido fisonómico con el otro es igual al de un besugo y su raspa, sigue con la monserga:

—¡Libertad y Juventud os prometo! ¡Futuro os prometo! ¡Sobre todo, ahora, parisinos, cuando os debo agradecer la expulsión del país de mi archienemigo, el siniestro conde Cagliostro, con quien he entablado a lo largo de los siglos una lucha cuyo único parangón es el combate entre Satanás y el arcángel Miguel! Esa escoria yace encadenada en lo más hondo del castillo de Sant'Angelo, y su mujer, la ramera Lorenza Serafina Feliciani, se halla a buen recaudo en un convento, bien rapada, obligada al voto de silencio y a la imposición del velo. Sólo, de vez en cuando, en el barrio que llaman del Trastevere se oye la voz de su alma perdida aullando por los callejones, rogando por su salvación. La belleza pervertida. ¡No olvidéis la lección, franceses...!

Y en Martín surge un brote de pensamiento ajeno:

—«¡Babuino! ¡Despierta y deja de reír!» —imagina que le

dice Welldone—: «¡Di a esos bellacos que arrojen al Sena al engendro y así den fe de su in-mor-ta-li-dad! ¡Venga! ¡Propón!».

Y Martín ríe. Todo es copia de copia de algún original extraviado. Así que si el príncipe de Schleswig-Holstein quiso aprovecharse de Welldone con su manuscrito por siempre inédito, ¿por qué no va a hacerlo ese pobre infeliz? ¿No celebramos hoy la Igualdad?

Tanto ha reído Martín, mientras jugaba a discutir con Welldone, que el charlatán le encara y pregunta:

—¿Qué pasa, ciudadano? ¿No me crees? ¿De cuanto he dicho, qué no crees?

—Todo lo creo de punta a cabo, ciudadano Saint-Germain. Yo, el ínfimo Viloalle, librepensador y cosmopolita, soy acérrimo creyente en la inmortalidad en este mundo y aspiro a ella. Loado por siempre seáis, famoso conde. Tomad los diez reales y arrimad uno de esos frascos que, al menos, me dejará como estoy por los siglos de los siglos...

Y el impostor agradece la bien trazada reverencia de Martín. Se lleva la mano al pecho y guiña un ojo. Al punto bebe Martín el elixir, que es vino rancio con algo de canela. Y la concurrencia, que hoy todo lo aplaude, aplaude.

Llega a casa de los Rivette y, mientras sube la escalera, oye cantar al marido, mientras el agua resuena en el barreño. Llega al salón donde se cenará, ya que hoy es día festivo, y ve cómo Emmanuelle dispone los cubiertos. Cuando le descubre, la mujer mira por un instante hacia el expansivo canto de su marido y susurra: «Esto se ha acabado para siempre y de una vez y de verdad. Él —y señala más allá de la pared— es mi hombre».

Y si Martín quiere comprender, comprende; y si se quiere confundir, no le faltan argumentos.

Cenan los tres y comentan la jornada: el amor que los franceses profesan a su majestad, algo a tener en cuenta; la oportunidad del sol, que ha salido tras el juramento; y cómo se ha discutido con rabia *chez* Mirabeau la nueva trampa política de los rivales del tribuno: La Fayette conseguirá que se apruebe una ley que prohíba ser ministro a un miembro de la Asamblea para impedir el ascenso de Mirabeau, a quien temen los güelfos y temen los gibelinos.

Cuando mondan peras, Rivette, sin decir nada, se levanta de la mesa. Martín, que aún no las tiene todas consigo desde el incidente de la mañana, busca la mirada de Emmanuelle. Ella baja la vista y alza los hombros. Rivette vuelve al instante con un objeto forrado en papel de seda:

—Ábrelo... —le ordena a Martín.

—Hoy es la boda de Francia, no la mía —bromea el de Viloalle, desconcertado. Mientras rasga el envoltorio, Baptiste le dice que es un colaborador indispensable. El mismo día en que Martín llegó a esa casa, vio como el español prendía con cuidado una deteriorada lámina del Campo Vaccino en una pared de su buhardilla. Así que ha hecho ciertas indagaciones y....

Martín descubre un gran cartapacio rectangular forrado en cuero granate con filigrana dorada y dorado título: *Della Magnificenza ed architettura de' romani*. Son grabados de los más famosos monumentos dibujados por Giovanni Battista Piranesi.

—Tú, que eres dibujante y estuviste en Roma, ¿llegaste a conocer al gran Piranesi?

—No, decían que llevaba loco no sé cuánto... Pero en Roma, la gente habla mucho... Y en Roma...

No puede seguir, casi le ahoga un sollozo. Una vez más, entre la vergüenza y la emoción, opta por el silencio. Se levanta de su silla, abraza a Rivette y dedica a Emmanuelle una reverencia a la antigua. Siente un pinchazo de dolor al darse cuenta de que tras decenios de viaje y desventura, sus manos endurecidas sopesan candor y generosidad.

Emmanuelle llora y Rivette, algo emocionado también,

no soporta el silencio, y, mientras insta a brindar con vino borgoñés por sus hijos borgoñeses que vivirán en la mejor de las épocas, comenta lo que ha oído en casa de Mirabeau:

—Esta tarde, uno de los federados, al acabar el informe de la jornada para su departamento, ha escrito: «Así acaba el mejor día de nuestras vidas». —Y Rivette añade—: Amigo, esposa, ciudadanos, compatriotas: con el mejor día de nuestras vidas, este catorce de julio de 1790, damos fin a la Revolución.

2

Y entonces duermen. Sin sobresaltos ni inquietudes, como cachorros a cobijo en las ubres de Francia. Nada pueden hacer los antiguos poderes, salvo arañar pizarras de ignominia. Así, el periódico *Amigos del Rey* sólo acumula más sopor al feliz cansancio, cuando sus imprentas gimen lamentos de este cariz:

Virtuosos y considerables realistas: la elite de los defensores de la religión y del Trono seguirá enfrentándose a la monstruosa y viscosa materia de los principales enemigos de la Iglesia y la Monarquía: judíos, protestantes, deístas; todos libertinos, tramposos y asesinos, por mucho que se engañe al populacho con festejos paganos, dignos de tribus caníbales, y por más que día tras día se disuelvan las inmutables y sagradas leyes…

Pocos hacen caso. Sin embargo, esos pocos han descubierto que sus entrañas están hechas para el frenesí de la continua novedad, para el gozo de la disputa. Así, basta una quincena para que muchos despierten con el eco de aullidos impresos.

Aunque nadie firma el libelo, *Lo que se ha hecho de nosotros...*, cada frase supura el marchamo de su autor:

Ciudadanos de todo rango y edad. La Revolución sólo ha sido hasta ahora un sueño doloroso en el que el auténtico pueblo ha sido olvidado y amenazado. Las medidas tomadas por la Asamblea Nacional causarán nuestra ruina. La suerte está echada. ¡Corred a las armas con aquel valor heroico que el 14 de julio y el 5 de octubre salvó por dos veces a la Francia! ¡Acorralad al Rey y al Delfín para que respondan de cualquier posible represalia que llegue del extranjero! ¡Encerrad a la Austriaca para que abandone toda conspiración! ¡Apoderaos de los ministros y de sus empleados! ¡Cargadles de grilletes y cadenas! ¡Ganad el parque de artillería, los almacenes y molinos de pólvora! ¡Distribuid los cañones y la munición por los distritos! ¡Corred, corred, si aún es tiempo! De lo contrario, veréis caer sobre vosotros numerosas legiones enemigas y veréis levantarse de nuevo los órdenes privilegiados y el horrible despotismo volverá más formidable que nunca. Quinientas o seiscientas cabezas cortadas os asegurarán el reposo y la dicha: la humanidad mal entendida de la Fiesta de la Federación ha contenido el poder de vuestros brazos y suspendido la fuerza de vuestros golpes. Nos toman por niños o eunucos. Eso costará la vida de millones de humanos que han vitoreado a quienes serán sus verdugos. Si nuestros enemigos triunfan, la sangre correrá a mares. Os degollarán sin piedad. Y a fin de extinguir en vosotros el amor por la libertad, sus garras arrancarán el corazón de vuestros hijos en el vientre mismo de sus madres.

—Marat... —señala Rivette sin titubeo—: Y siguen negando el nombramiento de Mirabeau...

En la Asamblea se alteran los ánimos. A veces, no bastan las palabras y asoma el acero. Bonillé mata en duelo a La Tour d'Auvergne. Barnave se bate con el vizconde de Noailles y con Cazalès. Castries hiere en el hombro a Lameth. Se rumorea entre risas un posible duelo entre el abate Maury y el abate

Fauchet. Y siguen las risas cuando alguien desliza la ocurrencia de que, en el último caso, se ha respetado al menos la primera y obligada regla del duelo: que sea entre iguales. Y esas mismas risas cesan de golpe cuando una voz interpela al bromista con un frío «¿De qué oscura igualdad hablas? ¿Qué insinúas? ¿De qué lado estás?».

—Y a Mirabeau sólo le dejan hablar... —se lamenta Rivette tras digerir un bocado de garbanzos en esas cenas que, muchas veces, se iluminan con el enumerar las muchas reformas que la Asamblea lleva a cabo, y otras se ven oscurecidas por el áspero descontento de quienes pierden y de quienes no ganan.

Hay herencias venenosas: el obligado origen aristócrata de los oficiales causa el motín de los regimientos en Nancy. Mueren quinientos hombres, por redondear.

—Ya podemos considerar hundido a La Fayette... —sentencia Rivette—: Mirabeau a la espera...

Cincuenta mil sacerdotes, de obispos a párrocos de aldea, se niegan a jurar la Declaración y dimiten de sus rangos y obligaciones, o los ejercen a escondidas. La Voz, queda al principio, bien tonante después, aúlla: «¡Colgad a los curas! ¡Al farol quienes no juren!». Ante esos hechos y esas blasfemias, desde el Vaticano, el Papa condena la constitución civil de Francia, los Derechos del Hombre y los principios sobre los que se fundan. En el Palais-Royal se quema al Papa en efigie. El Papa, a su vez, rechaza las credenciales del nuevo embajador francés, y su antecesor en el cargo diplomático, el anciano, benemérito y reverendísimo cardenal Bernis, se desentiende de la propia Francia. Y los romanos aplauden a su eminencia cada vez que sale de palacio con sus catorce carruajes y ochenta lacayos, pajes, bedeles, encargados de caballerizas, cocheros, postillones, ujieres y ayudantes de cámara. Los artistas franceses, becados de la Academia —quienes se reúnen con otros franceses en la Respetable Logia de la Reunión Sincera——, toman una extraña simpatía al encarcelado Cagliostro, símbolo, al parecer, de la libertad esclavizada por el dogmatismo. Y lo hacen con el valor de la generosidad de la juventud y su completa ignorancia.

Entretanto, el de Viloalle recuerda que fue el mismo Bernis quien antaño financió y abortó la logia romana de Welldone, que Cagliostro es un rufián y que sería mejor olvidar la villana insignificancia de esos personajes.

Al llegar a casa, y sin Emmanuelle con quien retozar, fantasea con variaciones de los grabados de Piranesi: el tráfico de barcas y pescadores bajo el puente Fabrizio, el Coliseo, el Panteón... Las ruinas...

Percibe que Piranesi agiganta y magnifica los edificios antiguos, mucho más pequeños en su memoria. Y ve en todo ello un hilo de oro: ese patrón escondido, muy tenue, que define en una época toda obra humana y toda circunstancia, como mostrara Welldone sobre la supuesta genialidad militar de Federico en Leuthen una noche amarga. Así, Piranesi necesita realzar lo colosal, lo marmóreo, lo antiguo, como si brotase de modo súbito y con vigor espléndido entre la vulgaridad, cuando ha sido al revés. Ahora, lo Antiguo es más Nuevo que lo nuevo, viene a decir. Toda actitud pugna por superar la capacidad humana; todo gesto es monumento y requiere admiración; todo se halla contagiado de grandeza y hasta lo repulsivo imita la grandeza. Y ese afán de ver en cualquier sitio héroes y semidioses y temibles conspiradores es uno más de los infinitos senderos que el Hombre ha hollado para convertirse en imbécil, desde el Origen mismo, cuando el aliento de Dios rieló las aguas.

Martín se sabe contagiado de la fiebre del exceso, pues ha convertido en pasión la necesidad de aliviar el instinto.

Por ello, cuanto más le evita y le rechaza Emmanuelle, más arriesga en un juego tan vicioso como el mismo vicio. Se consume de celos Martín, y se rebaja en vano por los recodos de las habitaciones, atento al beso que nunca llega. Cada noche espera durante horas a que cante el gallo y, al poco, cruja la madera de los escalones y Rivette silbe en la imprenta, para atisbar a oscuras la alcoba del matrimonio, rastrillar las sábanas con los dedos y reparar en que allí no está quien desea. Hace días que, silenciosa como la brisa, Emmanuelle se levanta al alba y realiza encargos que antes eran cosa de Rivette. Ahora es una vieja cocinera quien se encarga de sus labores, y si Rivette acude tras la cena a la reunión de algún notable, Emmanuelle le acompaña. Martín se queda jugando a naipes con la vieja, que hace trampas. Martín se deja hacer, porque sabe que la vieja sabe; que eso las mujeres pronto lo saben. La vieja le saca hasta el último ochavo.

Cada tarde, el de Viloalle pasea sus agitaciones. Se agazapa frente a los Jacobinos o los Cordeleros y de los antiguos conventos surgen proclamas como rumor de oleaje en una cueva. Emmanuelle sale al fin con otras mujeres. Es otra Emmanuelle, desconocida, aún más parlanchina que su marido, la que discute, escucha y opina y rebate y se enoja, mientras las faldas y el contoneo y los saludos doblan la esquina.

Sólo le queda el sucio y voluptuoso París. Contra el tenebroso cielo de lo oficial, las calles siguen animadas y excitantes, pero es amarga cosa advertir que a él, las mujeres ni le miran. Si tropiezan con su cuerpo, se diría que lo han hecho con un saco. Le consta que ha perdido pelo, que nunca fue alto, ni fuerte, ni apuesto. Le engañaron las satisfacciones de Emmanuelle. Pero ya que aprendió a engañarse, aprende a creerse invisible. Esa idea fomenta, al menos, que se crea inadvertido con su cuaderno de dibujo, las tablas de la ley de su rabia.

No dibuja el de Viloalle los grandes sucesos, tal como hacen al unísono, y como una sola y torpe mano, los vulgares artistas de éxito, sino que pasea por el Sena y lleva al papel los bululúes, las bojigangas, los guirigáis, la corrupción de la *commedia dell'arte* que exhiben los cómicos ambulantes. En esa zafiedad ve más misterio que en mil piranesis. Sin esencia ni patrón y aun así enigma estrafalario.

Ahí están los zancos, las caretas, vivos colores. Decorados de basta fibra, donde se han pintado a brochazos alcobas reales, jardines y confesonarios... Putillas emperifolladas como antiguas damas de la corte, ajenas al hecho de que, creyendo exagerar, en verdad se quedan cortas. ¡A la marquesa de Krenker tenían que haber visto! ¡Un rostro encalado que impedía el mínimo gesto facial! Pero qué mas da si el público ovaciona. Los diversos escenarios que recorren la orilla basan sus historias en las novelas prohibidas que, hace unos años, exageraban las intrigas venéreas de cortes y conventos. Suena música esmirriada, el timbal redobla, desafina un corno de caza y un heraldo sin piernas en una caja rodante anuncia las «verdaderas y escabrosas, censurables pero divertidas, historias de la cruel y vieja aristocracia...».

Y en las diminutas casetas, se reviven *El desayuno con pepino y mermelada à la Pompadour*, *La vera historia de la Du Barry*, *El perro tras los frailes* y *Los frailes tras el perro*. Escenas canallescas: el hallazgo de un odio secular, una pugna entre la burla, la envidia y una hipocresía del todo nueva que exhibe con malicia lo mismo que, al parecer, censura.

En uno de aquellos tenderetes burlescos se pueden ver los amores de María Julieta, reina de Fragancia.

Una dama de enorme miriñaque, beoda y con la corona torcida, jura amor inagotable por los súbditos... Y la voz que va de la palabra al gemido se interrumpe cuando llega al clímax, y es entonces cuando la amplia falda se abre como una compuerta y de allí dentro sale un petimetre («¡Oh, cuñado, estabais ahí!»), y sale otro («¡Oh, apuesto capitán sueco, no os había visto, aunque siempre os siento muy próximo!») y sale una tercera persona («¡Oh, buen jardinero, qué bien regáis el seto!») y aun sale una muchacha («¡Oh, primera dama, qué cosas pasan cuando se ama tanto!»). No hace falta mucha agudeza para entender y el público lo pasa en grande. Los actores hacen piruetas, sacan la lengua como gárgolas, se bajan los calzones o se levantan las faldas. Todos, excepto la cómica que se finge sáfica dama quien, lejos de cualquier farsa o simulación, clava la vista en Martín. Éste, porque se sabe invisible, mira hacia atrás por si la cómica ha visto guardias nacionales o espías de la facción más puritana de los jacobinos. Cuando la mirada de Martín vuelve al escenario, la fingida princesa de Lamballe sigue atónita, y María Antonieta disimula la torpeza de la muchacha golpeándola con un abanico. «¡Vamos, princesa, no os finjáis primeriza en saborear golosina austriaca!»

¡Cómo ríen todos cuando la joven, azorada, se esfuma entre bastidores!

Martín dibuja la falda de la reina, el miriñaque-compuerta, los garabatos que más adelante serán los personajes de la farsa, las nucas y sombreros del público y, licencia artística, se inventa un rostro en la multitud que mirará con fría obscenidad a quien examine el esbozo.

Acaba y decide volver a casa, ajeno a otras voces de la farándula. Desde el día mismo de la Federación, no ha vuelto a encontrar a la variante de Welldone con acento alemán. Se habrá ido de *tournée*, o algún nostálgico que no pisa la calle le hospedará en un salón adornado de telarañas y el revolotear de pan de oro cayendo del techo agrietado, para que renueve mentiras sobre la *douceur* de los buenos tiempos, o de los antiguos, pero que sea *douceur* y no gesta y sangre y cañonazos ideológicos o el zumbido plebeyo del escarnio.

Lleva caminado un trecho cuando de entre los carromatos asoma la princesa de Lamballe, la amante sáfica de la reina, cuyo pasmo acaba de presenciar.

—Señor dibujante…

De cerca y sin la alta peluca de cartón, el de Viloalle distingue la melena rojiza y la verde mirada. Se enfada consigo mismo por no haber reconocido aquel rostro cuando se supone experto en distinguirlos y penetrarlos, devorar la sustancia del gesto y las facciones…

—¿Roberta-Héloïse? —pregunta, mientras disimula la muy grata sorpresa.

—Verle me ha trastornado, señor. Y esa compañía de mendicantes se ha atrevido a pedirme que me fuera. Mirad, tres monedas… Por favor, no diga que me ha visto.

—¿A quién se lo habría de decir, Roberta-Héloïse?

Sin contestar, la muchacha baja la mirada y dice:

—Quiero agradecerle lo que hizo. Antes de acompañarme a casa, ¿me concede el honor de su nombre ya que en la agitada ocasión anterior no se hicieron las debidas presentaciones?

—Martín de Viloalle. O *monsieur* Viloalle, sin más…

Un brillo en los ojos de la muchacha.

—¿Me espera aquí, mientras limpio este lodo asqueroso de la cara y me cambio de ropa?

Martín espera, silba y se frota las manos. Sólo entiende el dictado de la buena suerte. A su alrededor desfilan figuras de varios estamentos en ambas direcciones, y ni les ve, ni les siente…

No tarda en reaparecer la muchacha, en el puño las monedas, en la boca una sonrisa. Martín saca un pañuelo y limpia un resto de maquillaje en el cuello de Roberta-Héloïse, que se deja.

De camino a la dicha, nervioso como un mozalbete, Martín no deja de afirmar, preguntar y darse importancia:

—Aunque nada diré a nadie, por mi honor te lo juro, Roberta-Héloïse, es preciso que seas informada que a día de hoy no es ninguna vergüenza el ser cómica. ¿Sabes que ya se os considera ciudadanos? Hasta tenéis derecho al matrimonio…

—y le ofrece el brazo, como digna ciudadana que es.

—Sí, algo me han dicho esos granujas… Sin embargo, insisto: borre de su mente lo que acaba de presenciar. Vivo en

Saint-Antoine, queda algo retirado, pero si vamos charlando... Y la muchacha le pasa mano por el codo, sin vergüenza. «Sí, ciudadana», piensa Martín. Y se preocupa con el dilema de si al liberar a la muchacha aquel seis de octubre, la alejó de su familia para inducirla a seguir los tortuosos caminos de la farándula, donde la prostitución —la auténtica, no la vocacional de Emmanuelle Rivette— es obligada. Necesita preguntar para sentirse digno.

—¿Y tu familia, Roberta-Héloïse?

La muchacha tarda en contestar. Busca las palabras... Y, al fin, responde lo que Martín no imagina.

—Se rumorea que los extranjeros necesitarán muy pronto una Carta de Hospitalidad para seguir viviendo en París y en la Francia toda. Usted, señor, parece extranjero, y aunque no de posición, bastante seguro de sí mismo y de sus acciones y de la talla de su hombría, por no hablar sobre lo bien informado que parece acerca de las más hondas y secretas inminencias...

—¿Carta de Hospitalidad, Roberta-Héloïse? ¿Quién ha dicho tal majadería cuando millares de extranjeros vienen a la ciudad para cantar alabanzas de cuanto sucede? Ingleses y ciudadanos de sus antiguas colonias, bátavos, suabos, toscanos y rusos, todos celebran el encontrarse por las calles de París como si se les hubiera liberado de una cadena de eslabones de plomo... Hasta españoles he visto, y eso que nada hay tan refractario como... —y entonces Martín baja de su pedestal de arrogancia y comprende—: ¿Y para qué necesitas tú una Carta de Hospitalidad, Roberta-Héloïse? ¿No tendrás acaso un prometido, o quizá un esposo o amigo que pudiera necesitarla? Algún cortesano que esté preparando, yo qué sé... No me tomes por confidente. No quiero saber nada, ni lo necesito, ni te lo requiero.

—Oh, no... De ningún modo, señor. Ni esposo, ni novio, ni amante, ni nada que se le parezca. Soy pura como una camelia...

—...brillante de rocío en la prima luz... Ahora, mírame... —ordena de pronto Martín, quieto en mitad de la calle y estudiando la mirada de la chica, mientras le sujeta el brazo—: ¿Tengo cara de tonto? No vayas a contestar, que es pregunta retórica...

—Pero, señor... —casi solloza la comediante—: Sólo entiendo una cosa en el devanarse el seso que se trae: a diario recuerdo lo que hizo por mí. Y le he buscado por todas partes... Le hemos buscado... Y en mi casa se hacen conjeturas. Y mi madre, que es la extranjera por cuya seguridad temo, sufre de escepticismo como sufre otras calamidades. Y el negar la filantropía no es la peor de entre ellas.

—No me digas que nos encaminamos en presencia de tu madre.

—Eso pretendía, señor de Viloalle.

Martín disimula un gruñido y medita. Aunque no es tan mala situación. En primer lugar, ha sido él quien ha encontrado a la muchacha y no al revés, y esa cabecita, si quisiera dañarle, no sería capaz de un ardid tan bien ligado, y al instante. Segundo: puede solicitar a la madre relaciones serias con Roberta a cambio de gestiones y favores. Tercero: aún le sobra oro de Schleswig para una buena boda y el alquiler de una vivienda propia, incluso con futura suegra, por muy bruja que la vaya imaginando, tanta calamidad como le acecha.

Mientras el de Viloalle concibe un plan maestro, la pareja se interna en el barrio de Saint-Antoine por callejas exiguas, túneles de piedra y ropa tendida donde ni se oye el calmado aviso de relojes de pared, ni es posible alzar la vista al cielo para orientarse sobre la situación horaria. Allí sólo es casi de noche, o de noche. Aun así, los niños juegan, las comadres parlotean y huele a leche rancia y a estiércol sin airear de las traseras de las vaquerías.

Y tras recordar a Martín que no diga a nadie en qué situación se han encontrado, la chica exclama:

—¡Abuelo! —y aumenta la prudencia de Martín, cuando Roberta-Héloïse deja su brazo y corre al encuentro de un viejo sentado en una silla baja, o en un reclinatorio. Ya en la distancia, el anciano se distingue como lelo, o ciego, o ambas cosas, la mirada perdida en el horizonte, si lo hubiera.

Roberta-Héloïse, alegre como nunca, hace señas a Martín de que se acerque.

—Mira, abuelo, éste es el señor dibujante que salva a los indefensos... —y enseguida, rebosando entusiasmo, orgullosa de su hallazgo, Roberta-Héloïse atrae la atención del vecindario al gritar—: ¡Marcel, Catherine, madre...! ¡Le he encontrado!

De una de las ventanas, embadurnado de jabón de afeitar, asoma un rostro conocido, que sonríe y enseguida desaparece para bajar, a buen seguro, al cálido encuentro de «su salvador»; pues el rostro pertenece al hombre que cavaba su propia fosa en el Pequeño Trianón la mañana del seis de octubre.

Sin embargo, Martín no está pensando en que los antiguos falsos aldeanos han encontrado refugio y malviven en un edificio ruinoso, donde cada paso es desgarro de madera que sobrecoge el ánimo; ni mira cómo Roberta-Héloïse se asobarca la falda y desafía el peligro que entraña subir la escalera. Martín mira al viejo lelo que lleva prendidas en la casaca veinte escarapelas, lo menos. Le dejarán ahí todas las mañanas para significar que en la vivienda mora el espíritu mismo de la Revolución. Y, mientras Roberta-Héloïse sigue animando el edificio con sus muestras de júbilo, estudia Martín la boca torcida y casi paralizada del viejo, los ojos inmóviles. Esa mirada, impotente para mayor expresión de la ira, está diciendo: «Te mataré...». Pero el viejo olvida enseguida su furia y realiza el único gesto que conserva. Extiende la mano, boca arriba la palma, mientras farfulla un idioma propio, hecho de largos y sinuosos períodos, del todo indescifrable.

«Si me estás pidiendo limosna, vas dado...», piensa Martín cuando alguien reclama su atención.

Y aquel a quien salvó saluda:

—Me llamo Marcel Poulidor y le debo la vida, caballero. Usted es un valiente.

Y Martín, sorprendido por el elogio, entona cortesías que nunca fueron suyas:

—Sólo cumplía como buen ciudadano... Martín de Viloalle. Ése es mi nombre.

—¡Entre otros! —masculla una voz cascada de aguardiente. Y la voz y el retumbar de la escalera, y la conmoción del edificio, anticipa la enorme presencia de una matrona enlutada, con un vestido sucio y gastado, pero de buena confección que, a buen seguro, habrá heredado de alguna dama, como antaño—: ¡Distintos nombres, mismo *stronzo*! ¿Así que eras tú? Me lo decía el corazón. Te juro que me lo decía...

Cesa la áspera voz de la matrona, y su mudo gesto de cabeza subraya con intención el paso de los años. Luego, coge sin delicadeza la mano extendida del anciano, limpia con ella gárgaras de la boca torcida y, como si fuese la extremidad de madera de un autómata, la abandona al fin sobre la rodilla inerme.

El viejo levanta enseguida la mano mendicante y gime. La matrona le señala:

—¿Has visto qué poca cosa somos? Seguro que más de una vez y más de dos... —y mira a Martín de abajo a arriba con vago cálculo—: Él y su carpeta bajo el brazo. No has prosperado mucho. Anda, sube, que te invito a un par de tragos...

Sólo una espectadora encuentra deliciosa la escena. Es Roberta-Héloïse, quien sonríe y celebra que Rosella Fieramosca, su madre, conozca al insigne salvador.

Llegan a una pieza única que ambiciona decoro mediante chucherías, un vago y dudoso reflejo de migas cortesanas. Martín evita mirar el jergón cubierto de vestidos a medio remendar y el gesto resignado de su anfitriona al encender una vela entera.

No ha sido la erosión de los vientos y el frío del Norte, o el cuartear de la intemperie del Sur. Tampoco son surcos o tajos hechos por el hambre o la enfermedad. A Martín le parece que ese rostro deforme, hinchado y descarnado que sólo conserva una extraña vivacidad en los ojos húmedos y brillantes es consecuencia del abuso de la cosmética barata y del vino. Han sido resplandores y humo de chimenea en las posadas, el trasnoche indefinido, quizá la pena y la rabia. Culpa no parece: nunca fue el rasgo más agudo de aquella conciencia ancha y magnánima.

Cuando se atreve a mirar a Rosella Fieramosca, necesita esquivar el rostro de la primera mujer con quien se complació: le está recordando a una calabaza.

—Rosella… ¿Qué ha sido de tu vida?

—No me llames Rosella… Desde que mi padre dejó de hablar, nadie me llama así. *Madame* Rose de Marceau. Ése es mi nombre… Este vino es fuerte y pasa bien…

La incómoda situación varía dos copas más tarde, cuando Martín ya le ha comunicado a su anfitriona que apenas entiende el veloz romanesco en que le habla:

—¿Llevas en París muchos años? Tu francés es muy bueno. Aunque a veces te sale un deje bronco. ¿Tudesco? ¿Bátavo?

—Tudesco… —y sonríe Martín sin contestar a una de las preguntas. Aunque le apura salir de ahí, necesita satisfacer su curiosidad en un par de puntos.

Mientras beben, rondan extramuros de sus biografías hasta que se da un leve flujo de afecto entre esa mujer mayor y este hombre mayor. Es algo bien distinto a la antigua y casi infantil galantería, cuando mentar el pecado era mayor condenación que el pecado mismo. Se refieren el uno al otro como si lo hicieran de parientes lejanos. Desde luego, han oído hablar, cada uno en su casa y con afecto, de aquel Martino da Vila, de aquella Rosella Fieramosca...

Al tercer vaso, la lengua de Rosella se desata. Quizá busca compasión. Quizá no haya podido hablar así a nadie en mucho tiempo.

Y Rosella cuenta que tras la marcha de Martín —«de un día para otro, sin más»— *lord* Robert Skylark, a quien sin duda recordará, volvió a Roma desde Nápoles, compró a Fieramosca algunas láminas y dejó embarazada a Rosella. Con ayuda, y aun solicitud, de la deshonrada, hay que decirlo todo. Y *madame* Rose de Marceau suelta una carcajada que asustaría a un bandido, mientras las palmas sacuden los anchos muslos y la cabeza se inclina ávida hacia el vino. Por no mostrar la torpeza de sus andares, al quinto trago ordena a su hija de un berrido que pida a Pierre, Marcel o Catherine una botella para «nuestro salvador». Y cuando Roberta-Héloïse entra con una jarra, la orgullosa madre pellizca su trasero y anuncia mordaz:

—¡Buen trabajo el de *lord* Skylark, a quien Dios haya confundido aún más si cabe! —y la muchacha no se asombra, desde luego, al oír el nombre y los comentarios sobre su padre natural.

El buen y gentil *lord* Skylark y su *bearleader* de nombre olvidado embarcaron a Inglaterra. El embarazo, unas pocas libras y unas promesas aún más exiguas, pero, al fin, promesas, fueron su legado en la Ciudad Eterna. Cuando Fieramosca se enteró del estado interesante de su hija, y de quién era el padre, fingió desconsuelo el tiempo necesario para hacer sus cálculos. Así que medió con el aduanero Masseratti de Civitavecchia para que Rosella, lejos de las habladurías romanas, se alojase en el hogar de aquel hombre cuya edad y larga viudez predisponían a soslayar la condición de la muchacha si un trato seguido llevaba al afecto. Esos mismos días, la situación en casa de Fieramosca se complicaba tras la boda de su hija mayor. Un embrollo malvado, insano. Su hermana Giulia (sí, la recordaba), recién casada con el primo Ludovico (por supuesto, el jorobado) y parida ella también pocos meses antes de un vástago del cardenal Tornatore, quiso tomar, casi al asalto, y por despecho, el negocio de Benvenuto con ayuda de su dócil marido. La pareja hizo un buen par de jugadas en el *palazzo*, donde Giulia aún servía y barraganeaba. De ese modo, sin saber muy bien cómo, pero desde luego cristalino el porqué, Benvenuto veía a diario que los ingleses llegaban al próspero comercio levantado con sus manos tenaces, y exigían la presencia de Ludovico. Sólo les interesaba la mercancía de Ludovico, sólo de Ludovico se fiaban. Era el desprestigio en toda regla. Así que ese viejo que ahora babea en la puerta, el antaño duro, aunque flexible cual florete, Benvenuto Fieramosca, decidió sujetar las riendas de ese destino que siempre fue suyo. Basta de maquinaciones y pamplinas: fuera de su casa Giulia y Ludovico. Cuando Rosella —quien ya había parido sin mayor dificultad ese pimpollo consanguíneo de los Skylark de Gloucester— intimara con Masseratti, y se fingiesen un matrimonio de años, Benvenuto la traería de vuelta a Roma para que heredase el negocio.

Buen intento. Audaz. Baldío.

Porque fue entonces cuando la guardia vaticana prendió por falsificación a un tal Jenkins, inglés que vendía dibujos y pinturas en un negocio próximo al Coliseo. Y el tal Jenkins, sin que le torturasen mucho, juró que trabajaba para Benvenuto Fieramosca, quien exigía mitad y un tercio de cada venta, hecho que obligaba al fraude. Aunque verosímil, desde luego, la acusación era tan falsa como los botticellis del mismo Jenkins. Por ello, y al instante, Benvenuto, el Señor de su Futuro, se encaminó con paso vivo al Palazzo Tornatore para que su muy eminente protector oyera, reflexionase e intercediera. Desde la altura de su silla cardenalicia, Tornatore escuchó para mostrarse enseguida anegado de aflicción. Ayer mismo había llegado a sus manos un informe sobre los sucios manejos que habían hecho de Fieramosca un próspero mercader. Y no sólo eran falsificaciones, ni sólo era contrabando, ni sólo eran intrigas para hundir mediante caricaturas y libelos a destacadas figuras de la ciudad, honradas muchas veces, cristianas casi siempre y, en el peor de los casos, hijos de Dios. También le deshacía el ritmo de los pulsos saber que Fieramosca había escondido a un jesuita español y que la menor de sus hijas tuviera un bastardo de un *lord* inglés. Pero no era nada de eso en particular lo que acuchillaba para siempre su confianza en Fieramosca. Era la suma, la aberrante suma.

Y entonces Fieramosca enloqueció y su boca devino fuente sulfurada. Estaba claro que era su propia hija, la muy servicial Giulia, quien difundía unas acusaciones toleradas desde siempre por el cardenal, su mayor beneficiario. Quizá a la curia le interesase el dato y arrancara una investigación. Benvenuto sacrificaría su vida y su honor en la más dura de las mazmorras, pero Tornatore no saldría indemne.

Su Eminencia contempló el desafío de Fieramosca como quien ve revolverse a un perrillo tras la verja y, sin transición que le fuera dado recordar, Benvenuto sufrió una primera apoplejía en una de las puertas de servicio de *palazzo*, mientras se limpiaba de fango el traje de abate y la ira teñía sus facciones de un púrpura —vaya por Dios— cardenalicio.

Cuando se reponía junto a Rosella en casa del algo inquieto aduanero Masseratti, embrollado como el que más en esos turbios asuntos, la doliente boca torcida de Benvenuto repetía una y otra vez la misma frase:

—Aaaaah… ¡Aprendo, aprendo, de la infamia que me enseñáis! ¡Y mal habrá de irme para que no mejore la lección!

Martín, algo anonadado, ha visto cómo *madame* Rose de Marceau, al decir esas frases, se ha transformado de un modo casi milagroso en un Benvenuto más joven, con la boca torcida y el habla descompuesta, pero aún lleno de fuego y de anhelo por recuperar un destino sobre el cual se había soñado amo y señor una mala noche del alma.

En ésas, un abrumado Masseratti, ante la posibilidad de que alguien tan airado cometiera una locura que diese al traste con su vida de servilismo, renunció a cualquier posibilidad de boda. Así que redactó un pasaporte a Génova para el padre, la hija y la nieta.

Mientras se hace noche cerrada la perpetua noche del callejón, los vasos se llenan y se vacían, Marcel entra con un *fromage* envuelto en trapos, obsequio para «el salvador», y Roberta-Héloïse se asoma a preguntar si necesitan algo. De obedecer al sentido común, hace ya un buen rato que Martín hubiese hecho mutis de aquella historia sórdida que envenena la sangre y vuelve el pelaje de los Marat faros de justicia y decencia. Pero hay algo más allá del sentido común que le interesa. Demasiado le interesa.

Al llegar a Génova con Benvenuto y la pequeña, Rosella escribió una carta tras otra a *lord* Skylark con su esmerada caligrafía y en un grado ascendente de indignación. El hecho que se exponía era la existencia de una bastarda con su mismo nombre. La deshonrada estaba segura que milord no dejaría al azar del infortunio la sangre de su sangre *et sic caeteris*…

Por su parte, y con nombre supuesto, Benvenuto enviaba cartas a Roma destinadas a imponer el caos mediante *chantage*. Por ello, unas figuras mal encaradas con acento romanesco empezaron a hacer preguntas por toda Génova, hecho ineludible que obligó a buscar nuevo refugio en Turín. Fue entonces cuando Rosella exigió a su padre que hiciese algo por conseguir la subsistencia en su oficio de siempre, y no mediante inútiles y peligrosas amenazas: comerían y nadie les volvería a molestar. Entretanto, Benvenuto cuidaba de Roberta, mientras Rosella salía a la calle a hacer lo que podía y sabía. Y eso, el hacer lo que podía y sabía, le costaba un volcán de insultos de regreso al precario hogar.

Fue en esa misma época cuando Fieramosca se coronó de espinas, ya que la desgracia material facilita en grado sumo reconocer la desgracia moral. Benvenuto se hizo asiduo a la capilla de la Sábana Santa donde se arrodillaba, los brazos en cruz, y solicitaba el Perdón, la Expiación, la Redención, la Salvación, como si fuesen términos superlativos que contrapesaran la indignidad de una vida, que lo hacen, desde luego, pero hay que arrepentirse. Y fue allí, orando mucho, donde conoció a ciertos devotos anticuarios quienes reconocieron enseguida su nombre y su prestigio. Así que accedió a intermediar con antiguos clientes de París la venta de unos diseños originales sobre papel del mismísimo Guarino Guarini, el arquitecto de aquella capilla. Y Fieramosca partió hacia París con los dibujos.

Pasaron las semanas y los meses sin noticia de su persona.

Con esta última sorpresa, la situación de Rosella se volvió insostenible. Y su modo de vida, para todo hay límite, inenarrable por soez y penoso.

—¿Cuántos años tenía ya la niña? —se interesa Martín.

Y Rosella le responde airada:

—¿Qué insinúas, desgraciado?

Y Martín que nada insinuaba prefiere ignorar lo impensable.

—Hasta que llegó a mi vida un hombre santo… —sigue Rosella, y al seguir y recordar, olvida la afrenta de la que se ha supuesto víctima—: Un santo de pelo en pecho. Arthur Marceau, el mejor cómico de Francia, quizá del mundo. Tragedia, comedia, farsa, recitado en diversos idiomas… «Amigos, romanos, compatriotas, prestadme oídos, pues vengo a enterrar a César, no a alabarlo…» ¿Conoces eso?

—Pues no… Y me interesa, la verdad…

—Una obra inglesa… Trágica con fantasmas… Un día vuelves y te la digo entera, que la llevábamos en el repertorio.

—¿Has sido comediante, Rosella? Siempre quisiste ser comediante…

—*Madame* Rose de Marceau, por favor… Sí, soy comediante. Y muy buena… En esa obra, yo misma hacía de Julio César y nadie se daba cuenta de mi muy femenina condición…

—Hay que poseer grande talento para ello…

—Nada comparado con Arthur. Una mosca soy yo, una cagada de mosca, nada, al lado de Arthur. Sin embargo, mi hombre nunca fue bastante reconocido: demasiado humilde para ser un cómico de fama, demasiado orgulloso para ser, precisamente, un cómico de fama. Tampoco demasiado apuesto, hay que mencionarlo. Y bebía mucho. Sin ponerse nunca violento, pero tragaba en un día, Dios le guarde, como diez sargentos al año. Pero era un hombre. Murió aquel seis de octubre en Le Hameau del Pequeño Trianón. A mazazos. Tú, «salvador», olvidaste salvar a mi hombre. Para él nunca llegó la ciudadanía ni el derecho de matrimonio…

Ante el asombro de Martín por el conocimiento de las nuevas leyes, Rosella chasca la boca tal que si hablase con el ingenuo de antaño.

—Me lo ha dicho mi hija ahora mismo, al anunciar tu salvadora presencia…

Arthur la conoció en Turín cuando llegó a la ciudad con su compañía ambulante.

—No me hizo la mínima pregunta. Sólo quiso ser un padre para Roberta, aunque sabía que el destino de la niña era otro, más alto…

—El santo era san José, digamos… —se burla un poco Martín.

Los ojos de *madame* Rose de Marceau se achican hasta volverse diminutos. Valora con un fiel muy preciso la broma de Martín hasta que el dibujante se disculpa.

—Fuimos por toda Francia. Unos meses la cosa iba mejor y otros peor. Unos cómicos entraban en la compañía y otros salían. El gremio es voluble. En unas ciudades éramos acogidos con entusiasmo y casi hacíamos en dos semanas la bolsa para el invierno, pero otras veces tuvimos que salir de ciertos lugares de uno en uno y de noche...

Martín sonríe y recita:

—Brandenburgo, Magdeburgo, Hamburgo, Oldemburgo, Rastemburgo...

—¿Ya estás borracho?

—Con todo el respeto a la memoria del difunto ciudadano Arthur Marceau, ¿este relato acaba en alguna enseñanza, moraleja o información?

—¡Oh, desde luego! ¡Y te interesa!

Martín deja el vaso sobre la mesa, se cruza de brazos, frunce el ceño ante el fuerte aroma del queso sudoroso y atiende.

Y Rosella vuelve a la animada vida de los cómicos, y a sus anécdotas chispeantes, hasta que la compañía Marceau lleva a Chantilly la nueva comedia de *monsieur* Caron de Beaumarchais y, allí, unos comisionados del autor se personan tras bastidores para exigir un diezmo de la taquilla, según Dios sabe qué nueva ley. Marceau se plantó y dijo que se fueran con viento fresco, que ese impuesto, una lacra más de las muchas que sangraban Francia, no sólo mataba de hambre a los cómicos, sino también al teatro, porque nadie que no fuese el propio autor representaría sus obras si, encima, tenía que pagar por ello. Así que no habría función en Chantilly, ni recaudación, ni comida ni alojamiento. Fue entonces cuando la compañía recibió un recado de Louis-Joseph de Borbón, príncipe de Condé, quien tenía un gran palacio en las afueras. De hecho, la ciudad estaba en las afueras de palacio. El príncipe ordenaba que la compañía Marceau representase *Las bodas de Fígaro* en sus jardines y, si Beaumarchais deseaba cobrar algo, sería divertido ver cómo lo exigía en persona. Obedecieron y el príncipe les reprochó la vulgaridad de la obra, pero no tuvo más remedio que asombrarse del singular talento de la pareja que representaba los papeles de Fígaro y Susana. A partir de esa admiración, hizo una oferta inmejorable: habitar la «aldea de novela» que acababa de construir en aquellos jardines, recrear «Naturaleza» y, de vez en cuando, actuar para sus invitados.

—Roberta-Héloïse creció en ese mundo idílico, que entonces, y de eso hace sólo ocho años, parecía nuevo también, y desde luego inalterable y para siempre. Sólo entonces dejé de escribir a su verdadero padre y renuncié a sus derechos. Ella crecería en aquel lugar, allí se casaría y allí tendría sus hijos... De algún modo, ése era su destino...

—Pero ¿de ahí a Versalles...?

—Ten paciencia... En Chantilly representábamos a Goldoni, a Mariveaux y hasta alguna tragedia inglesa que a los nobles franceses, ignoro por qué, cuanto más trágicas son más les hacen reír y más se burlan. Un día, la reina fue de visita. Quedó fascinada con la aldea y con nosotros, los aldeanos. Dijo que en cuanto volviese a Versalles mandaría construir algo similar en el Pequeño Trianón. El príncipe se vio en un compromiso y no tuvo más remedio que regalarnos... A Arthur le hicieron cómico-jefe de Le Hameau, un cargo que sólo supervisaba el Gran Chambelán de Ceremonias y Festejos...

Eran perfectos en lo suyo: Arthur, ella misma, su hija, ya una muchachita, todos... Sobre sus obligaciones agrícolas, que eran pocas, y además las hacía algún labrador de verdad, su talento hizo de la misma Comédie un grupo de gañanes. La reina actuaba con ellos en el teatro que construyese ahí mismo.

Y llegó la jornada en la que el rey Luis, haciendo uso de la divina taumaturgia, curaba por imposición de manos a los enfermos, escrofulosos por norma, en la galería del Trianón. «Dios te cure, el rey te toca.»

—Íbamos allí a aplaudir a nuestro rey, asistíamos a las imposiciones. Su Majestad se acercaba al grupo de harapientos malolientes sin prevención ninguna, les imponía su mano sagrada y repartía ungüentos y jarabes... ¡Era maravilloso! Y la maravilla lo fue menos —o más— cuando oímos entre los enfermos a uno, con la boca de medio lado, que empieza a gritar: «*Miracolo! Miracolo!*» para turbación general, y la mía sobre cualquiera.

—Benvenuto...

—Que ahí mismo, mientras el rey cura, sacudido por el exceso de emoción, tiene su enésimo ataque... Por respeto a Arthur, los guardias nos dicen que hagamos algo. Y, bueno, somos cómicos... Empezamos a gritar nosotros también: *Miracolo! Miracolo!* y nos lo llevamos en volandas a casa.

—¿Qué le había pasado en ese tiempo?

—¿Cómo quieres que lo sepa, si quedó lelo? Sé lo que me quiero creer... Que su desprestigio en Roma había llegado a París cuando fue a vender los dibujos de aquellos anticuarios turineses. Que alguien emitió a su nombre una *lettre de cachet* y le prendieron cuando hizo alguna gestión. Eso fue lo que Arthur me obligó a creer. Tengo más versiones, si quieres oírlas...

No, Martín sólo necesita oír por qué Rosella le ha contado su vida.

—Le mataron con un mazo. El seis de octubre... A Arthur... Así que he vuelto a escribir cartas a *lord* Skylark... Sin respuesta. Pero iré a Inglaterra en cuanto consiga el dinero para el pasaje. Sin embargo, tengo la única herencia de Arthur: su carga y su honra. Y esa carga y esa honra quieren que me lleve conmigo a Inglaterra toda la compañía. Y que quienes seguimos en esta casa, Marcel, Catherine, mi padre, todos, lleguemos a buen puerto. Allí entregaré a Roberta a su padre, quiera o no… En Inglaterra se me hará justicia.

—Me parece muy loable tu empeño Rose… Ahora, con permiso…

Sin apenas cambiar el gesto, Rose coge la mano de Martín e impide que se levante:

—¿Te parece extraño que nos volvamos a encontrar? A mí no. Estoy segura de que gran parte de estos años hemos vivido en la misma plaza con los mismos jardines y los mismos vertederos. La plaza de la envidia, de la cobardía, de la lujuria mezquina, de la avaricia, de la hipocresía, de la cólera, del desamparo… La plaza que sólo muestra esperanza para estrujarla… La plaza donde fuimos arrojados. ¿Por qué no íbamos a encontrarnos? Te veo y pienso: le ha ocurrido lo mismo que a mí. Lo intenta, lo sigue intentando, pero nunca le han dejado ser quien era. No querían dejarnos ser quienes éramos, Martino…

«Y como diría Welldone: tenemos la herida», piensa Martín. Pero ¿cuál era su herida, puesta al lado de la de esa pobre infeliz? Y *madame* Rose de Marceau resopla como un toro antes de llegar a la enseñanza de su historia:

—Hace muchos años, mi padre te acogió. Supongo que también fue suya la culpa de que te fueras. No lo sé y no quiero saberlo. ¿Adónde fuiste, por cierto?

—Al Norte con aquel señor de Welldone. No sé si le recuerdas…

—Claro, el viejo impúdico… En fin… Lo que quiero decir es esto: en el fondo de tu corazón sabes que me debes algo… Que la historia de mi vida te diga más de lo que dice. El difunto Arthur Marceau, mi hombre, lo explicaba siempre: antes de hacer o declamar, mira el fondo de la historia y los gestos y las palabras saldrán solos. Mira el fondo… Ahí, en el fondo, Martino. Que te diga algo y te obligue. Piénsalo y haz lo que puedas.

—Dame tiempo, Rosella...
—No te olvides el queso, Martino...

4

Martín de Viloalle vive abrumado por la ilusión. Quizá le hayan embaucado, pero sabe que no. Desde luego que no. Acepta, pues, el envite de la libertad recién ganada: hacerse responsable de algo más que sus cuidados y anhelos. Los rasguños de la aventura le han concedido el don de reír y de observar; ahora llega el desafío de proteger sin interés y desafiar la injusticia natural, eterna; la misma que desdeña leyes y doctrinas para gozar con el infortunio de una situación difícil.

Martín duda que fuera san Ignacio el autor de la frase «No ser abarcado por lo grande, sino contenido por lo más pequeño». Son palabras demasiado humildes para tan enardecido personaje. Sin embargo, su aroma de enigma concibe significados diversos. Martín tiene uno y lo hace suyo en forma de vocación: no hay nada más pequeño que un alma peregrina; una luz temblorosa que, al mostrarse, dice: «No hace falta que te arrodilles, o te exaltes, pero admira lo desarbolado, lo herido y aun así indestructible. Luego, actúa».

En los días siguientes a la conversación con Rosella, y antes de las obligaciones diarias, templa la mano esbozando en galeradas sueltas el propio rostro, la misma cara que, desde el momento de saber, tendría que ser nueva y no lo es. Se mira en un espejo y valora los párpados de almeja y las sombras de fatiga que ondulan surcos hasta los labios; filamentos de remolacha en una melena que se ha retirado a la nuca. El entendimiento que maneja el lápiz no se reconoce en el rostro dibujado. Por tanto, concluye, su alma peregrina se ha posado en alguien mejor, en su posibilidad. Ahí se intuye el Gran Trazo: su imaginación ya no pagará tributo a lo suspicaz, a lo malvado. Anhela un vacío de sí para llenarse de una Gracia sin otro origen que la experiencia y un don precioso de Naturaleza cuando lo concede de forma tan delicada.

Se hace con las monedas del saco que hubiera costeado la impresión de *Memoria para servir al conde de Saint-Germain* —desde luego, no cree que nadie de Schleswig se atreva a venir a exigirle cuentas, o hacer que las exijan, en plena Revolución— y con la ayuda de Maurice Leblanc, periodista del *atelier* de Mirabeau, alquila unas buhardillas en la Rue Grenelle, sección de Croix Rouge, más allá del los Cordeleros, que ahora queda a mitad de camino entre su casa y la de los cómicos: toda la planta de servicio de la antigua casa del marqués de Tissot, a quien, por ahora, no le sobran intenciones de volver a París. De ese modo consigue que los Fieramosca y compañía no llamen demasiado la atención, vivan cerca de los muelles del Sena, donde vuelven a ejercer su oficio y, también —nadie se desprende con facilidad de sus rasgos esenciales—, vigila las idas y venidas de Emmanuelle, quien cada día pasa más horas en el antiguo convento de aquellos franciscanos cuyo cíngulo o cordel dio nombre de «cordeleros» al lugar y a quienes ahora se exaltan en su interior: los D'Anton, De Robespierre, De Saint-Just, Desmoulins, D'Eglantine, De Séchelles y, ay, Marat, el único, por cierto, entre tanto incendiario que no se adorna con esa «de» que finge nobles ancestros.

Trabaja día y noche. Cuando Emmanuelle se levanta, ya le ve pintando, casi a ciegas, unos decorados en grandes sábanas de lino finísimo, translúcido. Su antigua amante pasa ante él y advierte: una sola vela caída entre el papel y todo arderá hasta los cimientos.

—Dile lo mismo a tus amigos de los Cordeleros… Es una espléndida metáfora.

Ella ignora el contenido de la alusión y se acerca a mirar los dibujos reseguidos con una brocha de pintura negra.

—¿Es eso la Asamblea?

—No, el senado romano.

—¿No eras tú quien se burlaba no hace mucho de esa tendencia del gran David? ¿No hay ninguna metáfora en ello? ¿O esa figura es la paradoja? Y hablando de figuras... Me han dicho que tu novia comediante posee una bella silueta. Quizá por eso te dejas esclavizar por su familia y corrompes tus ideas...

Antes, Martín hubiera enrojecido, por lo menos. Ahora, le divierten esos celos y descubre la facilidad con que Emmanuelle sabe de su vida. Por todo ello ríe sin alzar la vista, en apariencia ensimismado.

Emmanuelle se cubre con el chal y sale a la calle. Enseguida, anunciado por un carraspeo, y tropezando con todo, aparece Baptiste, quien sólo habrá dormido un par de horas.

—Anda, españolito, deja eso y a trabajar...

Así, en esas noches sonámbulas, va construyendo Martín una versión del Mundo Nuevo que aniquila la vulgar sugestión de otras máquinas que se agolpan en las riberas del Sena. Ahora son de gran tamaño, y ha mejorado la óptica, pero aún funcionan como en los tiempos en que Welldone hiciera una demostración ante la corte de Schleswig. Martín ha construido un armario de tres varas de alto, dos de ancho y tres de fondo con ventanas circulares en el lado principal. Por ellas, el curioso ve un resumen de cinco minutos de la tragedia *Julio César*. La novedad para el público, lo que aplasta la técnica rudimentaria de la competencia, es que en lugar de láminas que necesitan cambiarse a mano, su Mundo Nuevo contiene en el mismo armario un proyector de luz y sombra, y Alí, un moro forzudo, y Godard, un enano, mueven desde el exterior dos manivelas que accionan los rodillos contiguos que desenvuelven las telas en planos superpuestos que van desde fondos de la antigua Roma hasta figuras en las telas principales. El movimiento de esas figuras sigue el mismo mecanismo que Martín ideara para la linterna mágica de los infantes Friedrich y Christian en Louisenlund. El invento ha salido por un ojo de la cara. Si Martín fuese el empresario de la nueva compañía Marceau tardaría años en compensar la inversión.

De cualquier modo, el gasto es lo de menos cuando ve el rostro de Roberta —y hasta el de la madre de Roberta— declamando con entonación de bóveda y apego al escalofrío: «Pero Bruuuuto es un hoooombre honoraaaable...». Consiguen ese gran efecto acercando la boca a unos conos de metal. De ese modo, sus voces resuenan en toda la caja y hasta adquieren una pátina de antigüedad, como si las voces llegaran desde el fondo de los siglos. El conjunto, no cabe duda, produce grande emoción y los visitantes se agolpan ante la carpa. La pregunta que hacen los avisados siempre es la misma: «¿Quién se supone que es César? ¿Quién Bruto? ¿Quién Casio? ¿El rey? ¿La Fayette? ¿Mirabeau? ¿Marat?». Es asunto del mirón alcanzar el vínculo sutil entre los avatares de hoy y la conjura contra César. Y, desde luego, a la hora de adivinar el trasunto de los personajes, el cliente siempre lleva razón.

Pese a los aires de espionaje y susurro que corren por París, no hay conjura alguna, ni violencia, en la muerte de Mirabeau.

Su salud estaba consumida. El aspecto de ultratumba y los gestos continuos para aliviar el dolor de estómago eran la sal de los corros que se hacían y deshacían en el vestíbulo del Picadero. Cada discurso en aquella Asamblea parecía un desafío al aguante físico del tribuno. De todos modos, aunque la vasija parecía quebrada, no lo estaba la magnífica elocuencia que soplaba sobre aquellos espíritus remolones, instigando tormentas cuando quería, imponiendo calmas si era menester. Hasta que un día se encontró peor que mal, escribió

«Dormir…» en un papel que le ofrecían manos temblorosas y murió en su cama.

Se declara luto público en toda Francia. Entre la lenta muchedumbre, de camino hacia la iglesia de Santa Genoveva, el nuevo panteón nacional, Emmanuelle y Martín vigilan el andar vacilante de un Rivette desconsolado, roto. Ante ellos, va el ataúd, cubierto por la nueva bandera, que cargan al hombro una docena de soldados; luego, la Asamblea en pleno, sin discusiones ni peleas, todos de acuerdo por una vez en compartir esa nueva nobleza del mérito que asombra al mundo. Y aún no han llegado al panteón cuando Rivette se desploma y, ya en el suelo, se encoge como un recién nacido, mientras balbucea:

—Me he quedado solo… Estoy solo… Estaré solo…

Martín se encamina a una taberna y consigue aguardiente. Con ayuda de Emmanuelle, apoya al robusto Baptiste en la primera pared, le dan de beber y esperan, cada uno en su particular silencio, mientras ven pasar multitudes, no tan desconsoladas como Rivette, pero igual de recelosas sobre el qué será:

—Solos… Todos solos… ¡Del rey al mendigo! —gime y vocea Rivette. Cuando está del todo borracho, y cabecea con mirada confusa y demente, tal que si persiguiera los ecos de una voz de ultramundo, alquilan un coche, le llevan a casa, le suben por la escalera y, al llegar a lo alto, la puerta de la alcoba de los Rivette se cierra de golpe en las narices de Martín.

Ese súbito reclamo de intimidad —resentida, consoladora, fría, redentora, qué puede saber él— hace que Martín visite a la compañía Marceau en la ribera del Sena, ya que hoy el luto les prohíbe trabajar y a buen seguro se hallarán desorientados por el suceso.

Cuando llega al muelle bajo el Pont Neuf, todas las casetas están cerradas, y en la húmeda desolación de la perspectiva, en el fondo de calígine, más allá de virutas y aserrín de almacenes de madera, taludes de basura y el hedor mordaz del agua, sorprende vislumbrar un tumulto en la carpa de la compañía Marceau.

Martín se ajusta los lentes y acelera el paso cuando percibe que ese grupo contra natura de cómicos y guardias nacionales se halla inmóvil y mudo frente a la tarima. Al llegar, busca a Roberta con la mirada y la encuentra en una esquina del minúsculo escenario. Vestida de Libertad con su túnica blanca, sujeta una antorcha llameante, rugiente en el denso silencio y, al verle, guiña un ojo. En el centro del escenario, ante el Mundo Nuevo cubierto por una tela negra con escarapela tricolor, Rosella camina de un lado a otro vestida de hombre. Su rostro ancho y amasado, su melena gris y enmarañada recuerdan, no hay duda, a Mirabeau. Parece que el mismo tribuno haya vuelto de los míticos Campos Elíseos para llevar a cabo un elogio en memoria de sí mismo. Pero no hay parodia, sino un máximo respeto que sobrevuela a quienes admiran la escena. Y la voz tonante de Rosella saborea y da forma y sentido a cada palabra, a cada frase, cuando declama:

—¿Por qué el laurel del genio, verdadera corona, reposa en la almohada, inquieta compañera de lecho? ¡Oh, espléndida turbación! ¡Dorada ansiedad, que tienes las puertas del sueño de par en par abiertas a tantas noches agitadas! ¡Oh, grandeza! ¡Cuánto oprimes a quien te posee! Lo haces como una rica armadura que en el calor del día abrasa reluciendo... —Y Rosella hace una pausa, toma aliento, y señala a su hija echando el brazo hacia atrás, la palma abierta—: ¡Porque él era la luz de esa antorcha que se agita en la brisa! Ahora te debemos lágrimas, hondas de aflicción en la sangre, que Naturaleza, el amor y la memoria fiel te pagarán, gran hombre, ampliamente... Aunque todas las fuerzas del mundo se reúnan en un brazo gigante, no nos arrancarán este honor. Lo recibimos de ti, lo transmitiremos intacto a nuestros hijos y sólo entonces nos regocijaremos de ser ceniza humilde, ceniza orgullosa que un día te vio, te admiró y te lloró.

Rosella da la espalda al público más exigente que pueda encontrarse: sus compañeros de oficio y la guardia nacional. Enseguida, camina lenta hacia el fondo del escenario y baja aún más despacio los escalones de la tarima. El efecto que logra es el haberse sumergido en las aguas del Sena como si fuera el Leteo… La hija mira orgullosa a una madre que no ha dejado tras de sí un ojo seco. Martín vuelve a mirar a Roberta, a Rosella, y de nuevo a Roberta, y le viene a la cabeza la muy lejana tarde del Trastevere en que una muchacha vivaz le ayudó a ser hombre sin mayor ceremonia y con gusto. Él se reía por lo bajo de sus quimeras de cómica; ella se burlaba sin recato de su oficio de caricaturista. ¿Por qué negar que habían hecho algo de sus vidas, algo tan loable como esa nobleza del mérito de los miembros de la Asamblea? Aquella afirmación de quien ahora es Rose Marceau, «No nos han dejado ser quienes éramos», sólo puede comprenderse en mares de dolor acumulado, pero ese espíritu ha logrado el milagro de la elocuencia, de la mímica, de la virtud y el talento… Lo demás es comercio.

Aunque también el comercio alcanza una extraña belleza aquellos días.

Al día siguiente de la muerte de su mentor y amigo, Baptiste Rivette se levanta con los ojos en sangre y, algo tiránico, ordena a Martín que empiece a dibujar láminas sobre la vida y la muerte de Honoré Gabriel Victor Riqueti, conde de Mirabeau. Y a medida que Martín trabaja, el mismo Rivette, sin darse una pausa en el escrito que ha iniciado, a medida que completa cuartillas sin apenas revisarlas, suministra material a los tipógrafos, da el visto bueno a los dibujos y manda a un aprendiz que los lleve al grabador. En tres días, Rivette escribe e imprime un largo panfleto que titula *La herencia de Graco,* donde glosa al difunto con perfiles admirables. Decide insertar algunas láminas de Martín en su panegírico, encuadernarlo y sacarlo en volumen. Y aunque el precio de cada ejemplar es prohibitivo, durante días hay colas ante la librería-imprenta Bainville. Martín debe salir a la calle, negociar con la competencia y contratar impresores para que ayuden a re-editar una y otra vez el libro. Entretanto, el autor vaga por su establecimiento como un poseso, no come ni duerme, y, sólo de vez en cuando, vocea a pie de la escalera para preguntar por Emmanuelle a una cohorte de cocineras que preparan el rancho de los eventuales.

Así de frenéticos corren los meses. Y cuando el pabilo que ilumina la memoria de Mirabeau empieza a consumirse, llega la noticia de la fuga de los reyes y, al cabo de dos días, su detención en Varennes, Martín obedece una orden perfectamente grosera de Rivette y pasa horas con su carpeta ante las Tullerías esperando el regreso de la monarquía traicionera. Entretanto, y ya nadie discute que en ello le va la vida, Rivette escribe un manifiesto en pro de lo inconcebible, la república, y Martín se sume en la irrealidad: las ficticias recreaciones de esa República romana, tan ideal como una bucólica de Virgilio, quieren encenderse ahora entre los rescoldos de la vergüenza por haber creído en el rey como figura, símbolo y vehículo para aplacar a unos y a otros. Con mayor agilidad y descaro que en ninguna otra época, a una máscara que tiña de grandeza los acontecimientos le sucede otra. La welldonesca Ley del Vampiro nunca llegó a concebir esa velocidad. De hecho, nadie la concibe y es fácil, por tanto, caer de hinojos ante percepciones sobrenaturales de Providencia y Fatalidad. Así, en julio, la misma guardia nacional que la revolución crease, dispara sobre unos amotinados en el Campo de Marte y no ha prendido aún la mecha del último fusil cuando Rivette concibe y plasma *El pueblo contra el pueblo*. En esa obra, redactada a galope tendido, Rivette avisa que las armas se deben utilizar contra el enemigo común, y aquel que dispare contra un patriota comete sacrilegio cívico. Su dibujante, quien al parecer carece ya de nombre, se persona en el mismo lugar donde sólo un año antes tuvo lugar la Fiesta de la Federación y debe fantasear sobre los antecedentes de esos carros llenos de cadáveres y esos charcos de coágulo en los escalones del Altar de la Patria, esas madres llorando y la exigencia de venganza. Martín vuelve a la imprenta y lleva a cabo la diáfana consigna de Rivette: «Mejor cuanto más terrible, españolito...». Martín le recuerda que ese exacerbar el ánimo ha sido hasta ahora patrimonio de los amargados: era el mismo Rivette quien moderaba y buscaba la agudeza y el justo medio. Pero aquel Rivette ha muerto con Mirabeau y el sustituto proclama: «Es necesario un tono de ley marcial». Justo al pie de la escalera, se desgañita preguntando por Emmanuelle a las criadas. Y es la cocinera quien siempre responde y siempre responde lo mismo: que si el señor no recuerda que Emmanuelle ha ido a pasar el verano a la Borgoña a casa de los padres del señor.

—¡No me llames señor! ¡Soy el ciudadano Rivette!

La vieja cocinera se despide con todo el respeto hacia el ciudadano Rivette alegando una enfermedad de su hermana. Cuando pasa ante Martín, la vieja le mira de reojo y se persigna.

Martín busca la noche propicia. Cuando llega el momento, se dirige a Rivette, quien sin otra cosa que hacer, y deseando hacer cualquier cosa, va y viene por la imprenta, limpia moldes, engrasa tornos y la guía de las palancas... Martín, con mucho tacto, le llama «ciudadano» y le invita a brindar por la futura victoria de los ejércitos nacionales si se confirman los presagios de guerra.

Y en el café, mientras los asiduos se levantan solícitos ante uno de los mejores cronistas de la Revolución, y son ignorados con patente desprecio, Rivette se sienta, hace un gesto de cabeza hacia el resto de mesas y afirma:

—¿Ves a esos de ahí? Y a los de más atrás, ¿los ves? Todos espías, españolito, todos espías de unos y otros...

—Ciudadano españolito... —aclara Martín, quien sólo desea calmar la tensión continua de Rivette. Sin éxito.

—Es la última vez que te llamo español. Al hacerlo, te convierto en enemigo de Francia y de la Revolución. Se van a hacer obligatorias las Cartas de Hospitalidad antes de depurar la patria de extranjeros.

«Vaya...—piensa Martín—. Los temores se vuelven rumores que se vuelven hechos: no hay nada como imaginar desgracias para crear las condiciones que las hagan realidad. ¿No le explicaron algo parecido los jesuitas?» Mientras intenta recordar cuál y de quién es la cita que viene al caso, sigue aliviando la desmejorada firmeza de Rivette, y le dice:

—Pero si la mayoría es entusiasta...

—La mayoría se encoge de miedo. Ya no sabe uno de qué y con quién alegrarse, de qué y con quién apenarse ni de qué o a quién decirle «Me importa todo un rábano». Y nada me importa un rábano, porque en el extranjero, me consta, redactan los planes para exterminarnos. Estamos rodeados de conjura y se vuelve necesario el paso al frente.

De pronto, el de Viloalle recuerda la enseñanza de los jesuitas:

—¿Has leído la *Retórica* de Aristóteles?

—¡Por supuesto! ¡Anoche! —exclama Rivette con sarcasmo.

Martín ignora la acritud:

—Traduzco: «Lo que está en disposición de ocurrir, y hay voluntad de que ocurra, ocurrirá. Igual que lo que está en el deseo, la ira y el cálculo...».

Sin meditar en la sentencia, Rivette alarga los brazos y sacude los hombros del dibujante:

—¿No entiendes nada, o no quieres entenderlo? Te es indiferente cuanto suceda. Para ti sólo es una aventura, un pretexto para el florilegio sin sustancia... —y le imita—: «Estuve en París durante la Revolución, justo antes de que arrasaran todo... Pero qué espíritus vivaces y trágicos... Lo que ellos pensaban, ocurría, y lo que ocurría era temible».

No es tu patria. No la sientes… Desaparecerás con el resto de forasteros.

—Siento la libertad, Baptiste. Y Francia es la libertad. Creo que he formado parte de un logro. Y temo por su entereza. Pero ahora sólo quiero solapar ese temor y apurar el gozo del día, ciudadano, que eso también es libertad. Quizá no me ha hecho más feliz la libertad, pero me ha dado más coraje y más aplomo. Que lo que tenga que suceder, suceda...

—Claro... Así, al menos, nos aliviamos de pensar que Marat llevaba razón, que está pasando mucho de lo que avisaba... ¿Qué será eso? ¿La capacidad profética de los malvados? ¡No! Yo tenía una tía en Dijon que era idéntica a Marat... Vieja, renegrida, mezquina, sólo vaticinaba desgracias. Y luego te recordaba sus antiguos augurios de tal modo que fingía no errar nunca. «Eso ya lo dije yo...», decía. Por supuesto, como tantas desgracias que nunca pasaron. Te entraban ganas de matarla... Y apuesto a que si la matabas, la vieja iba a morir diciendo: «Estaba segura de que eras un asesino...».

—¡Pues no lo digas, Baptiste! ¡Escríbelo!

—¿Para qué? ¿Para que vengan los secuaces de Marat a colgarme de un farol? Ahora hay que seguir a quienes acertaron. Y menos mal que no todos son Marat... D'Anton, Desmoulins... A Desmoulins le conozco bien. Tiene sentido común.

«Y a ti no te falta prudencia...», deduce Martín, quien ha unido su suerte a la de ese hombre. Nunca han existido, pues, los insultos que Rivette dedicó en su momento a Desmoulins, cuando éste abandonó a Mirabeau por unas posiciones que entonces le parecían descabelladas y ahora convenientes. La amenaza de la guerra todo lo justifica. Hasta la insistencia en un brindis.

—Tienes mucha razón, Baptiste. Y recuerda esto: «Lo que está en disposición de ocurrir, y hay voluntad de que ocurra, ocurrirá...». ¡Brindemos por que no haya guerra. Pero si la hay, que la victoria sea nuestra…!

Y Martín alza el vaso. Sin embargo, Rivette tiene la vista fija en el asado como si fuese un cadáver más hasta que alza la mirada y sentencia:

—Supongo que sabes lo de Emmanuelle tan bien como yo.

Hacía años que la expresión de nube no asomaba al rostro de Martín.

—No te he dicho nada, porque no quería mentirte, Viloalle. Habrás oído que cuento que Emmanuelle está en casa de mis padres con nuestros hijos… Lo digo fingiendo que no sé que saben...

Martín sigue sin abrir la boca. Ya han tenido esa conversación al menos un par de veces, pero Rivette no lo recuerda. A modo de aproximación, decide hacer la pregunta que ha evitado en otras ocasiones:

—¿Añoras a tus hijos?

—Todos los días. Por suerte, están bien donde están… Son gemelos, ¿te lo dije? Gaspard y Gérard. Nacieron un poco débiles y decidí que se criaran en la salud borgoñesa. Tienen diez años… Buenos mocetes… Cuando esta vorágine se detenga…

Rivette sigue mirando la carne donde ya se forman pátinas de grasa. Sólo se alimenta de ideas funestas, que se le atragantan por numerosas y contradictorias. Al fin, habla:

—Me ha dejado… Se ha atrevido a dejarme… Está viviendo en casa de una prima suya y se pasa el día en los Cordeleros. Se ha vuelto loca, Martín. Una locura de gran oportunidad, hay que decirlo todo. Sólo morir el ciudadano Mirabeau, me echó en cara lo que llama mi solicitud perruna con un traidor. ¡Le llama traidor! ¡Mi propia mujer! ¡La misma que me debe obediencia absoluta y todo el respeto! La culpa es sólo mía. Por haber sido más que un marido para ella… Por haber sido el buen padre que no tuvo… Porque aquel cerdo la encerró en un convento sólo morir la madre…

¡Yo la eduqué! ¡Compartí con ella cada idea, cada intuición, unos hijos…! ¡Y me lo paga con desprecio y ridículo! Se imagina que puede discutir, debatir, ponerse a la altura de los hombres… ¡En la cama se pone a la altura! ¡Y con quien conviene, que bien que se deshacía cada vez que Mirabeau le hablaba! Y ahora, cuando por burla somos ricos gracias a mis libros y, por tanto, al designio desbocado de los tiempos… Trabajo día y noche para tener la cabeza ocupada. Porque si guardo un instante de reposo, la cabeza se llena de abominaciones, de caras y de nombres fornicando con mi esposa. Imagino a cada paso las risas en los Cordeleros, las burlas… La monjita conversa, la novicia lasciva de Diderot… Pero también imagino que se ha metido en la boca del lobo y que tengo que ir a buscarla para decirle: «Nosotros, Emmanuelle, sólo nosotros por encima de las ideas. Somos nosotros y nuestros hijos: el deber, la obligación, la entrega…». Pero no puedo ir a buscarla y rogarle y ponerme en ridículo aún más. No, de momento. No, mientras me asocien con la traición de Mirabeau que inventan… No, mientras sepa que voy a acusarla de lo puta que es. Porque lo es… Sé que lo es… Dime, ¿tú qué has oído?

—A todos los efectos, Baptiste, hablar conmigo sería como hablar contigo. Sabes que nadie se atrevería a decirme nada de lo que pueda hacer Emmanuelle en los Cordeleros o en cualquier otra parte.

¿Ha mentido Martín? No. ¿Se repugna? Del todo. Ahora, no ha de preguntar lo que va a preguntar. Sin embargo, ha de hacerlo por mucho asco que se dé:

—Soy tu amigo, Baptiste… ¿Quieres que hable con ella?

Rivette bebe por fin un buen sorbo de vino y le mira con simulación de templanza:

—Ni se te ocurra… Y recuerda algo más. Soy el dueño. Y por ello te ordeno que nunca hables con ella si no es en mi presencia. Si por casualidad te encuentras con Emmanuelle, o

487

si cometes el disparate de entrar en ese nido de víboras, ni se te ocurra saludarla. Hablaré primero con Desmoulins. ¿Te he dicho ya que es de los pocos que tiene sentido común?

5

Y la tarde siguiente, en una de las buhardillas de la planta que ocupa la compañía Marceau, el de Viloalle protege su desnudez del primer frío que se cuela por las ventanas altas y dice:

—Anoche me confesó que te añora…

Hace un mes que han vuelto a verse. Y, es cierto, Emmanuelle vive en casa de una prima suya casada con el demagogo Legendre, uno de los seguidores más impulsivos de Robespierre, y comparte habitación con sus cinco hijos, que a esos no les queda otra que mantener a sus hijos en la insalubre París. Emmanuelle y Martín se cruzaron un día por la calle y hablaron. Martín disimuló sus rencores, le preguntó cómo le iba. Fue comprensivo ante el enojo de Emmanuelle por el barullo en casa de Legendre. Al fin le dijo que podía disponer de su buhardilla en la vivienda de los cómicos. Si Emmanuelle buscaba calma alguna vez, o un lugar donde leer, por ejemplo, le podía dejar una llave. Y ella la tomó. Cuando supo que Roberta no era la amante de Martín, se volvió a entregar. Y en cuanto lo hizo, en cada visita traía leche o vino a los comediantes, y con ello creía pagar una discreción que tenía asegurada. Aunque nunca iba a comprar su simpatía, precisamente, por querer comprar su discreción. Ahora, se limita a un saludo cuando se cruza una y otra vez con los miembros de la compañía Marceau que no trabajan y pasan las horas sentados en el corredor, ajenos del todo a las novedades políticas. Son cinco y parecen multitud. Unos se cuentan a otros las mismas historias de siempre y, sin embargo, ríen porque importa más el modo de contar que la historia misma. Y beben y siguen riendo. Y remiendan calcetines cuando beben y ríen. Y ríen cuando secan las babas de Benvenuto. Y esa risa continua y por todo acompaña tras la puerta los ardores de Emmanuelle y Martín. Cuando Emmanuelle se va, Martín se queda un rato con ellos, en silencio, y a veces desearía contar la historia de cuando fue reclutado por el ejército de su majestad inglesa, Jorge III, mientras brincaba desnudo por los tejados de Hanóver, pero entonces recuerda el abominable episodio con el jesuita francés y calla.

Pero volvamos a Emmanuelle y a la incapacidad de Martín para decir algo más que «Anoche me confesó que te añora». Del mismo modo que antes, por imperativo de la situación, jamás se tomaban su tiempo para hablar de cuanto sucedía, ya fuera cuestión pública o particular, siguen sin hacerlo por mero hábito y una mutua sabiduría de lo eficaz. Por eso, el comentario «Anoche me dijo que te añora, Emmanuelle…» ha quedado suspendido sobre las sábanas y resuena como un segundo silencio alterando el silencio de siempre. Emmanuelle se revuelve en la cama y dice:

—Si fuera tú, me avergonzaría de mi papel.

—No sólo me avergüenza, me asquea…

—Lo dudo. Ahora eres demasiado feliz.

—¿Yo? ¿Martín de Viloalle? ¿Feliz?

—Eso he dicho. Martín de Viloalle: un idiota feliz en una ciudad de locos. Y te diré algo: hay razones para ser un idiota feliz. De todos modos, será pasajera. La felicidad, digo…

Martín no comprende, ni se esfuerza mucho; por eso vuelve el silencio, mientras Emmanuelle se viste, el pudor recobrado.

La velada amatoria siempre transcurre del mismo modo, salvo una tarde en que Martín sestea agotado y entonces oye: «Mire, señor de Viloalle…». Abre los ojos y, al lado de la cama, sentada frente a una mesita, Emmanuelle hojea el *Amigo del Pueblo,* el *Orador del Pueblo* y el *Revoluciones de Francia,* todas las gacetas a un tiempo. Lee, compara, deduce, concluye. Así se hace con un criterio y no se halla en desventaja a la hora de debatir con quien sea donde sea. Pero esa voz, «Mire, señor de Viloalle», no es la suya, desde luego, y además, Martín puede ver a Emmanuelle y cómo se muerde un labio al mirar la puerta. Así que se vuelve en la cama y en el rostro de Roberta el llanto vence al orgullo en su lucha desigual. La mano de la muchacha va despacio hacia la cabeza donde, algo ridículo, pero encantador, se ha puesto uno de esos gorros que empiezan a llevar algunos radicales, un gorro frigio o «de la Libertad», como se le llama a todo. Aunque Emmanuelle esté vestida y parezca la mismísima secretaria del casto y estricto Robespierre, no hay duda sobre lo que ha sucedido en la estancia. La boca de Roberta ha tomado forma de puente. La tristeza se vuelve rabia cuando tira el gorro a la cara de Martín y desaparece. Y Martín se viste las calzas, se asoma al pasillo, ve a los cómicos en silencio y a Rosella con los brazos en jarra. Rosella le informa:

—Se ha estropeado uno de los rodillos del cacharro ese… Si quisieras acercarte al muelle, el moro Alí aún espera que abran el almacén para guardarlo todo.

Dicho esto, se mete en la habitación que comparte con su hija.

Sin decir nada y sin tomar en consideración la mirada de los cómicos, que no pierden detalle, Martín se acerca a la puerta tras la que discuten madre e hija:

—Préstame atención, Roberta. Ese hombre no es malo, pero es un hombre. Así que ve con mucho cuidado… Que no te vea llorar por un viejo, *stronza*… Y no hables nunca con él a solas. Sobre todo, ahora que sabe de esa inclinación tuya, que hay que ser *stronza* del todo… ¿Qué has hecho con la educación que te he dado?

490

Como toda respuesta, un largo sollozo ahogado en la almohada. Entonces, Martín oye un carraspeo y valora el encogerse de hombros de los cómicos. Martín les devuelve el gesto y regresa a su buhardilla.

—¿Qué? —pregunta Emmanuelle—: ¿No te dejan consolarla?

—A mí me gustan las mujeres, no las niñas...

—Ya, y a mí los hombres y no los dátiles bajitos y enclenques, pero el deseo es muy traidor como sin duda esa muñequita acaba de aprender ahora mismo...

Martín guarda silencio y mientras acaba de vestirse, sonríe a Emmanuelle malévolamente, señala los periódicos que se amontonan sobre la mesa y dice:

—¿Acaso está celosa la Novia de la Libertad?

—Qué más quisieras... —y Emmanuelle no parece ella cuando palmea el colchón y le dice muy serena—: Ven, siéntate aquí.

Y obedece Martín. Si añadimos a su baja estatura las circunstancias de hallarse sentado en el camastro y que su amante no haya abandonado la silla, resulta de ello que Emmanuelle parece superior en cualquier sentido, la idea de la madre que nunca tuvo. Porque aquella doña Eugenia, de borrosa memoria, nunca fue, desde luego, la madremaestra:

—Aunque no lamento demasiado la situación de esa preciosa ridícula, y hasta me divierto un poco, porque alguna vez tendría que ser yo quien no sufriera y sólo mirara, sí estoy celosa. Pero sólo estoy celosa de tu estado... Tendrías que decirle la verdad.

—¿Qué verdad?

—Mírate... —ordena Emmanuelle, mientras le hace volver la cara al pequeño espejo de la buhardilla.

Y donde Martín sólo ve al triste fantoche que le encierra, Emmanuelle descubre algo más::

—Afortunadamente, no tiene tus facciones, ni tu altura.

Pero es algo que se percibe… Ella alterna tu modo de evadirse de la pena, haciéndose un poco la boba, a diferencia del volcán que es la madre.

—También se hacía algo la boba en sus años, la madre… Y era bonita. Pero la muchacha lo es más… Es idéntica a mi hermana.

—¡Claro que lo sabías…! Aunque me parece que, saberlo, lo saben todos menos ella, la pobre. Y la madre.

—Sí que lo sabe, sí, la madre…

—¿Qué es entonces? ¿La avaricia? Porque tiene que ser la avaricia, los delirios de una antigua grandeza… Estas últimas tardes oigo a los otros hablar del teatro en el Pequeño Trianón. Se les escapa… No vienen de Grenoble, como me has dicho. Vivían en Versalles… ¡Por Dios, Martín! ¡Eran criados de María Antonieta! ¿Cómo has podido esconderlos? De hecho, te admiro…

Y como Emmanuelle le admira, Martín le cuenta de principio a fin la historia de la salvación el seis de octubre del ochenta y nueve. Y cuando está explicando cómo huían como conejos aquellos vándalos que querían matar al buen Marcel en su propia tumba, y el modo en que consiguió tal hazaña, ríen, y al reír se miran y les asalta una súbita vergüenza. Es la primera vez que, solos los dos, se cuentan algo, pierden un poco el tiempo. Y no hay aspereza al acecho, ni ese acoso del envés maligno de la pasión:

—Escúchame, Martín: no tengas dudas. Es tu hija. Y así son estos tiempos de locura: la has encontrado. Y la ayudas. Deberías imponerte. Darte a conocer. Tenerla contigo para siempre al precio que sea…

—No puedo decirte más, pero si hiciera eso sería muy cruel con la madre. Y ya he sido cruel con demasiada gente.

—Nadie es cruel si hace eso. Y se enmienda y protege… Si la pierdes algún día, te arrepentirás, alguien pagará tu furia y entonces sí serás cruel…

Cuánta razón tiene y qué pocas ganas de dársela.

—Sólo dices eso porque quizá pierdas a tus hijos... Pero yo convenceré a ese terco...

Emmanuelle le interrumpe:

—Calla, escucha y respétame. Creo que antes no me respetabas, o sólo lo fingías por el uso que haces de mí. Ahora puedes elegir si me demuestras respeto o no. Así que atiende: jamás pronuncies una mala palabra sobre Baptiste Rivette. Nunca. ¿Entiendes? Primero por lo que le has hecho. Y después porque toda la culpa es mía. Y no es excusa el que fuera casi una niña, mucho más joven que Roberta, mucho más sin experiencia, recién salida del convento de unas monjas delirantes, con un padre que era un monstruo avaricioso y que me casó por conveniencia con un empleado. Guapo, sí, trabajador, con talento... Me costó verlo... Porque no sabíamos hablarnos, ni tocarnos. Un embarazo malo. El parto me dejó sin una gota de sangre... La primera vez que vi a mis hijos, me parecieron un solo engendro con dos cabezas que me había dejado sin entrañas. Su llanto se me clavaba en las sienes... El olor de mi marido me repugnaba. Me figuraba que de su piel salían aliagas estercoladas y del bigote, musgo y champiñones... Las manchas de tinta de sus manos me parecían estigmas... Me alivió que se llevasen a los niños al campo... Pero a Baptiste le seguí teniendo ese asco, primero, y luego la vergüenza por el asco que le había tenido. Y él se resignó por mí. Y yo me condenaba porque así le salvaba... Hasta que supe que nada de eso tenía el menor sentido. No puedo vivir con él por lo que le he hecho, ni por lo que él ha hecho y porque los dos sabemos que la locura de uno alimenta la del otro. Ahora, para mí, lo único que tiene sentido es que cuando me corro suspendo la desgracia, que te has hecho a mis solicitudes y que los jacobinos son muy torpes en el lecho...

TORRES ANTIGUAS, DISTANTES AGUJAS

1

Ni todos los cordeleros serán unos manazas eróticos, ni Emmanuelle se habrá detenido en la búsqueda de un amante ideal, «El Jacobino Cumplido», porque deja de visitar la buhardilla poco después de que, casi por accidente, una tarde les rozase con sus plumas el ala de la franqueza. El fastidio de Martín es agudo, pero sordo. ¿Lloró en una ocasión al verla desperezarse en el lecho? Sí. ¿Llora al recordarlo? A veces, sí.

Pero en la nueva situación, la pérdida es dolorosa, pero llevadera. Y no es sólo la presencia de Roberta como silenciosa misión: en verdad, Martín nunca ha sabido estar «en la época» y ese fingimiento·de unánime ebullición junto a Emmanuelle, sobre caricias, besos, fricaciones, succiones y hendiduras, se debía a un motivo único y anterior a todas las épocas, a todos los orígenes y a todos los fervores. Era su última oportunidad como hombre y basta. En cambio, el nuevo lío de Emmanuelle Bainville se hallará traspasado de ese clima efusivo: hazañas y sacrificios del rito inestable al que aún llaman Revolución y avanza sin rodeo hacia un horizonte de felicidad y virtud tan esfumado como otro cualquiera, siempre más allá de campos de brutalidad en días señalados. Emmanuelle y su nuevo amante. A ellos sí les ha criado la Revolución, a ellos sí les ha juntado. Sea.

A consecuencia del conveniente sesgo político que Martín otorga al fin de su *liaison*, el abandono de Emmanuelle se alivia con otras meditaciones a que dan lugar los acontecimientos que jalonan los días y son fuente de una indiferencia nueva como todo lo demás: la que genera el cambio perpetuo. Por lo que ha visto y ha dibujado en el papel, el de Viloalle cree tener una idea sobre los sucesos como algo que vuelve en elipse y en réplicas aumentadas de un hecho matriz que ya vivió cumplidamente. ¿Quién ha de llevarle la contraria si afirma que la repugnante infamia con máscara de nobleza que exhiben los *émigrés*, la flamante máquina degolladora del Carroussel, las matanzas de curas y realistas, ese aire de esfuerzo por alcanzar un elevado y violento estado de ánimo en todo aquello que concierne a lo público y lo privado, no estaban ya el 6 de octubre de 1789 en el Pequeño Trianón?

Y no se aviva el coraje o se aviva el temor cuando examina las incongruencias de aquella jornada. La memoria sólo guarda un rastro de caracol donde a veces brilla una gama de orgullos menores, y ya degradados. Porque ahora, cuando después de tantos caminos y tantas expulsiones Martín abandona la pegajosa compañía del miedo, a su alrededor imperan órbitas de más miedo, o un uso sagaz de su naturaleza: miedo a la corte, miedo a las listas negras, miedo a la prensa, miedo a los clubs, miedo al populacho y, sobre todo, miedo a la guerra, que ya se vislumbra en la amenaza exterior, oficial y acuciante. Porque el duque de Brunswick ha declarado: «Habrá una represalia militar en la ciudad de París si ésta comete la menor violencia o infiere un ultraje a SS. MM. el Rey, la Reina y la familia real».

Los militares del Norte, aquellos aristócratas indolentes, hundidos en el tedio y la obediencia a una férrea línea sucesoria, dejan de mirar el Gotha y los tableros con soldaditos de plomo donde simulan batallas del Grande Federico y hallan al fin ocasión de gloria ante esas hordas plebeyas. Y es un duque de

Brunswick, sobrino de aquel otro Brunswick —el vencedor de Minden: el mismo que sublimara la nostalgia de sus ayeres guerreros con esoterismos y simulacros tácticos sobre un cartón—, quien manda los ejércitos invasores, ataca y aplasta la desorganizada defensa revolucionaria. Y en París la explotación del miedo también se vuelve juego, y el juego cambia sus reglas de modo caprichoso, es aire de conjura. Y si no es esta noche será mañana por la noche cuando sombras realistas nos degüellen a todos. Por ello, en cauta represalia, se pasa a cuchillo a los encarcelados, se celebran aquelarres, se canta un himno de guerra cuyo último verso dice a las claras: «Que la sangre impura riegue la tierra de nuestros surcos». Si querían que la moneda moral fuese la sangre, ahí están la sangre y el vaho de sangre intoxicando los gestos y las mejores intenciones.

Y es un niño de veinticinco años, macabramente llamado San Justo, quien vocea en la Convención para despojar al monarca de todo derecho a juicio. Requiere la degollación inmediata por decreto. Si las monarquías extranjeras amenazan en nombre de Luis, han de ver ultrajado a su Luis, y han de verlo a conciencia y con ceremonia. Luego, que dicte Providencia. La Nueva Providencia, desde luego.

Las voluntades se derrotan ante esa audacia de niños macabros como Saint-Just que saben cómo jugar al nuevo juego. Y Voz, Brazo y Mirada son ahora una vitalidad excesiva, imparable, que lleva a los niños que alborotan en la Convención y en la Comuna a hacer trucos malabares con las obligaciones que han vencido a los hombres. Y los hombres llevan en la mirada su culpa por abandonarse al arbitrio de esos niños macabros quienes harán Historia porque se regocijan de ser Historia. Ha desaparecido esa Ninfa Superior que reconfortaba el alma de Welldone al asomar la cabeza del agua en los remansos de un Tiempo sin Principio ni Fin. El gemelo muerto de Martín, aquel Felipe, está en esos espíritus infantiles alucinados, ansiosos de la pureza indiscutible de la destrucción, extasiados por la necesidad de volver al Origen y, una vez allí, borrar el Pecado Original para entonces ser buenos. Y es necesario matar por el camino a quien les impida ser buenos y puros y heroicos. Y los hombres lloran a escondidas ante el fracaso que no se reconoce, ante la humillación constante del sentido común, ante la demencia que husmea ilusiones y escarba traiciones al menor indicio. Al fin y al cabo quienes ahora ordenan y mandan son niños, y la ilusión es la marca del niño. Y esa ilusión se hace ofrenda y trofeo con la guerra que inflige la soberbia de Europa.

Y en las calles flamean banderas que pasan ondulando ante los balcones como culebras voladoras. Y se mira a quien las lleva con precaución y curiosidad: aullido épico, hipogrifo violento, anca reluciente, casco musical, bruñido cañón. Luego, cuando los guerreros del pueblo se esfuman en la lejanía, sólo se ven banderas entre ebulliciones de polvo y el trotar de los caballos suena como el derrumbe en una cantera. Y molestan las campanas y asustan los secos estampidos de ceremonia como asustan los portazos del viento.

Baptiste Rivette necesita sortear las consecuencias de la guerra y de las habladurías esquinadas y pide auxilio a su colega Camille Desmoulins, bien situado en la nueva jerarquía de los intocables; de ese modo logra seguir publicando las crónicas de la Convención en el tono y los contenidos que ahora se aconsejan, y así hurta su imprenta a la fácil suspicacia de quienes dirigen las hordas de *sans-culottes*.

Y Martín acompaña a Rivette a los Cordeleros, y en el ánimo de los dos sólo cabe entrever el rostro de Emmanuelle, quizá la identidad de su amante. Sin éxito. Sólo oyen la campanilla que llama al orden una vez y otra a quienes hormiguean en la nave del templo vaciado de la fe y el rito antiguos. La luz que entra por los rosetones sin vidrieras ilumina el altar donde se halla la mesa adornada por gorros frigios y la estatua de la Libertad, impávida ante la disonancia de las voces, ráfagas indignadas que anuncian la unánime exaltación. «Vamos, hijos de la patria, el día de la gloria ha llegado.» Y como se aprende el himno de memoria, se aprende el modo de andar a ciegas el camino que lleva al drástico «Es necesario...». Y de vuelta a casa, Martín quiere ver en Rivette la náusea, pero sólo le oye decir una y otra vez «Es necesario...» cuando le interpelan y «Dicen que es necesario...» en la imprenta que ya sólo da trabajo a ellos dos. Cuando la jornada concluye, Rivette se sienta a la mesa donde un par de años antes dirigía inacabables simposios, manos agitadas, pies balanceados sobre las rodillas, nudillos repicando en la mesa, risas arqueando las espaldas. Solo en su rincón, Baptiste hunde la cabeza en el pecho y, no la levanta, sólo la mueve, cuando Martín le informa de que va a reunirse con «la cómica».

Y cada tarde, Martín se derrite ante su hija. El azar beneficioso, las posibilidades que ha de proteger, el bien que ha de procurarle sin olvidar la reforma del falso terciopelo que han sumado la educación entre fantasías nobiliarias, la retórica servil de Chantilly y Versalles y una picaresca de lo más ínfimo. En ese pedestal tapizado de liquen, Rosella ha erigido una estatua de mármol rosado, ajeno a esas espinas que clava Naturaleza para que uno se las saque y aprenda.

Esa misma tarde han ido a despedir a Marcel, a Charles y al moro Alí que marchan hacia el frente. Se ha prohibido cualquier actividad festiva en los muelles hasta nueva orden y ahora se llevan a esos tres a engrosar las filas del casi espontáneo ejército nacional que anteayer temblaba en la fortaleza de Verdún y hoy ha caído.

—Nunca más les veremos —anuncia Rosella en la buhardilla, mientras sigue remendando vestidos y disfraces y, al agitar las telas, esparce por el ámbito olor a encaje antiguo apilado en desvanes.

—Es necesario que vayan y sobrevivan... —a Martín no se le ocurre más, salvo añadir—: Ese duro carácter cincelado en los caminos les habrá de servir para luchar con bravura. Saben, contra lo que digan esos petimetres, que no es héroe quien muere por su bandera, sino quien hace que el enemigo muera por la suya.

Ni él mismo se lo cree, ni Rosella escucha. Rosella niega aquello que no ataña a su propia quimera:

—Hija mía, la decisión está tomada. Iremos a Inglaterra sin Alí, sin Marcel y sin Charles. Estoy segura de que lo comprenderán. Es la ley más antigua de los comediantes...

Y tras ese ladear la cabeza que en ella significa la pena que inspira la continua hiel de la madre, Roberta mira a Martín porque intuye su mirada. «¿Qué puede hacer por ellas?», parece preguntarle. Eso es todo lo que significa Martín. Y el dibujante sólo parecerá un charlatán cuando diga:

—Rosella... —y rectifica ante el amago de enojo, una ceja alzada, luego otra—: Rose... Es muy difícil que vayáis a Inglaterra ahora. La armada del rey Jorge bloquea las costas...

—¿Y dando un rodeo? —inquiere Roberta.

—Las tropas de la coalición se extienden por la frontera norte y Verdún ya es del enemigo. En la frontera de Saboya los realistas están al acecho.

—Pero nosotros somos realistas... —afirma Roberta—: Que se lo pregunten a la reina...

—Hija mía... —corta Rosella—: Métete en la cabeza que no somos ni del rey, ni de la reina ni de nadie.

Pero Roberta no se da por vencida:

—¿Y España?

—España está muy lejos y también en guerra —contesta Martín, muy a su pesar. No ignora cómo las pestañas de su hija baten la esperanza, cómo implora el claro verdor de los mismos ojos que su hermana Elvira—: Las fronteras llevan cerradas mucho tiempo.

—Pero ¿usted no es español, señor de Viloalle? —Y Roberta expresa el deseo de coger las manos de su salvador cuando sólo entrelaza los propios dedos. Esa misma esperanza invencible, corroída por el tiempo y los reveses, será la obsesiva demencia de la madre. Hay que evitarlo.

Ahora, Rosella deja su labor en la mesita, y como si ese hombre que comparte con ellas la velada sólo fuera un lastre y no quien las mantiene y, al mantenerlas, se ha arruinado, aconseja:

—¿Por qué no callas de una vez, Roberta, hija mía? Como bien sabes, nuestro amigo es francés, no de nación, pero sí de documentos. ¿Me equivoco, *monsieur* Deville?

Y Martín afirma con la cabeza. A primeros de septiembre le ha sido concedida la Carta de Ciudadanía. Dio su nombre al escribiente del Palacio de Justicia y aquel enemigo de lo complicado le rebautizó como «Martin Deville». Su nombre le abandona otra vez y lo despide sin disgusto.

—¿*Monsieur* Deville? ¿Martin Deville? Es serio, bonito, me gusta... Le llamaré de ese modo, con su permiso —anuncia Roberta, quien no desea lo que intuye; el inmediato sarcasmo de la madre, enredado en efluvios alcohólicos.

—Además, hija mía, que yo recuerde, *monsieur* Deville no puede regresar a España, ni darnos allí recomendación ninguna. Siempre puedo equivocarme, pero creo recordar que quien se hacía llamar Martín de Viloalle fue desterrado hace mucho, mucho, mucho... Porque entonces ya era todo un revolucionario, el hombre que desafiaba los poderes terrenales y celestes. ¿Ando muy errada, *monsieur* Deville?

«Siempre ha sido así. Ése es su carácter», piensa Martín de Rosella. «De la misma cepa que tu padre. Y tu cosecha será la que será.»

Pasan las semanas y quienes divulgaban la indignación y el asco que les daban los cordeleros, aquella inconsciencia púber, la terca negativa a la evidencia del desastre que se avecinaba al enfrentarse a la suma de los ejércitos de toda Europa, ahora no sólo deben callar, sino temer por su vida, cuando llega a París el anuncio de la victoria en Valmy, y los gorros frigios y los tricornios y los cestos y las hortalizas y los verdes abanicos y los parasoles de papel vuelan por los aires y se respira euforia y alegría y, enseguida, el afán de venganza y el júbilo de la venganza en la figura de los reyes y de sus secuaces. El regocijo se vuelve en algo que era Voz, Brazo y Fuerza y ahora se llama Orgullo Nacional cuando las tropas francesas aplastan a los austriacos en Jemappes y los expulsan de Bélgica. Sin embargo, cuando se vislumbra la victoria, hay que ser más juicioso que nunca: la supremacía de los niños macabros será degolladero para quien dude o, en palabras de Saint-Just, más ángel que santo, «La mente es un sofista que lleva la virtud al cadalso». Cualquier conjetura será penalizada, y cualquier incidente, por nimio que sea, condenará la vida de los grandes, de los medianos y de los menores.

Así, un cerrajero cambiará el destino de muchos.

No han pasado dos semanas de los festejos tras la victoria de Jemappes cuando un tal Gamain denuncia la existencia de un armario de hierro en el palacio de las Tullerías, de donde los reyes fueron desalojados hace un año para confinarlos en el Temple. «Está en una hornacina emparedada en un corredor. Yo mismo cerré, escondí y tapié», ha dicho Gamain. En el Palais-Royal, un Martín acobardado por vez primera en mucho tiempo oye la noticia en boca de unos correos que abrevan la caballería: «Si ese cerrajero no llega a hablar, jamás se hubiera encontrado el armario, jamás sabríamos la verdad, ciudadano».

—Y que lo digas, ciudadano —concede Martín, simulando el temblor de voz, justo antes de echar a correr.

Porque el dichoso armario contiene la correspondencia secreta entre el rey y el difunto Mirabeau. Ahí —sólo según el rumor, pero a Martín le basta y le sobra con el rumor— constan los pagos que el rey hacía al tribuno. Ahí se certifica que, si las acusaciones contra Mirabeau eran resultado de la envidia, la envidia no era mala informadora. Ahí, en esas cartas, Mirabeau exponía el esfuerzo que sus secretarios y colaboradores estaban haciendo con el dinero generosamente donado por el rey para que éste saliera fortalecido de los vaivenes de la época. Ahí se evidenciaba, si cabía duda, que las maniobras del rey contra el avance de la revolución eran continuadas y diáfanas. Ahí se precisaba que Mirabeau y quienes trabajaban para él eran beneficiarios del mismo soborno, eran corruptos, eran traidores. Y de nada valía argumentar que ésa era la opinión general de ahora, no la de entonces, no la de dos años antes, cuando se buscaba la monarquía constitucional que ya nadie desea. La traición es el único pensamiento de los niños macabros, eufóricos porque las calumnias de ayer son ahora intuiciones y vaticinios, deseosos como siempre de jugar a ese juego de limpiar, limpiar y más limpiar.

Antes de salir del Palais-Royal, medio cubriéndose con la carpeta de dibujo, Martín oye su nombre, de reojo percibe que alguien le señala. Y ya en el mercado, dos vendedoras comentan que los restos de Mirabeau serán exhumados y su busto cubierto con un pañuelo negro. Y Martín piensa que no faltarán pañuelos negros para cubrir alguna cabeza más, y de carne y calavera, que los restos de Mirabeau no irán a parar solos a la fosa común.

Corre Martín hacia el Sena, y más allá, se aproxima felino y cauto hacia Croix Rouge. Finge que examina con interés las fachadas de las casas y hurta así el rostro a los viandantes, y al cruzarse con alguien conocido —y muchos lo parecen— gira sobre sí mismo, como si alguien le llamase a su espalda y aguarda presentir a quien pasa por su lado. Y la gente le mira, y le mira mal, hasta que repara en que la gente le mira porque él mira a la gente. Y la gente sólo ve en su rostro el peso de la amenaza. Por eso ahora va mirando el suelo y recuerda pasajes entre edificios, atajos, rodea puestos de la Comuna. A veces, se mezcla con enjambres humanos donde nadie mira a nadie, porque todos miran al frente y al cielo y alzan puños, de camino a Santa Genoveva, el mismo Panteón Nacional, para que se les haga entrega inmediata de los zancarrones del cadáver de Mirabeau y someterlos a ordalía.

También se pide la cabeza, menos monda, de La Fayette, de Talleyrand, de Dumouricz y de otros corresponsales secretos del rey, de sus servidores, de los servidores de sus servidores, de los hijos de los servidores de sus servidores... El afán de pureza es contagioso y pureza se demanda cuando Martín, el puño alzado, batiendo de reojo los costados, porque si alguien le reconoce acabará en lo alto de un farol con la soga al cuello, se pregunta sobre el conocimiento que Rivette tenía de esos sobornos, y sin duda lo tenía, porque recibía de Mirabeau importantes sumas de dinero para imprimir el periódico y otras publicaciones, para distribuirlos por Francia, para modernizar las máquinas y pagar a los empleados. Y sin que sus allegados se hicieran preguntas, adquirió el tribuno su palacete y la biblioteca del sabio conde de Buffon. Por ello, deduce Martín, lloraba Rivette el día de la muerte de su benefactor; por ello sombras de conjura le acosaban; por ello no se atrevía a reclamar sus derechos sobre la pródiga Emmanuelle, porque si lo hacía, ella quizá hablara, porque ella sabía, ella podía consignar los hechos. ¿Dónde está ahora ese completo desventurado? El mismo que podía haberle avisado con tiempo para que Martín hiciese lo que ahora debe hacer sin preparación ninguna, salvar a su hija, salvarse. Pero Rivette desconocía la existencia de lo que todos llaman ya con fama «el armario de hierro», o estaba en el secreto de la dificultad de su hallazgo, y nada sabía de la hija de Martín. «Que los sofismas de mi mente no me lleven al cadalso», se obliga el de Viloalle y mira a su alrededor.

Ignora dónde se halla el tumulto del que es centro, porque todos los que le rodean miden más que él. Y sin que su boca deje de pronunciar la voz «¡Vuelve a morir, Mirabeau!», se retrasa en la multitud, para que nadie le enfrente la cara. Y la multitud le sobrepasa, y al ladearse y buscar el resguardo de los edificios, le empujan y le tiran y le pisan y con dificultad recupera la carpeta de dibujo. Nadie le auxilia mientras gatea hacia un pasadizo. Sólo le asiste la imagen de Roberta. Ya no soporta nada que no sea el movimiento necesario cuando llegue a las buhardillas, y él, que hasta ayer se mostraba suficiente y orgulloso, declare con pena que se refugiará allí hasta nueva orden, porque le buscan los sicarios de la Máxima Virtud. Y disimulará su culpa por haberles dado dinero a cuentagotas, como si lo hubiera ido ganando y no poseyera desde el inicio el total para dejar que su hija embarcara con la madre y su *troupe* rumbo a Inglaterra, cuando aún no había peligros ciertos y aún menos para los cómicos. Porque ahora sabe lo que es querer, y querer es seguir queriendo más allá del sinsentido de los otros. Y si la hija debía seguir a su madre, a la madre hubiera debido seguir. Tendría que haberla salvado, verla partir segura. Pero sólo quiso ganarse su admiración agotando el oro de Fabianus en los alquileres, en la construcción del Nuevo Mundo. ¿Para qué? ¿Para hacer que en Roberta nacieran unos anhelos equívocos y fugaces? Quiso decirle: «Tu verdadero padre es suficiente padre para ti. No hace falta que te entregues a la chifladura de tu madre merodeando por las tapias y setos del castillo de *lord* Skylark, esas torres antiguas, esas distantes agujas, esas gárgolas musgosas de mirada pétrea, impávida y avara».

En las callejuelas, cruzando patios de vecinos que se asombran al verle correr y enseguida bajan la mirada, rebosante de tedio, cuando les grita «¡Hay que matar a Mirabeau por haberse muerto solo!», Martin Deville reconoce que de bien poco le ha servido saberse en posesión de buen sentido o reconocer la insania de las pasiones desde su mismo brote. Todo lo ha hecho para nada.

Cuando quiere darse cuenta se halla en un pasaje que da al patio trasero de la vivienda de los cómicos, la antigua puerta de servicio del marqués de Tissot. Un *sans-culotte* le enseña a sus compinches una cimitarra que, al parecer, ha encontrado en algún lugar del edificio. ¿Será de Alí? El *sans-culotte* ladea el arma, la eleva y admira el filo a contraluz, la sonrisa misma del diablo. Ante la súbita expectación de quienes valoran el ingenio asesino de los orientales, Martín se embosca más aún, se pega a la húmeda pared y vuelve a asomarse muy despacio para ver cómo aquellos, y otros, siguen bajando baúles, y cómo ríen y bromean los supuestos guardias o policías o, simples vengadores, ante la serie de disfraces que, esta vez no hay duda, son propiedad de los cómicos.

Dentro del edificio, en el vestíbulo que comunica las dos puertas, se oyen voces de admiración y carreras y, enseguida, Martín ve cómo hacen faltan cuatro forzudos para sacar al patio su Mundo Nuevo. Ahí, en los límites de ladrillo ahumado, a la sombra de una acacia, se forma un corro de curiosos que miran, husmean, tocan, intuyen, adivinan y ríen o exclaman: «*Les romains!*». Martín aprovecha ese jolgorio para salir de las sombras, volver a la calle lateral y rodear el edificio hasta mezclarse en la Rue Grenelle con los muchos observadores, a lo peor delatores, apiñados frente a la fachada donde se lleva a cabo el registro.

Martín casi le reza a las ventajas de su insignificancia. Al menos dos de las vecinas que merodean y susurran en el otro lado de la calle le han mirado sin dar muestras de reconocerle. Martín se intercala entre filas de mirones y, de puntillas, asoma la cabeza entre hombros para averiguar qué sucede y no dar por supuesto aquello que le haría incurrir en delación accidental. En la puerta, en los escorzos de los patios delanteros, se distinguen hombres y mujeres, *sans-culottes* y *sans-jupons* que obedecen órdenes y se crecen en la tensión del momento. Otras figuras, de aspecto menos llamativo, discuten por ver quién manda más y quién, de los iguales, fraternos y libres es más igual, fraterno y libre que los demás. Martín concede una particular atención a las voces y a los gestos de quienes llevan papeles en la mano, papeles que son listas, listas que son nombres. Nombres que se formulan como en conjuro para que tome cuerpo la magia del miedo.

Y se dice «Leblanc, Maurice» y maniatado entre dos guardias aparece el mismo Leblanc que alquilara a Martín las buhardillas por recomendación de Rivette. Y al decirse Leblanc y aparecer maniatado y cabizbajo Leblanc, la multitud, fascinada, alza al cielo el asombro en forma de vítores. Sin embargo, en cuanto el ciudadano Leblanc sube a una carreta entoldada, la multitud percibe el truco y ahora se pregunta si ese Leblanc no es el Leblanc que tanto ha trabajado por su departamento. Si no es el mismo quien, hace años, en aquel brumoso ayer, y a través de su periódico, les abrió los ojos y enseñó a mirar la injusticia. Si no es el mismo Leblanc que les arengó, el que exaltó sus corazones, quien ya fue encarcelado por ello, quien les otorgó la garantía del valor para tomar la Bastilla. El mismo Leblanc que mediaba con los poderes y conseguía viviendas para los desprotegidos, el que fijó la oportunidad de las sucesivas decisiones que han llevado al día de hoy. ¿Por qué se llevan entonces al ciudadano Leblanc y qué ha hecho? Sin duda, algo habrá hecho: ¿o no era él quien privilegiaba a sus amigos y, cuando les visitaba, bebía su vino y comía sus pasteles? El mismo quien, si le hubieran dejado imitar a Mirabeau, hubiera violentado a sus hijas, a sus esposas y hermanas, a sus cuñadas y hasta a sus madres y suegras. Ése era Leblanc, desde luego. Siempre se supo. El Leblanc que se vendió a los reyes con Mirabeau. Pero el hechizo se ha desvanecido. Al menos, con Leblanc, hecha trizas su reputación en otra unánime ordalía, tildado de malévolo y tiránico, insultado y menospreciado, digerido y cagado, ya sin misterio.

Cuando a ambos lados de la calle, los fervientes discutidores exigen más, en la puerta de la antigua residencia del marqués de Tissot aparece un muchacho esmirriado, quien si hasta ese día no habrá destacado en ningún campo de la sociedad, no hay más que fijarse en la barbilla alzada para darse cuenta de que ahora es alguien a considerar en ese ejército mágico del miedo.

El alfeñique gasta el gesto preciso, de oro cada ademán. Ordena a los *sans-culottes* que impongan silencio y, sin falta, los mosquetes disparan al aire y una salva de humo negro invade la calle. La multitud se ha hecho silencio, y ese silencio vibra en el aire cuando una tórtola cae en el adoquinado, herida de muerte. Sin inmutarse por ese augurio que, en tiempos de la Roma antigua, hubiese detenido toda represalia, el hombrecillo alza una mano, examina a la plebe con cierta cordialidad y, sin demasiada ceremonia, anuncia que a continuación recitará una serie de nombres. Todos ellos son afines al repugnante legado del infame Mirabeau y serán entregados a la justicia para que ésta abra la diligencia oportuna. Aunque se comprende muy bien la indignación, en ningún caso se actuará con anarquía. Si se inflinge daño a cualquier nombre de esa lista, los agresores pagarán las consecuencias. Sólo los comités castigan, que se sepa. Y lee el tipejo redicho, cita nombres por orden alfabético y concluye. En la lista no están ni Martín de Viloalle, ni Martino da Vila, ni Martin Deville, ni siquiera Baptiste Rivette. Y respira aliviado el dibujante y la duda viene en el aire mismo que llena sus pulmones: «Si esos de ahí sólo han venido a buscar a Leblanc, ¿por qué han saqueado la buhardilla de los cómicos? ¿Y por qué no aparecen por ningún lado?». Y ya se replica Martín que el saqueo habrá sido otro exceso y los cómicos siguen arriba, humillados por esa chusma, cuando otro pálido monigote, que reposará cada noche sumergido en agua con lejía, se acerca al recitador de listas y sisea al oído. «Es verdad…», se oye, y rebusca el heraldo en los bolsillos, demanda otra vez silencio y así se hace. El hombrecillo recita una lista secundaria. En ella figura toda la compañía de comediantes Marceau y el tal Martin Deville.

2

Camina hacia atrás, las manos aferradas a su carpeta, y la carpeta a las rodillas. Es su espalda la que busca el consuelo de una pared, y al fin lo encuentra. Su mente, llena de mazmorras, vislumbra el abominable destino de Roberta, cubierta de harina, rodeada de espectros, vampiros, parodias...

No cuesta adivinar lo ocurrido. Han apresado a Rivette y, en su demente maraña de conjura, ha dado los nombres convenientes. Martín halla un indicio en la vaguedad del término «compañía Marceau», la única información sobre los comediantes al alcance de Baptiste. A cambio de unos nombres y unas direcciones, Rivette no sólo ha salvado su pellejo: ha maquillado aquel otro Rivette, el domador de reyes, quien conocía los pasos de la degradación y de la dignidad, los gestos perfilando en el aire un modelo futuro, ideas que en dos años se han vuelto polvo decrépito, espectros, vampiros, parodias...

Y Martín piensa enseguida: «No, no ha podido ser Rivette, sino Emmanuelle quien ha dado esos nombres. El mérito de la pureza. Una cuenta nueva, una limpia biografía. Lo necesario...».

Entregado a la tarea de una divagación urgente y confusa, no ha sido difícil para Martín ratificar la segunda sospecha, porque es la misma Emmanuelle quien ahora sale de la casa de la Rue Grenelle discutiendo, como es costumbre, sobre la necesidad. Un vestido verde oliva de cuello alzado, ojos de cielo parisino, la Amante de la Revolución, la convulsionaria rendida a la comedia de la carne. Los pintores retratarán esa figura con arrobo, lamerán el óleo del lienzo en cuanto logren la exacta sensualidad de la figura. Los revolucionarios del mañana —porque esta situación se regocija en no acabar nunca— celebrarán la memoria de su generoso coño si alguna vez el arte oficial abandona la mojigatería a la que ahora se acoge. Los poetas, sin duda, cantarán el martirio de la heroína a manos de un españolito repugnante.

Emmanuelle se separa del grupo. Quizá vuelva a los Cordeleros, satisfecha de su gestión delatora, otra culpa expiada. Ahora lleva prisa, no hay duda. Conoce demasiado bien el camino de las buhardillas de Tissot al convento de San Francisco, toma los atajos y se pierde en soledades de patios umbríos, la borrosa marca de casillas de una rayuela en tierra, charcos de orinales volcados, una colonia de sapos minúsculos, saltarines, las huellas de tacón perdiéndose en la primera esquina, pero no en la segunda. Martín la asalta en la soledad de una placita. «Espera, Martín, tengo que explicarte...» La empuja, tira de ella hasta la trasera de una herrería, desde el fondo llegan en silbido antiguas canciones militares, entre el rítmico chasquido en el tas. «No seas loco tú también, por favor...» Cuando la agita y los pulgares enrojecen el nacimiento del cuello, aturdido de su propia fuerza y de la mucha confusión, sin pensar, ni organizar las palabras en francés, Martín no pregunta, ordena:

—Roberta... Dónde... Ahora...

—No lo sé, Martín. Suéltame, por favor, no seas loco te digo. Llevo toda la mañana yendo y viniendo de un sitio a otro en cuanto me he enterado de lo que ha hecho Baptiste. Y me siento responsable...

—Roberta...

Asintiendo de forma repetida, exhalando esforzada el aire, Emmanuelle sigue con su relato:

—...Ha entrado jadeante, maníaco, en los Cordeleros en

cuanto se ha sabido lo del armario de hierro y las cartas de Mirabeau. Venía con su historia bien aprendida y se la ha recitado como una lección al ciudadano Desmoulins. El ciudadano Desmoulins me ha dicho que no le creía del todo. Que no le creía casi nada, en realidad. Pero tal era la esencia de la historia que no importaba quién fuera inocente porque todos se volvían sospechosos. Mi marido te ha acusado de espía, de agente contrarrevolucionario, un aventurero que los prusianos enviaron en cuanto se inició la agitación en Francia. Te hiciste reclutar por Mirabeau y luego inculcaste a Baptiste las ideas más conservadoras envueltas en erudición clásica. Ha traído el manuscrito de aquel príncipe danés o teutón como si fuese un ideario. Un canto a la tiranía monárquica. Lo peor es que cree todo lo que dice. Su locura le ha convencido. Y estoy casi segura que siempre supo de nuestros encuentros y quizá por generosidad, por debilidad, por pura tristeza... Algo culpables somos...

«Sí, lo que faltaba...», se dice a sí mismo Martín, a quien nada importa la incongruencia demente de Rivette, antes de vocear y sacudir:

—¡Por Roberta pregunto! ¡Roberta!

—¿No ves que lo intento averiguar? ¡Y suéltame! Soy tu única esperanza, Martín, reflexiona. Y con el loco de Baptiste tengo bastante.

Emmanuelle lleva razón. Sin embargo, Martín ha de ser prudente con cada palabra de ella, con cada indicio de ese cuerpo que, de pronto, y con qué facilidad, le es del todo ajeno, aunque las caras estén húmedas y las miradas se rehuyan y los alientos se mezclen en la agitada respiración de antaño. Y en el callejón revuelen espectros, vampiros, parodias...

—Tú has ido a la buhardilla de los Marceau...

—Eso mismo, Martín. Para avisarles. Baptiste ha dicho que, si te enterabas del incidente del día, ya no tendrías valor para volver a la imprenta. Que irías directamente allí, que los cómicos también eran espías. «Su enlace», ha dicho. Y, ante la duda, les han inscrito en la lista de sospechosos. Yo me escondía de Baptiste, claro, como me llevo escondiendo desde hace meses. En cuanto me han explicado su delación y sus razonamientos, he ido a esa casa para, al menos, enterarme de algo por Leblanc. Y ahora, escucha. He tenido que fingir que maldecía al pobre Leblanc para subir hasta allí arriba...

—¿Quieres decirme de una vez dónde están?

—Allí no había nadie... No lo sé, Martín. No lo sé... Ni el viejo idiota estaba. Se han ido... Y tú has de irte también. Y suéltame, por favor...

Martín, sin lograr tranquilizarse, mira en todas direcciones hasta que vuelve a los ojos de Emmanuelle, que no imploran, desde luego. Sólo muestran o simulan franqueza, pesar y alerta. Debe soltarla y mostrar confianza o, al menos, si es cierto que quiere ayudarle, no forzarla a cambiar de opinión.

—Gracias... —dice ella. Y mientras se arregla el cuello del vestido y mira también en todas direcciones, informa—: Le han detenido...

—¿A quién?

—A Baptiste, por supuesto. «Es necesario...», han dicho. Y no se lo han llevado a prisión porque su historia sea absurda. Ese estar fuera de sí y la misma extrañeza de todo lo que cuenta hace verosímil el testimonio. Además, para Mirabeau han trabajado muchos, el mismo Desmoulins sin ir más lejos. Venía por casa... ¿te acuerdas? Pero la necesidad razona de modo muy tajante. Por eso le han dicho a Baptiste que si durante estos años ha reunido pruebas suficientes para denunciar a un espía realista y no lo ha hecho, eso es delito...

—Roberta, quiero encontrar a Roberta... —a Martín le importan muy poco los legalismos y sus paradojas.

—Puedo ayudarte a escapar, Martín.

—Escucha, puta. ¿No eras tú quien decías aquello de que pasara lo que pasara me aferrase a mi hija? Pues ahora pasa todo lo que puede pasar... Ahora «es necesario» que la encuentre.

—Me has entendido mal, Martín. Cuando hablaba de ti, hablaba también de ellos. Os ayudaré a todos. Pero tienes que pensar y decirme dónde se esconden. Algún lugar que ellos supieran. Donde pudieran estar seguros si alguien les avisaba con tiempo. Y les han avisado con tiempo...

Enseguida, como si notara que unos costurones en el pecho trazaban un mapa, Martín se lleva la mano al corazón y lo palpa y entiende. Enseguida, palidece y entonces las manos ascienden lentas a la cabeza.

Emmanuelle comprende cada uno de esos gestos y exclama, quizá sincera:

—Ay, no, Martín, no me digas que piensas lo que estoy pensando...

La mucha comunión de los cuerpos, sus silencios, ha dado un fruto inesperado cuando más falta hacía.

Por ello, tras una apresurada carrera por París, y un vistazo infructuoso a los muelles del Sena, quemando una última esperanza de encontrar a los comediantes en una situación que, sin abandonar el peligro, no resultase fatal, agazapado aquí, volando allá, miradas circulares y retrocesos súbitos a embocaduras negras, la insignificancia física de Martín se agolpa enseguida, y con no poco riesgo, ante la librería-imprenta Bainville. Entretanto, Emmanuelle ha ido a los Cordeleros para, según juramento forzado ante el crispado Viloalle, hacerse con una orden y la firma necesarias.

Ahora, el dibujante, la carpeta ante la cara, simulando trabajar, se ha refugiado entre un corro vengador de esa mayoría del vecindario que ahora se explica sin asomo de duda la excesiva prosperidad de Baptiste Rivette, el gran tartufo. Ante ellos, una bandería de *sans-culottes* amontonan en carros piezas de maquinaria y en el suelo pilas de libros y periódicos. Y vuelven a leerse nombres en la puerta de la librería-imprenta

Bainville, listas que se perfeccionan con algún detalle de oficio, «Legandre, Gaston, abogado», o de nación, «Deville, Martin, español». La compañía Marceau se ha desgranado en nombres particulares y se han recitado incluso los de aquellos que ahora mismo combaten en el frente del Rin. De vuelta de los Cordeleros, Emmanuelle, quien tiene a Martín en un puño, y ambos lo saben, entra en el que fuera su hogar sin buscarlo ni un momento en la abigarrada multitud. Sale pronto, anudándose en la cintura un chal de lana que ha rescatado del saqueo: indaga, observa, hace valer su encanto y quizá por ello consiga informaciones. Pese a la generosidad de su sonrisa, llena de promesas, no ha podido evitar que unos espontáneos empujen a los mirones hacia los extremos de la calle para abrir un espacio en torno a las pilas de libros. «Acrisolemos el estiércol de esta pocilga contrarrevolucionaria», vocea un instruido y se prende la hoguera. Las pavesas de *Cartas a mis lectores*, *Della Magnificenza ed architettura de'romani*, *La herencia de Graco*, *El pueblo contra el pueblo* ascienden al cielo en voluta caprichosa, últimas chispas melancólicas. Y de nuevo sale Emmanuelle por la puerta, sin lucir esta vez sonrisa, y exige a todos aquéllos que apaguen las hogueras y el cese inmediato del saqueo bajo amenaza de tomar nombres en la orden de detención que trae firmada por el ciudadano D'Anton. Al parecer, piensa Martín, han vuelto las *lettres de cachet*, aquellas cartas rogativas en blanco con sello real que los nobles guardaban en sus despachos y con las que mandaban encarcelar a quien les viniera en gana. Otro gran avance, pues, hacia la felicidad... La respuesta del cabecilla de los vándalos a las exigencias de Emmanuelle sólo es un gesto de arrogancia y, al instante, la no tan dulce montañesa le pide su nombre. Esta vez, entre el típico y soez regaño de la chusma, el cabecilla manda parar, salir, apagar. Cuando ve satisfecha su exigencia, Emmanuelle hace un aparte con ese hombre, le formula una pregunta, y desde su escondrijo de cuerpos, Martín entrevé

516

una negativa silenciosa. Cuando la marea humana, magnetizada por el continuo frisar, sigue la marcha de los carros y se despeja la calle, algunos índices señalan a Martín, alguien se acerca a golpearle y, sin reflexión ninguna, el de Viloalle se lanza contra el acusador. Afortunado en la sorpresa, lo derriba sobre las ascuas de la hoguera, y en la confusión de la quemadura y el hollín, el hombre se paraliza. El de Viloalle golpea con un adoquín y, al primer golpe, recuerda que siempre saludaba a ese hombre de ahí abajo con una sonrisa y, al segundo golpe, recuerda que se llama Laurent, y hasta su apellido, Carrière, y el tercer golpe le informa que es comerciante de vinos y que más de una tarde jugó a la baraja con él y Baptiste en la trastienda de esa imprenta desolada. La cara es masa ensangrentada y los ojos, sueltos, recuerdan dolorosamente los de un loco jesuita misionero en una bandera de enganche de Hanóver.

El de Viloalle arroja la piedra y se incorpora muy despacio sin dejar de mirar el patetismo de la cara desposeída de todo gesto, y aún suplica la boca hinchada en el rostro ciego que, por favor, detenga el castigo, por favor, que alguien detenga a esa pequeña bestia pelirroja, iracunda, por favor, desesperada.

Martín entra en la tienda entre abucheos de espectros, vampiros, parodias...

—¿Quieres que te maten, por furia o por ley? —le pregunta Emmanuelle, muy turbada por ese arranque inédito de furia, mientras corre el tablón de la puerta golpeada.

—Roberta... —es lo único que pronuncia Martín, incapaz de dominar el temblor de sus piernas, levantando una silla rota que encaja en la pared.

—Aquí no están, Martín. Puedo conseguirte un coche y un pasaporte. Decídete ya.

—Dame algo de beber, Emmanuelle. Algo fuerte...

—¿No me oyes? Debes irte. Esta misma madrugada como muy tarde...

Martín se levanta y sube la escalera. Entra en el salón a por la botella de aguardiente. En torno a los restos de la araña desparramada en el suelo, muebles desfondados, marcos desarmados, grabados pisoteados, velas espachurradas. Pese al caos del registro a fondo, hallará el licor: los saqueadores pueden quemar libros, vestidos, cualquier objeto que el criterio más anómalo valore contrarrevolucionario, pero no pueden beber. Al menos, tienen prohibido robar botellas. Y ahí está, en su mano, en su garganta, un empalagoso regusto de hierbas medicinales, la quemazón astringente que ha de serenarle. Emmanuelle, al pie de la escalera, exclama:

—Es inútil, Martín. No puedes encontrarlos. Hazme saber dónde te diriges y yo...

No la escucha. Sigue bebiendo a gollete. La tarde se refleja en el vidrio de la botella y rebrilla y oscila el salón azul, malva y cobre. Todo está hecho una ruina. Una auténtica ruina.

Sale al pasillo y le grita a Emmanuelle, que sigue en la imprenta:

—¡Esto es un desastre!

—Ya...—es la respuesta. Emmanuelle camina de un lado a otro. Por la ágil cadencia de sus pasos se deduce que no se detiene ante nada, en nada posa la vista, no observa, ni examina. El de Viloalle la entiende demasiado bien.

Martín llega a su cuartucho donde ha pasado un vendaval: la cama está al revés, los cajones de la cómoda por el suelo y boca abajo. Sin reparar demasiado en su acto, recoge su lámina del Campo Vaccino con la huella de una bota y lo guarda en la carpeta. El agacharse hace que repare en el suelo, y al mirar las tablas sonríe y casi grita de alegría al arrodillarse. Porque su escondite asoma tras hacer palanca con el lápiz y ahí está la bolsa de oro sin el oro que ya ha gastado en el último año. Sin embargo, el descubrimiento le lleva a una deducción: la ineptitud de los saqueadores es su cómplice. La rigidez de las normas de registro, esa pureza llevada a lo metódico y policial es amiga de Martín: «la mente es un sofista que lleva la virtud al cadalso». Así es: obedecen órdenes tajantes, un reglamento. Y esa idea acompaña como una estela a Martín mientras corre por el pasillo y al entrar de nuevo en el salón, y al evitar, casi con respeto, el retrato en el suelo del difunto *monsieur* Bainville, Martín pega el oído en la pared, abre la puerta de doble hoja y desliza el panel.

—¡Emmanuelle! —grita, porque no puede gritar «¡Roberta!» al descubrir a los cómicos apretujados, y a Roberta con ellos.

Y los comediantes respirando hondo, cautelosos aún, se sorprenden de tanta alegría —y Roberta, la que más—. Y enseguida preguntan qué sucede, por qué llora, que se explique.

—He vuelto a destrozar la cabeza de un hombre y eso no está bien... —es lo único que se le ocurre decir.

—¿Tú? —pregunta Rosella, casi en burla.

Y él quiere asentir y busca palabras. Es necesario que salgan del escondite despacio. Y los cómicos estiran los miembros y sacuden sus ropas como quien se desprende telarañas, espectros, vampiros, parodias...

Es Rosella, por supuesto, quien le separa del abrazo a Roberta, y es el enano, cómo no, quien da la nota cómica al requebrar a Emmanuelle y su escote en el momento menos oportuno, mientras ella se agacha a recoger decorosamente el retrato de su padre.

Rosella da instrucciones a Catherine y a Roberta para que acerquen una silla a Benvenuto. Desde luego, Emmanuelle no sólo despierta la suspicacia siempre en guardia de Rosella Fieramosca. Quizá le reconcoma el odio que deriva de esa imagen engañosa que ve en ella, la situación que le supone; quizá lo que Rosella hubiera soñado, un halo de poder y decisión, una hermosura menos refinada que inevitable. También le fastidia lo que representa. Pese a ello, y sin dejar el interés que la ocasión requiere, su cortesía no deja de serlo al preguntar:

—¿Es su padre, señora? —y cuando Emmanuelle afirma en silencio, Rosella prosigue—: Un caballero apuesto, serio, *come Dio comanda*. —Y sin que venga demasiado a cuento—: Ahora dicen que cambian los tiempos. No sé... Esta mañana, el señor Leblanc nos ha avisado del peligro sin detallar mucho. Se fingía firme, inalterable el ánimo, como si le amparase una razón poderosa sobre algo. ¿Qué ha sido de él?

Ni Emmanuelle ni Martín contestan. Al cabo, a Rosella tampoco le importa mucho obtener una respuesta. Y sigue explicando:

—Hemos cruzado París para venir aquí, donde Martino. Hemos llegado y no había nadie. La puerta abierta y nadie. Era una casa fantasma. No había pasado ni un cuarto de hora, cuando hemos oído un bullicio, ya sabéis, «ese» bullicio. El mal zumbido. He mirado a los míos y les he dicho: «Estos no son anticuarios, pero son libreros. Y padre tenía su escondrijo para las láminas guarras en el salón. Hemos subido, hemos buscado. Y ahí estaba. Ha sido mi padre, Benvenuto Fieramosca, quien lo ha señalado, ahí donde le ven, *il poverino*...

Y Benvenuto, la boca torcida, la mano alzada, la palma extendida, lleva tiempo reclamando la atención de Martín en solicitud imperativa de un óbolo. Y Martín entiende al fin que sólo él provoca ese gesto en el anciano. Pero no es ahora momento para indagar motivos.

—Bueno... —advierte Martín—: Hay que irse...

—¿No es éste buen escondite? —pregunta Roberta.

—Tú, calla... —censura Rosella, y enseguida hace la misma pregunta. «Hablo yo y nadie más» es el mensaje. Y enseguida, al tanto de quién lleva el mando de la situación y quién dispone de la influencia necesaria, se dirige a Emmanuelle—: Señora, sé que en el pasado no he sido muy afectuosa con usted. Le pido disculpas. Díganos qué hacer y así lo haremos.

Emmanuelle mira a Martín como si fuera él quién tuviera que decidir por todos. Una magnífica elección: el de Viloalle lo ignora todo más allá de las puertas de París, la situación de los caminos, cuál es el grado de afección revolucionaria en los distintos pueblos y ciudades, dónde se hallan los puestos de vigilancia...

Emmanuelle dirige la vista al suelo un instante y ahora el refugio de esas lágrimas contagiosas son sus hermosos ojos. Sin arrebatos de duelo, sin un sollozo siquiera. Esa mujer no puede hacerles ningún daño. Traga saliva, explica:

—La situación es ésta. Todas las puertas de París están cerradas y en días como el de hoy se requiere un salvoconducto especial sellado por la Comuna. Os lo conseguiré esta misma noche. A partir de ahí, y no es mi deseo ser malinterpretada, es cosa vuestra si os detienen, o que sepáis distinguir a quién se muestra ese salvoconducto y a quién no... Se puede dar la circunstancia que os detenga alguna partida de realistas. Sobre todo, si os dirigís al norte para cruzar las líneas. No os recomiendo esa posibilidad. También es posible que mañana ocurra algo que sea consecuencia de lo de hoy. La mayoría quiere procesar al rey. Es lo debido. Pero algunos planean asaltar el Temple y arrastrar al gordo Capeto por todo París.

Los comediantes guardan cabizbajo silencio ante esa referencia despectiva al monarca.

—Aquí, el ciudadano... —Emmanuelle señala a Martín cuando se dirige a Rosella—: ...me ha insinuado en alguna ocasión que su mayor deseo es dirigirse a Inglaterra.

—No se equivoca... —y Rosella, muy en su papel, aunque ya algo sobreactuada, añade—: ciudadana benemérita.

—La mejor decisión sería ir a Bretaña. Los de allí no son los puertos más cercanos, pero es la región más desafecta a la revolución. Nos llegan quejas continuas de que los contrabandistas del lugar se enriquecen haciendo llegar *émigrés* a los barcos ingleses del cerco naval. —Emmanuelle les mira uno por uno como si hiciese recuento y dice—: Son cuatro mujeres y tres hombres. Les haré un salvoconducto con seudónimos... Deben recordarlos, es importante. La guardia y los soldados suelen usar el truco de llamar a la gente cuando está de espaldas, casi en susurro, y esperan que se vuelvan en el acto. Si no lo hacen, o dudan, les prenden. —Emmanuelle sigue pensando, la mirada en el suelo, y siempre en el suelo, evita valorar dónde se halla, qué ha pasado con su vida. Y dice—: También les haré llegar unos libretos con comedias revolucionarias. Siempre les ayudará a... a decir la verdad. Que son cómicos que se dirigen a Bretaña a representar obras que adoctrinen a los elementos refractarios del país. Los salvoconductos insistirán en su condición, no se preocupen.

—Además —añade Martín—: siempre nos podremos ganar la vida mientras buscamos a los contrabandistas.

Rosella le mira sin decir palabra, un mohín algo prepotente. Roberta se limita a secarle la baba a su abuelo, quien ha encontrado mucho gusto a la insistencia en pedir limosna.

—Cuando salga, atranquen la puerta. No enciendan una vela. No hagan ruido.

—¿Cómo sabremos que es usted quien llega? —pregunta Rosella.

—Lo sabrán...

Martín acompaña a Emmanuelle hasta la puerta. Admira como se desanuda el chal, se lo lleva al cuello y, luego, se ajusta las horquillas del pelo, los brazos alzados en rombo, en catapulta el pecho exuberante que comba el corpiño de algodón. Martín va a decir algo y no lo dice; quiere acariciar y besar, pero no se atreve, ni sirve ya de nada, salvo para estimular un rechazo o una mueca inoportuna. Y se desvanece la idea, la intención y su huella cuando Emmanuelle dice:

—No se fían de mí, Martín. Y menos se van a fiar cuando no me vean esta noche.

—¿Qué dices?

—Que si consigo los salvoconductos, no puedo venir. Tengo que simular que es algo que no me atañe para que nadie pueda deducir nada. Y esa mujer, Rose, no se fiará. Si llega el caso, si hay dudas y reproches, haz lo que debas, pero piensa que esto lo hago por ti, no por ellos. Y que es tu hija también.

—¿Y quién vendrá?

—Se llama Gustave... Un ciudadano de toda confianza. Es de Tours, a medio camino, y dirá en las puertas que visita a su familia y os lleva hasta allí, aprovechando la ocasión. Dará tres golpes largos y tres cortos —y con su mano sin alianza, sin anillos, ni pulseras, Emmanuelle remeda la contraseña para que no quepa duda—: Salud, que te vaya bien.

Martín lo ha comprendido todo. Por eso, le sujeta el brazo. Ella le mira como si no entendiese, o fuera Martín quien no comprendiera sus explicaciones.

Sin añadir palabra, liberado ya el brazo, Emmanuelle sale a la calle, mira a ambos lados y a las ventanas del edificio frontero y echa a caminar. Martín oye el desvanecerse de los pasos mientras atranca la puerta. Es entonces cuando llegan hasta él voces de vecinos. El tono, estúpido. El sentido, indefinible. Alguien hace callar a golpes los ladridos de un perro y el perro gimotea. Martín sube la escalera, mientras la tarde de otoño se apaga de un soplo. En la mecha carbonizada de la prima noche bailan espectros, vampiros, parodias...

—¿Se ha ido? —pregunta Rosella.

Martín no cree necesario contestar. Le pide ayuda al enano Godard para levantar la mesa del salón. El resto les imita y levanta sillas en el estropicio de vajillas rotas, el carillón desarmado, tintineante, las sucias láminas de París, la cubertería de plata amontonada en cruces por el suelo como el acero de los vencidos, iniciales grabadas que muy poco significan. El resultado de un saqueo racional y, al fin, ineficiente.

Acomodan a Benvenuto en el sofá destripado y luego se sientan los comediantes en torno a la mesa. Martín prefiere el suelo. La espalda contra la pared, la carpeta en las rodillas.

Sólo el tenue resplandor de la media luna da una pincelada de claroscuro en tanta desolación. Martín evita pensar los hechos, de importancia siempre variable, que han ido sucediendo en ese lugar; desde los achuchones en la cámara secreta hasta los aromas de cenas suculentas, las ilusiones desbordadas en lemas exaltados, las medias verdades y la fragilidad que, en grados superpuestos de esa fiebre devoradora, han relampagueado sobre una familia descompuesta.

¿Aún podía pensar que Emmanuelle confabulaba algún plan secundario y ahora los tenía ahí reunidos, justo donde quería?

Ese monstruo de Saint-Just lleva razón a medias: la propia mente es un sofista, el peor abogado, el juez más corrupto. Es imposible que Emmanuelle les traicione y desprenda a la vez un dolor como un aroma en cada mirada que ha evitado, en cada movimiento que no ha hecho. Todo eso le hace sentir por esa mujer, quizá por primera vez, oleadas de admiración y de afecto. No puede pensar siquiera en la posibilidad de que todo lo que ha vivido con ella tenga un sentido, algo que se desarrolle con armonía y tenga nombre y se pronuncie con sonido humano en los libros, en algún poema, en otra vida.

—¿A qué hora dijo esa mujer que vendría? —Rosella sigue preguntando, ajena del todo al sentimiento de los demás.

—Ella no vendrá, será un amigo quien lo haga.

—No me fío de ella un pelo... —insiste Rosella

—Como si ella no lo supiera, ni lo supiera yo.

—Es una fanática, una incendiaria, una puta convencida...

—Sí, y nosotros la familia real... ¿Crees que le importamos a alguien, Rosella Fieramosca, aparte de ser nombres en una lista, un rasguño en un legajo, una tarea entre mil? Por una vez deja de tomarme por tonto y piensa en algo más y más allá. ¿Se hubiera tomado ese trabajo siendo nosotros tan poca cosa?

Es fantasiosa, cicatera, resentida, ególatra, banal a veces, malpensada y malhablada, la domina un reproche hacia la delicadeza del trato social, mande quien mande, y un desaforado *puntiglio*; sin embargo, nunca ha sido malévola más allá de su apariencia defensiva contra ese mundo que su padre edificó para que otro mundo mayor lo destruyera indiferente. Rosella Fieramosca le mira como si le perdonase la vida, y puede que sólo lo haga para hacer gracia, en cómica siempre. Cómica antes de ser cómica.

—Algunas mujeres son capaces de todo por despecho... —dice ahora Roberta y deja a todos estupefactos por un instante hasta que su madre ordena:

—Tú, a callar... —Quizá Rosella haya vuelto a pensar en cuánto se ha desviado de las torres del señorío de Skylark, de los pabellones y laberintos donde se citan emboscados los padres naturales y las hijas bastardas. Pero mira a Martín y con un deje de sorna le dice—: Sigue celosa...

Y de poco no se ahogan los presentes al sofocar las carcajadas. El rubor de Roberta casi fosforece. Martín mira a otro lado. Rosella se levanta para limpiar la baba de su padre, quien ahora parece tener un sentido recuerdo, nada afectuoso, por un bodeguero calabrés, a saber el motivo.

Y Martín sigue sin mirar a Roberta cuando manda callar a todos.

—Ay, hija mía, pero qué tontina eres... —suspira Rosella.

—Madre, cómo quiere que se lo diga. A mí no me gusta este hombre.

—Ya, ya... —y Catherine huronea en la expresión de Roberta.

—Así, a oscuras, aún tienes un tiento... —piropea Rosella a Martín—: Un bocadito, *apéritif*...

Y vuelven las risas como si en verdad fuesen a morir todos allí.

Pasa el tiempo y sigue la noche. Lo que empiezan siendo susurros y risas ahogadas continúa en francachela si traen a la memoria el modo en que abandonaron Aix-en-Provence, Aix-la-Chapelle y Aix-les-Bains y a saber qué gafe tenían ellos con los Aix de la Francia toda. Y recuerdan cuando el difunto Marceau despertó tras una noche de melopea colosal en una cueva y con la pata de un oso en el pecho y el oso mirándole con algo más que ternura.

—Y ladeaba la cabeza el oso... —y la cómica Rose Marceau calca una ursina imitación.

—¿Era oso u osa? —pregunta Roberta.

—Ay, hija mía, ¿quién eres tú para criticar, que te me enamoriscas de un rábano con lentes?

Y pasan la noche hablando, como si sólo esperasen el momento propicio de irse sin pagar de una de tantas posadas, otra fuga muelle en los polvorientos caminos de la farándula. Y cuentan un sucedido tras otro, convencidos en un par de horas de que han vivido una existencia superior. Esa actitud desenfadada alivia a Martín, que la necesita. Le gustaría dibujar la escena, la dibujará. Y al pensar en ello cae en la cuenta de que nunca ha dibujado a Roberta, ni a Rosella, ni a Emmanuelle. Al menos del natural. Ya no podrá hacerlo. Y deja de escuchar las aventuras de los cómicos para centrarse en sus planes futuros. Pasarán a Inglaterra, buscará una recomendación para seguir procurando el bienestar de todos ellos. Hará tres series de grabados. El primero, de seguro éxito, será una compilación de los acontecimientos parisinos durante los últimos años. Un humor distante, el que la situación merece. El segundo —a los ingleses les gustan esas cosas—, una historia de la compañía Marceau: las aventuras por los caminos, en las aldeas de novela, en el París revolucionario. ¿Cuál será el final de esa serie? Lo ignora. Quizá el tonto de *lord* Skylark reconozca a Roberta y entonces Martín se replantee el dilema de la sátira. Olvida en ese punto delicado esa parte del proyecto y se centra en el tercero, el que importa en verdad. Una colección con las mujeres de su vida: Elvira, Rosella, Frieda, Emmanuelle —Gretha Alvensleven, de algún modo, por qué no— y, sobre todo, Roberta: las diosas-ninfas que rigen su existencia, sin orden temporal, todas una. Así, por mucho que su hija consiga una renta por una supuesta bastardía, el hecho de que la primera muchacha de la colección sea tan parecida a la última, anunciará a gritos la verdad. Cuando llegue a Inglaterra escribirá a Emmanuelle. La paz llegará muy pronto y quizá ella reflexione y, ahora lo sabe, porque lo ha visto, ella sea, desde la más áspera y egoísta pasión carnal, la mujer de su vida. Y cuando sale de su ensimismamiento, el de Viloalle se da cuenta de que no ha sido el único en hacer repaso de sus amores, porque en ese momento, Rosella, quien ha echado mano del resto de aguardiente, le está diciendo a la menuda y vivaz Catherine:

—Mírame bien. Mira a esta gorda que tienes delante... —y Rosella coge la mano de Catherine y hace que en la oscuridad le palpe al rostro hinchado—: ¿Quieres que te diga cómo era yo? ¡Este rábano me conocía! ¿Cómo era yo, Martín?

—Una naranja de la China... Pizpireta y apetitosa, más dulce que ácida, por aquel allá...

—Es poca adulación, ésa, pánfilo. Además te quedas corto. Nunca ha tenido gusto ninguno este hombre, no le hagas caso, Catherine, querida. No hay más que mirar a esa pechugona que se ha ido. ¿Te has fijado en esos labios y esos ojos, así, enormes? Los de una merluza parecen, boca y ojos. Muchas veces he estado a punto de decirle: «Mira niña, tú, mucha cinturita, mucho leer periódicos y mucha ciudadana, pero eres una merluza y punto...».

—Madre... —censura Roberta entre las risas, y a Martín le posee orgullo de padre.

—Es que digo la verdad, hija. A mí me han buscado los hombres desde niña, no sé qué les daba. Por casa de mi padre venía un viejo que ni un disimulo, oye. Cortesía, la que quieras, pero se alimentaba de mirarme solamente. Me comía. Y me rumiaba luego, tenlo por seguro. Apetencia pura, no he visto nada igual... Me decía que me fuera con él, que conocía a Catalina de Rusia y a Federico de Prusia ¿O es al revés? Da igual. Al rey Luis, el anterior, conocía también, y a los reyes de España y a príncipes de aquí y de allá. Era un protegido del cardenal Bernis. Un viejo bien delicado, muy tierno, sí, señor...

Y en la mismísima oscuridad, Martín puede ver como esa gorda le guiña un ojo a Catherine.

Y Catherine y el enano Godard están desvelando que fueron amantes una vez cuando golpean la puerta del taller.

Baja en silencio Martín. Se repiten tres golpes largos y tres cortos.

—¿Ciudadano Deville? —pregunta una voz, que debe oír pasos.

Aunque la contraseña ha sido la adecuada, Martín no contesta. En verdad, no sabe cuál es el nombre que debe utilizar ahora.

—Me llamo Gustave Lacombe. Me envía la ciudadana Bainville...

—Pasa, ciudadano...

—De ninguna manera. Tenemos que estar en la puerta de Orleáns justo al alba. Es cuando cambia la guardia y salen feriantes, mercaderes y campesinos. Los guardias tienen mucha prisa entonces, porque se les forman colas y están cansados.

Así que bajan todos y se acomodan como pueden en el coche que se ha estacionado muy cerca de la puerta con el fin de que los vecinos no puedan identificarlos.

—Tú vienes conmigo en el pescante, ciudadano —le dice Gustave a Martín—. Aquí tienes los salvoconductos.

Martín revisa los papeles y coge el que lleva su descripción física y se encabeza con el nombre de «André Marignan». Enseguida asoma la cabeza en el aire asfixiante del coche y reparte la documentación entre los viajeros apretujados. Les recuerda la conveniencia de asimilar como propio el nombre falso.

—Somos cómicos, Martino —le dice Rosella, casi con dulzura—. Ser otros es lo nuestro.

Las calles de París son un bostezo de rutina. No hay temor a esas horas: las lavanderas caminan hacia el río, el barreño en la cadera, los pescadores desatan los cabos en el Sena, los centinelas fuman en los puentes, las aguas aún no bajan negras y los vagabundos doblan sus hatillos. Cruzan el río y los dos *sans-culottes* de turno saludan a Gustave y le preguntan con campechanía dónde va a esas horas. Que a trabajar, qué remedio. Gustave sí vive bien... *Au revoir, citoyen...*

—En la ciudad no hay problema ninguno... —le dice Gustave a Martín sin dejar de mirar al frente—: Más difícil será lo de la puerta. Aunque no creo que pase nada...

—¿A qué te dedicas, ciudadano Gustave?

—Llevo al ciudadano D'Anton de un sitio a otro. Anoche la ciudadana Rivette habló con él y fue muy convincente, según parece... —Ladea la cara Gustave y deja entrever algo más que el perfil: una verruga, tres cuartos de una sonrisa mellada, estúpida—: Mi compañero Canard va a Vicennes a recoger a su marido. Le apresaron ayer. Le sueltan a condición de que devuelva unos hijos que tienen por Dijon. Se ve que no ha hecho gran cosa, el marido. Hay delitos que no parecen tan serios cuando no se les quiere ver la seriedad y, bueno...

—*Facile credemus quod volumus*...

—Ahora sí que no te entiendo, ciudadano...

—Que es fácil creer lo que queremos creer.

—Eso mismo, *monsieur*. Qué buena es la instrucción... Cuántas cosas puede nombrar uno como es debido si le ordenan la cabeza desde pequeño...

No es mal hombre, Gustave. Ni bueno. Uno de tantos. Esos de quien se habla cuando se pronuncia solemne la palabra «pueblo». En tres años, muchos han arruinado su vida para que este hombre diga, como si lo supiese de siempre, un poco como un loro, que es importante la educación. Si Rousseau se hallara en el lugar de Martín, además de unas tremendas ganas de orinar, o quizá por ello, y por el acicate de esa simplicidad ni bonachona, ni mezquina, sino todo lo contrario, le odiaría.

—Si nos detuvieran demasiado tiempo —dice ahora Gustave— daré cuatro gritos, no te preocupes. Estos días importa más el tono y el volumen de las palabras que las palabras mismas. Creo que viene a ser... —y Gustave detiene su reflexión para evitar completarla con «...lo mismo de antes».

No es tan tonto. Más bien, no es nada tonto. A menos que haya aprendido esa valoración hace unos días. Suena perfecta en boca del ciudadano D'Anton. Ya se divisa la puerta de Orleáns y una figura sale de la garita y se sitúa en medio del camino.

—Aún no ha amanecido del todo y no hay casi nadie... Quizá hubiera sido preferible detenerse un momento —duda Gustave, mientras el centinela levanta una mano.

—¿Por qué no has parado entonces?

—Porque hubiera resultado sospechoso...

Martín se deja de paradojas, mientras empieza a distinguir los rasgos casi infantiles del centinela, palpa el salvoconducto en el bolsillo de su chaleco y se pregunta qué es ese chispazo a la altura del hombro del guardia. Cuando lo adivina, el costalazo imponente contra el suelo y el terrible dolor del hombro derecho se le confunden con el relincho de los caballos, el chirrido de las ruedas al detenerse y las exclamaciones de Gustave:

—¡Imbécil! ¿Sabes qué has hecho? ¿Sabes con quién hablas?

—No lo sé y quiero saberlo inmediatamente... —al centinela aún no le ha cambiado la voz y, como un gato al que pisan la cola, grita—: ¡Todos abajo!

El disparo ha despertado a alguien dentro de la garita y, ahora, una voz con ligero acento alemán pregunta:

—¿Qué está pasando?

—Trae los papeles que nos han dado, ciudadano Boissel —reclama el centinela, mientras ceba su arma de pólvora—. Ese hombre del suelo es un enemigo de la Revolución.

Martín oye un grito de Roberta y un llanto, y cómo alguien lo sofoca. Oye las pisadas en el adoquín irregular, crujiente la arenilla. El sonido le recuerda al alacrán, no sabe bien por qué, y teme desmayarse.

—Señor... ciudadano —rectifica la voz de Roberta. Quizá llame la atención del centinela llamado Boissel y tiene voz de hombre, de alsaciano quizá, un buen francés, pese a todo. Así que no será de Brandenburgo, de Meckelburgo, de Rastemburgo, ni de Hamburgo o Friburgo... Martín tiene miedo a tener frío.

—¡Quieta ahí, ciudadana! —ordena ahora el centinela chillón.

—¿No ve que está sangrando? —avisa Rosella, y la voz de Rosella impone mucho.

Martín siente que le rasgan la camisa y abre los ojos y amanece el día de hoy. ¡Anda! ¡Su hermana Elvira! ¿Qué hace? Se rasga la enagua. Vaya... Está preocupada. ¿Por qué le gusta tanto que esté preocupada?

—Vamos a ver y rápido... —Gustave da palmas—: Deja de baquetear el arma y llama a ese Boissel, tu superior o quien quiera que sea.

—No hay rangos en la Revolución —sentencia el centinela.

—Te voy a dar dos azotes en el culo que verás tú el rango...— quizá Rosella esté exagerando un poco. Es raro todo.

—No seas idiota, niño... —ahora es la voz con acento alemán la que abruma al pequeño asesino. El tal Boissel ha dejado de ser un eco en la garita y ahora anda por ahí cerca. Está manejando un papel, arruga o desarruga. Un silencio. Ahora añade—: No es él...

—¿Cómo que no es él? ¡Claro que es él! Es el tal Deville o Viloalle, Martin —y se agacha el niño y Martín lo mataría si pudiese—. ¿Cómo te llamas?

Y al sonido del papel, Martín desvía la vista de la bellísima cara de quien ahora sabe que es su hija Roberta, y ahora ella agacha aún más la vista y se concentra en la tarea de vendarle. Bueno... Lo que ve en el papel que sujeta el mocoso es su propio retrato, el de Martín, invertido, como en un espejo, cruzado por algunas frases en el mal francés de los escribientes de Gottorp. Es uno de los muchos autorretratos que dibujó en el reverso de las reclamaciones sobre el manuscrito del príncipe de Schleswig-Holstein. Lo podrían haber repartido ayer quienes saquearon su casa, lo podría haber facilitado el mismo Rivette, o Emmanuelle. Cualquiera...

—¿He preguntado cómo te llamas? —sacude y pregunta el cachorro de monstruo.

Y Roberta aparta de un manotazo al niño centinela y, al hacerlo, sin querer, por pura reacción, oprime la herida del hombro. El grito de Martín se oye en todo París y, desde luego, los perros aúllan. Martín cree que va a estallarle todo lo que palpita bajo la piel, mientras se da cuenta de que no recuerda el nombre que le han otorgado.

—Deja que mire... —al acento alemán le acompaña un aliento de vinazo. El papel ha cambiado de manos—: No es la persona del dibujo, de ningún modo... ¿Le conocéis?

El silencio que sigue a la pregunta es muy embarazoso.

—Si no le conocen —sugiere el niño centinela—, que se marchen y nos quedamos con él. Luego, que venga quien tenga que venir para decirnos si es o no es...

—No, no, no... Bastantes problemas tenemos ya. Si les hacemos venir y no es él, nos castigan enviándonos al frente.

—Yo quiero ir al frente.

—Tú irás donde te diga. Y ya sabes, hijo mío, que aquí hago mucha falta.

Curiosa discusión entre centinelas, sin duda.

—Padre, usted no entiende que es muy importante para la Revolución que atrapemos a los traidores...

—Calla de una vez... —y Boissel padre interroga sin mucho ánimo a los viajeros—: ¿A qué se dedican ustedes?

Y se explican los viajeros según lo acordado. Y se nombra a Emmanuelle Rivette y enseguida a D'Anton (y ella no le ha traicionado, entonces). Y Boissel padre se disculpa, y mucho, al oír esos nombres:

—Lo siento, ciudadanos. Mi hijo, que tiene el gatillo fácil. Es un niño, como veis. Por favor, no digáis nada...

—¿Comediantes que D'Anton envía a Bretaña? ¿A esta hora? —interroga una nueva voz con mucho brío, que se acerca con botas de montar y ganas de desayunarse unos cuantos arrestos—: Boissel padre y Boissel hijo... Así no vamos a lugar ninguno... —Y a los viajeros—: Explicaos. Y deprisa.

Se explican. Y deprisa.

—¿Y este del suelo no sabe cómo se llama?

—Está muy atontado por la herida. Y todos le hemos llamado Pierrot desde que se unió al grupo —explica Rosella. Y luego, con soberbia, pregunta—: ¿Se puede saber quién eres, ciudadano?

—El capitán de la guardia, bruja. Pierrot, dices... El tonto de la comedia. Y se unió al grupo ¿hace cuánto...?

—Cinco años. En Marsella.

—Ya... —dice ese capitán escéptico—: Cinco años... Pues la chiquita que le cura se le parece bastante. Bueno, en mejor. Apetitosa, sin duda...

—Esa chiquita es mi hija, no se parece en nada a ese pobre hombre y por muy capitán que sea no le consiento...

Hasta Martín lo nota. Rosella se ha delatado de algún modo. Despertar la suspicacia de esos lobos es muy fácil. Adormecerla, casi imposible.

—Acércame ese papel —le dice el capitán a Boissel, padre. Y el papel se mueve—. Es él. Vamos, que si es él... Me parece que les voy a retener hasta que se puedan verificar estos salvoconductos.

—Es el mismísimo ciudadano D'Anton quien los ha firmado —es la enésima ocasión en que Gustave tiene la oportunidad de pronunciar esa frase.

—Ya... Y yo le digo al ciudadano D'Anton que durante mi servicio soy yo el que manda. Sancourt. Honoré Sancourt. Dígaselo al salir del calabozo.

Sin embargo, la voz del capitán ya no es tan firme. Quizá sea tesón de vanidoso. Quizá, al contrario que Boissel, quiera darse a conocer y partir al frente. De todos modos, al discutir lo han estropeado todo. Martín oye cómo se empieza a levantar una algarabía. Algunas carretas se han ido acercando y hay cola y espera. Las voces de protesta se dejan oír. Gustave arriesga mucho con ese capitán vanidoso. De pronto se empieza a hablar de Revolución, de jerarquías, de igualdades, de indisciplina, de que así no se ganan las guerras... Nuevas voces llegan y se unen al encendido debate, a la degeneración grotesca de la escena hasta que una voz sobresale de las demás y grita:

—¡Callaos!

Y no ha sido el capitán de la guardia, ni los otros soldados y centinelas, ni Gustave, ni Rosella. Roberta se ha incorporado y Martín sólo le ve los pies. Ha llamado la atención de todos y ahora declama:

—¡Ciudadanos! ¡El tiempo de la vida es corto, pero será demasiado largo si lo gastamos cobardemente! ¡Si vivimos, vivimos para pisar cabezas de reyes! ¡Si morimos, hermosa muerte si con nosotros mueren príncipes!

Sólo un silencio.

Y enseguida, el rugido, siempre unánime, exaltado:

—¡Viva la Revolución!

—¡Viva la Patria!

—¡Muerte al invasor!

—Que suban y se marchen —no tiene más remedio que decir el capitán. Se libra de un encontronazo con los poderes, quizá. Nadie puede discutir que esa llamada carece de contenido revolucionario, la dignidad y el arrojo que reclama. Eso sale de muy adentro o no sale.

Qué frío...

Manos y más manos palpan a Martín, le elevan al cielo. Se mueve y oye un lento rodar. Ha sido su hija quien le ha salvado, piensa que piensa. «Qué coraje», piensa. Y piensa «¿Qué va a ser de mí?», cuando hubiera deseado seguir pensando en Roberta. Y piensa: «Ay, la verdad, qué mala puta...».

TELÓN

1

Mrs. Ferguson se viste de princesa y mira el océano. «De algún modo estoy en Inglaterra y esto será lo más parecido a Inglaterra que encontraré...» En eso piensa, antes de valorar su figura en el espejo: la imaginaria vestimenta de nobleza báltica es de un rojo inconveniente, excesivo, teatral, emblemático.

Como el público gusta, así debe ser.

De regreso a la ventana, las columnas de humo se elevan de las chimeneas, se entrelazan unas a otras y confabulan para que Mrs. Ferguson no se haga idea cabal del paisaje: bello, plomizo, melancólico, exuberante o monótono, según la hora y las ilusiones de quien lo disfrute. El pueblo, Halifax, Nueva Escocia, es un cúmulo pardo de cantinas, factorías balleneras y de salazón y faros de cenefa roja en lo hondo de una bahía. En cada huerto de cada casa, revuelan gallinas crispadas por la murga de quien parece el mismo gallo: medio desplumado, aturdido por el mal del viento, envenenado de salitre... Ahí donde abundan historias de piratas y excéntricos marinos, cabría imaginar a ese desquiciado terror de los corrales con parche en el ojo y pata de palo.

La sala de actos del ayuntamiento será esta noche el teatro. Los querubines de la Alegoría del Comercio Marítimo en los murales, el único público aliado; el resto, una incógnita habitual: dueños de flotas pesqueras, profesores del King's College y de Saint Mary, oficiales de navío y un surtido de esposas y señoritas casaderas. Una plaza engañosa, delicada, como solía decir su madre. Un lugar bien remoto.

A pesar de las inquietudes del estreno, en cuanto olvida la calculada agitación tras bastidores improvisados, Mrs. Ferguson se acoge al recuerdo y vuelve a Chantilly y a Versalles. La edad, los partos, las cinco mil tardes y noches de comedia, la silvestre espesura de la vida, América, han hecho que Mrs. Ferguson halle delicioso el fugaz regreso a paraísos perdidos. Así, el mar tiene el mismo color de los ojos que lo observan y de los salones de Chantilly. A lo lejos, con audacia, una ballena azul salta, se zambulle ladeada, como si se mofase de los pescadores que observan desde el muelle. Tras la caída y el sacudir de la cola, antes de hundirse, lanza un surtidor al cielo, aún malva y ya algo cobre. Y el agua se irisa en abanico, y en nada es neblina de espuma pulverizada. En el muelle, los pescadores fuman sentados en barriles, tejen redes, discuten graves asuntos y —eso imagina Mrs. Ferguson— se relamen los labios cuarteados al imaginar la captura de la bestia. De pronto, sin obligación ninguna, por mera superstición, se descubren los gorros de lana al paso de tenaces jesuitas. Los sacerdotes de la Compañía, renacidos por la bula *Sollicitudo omnium ecclesiarum*, diligencia tras diligencia, al viento la sotana, buscan desde hace días un vehículo que les lleve a tierra de algonquinos. Antes de que mil zozobras trasladen esa cabellera de la cabeza tonsurada al glorioso mástil de combate de un jefe indio, los curas remolonean junto a los barcos, piel blancuzca se derrama sobre el erosionado muelle en salpicaduras de leche agria.

Y conseguirán irse, sin duda. También esos jesuitas.

Ese mediodía, y según es costumbre de la empresa, las mujeres del teatro Ferguson se han paseado por la calle principal, contoneándose lo justo a la sombra bien inútil de parasoles, mientras los hombres encolaban pasquines en los muros y declamaban párrafos de la comedia que esta noche se representará con fabulosa decoración, elaborados trucos de tramoya y mucho efecto. La prudencia de los comediantes no ha sido óbice para que esas mozas rechonchas, universales, que al reír cubren la dentadura con la mano y se echan unas sobre otras en cariñoso ángulo, hayan repetido alguna rima como si fuese invitación a la lujuria.

A mitad del paseo publicitario, Roberta Ferguson ha creído inútil y ridículo el despliegue de parasoles. Por ello, en su condición de capitana, ha ordenado arriar velas. En Halifax el viento rebosa hedor de cachalotes despezazados en las rampas, esos huesos gigantescos que anuncian al europeo lo colosal del mundo americano. Así, cuando el paseo termina en las factorías balleneras y, como si el final del camino acechase una especie de muerte, los charcos son de sangre y el olor es de sangre cetácea, una alegoría, exagerada esta vez, de la gran carroña marina que emana de todo y todo lo impregna. Ante la curiosa mirada de los empleados indios, negros y noruegos, Roberta Ferguson ha llamado la atención a las actrices sobre el revuelo de faldas y el asomar de enaguas, no fuera que cualquiera de esos obreros, jesuitas, reverendos o pueblerinas llegaran a confundirlas por lo que, al menos algunas, no eran. El viento gasta sus bromas y, así, al final mismo de ese paseo, arrugados ya, saltando por las rocas y enseguida perdidos tras la cortina de niebla salada, se alzan al cielo los mismos volantes que los hombres han repartido más atrás: «La compañía teatral Ferguson de Boston, Massachusetts, en su *tournée* veraniega por las más distinguidas localidades, se complace y enorgullece en presentar la exitosa pieza del afamado y aplaudido autor Chester Winchester *El buen visionario o Lo que sé de los vampiros*».

Esa misma tarde, para aliviar suspicacias sobre lo decente de la comedia, el marido de Roberta le ha pedido que exhibiera en el salón del alcalde esas antiguas maneras, tan del gusto de villanos prósperos, que contase las bobadas de siempre pinzando la taza, el meñique erecto. Mrs. Ferguson, vestida de un gris puritano sin escote ni alhajas, se ha enfrentado a la Comisión de Espectáculos Edificantes, un juego de té, gastado mobiliario Chippendale, tapices y un aire de imposible nostalgia por esa Inglaterra donde jamás ha vivido ninguno de los contertulios. Mrs. Ferguson ha relatado por enésima vez el aura de presagio que rodeaba la melancolía de María Antonieta en los olorosos jardines del Pequeño Trianón. Una mentira que ha acabado por creerse —María Antonieta estaba hecha unas pascuas, confiada en los regimientos acampados por los alrededores—, del mismo modo que no le ha sido muy difícil creer el tipo de las jacobinas desgreñadas, melladas, gordas, brujas y asesinas. Además, y con ese gesto delicado de quien escucha con verdadero interés, ha soportado una amplia charla del alcalde, hijo de daneses, sobre el origen de la dinastía Rasmidessen —el nombre de la princesa que Mrs. Ferguson interpreta—, un recurso de cierta sonoridad que inventasen su propio marido y *monsieur* Deville, quienes firmaron la obra con el seudónimo «Chester Winchester».

Durante la soporífera velada, el alcalde ha creído oportuno informar sobre la producción del aceite de ballena en Halifax, sobre la necesidad de hallar métodos de conservación para la carne de crustáceo, sobre la importancia de sus dos universidades, sobre —y que, como francesa, le excusara— la buena paliza que en esos mares la flota del rey Jorge diera a las huestes ultramarinas de Napoleón. Deslizándose por sendas que ha creído del agrado de una empresaria teatral, el buen alcalde se ha extendido, con cierto alborozo, en el relato de la enorme cantidad de naufragios que se registran en la costa, cuyo invierno se ameniza con tempestades mayúsculas y corrientes imparables. Y algo bien curioso: ni un sólo cadáver ha alcanzado jamás las playas, pero en cambio los niños del lugar hallan distracción excelente en rescatar los numerosos objetos que el oleaje posa en la orilla: instrumentos musicales, cajas de sombreros, banderas, sextantes, relojes, bolsas de cartas que nunca llegarán a destino, sillas, vestidos antiguos, tableros de ajedrez y mesas de billar...

—Muy sugestivo... —se le ha ocurrido decir a Mrs. Ferguson.

Además, el alcalde se obliga a informar que Halifax es, por así decirlo, la antesala del legendario paso del Noroeste, el cual, a través de la inexplorada región de los hielos perpetuos, se inicia en Terranova y llega a Japón y a Rusia. Un descubrimiento que durante siglos trajo de cabeza a los más intrépidos aventureros y, al fin, tras muchas exploraciones y penares, ha quedado en nada. La autoridad municipal ha resumido el fracaso en que no hay rendimiento ninguno en el paso, exista o no: sólo las ballenas pueden cruzar el indómito corredor. Sin duda, los comediantes harían una magnífica obra con esa historia legendaria.

—¿Me sugiere su excelencia que interprete a una ballena?

Se ha atragantado el alcalde y un polvo de bizcocho ha saltado en carcajada de la boca de su consorte, la muy paleta. El tímido —y enamoradizo, vaya que no— decano Cronwell ha salvado la situación: los balleneros de Halifax aprovechan la fatiga de los pobres cetáceos quienes, exhaustos por el viaje a través de los hielos, descansan frente a las costas de Nueva Escocia, orgullosos de su hazaña, y allí chapotean y allí son arponeados. Algo de *pathos* sí posee la anécdota, eso no lo puede negar Mrs. Ferguson.

Enseguida, Mrs. Ferguson ha buscado su propio y útil paso del Noroeste en la conversación para alcanzar las playas convenientes: la mucha distracción que posee la obra que se va a representar durante las próximas semanas y, no menos importante, el sano didactismo que muestra. Triste en algún momento, descacharrante en ocasiones, con *pathos* a raudales, siempre amena, del todo edificante, muy completita, damas, caballeros, reverendo, excelencia.

2

Roberta Ferguson sigue refugiada tras su biombo. Después de maquillarse, se acerca aún más al espejo, se ladea, ciñe su vestido de princesa Rasmidessen, logra convencerse: «Nadie diría que ando en los cuarenta». Se mira el cuello, las manos, el vientre liso, se gusta. Tres partos con éxito y aún de buen ver. Se alza el pecho para que asome la simetría del escote. Eso agrada al público, por mojigato que sea. Además, su personaje simboliza la corrupción de un mundo agónico y, ante todo, lejano.

La amplia secretaría del ayuntamiento será durante unos días camerino improvisado: una atmósfera granulosa, polinizada de olor administrativo; una luz de atardecer que entra a pico desde altos ventanucos aunque parezca surgir de legajos, contratos y boletines comerciales. Los comediantes vienen y van por la sala, recitan y maldicen y ríen y se animan. Su marido, vestido ya de príncipe, da instrucciones minuciosas sobre la silueta de Europa pintada en el telón, marea a los tramoyistas sobre el modo en que deben alzarlo. El efecto que se logre en el arranque será esencial para dar un aire de ensueño a la obra: rangos feudales, ademanes solemnes, costumbres abolidas... El enano Godard está orgulloso. Su papel de mago Readymade le está valiendo ese verano más ovaciones de las que nunca pudiera imaginar. De hecho, ha cruzado la línea de natural satisfacción para obsesionarse con la excelencia: lleva ensayando desde primera hora de la tarde con las cajas mágicas y ahora se enfada con Henry Ferguson junior el primogénito de Roberta, quien no muestra ningún entusiasmo en fingirse otro día más el plano y anodino Crispín Treauville. Roberta intuye que su hijo mayor se marchará cualquier día tras una enconada discusión con el padre, su réplica exacta. Ella recibirá una despedida formularia, respetuosa. Henry junior nunca ha necesitado de sus cuidados, ni los desea. Desde muy pequeño se cubrió con una máscara de mando —graciosa, al principio— y una zalamería muy calculada. Sabe imponerse. Tiene las mismas cualidades que su padre en mayor grado y, sin duda, posee las que el otro se limita a simular: nunca duda, maneja a los demás con habilidad y, cuando utiliza a alguien, sabe compensarle de algún modo. El mundo agradece, pues, su virtuosa existencia.

La única debilidad de Henry junior —porque el cariño y la necesidad de proteger suponen para él una debilidad, sin duda— es el pequeño Cristopher, el hijo menor, quien ahora, disfrazado de pequeño infante Christian Rasmidessen, monta un caballo imaginario y relincha de aquí para allá. Roberta no ha tenido hermanos; por ello le asombra el instinto de responsabilidad del mayor hacia el menor como el implacable trato al mediano, William. Y no es sólo porque William sea más inteligente que Henry junior —eso lo sabrá en su ordenado fuero interno—, influye sin duda la convicción de que tal inteligencia en ese carácter sin ímpetu ni método es desperdicio, una broma de Naturaleza. Y no sólo es la mentalidad fantasiosa. Influye la irritante manía...

Vestida ya, Mrs. Ferguson camina por la estancia para hacerse con el vuelo de la ropa, gesticula, recuerda el caminar de María Antonieta y sus ademanes: tuvo, desde luego, la mejor maestra. Enseguida, regaña desde lejos al pequeño Cristopher, sudoroso y reluciente el maquillaje con tanto brinco, y percibe en William, sentado a una mesa de escribiente, lo que tantas veces ha sido causa de aprensión.

Aunque se halle concentrado en lo que él nunca se atreverá a nombrar «juego», William empieza a guiñar los ojos, diez veces, quince, sacude la cabeza como un perro mojado, se le desboca la mueca y se enfada consigo mismo como suele enfadar por idéntico motivo a su padre y a su hermano mayor. Mrs. Ferguson pensaba que, tras la primera infancia, esa enfermedad nerviosa, de no desaparecer, se aliviaría. Ella misma la padeció hasta los siete u ocho años y luego sólo se ha manifestado en casos muy extremos. Está convencida de que es una lacra familiar; y la prueba de ello es que el abuelo Benvenuto, sólo ver en William la primera manifestación del espasmo, se puso morado de ira, clavó la vista en Roberta, echó mano del bastón y, de poder alzarlo, la hubiese golpeado. Luego, el viejo sufrió un nuevo ataque de apoplejía y... sobrevivió. Ahora permanece en el hotel, convencido de que se halla en Roma a la espera de una audiencia, al parecer decisiva, con el Papa. Le dejan entretenido dándole unas pocas monedas para que las cuente una y otra vez y, a sus noventa años, se siente orgulloso de ser contable de la empresa.

Como William sigue sentado y abstraído para no emparse del trajín de la compañía que antecede cualquier función, Roberta busca una silla y se sienta junto a él para evaluar cómo va hoy esa manía facial. William piensa mucho: la vista fija en el mapa que él mismo ha trazado y por el que desliza botones, carretes de hilo y dedales de varios colores y tamaños...

3

—¿Qué hace hoy el gran Boney? —pregunta a su hijo.

—Nuestro emperador arrasa en Austerlitz...

Roberta nunca le ha dicho a su hijo que uno de los lugartenientes de Wellington en Waterloo, *lord* Francis Skylark, es su tío. Ya le duele mucho a Will que el actual rey de Francia, Luis XVIII, antiguo conde de Provenza, y hermano del Borbón que degollaron, fuera uno de los antiguos «señores» de su madre. Dado el peculiar carácter de William, saber de ese parentesco ingrato, casi mítico, aumentaría la veneración por Bonaparte y su odio por lo que llama «pérfida Albión».

—¿Por qué no le escribes un día a Santa Elena?

—¿Y qué le digo, madre? «Mala suerte, amigo, a ver si la próxima vez que vuelvas lo haces algo mejor.» —Y como si se riera de su propia debilidad fanática, tan niño, levanta un índice y aboveda el tono—: Y volverá, délo usted por seguro.

Roberta Ferguson ríe con ganas y le llena de ternura el hecho de que, cuando aún era una criatura, William —y sólo William— estallase en risas sólo verla. El mero hecho de que ella existiera suponía el más grande motivo de felicidad. También es cierto que estuvo un mes, no esquivo, sino verdaderamente enfadado y sin dirigirle la palabra, cuando la vio hacer de *lady* Macbeth.

—Se va llenando la sala, ¿no lo oye, madre? —dice ahora William, dominando un espasmo, a fin de alejarla del campo de operaciones de Austerlitz. Ese modo de rechazarla fastidia a Roberta. No es nada perverso, desde luego, pero reconoce que le gusta seducir a su hijo, justo en el modo que desea seducir al único hombre, por llamarle así, que a veces le desprecia sin asomo de ira o de superioridad. Se limita a distanciarla como si le sobrasen las mujeres. Ha criado un castigador. Y qué diantre, su hijo de once años le vuelve muy femenina.

—Si quieres que te diga la verdad, Billy, visto desde aquí —y señala Roberta—, eso y eso otro...

—¿Se refiere a la formación del general Saint-Hilaire que tomó los altos del Pratzen y perforó sin piedad el centro enemigo?

—Exacto —y finge ella misma un carisma militar—. Ese despreciable y enclenque centro enemigo. Pues mira bien la formación de tu general...

Y William sólo mira a Roberta, y con impaciencia.

—¿No lo ves? —Y el índice de Roberta señala la formación de botones—: Si giras la formación, o la miras desde otro lado, ¿no te recuerda del todo a una flor de lis? Bueno, a dos. Una junto a otra. ¿Y no da que pensar la circunstancia de que Napoleón, sin darse cuenta, organizase sus ejércitos con forma de emblema borbónico? El emperador no se pudo deshacer nunca del estigma de los borbones...

—«Éste ha sido el mejor día de nuestras vidas.» Eso dijo el emperador después de la batalla, madre. ¿Usted cree que en ese momento pensaba mucho en los borbones?

Roberta finge no escuchar —aunque lo del «mejor día» lo ha oído cientos de veces por otra boca— y añade:

—Además, la disposición de las tropas me recuerda también a un diván Imperio. O los ebanistas imitaban las estrategias de Napoleón, o Napoleón se inspiraba en sus ebanistas. Míralo bien: sólo falta que las recamieres, las josefinas y las paulinas se tumben sobre las líneas napoleónicas. Bueno, de hecho lo hacían.

—Yo no debería oír según qué cosas, madre...

—No, hijo mío. Tu obligación es disfrutar imaginando que ese mapa, esos botones y dedales son jóvenes destripados, inertes, verdosos, petrificados por la nieve. ¿No es ésa la batalla en que cañonearon a miles de hombres cuando huían por un lago congelado, el hielo se partió y se ahogaron todos?

—Sí, pero era el enemigo...

—¿De quién? Miles y miles de muertos para que un retaco de Córcega se pasee ahora por otra isla aún más pequeña creyéndose que fue un gran personaje en otro tiempo.

William levanta la cabeza. La mira. Medita. Roberta ha

sorprendido a su hijo con ese detalle de Austerlitz y va a apro-
vecharlo:

—¿Quieres que te cuente una batalla de Napoleón que
desconoces? No es la más gloriosa, me temo, pero es la más
importante.

—No, madre, agradecido, pero no. Me gustaría acabar la
reflexión estratégica.

—Oh, desde luego... Pero te la voy a contar de todos modos.
Estoy seguro de que Napoleón estará de acuerdo conmigo en
un punto: cuando quien manda habla, el subordinado calla y escucha. Y eres un actor de mi compañía. Esta tarde, Roberta Ferguson, tu madre y jefa, ha aguantado un infame discurso sobre
ballenas. Ahora mi hijo y empleado oirá un relato sobre conejos.

—¿Conejos? —William finge un súbito y desmedido interés con todo el sarcasmo de que es capaz, y Roberta le adora—: Oh, por favor, Mrs. Ferguson no calle nunca.

—De acuerdo, Mr. Ferguson. Si se empeña... Sin duda, conocerá usted al general Berthier.

Sorpresa en William. ¿Cómo sabe su madre el nombre del
jefe de estado mayor de Napoleón, el general que marchó sobre Roma, tal que Alarico, Atila, Genserico y Odoacro?

—Pues Berthier, Louis-Alexandre —un mohín en su hijo,
a quien le avergüenza que su madre pronuncie el francés «demasiado bien»—, uno de los combatientes, por cierto, bajo las
órdenes de La Fayette de nuestra guerra de la Independencia,
no sólo manejaba lo que hubiese menester en las batallas de
Napoleón, sino que también organizaba actos protocolarios
de índole, digamos, similar. Me refiero a cacerías. Así, a las
afueras de París, en lo que habían sido cotos reales y en ese
momento eran cotos imperiales, se organizaban fastuosas par-
tidas de caza. No escaseaban los batidores, fusileros o escope-
teros, o como se les llame y, lo más importante, cientos de conejos que para la ocasión el mismo Berthier había soltado por
aquellos bosques. ¡Napoleón no iba a echar a perder la jorna-

da tras una liebre solitaria y esquiva! El emperador necesitaba, como bien sabes, hijo mío, un auténtico frente... enfrente. ¡Ejércitos de conejos! ¿De acuerdo hasta aquí? Así que Berthier ha soltado los conejos que retozan entre la hojarasca. Pero, ay, amigo, al infalible jefe del estado mayor se le ha escapado un detalle. Y un detalle es primordial, y más en la puesta en escena de la *grandeur*...

—¿Cuál era el detalle, madre? —pregunta William sin mucho entusiasmo: le interesa más que su madre abrevie la historia que la historia misma.

—Los mismos conejos. No eran salvajes. Eran conejos de granja. Apacibles y blancos y algodonosos conejitos domésticos. Así cuando *il grande Napoleone* avanzaba con el arma cargada, el paso lento, la mirada sagaz, en busca de una presa, las supuestas víctimas aparecieron a su alrededor brincando de júbilo ya que le habían confundido con el granjero que las alimentaba. Y allí que se fueron los conejos, *straigth to Boney*, para que les diera su lechuga y sus zanahorias. Napoleón ve aquello y se confunde mucho, imagínate. Por un lado, aquel ataque de los conejos parece una carga de caballería del mismo Murat y, por otro, era evidente que no se puede disparar a unos animalillos que, en lugar de esconderse, desean comer en la palma de tu mano. Así que el emperador retrocede y ordena retroceder a, llamémosle así, su ejército. Primero, no muy deprisa por si los conejos cambian de opinión. Después, a la carrera, porque los conejos no sólo aceleran el brinco al ver cómo se les escapa el supuesto alimento, sino que, dejando una columna que perfore el centro, se abren en uve para rodear la vergonzosa retirada. Como una flor de lis, en efecto. A Napoleón sólo le queda el refugio del coche imperial.

Ahí es cuando Roberta sitúa el carrete de hilo azul en el centro del bosque imaginario y coloca tres hileras de botones: una ataca de frente y otras dos rodean el carruaje por los flancos. Y prosigue:

—Después de la maniobra, los conejos asaltan la diligencia. Asustan a los caballos, trepan hasta la cabina, hociquean por doquier, se suben al bicornio ribeteado de oro del emperador y buscan su lechuga colándose en las botas. Hecho una furia, Napoleón da la orden a Berthier de regresar a París a toda prisa y le maldice, al mismo tiempo que se sacude los conejos de la ropa o los va arrojando por la ventanilla. Ni la retirada de Rusia, hijo mío. Allí, en vuestra Santa Elena del alma, cuando medita en sus grandes errores, lo que le viene a la memoria es aquel ejército de conejos...

—Una historia que hincha los párpados y desencaja la mandíbula, querida madre. ¿Cuánto falta para la función?

—Un cuarto de hora...

—Pues dé una vuelta por ahí, Mrs. Ferguson, supervise la buena marcha de la compañía y, mientras emula la capacidad organizativa de Berthier, invéntese otra historia.

El asunto es que el espasmo facial de William ha desaparecido. Roberta ha comprobado que los remedios para ese mal transitorio se parecen a los del hipo. Un susto, tragar sorbitos de líquido, confundir a alguien con un relato que, de algún modo, altere la respiración... Lo gracioso es que ella no ha inventado la historia. Se la contó el que, de entre los muchos enemigos del corso, si no fue el más temido, resultó el más entregado a la causa: Martin Deville. Mientras entreabre la puerta que da al salón de actos para comprobar si se halla bien dispuesto el decorado —un remedo del salón de recepciones en el imaginario principado de Rasmidessen—, recuerda por un instante la cabezonería del español.

4

Sus sentimientos hacia *monsieur* Deville siempre la turbaron. Jamás supo qué pensaba. Eludiendo el vergonzoso enamoriscamiento cuando ella aún era idiota y se hacía llamar Héloïse y cosas parecidas, a lo largo de los años ese hombre consiguió que sintiese hacia él una punta de rechazo: era el modo de mirarla, sin duda; y también el incidente que provocaron los primeros espasmos faciales de William: mientras el abuelo se indignaba y caía fulminado al sentir como suyo el desarreglo nervioso del bisnieto, *monsieur* Deville parecía alegrarse, y no poco, de ambos incidentes. En el otro platillo de la balanza, el de la compasión, era necesario evaluar el modo en que *monsieur* Deville veló a su madre en la larga travesía a Boston, mientras ella, envuelta en fiebre y rencor, maldecía su suerte por no haber encontrado otra manera de huir de Francia e insultaba al paciente *monsieur* Deville como si fuera el directo responsable de que no hubiesen ido a Inglaterra, para allí reclamar sus derechos ante *lord* Skylark, y se agolparan en las bodegas infectas de un buque para alcanzar como fugitivos una tierra extraña. *Monsieur* Deville aceptaba ser el pimpampum de aquellos reproches, la consolaba como podía, le hablaba en italiano y, si Roberta no había sufrido alucinaciones, creyó ver que hasta fingía darle la extremaunción.

Una de las últimas voluntades de su madre —eso era muy suyo— había sido arrancar a Roberta la promesa de no abandonar nunca a ese hombre a menos que él decidiese lo contrario. Y no lo decidió, ni por asomo. Sobre todo, cuando descubrió que, por mucho que pasase el tiempo y él se esforzara, la herida del hombro que había recibido a las puertas de París —y que casi lo mata, de no auxiliarles un doctor jacobino en Rambouillet— si bien no le había dejado manco, ni desprovisto del uso del brazo derecho, le impedía cualquier movi-

miento amplio y exacto: llevarse a la boca una cuchara cargada o volver a manejar un lápiz, por ejemplo. Ése fue el modo
en que aprendió a escribir con la zurda, pero jamás volvió a
dibujar. Cuando, al modo de las alianzas dinásticas, Roberta se
casó con Henry y la compañía Marceau se unió a la de Ferguson, la función práctica de *monsieur* Deville quedó en en-
tredicho. No era virtud destacada en Henry el leal agradecimiento —de segunda mano, además— y a Roberta la
poseyeron entonces muchas dudas sobre la obediencia a una
de las últimas voluntades de su madre; quizá fuera ésa la causa de que la gratitud que sintió una vez, y debería seguir sin-
tiendo, por quien fuera su salvador en el Pequeño Trianón y
luego amigo de la familia, se volviera molesta inquina, justamente porque suponía un problema de conciencia, y a Roberta no le gusta soportarlos.

Una solución que no carecía de sentido era que el casi viejo Deville cuidase del muy viejo Benvenuto. Sin embargo,
ambos ancianos se profesaban un odio espectacular, aún más
estridente porque era mudo, inactivo. Se limitaban a fulmi-
narse con las miradas a la menor oportunidad.

Por fortuna, *monsieur* Deville abandonó su condición de
lastre gracias, y por paradoja, a su nueva afición por los licores. Era sensato pensar que *monsieur* Deville aliviaba de ese
modo el suplicio de su invalidez. No lo era tanto, desde luego, que cierta chispa continua le volviera parlanchín. Y de los
amenos, que escasean. El asunto es que Henry, además de un
pasable amante, magnífico administrador y pésimo comediante, era un autor poco dotado de cualidades imaginativas,
pero muy ducho en los trucos del oficio. Sus obras eran como
un envase, tan buenas o malas según del líquido con que las
llenase. Siempre seguían la misma fórmula: buscaba el punto
justo en que el bueno pierde hasta que gana y el malo gana
hasta que pierde; y en ese momento, cuando se produce el
golpe de efecto y la sorpresa, y el público se enardece y abu-

chea al malvado —quien muerde el polvo por los viles de la tierra—, la chica se da cuenta de que el bueno no es su hermano y pueden casarse, suspira y cae el telón.

El asunto es que Henry debía llenar su envase cada temporada. No lo hacía por mero provecho, o no sólo por ello, ya que la compañía podía representar —del lado Marceau, al menos— un repertorio clásico. Sin embargo, a veces, la novedad era un aliciente, y más en esos tiempos, cuando el teatro se había vuelto, para desgracia de los buenos comediantes, una suerte de periodismo: intrigas domésticas en lugar de grandes y trágicos cercos y conspiraciones palaciegas. El hecho es que su marido encontró un filón en el camino intermedio que suponían las historias verdaderas o ficticias, eso daba lo mismo, de *monsieur* Deville. El modo en que Voltaire fue apaleado por un noble y quiso batirse en duelo, se burlaron de él y consiguió su venganza sólo al cabo de los años y con el arma de la gloria: era entonces el señor de Rohan quien quería batirse en duelo y aguantaba la mofa de las buenas gentes (un éxito mediano, *El filósofo audaz o el duelo postergado* pero seguía en repertorio). *Gillette o la tristeza del jacobino*, muy auténtica la tragedia de aquellos que confunden ideales y pasiones (un fracaso, hay que decirlo: era una obra muy áspera, sin esperanza, y el público no podía admirar a ninguno de los personajes). *El collar de la reina o la mentira verdadera*, un éxito personal de Roberta. A los americanos les chiflaba María Antonieta y esa castigada frivolidad, ingenua de fondo. Cada vez que Roberta subía al cadalso oía llantos inconsolables. Eso le daba la risa y le impedía asomar la cabeza por la guillotina cara al público, mientras el telón bajaba y ella decía las últimas palabras: «Remordimiento, habla ahora...». Y llegó *El buen visionario o Lo que sé de los vampiros*, un éxito de tal magnitud que, de seguir así, llevarían la pieza en repertorio hasta el día mismo del Juicio.

5

El éxito, cuando se logra, no es ningún misterio, porque cualquier explicación se ajusta como un guante a los motivos de aplauso y entusiasmo. La comedia de ese «Chester Winchester» que durante una época formaron su marido y Deville era una especie de *Tartufo* con el sentido cambiado. El ambiente no era nada original: los periódicos y las novelas rebosaban historias en las que un personaje ingenuo caía en enigmáticos enredos y era perseguido por individuos que lo sabían todo y pertenecían a una red invisible, sectas jesuíticas o de un esoterismo salomónico. El protagonista se alía con esos seres y se inicia en los misterios de un saber cuyo fin es dominar el mundo. Abundan las puertas secretas tras un retrato, los armarios de doble fondo y la hija del un gran señor, tan bella como ingenua. Un alemán había llegado a darle vuelta a esos argumentos haciendo que uno de esos visionarios o alquimistas, presentados de modo habitual como mala gente, vendiera su alma al diablo a cambio de la eterna juventud. Un buen texto, pero un fracaso absoluto, al menos en Boston, donde calificaron la comedia de inmoral. Pero *El buen visionario o Lo que sé de los vampiros* es muy distinta. Un mago y su aprendiz llegan a un principado regido por un déspota y, mediante trucos de algo que a los cortesanos se les antoja cosa de magia, pero el público reconoce como algo sensato y racional, logran hacerse con los corazones de la princesa, de los infantes y del pueblo llano. El príncipe no tiene más remedio que abdicar ante la evidencia de que el origen de su poder es la injusticia. Pero el mago no quiere ser príncipe en lugar del príncipe, se limita a orientar al más votado por el pueblo en elecciones libres. La princesa y los infantes comprenden que su nuevo papel es alcanzar el mérito para gobernar en el futuro según la nueva legitimidad. Eso parecía muy aburrido, pero era divertido, emocionante y se ajustaba a las rígidas normas fergusonianas. ¡Qué rabia cuando el mago es azotado y ni siquiera el ayudante acude en su auxilio! ¡Qué alegría cuándo la hija del buen comerciante de abonos se enfrenta con el príncipe y, de acuerdo con las instrucciones del mago, le pone en evidencia! ¡Qué ovación cuando el pueblo acaba con la tiranía, el capricho, los impuestos! ¡Qué inmenso éxtasis cuando en el momento cumbre, el príncipe maneja como único argumento las leyes antiguas y el privilegio de sus antepasados, que por un lado alcanzaba a Carlomagno y por otra a Canuto, el Grande, y el mago responde: «Ya lo sé, alteza: los seres humanos son siempre ingeniosos a la hora de justificar sus propias abominaciones». En cada ciudad, el público salta, se excita, deben intervenir los guardias... A veces, llegada a ese punto, la función se ha detenido hasta media hora. Los ricos y los pobres y los guardias aplauden. Desde la calle, se oyen voces de timbre emocionado.

La mejor explicación: es una fábula sobre la historia de los Estados Unidos. Es el afán de lugares menos afortunados, como esa Nueva Escocia, que aún pertenecen al Imperio británico. Es la fuente de vigor de todos ellos, y todos se sienten «el buen visionario» y todos comprenden el significado de ese «vampiros» del título, aunque nunca jamás salga a escena ni vampiro ni fantasma ni cosa similar. Un «vampiro» significa lo que cada uno desea y, desde luego, cada persona sabe mucho sobre quien cree su «vampiro». Además, a esa edificación se añadía el atractivo morboso de la princesa lujuriosa (que había causado a Roberta algún que otro malentendido tras las funciones), las reverencias sin cuento y sin fin, los antiguos ceremoniales y la general decrepitud del viejo y ahora devastado continente.

Aunque viajaba con la compañía, la única ocupación de *monsieur* Deville era visitar burdeles y trasegar ginebra o cerveza, mientras hacía burla de las grandes frases de Napoleón en cualquier cantina y ante quien pudiera oírle —lo desease o no—. Según esa actitud, se le oía citar con ceremonia: «La muerte no significa nada, pero vivir derrotado es morir un poco cada día». El comentario a la grave sentencia —que, Roberta no dudaba, el corso canijo había copiado de la arenga de Hotspur en la primera parte del Enrique IV— era: «¡Los hay más imbéciles, pero no tan enormemente imbéciles! ¡No morirás gloriosamente tú, *figlio de la più grande putana*, que ocasiones te han sobrado! ¡Qué Libertad es la que se impone a cañonazos! ¡Que se mueran los otros! ¡Que se mueran los feos! *Ah, la grandeur! Je crache sur ta tombe!*». Después de la victoria de Austerlitz, y cuando la figura de Napoleón era casi sagrada, sólo su tamaño y edad evitó que *monsieur* Deville fuese golpeado al glosar del modo siguiente la frase de Bonaparte tras la batalla de Austerliz, «Éste ha sido el mejor día de nuestras vidas».

—Muchos estaban convencidos de que vivían el mejor día de sus vidas una vez y otra. Se aficionaron a esos mejores días como yo a este brebaje de bayas. Por eso creyeron a Mirabeau, a D'Anton, a Robespierre y, sobre todo, creyeron en ese loco hasta el punto de que los fueran despanzurrando por toda Europa. Y sus ojos se iluminaron cuando el enano volvió a decirles que, si no habían muerto, aún estaban a tiempo de hacerlo en Waterloo. Eran viciosos de la gloria. La Bastilla que nunca asaltaron, el Versalles donde nunca protestaron, las matanzas que veían por rendijas de ventanucos... Y yo os digo: cuando alguien hace mención al mejor día de su vida, el peor no tarda en llegar. Mintieron, definieron su mentira, buscaron ejemplos en los que su definición cristalizase y a ese cristal le llamaron Gloria y del cristal de la Gloria gotearon detalles, gestos y palabras sagradas de la boca misma de quienes guillotinaban, sus hermanos en la Gloria no podían morir de otro modo. Las acciones de los hombres se volvieron un verbo impersonal: llueve, relampaguea, se rumorea, se sabe, se guillotina, tiembla la tierra... Palabra mía, me alabo.

Y vaciaba la copa. No eran otra cosa que manías y disparates de quien entra a regañadientes en la vejez y desea que todo se prohíba y se encarcele a quien no se comprende, o a quien irrite de un modo u otro.

Ese libertinaje acabó un día, y de repente. *Monsieur* Deville se hallaba muy pálido, le costaba respirar, boqueaba en unos labios como la nieve. Desestimó una consulta médica y, al igual que Benvenuto, se quedaba en las habitaciones de los hoteles. Siguió bebiendo mucho y todo ánimo le fue abandonando menos, a Dios gracias, sus hábitos de higiene. Se deshizo de cualquier trato con la excepción única de Roberta, no demasiado halagada por merecer ese honor. Ella supuso que la confundía con su madre y, convencida de que a *monsieur* Deville le quedaba un hilo de vida, no quiso privarle de su exigencia única: la visita diaria de Roberta antes de acostarse. A veces no era fácil satisfacer la costumbre, y llegaba a ser muy fatigoso ir a esa habitación después de las funciones o de alguna obligación social. Roberta entraba con unas galletas, té y media frasca de ponche. Ella debía brindar con él, mientras oía cómo el fecundo narrador tardío le contaba una historia tras solicitar ayuda en el siguiente acertijo o dilema:

—A lo largo de mi vida he sido expulsado por los que expulsaron a quienes expulsaron a los que me expulsaron. Como mínimo... Luego, les expulsaron a ellos y a quien les expulsó y volvieron quienes expulsaron a los que me expulsaron y también quienes me expulsaron. De momento...

¿Crees, Roberta, que nos expulsarán otra vez? Entretanto, deja que te cuente la historia de...

Roberta pasaba el tiempo de la historia descansando los pies en un barreño de agua caliente, mientras pensaba en sus cotidianas labores y, cuando parecía que la historia había concluido, apuraba su vaso, metía la cucharilla en la taza y se limitaba a sonreír cuando escuchaba la frase de siempre: «Antes de dormir, te cuento una historia, ¿lo ves?».

Al darle la espalda, ella percibía en el aire una silbante desilusión. Sin embargo, nada podía hacer quien ignoraba —y deseaba ignorar— la vaga ilusión originaria.

Al llegar a Augusta, en Maine, *monsieur* Deville ya parecía cadáver. Rogó que le dejaran solo con Roberta. Embozado hasta el cuello, más blanco que las sábanas, un par de mechones del antiguo pelo rojo, era idéntico a una ardilla moribunda, atrapada ya por lo ineludible.

Pidió que llamara a un sacerdote.

—Claro que sí, *monsieur* Deville.

Y fue entonces cuando sucedió el prodigio.

Henry Ferguson marchó sin demasiada esperanza a buscar un sacerdote católico. El asunto es que volvió con cinco.

—¿Qué pretendes? —le preguntó Roberta—: ¿Una misa cantada?

Su marido le explicó que eran jesuitas. Volvían a América a centenares tras la restitución de la Compañía y su aura de leyenda —casi siempre diabólica— hacía que nadie les diera cobijo y, por precaución, tampoco nadie les tocase. De cualquier modo, siempre estaban de paso hacia los recónditos y salvajes bosques donde moran los abnaki y los micmac.

Así, mientras el resto de jesuitas murmuraba en el patio de la posada, uno subió a uncir los santos óleos al agónico Deville. Roberta le guió hasta la habitación y sólo abrir la puerta, se movieron los labios de tiza de *monsieur* Deville:

—¡Qué veo! Napoleón no volverá, pero anda que estos...

Y mientras el cura rezaba las oraciones al uso, *monsieur* Deville le observaba con un destello en los ojos que no era de burla, ni tampoco de compasión o ternura, pero algo tenía de aquellas cualidades. Luego dejó que sus párpados descansaran.

Cuando el sacerdote concluyó el sacramento, *monsieur* Deville abrió los ojos de repente y, como si no le hubiera gustado la ceremonia, volvió la cabeza para mirar al sacerdote con algo que no era reproche, ni solicitud, pero sin duda, como todas las miradas de aquel rostro confundidor, poseía esas y otras cualidades.

—Roberta... ¿Nos podrías dejar solos, por favor?

Y Roberta salió al pasillo donde los comediantes se miraban unos a otros sin saber cuál era el gesto adecuado a la situación. De vez en cuando, Mrs. Ferguson miraba por la ventana para cerciorarse de que los jesuitas en el patio no incendiasen la casa, ni cometieran estupro o canibalismo, ni trazasen planes secretos para dominar el mundo. Al fin, giró el picaporte y asomó el sacerdote, pensativo y cabizbajo:

—Quiere vino... Del bueno, dice.

Los comediantes se miraron sin compartir el pasmo del sacerdote. Conocían a Deville y se conocían. Una última voluntad. Era necesario satisfacerla. Pero el jesuita no había concluido:

—Y quiere sopa de pollo y estofado de buey...

El delirio de nuevo. Desde la habitación, llegó un hilo de voz, que sólo alcanzaba oír el jesuita:

—Y quiere nueces también...

La misma Roberta vio cómo el sacerdote, muy preocupado, bajaba la escalera y se reunía con sus compañeros. Muy sorprendentes serían las palabras que dijo porque todos los ojos se abrieron como platos y miraron hacia la ventana donde se hallaba Roberta.

Los jesuitas se quedaron a la espera de ni se sabe qué. Dormían frente a la posada. Se alimentaban de frutos silvestres.

Al término de la función, Roberta acudía a la alcoba de un *monsieur* Deville reanimado, hay que decirlo, por una locura manifiesta. Cada leve mejoría era para él un estallido de plenitud, un motivo de goce inigualable. Nadie es tan feliz porque a duras penas logre coger él solo un vaso de la mesita de noche. Quizá el jesuita que siempre le acompañaba supiera los porqués de esa euforia. Desde luego, Mrs. Ferguson nada deducía de la conversación porque hablaban entre ellos en latín. Roberta se sentía algo aliviada por no tener que acompañar al viejo cada noche y se iba a dormir.

Los habitantes de Augusta se inquietaban por esa presencia de los jesuitas y su relación con la compañía Ferguson. Henry les explicó que el lunes siguiente volverían a Boston. Sano o enfermo, *monsieur* Deville volvería con ellos y los jesuitas ya no iban a molestarles.

Ese domingo, *monsieur* Deville, quien ya podía sentarse en la cama, oyó los pasos de Roberta al volver del teatro. La llamó.

La historia que le iba contar, según dijo, era secreta. Pero era imposible que dejara de contársela. Y empezó su relato.

Era atroz.

—Lo pude ver. Aún lo veo. Los niños entran en el río y en hilera cogidos del hombro del que va delante y se ahogan en las aguas torrenciales con las cuencas de los ojos vacías… Y estoy viendo a los indios arrancarme la cabellera y me dejan vivo para que lo cuente. Me he intentado deshacer de ese recuerdo cada día de mi vida. Y quizá por ello sigo recordando.

Roberta lamentaba pensar lo que pensaba: era mejor que ese hombre muriera a sobrellevar el peso de la senilidad desbocada. Benvenuto ya era carga suficiente. Y por lo menos no hablaba, ni se movía. Además, era su abuelo.

—No diga esas cosas, *monsieur* Deville… No se invente más historias… Usted no ha estado antes en América.

—Ahora estoy en América según creo. El alma es peregrina... Es una especie bien curiosa, el alma. Adornada de belleza, siempre va por tierra extraña, siempre de paso hacia una vaga inmortalidad, siempre de paso hacia otra alma, siempre necesitada de visitar el río de la misericordia y de la sangre. Kentu-ki. La vida es corta. Cuida a tus hijos, Roberta, como tu madre te cuidó.

Cuando se levantaron al día siguiente, *monsieur* Deville había desaparecido con los jesuitas. Los tramoyistas, quienes se habían levantado al alba para cargar los carromatos, dijeron que apareció en el comedor de la posada, arrastrando los pies con mucho esfuerzo, vestido él también de negro hábito. Se sentó en una mesa y se comió dos perdices escabechadas, mientras los curas le miraban, se miraban entre ellos y le intentaban convencer de que no se obstinara en seguir con su empresa. Le hablaron de las dificultades del camino, de los bosques de abetos sin principio ni fin, de los aullidos de las bestias famélicas, de los lagos de cien leguas de perímetro, de cataratas de ochocientos pies de altura que chocaban contra las rocas con estampidos de cañón...

—Ya será menos... —decía *monsieur* Deville sin dejar de masticar.

—Y los indios...

—Sí, desde luego, los indios... ¡Patrona! Los gastos de estos días corren de mi cuenta. ¿Nos ponemos en marcha, compañeros?

Eso mismo. Llamó «compañeros» a los jesuitas. El anciano pelirrojo fue hasta la leñera y se hizo con una buena rama que sirviese de bastón. Los tramoyistas hicieron apuestas por lo bajo. Si volvía antes de que empezara la marcha se pagaba medio dólar. Si le veían caerse antes de llegar al horizonte, un dólar entero. Si no volvían a saber de él, quien hacía de banca cobraba.

Monsieur Deville marchó por el camino principal un poco por delante de los demás, bajo la inmensidad de nubes que representaban en el cielo lentas batallas. Aunque los otros miraban hacia atrás, no hacía lo mismo Deville, una ínfima pulga negra entre vastos trigales verdes. Al llegar a la serpenteante cuesta que llevaba a un bosque de abetos, su paso no le permitió encabezar la fila y hasta se detuvo algunas veces a tomar aire. Sin embargo, no fue el último en adentrarse en la sombra forestal, los árboles aún más altos que aquel Altar de la Patria que Roberta viera elevarse en París antes de que las montañas de muertos sobrepasaran cualquier medida concebida por el hombre.

La patrona le dio a Roberta lo único que había quedado en la habitación del anciano: su carpeta de dibujo.

Allí no había nada sustancioso. Ni siquiera una clave que, por mera amenidad, se pudiera ir descifrando hasta iluminar secretos, la biografía de alguien, partes de historias. Una lámina del todo amarillenta, pisoteada, sucia, del Campo Vaccino en Roma. Un dibujo terrible, casi soez —y Roberta se estremecía al recordar la escena—, donde se veía a Marcel (¿dónde estaría ahora?) ensangrentado y cavando su fosa en el Pequeño Trianón, mientras unos salvajes le rodeaban en taimado silencio. Una estampa religiosa muy extraña, pues a quien se llamaba «Benito, el Santo Infante», quizá fuera el mismo Deville en su niñez, posando de modelo como uno más de los miembros del muy nutrido santoral católico. Desde luego, era imposible hallar una fácil emoción que hiciese pensar en *monsieur* Deville como un santo: no sólo putañero y bebedor irredento, no sólo un chiflado inconsecuente y extraño, sino amante de una jacobina casada con su protector. Para Roberta quedaba fuera de cualquier duda que la muy zorra yacería sin cabeza en cualquier fosa común. Como todos aquellos a quienes los acontecimientos, Robespierre y Napoleón les pasaron por encima y ya nadie recuerda, lo que tan nuevo parecía y hoy son ya estampas remotas que suben al cadalso como en rutina. Quizá la tal Emmanuelle fuese ejecutada en la plaza del Carroussel tras declamar las solemnes frases de rigor ante multitudes. Una grandeza fingida y estúpida con el único fin de dar un sentido desesperado al tajo inminente. Plagiar a Cicerón mientras se muere, vociferando ante unas gentes que salivan anhelo de sangre, le parece a Roberta, no sólo desdichado y de mal gusto, sino competencia desleal.

Al examinar la última pieza del legado de *monsieur* Deville, el escalofrío de aquellos recuerdos ingratos de París se volvieron turbación. El dibujo era de ella, muy joven, algo idealizada. Se hallaba en el interior de un castaño centenario con las piernas encogidas. Parecía contenta.

7

El ronroneo del público, el crujido y el chirrido de los bancos, los susurros y carraspeos. La luz de las velas se filtra a través del lienzo del telón y de ese modo invierte el mapa de Europa que lo adorna. Los comediantes van ocupando su lugar en el fingido salón de recepciones del brumoso palacio Rasmidessen para iniciar la obra con esa brillante escena que denominan «El rey de Siam no conoce el hielo». Un mago trae al principado unas cajas mágicas en cuyo interior los infantes sólo ven escenas de gran calma, mientras el príncipe, al mirar por el mismo agujero, descubre guerra y devastación. Su hijo mayor será Crispín, el ayudante; el menor, el pequeño infante durmiente; Catherine hace de cantante Pristinus; Godard tensa las mangas de su túnica estrellada y maneja las cajas de colores que centran la escena; Henry pasea tras el trono y, como siempre, exagera una arrogancia en el príncipe que el texto propicia sin más esfuerzo. William —el príncipe heredero Friedrich— pasa ante ella y le susurra con divertida altanería «¡Conejos...!». Roberta le sigue con la mirada hasta que su hijo ocupa la silla con blasón. William no puede evitar una sacudida nerviosa, y otra, y varios guiños... Roberta dice para sus adentros: «Calma, mi amor, calma...».

Henry Ferguson, el príncipe de Rasmidessen, examina la disposición de la compañía, chasquea los dedos y exclama con voz ahogada: *«Magic time!»*. A saber dónde aprendió el conjuro.

Los tramoyistas saben qué hacer.

Poco a poco, se alza el telón.

Por el rey de Prusia
9

El niño que juega con barro
27

«Id e incendiad el mundo»
55

La brusca mudanza
101

Falsario
189

El oro español
251

El huevo del basilisco
317

Algo nuevo que mirar
375

El mejor día de nuestras vidas
437

Torres antiguas, distantes agujas
495

Telón
537

Esta primera edición de la novela *Lo que sé de los vampiros*,
de Francisco Casavella, galardonada con el premio Nadal 2008,
se ha compuesto con tipos de la familia Bembo, diseñados
por Francesco Griffo para el impresor Aldo Manuzio en 1496
y modernizados por Stanley Morison en 1929, y se acabó
de imprimir en los talleres de Cayfosa-Quebecor,
en Santa Perpètua de Mogoda, el 21 de enero
del año de Gracia de 2008.